BASTEI LÜBBE

W. E. B. GRIFFIN IM TASCHENBUCH-PROGRAMM:

PHILADELPHIA-COPS
13 625 Band 1 Männer in Blau
13 657 Band 2 Sonderkommando
13 677 Band 3 Das Opfer
13 713 Band 4 Der Augenzeuge
13 732 Band 5 Der Bombenleger
14 154 Band 6 Die Ermittler

DAS MARINE-CORPS
13 335 Band 1 Shanghai
13 355 Band 2 Wake Island
13 369 Band 3 Von Pearl Harbor nach Guadalcanal
13 389 Band 4 Inferno im Pazifik
13 424 Band 5 Die Beobachter von Buka Island
13 478 Band 6 Hölle auf den Salomonen
13 786 Band 7 Hinter den Linien

DIE SOLDATEN-SAGA
13 173 Band 1 Lieutenants
13 181 Band 2 Captains
13 196 Band 3 Majors
13 203 Band 4 Colonels
13 209 Band 5 Green Berets
13 217 Band 6 Generals
13 289 Band 7 Die neue Generation
13 325 Band 8 Die Flieger

HONOR BOUND
13 612 Band 1 Geheimauftrag Buenos Aires
13 878 Band 2 Operation Outline Blue

DIE OSS-SAGA
13 937 Band 1 Die letzen Helden

In Vorbereitung:
14 181 Band 2 Die Schattenkrieger (Januar 1999)

W.E.B. GRIFFIN

Die Ermittler

Roman

Ins Deutsche übertragen
von Joachim Honnef

PHILADELPHIA
COPS

BASTEI
LÜBBE

BASTEI LÜBBE TASCHENBUCH
Band 14 154

Erste Auflage: Oktober 1998

Deutsche Lizenzausgabe 1998 by
Bastei-Verlag Gustav H. Lübbe GmbH & Co.,
Bergisch Gladbach
Originaltitel: The Investigators
Lektorat: Rainer Delfs
Titelbild: Sebastian Boada / Norma Agency, Barcelona
Umschlaggestaltung: QuadroGrafik, Bensberg
Satz: KCS GmbH, Buchholz / Hamburg
Druck und Verarbeitung:
Brodard & Taupin, La Flèche, Frankreich
Printed in France
ISBN 3-404-14154-7

Für Sergeant Zebulon V. Casey
Abteilung ›Innere Angelegenheiten‹
Polizeibezirk der Stadt Philadelphia.
Er weiß, warum.

1

Ein fast neuer, aber ziemlich dreckiger Buick mit Funkantenne fuhr auf den Angestellten-Parkplatz des *Philadelphia Bulletin* und hielt vor einem Schild mit der Aufschrift RESERVIERT für Mr. O'Hara.

Mr. Michael J. O'Hara, ein drahtiger, kraushaariger Mann Ende Dreißig mit grauer Flanellhose, Freizeitschuhen, weißem Hemd mit offenem Kragen, gelockerter Krawatte und einem Sakko, das man nur mit großer Milde als ›ein wenig schreiend‹ bezeichnen konnte, stieg schnell aus dem Wagen, knallte die Tür zu und betrat das Verlagsgebäude. Er fuhr mit dem Aufzug zum dritten Stock in die Lokalredaktion. Mit schnellen Schritten durchquerte er den Raum, der mit Schreibtischen, Computer-Terminals, Aktenschränken und anderen Utensilien des Journalismus vollgestopft war, und steuerte auf ein Büro zu, auf dessen Glastür ein Schild mit seinem Namen prangte. Er ging hinein, öffnete einen kleinen Kühlschrank und nahm eine Flasche Cola heraus.

Dann setzte er sich an seinen Schreibtisch, vergewisserte sich, daß niemand etwas, das nicht warten konnte, auf das Band seines Anrufbeantworters gesprochen hatte, und trank einen Schluck aus der Colaflasche.

Der stellvertretende Chefredakteur der Lokalredaktion – Seymour Schwartz, kurz Sy genannt, ein dünner Vierzigjähriger mit Brille – tauchte an der Tür seines Büros auf.

»Haben Sie etwas für mich, Mickey?« fragte er.

»Ein Genie soll man nicht zur Eile antreiben«, sagte Mickey. »Das habe ich Ihnen doch schon ein paarmal zu erklären versucht.«

»Wir haben in einer Viertelstunde Redaktionsschluß.«

»Halten Sie mir ein paar Spalten auf Seite eins frei«, sagte Mickey. »In den nächsten fünf Minuten wird journalistische Geschichte geschrieben. Vorausgesetzt natürlich, Sie lassen mich in Frieden.«

Sy Schwartz hob beide Hände in einer Geste der Kapitulation und ließ Mickey allein.

Er mochte und bewunderte Mickey O'Hara, der als Kriminalreporter nicht nur den Pulitzerpreis erhalten hatte, der von einem manchmal politisch angehauchten Komitee verliehen wurde, sondern auch von seinen Kollegen – einschließlich Sy Schwartz – als bester Polizeireporter zwischen Boston und Washington betrachtet wurde. Aber solange er O'Hara auch kannte und mit ihm zusammenarbeitete und sooft er sich mit ihm auch in den Haaren gelegen hatte, er wußte nie, wann Mickey es ernst meinte oder ihn nur aufzog.

Er kannte ihn jedoch genug, um zu wissen, daß es ratsam war, ihn in Ruhe zu lassen, wenn er das verlangte. Schwartz kehrte an seinen Schreibtisch zurück, um auf das zu warten, was auch immer Mickey schreiben würde.

O'Hara schaute auf den leeren Computerbildschirm, dehnte und streckte seine Finger, nahm die Colaflasche und trank noch einen Schluck. Dann machte er noch ein paar Entspannungsübungen mit den Fingern, zog eine Schreibtischlade auf und entnahm ihr, ohne hinzublicken, eine lange, dünne Zigarre. Er biß das Ende ab, spuckte es aus und zündete die Zigarre dann sehr bedächtig an.

Er steckte die Zigarre in den rechten Mundwinkel, dehnte und streckte seine Finger noch einmal und tippte dann auf die Tastatur. Sehr schnell. Und als er zu schreiben begonnen hatte, hörte er lange nicht auf. Die Worte erschienen auf dem Computerbildschirm.

(O'Hara)
›Äußerst häßliche Frau‹ beraubt Bucks County Bank.
Exklusivbericht von Michael O'Hara.

Riegelsville, Bucks County – ein Gangster, beschrieben als ›eine äußerst häßliche weiße Frau mit behaarten Beinen‹ beraubte in Riegelsville eine Filiale der Philadelphia's Girard Savings Bank kurz nach der Öffnung an diesem Morgen um 25 000 Dollar.

FBI-Agenten und die State Police trafen heute in der Kleinstadt an den Ufern des Delaware ein, um Riegelsvilles Ein-Mann-Polizei – Teilzeitbeschäftigter Constable Karl Werner – bei der Aufklärung des Verbrechens zu unterstützen.

Laut P. Stanley Dailey, 28, aus Riegelsville, stellvertretender Direktor und einziger Zeuge, überraschte ihn die Gangsterin mit einer abgesägten doppelläufigen Schrotflinte, als er die Bank kurz nach acht Uhr durch die Hintertür betreten wollte.

»Sie wartete, bis ich die Tür aufschloß und die Alarmanlage eingeschaltet hatte, und dann drückte sie mir die Schrotflinte ans Ohr«, sagte Dailey, Stunden nach dem Raubüberfall immer noch sichtlich erschüttert.

Die Gangsterin zwang Dailey, wie er sagte, in den rückwärtigen Teil der Bank zu gehen, wo sie ihm befahl, sich in der Toilette für die Angestellten auf den Boden zu legen. Dann fesselte und knebelte sie ihn mit Klebeband.

Während er gefesselt wurde, bemerkte Dailey,

daß die Bankräuberin unter den schwarzen, gemusterten Seidenstrümpfen behaart war. Sie trug, berichtete Dailey, ein weißes Kleid mit blauen Punkten und darüber einen gelbbraunen Regenmantel. Ihr Haar war mit einem Kopftuch bedeckt, und sie trug eine Brille mit herzförmigen Gläsern und paillettenverziertem Gestell.

Die Räuberin ging dann in den Schalterraum der kleinen Bank, wie Dailey glaubt, und wartete darauf, daß die auf 8 Uhr 15 eingestellte Zeituhr den Tresorraum automatisch öffnete.

Dann bediente sie sich mit dem ›losen Bargeld‹ – Geld aus dem Geschäft des Vortags, das am Vorabend nach Geschäftsschluß in Fächern im Tresorraum deponiert worden war. Sie versuchte offenbar nicht, die verschlossenen inneren Fächer des Tresorraums aufzubrechen.

Anschließend verließ die Räuberin die Bank durch die Hintertür und schloß sie hinter sich ab. Später wurden Mr. Daileys Schlüssel vom FBI auf dem Parkplatz gefunden.

Um 8 Uhr 25 traf die Filialleiterin, Mrs. Jean-Ellen Dowd, 42, aus Upper Black Eddy, in der Bank ein.

»Ich wußte, daß etwas nicht in Ordnung war, als ich die Tür abgeschlossen vorfand«, sagte Mrs. Dowd den Ermittlern und diesem Reporter, »denn Stanley (Mr. Dailey) ist zuverlässig wie eine Schweizer Uhr. Aber ich dachte, er hätte eine Reifenpanne oder sonst einen Grund für eine Verspätung. Daß so etwas passiert war, hätte ich mir nicht träumen lassen.«

Sie betrat das Bankgebäude und fand Mr. Dailey auf der Toilette. Als sie das Klebeband von seinem Mund entfernt und von ihm erfahren hatte, was geschehen war, löste sie den Alarm aus. Der Alarm wurde von Constable Werner an seiner Vollzeit-Arbeitsstelle gehört, der Riegelsviller Wellpappenfabrik, wo er hauptberuflich als Techniker arbeitet.

Er fuhr mit seinem Privatwagen, einem Pickup-

Truck, der mit Sirene und Rotlicht ausgerüstet ist, von der Fabrik zur Bank. Auf dem Weg zum Tatort stieß er mit einer Ford-Limousine zusammen, die von Mr. James J. Penter gefahren wurde, einem Abteilungsleiter der Wellpappenfabrik, der auf dem Weg zur Arbeit war.

Weder Constable Werner noch Mr. Penter wurden bei der Kollision verletzt, doch Constable Werners Pickup-Truck war *hors de combat.* Mr. Penter fuhr Constable Werner dann zum Tatort, wo er nach Befragung von Mr. Dailey die Staatspolizei informierte, die ihrerseits das FBI hinzuzog.

State Trooper Daniel M. Tobias von der Bethlehem-Kaserne traf als erster beim Tatort ein. Nachdem er von Mr. Dailey eine genauere Täterbeschreibung erhalten hatte – eine weibliche Person, ungefähr einssechsundsiebzig groß, etwa dreißig Jahre alt, mit großen Ohrringen und ungewöhnlich dick aufgetragenem Lippenstift und Rouge, veranlaßte Trooper Tobias über Funk eine Fahndung nach der Person dieser Beschreibung und sicherte anschließend den Tatort bis zum Eintreffen der anderen Polizeibeamten.

Das FBI-Büro von Philadelphia schickte ein Team von vier Spezialagenten unter der Leitung von Assistent Special Agent in Charge Frank F. Young.

Nachdem Mr. Young Mr. Dailey und Constable Werner befragt hatte, erklärte er vor der Presse:

»Das FBI betrachtet Bankraub als sehr ernstes Verbrechen und kann mit Stolz auf seine Erfolge verweisen. Ich habe keinen Zweifel daran, daß auch dieses Verbrechen aufgeklärt wird.«

Als der Reporter Mr. Young fragte, ob eine mit einer Schrotflinte bewaffnete Frau mit unrasierten Beinen, baumelnden Ohrringen und ungewöhnlich dick aufgetragenem Lippenstift und Rouge in anderen Fällen von Bankraub bereits in Erscheinung getreten war, verneinte er das.

Mr. Young weigerte sich, seine Meinung zu äußern, wann eine Festnahme erwartet werden kann, und als ihn ein Reporter des *Easton Express* bat, die FBI-Beamten in seiner Begleitung namentlich vorzustellen, erklärte er, daß dies gegen die Prinzipien des FBI verstoßen würde.

Die FBI-Agenten in Mr. Youngs Begleitung sind diesem Reporter als John D. Matthews, Lamar F. Greene und Paul C. Lomar bekannt.

ENDE

O'Hara knetete einen Moment lang seine Finger und drückte dann die Taste SEND auf seiner Tastatur. Dadurch wurde soviel von der Schlagzeile auf dem Computerbildschirm auf Mr. Schwartz' Schreibtisch sichtbar, wie in die Zeile paßte – in diesem Fall (O'Hara) ›Äußerst häßliche‹ Frau beraubt B …

Schwartz rief sofort die ganze Story auf seinen Bildschirm ab.

Er las, lachte ein paarmal leise, und drückte dann auf eine Taste, wodurch ein Drucker auf einem Beistelltisch die gesamte Geschichte ausdruckte. Er nahm den gedruckten Artikel und ging durch die Redaktion zu O'Haras Büro.

»Sehr lustig«, sagte er. »Ein Bankräuber, der wie eine Frau gekleidet ist.«

»Es war von Anfang bis Ende ein Knaller«, sagte Mickey. »Ich fuhr die Route 611 rauf, als mich zwei Wagen vom FBI mit heulenden Sirenen und rotierendem Rot- und Blaulicht überholten, als stünde ich still. Dann verlor ich sie aus den Augen, ich nehme an, weil ich zehn Minuten vor ihnen in der Bank eintraf.«

Schwartz lächelte.

»Als Young schließlich auftauchte, gab er als erstes einem seiner Leutenden Befehl, mich aus der Bank zu schmeißen«, fuhr O'Hara fort.

»Mir ist schon länger aufgefallen, daß Sie das Messer

auf ihn gewetzt haben«, sagte Schwartz. »Wenn man zwischen den Zeilen liest, ziehen Sie ihn ziemlich durch den Kakao.«

»Der Kerl kann mich am Arsch lecken«, sagte Mickey. »Bringen Sie den Artikel so, wie ich ihn formuliert habe.«

»Wie Sie wollen.«

»Sy, dieser Constable war wirklich ein irrer Typ«, sagte O'Hara und lachte bei der Erinnerung. »Er erzählte mir, er wäre nur gegen den Wagen seines Chefs gefahren, weil ihm gerade eingefallen war, daß er seine Waffe zu Hause gelassen hatte, und er überlegte, ob er sie holen sollte, bevor er zur Bank fuhr.«

»Wollen Sie wirklich sagen, sein Truck war *›hors de combat‹*?«

»Warum nicht? Kein Schwein weiß, daß das ›kampfunfähig‹ heißt. Ich liebe diese Formulierung. Es ruft Bilder von geilen nackten Weibern in Schützengräben wach.«

Schwartz lachte.

»Wer hat Ihrer Meinung nach den Bankraub begangen?«

»Dieser Staatscop war ziemlich clever. Ich konnte mit ihm reden, bevor Young auftauchte und mich aus der Bank schmeißen ließ. Der Staatscop meint, es war vermutlich irgendein Typ vom Kohlenbergbau, Langzeitarbeitsloser, vielleicht tief verschuldet bei einem Kredithai. Völlig verzweifelt, wissen Sie. Wenn er ein Amateur ist und klug genug ist, aufzuhören und sich bedeckt zu halten, kommt er vielleicht ungestraft davon. Im Gegensatz zu dem, was dieses wichtigtuerische Arschloch vom FBI erklärt hat, fangen sie verdammt wenig Bankräuber.«

»Vielleicht wird dieser leicht zu finden sein. Behaarte Beine. Zuviel Lippenstift.«

»Ich meine, diese Beschreibung – auch dieses ›äußerst häßlich‹ – ist vielleicht nicht ganz glaubwürdig.«

»Wieso?« fragte Schwartz lächelnd.

»Nach dem Gespräch mit Dailey hatte ich das Gefühl, daß er ziemlich enttäuscht war, weil das Weib nach seiner

Fesselung nicht alle möglichen perversen Sexspielchen mit ihm getrieben hat.«

»Mensch, Mickey!«

»Es gibt vermutlich Fotos von der Überwachungskamera, die den Bankräuber zeigen – das heißt die Bankräuberin, nach allem, was wir wirklich wissen –, und Sie können sich selbst ein Urteil bilden.«

»Es gibt Fotos? Wann bekommen wir sie?«

»Wenn Young meinen Artikel gelesen hat, werden wir sie vermutlich erst nach dem Tag bekommen, an dem die Hölle zufriert«, sagte O'Hara. »Aber der Staatscop hat mir versprochen, Abzüge zu schicken, wenn er seine Fotos erhält.«

»Wir können auf das FBI zurückgreifen, wenn Sie möchten.«

»Ich bezweifle, daß sich die Mühe lohnt. Es sind im allgemeinen ziemlich miese Fotos, selbst wenn die Kamera funktioniert, und darauf würde ich nicht wetten. Ich habe den Staatscop um eine Kopie gebeten, nur um meine Neugier zu befriedigen.«

»Okay, Mickey. Schöne kleine Geschichte. Würde es Ihnen das Herz brechen, wenn ich sie erst auf Seite eins im zweiten Teil des Blatts bringe?«

»Es überrascht mich, daß Sie die Story überhaupt bringen«, sagte O‹'ara. »Es ist eigentlich kein Knüller.«

»Mir gefällt sie«, erwiderte Schwartz und meinte es ernst. »Ein bißchen Humor hellt die trüben Tage der Leser auf.«

Ohne den Blick von dem dicken Papierstapel auf ihrem überhäuften Schreibtisch zu nehmen, hob Susan Reynolds den Hörer des klingelnden Telefons ab und hielt ihn ans Ohr.

»Revision, Reynolds«, meldete sie sich.

»Miss Susan Reynolds?« fragte ein Telefonist.

»Richtig«, sagte Susan.

»Zahlen Sie bitte fünfundfünfzig Cents«, forderte der

Telefonist die Person auf, die mit Susan verbunden werden wollte.

Susan hörte das Klimpern von zwei Quarters und einem Nickel.

Sie war überzeugt, zu wissen, wer anrief. Sie erhielt selten Ferngespräche im Büro von einem Münzfernsprecher aus.

Die Bestätigung kam sofort.

»Susie?« fragte Jennie.

Jennie war Jennifer Ollwood.

»Hallo«, sagte Susan.

»Kannst du zurückrufen?« fragte Jennie. »Ich bin in einer Telefonzelle und habe kein Kleingeld.«

»Gib mir die Nummer«, sagte Susan, griff nach einem Kugelschreiber und fügte hinzu: »Es wird ein paar Minuten dauern. Wir dürfen keine Privatgespräche übers Firmentelefon führen.«

Jennie nannte ihr die Nummer. Susan wiederholte sie.

»Ich muß runter in die Halle gehen«, erklärte Susan. »Auf dieser Etage ist kein Münzfernsprecher.«

»Danke«, sagte Jennie mit leiser Stimme.

Susan legte auf und erhob sich.

Susan Reynolds wurde im Personalbüro des Sozialamts als ›Revisionsbeamtin im höheren Dienst‹ geführt. Sie war ledig, sechsundzwanzig, naturblond, blauäugig, hellhäutig, einssiebenundsiebzig und mit fünfundsechzig Kilo fünf Pfund schwerer, als sie sein wollte.

Sie arbeitete in einem Büro im dritten Stock des Sozialamtes in Harrisburg. Durch das einzige Fenster blickte sie auf die goldene Kuppel des Parlamentsgebäudes. Ihr Büro war gerade groß genug, um ihrem Schreibtisch, dem Drehsessel, dem Bücherregal, drei Aktenschränken und den drei Besucherstühlen Platz zu bieten.

Die Hälfte eines Fachs von ihrem Bücherregal enthielt eine kleine Vase, manchmal mit frischen Blumen, ein Foto ihrer Eltern und eines von ihr selbst, das sie im Schnee mit einem halben Dutzend anderer junger Frauen zeigte und aufgenommen worden war, als sie alle Studentinnen auf dem Bennington College in Vermont gewesen waren.

Die anderen fünf Fächer des Bücherregals waren mit Büchern, Kladden und Aktenordnern gefüllt, die alle Gesetzestexte, Vorschriften, juristische Auslegungen und Gerichtsurteile enthielten, die allesamt mit Sozialhilfe und den Empfangsberechtigten zu tun hatten.

Wer berechtigt war, Sozialhilfe und unter welchen Bedingungen in Anspruch zu nehmen, war ständig eine Quelle bitterer Meinungsverschiedenheiten zwischen denjenigen, die glaubten, ein Anrecht auf die eine oder andere Unterstützung durch das Sozialamt zu haben, und den Beamten der Behörde, die das anders sahen.

Es war zum Beispiel oftmals schwierig, einem Sozialhilfeempfänger, der einen monatlichen Scheck vom Sozialamt Harrisburg zum Unterhalt minderjähriger Kinder erhielt, klarzumachen, warum die Höhe des Schecks reduziert worden war, wenn eines der Kinder die Volljährigkeit erreicht hatte.

Die Gesetze – und es gab ein paar hundert davon – gewährten Susan im allgemeinen Unterstützung, und es gab vierzig oder fünfzig verschiedene Grundsatzurteile – zur Einstellung von Zahlungen an Sozialhilfeempfänger, deren Kind volljährig geworden war oder nicht länger im elterlichen Haushalt wohnte. Oder im Knast oder einer psychiatrischen Anstalt war. Oder zur Army gegangen war.

Normalerweise konnte den Sozialhilfeempfängern im Büro der örtlichen Behörde die Situation und die Rechtslage erklärt werden. Aber nicht immer. Wenn die Sozialhilfeempfänger Einspruch einlegen wollten, wurde das bei dem jeweiligen örtlichen Sozialamt gehandhabt. Wenn die örtliche Behörde die Entscheidung des Sozialarbeiters bestätigte, konnte der Sozialhilfeempfänger abermals Einspruch einlegen.

In diesem Fall wurde in Pennsylvania der Fall an Harrisburg übergeben, wo er von einem von zwölf Revisionsbeamten beziehungsweise Beamtinnen bearbeitet wurde, von denen eine Miss Susan Reynolds war.

Als Miss Reynolds vor drei Jahren zum ersten Mal in dieser Abteilung gearbeitet hatte, war sie tief bewegt von der Armut und den hoffnungslosen Lagen derjenigen gewesen, deren Anträge auf ihrem Schreibtisch gelandet waren.

Gefühlsmäßig wollte sie jeden Antrag bewilligen. Sie war der Meinung, daß es einfach ungerecht war, im reichen Amerika den Antrag von so offenkundig Bedürftigen abzulehnen. Und in den ersten drei Wochen im Job hatte sie neunzig Prozent der Anträge auf Sozialhilfe bewilligt.

Doch ihre Entscheidungen wurden von ihren Vorgesetzten überprüft, und über neunzig Prozent ihrer Bewilligungen waren abgelehnt worden.

Sie war vor einen Prüfungsausschuß zitiert worden, der die Befugnis hatte, ihre Probezeit als Revisionsbeamtin Stufe I aufzuheben.

Man hatte sie höflich, aber bestimmt darauf hingewiesen, daß sie vom Sozialamt beschäftigt wurde, um bei Einsprüchen fair zu entscheiden, und nicht, um Wohlstand zu verteilen, ohne Gesetze und Vorschriften anzuwenden.

Sie hatte ernsthaft mit dem Gedanken gespielt, ihr Amt niederzulegen – was ihren Eltern gefallen hätte, denn sie hatten kein Verständnis für ihre Berufswahl –, doch am Ende war sie geblieben. Aus verschiedenen Gründen.

Erstens wußte sie, daß viele, vielleicht sogar die meisten ihrer Entscheidungen nicht fair gewesen waren, sondern auf ihrer gefühlsmäßigen Reaktion auf das armselige Leben der Sozialhilfeempfänger basiert hatten. Und zweitens sagte sie sich, daß sie in Zukunft Entscheidungen fällen konnte, bei denen sie sich zwar an die Buchstaben des Gesetzes halten, jedoch trotzdem Mitleid walten lassen konnte.

Am wichtigsten bei ihrem Entschluß, im Amt zu bleiben, war die Überzeugung, daß sie das System verbessern konnte. Sie sagte sich, daß es zur Zeit so verdammt schlecht war, daß eine Verbesserung möglich sein mußte.

In ihrer dreijährigen Amtszeit hatte sie gar nichts am System verbessern können – ihr war jetzt klar, daß ihr

Wunschdenken wirklich naiv gewesen war –, und sie war gezwungen gewesen, zu akzeptieren, daß eine wesentliche Zahl der Einsprüche, die sie bearbeiten mußte, von Leuten eingereicht wurde, die nichts moralisch Falsches darin sahen, den Staat zu begaunern, so gut es ging.

Andererseits hatte sie die Entscheidungen vieler Beamter in Sozialämtern aufgehoben, die Anträge von Leuten mit wirklich berechtigten Ansprüchen abgelehnt hatten.

Und sie war zweimal befördert worden, schließlich zur Revisionsbeamtin Stufe III. Und beide Male hatte sie sich gefragt, ob sie wegen guter Arbeit befördert worden war oder weil jemand oben ihre Personalakte überprüft und den Prozentsatz der von ihr abgelehnten Einsprüche als Kriterium zufriedenstellend gefunden hatte.

Susan schaute auf das Foto der Bennington-Kommilitoninnen – Jennifer Ollwood stand bei der Aufnahme neben ihr – und rückte das gerahmte Bild gerade.

Sie nahm ihre Handtasche und verließ das Büro. Sie schaute bei Revisionsbeamtin Stufe IV, Veronica Haynes, im benachbarten Büro herein. Veronica war eine Schwarze, die nach Susans Ansicht glaubte, daß nur Leute in den letzten paar Wochen ihrer unheilbaren Krankheit Hilfe vom Staat erhalten sollten.

»Wenn jemand nach mir fragt, Veronica, ich werde in ein paar Minuten zurück sein.«

Veronica lächelte sie an. »Ein paar wie zwei? Oder ein paar, als wenn du Kaffee trinken gehst?«

»Letzteres, du Klugscheißerin«, sagte Susan lächelnd und ging zu den Aufzügen.

Auf der Fahrt nach unten schaute sie in ihrer Geldbörse nach und fand zwei Nickels und einen Dime.

Etwas widerstrebend wechselte ihr die Besitzerin des Zeitungsstandes in der Halle, eine dicke, alte Vettel mit orangefarbenem Haar, zwei Dollarscheine in Münzgeld. Susan fand eine leere Telefonzelle und ging hinein.

Jennifer meldete sich nach dem zweiten Klingeln. Sie klang zögernd.

»Hallo?«

»Ich bin's.«

»Das ging aber schnell.«

»Ich habe mich beeilt. Was ist los?«

»Hast du vor, irgendwann in der nächsten Zeit herzukommen?«

»Das ist nicht geplant«, sagte Susan.

Aber ich könnte es planen. Daffy hat mich gebeten, zur Geburtstagsparty ihres Mannes zu kommen.

»Ich möchte dich wirklich gern sehen«, sagte Jennie.

»Und ich möchte das Baby sehen«, erwiderte Susan.

»Bryan hat etwas, das er dir zu Aufbewahrung geben möchte.«

Darum geht es also. Verdammter Kerl!

Bryan war Bryan Chenowith.

Wenn ich eine Akte über ihn hätte, stünde er darin als ›Vater eines (unehelichen) Kindes, der bei der Mutter wohnt. Arbeitsfähig, aber arbeitslos.‹

»Wie geht es dem Baby?« fragte Susan.

»Wunderbar!«, sagte Jennie, und ihr Tonfall verriet den Stolz der jungen Mutter.

»Ich kann es kaum erwarten, es zu sehen«, sagte Susan.

»Dann kannst du kommen?«

»Daffy gibt eine Geburtstagsparty für Chad«, sagte Susan. »Am Samstag. Sie hat mich zweimal angerufen und gebeten, zu kommen. Du weißt, was ich von ihm halte. Ich habe abgesagt.«

»Kannst du das nicht rückgängig machen?« fragte Jennie, und ihre Stimme klang verzweifelt. »Philadelphia ist nicht weit von hier.«

»Ich könnte sie anrufen«, sagte Susan.

Wer A sagt, muß auch B sagen, wie es so schön heißt.

»Ist das ein Ja?«

»Ich möchte das Baby sehen«, sagte Susan zu sich selbst und zu Jennie.

»Wirst du bei Daffy wohnen?«

»Nein«, sagte Susan. »Vermutlich im Bellevue.«

»Du fährst Samstag morgen runter?«

»Richtig.«

»Ich rufe im Hotel an und sage dir, wann und wo wir uns treffen«, sagte Jennie.

»Willst du mir das nicht jetzt sagen?«

»Ich mache mir besser einen Plan.« Jennie kicherte.

»Okay. Ich werde nach zwölf im Hotel eintreffen. Rufst du mich dann an?«

»Das werde ich.«

»Kann ich dir irgend etwas mitbringen?«

»Nein. Danke, aber nein. Wir kommen prima zurecht.«

Sagte die noble Braut auf dem Deck des sinkenden Schiffes.

»Nun, dann sehen wir uns am Wochenende«, sagte Susan.

»Ich liebe dich wirklich, das weißt du«, sagte Jennie, und dann war die Leitung tot.

Susan erledigte zwei weitere Anrufe, bevor sie zu ihrem Büro zurückkehrte. Das erste Telefonat führte sie mit Daphne Elizabeth Browne Nesbitt, die ebenfalls auf dem Foto der Bennington-Mädchen auf Susans Bücherregal zu sehen war. Sie erklärte Daffy, daß sie ihre Pläne geändert hatte und jetzt zu Chads Party kommen konnte, wenn das in Ordnung wäre.

Daffy kündigte an, sie werde die Crème de la Crème von Philadelphias Junggesellen zu Susans Auswahl aufmarschieren lassen.

»Ich angele mir meine Männer lieber selber, Daffy. Trotzdem vielen Dank.«

»Sei nicht albern«, sagte Daffy. »Reklame zahlt sich aus. Frag nur Chad darüber. Und außerdem müssen wir zusammenhalten, nicht wahr? Einander helfen.«

Oh, das tun wir immer!

»Richtig«, sagte Susan. »Dann bis Samstag.«

Danach rief Susan ihre Mutter an und erklärte, daß sie am Wochenende doch zu Chad Nesbitts Geburtstagsfeier in Philadelphia fahren würde.

»Das höre ich gerne, Baby«, sagte Susans Mutter.

»Mutter, rufst du bitte das Bellvue an und reservierst ein Zimmer? So kurz vor dem Wochenende befürchte ich …«

»Nein, das tue ich nicht«, unterbrach ihre Mutter. »Aber ich werde Mrs. Samuelson anrufen. Sie ist sehr gut in diesen Dingen.«

Mrs. Dorothy Samuelson war die Geschäftsführerin ihres Vaters und in der Tat sehr gut im Arrangieren von solchen Dingen. Susan hatte gehofft, daß ihre Mutter Mrs. Samuelson einschalten würde.

Nachdem sie sich jetzt bei Jennie festgelegt hatte, würde sie ein Zimmer im Bellvue-Stratford Hotel brauchen.

2

Officer Herbert Prasko vom Rauschgiftdezernat des Philadelphia Police Department hatte vom Balkon im zweiten Stock des Howard Johnson Motels am Roosevelt Boulevard einen hervorragenden Blick auf das Fahrzeug, das er überwachte. Die neue viertürige Chevrolet-Limousine parkte vor einer Reihe von Zimmern im hinteren Bereich des Motel-Komplexes. Es war ein Hertz-Mietwagen, vor vier Stunden von Ronald R. Ketcham am Philadelphia International Airport geliehen. Ketcham, Weißer, 25, 1,72, braunhaarig, 82 Kilo, keine Vorstrafen, wohnte in einem Luxusapartment an der Overbrook Avenue in der Nähe der Episcopal Academy, an der er studierte.

Mr. Ketcham, der nicht annähernd so clever war, wie er meinte, ging von der falschen Annahme aus, daß die Benutzung eines Mietwagens statt seines Buick Coupés ein weiterer geschickter Schachzug war, um sowohl seine illegalen Aktivitäten als auch seine Identität vor der Polizei und vor anderen Kriminellen zu verbergen.

Officer Prasko wußte nicht, ob die anderen verwickelten Kriminellen Mr. Ketchams Identität kannten – sie war dem Abschaum vermutlich schnuppe –, aber dem Rauschgiftdezernat war sie seit fünf Wochen bekannt, als sie zuerst Amos J. Williams – Schwarzer, 32, 1,82, 90 Kilo, 28 Vorstrafen – und vieren seiner Schläger zu einem Auslieferungs-Rendezvous mit Mr. Ketcham verfolgt hatten, der anscheinend einer seiner besseren Kunden war.

Aus einer Reihe von Gründen war entschieden worden, zu diesem Zeitpunkt niemanden festzunehmen, und es war ein Kinderspiel gewesen, durch das Büro des Autoverleihs Mr. Ketcham zu identifizieren.

Hertz war sehr kooperativ gewesen. Man hatte versprochen, das Rauschgiftdezernat zu informieren, wenn sich Mr. Ketcham das nächste Mal einen Wagen mietete, und heute war das Versprechen eingelöst worden. Officer Prasko hielt es für ziemlich dumm von Mr. Ketcham, wieder bei Hertz einen Wagen zu mieten; er hätte zu Avis oder sonst einer Firma wechseln sollen. Und es war ebenfalls blöde von ihm, wieder zum Howard Johnson Motel zu fahren. Es gab viele andere Motels. Wenn er dieses Treffen woanders gewählt hätte, dann wäre er jetzt nicht in so großen Schwulitäten.

Das Rauschgiftdezernat hatte nach der ersten Beschattung von Mr. Williams zu seinem Treffen mit Mr. Ketcham einen Plan entwickelt. Nach der Benachrichtigung von Hertz, daß Mr. Ketcham abermals einen Wagen gemietet hatte, fuhr ein Zivilbeamter – Officer Prasko – zum Howard Johnson Motel und wartete dort auf die mögliche Ankunft von Mr. Ketcham.

Auf dem Weg zum Motel in einem Undercover-Wagen – ein zwei Jahre alter Mercury, zuvor im Besitz eines anderen Drogendealers – hatte Herb Prasko befürchtet, möglicherweise gegen den Wind zu pinkeln. Aber man konnte nie wissen, wie es ausgehen würde. Manchmal waren die Leute wirklich blöde. Wie Mr. Ketcham bewiesen hatte, als er in dasselbe Howard Johnson Motel zurückgekehrt war, anstatt woanders sein Drogengeschäft abzuwickeln.

Aber Prasko hatte innerhalb des Motels geparkt und im Mercury gewartet. Fast drei Stunden lang hatte er den Eingang des Motels beobachtet, bis Ketcham schließlich aufgetaucht war.

Er war in Damenbegleitung. Eine Weiße, Anfang Zwanzig, sechzig Kilo, blond, hübsche Figur, saß im Wagen, während Mr. Ketcham ins Büro des Motels ging und die Schlüssel holte. Officer Prasko duckte sich tief auf dem Sitz des Mercury, als sie an ihm vorbeirollten, und dann beobachtete er im Innenspiegel, wohin sie fuhren.

Als der Chevy dann parkte, stieg Prasko aus dem Mercury, folgte ihnen und gelangte rechtzeitig zur Ecke des Gebäudes, um zu sehen, daß Mr. Ketcham Zimmer 138 betrat, ein Zimmer im Erdgeschoß, ungefähr in der Mitte der hinteren Reihe.

Dann ging Prasko zum Münzfernsprecher außerhalb des Büros des Motels und rief Sergeant Patrick J. Dolan im Rauschgiftdezernat an, um ihm die Lage zu schildern. Dolan – der ein blöder Hund sein konnte – ließ ihn alles wiederholen und wies ihn dann an, die Tür von 138 nicht aus den Augen zu lassen – als hätte er den Job erst am Dienstag angetreten und man müßte ihm solchen Scheiß sagen.

Männer vom Rauschgiftdezernat würden so schnell wie möglich dorthin kommen, sagte Dolan, und er wies Prasko an, über das H-Band mit ihnen zu sprechen. Dies war eine besondere Funkfrequenz für die Benutzung durch Ermittler, aber auch für andere Zwecke verfügbar.

Dann nahm Officer Prasko ein Fernglas und ein Walkietalkie vom Boden vor dem Rücksitz des Mercury und ging die Treppe hinauf zum Balkon im zweiten Stock des ersten Gebäudes. Er postierte sich zwischen einem Cola-Automaten und einer Eismaschine in einem Alkoven, von wo aus er den Miet-Chevy und die Tür von 138 sehen konnte.

Er hatte gute Sicht auf die Tür und den Wagen, besonders auf den Wagen und das Mädchen, das darin saß.

Die Puppe sah toll aus. Und sie war nervös. Sie zündete eine Zigarette an, drückte sie nach nur ein paar Zügen wieder aus und drehte sich, um zur Tür des Motelzimmers zu schauen, wobei ihre Brüste den dünnen Stoff ihrer Bluse zu sprengen drohten. Dann zündete sie sich sofort eine andere Zigarette an.

Kurz darauf schob sie die Hand in ihre Bluse und zupfte ihren BH zurecht, was Prasko geil fand.

Was, zum Teufel, dachte sich Ketcham dabei, eine solche Puppe zu einem solchen Treffen mitzunehmen? Amos Williams war ein gemeiner Hurensohn, und wenn etwas schiefging, würde er sich wahrscheinlich als erstes die Puppe schnappen. Bis Ketcham raffte, was Williams mißfiel, würden Williams und seine Gangster wer weiß was mit einem weißen, so sexy aussehenden Baby anstellen.

»Sechs?« meldete sich der Funk. Zu laut.

Prasko erkannte die Stimme. Es war die von Officer Joe Grider. Noch wichtiger, es war nicht die von Dolan, was gut war, denn es bedeutete, daß Plan B ausgeführt werden konnte.

Officer Prasko korrigierte die Lautstärke und hielt das Mikrofon vor den Mund.

»Sechs«, meldete er sich. »Ist er noch da?«

»Ja.«

»Welches Zimmer?«

»Mitte der hinteren Reihe. Erdgeschoß.«

»Anzeichen auf seine Freunde?«

»Nein.«

»Wir sind fast da. Ich werde straßenaufwärts parken und beobachten, wer auftaucht.«

»Welcher Wagen?«

»Der Van.«

Der Van war keine Standardausführung, ein 1971er Dodge Kastenwagen, ebenfalls zuvor im Besitz eines Drogenhändlers. Nachdem das beschlagnahmte Fahrzeug dem Rauschgiftdezernat für verdeckte Ermittlungen zur Verfügung gestellt worden war, hatte man es ein wenig verbeult, in der Farbe der Fahrzeuge der Gaswerke von

Philadelphia gespritzt und mit dem Firmenzeichen versehen.

»Wer hat die Einsatzleitung?« fragte Prasko.

»Ich. Plan B«, erwiderte Officer Grider.

»Nur der Van?«

»Und ein Wagen.«

»Einer von euch blockiert den Chevy.«

»Erraten.«

Officer Prasko hob wieder das Fernglas an die Augen. Die Vorhänge vor dem Panoramafenster von 138 waren zugezogen – *Warum, zum Teufel, bauen sie Panoramafenster ein? Niemand schaut jemals aus einem Motelzimmer, und wenn, dann sieht man nur den anderen Teil des Motels,* dachte Prasko –, und es waren keine Anzeichen auf Aktivität zu sehen. Die Blondine auf dem Beifahrersitz des Mietwagens zündete sich an der Kippe der alten Zigarette eine neue an.

Drei Minuten später meldete sich wieder das Funkgerät. Prasko verstand nicht, was gesagt wurde.

»Wiederholen!« verlangte er.

»Drehen Sie die verdammte Lautstärke hoch!«

»Habe ich soeben getan.«

»Bingo, hier kommen unsere Freunde. Hellblauer 1969er Olds 98. Melden Sie, wenn er reinfährt. Wir rücken näher.«

Officer Prasko eilte über das Dach und duckte sich, damit er nicht gesehen wurde.

Er sah den blauen Olds 98 – gut genug, um Amos Williams auf dem Beifahrersitz zu erkennen – in den Motelkomplex einfahren, zum hinteren Bereich rollen und stoppen.

»Er hat auf halbem Weg zum hinteren Bereich gestoppt«, meldete Prasko.

»Die sind vorsichtig«, erwiderte Officer Grider.

Mr. Williams war drei Minuten lang vorsichtig, was Prasko viel länger vorkam. Dann wurde die hintere Tür auf der Beifahrerseite des Olds 98 geöffnet, und Marcus C. ›Baby‹ Brownlee, Schwarzer, 36, 1,85, 120 Kilo, 32 Festnahmen, stieg aus, schaute sich sichernd um und ging dann sehr schnell auf Zimmer 138 zu.

»Baby Brownlee geht ins Zimmer«, meldete Officer Prasko.

Er richtete das Fernglas auf den Chevy. Von der Blondine war nichts zu sehen.

Vermutlich duckt sie sich auf dem Sitz, dachte Prasko. *Das würde ich auch tun, wenn ich so eine heiße Puppe wäre und dieser übel aussehende Nigger in meine Richtung käme.*

»Er klopft an die Tür«, meldete Officer Prasko und fügte einen Moment später hinzu: »Er ist drin.«

»Warten«, erwiderte Officer Grider.

Baby Brownlee war zwei Minuten und vierzig Sekunden lang in dem Zimmer, was Prasko viel länger vorkam.

»Die Tür wird geöffnet«, meldete Officer Prasko. »Baby kommt heraus. Geht auf den Wagen zu.«

»Fünf?«

»Bereit.«

Fünf war Officer Timothy J. Calhoun, offenbar der Fahrer des neutralen Polizeiwagens.

»Am Wagen«, meldete Officer Prasko. »Steigt ein.«

Baby Brownlee war fünfzig Sekunden im Olds 98, was Prasko viel länger vorkam.

Der Kopf der Blondine taucht im Chevy auf. Sie schaut sich um und geht wieder auf Tauchstation.

O Mann, so eine möchte ich mal pimpern.

»Der Wagen fährt an«, meldete Officer Prasko.

»Fünf?«

»Wagen wendet«, meldete Officer Prasko.

»Einsatzbereit«, sagte Officer Calhoun.

»Wagen stoppt. Jetzt mit der Schnauze zur Ausfahrt«, meldete Officer Prasko.

»Was tun sie?« fragte Officer Grider.

»Steigen aus. Baby ist draußen. Amos ist draußen. Öffnet den Kofferraum.«

»Und? Und?«

»Baby nimmt eine Reisetasche heraus.«

»Los, los, los!« befahl Officer Grider.

Officer Prasko richtete sich auf und ging so weit wie möglich auf die Treppe zu, ohne die Sicht auf den Olds 98, den Hertz-Chevy und die Tür von Zimmer 138 zu verlieren.

Der Van traf als erstes ein und stoppte mit quietschenden Reifen vor dem Olds 98. Die Hecktür war bereits geöffnet, und sechs Polizeibeamte in Zivil sprangen mit Waffen in der Hand heraus – vier mit Revolvern und zwei mit Pumpguns Kaliber .12.

Officer Calhouns neutraler Wagen stoppte schlitternd und blockierte den Hertz-Chevy. Calhoun und ein anderer Beamter in Zivil sprangen mit gezogenen Revolvern aus dem Polizeiwagen.

Prasko stieg so schnell die Treppe hinunter, wie ihm das mit dem vor der Brust baumelnden Fernglas und dem Walkie-talkie möglich war, das er nicht fallen lassen durfte, weil er sonst dafür bezahlen mußte.

Als er das Erdgeschoß erreichte, bückte sich Prasko und zog seinen stupsnasigen .38er Special aus dem Wadenholster.

Genau in diesem Augenblick tauchte im Sprinttempo ein Schwarzer auf, etwa dreißig Jahre alt, einssiebzig, fünfundsiebzig Kilo, Narbe auf der linken Wange, der die Aufforderung der anderen Polizeibeamten mißachtet hatte und sich seiner Festnahme durch Flucht entziehen wollte.

Du kommst mir gerade recht!

»Stop, du Scheißer!« rief Prasko.

Die Person wog offensichtlich die Chancen ab und gelangte zu dem Schluß, daß ein Versuch, sich der Festnahme durch eine Fortsetzung der Flucht zu entziehen, vermutlich keinen Erfolg haben würde.

Der Schwarze blieb stehen und hob die Hände.

»An die Wand!« befahl Prasko, drehte den Mann herum und stieß ihn zur Wand, wo er sich mit den Händen abstützte.

»Oh, Scheiße, Mann!« sagte der Schwarze.

»Beine spreizen!« Befahl Prasko, als Calhoun um die Ecke bog.

»Ich habe den Bastard, Timmy«, sagte Prasko.

»Linke Hand hinter den Rücken!« befahl Prasko und schaute dann zu Calhoun.

»Legst du ihm bitte Handschellen an, Timmy?«

Calhoun ließ die Handschelle um das linke Handgelenk des Mannes zuschnappen und packte dann die andere Hand, wodurch der Mann mit dem Gesicht gegen die Wand fiel.

»Scheiße!« stieß er hervor.

Calhoun legte ihm die Handschelle an und tastete ihn dann nach Waffen ab.

»Sauber«, informierte er Prasko.

»Durchsuchen«, verlangte Prasko.

Calhoun legte den Inhalt der Taschen des Mannes auf den Boden, doch es kamen keine Drogen oder andere illegalen Dinge zum Vorschein.

»Nichts«, meldete Calhoun.

»Ich führe ihn ab. Willst du mein Walkie-talkie?«

Calhoun nahm Praskos Walkie-talkie und lief dann zurück um das Gebäude. Prasko kniete sich neben den Stapel mit dem Tascheninhalt des Festgenommenen und nahm seine Brieftasche. Sie enthielt seinen Führerschein und andere Dokumente, ein Farbfoto von einer weißen Frau, die einen schwarzen Mann (nicht den Festgenommenen) mit Fellatio verwöhnte, und 763 Dollar in bar, 500 davon in Hundertdollarscheinen.

Officer Prasko wurde bewußt, daß sein Herz hämmerte und daß er einen Druck auf der Blase hatte.

Prasko steckte zwei der Hundertdollarscheine in seine Tasche, schob den Rest des Bargelds wieder in die Brieftasche und steckte sie und die anderen Dinge wieder in die Hosentaschen des Festgenommenen.

»Umdrehen!« befahl er.

Der Mann drehte sich mit den aneinandergeketteten Händen um und schaute Prasko in einer Mischung aus Ekel und Verachtung an, wie der Officer fand. Prasko glaubte zu wissen, warum. Es hatte mit dem System der Strafjustiz und mit dem Verdienst von Kriminellen zu tun. Der Typ war überzeugt davon, daß er binnen Stunden auf Kaution entlassen werden würde, weil man keine verbotenen Substanzen und keine Waffe bei ihm gefunden hatte.

Und es war dem Kerl klar, daß er pro Tag mehr Geld verdiente als ein Polizist pro Woche. Oder in zehn Tagen Oder vielleicht sogar in einem Monat, je nachdem, wie wertvoll er für Amos Williams war.

Prasko forderte ihn mit einer Geste auf, auf dem Weg zurückzugehen, auf dem er gekommen war. Als sie dort waren, fanden sie Amos Williams, Baby Brownlee und zwei andere Männer festgenommen und mit Handschellen vor.

»Der Wagen ist unterwegs«, sagte Officer Grider. »Und der Abschleppwagen.«

»Du gehst zu denen«, befahl Prasko dem Mann, den er festgenommen hatte. Er führte ihn zu der Reihe der anderen. Dann ging er zu Officer Grider.

»Was haben wir gefunden?« fragte Prasko.

»Baby hatte zwei Päckchen dabei, ungefähr ein Kilo weißes Pulver, das anscheinend Kokain ist«, sagte Grider.

»Plan B?« fragte Prasko.

Grider nickte.

»Ich möchte, daß du mit Calhoun hierbleibst, bis der Abschleppwagen den Olds entfernt hat«, sagte er.

»In Ordnung.« Prasko nickte.

Zwei Minuten später traf der von Grider über Funk angeforderte Gefangenentransporter vom 7. District ein.

Die Festgenommenen wurden in den Transporter geführt. Dann fuhr der Kastenwagen an. Er mußte stoppen und ein Stück zurücksetzen, als ein Abschleppwagen der Polizei mit rotierendem Warnlicht eintraf.

Officer Grider und die anderen Mitglieder des Rauschgiftdezernats stiegen in den Dodge mit dem Firmenzeichen und der Farbe der Gaswerke und setzten sich hinter den Gefangenentransporter.

Calhoun winkte den Abschleppwagen zum Olds 98. Als der Weg frei war, fuhren der Gefangenentransporter und der Dodge davon.

»Timmy, nimm meinen Mercury«, rief Prasko Calhoun zu. »Stecken die Schlüssel?« Prasko wies auf den neutralen Polizeiwagen, der den Miet-Chevy blockierte.

Calhoun warf Prasko die Schlüssel des Polizeiwagens zu. Prasko fing sie auf und steckte sie ein. Dann ging er zu Zimmer 138.

Die Blondine war nicht zu sehen, aber als Prasko durch das Seitenfenster des Chevys schaute, entdeckte er sie auf dem Boden vor dem Beifahrersitz. Sie lag auf der Seite, mit dem Blick ins Wageninnere, und er war überzeugt, daß sie ihn nicht gesehen hatte. Sie hatte sich zusammenkrümmen müssen, um Platz auf dem Boden zu finden, und dabei war ihr Rock hochgerutscht, so daß er ihr Höschen sehen konnte.

Auch schöne Beine!

Officer Prasko atmete schneller. Er konnte sich von dem erregenden Anblick kaum losreißen.

Er blickte zum Abschleppwagen. Er hatte bereits die Räder des Olds 98 vom Boden angehoben. Calhoun ging zu Praskos Mercury, damit er dem Abschleppwagen folgen und vor Gericht aussagen konnte, daß er das Fahrzeug vom Ort der Festnahme bis zur Durchsuchung beim Rauschgiftdezernat Ecke 22nd und Hunting Park Avenue im Auge behalten hatte.

Prasko wartete, bis der Abschleppwagen um die Ecke des vorderen Motelgebäudes verschwunden war. Dann ging er zur Tür von Zimmer 138. Dort zog er seinen Revolver und klopfte dreimal mit dem Griff der Waffe an die Tür.

Es dauerte lange, bis Mr. Ketcham reagierte.

Los, los, Ketcham. Ich weiß, daß du da drin bist, und ich weiß, daß du nicht raus kannst.

»Wer ist da?« fragte Ketcham schließlich.

»Polizei, aufmachen!« rief Prasko.

Die Tür wurde geöffnet.

»Ist was los, Officer?« fragte Ketcham.

»Du weißt verdammt genau, was los ist, Ketcham«, sagte Prasko.

Er packte Ketcham, riß ihn herum, drehte seinen linken

Arm auf den Rücken und schleuderte ihn ins Zimmer hinein, wo er mit dem Gesicht voran aufs Bett stürzte. Dort legte er ihm schnell Handschellen an.

»Darf ich etwas sagen?« fragte Ketcham.

»Halt die Schnauze. Dreh dich nicht um und rühr dich nicht!« Prasko schob seinen Revolver ins Holster.

Dann durchsuchte er methodisch das Zimmer, bis er unter dem Kissen im einzigen Sessel des Zimmers fand, was er suchte: zwei Kuverts, die mit Gummiringen umwickelt waren. Jeder Umschlag enthielt Bündel von Einhundertdollarscheinen, zehn Scheine pro Bündel, insgesamt 20 000 Dollar.

Prasko legte die Kuverts auf den Tisch neben dem Sessel, ging dann zum Bett und drehte Ketcham herum.

»Hast du was zu sagen?« fragte er.

»Ich habe wirklich keine Ahnung, was all das ...«

Prasko unterbrach Ketcham, indem er ihm mit dem Handrücken ins Gesicht schlug.

»Verarschen kann ich mich allein«, sagte Prasko.

»Bin ich festgenommen?« fragte Ketcham nach einer Weile.

»Noch nicht.«

»Warum nehmen Sie nicht das Geld und hauen ab?« fragte Ketcham.

Prasko dachte über den Vorschlag nach.

»Deinem Vater wäre es sicher sehr peinlich, wenn du ihn anrufen und ihm sagen müßtest, daß du wegen Drogenhandels verhaftet worden bist«, sagte Prasko. »Das würde vermutlich Probleme für ihn bei der Bank geben.«

»O Gott!« sagte Ketcham.

»Wer ist das Mädchen?« fragte Prasko.

»Welches Mädchen?«

Prasko schlug ihm von neuem ins Gesicht.

»Ich habe bereits gesagt, daß ich mich nicht verarschen lasse!«

»Meine Freundin«, sagte Ketcham. »Sie weiß nichts von dieser Sache. Sie können sie laufenlassen.«

»Hast du ihr gesagt, daß ihr heute nacht was Neues

ausprobiert?« fragte Prasko sarkastisch. »Daß du ein Motelzimmer mietest und dir darin einen wichst, während sie draußen im Wagen sitzenbleibt?«

»Nehmen Sie das Geld. Niemand wird es jemals erfahren«, sagte Ketcham.

Prasko dachte wieder darüber nach. Dann schloß er eine der Handschellen auf und forderte Ketcham mit einer Geste auf, aufzustehen.

»Das ist wirklich die vernünftigste Lösung«, sagte Ketcham und streckte den Arm aus, an dem noch die Handschelle befestigt war. Er erwartete offenbar, daß Prasko ihn auch davon befreite.

Statt dessen packte Prasko ihn am Arm und führte ihn ins Badezimmer, wo er ihm befahl, sich auf den Boden neben die Toilette zu setzen. Dann befestigte er das freie Ende der Handschelle um das Rohr der Toilettenspülung.

»Was soll das?« fragte Ketcham.

Prasko ignorierte ihn, verließ das Zimmer und ging zum Wagen. Er wollte die Beifahrertür öffnen. Sie war verriegelt.

»Komm raus, Süße«, sagte er.

Er sah, daß die Blondine entsetzt vom Wagenboden aufschaute.

»Aufmachen!« befahl Prasko.

Die Blondine versuchte zurückzuweichen, so weit sie konnte.

Prasko zog seinen Revolver und schlug mit dem Griff die Fensterscheibe ein. Dann griff er in den Wagen und entriegelte die Tür.

»Du kannst rauskommen«, sagte er, „oder ich kann dich rausschleifen.«

Sie kroch über den Wagenboden zur offenen Tür, und ihr Rock rutschte noch höher.

Peggy hatte solche Beine, als ich sie kennenlernte. Jetzt sehen ihre Stempel beschissen aus.

Er nahm das Mädchen am Arm und führte es in Zimmer 138, zog die Tür zu und schloß sie ab, ohne den Arm loszulassen.

Als sie sah, daß Ketcham an die Toilette gefesselt war, schnappte sie nach Luft.

»Du bist eine Mittäterin bei einem Verbrechen, Süße«, sagte Prasko. »Besitz von verbotenen Substanzen mit der Absicht, sie zu verteilen.«

»Ronny?« fragte das Mädchen und schaute ins Badezimmer.

»Wir handeln etwas aus, Cynthia«, sagte Ketcham. »Nur die Ruhe.«

Das Mädchen schaute Prasko trotzig an.

Prasko ging zur Badezimmertür und schloß sie.

»Er hatte etwas Geld«, sagte er zu dem Mädchen. »Vielleicht lasse ich ihn laufen. Was hast du anzubieten?«

»Ich habe auch etwas Geld«, sagte sie.

»Er hatte zwanzigtausend. Hast du soviel?«

»Nein!«

»Dann wandert ihr beide in den Knast.«

»Ich könnte vielleicht etwas Geld auftreiben«, sagte das Mädchen.

»Zwanzigtausend? Soviel?«

Sie schüttelte heftig den Kopf.

»Wie wäre es mit fünf Minuten deiner Zeit?« fragte Prasko.

»Fünf Minuten meiner Zeit? Ich verstehe nicht.«

»Doch, du verstehst«, sagte Prasko.

»O Gott!«

»Das wird vermutlich deine Mutter sagen, wenn du sie aus dem Untersuchungsgefängnis anrufst und ihr sagst, daß du eine Kaution brauchst und warum.«

Das Mädchen begann zu weinen.

»Ziehst du dich nun aus oder nicht?« sagte Prasko. »Ich habe nicht die ganze Nacht Zeit.«

Schluchzend knöpfte das Mädchen die Bluse auf und streifte sie ab. Dann hakte Cynthia den Verschluß des Rocks auf und ließ ihn zu Boden fallen.

»Alles, alles«, sagte Prasko.

Das Mädchen zog den BH aus und streifte dann, hastiger jetzt, das Höschen von den Hüften. Sie wich zum Bett zurück und legte sich darauf. Sie spreizte die Beine und drehte das Gesicht zur Seite, damit sie Prasko nicht anzusehen brauchte.

Officer Prasko ließ die Hose fallen und zog die Unterhose aus. Dann schritt er zum Bett.

Als er fertig war, ging er ins Badezimmer und schlug Ketcham mit dem Revolver ins Gesicht, hart genug, um ihm eine blutige Verletzung zuzufügen und ihn benommen zu machen. Dann schloß er die Handschellen auf.

»Bleib fünf Minuten, wo du bist, oder ich komme zurück und blase dir das verdammte Gehirn aus dem Schädel«, sagte Prasko.

Dann ging er ins Schlafzimmer, warf einen Blick auf das nackte, wimmernde Mädchen auf dem Bett, nahm die 20 000 Dollar vom Tisch und verließ Zimmer 138.

Als Ketcham den Wagen starten und davonfahren hörte, erhob er sich vom Boden im Badezimmer, ging ins Schlafzimmer und wollte die Arme um das Mädchen legen.

Sie schob ihn von sich und schrie.

»Cynthia«, sagte er in tröstendem Tonfall und wollte sie abermals in die Arme nehmen.

Cynthia schrie wieder.

3

Der District Attorney von Philadelphia, der Ehrenwerte Thomas J. ›Tony‹ Callis – ein großer, grauhaariger, gutgekleideter Mann Anfang Fünfzig – blickte von seinem Schreibtisch auf und sah Harrison J. Hormel, Esquire – einen etwas verknittert wirkenden Sechsundvierzigjährigen – an der Tür stehen und darauf warten, daß er zur Kenntnis genommen wurde.

Harry Hormel war unbestreitbar der fähigste der stellvertretenden Staatsanwälte, deren Chef Callis war. Und er besaß eine andere Eigenschaft, die Callis mochte. Hormel war unpolitisch. Er hatte keine politischen Ambitionen und schuldete keinem Politiker Loyalität außer dem amtierenden Chef des Büros der Staatsanwaltschaft.

»Kommen Sie rein, Harry«, rief Callis.

Hormel trat ein und setzte sich in einen der beiden bequemen grünen Ledersessel, die vor Callis' Schreibtisch standen.

»Was soll mit James Howard Leslie passieren?« fragte Hormel ohne Einleitung.

»Ihn in Öl braten wäre schön«, sagte Tony Callis. »Oder ihn vielleicht vierteilen.«

Mr. James Howard Leslie, Berufseinbrecher, war kürzlich als Mörder verurteilt worden. Ein gewisser Jerome H. Kellog war bei der Heimkehr in der Küche seines Hauses in der West Luray Street in Nordwest-Philadelphia auf Mr. Leslie gestoßen. Leslie war beschuldigt worden, einen .38er Special Smith & Wesson gezogen und Kellog befohlen zu haben, die Hände zu heben und sich umzudrehen; und als Kellog das getan hatte, war er von Leslie mit einem Schuß in den Hinterkopf getötet worden. Kellog war auf den Boden gefallen, und Leslie hatte ihm noch einmal in den Kopf geschossen, um sicherzustellen, daß er tot war.

Als Leslie mit Sergeant Washington von der Abteilung Special Operations des Philadelphia Police Department über den Fall sprach, erklärte er, er hätte es für nötig gehalten, Kellog umzubringen, weil der sein Gesicht gesehen hatte und als Polizist ihn vermutlich gefunden und als Einbrecher festgenommen hätte.

Callis verstand, daß Hormel in Wirklichkeit fragte, ob die Stadt Philadelphia die Kosten eines Prozesses tragen wollte und eine Verurteilung wünschte, die Leslie für den Rest seines Lebens hinter Gitter bringen würde, oder ob Leslie ein Handel erlaubt werden sollte, durch den er für vielleicht zwanzig Jahre aus der Gesellschaft entfernt werden würde, was praktisch ungefähr so lange hinter Gittern bedeutete wie lebenslänglich.

Normalerweise wäre das keine Frage gewesen. Die volle Härte des Gesetzes würde jemanden treffen, der kaltblütig einen Polizeibeamten ermordet hatte. Oder sogar einen Täter, der einen Cop irrtümlich während der Ausübung einer Straftat erschossen hatte.

Normalerweise hätte Callis Leslie persönlich angeklagt. Zum einen glaubte er wirklich, daß die Fundamente der zivilisierten Gesellschaft untergraben wurden, wenn man einen Verbrecher, der einen Cop erschossen hatte, glimpflich davonkommen ließ. Zum anderen sollte eine rigorose Anklage solch eines Missetäters durch den Staatsanwalt persönlich zur Wahlzeit in Erinnerung sein.

Es war kein großes Geheimnis, daß District Attorney Callis bereit war, den Bürgern von Philadelphia als ihr Bürgermeister zu dienen, wenn er gewählt wurde. Und ihm war klar, daß der gegenwärtige Bürgermeister, der Ehrenwerte Jerome H. ›Jerry‹ Carlucci, gewählt und wiedergewählt worden war, weil er den Ruf hatte, hart gegen die Kriminalität durchzugreifen.

Aber der Fall Leslie war nicht mit dem eines Verbrechers zu vergleichen, der während eines Banküberfalls einen Cop erschossen hatte. Zum einen war Officer Kellog zum Zeitpunkt seines tragischen Todes nicht im Dienst gewesen. Zum anderen würde Leslie beim Prozeß vom Büro der Pflichtverteidigung juristisch vertreten werden, genauer gesagt von einer Anwältin, die Callis insgeheim – nicht für die Öffentlichkeit bestimmt – als ›gottverdammte Nonne‹ bezeichnete.

Ms. Imogene McCarthy – die während ihrer zehn Jahre im Nonnenkloster Schwester Luke genannt worden war – hatte zwei Eigenschaften, über die sich Callis ärgerte, manchmal wahnsinnig. Sie glaubte inbrünstig daran, daß stets mildernde Umstände – Armut, Bildungsmangel, elterlicher Mißbrauch, Drogensucht – für die Taten von Leuten wie James Howard Leslie verantwortlich waren und die tragischen Umstände nicht zu Strafen führen sollten, sondern zu Mitgefühl und Gnade der Gesellschaft. Und sie war eine sehr fähige und geschickte Anwältin – auch in Berufungsprozessen.

Tony Callis war entschlossen, zu verhindern, daß die gottverdammte Nonne diesmal ihren Mandanten herauspauken konnte, so gut sie auch war. Im Grunde ihres Herzens wollte sie tatsächlich verhindern, daß der Verbrecher hinter Gitter wanderte. Sie wollte nicht, daß der Staat Pennsylvania James Howard Leslie in Handschellen ins Rockview Prison steckte und, wie vom Richter gefordert, die lebenslängliche Haftstrafe abbüßte, wodurch all seine

Hoffnungen auf Bildung, Erziehung und eine Rückkehr in die Gesellschaft als produktives, gesetzestreues Mitglied zerstört werden würden.

Callis nahm an, daß Ms. McCarthy aus ihrer Perspektive eine vernünftige Lösung des Falls darin sah, daß sich James Howard Leslie des Mordes dritten Grades (Totschlag im Affekt) bekannte. Sie würde argumentieren, eine geringere Strafe würde ihn lange Zeit aus der Gesellschaft entfernen – zum Beispiel sieben bis zehn Jahre –, so daß er anderen keinen Schaden zufügen konnte, aber er würde dadurch sowohl dem Büro der Staatsanwaltschaft als auch dem Büro der Pflichtverteidigung beträchtliche Kosten an Zeit und Geld für einen Prozeß und die folgenden Berufungsverfahren ersparen.

Ihr Standpunkt hatte eine gewisse Logik. Wenn Kellog kein Polizeibeamter gewesen wäre, hätte Callis vielleicht eine inoffizielle Absprache, nach der ein Angeklagter durch Schuldbekenntnis dem Gericht Prozeßzeit erspart und dafür eine milde Strafe zugesichert bekommt, in Erwägung gezogen. Aber Kellog war ein Cop gewesen, und Leslie hatte ihn kaltblütig ermordet und mußte deshalb für immer eingesperrt werden. Eine Hinrichtung des mörderischen Hurensohns auf dem elektrischen Stuhl war leider – dank dem Obersten Gericht des Bundesstaates – nicht mehr möglich. Die einzige Möglichkeit, ihn lebenslänglich hinter Gitter zu bringen, bestand in einem Prozeß.

Nach einigem Nachdenken – Callis hatte sich gesagt, daß es nicht gut für seine politischen Ambitionen sein würde, wenn er Leslie persönlich anklagte und die gottverdammten Nonne sieben bis zehn Jahre für ihn herausholte – war er zu der Entscheidung gelangt, die Verantwortung für die Anklage von Leslie dem stellvertretenden Staatsanwalt Hormel zu übertragen.

»Phebus will die Anklage vertreten«, sagte Harry Hormel. »Er hat mich darum gebeten.«

Anton C. Phebus, Esquire, war einer der anderen stellvertretenden Staatsanwälte unter Callis.

Es überraschte Callis nicht, daß Phebus Leslie anklagen wollte und sich bei Hormel für den Job angeboten hatte. Phebus war ein Ex-Cop und hatte deshalb ein persönliches Interesse daran, daß Leslie, nach einem fairen Prozeß, lebenslänglich eingesperrt wurde. Und Harry Hormel war de facto, wenn auch nicht de jure wie eines von Orwells Schweinen, das gleichwertigste von all den stellvertretenden District Attorneys.

»Sie wollen nicht anklagen?« fragte Callis.

»Doch«, erwiderte Hormel. »Aber wenn Phebus die Anklage vertritt, wird er Erfahrung sammeln können.«

Phebus war relativ neu als Ankläger und Mitglied des Büros der Staatsanwaltschaft. Er war zwölf Jahre lang Polizeibeamter gewesen und bis zum Sergeant aufgestiegen und hatte die juristische Fakultät der Temple University besucht, wann immer er es mit dem stets wechselnden Dienstplan eines Polizisten hatte vereinbaren können. Er war vor vierzehn Monaten zum Büro des Staatsanwalts gekommen, kurz nachdem er als Anwalt zugelassen worden war.

Callis erinnerte sich plötzlich – er hatte eine sehr gute Erinnerung, die ihm schon gute Dienste geleistet hatte –, daß Phebus als Cop Sergeant beim Rauschgiftdezernat des Philadelphia Police Department gewesen war und daß Jerome H. Kellog ebenfalls beim Rauschgiftdezernat gearbeitet hatte.

»Er und Kellog waren Kollegen beim Rauschgiftdezernat? Partner?«

Es wäre unklug, einen Ankläger mit wirklich persönlichem Interesse an dem Fall einen Angeklagten lebenslänglich hinter Gitter schicken zu lassen.

»Nein. Das habe ich überprüft. Sie haben nie zusammen gearbeitet, und sie waren nicht befreundet«, sagte Hormel.

Es überraschte Callis nicht, daß Hormel dieses mögliche Problem überprüft hatte, bevor er ihn aufgesucht hatte.

»Was schlagen Sie vor, Harry? Daß Phebus vielleicht an der McCarthy scheitert?«

»Wir haben alles, was wir für eine Verurteilung brauchen«, sagte Hormel. »Eine Aussage, alles. Phebus hat eine so gute Chance, eine lebenslängliche Verurteilung zu erreichen, wie ich. Miss McCarthy wird ihm ihre beste Verteidigung entgegensetzen, und so kann er sowohl beim Prozeß als auch während der Berufungsverhandlungen lernen und Erfahrung sammeln.«

Offenbar hat Phebus einen Mentor gefunden, dachte Callis. Harry will, daß er diesen Fall übernimmt. Vielleicht will er dadurch verhindern, daß Phebus bald eine private Kanzlei eröffnet und uns verläßt.

Nur ein paar stellvertretende Staatsanwälte machen Karriere. Die meisten eröffnen nach ein paar Jahren Job im Büro der Staatsanwaltschaft eine eigene Kanzlei. Harry ist offenbar daran interessiert, Phebus zu halten. Daran ist nichts falsch. Und Phebus ist der Typ – kein geistiger Riese und mit Beamtenmentalität –, der bei uns bleiben will.

Wo ist also der Haken?

Die gottverdammte Nonne macht ihn zum Narren, und Leslie kommt mit einer milden Strafe davon. Unwahrscheinlich, aber möglich. Aber selbst wenn es so schlimm kommt, wird die Öffentlichkeit meinen, ich habe einen verständlichen Fehler gemacht, indem ich einen Ex-Cop beauftragt habe, einen Copkiller anzuklagen. Das ist besser, als wenn die McCarthy einen Narren aus mir oder Harry macht.

Wahrscheinlicher – wir haben eine starke Position in diesem Fall – wird Phebus eine Verurteilung zu lebenslänglicher Haft erreichen. Man wird das dem Büro des Staatsanwalts zugute halten, und ich sammele vielleicht ein paar Pluspunkte, weil ich einen Ex-Cop mit der Anklage eines Copkillers beauftragt habe. Mindestens die Cops werden das zu schätzen wissen.

Die gottverdammte Nonne wird natürlich Berufung einlegen, bis zum Obersten Gericht hinauf, um diesem Abschaum Zeit im Knast zu ersparen. Die Berufungsverhandlungen werden eklig und zeitraubend sein. Aber im Augenblick ist Phebus' Zeit nicht so wertvoll, und er kann, wie Harry sagt, gut lernen und Erfahrungen sammeln.

»Lassen Sie Phebus die Anklage vertreten, Harry«, wies

Callis Hormel an. »Aber halten Sie ein Auge auf ihn. Lassen Sie mich wissen, wenn es Probleme gibt.«

Peter Frederick Wohl wirkte – und wurde oftmals fälschlich dafür gehalten – wie ein aufstrebender Börsenmakler oder Anwalt. Er war ein schlanker, großer und gutaussehender Fünfunddreißigjähriger. Sein hellbraunes Haar trug er kurzgeschnitten, und er bevorzugte maßgeschneiderte, konservative Kleidung mit fast immer tadellos gestärktem weißem Hemd, gestreifter Krawatte und auf Hochglanz polierten Mokassinschuhen. Er fuhr einen perfekt instand gesetzten, tadellos gepflegten Jaguar XK-120 Roadster, auf dessen Rücksitz für gewöhnlich seine Golftasche oder sein Tennisschläger oder beides lagen.

In Wirklichkeit war er Polizist, genauer gesagt, der jüngste Inspector – und in der Polizei von Philadelphia ist Inspector der zweithöchste Rang nach dem Chief Inspector. Bei den seltenen Anlässen, bei denen er seine Uniform trug, war sie mit einem silbernen Eichenblatt versehen, ähnlich denen von Lieutenant Colonels bei der Army oder im Marine Corps. Wohl war der Leiter der Abteilung Special Operations, die in dem Gebäude an der Ecke Frankford und Castor Avenue untergebracht war, das 1892 als Schule erbaut worden war. Wohls kleines Büro im Erdgeschoß war über acht Jahrzehnte lang das Büro des Schuldirektors gewesen.

Wohl blickte von dem dicken Stapel Papieren, der Verwaltungsarbeit erforderte, zu der Wanduhr auf und sah, daß es 16 Uhr 15 war. Er schüttelte resigniert den Kopf, legte allen Papierkram in eine Schublade seines Schreibtischs und schloß sie ab.

Er nahm das Jackett des hellbraunen Glencheck-Anzuges von einem Bügel der Garderobe bei der Tür, zog es an und verließ sein Büro.

Officer Paul Thomas ›Tommy‹ O'Mara, ein großer, hellhäutiger Sechsundzwanzigjähriger mit einem Anzug, den er vermutlich im Schlußverkauf bei Sears Roebuck gekauft hatte, stand auf. Tommy O'Mara war Wohls Verwaltungsassistent, und Wohl mochte ihn trotz der Tatsache, daß er seine Stellung mehr Protektion verdankte als irgendeinem Verwaltungstalent; sein Vater war Captain Aloysius O'Mara, der Leiter des 17. Districts und ein alter Freund von Peters Vater – Chief Inspector im Ruhestand Augustus Wohl.

»Ich werde mit Chief Lowenstein im Rundhaus sein, Tommy«, sagte Wohl.

Chief Inspector Matthew Lowenstein war der Chef der Kriminalabteilung des Philadelphia Police Department und hatte sein Büro im Verwaltungsgebäude der Polizei an der Ecke 8th und Race Street, das allgemein als ›Rundhaus‹ bezeichnet wurde, weil es gerundete Wände hatte.

»Jawohl, Sir.«

»Wenn er anruft, sagen Sie, ich bin vor fünf Minuten losgefahren«, sagte Wohl.

»Jawohl, Sir.«

Tommy erinnerte Wohl an einen freundlichen jungen Hund. Er bemühte sich sehr, zu gefallen. Er war seit fünf Jahren als Polizist im Dienst, die ganze Zeit bei der Verkehrspolizei, und er war zweimal bei der Prüfung zum Kriminalbeamten gescheitert. Chief Inspector Wohl hatte seinen Sohn gebeten, Tommy einen Job zu geben – die Arbeit für Wohl bedeutete eine Schicht von acht bis 17 Uhr, fünf Tage pro Woche –, bei dem er Zeit haben würde, für einen dritten Versuch für eine Prüfung zum Kriminalbeamten zu lernen.

Wohls vorheriger Verwaltungsassistent war Absolvent – summa cum laude – der University of Pennsylvania, der bei der ersten Prüfung zum Kriminalbeamten als Zweitbester bestanden hatte.

Wohl dachte jetzt an ihn, als er das Gebäude verließ. Er blickte auf seine Armbanduhr, zuckte mit den Schultern und eilte die Treppe zur ersten Etage hinauf, wobei er immer zwei Stufen auf einmal nahm. Im ersten Stock ging er über einen Flur, bis er zu einem ehemaligen Klassenzimmer gelangte, über dessen Tür jetzt ein Schild verkündete ›Ermittlungsabteilung‹.

Er zog die Tür auf, ohne anzuklopfen, und trat ein.

Ein sehr großer Mann (über einsachtzig, 113 Kilo) erhob sich sehr schnell hinter seinem Schreibtisch. Sein schwarzes Gesicht zeigte Bestürzung. Er hob die rechte Hand und signalisierte stop!, und dann legte er den linken Zeigefinger auf die Lippen, um Schweigen anzuzeigen.

Wohl verharrte lächelnd und hob fragend die Augenbrauen.

Der Schwarze, Sergeant Jason Washington, der Leiter der Ermittlungsabteilung, und Inspector Wohl waren alte Freunde. Ihre Freundschaft reichte zurück in die Zeit, in der Detective Washington, der damals als der beste Ermittler der Mordkommission des Philadelphia Police Department galt, den Anfänger in der Mordkommission Peter Wohl unter seine Fittiche genommen hatte.

Wenn es nach Sergeant Washington gegangen wäre, dann wäre er immer noch einfacher Kriminalbeamter der Mordkommission, wie er es bezeichnete. Und er hätte heiter und beredt erklärt, warum: ein guter Kripobeamter der Mordkommission – und es gab bei niemandem Zweifel daran, daß Jason Washington der beste dieser Elite gewesen war – verdiente wegen der Überstunden soviel Geld wie ein Chief Inspector. Und Washington hatte es geliebt, der beste Kripobeamte der Mordkommission zu sein. Es war eine intellektuell herausfordernde, anregende Arbeit. Man hatte ihm routinemäßig die schwierigsten Fälle gegeben.

Washingtons Freundschaft mit Peter Wohl war ernsthaft strapaziert worden, als Wohl ihn vor achtzehn Monaten zu der neu gebildeten Abteilung Special Operations hatte versetzen lassen. Es hatte keine heftigen Worte gegeben – Jason Washington war nicht nur echt stolz auf Wohl, sondern betrachtete ihn auch als zweitklügsten Mann bei der Polizei von Philadelphia –, und bei der vernünftigen Überlegung, daß er jetzt die Beförderungsexamen in Angriff nehmen sollte, wenn er zumindest als Inspector in den Ruhestand gehen wollte, hatte Washington seine neuen Aufgaben akzeptiert.

Washington wies auf einen Spiegel, der an der Wand von der Decke bis zum Boden reichte. Darin war das Spiegelbild eines gutaussehenden jungen Mannes mit Kopfhörern zu sehen, der an einer Schreibmaschine saß und tippte. Sein Gesicht zeigte tiefe Resignation und Frustration. Er hob ungläubig die Augenbrauen. Er schüttelte den Kopf, und dann tippte er sehr schnell und sehr kurz.

Es war ein komischer Anblick. Wohl war versucht, zu lachen. Und er tat es.

»Die Tonbänder«, sagte Sergeant Washington.

»Ah, die Bänder.« Wohl nickte.

Der junge Mann, Matthew M. Payne, der Wohls Verwaltungsassistent gewesen war, bevor er zum Detective befördert worden war, spürte, daß ihm die Aufmerksamkeit galt, und er nahm die Kopfhörer ab.

»Es ist nicht nett, sich über einen jungen Detective lustig zu machen, der sein Bestes tut«, sagte Payne.

»Es bricht mir das Herz«, bemerkte Sergeant Washington.

Wohl ging zu Paynes Schreibtisch.

»Wie läuft es?« fragte er.

Payne wies auf das Blatt Papier in der Schreibmaschine.

»Langsam und schmerzlich«, sagte er.

»Etwas herausgefunden?« fragte Wohl.

»Sie sprechen verschlüsselt«, sagte Payne. »Ich habe herausgefunden, daß sie einen ›Plan B‹ und einen ›Plan C‹ haben, aber ich habe keine Ahnung, was das bedeutet.«

»Es ist ein schmutziger Job«, sagte Wohl leicht spöttisch, »aber jemand muß ihn erledigen.«

»Warum ich, guter Gott, warum gerade ich?«

»Weil Sie tippen können«, sagte Wohl. »Woher haben Sie das Ding?« fragte Wohl und wies auf die Schreibmaschine.

»Aus einem Laden in der Market Street«, sagte Payne.

»Sie haben sie gekauft?«

»Es blieb mir keine Wahl, entweder das oder den Zeigefinger damit ruinieren.« Payne wies auf einen Kassettenrecorder, tat, als drücke er mit seinem Zeigefinger auf eine Taste, und erklärte: »Drei Sekunden laufenlassen und so weiter. Ich hätte mir den Finger ruiniert.«

»Was hat die Maschine gekostet?«

»Fragen Sie nicht.«

Wohl lachte.

»Wie kommen Sie voran?«

»Es gibt dreizehn Bänder. Ich bin beim dritten.«

»Bleibt es bei morgen mit der Golfpartie?«

»Ja, dabei bleibt es, Sir. Ich möchte zehn Dollar pro Schlag setzen, plus Zwischenwetten. Es würde mich außerordentlich freuen, wenn Sie dieses elektronische Wunder namens Schreibmaschine bezahlen.«

»Um zwölf im Merion Club, richtig?«

»Bringen Sie Ihr Scheckbuch mit.«

Die Beziehung zwischen Inspector Wohl und Detective Payne war ungewöhnlich. Man nahm allgemein an, daß sich Wohl entschieden hatte, Paynes Mentor zu werden, weil er in dem jüngeren Mann die Intelligenz und Charakterzüge erkannt hatte, die ihn im Laufe der Zeit zu einem feinen, ranghohen Polizeibeamten machen würden. Das stimmte, aber die beste Erklärung für diese Beziehung hatte Peter Wohl von seiner Mutter erhalten, die gesagt hatte, Matt Payne sei der kleine Bruder, den er nie gehabt hatte.

Wohl wandte sich ab und ging. Er blieb noch kurz bei Washingtons Schreibtisch stehen.

»Wenn er Anzeichen auf langsameres Arbeiten zeigt – oder gar darauf, abzuhauen –, benutzen Sie Ihre Peitsche«, sagte er.

»Jawohl, Sir«, erwiderte Washington.

Detective Payne setzte die Kopfhörer wieder auf und hob die Hand, mit der er sehr respektlos den Stinkefinger zeigte, über den Kopf.

Wohl ging über den Flur und die Treppe hinunter. Er verließ das Gebäude und stieg in seinen neutralen Dienstwagen, um in die Innenstadt zu seinem Treffen mit Chief Inspector Lowenstein zu fahren.

Fünf Minuten später klingelte das Telefon in der Ermittlungsabteilung. Sergeant Washington nahm den Anruf entgegen, rief ›Matt!‹, und als er keine Antwort erhielt, stand er auf, ging zu Paynes Schreibtisch, klopfte Payne auf die Schulter und wies zum Telefon.

Payne nahm die Kopfhörer ab, drückte auf das leuchtende Lämpchen seines Telefons auf dem Schreibtisch und nahm den Hörer ab.

»Payne«, sagte er.

»Bleiben Sie bitte dran für Mr. Nesbitt«, sagte eine weibliche Stimme.

»Nein«, sagte Payne.

»Wie bitte?«

»Sagen Sie Mr. Nesbitt, wenn er endlich lernt, selbst eine Telefonnummer zu wählen, werde ich gern mit ihm reden«, sagte Payne und legte auf.

Er blickte zu Washington.

»Das macht mich sauer«, erklärte er.

»Was genau macht Sie sauer, Matt?« fragte Washington.

»Bleiben Sie bitte dran für Mr. ›Wichtiger als Sie‹«, sagte Matt mit Sopranstimme.

Washington lachte.

Keine Minute später klingelte das Telefon von neuem.

Washington ließ es klingeln, bis Matt aufmerksam wurde und den Hörer seines Telefons abhob.

»Detective Payne«, meldete sich Matt.

»Was, zum Teufel, ist mit dir los?« fragte Chadwick Thomas Nesbitt IV.

»Wenn du mit mir sprechen willst, Chad, ruf mich an.«

»Und wofür habe ich eine Sekretärin?« fragte Nesbitt.

»Jetzt hast du mich an der Strippe. Also, worum geht's?«

»Um heute abend.«

»Eigentlich wollte ich selbst wegen heute abend anrufen.«

»Du *kommst*?«

»Deshalb wollte ich anrufen. Ich werde *nicht* kommen.«

»Warum nicht?«

»Ich bin anscheinend an einem Virus erkrankt.«
»Was für ein Virus?«
»Der Auslöser einer Art asiatischer Grippe. Keine Sorge, sie wird nur vierundzwanzig Stunden dauern. Man nennt den bösen Krankheitserreger ›Geh-nicht-zu-Chads-Geburtstagsparty-Virus‹.«
»Willst du mir sagen, warum?«
»Willst du das wirklich wissen?«
»Das will ich wirklich wissen.«
»Okay. Daffy wird versuchen, mich mit einer ihrer hirnlosen Freundinnen zu verkuppeln.«
»Ich verspreche, daß dies nicht passieren wird.«
»Grund Nummer zwei: Wenigstens einer deiner Freunde wird mich bitten, ein Protokoll verschwinden zu lassen, das er bekommen hat, weil er bei Rot über eine Kreuzung gefahren ist und einen Bus voller Nonnen gerammt hat, weil er besoffen war.«
»Wenn das passiert, sag ihm, er kann dich am Arsch lecken. Du bist sehr gut darin, die Leute abzuwimmeln.«
»Grund drei: Daffy, überwältigt von der Vorstellung, Frau, Mutter und Hausfrau zu sein, wird sich vermutlich als Köchin versuchen.«
»Das Essen wird natürlich von einem Partyservice geliefert. Du kommst also?«
»Chad, ich will nicht.«
»Tu es für mich, mein Freund. Wir sind zur Geburtstagsfeier des anderen gegangen, seit wir laufen konnten. Und wir sehen uns jetzt kaum noch. Außerdem ist Penelope Alice deine Patentochter.«
Das stimmte alles. Chad Nesbitt war Matt Paynes bester Freund, seit sie noch kurze Hosen getragen hatten. Und sie sahen sich jetzt kaum noch. Und Penelope Alice Nesbitt, Chad und Daffys Erstgeborenes, benannt nach der verstorbenen Penelope Alice Detweiler, in die sich Matt verknallt hatte, bevor sie sich zuviel – oder schlechtes – Heroin gespritzt hatte, war tatsächlich seine Patentochter.
Matt seufzte.

»Also gut, ich komme«, sagte er. »Wider besseres Wissen.«

Er legte auf, bevor Matt eine Antwort geben konnte, und widmete sich wieder seiner Arbeit.

Die Festivitäten zum fünfundzwanzigsten Geburtstag von Chadwick Thomas Nesbitt IV waren nach Meinung seiner Mutter und seiner Schwiegermutter (Mrs. Soames T. Browne) weitaus wichtiger als die einer einfachen Geburtstagsparty.

Sie würden sozusagen das junge Paar in die Gesellschaft von Philadelphia wenn auch nicht einführen, jedoch *wiedereinführen.* Zum einen war Chad drei Tage nach dem Abschluß seines Studiums auf der University of Pennsylvania zum Marine Corps gegangen.

Eine angemessene Hochzeitsfeier wäre angesichts dessen auf alle Fälle schwierig gewesen, aber sie war darüber hinaus durch die unglückliche Geschichte mit Daffys bester Freundin Penny Detweiler – die ihre erste Brautjungfer hatte sein sollen – kompliziert worden, weil sie sich mit Drogen und Gangstern eingelassen hatte.

Daffy hatte natürlich Mitgefühl mit Grace und Dick Detweiler, die alte und liebe Freunde waren, aber das änderte nichts an der Tatsache, daß Penny nicht Daphnes Brautjungfer sein konnte, weil sie im Hahnemann Hospital lag und sich von einer Schußwunde erholte, wodurch eine Hochzeitsfeier sehr getrübt worden wäre.

Und dann hatte das Marine Corps Chad für über zwei Jahre nach Okinawa geschickt – natürlich ohne Daffy. Sie hatte auf ihn in ihrem Elternhaus in Merion gewartet – verheiratet oder nicht, sie hielt es für blödsinnig, sich ein eigenes Apartment zu nehmen –, und dann war Chad heimgekehrt, und als zweites nach dem Abnehmen seiner Uniformmütze hatte er Daffy geschwängert.

Und während sie schwanger war, hatte Chad bei Nesfoods als Einzelhandelsverkäufer von der Pike auf gelernt. Sein Vater – jetzt Vorsitzender des Aufsichtsrates von Nesfoods International – hatte ebenfalls so klein angefangen. Und ebenso sein Großvater. Und Dick Detweiler, Nesfoods Geschäftsführer. Und sein Vater.

Man kann jedoch nicht viel am gesellschaftlichen Leben teilnehmen, wenn man als Einzelhandelskaufmann am Fuß der Karriereleiter arbeitet und eine schwangere Frau hat.

Jetzt waren die Dinge viel besser. Chad hatte seinen Wert bewiesen und war kurz vor der Geburt des Babys befördert worden. Er war nun stellvertretender Vizepräsident der Verkaufsabteilung.

Und das Baby war gesund und entzückend. Chad und Daffy hatten es Penelope Alice benannt, nach Penny Detweiler, die jedem das Herz gebrochen hatte, nicht nur ihren Eltern, indem sie eine Droge zuviel genommen und sich damit umgebracht hatte.

Sowohl Großmutter Nesbitt als auch Großmutter Soames hielten es nicht für das klügste, das Baby nach der armen Penny zu nennen, aber die jungen Leute ließen keine Einwände gelten.

Sieh das Gute, sieh die Zukunft, sagten sie.

Jetzt hatten sie wenigstens eine eigene Bleibe, Stockton Place 9 in Society Hill. Groß genug und schön genug für ihre erste richtige Party.

Society Hill im Zentrum von Philadelphia, in der Nähe der Independence Hall, war die Gegend, in der die gesellschaftliche Elite Philadelphias vor der Revolution ihre Häuser hatte erbauen lassen. Es hieß – einigermaßen zutreffend –, daß es mit Society Hill bergab gegangen war, als die loyalen Untertanen Seiner Majestät König George III., alarmiert durch die Anwesenheit eines Rebellen namens George Washington und seiner pöbelhaften Revolutionsarmee im nahen Forge Valley, die Stadt verlassen hatten.

Society Hill hatte seinen langsamen, jedoch stetigen Niedergang zu einem Slum in den nächsten anderthalb Jahrhunderten fortgesetzt. Dann hatte sich ein Immobilienmakler gesagt, daß vermutlich viel Geld verdient werden konnte, wenn die alten Häuser von innen heraus saniert und zu Luxuswohnungen für die Wohlhabenden umgebaut wurden.

Während des Baugenehmigungsverfahrens stellte sich heraus, daß eine Gasse namens Stockton Place niemals der Stadt Philadelphia urkundlich übertragen worden war. In diesem Fall war es das Recht des Besitzers, sie als Privatstraße zu erklären und das Gesindel fernzuhalten. Exklusives Wohnen, wie es in der Immobilienbranche heißt.

Zu beträchtlichem Preis wurden genügend Kopfsteinpflastersteine gekauft, und Stockton Place wurde damit gepflastert. Danach wurde ein Ende der Gasse mit einer Ziegelsteinmauer für immer geschlossen, und am anderen Ende wurde ein Wachhaus im Kolonialstil errichtet. Eine gestreifte Schranke, kontrolliert von einem Ex-Cop und jetzigen Wachmann der Wachenhut Corporation, stellte sicher, daß niemand außer den Anliegern oder berechtigten Besuchern die Gasse betrat oder über das neue Kopfsteinpflaster fuhr.

Stockton Place Nr. 9., verkauft von den NB Properties Incorporated, war zweifellos die wünschenswerteste der Residenzen. Es war ein mit Sicherheitsglas versehenes Gebäude hinter den Fassaden von vieren der zwölf vorrevolutionären Brownstone-Häusern dieses Blocks. Der Eingang befand sich bei Nummer 9. Klug verborgen hinter der Fassade von Nummer 11 war die Einfahrt zur Tiefgarage, die Platz für drei Fahrzeuge bot.

Das Projekt wurde von NB Properties, Inc., an Mr. und Mrs. Nesbitt zu einem Preis vermietet, der viel niedriger war als der normale Marktpreis. Als sie eingezogen waren, verdiente der junge Chad soviel wie jeder andere Einzelhandelskaufmann, der bei Nesfoods International angestellt war, und sein Vater – der Hauptaktionär von NB Properties, Inc. – hatte sich gesagt, daß er wenigstens soviel für seinen Sohn und seine Schwiegertochter tun konnte. Chadwick Thomas Nesbitt III. erinnerte sich gut an die Zeit, als er mit der Firma auf der untersten Sprosse der Karriereleiter angefangen hatte.

Es würden über zweihundert Gäste kommen. Natürlich gab es ein Büfett. Chad und Daffys Wohnung war groß, aber nicht groß genug, um so vielen Gästen zum Essen einen Sitzplatz zu bieten. Mrs. Nesbitt II. hatte mit dem Gedanken gespielt, die Party im Merion County Club zu geben, und Mrs. Browne hatte für diesen Anlaß das Haus der Brownes angeboten – eine Kopie eines englischen Herrenhauses mit zweiundvierzig Zimmern in Merion –, doch schließlich hatte sie sich entschieden, Daffy die Party in ihrem eigenen Haus geben zu lassen – natürlich mit Hilfe ihrer Mutter und ihrer Schwiegermutter.

Daffy hatte wirklich keine Erfahrung, das allein zu schaffen, und sie mußte sich um Penelope kümmern – beide Großmütter waren entschlossen, das Kind niemals ›Penny‹ zu nennen –, und es mußte einfach alles richtig gemacht werden.

Die Gästeliste war ein Problem gewesen. Chad und Daffys Freundeskreis mußte eingeladen werden, aber nachdem Daffy ihre Liste präsentiert hatte, wurden die Kriterien in ›Chad und Daffys älteste und liebste Freunde und Freundinnen‹ geändert. Dadurch fielen ungefähr hundert Personen weg und konnten durch Personen ersetzt werden, die gesellschaftlich und beruflich wichtig für das junge Paar waren. Alle sechs Vizepräsidenten von Nesfoods International und ihre Gattinnen waren natürlich eingeladen, und ebenso einige andere Geschäftsfreunde der Firma. Und natürlich der Bischof der Episkopalkirche von Philadelphia und der Kardinal-Erzbischof. Und der Bürgermeister. Und der Senator. Und dann die Freunde, von denen Daffy und Chad die meisten ihr ganzes Leben lang kannten

Bailey, Banks & Biddle arrangierte die Einladungen, und der Rittenhouse Club lieferte das Büfett.

Das Empfangskomitee bestand aus dem Paar, das die Geburtstagsparty ausrichtete (einige wenige Privilegierte durften später oben Penelope Alice betrachten) und beiden Großelternpaaren.

Matthew M. Payne traf um 19 Uhr 50 ein, einen

Moment nachdem Mrs. Nesbitt III. Mrs. Browne mit einem Blick signalisiert hatte, daß sie es für an der Zeit hielt, das Empfangskomitee zu verlassen und sich unter die Gäste der Kinder zu mischen.

»Hallo, Matt«, sagte Mr. Chadwick Thomas Nesbitt III.

»Guten Abend, Sir«, erwiderte Matt.

»Sie sehen mit der schwarzen Krawatte schick aus, Matt«, sagte Mrs. Chadwick Thomas Nesbitt III.

»Sagen Sie das bitte meiner Mutter«, sagte Matt.

»Ihre Eltern sind hier«, schaltete sich Mrs. Soames Browne ein. »Daphne hat befürchtet, Sie würden absagen«, fügte sie hinzu.

»Das war, als ich dachte, Daffy kocht für die Party.«

»Matt, muß ich Sie schon wieder daran erinnern, sie nicht so zu nennen«, sagte Mrs. Soames Browne.

Matt schnippte in gespielter Zerknirschtheit mit den Fingern, als hätte er das vergessen.

»Nun, da ist das Geburtstagskind«, sagte er und streckte Mr. Nesbitt IV. die Hand hin. »Herzlichen Glückwunsch!«

»Danke für dein Kommen, Matt.«

»Und die Mutter meiner Patentochter! Drauf und dran, ihr Kleid zu sprengen!«

»Leck mich, Matt«, sagte Mrs. Nesbitt IV.

Ihre Großeltern taten, als hätten sie das nicht gehört.

Mrs. Soames Browne erinnerte sich wieder einmal wie gewöhnlich bei solchen Anlässen, daß Matt als Fünfjähriger Daphne zu Doktorspielen überredet hatte und sie sich zu jener Zeit gesagt hatte, daß mit ihm etwas nicht stimmte.

Im Laufe der Jahre hatte er nichts getan, um sie eines Besseren zu belehren.

Der hat eine Schraube locker, dachte sie. Daß er Polizist wurde, ist ein weiterer Beweis. Allein der Gedanke, daß jemand seiner Herkunft normaler Cop wird, ist absurd.

Wenn die Wahrheit ans Licht gekommen wäre, hätte sich vermutlich herausgestellt, daß er mehr mit Pennys Rauschgiftsucht zu tun hatte, als jeder weiß. Wer sich mit Schweinen im Schlamm suhlt, wird dreckig.

4

Matt Payne warf einen Blick auf das Büfett im Spielsalon, schaute dann zu der wartenden Schlange von Gästen und ging zur Bar.

»Ein Glas von Ihrem besten Ginger Ale, bitte, guter Mann«, sagte er, doch dann besann er sich anders. »Ah, zum Teufel damit, geben Sie mir einen Scotch pur.«

Der Mann hinter der Bar lächelte ihn an.

»Meine Mutter ist hier«, sagte Matt erklärend. »Ich wollte auf die vorwurfsvolle Frage ›Was trinkst du da?‹ warten und ehrlich antworten ›Ginger Ale‹. Nur um ihre Reaktion zu sehen.«

»Was hat Ihren Sinneswandel bewirkt?« fragte der Barmann, während er einschenkte.

Matt wies durch den Raum voller Gäste.

»Ich brauche etwas flüssigen Mut, um all diesen fröhlichen Leuten entgegenzutreten.«

Der Barmann lachte.

Und dann entdeckte Matt ein vertrautes Gesicht.

»Nicht zu glauben!« sagte er. »Es ist doch jemand Menschliches hier.«

Er ging zu einem kleinen, drahtigen, blonden Mann, der neben einer etwas größeren Frau stand. Die Frau trug eine Perlenkette, die bis in das Tal zwischen ihren Brüsten reichte, und an der linken Hand sah Matt einen Verlobungsring mit einem vierkarätigen Smaragd.

»Hallo, Matt«, sagte die Frau und lächelte ihn an. » Wie geht es Ihnen?«

»Ich habe Selbstmitleid«, sagte Matt.

»Warum?« fragte sie.

»Meine Vorgesetzten sind grausam zu mir. Sie würden nicht glauben, was sie mich den ganzen Tag lang tun ließen. Und den ganzen gestrigen Tag.«

Der Mann lächelte.

»Die Bänder?«

»Die Obszönitäten-bitte-weglassen-Bänder.«

»Etwas herausgefunden?« fragte der Mann.

»Hört sofort auf, ihr beiden!« befahl die Frau. »Kein Gerede über die Arbeit! Also wirklich, Schatz!«

Der ›Schatz‹ war auch bekannt als Captain David J. Pekach. Er war Chef der Highway Patrol und einer der beiden Captains der Abteilung Special Operations. Die Lady war seine Verlobte, Miss Martha Peebles.

Im Nachruf auf Alexander F. Peebles im *Wall Street Journal* wurde berichtet, daß er bei seinem Tod im Besitz von 11,5 Prozent der bekannten Glanzkohle-Reserven der Vereinigten Staaten gewesen war. Ein halbes Jahr später berichtete dieselbe Zeitung, daß die Anwälte von Miss Martha Peebles erfolgreich Bemühungen ihres Bruder, das Testament ihres Vaters anzufechten, zunichte gemacht hatten. In dem Testament hatte er seiner geliebten Tochter all seine irdischen Güter jedweder Art und an jedem Ort vermacht.

An einem Abend vor einem halben Jahr war Captain Peckach, der Leiter der Highway Patrol, zweimal auf den ›Vorschlag‹ von Bürgermeister Carlucci hin zum Haus Glengarry Hill 606 in Chestnut Hill gefahren, um der Besitzerin persönlich zu versichern, daß die Polizei von Philadelphia im allgemeinen und die Highway Patrol im besonderen alles Menschenmögliche tat, um den Dieb oder die Diebe festzunehmen, die in das Herrenhaus aus der Jahrhundertwende – es hatte achtundzwanzig Zimmer und stand auf einem Grundstück von vierzehn Morgen – eingebrochen hatten. Bei seinem ersten Besuch an jenem Abend hatte Captain Pekach Miss Peebles versichert, daß er sich persönlich um ihr Problem kümmern werde, indem er nach seinem Dienst gegen Mitternacht bei ihrem Haus vorbeifahren würde. Miss Peebles hatte ihn gefragt, ob sein Dienstplan, erst Feierabend um Mitternacht, nicht hart für seine Frau war. Captain Pekach hatte sie informiert, daß er keine Frau hatte und nie verheiratet gewesen war.

»In diesem Fall, Captain, sollten Sie auf eine Tasse Kaffee hereinkommen, wenn Sie die Zeit dazu finden«, hatte Miss Peebles gesagt. »Ich gehe selten vor zwei Uhr zu Bett.«

Während Captain Pekachs zweitem Besuch bei Glengarry Lane 606 in dieser Nacht war Miss Peebles früher als gewohnt ins Bett gegangen und zum ersten Mal in ihren fünfunddreißig Jahren nicht allein. Ihre Verlobung war vor drei Wochen von ihrem Anwalt und dem lebenslangen Freund ihres Vaters, Brewster Cortland Payne, Esquire, von der Kanzlei Mawson, Payne, McAdoo & Lester bei einer Dinnerparty in Glengarry Lane 606 verkündet worden.

»Da läuft etwas Krummes, Captain«, antwortete Detective Payne und ignorierte sie.

»Matt, bitte, redet nicht über den Beruf!« sagte Miss Peebles.

»Matt, ich habe vier Jahre lang für das Rauschgiftdezernat gearbeitet«, sagte Captain Pekach. »Wenn da etwas faul ist, würde ich davon wissen!«

»Matt, gehen Sie«, sagte Miss Peebles.

»Nun, ich hoffe, Sie haben recht«, sagte Matt. »Aber …«

»*Schatz!*« mahnte Miss Peebles.

»War nett, Sie zu sehen, Matt«, sagte Captain Pekach.

»Wenn Sie mich bitte entschuldigen«, sagte Matt lächelnd, »dann mische ich mich etwas unter die Leute.«

»Das ist eine gute Idee.« Miss Peebles lächelte ihn an.

Matt hielt Ausschau nach seinen Eltern, und als er sie nicht entdeckte, stieg er die Treppe vom Spielsalon zum Eßzimmer hinauf. Dort sah er sie am fernen Ende des Eßzimmers. Sie unterhielten sich mit Pennys Eltern.

Allmächtiger, damit kann ich nicht fertig werden, dachte Matt. *Pennys Mutter hat Mitleid mit mir, und der Vater hält mich für mitschuldig an Pennys Tod.*

Er wandte sich ab, so daß sie ihn nicht sehen konnten.

Und schaute auf die Kehrseite einer gutaussehenden Blondine und dann auf ihr Spiegelbild in dem Panoramafenster, das Ausblick auf den Delaware River und das Werk Camden von Nesfoods International bot.

Er ging zu ihr.

Sie schaute ihn an und blickte dann fort.

»Hallo«, sagte er.

»Hallo«, sagte sie.

»Sie können gefahrlos mit mir reden«, beteuerte Matt.

»Wieso?«

»Ich bin der Pate von Daffys Nachwuchs.«

Dafür erntete er ein Lächeln.

»Haben Sie auch einen Namen?«

»Matt Payne.«

Sie reichte ihm die Hand.

»Susan Reynolds«, sagte sie. »Ich war in Bennington Daffys große Schwester.«

»Das muß harte Arbeit gewesen sein.«

Das brachte ihm ein weiteres Lächeln ein.

»Soll ich Ihnen etwas zu trinken holen?« fragte Matt.

»Warum nicht?« sagte Susan Reynolds.

»Was möchten Sie?«

»Es gibt hier Chablis.«

»Gehen Sie nicht fort.«

»Wir werden sehen.«

Matt ging zur oberen Bar und bestellte Chablis und einen Scotch mit Soda, ohne Eis, für sich. Dann kehrte er damit zu Susan Reynolds zurück.

»Danke«, sagte sie.

»Sie sind nicht von hier, nicht wahr?«, sagte Matt.

»Jetzt klingen Sie wie Chad.«

»Und wie klingt der?«

»Wie eine Säule der Gesellschaft von Philadelphia, die überrascht ist, eine Barbarin in ihrem Haus zu sehen.«

»So meinte ich es nicht. Aber ich habe Sie hier noch nie gesehen. Sie wären mir aufgefallen.«

»Harrisburg«, sagte sie. »Außerhalb von Camp Hill.«

»Hallo«, ertönte eine Frauenstimme hinter Matt.

»Miss Reynolds, darf ich Ihnen meine Eltern vorstellen?« sagte Matt. »Mutter, Dad, dies ist Susan Reynolds.«

Matts Mutter sah nicht aus wie die Vierzigjährige, die sie war. Sie hatte gebräunte, faltenfreie Haut und war schlank. Sie hörte oftmals, daß sie wenigstens fünfzehn Jahre jünger aussah als ihr Mann, ein großer, gutgebauter, würdevoller, grauhaariger Mann Anfang Fünfzig.

»Guten Abend«, sagte Patricia Moffitt Payne. »Daffy hat mir von Ihnen erzählt.«

»Du sollst Sie nicht Daffy nennen« sagte Matt.

»Ich kenne Sie, seit sie Windeln getragen hat«, sagte Patricia Payne. »Ich nenne sie, wie es mir beliebt.«

»Und ›Daffy‹ paßt, nicht wahr?«, meinte Susan Reynolds.

»Das habe ich nicht gesagt«, sagte Patricia Payne.

»Ich glaube, Sie sind ein Freund von Mr. Emmons, nicht wahr, Mr. Payne?« Susan Reynolds sah Matts Vater fragend an.

»Charles Emmons?« fragte Brewster Payne.

Susan nickte. »Er ist ein guter Freund von meinem Vater.«

»Sind Sie dann zufällig Thomas Reynolds Tochter?«

»Schuldig.«

»Charley und ich haben zusammen Jura studiert«, sagte Brewster C. Payne. »Ihren Vater kenne ich nicht. Aber Charley hat ihn oft erwähnt.«

»Matt«, sagte Patricia Payne. »Du mußt die Detweilers begrüßen. Sie wissen, daß du hier bist.«

»O Gott!«

»Matt!«

»Jawohl, Ma'am«, sagte Matt.

»Jetzt wäre der Zeitpunkt gut«, sagte Patricia Payne.

»Entschuldigen Sie mich bitte?« sagte Matt zu Susan Reynolds. »Ich komme zurück.«

Seinen Diener bei Pennys Eltern zu machen erwies sich als so schmerzlich, wie er gedacht hatte. Und es dauerte fünf Minuten, die ihm viel länger vorkamen.

Als Matt zu Susan Reynolds zurückkehrte, waren seine Eltern fort. Statt dessen waren zwei junge Männer bei ihr, die ebenfalls entdeckt hatten, daß die gutaussehende Blondine offenbar ohne Begleiter war.

»Was hältst du davon, Matt?« sagte einer der beiden. Er hieß T. Winslow Hayes, und sie waren auf der Episkopalschule Klassenkameraden gewesen. Matt hatte ihn damals nicht gemocht, und er mochte ihn jetzt nicht. Der andere war ihm vage vertraut, aber Matt konnte sich nicht an seinen Namen erinnern.

»Was halte ich wovon?«

»Soll ich noch einen Drink holen, Susan?« fragte der andere.

»Danke, aber ich habe für heute abend Matt zu meinem Getränkeholer ernannt«, sagte Susan. Sie hob ihr Glas.

Kann ich bei ihr landen? dachte Matt.

T. Winslow Hayes und der andere gingen kurz darauf.

Ihre Gastgeberin tauchte auf.

»Ich fühle mich verpflichtet, dich vor ihm zu warnen, Susan«, sagte Daffy.

»Daffy hat mir nie verziehen, daß ich mich geweigert habe, sie zu heiraten«, sagte Matt. »Hören Sie nicht auf sie.«

»Du Scheißkerl«, sagte Daffy.

Susan Reynolds lachte. »Er sieht nicht sehr bedrohlich für mich aus.«

»Es gibt hier einige nette Jungs, die ich dir vorstellen könnte«, sagte Daffy.

»Danke, aber nein, danke.«

Ich habe Glück bei ihr, dachte Matt.

»Nun, ich habe dich gewarnt«, sagte Daffy und ließ sie allein.

»Sonderbar, ich habe das Gefühl, daß Daffy Sie mag«, sagte Susan.

»Vielleicht auf ihre perverse Art«, sagte Matt.

»Sind Sie Anwalt wie Ihr Vater?« fragte Susan.

»Nein.«

»Sie sehen aber wie einer aus.«

»Wie sieht ein Anwalt aus?«

»Wie Sie.«

»Leider bin ich keiner.«

»Was sind Sie dann?«

»Würden Sie mir ›Polizist‹ glauben?«

»Nein.«

»Ich gebe Ihnen mein Pfadfinder-Ehrenwort, daß ich einer bin.«

»Wie interessant. Tatsächlich?«

»Detective Matthew Payne zu Ihren Diensten, Ma'am.«

Er spürte, daß sie ihm jetzt glaubte – und er sah in ihren Augen, daß er kein Glück mehr haben würde.

Kürzen wir die Jagd ab, dachte Matt.

»Lieben Sie Jazz, Susan?«

»Welche Art Jazz?«

»Dixieland.«

Sie nickte.

»Da ist ein Club im Zentrum, in dem eine Band live spielt, direkt importiert aus der Bourbon Street in New Orleans – Louisiana-Dixieland. Könnte ich Sie dafür interessieren, diese schäbige Umgebung und all diese charmanten Leute zu verlassen und dorthin zu fahren? Dort werden echte Barbecue-Rippchen und Austern und Bier serviert.«

Susan Reynolds schaute ihm in die Augen.

»Bedaure. Versuchen Sie es bei einer anderen.«

»Hat Daffy Ihnen angst gemacht?«

»Sehen Sie, ich bin überzeugt, daß Sie ein netter Kerl sind, aber ich bin einfach nicht interessiert. Okay?«

Matt lächelte etwas gezwungen. »Soll ich Ihnen noch etwas zu trinken holen, bevor ich gehe?«

Sie hob ihr Glas an.

»Ich habe noch was. Trotzdem vielen Dank.«

»Ich wünsche Ihnen einen schönen Abend, Susan.«

»Ich Ihnen auch«, sagte Susan Reynolds.

Obwohl sie gehofft hatte, die Party ungesehen zu verlassen, lief sie ihrer Gastgeberin über den Weg, als sie die Treppe zum Erdgeschoß hinabstieg.

»Du willst doch nicht schon gehen?« fragte Daffy pro forma.

»Danke für die Einladung, Daffy«, sagte Susan. »Es war sehr schön.«

»Obwohl du allein gehst?« fragte Daffy herausfordernd. »Hast du keinen interessanten Mann kennengelernt?«

»Ich habe nicht behauptet, daß *keiner* interessant war aber ich gehe von *hier* allein. Ein Polizist hat mir angeboten, mit ihm irgendwohin zu fahren, wo der Jazz angeblich gut sein soll.«

Sie zwinkerte Daffy zu, die scheinbar wissend lächelte.

»Viel Spaß«, sagte Daffy.

»Ich werde es versuchen«, sagte Susan und küßte Daffy auf die Wange.

»Er ist wirklich nicht so schlecht, wie ich gesagt habe«, meinte Daffy.

»Das sagst du mir jetzt?« sagte Susan. »Nachdem ich meine Hoffnungen aufgegeben habe?«

Daffy lachte wissend.

Susan ging zum Ende von Stockton Place und händigte dem Parkwächter den Parkschein aus. Der Wagen wurde ihr viel schneller gebracht, als sie erwartet hatte, und zwar mit der üblichen Bewunderung, an die sie sich bereits gewöhnt hatte.

»Schöne Räder«, sagte der Parkwächter.

Susan hatte mit fünfundzwanzig Jahren ein Treuhandvermögen ausbezahlt bekommen, das von ihrem Großvater väterlicherseits angelegt worden war. Der Porsche 911 war zu diesem Anlaß ihr Geschenk an sich selbst gewesen.

»Hat auch einen guten Motor«, sagte Susan und steckte dem Mann zwei Dollarscheine zu.

Er sah wie ein netter Junge aus, und er lächelte sie herzlich an.

»Vielen Dank«, sagte er.

Susan setzte sich hinters Steuer, erwiderte das Lächeln des Jungen und brauste davon.

Sie fuhr zur City Hall und bog dann nach links auf die North Broad Street. Es gab vermutlich einen besseren Weg aus der Stadt – sie hatte gehört, daß eine tolle Autobahn nahe beim Delaware River im Bau oder schon fertig war –, aber es widerstrebte ihr, eine neue Route auszuprobieren und möglicherweise in New Jersey zu landen.

In der Nähe der Temple University entdeckte sie das erste Schild, das die Straße als Pennsylvania Route 611 auswies, und sie fühlte sich etwas behaglicher. Jetzt wußte sie, wo sie war.

Sie dachte an den Cop.

Die Wahrheit ist, daß ich lieber mit ihm in einem verräucherten Lokal Dixieland hören würde, als hier raufzufahren.

Es gibt vermutlich zweihundert Dinge, die ich lieber tun würde, als diese Fahrt auf mich zu nehmen.

Aber ich werde wenigstens Jennifer und das Baby sehen.

Natürlich nicht den Vater des Babys. Hoffentlich sehe ich diesen Hurensohn niemals wieder.

Die Chinesen machen das falsch. Sie sollten bei der Geburt männliche Babys ertränken, keine weiblichen. Nur genügend von ihnen behalten zum Zweck der Fortpflanzung und den Überschuß beseitigen, bevor sie aufwachsen und schreckliche Dinge tun.

Weibliche Babys wachsen nicht auf, um die schrecklichen Dinge zu tun, die von männliche Erwachsenen verbrochen werden – wenn es überhaupt solche gibt. Ich habe wenig Beweise gesehen, daß männliche Babys jemals erwachsen werden, selbst wenn sie Bärte haben – und wenn weibliche Babys im Erwachsenenalter die Dinge bestimmen würden, wäre die Welt besser dran.

Keine Kriege, zum Beispiel.

Die Männer sind wirklich Bastarde. Dieser Cop war kaum außer Hörweite, da fingen seine Kumpel schon an, mir zu erzählen, welch ein Spinner er ist. Daß er nur Cop geworden ist, um seine Männlichkeit zu beweisen, und daß er in Wirklichkeit gar kein Cop ist, sondern diese Rolle nur spielt.

War das ein Grund, über ihn herzuziehen? Oder haben sie ihm schlechtgemacht, um ihre Chancen zu vergrößern, in mein Höschen zu kommen – ihre nicht existierenden Chancen? Ich hätte wirklich verzweifelt sein müssen, wenn ich einen von ihren rangelassen hätte.

Und was ist mit dem Cop?

Unter anderen Umständen hätte ich …

Es gibt keine anderen Umstände, und ich weiß es hauptsächlich wegen des männlichen Bastards, den ich heute nacht sehen werde.

Wenn sie Probleme machen, dann nicht nur sich selbst, sondern jedem in ihrer Umgebung. In diesem Fall der süßen Jennie und nun einem Baby. Und natürlich mir.

Und es ist ihnen einfach gleichgültig!

Vielleicht wäre ich besser dran, wenn ich lesbisch wäre.

Aber das bin ich nicht.

Ist das gut oder schlecht?

Es ist gut. Die Wahrheit ist, ich würde einen Mord begehen …

Das ist eine lausige Formulierung. Es gibt genug Tod auf der Welt.

Die Wahrheit ist, ich würde viel dafür geben, an Daffy Nesbitts Stelle zu sein. Einen Ehemann und ein Baby und keine größeren Sorgen als das Wechseln von Windeln zu haben.

Mich nicht mit den Problemen anderer Leute herumschlagen und versuchen zu müssen, damit fertig zu werden. Probleme, von denen sie die meisten selbst verschulden, wie ich gelernt habe.

Das würde mir schrecklich gefallen.

Wozu macht mich das, zu einer egoistischen Schlampe?

Und da ich mir Sorgen wegen der selbstverschuldeten Probleme anderer Leute mache, bin ich deshalb die Heilige Susan, die Märtyrerin?

Hör auf mit dem Selbstmitleid. Du hast es dazu kommen lassen, und jetzt mußt du den Preis zahlen, so hoch er schließlich auch sein mag.

Außerdem wäre die Dixieland-Band vermutlich schrecklich gewesen, und der schlimmstmögliche Mann, mit dem ich mich einlassen könnte, wäre ein Cop. Und trotz des Versuchs seiner guten Freunde, ihn herunterzuputzen, glaube ich, daß Mr. Sowieso – ah, Payne heißt er, Matt Payne – vermutlich ein ziemlich guter Cop ist. Seine Augen – die sind mir aufgefallen – verrieten Intelligenz. Ich bezweifle, daß ihnen viel entgeht.

Susan fuhr durch die Vororte von Jenkintown, Abington und Willow Grove, und kurz nach 22 Uhr 30 erreichte sie die Peripherie von Doylestown. Sie fuhr durch die Stadt, vorbei am Gerichtsgebäude mit der Kanone aus dem Bürgerkrieg auf dem Rasen, und entdeckte das ›Crossroads Diner‹ an der Stelle, die Jennie ihr beschrieben hatte.

Der Parkplatz war gedrängt voll, wie Jennifer gesagt hatte, als sie im Bellvue angerufen hatte. Das ›Crossroads‹ war mehr als ein Imbißlokal. Es hatte als Imbißstube begonnen, war jedoch zu einer Raststätte mir Restaurant, Bar und einem Motel angewachsen.

Jennie hat gesagt, ich soll hinter den Komplex auf den Parkplatz zwischen Restaurant und Motel fahren. Das wäre der beste Platz, um den Wagen zurückzulassen.

Susan schaute auf ihre Armbanduhr. 22 Uhr 40.

Ich komme zehn Minuten zu spät. Oder zwanzig Minuten zu früh. Jennie hat gesagt, zwischen 22 Uhr 30 und 23 Uhr. Und wenn sie nicht bis 23 Uhr auftaucht, ist etwas dazwischengekommen, und wir müssen es später wieder versuchen.

Mit ›etwas dazwischengekommen‹, meinte sie, daß Bryan oder wie auch immer er sich diese Woche nennt, wieder betrunken ist oder den Wagen zu Schrott gefahren hat. Oder irgendwo eine Bank ausraubt.

Ich muß aufpassen, daß mir Jennie nicht anmerkt, wie sehr ich diesen Hurensohn verabscheue. Sie hat es schwer genug, ohne daß ich sie noch mehr belaste.

Als Susan hinter den Reihen geparkter Wagen zwischen Restaurant und Hotel vorbeifuhr und nach einem freien Parkplatz suchte, leuchteten die Scheinwerfer eines Wagens auf – sie konnte ihn nicht genau sehen, aber das war zweifellos ein Signal für sie, fast mit Sicherheit von Jennie.

Oder vielleicht war es nur ein weiterer Bewunderer des Porsche 911.

Sie fand einen freien Platz zwischen einem Oldsmobile und einem Buick und fuhr rückwärts in die Lücke.

Die Wagen zu beiden Seiten waren so groß, daß der Porsche kaum sichtbar war, was Susan gut fand.

Mit etwas Glück gehören sie auch noch kleinen, alten und wohlgesitteten Ladys, die ihre Wagentüren vorsichtig öffnen und keine großen Dellen in meinem hinterlassen.

Susan fand ihre Handtasche, die vom Beifahrersitz auf den Boden gerutscht war, stieg aus und schloß sorgfältig ab.

Dann ging sie auf dem Weg zwischen den Parkreihen zurück, auf dem sie gekommen war.

Auf halbem Weg hörte sie, daß eine Autotür geöffnet und ihr Name leise gerufen wurde: »Susie!«

Es war Jennies Stimme.

Der Wagen war ein vier oder fünf Jahre alter Ford-Kombi, ein anderer als beim letzten Mal, jedoch ebenso unscheinbar.

Als Susan zu dem Kombi ging, wurde die Beifahrertür geöffnet, doch die Innenbeleuchtung ging nicht an.

»Jennie?«

»Hallo, Susie!«

Susan stieg ein.

Im Wagen roch es muffig, als wäre er mit heruntergedrehten Fensterscheiben im Regen stehengelassen worden, aber Susan nahm ebenfalls den Duft von Babypuder wahr.

Jennie trug eine weiße Bluse und Bluejeans. Sie lehnte sich über den Sitz, um Susan ein Küßchen zu geben, ließ sofort den Motor an, schaltete die Scheinwerfer an und fuhr los.

»Du bist nicht vor jemand auf der Flucht, oder?« fragte Susan.

O Gott, warum habe ich das nicht für mich behalten?

»Nein. Natürlich nicht«, sagte Jennie.

»Du bist wie der Blitz losgefahren«, sagte Susan.

Jennie erwiderte nichts darauf, und Susan fühlte sich unbehaglich.

»Wie geht es dem Baby?« fragte Susan.

»Sieh es dir an.« Jennie drückte Susan etwas in die Hand. Susan erkannte, daß es eine Taschenlampe war.

»Der Schalter funktioniert nicht«, sagte Jennie. »Die Schalter, Mehrzahl. Der für die Innenbeleuchtung und der in der Tür.«

Und ich wette, Bryan hat sie installiert, dachte Susan.

»Leuchte ihm nicht in die Augen«, sagte Jennie. »Dann wird er wach.«

Susan verstand, daß das Baby auf dem dunklen Rücksitz sein mußte. Sie drehte sich und neigte sich über den Sitz. Sie erkannte im Dunkeln Decken, und der Geruch von Babypuder wurde stärker.

Ich möchte mir das Baby wirklich ansehen, aber wenn ich mit der Lampe leuchte, wird es bestimmt wach.

Sie wandte sich um.

»Ich werde warten, bis wir ankommen, sagte sie. »Und dann schaue ich ihn mir gründlich an.«

Jennie stieß einen Grunzlaut aus.

»Wohin fahren wir eigentlich?« fragte Susan.

»Nicht weit. Nur zur anderen Seite von New Hope«, erklärte Jennie. »Bryan hat ein Haus auf einem Hügel gefunden. Vor dort aus kannst du den Delaware sehen.«

»Wo ist er?«

»Bei der Arbeit«, sagte Jennie. »Er spielt von neun Uhr abends bis ein Uhr nachts.«

»Spielt?«

»Piano. In einer Bar außerhalb von New Hope.«

»Wie lange macht er das schon?«

»Ein paar Wochen. Er ging dort abends hin und spielte aus Spaß. Und da hat ihn der Besitzer gefragt, ob er für

Geld spielt. Er hat darauf verzichtet. Dafür spielt er sein Repertoire.«

»Er braucht kein Geld?« fragte Susan.

»Ich glaube, er will aus dem Haus raus«, sagte Jennie. »Das Baby geht ihm auf die Nerven.«

Und es würde mich kein bißchen überraschen, wenn alleinstehende Frauen in der Bar verkehren, in der er Piano spielt.

Matt Payne lag auf dem Rücken, die Arme und Beine gespreizt, den Mund geöffnet, und schlief, als das Telefon klingelte. Er trug nur ein T-Shirt, und er schnarchte leise.

Das zweite Klingeln des Telefons riß ihn aus dem Schlaf, und er war sofort hellwach, aber er regte sich nicht, sondern öffnete nur die Augen und drehte den Kopf, so daß er das Telefon sehen konnte, das halb versteckt hinter dem Wadenholster mit dem stupsnasigen Revolver auf dem Nachttisch stand.

Das Telefon klingelte noch zweimal, und dann klickte es, als sich der Anrufbeantworter einschaltete. Danach ertönte seine auf Band gesprochene Stimme durch das kleine Schlafzimmer:

»Wenn dies ein Versuch ist, mir etwas zu verkaufen, wird Ihr Telefon in drei Sekunden an Ihrem Ohr explodieren. Andernfalls warten Sie auf den Piepton und hinterlassen Sie Ihren Namen und die Telefonnummer, und ich werde zurückrufen.«

Es piepte.

Und dann erklang eine angenehme, wenn auch etwas erboste Männerstimme aus dem Lautsprecher.

»Clever, sehr clever. Nehmen Sie verdammt noch mal den Hörer ab, Matt!«

Matt erkannte Peter Wohls Stimme und riß den Hörer von der Gabel.

»Guten Morgen«, sagte er.

»Ist es zuviel erhofft, daß ich bei etwas Obszönem, Unmoralischem, und vielleicht Illegalem störe?«

»Leider liege ich hier in unfreiwilligem Zölibat.«

»Matthew der Scharfe ist nicht zum Zuge gekommen? Wie kommt denn das?«

»Ich habe den starken Verdacht, daß die Lady keine Polizisten mag. Ich kam ziemlich gut voran, bis die Frage aufkam, womit ich meine Brötchen verdiene.«

»Das passiert manchmal.« Wohl lachte.

»Worum geht es, Boß?«

»Um Golf, Matt. Es tut mir leid.«

»Okay«, sagte Matt. »Mir auch.«

»Carlucci rief gestern abend meinen Vater an und machte den ›Vorschlag‹, daß sich alle heute nachmittag zu einer kleinen Pasta im Haus meines Vaters treffen. Und dann ›erläuterte‹ er, wen er mit ›alle‹ meinte. Sie, Matt, standen nicht auf der Liste. Ich wünschte, ich stünde ebenfalls nicht darauf.«

Die Angewohnheit des Bürgermeisters, Befehle in Form von ›Vorschlägen‹ zu erteilen, war berüchtigt. Chief Inspector im Ruhestand Augustus Wohl war Carluccis Förderer gewesen, als Carlucci sich durch die Dienstgrade hochgearbeitet hatte, Carlucci hatte einmal – von Gefühlen überwältigt – bei Peter ausgeplaudert, daß Chief Wohl der einzige Mensch auf der Welt war, dem er völlig vertraute.

»Was ist denn da los?«

»Lowenstein und Coughlin werden dort sein. Und Mike Weisbach. Und Sabara. Sie als Detective können sich zusammenreimen, worum es geht.«

Das war nicht schwer zu erraten. Matthew Lowenstein und Dennis V. Coughlin wurden allgemein als die einflußreichsten aller Chief Inspectors der Polizei von Philadelphia betrachtet. Michael Weisbach war ein Staff Inspector, der allgemein als der Beste dieser Gruppe von ranghohen Ermittlern galt. Captain Michael J. Sabara war der stellvertretende Leiter der Abteilung Special Operations.

»Captain Pekach ist nicht dabei?« fragte Matt.

»Captain Pekach nicht. Ich glaube, der Bürgermeister hörte ihn sagen: ›Wenn etwas Dreckiges beim Rauschgiftdezernat vorgeht, dann wüßte ich es schon und würde es einmal zu oft hören‹.«

»Was macht die Sache offiziell? Wird man uns diesen Fall mit der fünften Abteilung offiziell aufhalsen?« erkundigte sich Matt.

»Das ist so gut wie sicher. Offiziell werden wir den Fall am Montag bekommen.«

»Verdammt!«

»Tut mir leid, daß das mit dem Golf nicht klappt, Matt. Ich hatte mich wirklich darauf gefreut.«

»Ja, ich auch.«

»Ich werde Sie anrufen, wenn ich weiß, wie schlimm es ist«, sagte Wohl.

»Verdammt!« wiederholte Matt.

Dann war die Leitung tot.

Matt hielt den Hörer einen Augenblick lang in der Hand und ging im Geiste alle Konsequenzen des ›Vorschlags‹ des Bürgermeisters an Polizeichef Taddeus Czernick durch, daß die Special Operations – nicht die Abteilung Innere Angelegenheiten – eine Ermittlung wegen angeblicher Korruption in der fünften Abteilung des Rauschgiftdezernats durchführte.

Er blickte zur Decke, an die eine Uhr auf dem Nachttisch die Zeit projizierte. Viertel nach neun. Er war nach zwei zu Bett gegangen. Er hatte vorgehabt, bis Mittag auszuschlafen, damit er ausgeruht und fit Peter Wohl, der ein ziemlich guter Golfspieler war, im Merion Club so an die hundert Dollar abknöpfen konnte.

Jetzt war er wach, und wenn er einmal wach war, konnte er nicht mehr einschlafen. Was sollte er jetzt tun? Und, was das anbetraf, am Rest des Tages?

Ein menschliches Bedürfnis beantwortete diese Frage für die nächste Zukunft. Matt legte den Hörer auf die Gabel, stieg aus dem Bett und ging in sein kleines Badezimmer. Er plante gerade einen Überraschungsangriff auf einen ziemlich häßlich aussehenden Käfer, der ins Klosett gefallen war, als das Telefon von neuem klingelte.

Er drehte den Kopf zur offenen Tür, um zu hören, was Anrufer Nummer zwei wollte.

Die auf Band gesprochene Botschaft wurde abgespielt, und dann piepte es.

»Matt, verdammter Kerl, ich *weiß* daß sie da ist, und ich muß *unbedingt* mit ihr sprechen, und zwar *sofort!* Nimm den Hörer ab!«

Es war die Stimme von Mrs. Daphne Nesbitt IV.

Ohne den Blick von dem Käfer zu nehmen und die Planung des Angriffs zu unterbrechen, zeigte Matt dem Lautsprecher des Anrufbeantworters den Stinkefinger.

Liebe Daffy, dachte Matt, *höchstwahrscheinlich meinst du die gute blauäugige, vorne gut gepolsterte Blondine Miss Sowieso – ah, Susan Reynolds –, die mir gestern abend einen Korb gegeben hat.*

Daffy denkt, sie ist mit mir hier.

Kann es sein, daß die süße Susan – Daffy kennt sie gut – bekannt dafür ist, daß sie mit anderen treibt, was sie gestern abend mit mir nicht tun wollte?

Verdammt!

Matt trat auf das Pedal der Toilettenspülung – Käfer, ade –, zog sein T-Shirt aus und ging in die winzige Duschkabine. Er hatte gerade beendet, was er als Phase eins (abspülen) bezeichnete, und griff nach der Seife, um Phase zwei (einseifen) zu beginnen, als das Telefon klingelte.

Er öffnete die Tür der Duschkabine, um zu duschen.

Diesmal rief Mr. Chadwick Thomas Nesbitt IV., persönlich an.

»Matt, wenn du da bist, melde dich um Himmels willen! Daffy geht die Wände hoch!«

Matt marschierte nackt und tropfend zum Telefon und nahm den Hörer ab.

»Sie ist nicht hier, wer auch immer gemeint ist«, sagte er.

»Aber wo, zum Teufel, ist sie dann?« fragte Chad Nesbitt.

»Da ich noch nicht mal genau weiß, von wem du redest, Junge ...«

»Natürlich von Susan Reynolds«, fiel ihm Chad ins Wort.

»Die ist nicht hier. Ich sah die Lady zum letzten Mal in deinem Eßzimmer.«

»Sie ist nicht bei dir?« fragte Chad. Offenbar ehrlich überrascht, und dann fügte er hinzu, ohne auf eine Antwort zu warten. »Aber sie war bei dir, richtig?«

»Hör gut zu«, sagte Matt. »Sie ist nicht hier. Sie war nie hier. Nun laß deine Phantasie spielen. Bedenke die Möglichkeit, daß sie dein Haus mit jemandem verlassen hat.«

»Du warst scharf auf sie, Matt«, hielt Chad ihm vor.

»In der Tat, das war ich. Aber die Lady war überhaupt nicht interessiert.«

»Sie hat nicht daheim angerufen«, sagte Chad.

»Nett, daß du mir das mitteilst. Danke«, sagte Matt.

»Sie ruft immer ihre Mutter an, bevor sie sich schlafen legt.«

»Wie rührend!«

Daffy Browne Nesbitt war plötzlich in der Leitung. »Sei nicht so sarkastisch, du Hurensohn. Ehrlich, Matt, du bist echt ein Scheißkerl!«

»Ich wüßte es zu schätzen, wenn du dich unter demselben Dach wie meine Patentochter in dem üblen Ton mäßigst«, sagte Matt ernst.

»Sie hat gestern abend ihre Mutter nicht angerufen«, sagte Chad. »So hat ihre Mutter versucht, sie telefonisch zu erreichen. Im Bellvue. Und dann rief sie uns an.«

»Warum hat sie im Bellvue angerufen?«

»Das habe ich dir gerade gesagt«, erwiderte Chad etwas ungeduldig. »Im Bellvue meldete sich Susan nicht. So rief ihre Mutter hier an, um halb drei. Daffy erzählte ihr, Susan wäre mit dir weggefahren, um Jazz zu hören.«

»Daffy hat ihr – was erzählt? Warum?«

»Sie konnte gewiß der Mutter nicht sagen, daß ihre Tochter in deinem Apartment ist und mit dir ...«

Im letzten Moment verstummte Daffy.

»Hast du die ganze Zeit mitgehört, Daffy, oder bist du erst jetzt in der Leitung? Ich frage, weil ich bereits Chad gesagt habe, daß deine Freundin weder jetzt noch jemals in meinem Apartment war.«

»Aber – wo ist sie dann?« fragte Daffy entgeistert.

»Weil du so nett fragst, werde ich dir eine nette Antwort geben. Ich habe nicht die geringste Ahnung, wo sie sein könnte, Daffy, und ...« er imitierte Clark Gable, »... ehrlich gesagt, meine Liebe, es ist mir scheißegal.«

Chad lachte.

»Ihr seid beide Scheißkerle«, sage Daffy und legte auf.

»Du könntest versuchen, ihr Mündchen mit Seife auszuwaschen«, schlug Matt vor.

»Sie ist aufgeregt. Sie hat Susans Mutter belogen, und jetzt ist sie dabei erwischt worden.«

»Ich bin derjenige, der deswegen sauer sein sollte, alter Junge. Daffy hat Mama gesagt, die Jungfrau der Familie ist mit mir ausgegangen.«

»Du bist in der Nähe«, sagte Chad. »Bist du ein guter Freund und schaust beim Bellvue vorbei?«

»Du bist genauso nahe beim Bellvue wie ich, Chad«, protestierte Matt.

Das Bellvue Stratford Hotel in der South Broad Street war fast gleichweit von Matts Apartment und dem Haus der Nesbitts entfernt.

»Nein, ist es nicht«, widersprach Chad. »Und das weißt du. Außerdem kann ich Daffy und das Baby nicht allein lassen.«

»Gott behüte! Dieses Kindermädchen hast du nur eingestellt, um die Nachbarn zu beeindrucken, richtig? Du kannst ihr gewiß nicht die Beaufsichtigung des Babys anvertrauen, wie?«

»Daffy hat recht. Manchmal bist du ein sarkastisches Arschloch«, sagte Chad.

»Was soll ich im Bellvue tun?«

»Feststellen, was du herausfinden kannst. Zum Beispiel nachschauen, ob ihr Wagen dort ist. Und mich anrufen.«

»Welcher Wagentyp?«

»Daffy, was für einen Wagen fährt Susan?« hörte Matt ihn rufen, und dann war Chad wieder in der Leitung. »Komisch, einen wie du. Nur rot.«

»Einen 911? Einen roten 911?«

»Das sagte Daffy.«

»Komischer Zufall. Deshalb habe ich gefragt.«

»Danke, Junge«, sagte Chad, und dann war die Leitung tot.

Matt legte den Hörer auf, hielt jedoch die Hand darauf.

»Matthew, mein Junge«, sagte er laut. »Du hast dich soeben hereinlegen lassen. Wieder mal.«

Dann wählte er eine Nummer, die er auswendig kannte.

Beim zweiten Klingeln meldete sich seine Mutter.

»Hallo?«

»Dies ist der Sohn, der anscheinend niemals Zeit findet, auch nur für eine Tasse Kaffee bei dir vorbeizuschauen«, sagte Matt.

»Tatsächlich?«

»Meinst du, es wäre zusätzlich ein Doughnut drin?«

»Wenn ich die Ankündigung für ernst hielte, würde ich sogar soweit gehen und ein paar Rühreier und eine Scheibe Taylor-Schinken zu opfern. Was auch immer. Kann ich irgendwann noch in diesem Jahr mit einem Besuch rechnen?«

»Wie wäre es in einer Stunde?«

»Ich werde mein außerordentliches Glück erst glauben, wenn du vor mir stehst. Aber ich werde eine Kerze anzünden und ins Fenster stellen.«

»Bis dann, Mutter.«

Matt kehrte ins Badezimmer zurück, duschte zu Ende und rasierte sich dabei.

Dann zog er sich schnell an, ein einreihiges Tweed-Sakko; graue Flanellhose, weißes Hemd mit Button-down-Kragen; und mit Quasten geschmückte Freizeitschuhe. Bevor er sein Schlafzimmer verließ, nahm er das Holster mit seinem Smith & Wesson .38er Special vom Nachttisch, zog sein linkes Hosenbein hoch und befestigte das Holster an der Wade.

Er stieg ein paar Stufen der steilen, engen Treppe zum dritten Stock hinab, doch dann verharrte er, machte kehrt und ging in sein Apartment zurück. Im Wohnzimmer öffnete er einen Schrank, nahm einen Schlüssel heraus und steckte ihn ein.

»Allzeit bereit!« zitierte er laut das Motto der Pfadfinder. Er hatte als Pfadfinder eine erstaunliche Reihe von Dingen gelernt, die ihm als Polizist von echtem Nutzen waren. Der Schlüssel würde, soweit er wußte, das Schloß von jedem Gästezimmer im Bellvue-Stratford Hotel öffnen.

Als er schnell die Treppe zum dritten Stock hinuntergegangen war und auf den Knopf des Aufzugs drückte, kamen ihm jedoch Bedenken wegen des Hauptschlüssels.

Zum einen stellte allein die Tatsache, daß er den Schlüssel hatte, mindestens zwei Gesetzesverstöße dar. Er war gestohlen. Und zum anderen konnte man den Schlüssel als ›Einbrecher-Werkzeug‹ auslegen. Und beim tatsächlichen Gebrauch war es Einbruch.

Der Schlüssel war in seinen Besitzt gelangt, als er vier Wochen lang ein Mitglied der Wachmannschaft gewesen war, die das Bellvue Stratford Hotel rund um die Uhr observiert hatte. Die Ermittlungsabteilung der Special Operations hatte Beweismaterial gesammelt, als ein Captain des Philadelphia Police Department und ein Lieutenant des Rauschgiftdezernats Bargeld von der Besitzerin eines Callgirlrings angenommen und ihr als Gegenleistung die Ausübung ihres Gewerbes erlaubt hatten.

Während der Observierung hatte ihn sein guter Freund, Detective Charles Thomas ›Charley‹ McFadden, abgelöst, nicht nur eine Stunde und fünf Minuten zu spät, sondern auch mit einem stolzen und glücklichen Lächeln.

»Wir brauchen dieses Arschloch nicht mehr zu bitten, uns irgendwo hineinzulassen«, hatte Charley verkündet und ihm einen nagelneuen Schlüssel überreicht. »Jetzt haben wir unseren eigenen Hauptschlüssel.«

Das Arschloch, von dem Detective McFadden sprach, war der stellvertretende Manager, den die Leitung des Bellvue Stratford der Polizei während ihrer Ermittlungen zugeteilt hatte und der klargemacht hatte, daß er es lieber mit Leprakranken zu tun hätte als mit Schnüfflern.

»Woher hast du den?« hatte Matt gefragt.

»Ich habe ihn einem Wartungsmann vom Schlüsselbund genommen, als der mal aufs Klo mußte«, hatte Charley triumphierend erklärt. »Ich habe vier Kopien machen lassen und ...«

»Ich dachte, es ist ungesetzlich, einen Hauptschlüssel zu kopieren«, hatte Matt ihn unterbrochen.

»... und den Schlüssel genau dort hingelegt, wo der Typ glaubte, ihn verloren zu haben«, hatte Charley weitergesprochen, und seine Miene hatte verraten, daß Matts Besorgnis um die Legalität amüsant, aber keiner Erwiderung würdig war. »Einen für mich, einen für dich, einen für Jesus und einen für Tony Harris.«

Matt hatte sich zu diesem Zeitpunkt gesagt, daß völlig belanglos war, was Jesus über den Schlüsselklau dachte. Er und Detective Jesus Martinez waren keine gegenseitigen Bewunderer. Detective Martinez machte oftmals klar, daß er Detective Payne für einen reichen Schnösel hielt, der die Rolle eines Cops nur spielte und dessen Beförderung zum Detective und seine Zuteilung zur Abteilung Special Operations politisch begründet war und nicht auf Verdiensten basierte.

Detective Payne seinerseits hielt den olivhäutigen Detective Martinez – der so gerade die Mindestanforderungen an Größe und Gewicht für den Polizeidienst erfüllte und eine Vorliebe für Goldschmuck und elegant geschneiderte Designeranzüge hatte – für einen bösartigen kleinen Mann, der an einem gewaltigen Napoleon-Komplex litt.

Was Tony Harris von Charleys Schlüsselklau hielt – und, noch wichtiger, wie er darauf reagierte –, würde die Sache nach Matts Ansicht sofort und ein für allemal entscheiden.

Tony Harris war de jure nur einer der vier Detectives der Ermittlungsabteilung, aber de facto war er mit seinen achtzehn Dienstjahren der Leiter des Überwachungsteams. Dreizehn dieser achtzehn Jahre hatte er als Detective bei der Mordkommission verbracht und es zu großem Ansehen gebracht, weil er einer der besten gewesen war.

Folglich wurde er von Payne, McFadden und Martinez, die weniger als ein Jahr Dienst als Detectives hatten, mit einem Respekt betrachtet, der fast an ehrfürchtige Bewunderung grenzte.

Tonys Reaktion, als er den Schlüssel erhalten hatte, war eine Überraschung für Detective Payne gewesen.

»Vielleicht sind Sie doch nicht so blöde, wie Sie aussehen, McFadden«, hatte er gesagt und den Schlüssel in die Tasche gesteckt.

Und sie hatten die Schlüssel während der restlichen Überwachung benutzt.

Der Unterschied hatte darin bestanden, sagte sich Matt jetzt, während er auf den Aufzug wartete, daß sie es unter dem Schutz des Gesetzes getan hatten. Ein Richter hatte an einen hinreichenden Verdacht geglaubt und einen Durchsuchungsbefehl unterschrieben, der zur Durchsuchung und elektronischer Überwachung ›entsprechender Bereiche im Bellvue Stratford Hotel‹ berechtigt hatte.

Der Durchsuchungsbefehl war offenbar verfallen, als diejenigen, die überwacht worden waren, festgenommen und vor Gericht gestellt worden waren.

Matt war nahe daran, umzukehren und den Schlüssel in seinem Apartment zu lassen, als der Aufzug kam. Er zuckte mit den Schultern und betrat die Kabine, und sie begann ihre langsame Fahrt hinab in die Tiefgarage.

Das Brownstone-Herrenhaus aus der Jahrhundertwende war vor ein paar Jahren von den Rittenhouse Properties in ein Bürohaus umgewandelt worden und jetzt voll belegt von der Delaware Valley Krebsforschungsgesellschaft. Die Idee, die Mansarde in ein Apartment umzubauen, war dem Hauptaktionär von Rittenhouse Properties in letzter Minute gekommen. Er hatte sich gesagt, wenn ein geeigneter Mieter gefunden werden konnte – zum Beispiel eine Witwe mit kleiner Pension – konnten eine kleine zusätzliche Summe eingenommen werden, und wenn kein passender gefunden wurde, konnten ein Apartment und auch der Parkplatz in der Tiefgarage von ihm und seiner Familie genutzt werden.

Zu diesem Zeitpunkt wäre dem Hauptaktionär von Rittenhouse Properties, Brewster Cortland Payne II., niemals in den Sinn gekommen, daß sein Sohn in das Apartment einziehen würde, um die Bedingungen der Stadt Philadelphia zu erfüllen, nach denen Polizeibeamte innerhalb der Stadtgrenzen wohnen mußten.

Auf den Stellplätzen gleich neben dem Aufzug standen Matts Wagen. Ein neuer viertüriger Plymouth und ein silberner Porsche 911. Der Plymouth war ein neutraler Polizeiwagen, der Detective Matthew M. Payne zugeteilt worden war. Der Porsche war ein Geschenk seiner Eltern nach dem Abschluß seines Studiums – *summa cum laude* – an der University of Pennsylvania.

Nach kurzer Unentschlossenheit schloß Matt die Tür des Porsche auf und setzte sich hinters Steuer. Er war nicht im Dienst. Er fuhr zum Bellvue Stratford Hotel, um nach Daffys vermißter Freundin zu sehen und danach bei seiner Mutter zu frühstücken – als Privatmann. Es konnte von den Steuerzahlern nicht verlangt werden, den Sprit und den Verschleiß des Polizeiwagens zu bezahlen, wenn dessen Fahrer dienstfrei hatte. Und außerdem fuhr er gern mit dem Porsche.

Fünf Minuten später, nachdem er sich durch den frühmorgendlichen Verkehr in der Innenstadt gequält hatte, hielt er in der South Broad Street in einer Parkverbotszone, in der Schilder darauf hinwiesen, daß Falschparker abgeschleppt wurden. Matt nahm unter dem Sitz ein Pappschild hervor, auf dem das goldene Wappen der Stadt Philadelphia und die Worte ›POLICE DEPARTMENT – Beamter im Dienst‹ prangten, und legte es aufs Armaturenbrett.

Er betrat das Hotel, ging geradewegs zu den Haustelefonen und bat den Telefonisten, ihn mit Miss Susan Reynolds zu verbinden.

Niemand meldete sich.

Matt legte den Hörer hin und wandte sich zum Gehen, doch dann nahm er den Hörer wieder auf.

»Mister«, sagte er zum Telefonisten, »ich habe versucht

Miss Susan Reynolds in 802 zu erreichen. Ich weiß genau, daß sie da ist, aber sie meldet sich nicht.«

»Miss Reynolds wohnt in 706, Sir«, sagte der Telefonist nach einer Weile und ein wenig mißbilligend. »Ich würde es dort versuchen.«

Matt freute sich ein wenig über seine Cleverneß. Jetzt wußte er die Zimmernummer der lieben Susan. Wenn er danach gefragt hätte, dann hätte man sie ihm aus Sicherheitsgründen nicht mitgeteilt – es sei denn, er hätte sich als Cop ausgewiesen, was er nicht wollte, denn das Aufspüren von einer von Daffys Freundinnen war keine legitime Polizeiarbeit.

Matt hatte viel über die Sicherheitsmaßnahmen des Bellvue Stratford gelernt, als er bei dem Überwachungsteam gewesen war.

Er blieb einen Moment nachdenklich bei den Haustelefonen stehen. Dann sagte er sich, daß Susan möglicherweise bereit war, einem der jungen Gentlemen, die bei Daffy und Chad gewesen waren, ihre Briefmarkensammlung im Hotelzimmer zu zeigen.

Und es war auch denkbar, daß die Heilige Susan in diesem Moment mit einem anderen tat – sogar der Armleuchter T. Winslow Hayes war eine Möglichkeit –, was sie nicht mit ihm hatte tun wollen, und, wenn das stimmte, bei dieser Tätigkeit absolut kein Interesse daran hatte, mit ihrer Mutter oder Daffy oder sonst jemandem zu telefonieren.

Wenn sie auf diese Art beschäftigt war, würde ihr Wagen in der Hotelgarage stehen. In diesem Fall konnte er Daffy anrufen und ihr das mitteilen. Es wäre zwar ein Bekenntnis des Versagens seinerseits, weil es ihm nicht gelungen war, die Lady zu verführen, aber andererseits würde er sich damit Daffy vom Hals schaffen.

Matt verließ das Hotel durch die Seitentür und ging zum öffentlichen Parkhaus, das einen halben Block entfernt war und in dem Parkplätze für die Gäste des Bellvue Stratford reserviert waren.

Unterwegs wählte er, ohne richtig darüber nachzudenken, seine Möglichkeiten aus. Er konnte den Parkwächter fragen, ob ein roter Porsche 911 im Parkhaus war, was der Parkwächter vielleicht nicht wußte; wenn er dann versuchte, selbst nachzuschauen, mußte er vielleicht seine Polizeimarke vorzeigen, und das wollte er nicht. Oder er konnte einfach zielstrebig an dem Parkwächter vorbeimarschieren, als wolle er seinen Wagen abholen.

Er entschied sich für letztere Möglichkeit. Der Parkwächter in seiner kleinen Kabine blickte nicht einmal von den *Philadelphia Daily News* auf, als Matt an ihm vorbeiging.

Im Erdgeschoß und auf der ersten und zweiten Parkebene stand kein Porsche, aber auf der dritten Parkebene sah Matt zwei, beide 911er. Keiner der beiden war rot, aber er sagte sich, daß Daffy sich vielleicht bei der Farbe irrte.

Der blaue Porsche 911 hatte kein Kennzeichen von Pennsylvania, also war er es offenbar nicht. Der zweite Porsche, ein schwarzer, hatte Nummernschilder von Pennsylvania. Ein halber Treffer. Es gab hier in der Gegend nicht so viel Porsche 911, und es war also durchaus möglich, daß ein schwarzer Wagen dieses Typs mit Kennzeichen von Pennsylvania der Heiligen Susan gehörte. Andererseits sollte man keine voreiligen Schlüsse ziehen.

Matt spähte durch das Heckfenster und hielt Ausschau nach irgend etwas, das auf die Heilige Susan hinwies. Er entdeckte nichts. Ganz im Gegenteil. Er bezweifelte, daß die Heilige Susan eine abgenutzte Aktentasche und eine Männer-Golfmütze auf den Sitz ihres Wagens zurückließ.

»Kann ich Ihnen helfen, Mister?« fragte eine Männerstimme.

Matt blickte auf und sah einen Sicherheitsmann des Wachenhut Security Service, der ihn äußerst mißtrauisch musterte.

Matt begriff sofort, daß dies kein freundliches Hilfsangebot, sondern eine scharfe Frage war.

»Nein, danke«, sagte er mit einem Lächeln.

»Was treiben Sie hier?« fragte der Sicherheitsmann, ein Ex-Cop.

Matt holte seinen Dienstausweis hervor, ein Abzeichen und eine ID-Card mit Lichtbild in einem Lederetui.

»Polizeiermittlung«, sagte er.

»Lassen Sie sehen«, sagte der Ex-Cop und streckte die Hand nach dem Etui aus. Er war sichtlich mißtrauisch.

Das überraschte Matt nicht. Es war ihm klar, daß er wie ein netter junger und gut gekleideter Mann aus einem Vorort aussah – der Typ, der soeben die ersten Sprossen der Karriereleiter einer Bank oder Versicherung hinaufzuklettern begann –, und er hatte sich daran gewöhnt, daß die Leute erstaunt waren, wenn sie erfuhren, daß er Detective war.

Der Ex-Cop verglich sorgfältig Matts Foto mit seinem Gesicht. Dann änderte sich sein Verhalten, als er den Ausweis zurückgab.

»Kann ich irgend etwas für Sie tun?«

»Ich suche einen Porsche 911 wie diesen«, sagte Matt. »Aber einen roten. Der hier ist es nicht.«

»Ich bezweifle, daß wir einen haben«, sagte der Sicherheitsmann und überlegte. Dann fügte er hinzu: »Wir hatten gestern einen hier. Mit einer wirklich gutaussehenden Blondine darin. Sie fuhr gegen siebzehn Uhr dreißig raus, kurz vor meinem Feierabend.«

»Das war vermutlich der gesuchte Wagen«, sagte Matt. »Danke für die Hilfe.«

»Gern geschehen«, sagte der Ex-Cop.

Matt verließ das Parkhaus und ging zurück zur Broad Street.

Da ist ein Münzfernsprecher gleich in der Halle im Bellvue. Ich werde Chad von dort aus anrufen und ihm sagen, daß Susan nicht im Hotel ist. Was immer sie auch treibt, sie tut es nicht im Bellvue.

Bei den Münzfernsprechern dachte Matt noch einmal darüber nach. Es wurde ihm klar, daß er das wachsende Gefühl hatte – die Intuition des Cops –, daß irgend etwas hier nicht ganz in Ordnung war.

Es kann nicht schaden, wenn ich mir ihr Zimmer ansehe, dachte er.

Er durchquerte die Halle und fuhr mit einem der Aufzüge hoch.

Dann klopfte er an die Tür von Zimmer 706. Als niemand antwortete, rief er: »Susan, ich bin's, Matt Payne. Wenn Sie drinnen sind, öffnen Sie bitte die Tür.«

Als sich immer noch nichts tat, zog er den Hauptschlüssel aus der Tasche, schloß auf und betrat das Zimmer.

Niemand hielt sich darin auf.

Das Bett war unbenutzt, die Überdecke war nicht abgezogen und glatt, als hätte Susan sich überhaupt nicht aufs Bett gelegt.

Ein BH, ein Slip, ein Pullover und ein Rock lagen auf dem Bett.

Im Badezimmer herrschte Durcheinander. Ordnung zählte anscheinend nicht zu Susans vielen Tugenden. Sie hatte sich offenbar geduscht, bevor sie zu Daffys und Chads Party gefahren war. Auf dem Boden lagen Handtücher. Und sie hatte sich die Beine und/oder Achseln rasiert. Ihr Rasierapparat Modell Lady lag im Waschbecken.

Und sie hatte anscheinend ihre Tage, denn ein geöffneter Karton Tampons stand auf dem Regal über dem Waschbecken. Daneben sah Matt ein Fläschchen Parfum, einen Deodorantstift und andere Toilettenartikel.

Zuerst sagte sich Matt, daß Susan beim Verlassen des Zimmers absolut nicht vorgehabt hatte, bei ihrer Rückkehr irgendeinen Mann mit aufs Zimmer zu nehmen, denn dann hätte sie nicht all den Kram offen herumliegen lassen. Und dann kam ihm der etwas ungalante und unbescheidene Gedanke, daß sie ihn nur hatte abblitzen lassen, weil sie ohnehin nichts gegen die Umstände hätten tun können.

Und dann fühlte er sich plötzlich sehr unbehaglich, schämte sich fast, weil er in ihrem Privatleben herumgeschnüffelt hatte.

Ich habe nicht das geringste Recht, hier zu sein. Was, zum Teufel, habe ich mir dabei gedacht? Allmächtiger, was hätte ich gemacht, wenn sie plötzlich hier hereinspaziert wäre?

Er verließ hastig das Badezimmer, ging schnell durch das Schlafzimmer auf den Gang und schloß sorgfältig die Tür hinter sich ab. Als er sich zum Aufzug wandte, sah er zwei Frauen des Personals, die ihn eingehend musterten.

Verdammt!

Er fuhr in die Halle hinunter, durchquerte sie schnell, ging hinaus in die South Broad und stieg in seinen Wagen.

Auf dem Weg nach Wallingford hielt er an einer Tankstelle und rief Chad über einen Münzfernsprecher an. Er wollte nicht, daß seine Eltern mithörten, wie es vermutlich der Fall sein würde, wenn er dort anrief.

Er erzählte Chad, daß sich niemand gemeldet hatte, als er aus der Halle des Bellvue Stratford hatte telefonieren wollen, und daß ein Sicherheitsmann im Parkhaus sich erinnert hatte, gestern am frühen Abend eine Blondine in einem roten Porsche 911 beim Verlassen des Parkhauses gesehen zu haben.

Er erwähnte nicht, daß Susan die Nacht offenbar nicht in ihrem Zimmer verbracht hatte – das unberührte Bett ließ darauf schließen –, denn dann hätte Chad gewußt, daß er in ihrem Zimmer gewesen war.

Es wurde ihm nun klar, daß das Betreten des Zimmers ein weiterer Punkt in der Liste der dummen Dinge war, die er getan hatte, ohne zuerst zu denken.

Der ganze Zwischenfall sollte beendet und erledigt sein, aber wieder hatte er das Gefühl, daß da irgend etwas faul war.

5

Patricia Payne fand ihren Mann im gefliesten Innenhof hinter der Küche. Brewster lag bequem ausgestreckt auf einer Liege mit Aluminiumgestell und war – überhaupt nicht überraschend für sie – mit einem dicken Stapel von Schriftsätzen beschäftigt.

»Rate mal, wer zum Frühstück kommt«, sagte sie.

Das Ehepaar Payne wohnte in einem großen, weitläufigen Haus auf einem vier Morgen großen Grundstück an der Providence Road in Wallingford, an der Pennsylvania Route 252. Es war ein Haus, dachte Brewster Cortland Payne oftmals dankbar, das Patricia – bildlich gesprochen – mit Liebe ausgestattet hatte.

Die jetzige Küche und das Nähzimmer waren das ganze Haus gewesen, als es vor der Revolution erbaut worden war. Anbauten und Änderungen im Laufe von zwei Jahrhunderten hatten es in ein großes, weitläufiges Gebäude verwandelt, das in keine besondere architektonische Kategorie paßte, obwohl eine Immobilienmaklerin einmal in Hörweite von Patricia geäußert hatte, ›Das Haus der Paynes sieht einfach nach altem, altem Geld aus.‹

Das Haus war komfortabel, sogar luxuriös, aber es war nicht protzig. Es gab weder einen Swimming-pool noch einen Tennisplatz, aber das, was vor einem Jahrhundert als Stall gedient hatte, war zu einer Garage für vier Fahrzeuge umgebaut worden. Die Familie Payne schwamm und ritt im Rose Tree Hunt Club. Sie besaß ein Sommerhaus in Cape May, New Jersey, zu dem ein Tennisplatz und ein Liegeplatz für ihr Boot gehörten. Das Boot war zwölf Meter lang und hieß Final Tort IV.

Ja, es war ein schönes Haus, und das einzige Bedauerliche war, daß die Kinder nicht mehr darin wohnten, dachte Brewster Payne jetzt.

»Nicht Amy«, sagte er. »Ich habe soeben mit ihr telefoniert.

Amelie Payne, Dr. med., war das älteste der Payne-Kinder.

»Matt.«

»Das ist ein Hammer!«

»Er rief hier an«, sagte Patricia. »Und er sagte, er trifft in einer Stunde ein.«

»Ich frage mich, wie hoch der Wahrscheinlichkeitsfaktor ist, daß dies tatsächlich passiert.«

»Vielleicht hat er etwas Bestimmtes im Sinn«, meinte Patricia. »Er wirkte gestern abend ein wenig seltsam.«

»Auf mich wirkte er nicht seltsam«, wandte Brewster ein.

Das Telefon auf der Mauer, die den Innenhof begrenzte, klingelte.

Patricia meldete sich und reichte den Hörer an ihren Mann.

»Brewster Payne«, meldete er sich.

»Charley Emmons, Brew. Wie geht es dir?«

Charles M. Emmons, Esquire, hatte zusammen mit Brewster Payne Jura studiert, war einer seiner ständigen Golfpartner und das älteste Mitglied einer Anwaltskanzlei, die sich auf die juristischen Feinheiten bei der Fusionierung von Gesellschaften spezialisiert hatte.

»Charley, altes Haus! Wie, zum Teufel, geht es dir?«

»Ehrlich gesagt, im Moment bin ich ein wenig verlegen.«

»Ich kann nicht glauben, daß du mich anpumpen willst, aber ich höre mitleidsvoll zu.«

»Ich brauche mir kein Geld von dir zu leihen; ich kann mir alles, was ich von dir brauche, auf dem Golfplatz holen.«

»Höre ich da eine Herausforderung?«

»Leider nein. Ich wünschte, es wäre so etwas.«

»Worum geht's, Charley? Was kann ich für dich tun?«

»Du kennst nicht zufällig Tom Reynolds, oder?«

Thomas J. Reynolds, wenn er der ist, den er meint, erinnerte sich Brewster Payne, *ist Aufsichtsratsvorsitzender, Präsident und wer weiß was noch von – wie, zum Teufel, heißt die Firma? Jedenfalls wird sie in* Fortune *zu den fünfhundert größten Konzernen gezählt und hat unabhängige Nahrungsmittelhersteller geschluckt, einen pro Woche, wie es heißt.*

»Nur dem Namen nach. Wenn wir vom selben Mann sprechen, dann haben Pat und ich gestern abend seine Tochter kennengelernt.«

»Susan?«

»Ja.«

»Tom weiß, daß wir Freunde sind«, sagte Charley Emmons.

»Und wie kann Mawson, Payne, Stockton, McAdoo und Lester der Firma dienen – wie heißt sie?«

»Tomar Incorporated«, half Charley ihm auf die Sprünge.

»Ja, natürlich, Tomar Incorporated. Du kennst unser Motto, Charley: Kein Fall ist zu klein, kein Fall ist zu verrückt, solange ein angemessener Honorarvorschuß dabei herausspringt.«

Charley Emmons lachte pflichtschuldig.

»Die Sache ist die, Brew – meine Firma ist ziemlich angewiesen auf Tomar, sonst würde ich dich nicht wegen Toms Tochter anrufen, das kannst du mir glauben.«

»Du rufst wegen Susan an?«

»Warst du gestern abend bei den jungen Nesbitts?«

»Ja, wir waren auf der Party. Ich hatte gedacht, wir sehen dich dort.«

»Ich konnte es zeitlich nicht schaffen. Aber zur Sache. Wie ich hörte, Brew, hat Susan die Party mit Matt verlassen und ist seither nicht mehr gesehen worden.«

Es dauerte eine Weile, bis Brewster Payne Worte zu einer Erwiderung fand.

»Charley«, sagte er dann, »Matt ist kein Kind mehr. Und ebensowenig diese junge Frau. Weißt du, Matt hat eine Wohnung in der Innenstadt ...«

»Ich verstehe, ich verstehe«, sagte Charley. »Aber das Mädchen telefoniert immer mit der Mutter, wenn es auswärts ist. Und sie ruft stets an, bevor sie zu Bett geht. Das hat sie gestern nacht nicht getan.«

»Wie alt ist das Mädchen? Zweiundzwanzig, dreiundzwanzig?«

»Ein wenig älter. Sechs- oder siebenundzwanzig.«

»Wenn ich also meinen Sohn verteidigen muß, brauche ich mir also keine Sorgen wegen Unzucht mit Minderjährigen zu machen, wie?«

»Reg dich nicht auf, Brew. Niemand behauptet ...«

»Was genau behauptest du, Charley?«

»Ich behaupte, daß ich einen sehr wichtigen Auftraggeber – und auch einen Freund – habe, der sich Sorgen um seine Tochter macht. Das kannst du doch verstehen, oder?«

»In Ordnung. Was soll ich für dich tun?«

»Nimm Kontakt mit Matt auf und sag ihm, das Mädchen soll zu Hause anrufen. Hast du eine Ahnung, wo er ist?«

»Weshalb ist Mr. Reynolds so sicher, daß sie mit Matt zusammen ist?« fragte Payne.

»Als ihre Mutter in den frühen Morgenstunden im Hotel anrief – im Bellvue – und sich niemand meldete, rief sie bei Nesbitts junger Frau an – die Mädchen haben zusammen studiert –, und sie sagte, Matt ist mit dem Mädchen irgendwohin gefahren, um Jazz zu hören.«

»Charley, es widerstrebt mir sehr, in Matts Privatleben herumzuschnüffeln.«

»Das verstehe ich, Brew. Aber unter den gegebenen Umständen …«

»Hast du die Formulierung ›mündige Erwachsene‹ schon mal in deiner Kanzlei gehört, Charley?«

»Brew, das Mädchen ist noch ein Kind. Eine presbyterianische jüdische Prinzessin, wenn du so willst.«

»Das klingt nicht nach Matts Frauentyp«, sagte Payne laut. »Tatsache ist, daß Matt auf dem Weg hierher ist. Ich werde ihn mit größter Diskretion fragen, ob er mit dieser jungen Frau näher bekannt ist, und wenn, ob er ihr vorschlagen kann, mit ihrer Mutter zu telefonieren.«

»Und dann rufst du mich an, richtig?«

Brewster Cortland Payne zögerte mit der Antwort.

»Also gut, Charley«, sagte er schließlich. »Ich werde dich anrufen.«

Er legte den Hörer auf.

»Die Formulierung ›mündige Erwachsene‹ hat meine Aufmerksamkeit geweckt«, sagte Patricia.

»Erinnerst du dich an das Mädchen, das wir gestern abend kennengelernt haben? Das mit Matt sprach?«

»Was ist mit ihr?«

»Anscheinend weiß keiner, wo sie ist«, sagte Payne. »Als sie zum letzten Mal gesehen wurde, war sie in Gesellschaft eines gewissen Matthew Payne und auf dem Weg zu irgendeinem Jazzlokal.«

»Nein«, sagte Patricia.

»Nein?«

»Ich habe gestern abend nach Matt gesucht. Ich konnte ihn nicht finden, aber dieses Mädchen war immer noch da.«

»Vielleicht war er da, und du konntest ihn nur nicht finden.«

»Nein. Ich habe Martha Peebles gefragt, ob sie ihn gesehen hat, und sie sagte, sie hat ihn weggehen sehen. Und das war, bevor ich das Mädchen sah, Sie heißt übrigens Susan Reynolds.«

»Offenbar weiß niemand, wo *Susan Reynolds* ist. Sie ruft anscheinend immer zu Hause an, wenn sie fort ist. Das hat sie gestern abend nicht getan, und sie hat sich am Telefon im Bellvue nicht gemeldet.«

»Aber jemand meint, Matt weiß, wo sie ist? Gibt es ein Problem in dieser Art?«

»Das bezweifle ich«, sagte Payne. »Meinst du, es wäre zuviel erhofft, daß Matt den ganzen Tag frei hat? Daß er vielleicht Zeit für eine ganze Partie Golf hat?«

»Du könntest ihn fragen«, meinte Patricia.

Peter Wohl hatte des öfteren seiner Mutter auf die dauernde Frage, warum er nicht heiratete, geantwortet: »Weil ich schon den Jaguar unterhalten muß, kann ich es mir nicht erlauben, auch noch den Unterhalt für eine Frau zu bestreiten.« Seine Mutter war sich nicht ganz sicher, ob er sie aufzog oder ob er das ernst meinte.

Der Jaguar, für dessen Restaurierung er viel Zeit und Geld investiert hatte, war ein XK-120 Cabrio. Er war jetzt in optisch und mechanisch besserem Zustand als beim Verlassen der Jaguar-Fabrik in Coventry, England.

Wohl hatte zwar nie mit dem Jaguar an einer der Oldtimer-Schauen teilgenommen, die ständig in Philadelphia und seinen Vororten veranstaltet wurden, jedoch viele davon besucht, wann immer er die Zeit hatte finden können. Er hatte seinen Wagen für die Teilnahme an Wettbewerben disqualifiziert – sehr widerstrebend –, indem er das hinzugefügt hatte, was klassische Oldtimer-Fans etwas verächtlich als ›nachträgliches eingebautes Zubehör‹ bezeichnen.

Das Zubehör wurde von den meisten Leuten nicht bemerkt, selbst nicht von denjenigen, die verweilten und lange und bewundernd den alten, stets glänzenden Roadster betrachteten, doch die Antenne, ungefähr zwanzig Zentimeter lang und genau in der Mitte des Kofferraumdeckels montiert, würde nicht lange den scharfen Augen der Schiedsrichter bei einem ›Concourse d'Elegance‹ entgehen. Und wenn sie erst auf diese Entweihung von Form und Stil aufmerksam geworden waren, würde es nicht lange dauern, bis sie im Innern des Wagens herumschnüffelten, wo sie, sorgfältig versteckt unter dem Armaturenbrett, den Kurzwellen-Empfänger mit der Frequenz des Polizeifunks entdecken würden, der mit der Antenne verbunden war.

Als Peter Wohl mit dem Jaguar vorsichtig in die Jeanes Street in Nordwest-Philadelphia einbog, parkte die glänzende schwarze Cadillac-Limousine, die von der Stadt zum Transport ihres Bürgermeisters, des Ehrenwerten Jerome H. ›Jerry‹ Carlucci, zur Verfügung gestellt wurde, vor dem komfortablen Reihenhaus, in dem Wohl aufgewachsen war.

Zwei Polizeibeamte in Zivil waren damit beschäftigt, isolierte Behälter mit Essen aus dem Kofferraum der Limousine zu holen und ins Haus zu tragen. Peter Wohl kannte die beiden Polizeibeamten. Einer war Sergeant Charles Monahan, der Chauffeur des Bürgermeisters, und der andere war Lieutenant Jack Fellows, ein großer, muskulöser Schwarzer, der offizielle Leibwächter des Bürgermeisters. Es hieß ebenfalls, daß Jack Fellows der Polizeibeamte mit der engsten Beziehung zum Bürgermeister war, abgesehen natürlich von Chief Inspector im Ruhestand Augustus Wohl.

Als Lieutenant Fellows den Jaguar sah, lächelte er und tat, als taumele er unter dem Gewicht des Essenbehälters. Peter Wohl winkte und erwiderte das Lächeln. Als er dann hinter dem Cadillac parkte, griff er unter das Armaturenbrett des Jaguars und zog ein Mikrofon aus der Halterung.

»William One«, sprach er hinein.

Die Vorschriften der Polizei von Philadelphia bestimmten, unter tausend anderen Dingen, daß die ranghohen Abteilungsleiter – wie zum Beispiel der Inspector als Leiter der Abteilung Special Operations – vierundzwanzig Stunden pro Tag, sieben Tage pro Woche und das ganze Jahr Kontakt mit dem Polizeipräsidium halten mußten.

Weil ranghohen Abteilungsleitern rund um die Uhr mit

Funk ausgerüstete Polizeiwagen, oftmals neutrale, zur Verfügung standen, war es für gewöhnlich kein Problem für die betreffenden Personen, Kontakt mit dem Polizeipräsidium zu halten. Peter Wohl war jedoch vernarrt in seinen Jaguar und entschlossen, ihn zu fahren, wenn er keinen Dienst hatte.

So hatte er mit einigem Kummer das sehr teure Funkgerät gekauft und aus eigener Tasche bezahlt und mit noch mehr Kummer ein Loch in die Mitte des Kofferraumdeckels gebohrt, um die Antenne zu installieren.

Er rechtfertigte die Ausgabe vor sich, indem er sich sagte, daß er soeben zum Inspector befördert worden war und keine Frau und Kinder ernähren mußte, und er bemühte sich sehr, nicht an das Loch zu denken, das er in den Kofferraumdeckel hatte bohren müssen.

»William one«, antwortete eine weibliche Stimme auf seinen Funkruf.

»Bis auf weiteres in Chief Wohls Haus«, sagte Wohl. »Sie haben die Telefonnummer.«

»Sie und jeder sonst ist dort«, erwiderte die weibliche Stimme und kicherte.

Damit spielte sie nicht nur auf die Limousine des Bürgermeisters an (Funkrufzeichen ›Mary one‹), sondern auch auf die vier anderen neuen Plymouth-Limousinen – identisch bis auf die Farbe –, deren Fahrer ebenfalls ihren jeweiligen Aufenthaltsort mitteilen mußten und das entweder über den Polizeifunk oder den Funk der Special Operations getan hatten.

Zwei der Wagen waren Chief Inspector der Kripo Matt Lowenstein und Chief Inspector Dennis V. Coughlin zugeteilt, der als einflußreichster aller acht Chief Inspectors der Polizei von Philadelphia galt. Die anderen Wagen waren die Dienstfahrzeuge von Staff Inspector Mike Weisbach und von Captain Michael Sabara.

Staff Inspectors – der Rang zwischen Captain und Inspector – und Captains erhalten normalerweise keine neuen Wagen. Es gibt eine Art Übernahmesystem für Fahrzeuge. Deputy Commissioners und Chief Inspectors bekommen jedes halbe Jahr neue neutrale Fahrzeuge. Ihre ›gebrauchten‹ Wagen werden an die Inspectors weitergegeben, die ihrerseits ihre gebrauchten Dienstwagen den Staff Inspectors und Captains überlassen, die sie schließlich nach der Benutzung den Lieutenants und Detectives geben. Zu diesem Zeitpunkt haben die Wagen das Ende ihrer Lebensdauer erreicht und werden ausgemustert.

Bürgermeister Carlucci, eine politische Macht weit über Philadelphia hinaus, hatte es geschafft, bei der Bundesregierung beträchtliche Gelder für das ACT-Programm lockerzumachen.

ACT ist das Akronym für Anti Crime Team. Es war mehr oder weniger ein Test, um festzustellen, welche Wirkung zusätzliche Polizeikräfte in einem Gebiet mit hoher Kriminalitätsrate hatten. Hinzu kamen die neueste Technologie und besondere Unterstützung der Staatsanwaltschaft, bei der stellvertretende Staatsanwälte ausschließlich damit beschäftigt waren, von den Anti Crime Teams festgenommene Kriminelle durch das Justizsystem zu schleusen, damit eine schnelle Verurteilung erreicht werden konnte. Man versprach sich davon kurz- und langfristig eine Verbesserung der Verbrechensstatistik.

Bürgermeister Carlucci galt – und er glaubte das selbst – als der am besten qualifizierte aller Bürgermeister amerikanischer Großstädte, um zu entscheiden, wie die Gelder der Bundesregierung am wirkungsvollsten ausgegeben werden konnten, um ›neue Methoden für einen innovativen Strafvollzug‹ zu erproben.

Bei Jerry Carlucci beruhte dieser Glaube auf der Tatsache, daß er vor seiner Zeit im Bürgermeisteramt jeden Rang bei der Polizei von Philadelphia innegehabt hatte – außer Polizistin –, vom Streifenbeamten bis zum Polizeichef. Die Bundesbeamten, die verantwortlich für die Bewilligung der Gaben des Steuerzahlers an das ACT-Programm waren, erkannten bald, daß sowohl die U.S.-Senatoren Pennsylvanias als auch eine wesentliche Mehrheit von Pennsylvanias Kongreßabgeordneten die Meinung des Bürgermeisters teilten, und nicht nur, weil die meisten von ihnen ihm ihre Jobs zu verdanken hatten.

Als die Gelder flossen, kündigte Police Commissioner Taddeus Czernick – auf Bürgermeister Carluccis Vorschlag hin – die Bildung der Abteilung Special Operations an. Die neue Einheit zur Erprobung neuer und innovativer Verbrechensbekämpfung nahm die existierende Highway Patrol unter ihre Fittiche. Die Highway Patrol hatte sich aus einer Polizeieinheit, die auf den Autobahnen Patrouille gefahren hatte – oftmals auf Motorrädern –, zu einer Eliteeinheit entwickelt. Jeweils zwei Polizeibeamte fuhren in Funkstreifenwagen und hatten stadtweite Befugnis. So wurde eine Reihe anderer Polizisten zur Highway Patrol als ACT-Personal versetzt.

Staff Inspector Peter Wohl wurde zum Leiter der Abteilung Special Operations ernannt. Es gab einiges Getuschel darüber, sowohl bei der Polizei als auch in der Presse, besonders in der Zeitung *Philadelphia Ledger,* die für gewöhnlich immer etwas an der Arbeit der Polizei auszusetzen hatte.

Die diesmal erhobenen Vorwürfe lauteten, daß Wohls Ernennung ein weiteres Beispiel für Klüngelei und Vetternwirtschaft war. Die Leser des *Ledger* erfuhren, daß Peter Wohl der Sohn des im Ruhestand lebenden Chief Inspector Augustus Wohl war, der allgemein als Bürgermeister Carluccis bester Freund bekannt war.

Andererseits billigten viele Mitglieder der Polizei Peter Wohls Ernennung, besonders diejenigen, die ihn kannten und wußten, daß er ein geradliniger und aufrichtiger Mann war. Sie wiesen darauf hin, daß er der jüngste Sergeant in der Highway Patrol, der jüngste Captain und der jüngste Staff Inspector gewesen war, den es je in der Polizei von Philadelphia gegeben hatte. In letzterer Stellung, aus der heraus er zum Leiter der Special Operations befördert worden war, hatte er die Ermittlung geführt, die nach einem langen und aufsehenerregenden Prozeß zu einer langjährigen Haftstrafe für Richter Moses Findermann geführt hatte.

Bürgermeister Carlucci hatte sich gegenüber dem Gerede über die Ernennung von Peter Wohl zum Leiter der Special Operations so taub gezeigt wie gegenüber dem Getuschel in der Polizei und dem Aufschrei der Empörung der Bundesregierung über die Art, wie er die ACT-Gelder verwendete.

Es war einige Mobilität nötig, wenn man schnell Präsenz der Polizei in hochkriminellen Gebieten zeigen wollte, und einige der ersten Ausgaben aus den Bundesmitteln, die von Polizeichef Czernick abgerufen wurden, waren für den Kauf einer Flotte neuer Fahrzeuge – einige neutral und alle ausgerüstet mit modernstem und teuerstem Kurzwellen-Funk – für die Special Operations bestimmt.

Commissioner Czernick folgte ebenfalls Bürgermeister Carluccis Vorschlag, einen großen Teil der Bundesmittel für ›dringende‹ Reparaturen am neuen Hauptquartier der Special Operations zu verwenden, das 1892 als Frankford Grundschule erbaut und vor drei Jahren aufgegeben worden war, weil das Schulamt es als baufällig bezeichnet hatte.

In Fällen, die in der Presse großes Aufsehen erregten, bewies die Abteilung Special Operations schnell ihren Wert und zugleich, daß Peter Wohl der hervorragende Cop war, als den Bürgermeister Carlucci und seine Freunde ihn kannten.

Der Commissioner gab auf Bürgermeister Carluccis Vorschlag hin der neugebildeten Special Operations die Ermittlung im Fall eines Gentleman, der in der Presse als ›Sexbestie‹ und ›Serien-Vergewaltiger von Nordwest-Philly‹ bezeichnet wurde.

»Dieser ›Gentleman‹ wurde von Wohls Verwaltungsassistent Payne erschossen, nachdem er versucht hatte, den Cop mit seinem Van zu überfahren. Zu diesem Zeitpunkt lag hinten im Van eine sorgfältig gefesselte, nackte junge Frau – wieder eine –, die er mit der Aufzählung von Einzelheiten gequält hatte, was er mit ihr anstellen würde, sobald sie ein abgelegenes Fleckchen auf dem Lande gefunden hatten.

Eine großangelegte Aktion der Special Operations hatte einen anderen ›Gentleman‹ zur Strecke gebracht – einen Bankangestellten, der zuvor nicht mit dem Gesetz in Konflikt geraten war–, der glaubte, Gott habe ihm befohlen, den Vizepräsidenten der Vereinigten Staaten in die Luft zu sprengen. Zum Zeitpunkt seiner Festnahme fand man bei ihm den Reiseplan und die -route des Vizepräsidenten ebenso wie ein paar hundert Pfund hochexplosiven Sprengstoff und die modernsten Zünder.

Zeitgleich nahm eine Spezialeinheit von Special Operations/ACT in einer genau abgestimmten Aktion ein Dutzend bewaffneter und gefährlicher Personen, verstreut über ganz Philadelphia, fest. Auf den Haftbefehlen wurden sie des Mordes im Zusammenhang mit einem Raubüberfall in einem Möbelhaus von Süd-Philadelphia beschuldigt. Mit einer Ausnahme verliefen die Verhaftungen reibungslos und ohne Schußwaffengebrauch. Bei der Ausnahme schoß der Kriminelle auf einen Beamten der Special Operations und wollte ihn töten, doch der Cop – obwohl verletzt – ersparte dem Staat Pennsylvania die Kosten eines langen Prozesses durch einen präzisen tödlichen Revolverschuß.

In jüngerer Zeit hatten Ermittler der Special Operations eine Organisation aufgedeckt, die Heroin durch Philadelphias International Airport schmuggelte. Die Organisation war der Aufmerksamkeit des Drogendezernats entgangen und ebenfalls – ein Cop war in das Verbrechen verwickelt – der Aufmerksamkeit der Abteilung ›Innere Angelegenheiten‹, zu deren Aufgabenbereich das Aufspüren von Cops gehörte, die Dreck am Stecken hatten.

Gleich danach hatten die Ermittler der Special Operations einen Callgirlring gesprengt, der im Zentrum von Philadelphia betrieben worden war, sowohl mit dem Segen der Mafia als auch dem des Districtleiters – was in den meisten Großstädten ›Precinct‹ genannt wird, heißt in Philadelphia ›District‹ – und eines Lieutenants des Sittendezernats, denen ein Prozentsatz des Profits gezahlt worden war.

Commisioner Czernicks Antwort darauf – natürlich auf Bürgermeister Carluccis Vorschlag hin – war die Bildung einer anderen Organisation, die eng mit der Abteilung Special Operations zusammenarbeitete und von ihr unterstützt wurde. Sie wurde Ethical Affairs Unit (EAU) genannt. Staff Inspector Michael Weisbach, dessen Ruf – klug und geradlinig – sehr dem von Peter Wohl ähnelte, wurde zum Leiter der EAU ernannt und beauftragt, sicherzustellen, daß die Polizei von Philadelphia – und folglich Bürgermeister Carlucci – nie wieder durch einen ranghohen Polizisten in Verlegenheit gebracht wurde, der korrupt war und sein Abzeichen verkaufte.

Mike Weisbach hatte kaum Zeit genug, um einen Schreibtisch in der ehemaligen Schule zu finden und seinen verschrammten neutralen Ford gegen einen der nagelneuen Plymouth' der Special Operations zu tauschen, als ein neuer Fall Bürgermeister Jerry Carluccis persönliche Aufmerksamkeit erregte.

Officer Jerome H. Kellog, der als Zivilbeamter im Rauschgiftdezernat arbeitete, war brutal ermordet in seiner eigenen Küche gefunden worden. Zu den ursprünglichen Tatverdächtigen hatten Officer Kellogs Frau, die von ihm getrennt lebte, und Mrs. Kellogs enger Freund Mr. Wallace J. Milham gezählt, in dessen Wohnung sie eingezogen war, als sie Officer Kellogs Tisch und Bett verlassen hatte. Mr. Milham geriet nicht nur unter Verdacht, weil er ein Motiv hatte, sondern auch weil bekannt war, daß er stets eine Waffe vom Typ und Kaliber derjenigen trug, mit der Mr. Kellog getötet worden war.

Mr. Milham war ein Detective der Mordkommission des Philadelphia Police Department.

Kurz nach dem Tode ihres Mannes suchte Officer Kellogs Witwe Sergeant Washington von der Abteilung Special Operations in seinem Apartment auf. Mrs. Kellog erklärte ihm, sie sei zu ihm gekommen, weil sie überzeugt sei, daß er der einzige ehrliche Cop außer Wally Milham sei. Weiterhin sagte sie, wenn die Polizei wirklich den Mörder ihres Ehemanns schnappen wolle, dann brauche sie nur bei der fünften Abteilung des Rauschgiftdezernats zu suchen, deren Mitglieder allesamt korrupte und dreckige Cops seien.

Sie behauptete, ihr Mann Jerry sei ermordet worden, weil er zuviel gewußt hatte oder die anderen verpfiffen hätte oder beides.

Sergeant Washington hielt es natürlich für möglich, daß Mrs. Kellog diese Anschuldigungen machte, um von sich selbst und Detective Milham abzulenken, aber dann kamen ihm Zweifel. Er traute sich ungewöhnlich gute Menschenkenntnis zu – und das zu Recht –, besonders wenn es um Wahrheitsliebe und Verschleierungsversuche ging.

Washington berichtete Inspector Wohl über sein Gespräch mit Mrs. Kellog und von seiner Überzeugung, daß sie zumindest glaubte, was sie sagte. Wohl, der wußte, daß Carlucci sofort auch nur den kleinsten Hinweis darauf erfahren wollte, daß ein Polizeibeamter von einem anderen Cop ermordet worden war, setzte den Bürgermeister ins Bild.

Zu diesem Zeitpunkt war der Mordfall Officer Kellog durch Woodrow Wilson Bailey senior gelöst worden. Bailey, der lange Zeit in Uniform zu Fuß auf Streife gegangen war, hatte mehr oder weniger routinemäßig ein Auge auf James Howard Leslie gehalten, den er als Einbrecher kannte, und in Leslies verbranntem Müll ein noch erkennbares Hochzeitsfoto von Officer und Mrs. Kellog gefunden.

Er hatte richtig angenommen, daß Mr. Leslie kein so enger Freund von Officer Kellog gewesen war, daß der ihm ein Hochzeitsfoto geschenkt hatte. Bailey hatte weiter ermittelt und die Unterstützung anderer Cops gesucht. Bald darauf hatte Mr. Leslie Sergeant Washington erklärt, warum er es für notwendig gehalten hatte, Officer Kellog zu erschießen.

Das befreite natürlich Officer Kellogs Witwe und Detective Milham von jeglichem Verdacht. Aber es änderte nichts an Mrs. Kellogs Beschuldigung, daß die gesamte fünfte Abteilung des Rauschgiftdezernats korrupt und – jedenfalls ihrer Meinung nach – fähig war, einen aus ihren Reihen zu ermorden, um ihn zum Schweigen zu bringen.

Vor drei Monaten wären solche Anschuldigungen routinemäßig von der Abteilung Innere Angelegenheiten überprüft worden, zu deren Aufgaben es gehörte, Korruption bei der Polizei aufzudecken. Aber vor drei Monaten hatte die Abteilung Innere Angelegenheiten nichts gegen den schmutzigen Cop unternommen, der Heroin durch den Flughafen geschmuggelt hatte. Ebensowenig war sie gegen den korrupten Captain und den Lieutenant vom Rauschgiftdezernat vorgegangen, die Geld von der Madame eines Callgirlrings genommen hatten.

Vor drei Monaten hatte Bürgermeister Carlucci es noch nicht für nötig gehalten, die Bildung einer Ethical Affairs Unit vorzuschlagen.

Als Inspector Wohl zur Tür des Hauses ging, in dem er aufgewachsen war, wußte er, daß es an diesem Nachmittag im Hobbyraum seines Vaterhauses viel Bier und Whisky und Wein, jede Menge jüdische, italienische und deutsche Gerichte und Grillspezialitäten aus den Südstaaten, dazu viel Gelächter und fast mit Sicherheit Schwelgen in Erinnerungen geben würden – aber das war nicht der Grund, weshalb Jerry Carlucci diese Versammlung ›vorgeschlagen‹ hatte.

Zu gegebener Zeit und wenn der angenehme Teil vorüber war, würde der Bürgermeister offiziell werden. Es würde entschieden werden, wie im Rauschgiftdezernat ausgemistet werden konnte, und zwar richtig, damit kein dreckiger Cop davonkommen konnte, weil ein verdammter Verteidiger irgendeinen Formfehler fand und ausnutzte.

Peter Wohl trat ein, ohne anzuklopfen. Er ging in die Küche, um seiner Mutter einen Begrüßungskuß zu geben.

Sechs Frauen kümmerten sich in der Küche um das Essen: Chief Lowensteins ziemlich dicke Frau Sarah; Angeline ›Angie‹ Carlucci, die grazile, fast zerbrechlich wirkende Frau Carluccis, die das einzige menschliche

Wesen sein sollte, vor dem Carlucci Angst hatte; Mike Weisbachs Natalie, eine jüngere Version von Sarah Lowenstein; Mike Sabaras Helen, eine äußerst attraktive Frau mit roter Haarpracht; Jack Fellows' Beverly eine große, schlanke Frau, die als Operationsschwester im Temple Hospital arbeitete; und Peters Mutter.

Peter fragte sich flüchtig, wie Martha Peebles – wenn sie erst die Frau von Captain David Pekach war – zu den anderen Polizeifrauen passen würde. Sie würde sich natürlich Mühe geben, mit ihnen zurechtzukommen – sie war völlig vernarrt in ihren ›Schatz‹ –, aber ihre Erfahrung im Bewirten von Leuten beschränkte sich darauf, daß sie ihrem Butler sagte, wie viele Personen zum Dinner kamen und was sie ihnen servieren wollte.

Was das anbetraf, so konnte sich Wohl Amy Payne ebenfalls nicht beim Rühren von Spaghettisoße vorstellen.

Mrs. Carlucci und Mrs. Lowenstein bestanden auf ihrem Recht, ihm Küßchen zu geben, weil sie ihn kannten, seit er Windeln getragen hatte.

»Dein Vater und alle anderen sind unten«, sagte seine Mutter.

»Tatsächlich?«, erwiderte Peter und tat überrascht.

»Er war immer schon ein Klugscheißer«, sagte seine Mutter.

»Ja, das war er«, stimmte Sarah Lowenstein zu. »Aber das gibt sich noch.«

»Wie das?« fragte Peter.

»Da ist eine junge Lady – ihr seid euch nur noch nicht über den Weg gelaufen –, die das ändern wird.«

»Und jede Veränderung wird eine Verbesserung sein, richtig?«

»Du nimmst mir das Wort aus dem Mund.«

Peter lächelte sie an und ging die schmale Treppe hinunter ins Kellergeschoß.

Er begrüßte zuerst den Bürgermeister Carlucci, ein großer, grobknochiger, stämmiger Dreiundfünfzigjähriger mit braunen, intelligent blickenden Augen und vollem, braunem Haar.

»Mr. Mayor«, sagte er.

»Mir gefällt Ihr Anzug, Peter«, sagte Carlucci und versuchte Peters Hand mit seiner zu zerquetschen.

Es gelang ihm nicht.

»Sie sind stärker, als Sie aussehen«, sagte der Bürgermeister.

»Danke, Sir.«

»Auch smarter«, sagte Peters Vater und legte einen Arm um seine Schulter.

Peter schüttelte Hände mit den anderen und bediente sich an der Hausbar.

Das Schwelgen in Erinnerungen begann. Peter schenkte den Erzählungen kaum Beachtung. Er hatte all die Geschichten schon wenigstens zweimal gehört. Er spürte, daß sich beide Mikes, Weisbach und Sabara, ziemlich beklommen fühlten.

Sabara fühlt sich vermutlich unbehaglich, weil er hier ist und Dave Pekach nicht, dachte Peter. Und Weisbach macht sich zu Recht Sorgen, wieviel der Ermittlung gegen die fünfte Abteilung ihm aufgehalst wird.

Die Konferenz über die Ermittlung im Fall angeblicher Korruption im Rauschgiftdezernat begann, als jeder ein weiteres Stück Kuchen ablehnte, woraufhin Mrs. Wohl ankündigte, daß sie noch eine Kanne Kaffee machen und die Männer allein lassen werde.

»Peter, du hilfst, die schweren Dinge nach oben zu tragen«, sagte sie im Befehlston.

Binnen drei Minuten waren die Tischtennisplatte, die als Tisch für das Büfett gedient hatte, und all die Klapptische abgeräumt und fortgestellt.

»Ich mag immer eine zweite Tasse Kaffee nach dem Essen für den Magen«, erklärte Bürgermeister Carlucci.

Lieutenant Fellows schenkte ihm schnell Kaffee ein.

»Richten Sie sich nicht nach mir«, sagte der Bürgermeister. »Wenn jemand etwas Schärferes als Kaffee möchte, sollte er sich bedienen.«

Die Chiefs Coughlin und Lowenstein gingen zum Kühlschrank und nahmen Flaschen mit Neuweiler's Ale heraus. Die anderen schenkten sich Kaffee ein. Die Kanne wurde leer.

Lieutenant Fellows ging nach oben, um zu sehen, wo die Kanne mit dem Nachschub blieb.

»Ich habe mit Jason Washington über diese Sache gesprochen«, begann der Bürgermeister. »Vielleicht hätte ich Angie bitten sollen, ihn einzuladen, damit der bei unserem Gespräch anwesend ist. Jedenfalls hat Washington mir gesagt, er glaubt, daß Officer Kellogs Witwe glaubt, was sie ihm gesagt hat – daß die ganze fünfte Abteilung korrupt ist. Nichts gegen Captain Pekach – er ist ein hervorragender Mann –, aber trotz seiner Überzeugung, er wüßte davon, wenn etwas Krummes beim Rauschgiftdezernat vorgeht, bin ich der Meinung, wir können nicht ignorieren, was die Witwe sagt. Was haben wir sonst noch?«

»Die telefonische Drohung«, sagte Peter Wohl. »Ich glaube das Mrs. Milham.«

»Mrs. Milham?« unterbrach Bürgermeister Carlucci.

»Sie und Wally Milham haben in Maryland geheiratet, Sir«, sagte Peter Wohl. »Ich dachte, Sie wüßten das.«

»Jetzt, da Sie es erwähnen … Fahren Sie fort, Peter.«

»Ich glaube, daß es einen solchen Anruf gab«, sagte Peter. »Und ebenso ist Wally Milham davon überzeugt.«

»Er mußte davon überzeugt sein, meinen Sie nicht, Peter? Ich meine, schließlich hat er bei ihr seine Salami eingesetzt, bevor ihr Ehemann ermordet wurde.«

»Wally Milham ist ein guter Cop, Mr. Mayor«, sagte Peter Wohl.

Der Bürgermeister blickte ihn lange mit ausdrucksloser Miene an.

»Erzählen Sie mir von den Tonbändern«, sagte Carlucci schließlich.

»Sie werden zur Zeit schriftlich übertragen«, sagte Peter.

»Immer noch? Menschenskind, Sie haben sie schon eine Woche lang.«

»Sie sind durch das Feuer beschädigt, Sir«, sagte Peter. »Sie sind sehr schwer zu übertragen.«

»Setzen Sie einen guten Mann daran. Einen, der klug und schnell ist.«

»Detective Payne hört die Bänder ab«, sagte Wohl.

»Und er arbeitet hart daran, Sir«, warf Mike Sabara ein. »Gestern zum Beispiel bis Mitternacht. Ich habe mir ein wenig davon angehört …«

»So, haben Sie das?« fragte der Bürgermeister nicht gerade freundlich.

»Ich war überrascht, daß er überhaupt was aus den Dingern herausholen kann«, sagte Sabara.

»Sie sind also nutzlos?« fragte Carlucci …

»Nein, Sir«, widersprach Peter Wohl. »Sowohl Payne als auch Sergeant Washington, der gelesen hat, was Payne bis jetzt übertragen hat, glauben, daß etwas von Nutzen darauf ist, wenn die Arbeit beendet ist.«

»Ich will darauf hinaus, Peter, und ich versuche nicht, Ihnen einfach das Leben schwerzumachen, daß wir wirklich nichts haben außer Anschuldigungen von einer Frau eines Cops der fünften Abteilung, die nicht mit ihrem Ehemann, sondern außer Haus geschlafen hat«, sagte Carlucci. »Dagegen steht die Meinung eines verdammt guten Cops, der beim Rauschgiftdezernat gearbeitet hat und sagt, wenn dort etwas nicht in Ordnung ist, dann wüßte er davon.«

Keiner sagte etwas.

Der Bürgermeister schaute Chief Inspector Dennis V. Coughlin an.

»Sie meinen, wir drehen uns in diesem Fall im Kreis, Denny?«

»Vielleicht läuft es darauf hinaus, aber ich glaube, wir müssen es tun, sagte Chief Coughlin.

»Matt?« Der Bürgermeister schaute Chief Inspector Matthew Lowenstein an.

»Ich bin einer Meinung mit Denny«, sagt Lowenstein und schaute auf den Stummel seiner Zigarre.

»Mit anderen Worten, Sie meinen, wir sollten weitermachen?«

»Ja, Jerry, das meine ich.«

»Sie sind anscheinend nicht sehr glücklich darüber.«

»Stimmt, das bin ich nicht. Wenn wir dreckige Cops in der fünften Abteilung finden, sieht die ganze Polizei schlecht aus. Auch die Abteilung Innere Angelegenheiten steht schlecht da, wenn wir die Sache aufdecken und nicht sie. Angenommen, Sie übergeben diesen Fall Peter …«

»Ich überlege, dem Commissioner vorzuschlagen, daß der Fall der EAU übergeben wird.«

»Das würde nichts an dem Problem ändern. Nichts Persönliches, Mike«, sagte Lowenstein und schaute Staff Inspector Weisbach an, »aber Sie können es nicht ohne Peters Hilfe durchziehen, wodurch Peter die Leitung hat, wie ich das sehe.«

»Und da Peter – nichts Persönliches, Peter«, sagte der Bürgermeister, »es nicht ohne die Hilfe des Chief Inspectors der Kripo durchziehen kann, macht das Sie zum Leiter?«

»Na, na, Jerry.«

»Oder weil es ohne die Hilfe von Chief Coughlin nicht läuft, macht es Denny zum Leiter?«

»Worauf wollen Sie hinaus, Jerry?« fragte Coughlin. »Wollen Sie, daß ich oder Matt den Fall übernehme?«

»Niemand hört aufmerksam zu, was ich sage, und keinen juckt es anscheinend, worauf ich hinauswill. Ich versuche es noch einmal. Ich werde Commissioner Czernick vorschlagen, daß eine Ermittlung bezüglich gewisser Anschuldigungen gegen das Rauschgiftdezernat in Ordnung ist und daß sie von der Ethical Affairs Unit durchgeführt werden sollte. Deshalb wird Mike Weisbach der Leiter sein. Ich werde ebenfalls dem Commissioner vorschlagen, daß er Peter, Denny und Sie, Matt, anweist, Mike jedwede Unterstützung zu gewähren, die er für die Durchführung seines Jobs braucht. Ist das jetzt jedem klar?«

Es folgte ein Chor von »Jawohl, Sir.«

»Und da jeder Beteiligte ein erfahrener Polizeibeamter ist, brauche ich wohl nicht zu sagen, daß diese Ermittlung im Einer ist, wenn diese Dreckskerle auch nur argwöhnen, daß sie von jemandem unter die Lupe genommen werden, richtig? Ist klar, was ich will? Ich will diese Kerle hinter Schloß und Riegel haben. Wenn es etwas Schlimmeres als einen Drogendealer gibt, dann ist es ein Polizeibeamter, der Drogendealer durch sein Abzeichen deckt oder, Gott behüte, selbst mit Drogen handelt.«

Er schaute in die Runde.

»Peter, weil Sie enger mit Mike zusammengearbeitet haben als jeder sonst, werden einmal pro Tag entweder Fellows oder ich mit Ihnen telefonieren, und Sie werden uns sagen, was sich in den vergangenen vierundzwanzig Stunden getan hat. Sie werden ebenfalls Matt und Denny auf dem laufenden halten. Sowenig Schriftliches wie möglich. Papiere geraten oftmals in falsche Hände.«

»Jawohl, Sir«, sagte Peter Wohl.

6

Als Matt Payne an dem Gebäude der Krebsforschungsgesellschaft vorbeifuhr und einen Blick in die Halle warf, sah er zwei Männer in Straßenanzügen in den Leder- und Chromsesseln gegenüber dem Empfangspult sitzen.

Das Gebäude war in der Nacht und an Wochenenden geschlossen, und nur der Sicherheitsmann, ein Ex-Cop von Wachenhut, hatte Dienst hinter dem Empfang. Es war deshalb möglich – sogar wahrscheinlich.–, daß jemand in der Halle auf ihn wartete, und zwar jemand, der nichts mit der Krebsgesellschaft zu tun hatte.

Matt fuhr langsamer und schaute genauer hin. Er kannte keinen der beiden Männer. Er zuckte mit den Schultern und fuhr um den Block zur Rückseite des Gebäudes. Dort mußte er aussteigen und einen Spezialschlüssel benutzen, um das Stahltor zur Einfahrt in die Tiefgarage zu öffnen, das an Wochenenden ab geschlossen war. Er fuhr in die Garage, stieg wieder aus dem Porsche und schloß das Tor ab.

Dann fuhr Matt mit dem Aufzug in den dritten Stock, schloß die Tür auf und stieg die schmale Treppe zu seinem Apartment hinauf.

Die Wohnung war in noch größerer Unordnung, als er in Erinnerung hatte. Ein unangenehm süßlicher Geruch verriet ihm, daß er wieder einmal vergessen hatte, den gottverdammten Mülleimer unter der Spüle zu leeren. Es wurde ihm klar, daß er nicht mehr darum herumkam, die Probleme Unordnung/Müll noch heute zu lösen.

Sofort als er seinen Anrufbeantworter abhörte, blinkte das rote Lämpchen.

»Matt«, sagte eine Stimme auf Band, »Mike Weisbach. Verzeihen Sie, daß ich Sie an Ihrem freien Tag störe. Wenn Sie vor – sagen wir – zweiundzwanzig Uhr dreißig eintreffen, rufen Sie mich bitte zu Hause an, ja?« Er nannte die Nummer 774-4923.

Matt ließ sich auf die Couch sinken und griff zum Telefon.

Er wählte die angegebene Telefonnummer.

Eine Frau meldete sich.

»Inspector Weisbach, bitte. Detective Payne. Ich soll zurückrufen.«

»Hallo, Matt. Hier ist Natalie. Ich hole ihn.«

»Danke.«

Warum zum Teufel, kann ich mich nicht an ihren Namen erinnern?

»Hey, Matt. Ich bin froh, daß ich Sie erwischt habe.«

»Was ist los, Inspector?«

»Peter Wohl hat mich gebeten, Sie anzurufen. Wir werden zusammen an dem Mist mit der fünften Abteilung arbeiten.«

»Ja, Sir. Ich habe schon früher mit dem Inspector darüber gesprochen. Er deutete so etwas an.«

»Ich werde morgen früh um neun zu einem Informationsgespräch in Ihr Büro kommen. Aber jetzt geht es mir um die Bänder.«

»Ja, Sir.«

»Ich finde, wir brauchen als erstes die Bänder. Wie kommen Sie damit voran?«

»Langsam und schmerzlich.«

Weisbach lachte.

»Captain Sabara sagte, Sie haben gestern bis Mitternacht daran gearbeitet.«

»Stimmt, Sir.«

»Wie wäre es mit einigen weiteren Überstunden, Detective Payne?«

»Ich befürchte sehr, Sie meinen heute nacht«, erwiderte Matt.

»Andere Pläne, Matt? Sind Sie unabkömmlich?«

»Nein, Sir. Ich kann zum Büro fahren. Aber, Inspector, ich kann die Arbeit bis heute nacht nicht zu Ende schaffen.«

»Vielleicht fällt uns morgen etwas ein. Einige Hilfe für Sie. Aber je mehr ich vor dem morgigen Treffen haben kann, desto besser.«

»Ja, Sir. Ich werde zum Büro fahren und sehen, was ich tun kann.«

»Ich weiß das zu schätzen, Matt. Vielleicht kann ich mich mal bei Ihnen revanchieren.«

»Ich werde mein Bestes tun, Sir.«

»Danke, Matt. Wir sehen uns dann am Morgen.«

»Jawohl, Sir.«

Matt legte den Hörer auf.

»Scheiße!« sagte er.

Es klingelte an der Tür.

»Wer mag das sein?« murmelte Matt.

Er hatte eine Gegensprechanlage, aber er entschied sich, die Treppe hinunterzugehen und die Tür zu öffnen, anstatt Zeit mit der Sprechanlage zu vergeuden.

Die beiden Männer, die er in der Halle gesehen hatte, standen vor der Tür.

»Matthew Payne?« fragte der Größere der beiden.

Matt nickte.

»Ich bin Special Agent Jernigan vom FBI, und dies ist Special Agent Leibowitz.« Er zeigte Matt seinen Dienstausweis und fuhr fort: »Wir möchten mit Ihnen reden. Dürfen wir hereinkommen?«

»Über was wollen Sie mit mir reden?«

»Dürfen wir hereinkommen?«

»Über was wollen Sie mit mir reden?« wiederholte Matt.

»Wenn es Ihnen nichts ausmacht, Mr. Payne, dann stellen wir die Fragen«, sagte Special Agent Jernigan.

»Was soll das sein, eine Art Scherz?« fragte Matt, und es wurde ihm klar, daß er sich dem Siedepunkt näherte.

»Ich versichere Ihnen, daß es sich nicht um einen Scherz handelt.«

»Stellen Sie Ihre Fragen«, sagte Matt.

»Ist Miss Reynolds in Ihrer Wohnung?«

»Das geht Sie zwar nichts an, aber nein, sie ist nicht in meiner Wohnung.«

»Wir entscheiden, ob es uns etwas angeht, wenn Ihnen das nichts ausmacht.«

»Und ich entscheide, ob ich Ihre Fragen beantworte oder nicht, wenn es Ihnen nichts ausmacht.«

»Es ist Ihnen natürlich klar, daß die Behinderung einer Ermittlung des Bundes strafbar ist?«

»Das habe ich mal irgendwo gehört. Aber ich habe ebenfalls gehört, daß die Weigerung, Fragen zu beantworten, nicht als Behinderung einer Ermittlung betrachtet wird. Ich glaube, das steht im Nachtragsgesetz.«

»Wir hörten, Mr. Payne, daß Sie gestern nacht mit Miss Reynolds zusammen waren«, sagte Agent Leibowitz.

Als Leibowitz das Wort ergriff, erkannte Matt, daß er der dienstältere der beiden Agenten war und sich nur eingeschaltet hatte, weil ihm klar war, daß sich zwischen Agent Jernigan und dem zu Befragenden ein persönlicher Konflikt angebahnt hatte, der die Befragung stören würde.

»Ja, das war ich«, sagte Matt.

»Würde es Ihnen etwas ausmachen, uns zu sagen, wohin Sie mit ihr gefahren sind, nachdem Sie die Nesbitts zusammen verlassen haben?«

»Ich habe die Nesbitts nicht mit jemand verlassen«, sagte Matt.

Verdammt, haben diese Typen mit Daffy geredet? Was zum Teufel, hat das alles zu bedeuten?

»Wir glauben, daß Sie das getan haben«, sagte Agent Leibowitz.

»Ehrlich gesagt, es juckt mich nicht, ob Sie an den Osterhasen glauben«, entgegnete Matt. »Ich sage Ihnen, daß ich das Haus der Nesbitts allein verlassen habe, und das ist das absolut letzte, was Sie von mir hören, wenn Sie mir nicht erklären, was die Fragerei zu bedeuten hat.«

»Offen gesagt, ich kann Ihre Feindseligkeit nicht verstehen, Mr. Payne«, sagte Leibowitz. »Haben Sie etwas gegen das FBI?«

»Einige meiner besten Freunde sind FBI-Agenten, aber ich bezweifle, daß ich meine Schwester einen davon heiraten lassen würde«, sagte Matt.

Er sah, daß Agent Jernigan rot anlief. Und das gefiel ihm.

»Wo sind Sie angestellt, Mr. Payne?« fragte Jernigan scharf.

»Ich bezweifle, daß Sie irgendwelche weiteren Fragen stellen sollen. Hat nicht Agent Leibowitz das Interview übernommen?«

»Danke für Ihre Zeit, Mr. Payne«, sagte Agent Leibowitz und ging zum Aufzug.

»Tschüs«, sagte Matt. »Und angenehme Nachtruhe.«

Er ging die Treppe hinauf zu seiner Wohnung.

Was sollte das alles? dachte er.

Allmächtiger! Kidnapping?

Hat jemand Susan Reynolds entführt? Das wäre ein Fall für das FBI.

Und sie müssen mit Daffy geredet haben.

Sie hat ihnen gesagt, daß Susan mit mir weggefahren ist, denn das hat sie Susans Eltern erzählt.

Verdammte Daffy!

Moment mal, keine falschen Schlußfolgerungen.

Daffy hat Susans Mutter gesagt, Susan sei mit mir ausgegangen.

Susans Mutter oder Vater hat Dads Freund, dem Anwalt Emmons, erzählt, daß Susan mit mir ausgegangen ist.

Einer von ihnen, vermutlich Anwalt Emmons, hat sich an das FBI gewandt und das gleiche erzählt.

Das FBI ermittelt wegen Kidnapping oder zumindest wegen Susan Reynolds' Verschwinden und einer eventuellen Entführung.

So schnell? Sie wird erst seit zwei Uhr heute morgen vermißt.

Das Opfer ist die Tochter von Mr. und Mrs. Thomas Reynolds. Reynolds ist ein Multimillionär und der Präsident von Tomar Incorporated.

Und wichtig genug, um das FBI am Wochenende arbeiten zu lassen.

Zum Teufel mit Daffy!

Ich bin derjenige, der das Opfer zum letztenmal gesehen hat, wenn nicht gar Verdächtiger.

Diese FBI-Clowns haben nur ihren Job getan. Ich hätte es ihnen vermutlich nicht so schwermachen sollen. Aber sie waren so arrogante Bastarde! »Ich bin Special Agent Jernigan vom FBI, Mr. Payne. Wir möchten mit Ihnen reden. Dürfen wir hereinkommen?« und dann der Scheiß: »Wo sind Sie angestellt, Mr. Payne?« damit meinte er: »Sie werden Probleme bekommen, wenn wir mit Ihrem Boß sprechen, Klugscheißer.«

Zur Hölle mit ihnen! Sie hätten mir nur zu sagen brauchen, daß sie Susan Reynolds suchen und an eine Entführung denken. Selbst wenn ich der Kidnapper wäre, hätte das ihre Ermittlung nicht gestört. Und ich hätte ihnen alles gesagt, was ich weiß ... natürlich hätte ich verschwiegen, daß sie die Nacht nicht in ihrem Hotelzimmer verbracht hat, was ich weiß, weil ich darin herumgeschnüffelt habe.

Es war wirklich verdammt blöde, in ihr Zimmer zu gehen!

Matt ging zu seiner Couch, ließ sich darauf plumpsen, nahm das Telefon auf den Schoß und rief bei Daffy an.

»Hallo?« meldete sie sich.

»Daffy, die Neugier überwältigt mich. Wo ist deine Freundin Susan schließlich aufgetaucht?«

»Matt«, sagte Daphne Browne Nesbitt ernst. »Es tut mir so leid.«

»Was tut dir leid?«

»Kannst du den Mund halten?«

»Na klar.«

»Sie war die ganze Zeit dort«, sagte Daffy.

»Wo war sie die ganze Zeit?«

»In ihrem Zimmer. Sie wollte nicht ans Telefon gehen.«

»Woher weißt du das?«

»Sie hat es mir gesagt.«

»Wann war das?«

»Vor ungefähr einer Stunde. Sie rief an, bevor sie das Hotel verließ.«

»Bist du sicher, daß sie es war?«

»Natürlich bin ich mir sicher.«

»Hat sie dir gesagt, warum sie sich nicht am Telefon gemeldet hat?«

»Nein, aber ich kann mir einen Grund denken, du nicht?«

»Meinst du, sie war die ganze Zeit mit irgendeiner Person männlichen Geschlechts zugange?«

»Davon habe ich nichts gesagt. Susan ist kein solches Mädchen.«

»Wo ist sie jetzt?«

»Vermutlich ungefähr auf halbem Weg nach Harrisburg. Matt, Ich fühle mich so mies. Weil ich dich da mit hineingezogen habe.«

»Hineingezogen in was?«

»Ich weiß, daß der Anwalt ihres Vaters deinen Vater angerufen hat.«

»Kein großes Problem, Daffy.«

»Möchtest du zum Abendessen kommen? Es sind jede Menge Reste da.«

»Darf ich ein anderes Mal auf dein Angebot zurückkommen?«

»Okay. Möchtest du Susans Telefonnummer haben? Wenn man zuerst keinen Erfolg hat, soll man nicht gleich aufgeben et cetera, et cetera ...«

In letzter Sekunde verkniff er sich ein »Nein.« Er schrieb sich die Nummer, die Daffy ihm nannte, auf und verabschiedete sich.

Möchte ich es noch einmal bei dieser Dame versuchen? überlegte er. *Nein, das will ich nicht. Warum habe ich mir dann die Telefonnummer aufgeschrieben?*

Er zerknüllte den Zettel und warf ihn zu dem vollen Abfalleimer. Er traf nicht.

In der nächsten halben Stunde versucht er – nur teilweise erfolgreich –, im Apartment Ordnung zu schaffen. Dann trug er die Müllbeutel die Treppe hinunter zum Aufzug. Bei der dritten Entsorgungsrunde, als er den Müll aus dem Abfalleimer in eine braune Tragetasche vom Acme Supermarkt leerte, fiel sein Blick auf den zusammengeknüllten Zettel mit Susan Reynolds' Telefonnummer. Er hob ihn auf und steckte ihn nach kurzem Zögern in die Tasche.

Dann fuhr er mit einem halben Dutzend Müllbeuteln im Aufzug nach unten, stellte sie zu dem Müll, der am Morgen abgeholt werden würde, und ging zum Porsche. Er überlegte einen Augenblick lang, ob er den neutralen Polizeiwagen nehmen sollte, doch dann entschied er sich dagegen.

Es machte ihm Spaß, mit dem Porsche zu fahren. Und es gab vermutlich in der nächsten Woche oder den nächsten zehn Tagen wenig Gelegenheit dazu. Wenn sich Seine Durchlaucht, der Bürgermeister, persönlich um die Ermittlung gegen dreckige Cops im Rauschgiftdezernat kümmerte, fielen sicherlich eine Menge Überstunden an.

Er fuhr aus der Garage, schloß das Tor hinter sich und machte sich via Broad Street auf den Weg zur Special Operations. Als er am Hahnemann Hospital vorbeifuhr, schaute er vor dem Spurwechsel in den Rückspiegel und sah Special Agent Leibowitz vom FBI am Steuer eines grüne Chevrolet und Special Agent Jernigan auf dem Beifahrersitz.

Ach du dickes Ei! Diese Clowns beschatten mich!

Zwanzig Minuten später und nach viel wildem Herumkurven durch die Nebenstraßen der Frankford Avenue waren sie immer noch hinter ihm. Matt fuhr auf den Parkplatz der Abteilung Special Operations und parkte auf dem Platz, der für den neutralen Polizeiwagen reserviert war, den er in der Garage des Gebäudes der Krebsforschungsgesellschaft zurückgelassen hatte.

Sie werden sich wundern, was ich hier treibe, dachte Matt mit einer gewissen Freude. *Nach einer Weile – hoffentlich dauert sie recht lange – werden sie vielleicht ihre eifrige Observierung des Verdächtigen in einem Entführungsfall lange genug unterbrechen, um das Gebäude zu betreten, sich beim Beamten vom Dienst auszuweisen und ihn zu fragen, ob er zufällig weiß, was der Fahrer des silbernen Porsche hier treibt.*

Dann werden sie vielleicht Kontakt mit ihrem Vorgesetzten aufnehmen, und er wird ihnen verklickern, daß es überhaupt kein Kidnapping gibt und ihnen das große Vergnügen versagt bleibt, den unfreundlichen Klugscheißer in Handschellen abzuführen.

Matt ging die Treppe hinauf zur Ermittlungsabteilung, schaltete das Licht an, stellte die Kombination an seinem Aktenschrank ein, öffnete ihn, nahm die Bänder aus dem Schrank, setzte sich an seinen Schreibtisch und schaltete die Schreibmaschine ein.

Staff Inspector Michael Weisbach schaute im Büro der Ermittlungsabteilung in die Runde der Männer. Die er herzitiert hatte – im Fall Sergeant Washington hatte er höflich gebeten.

Nur einer der Männer trug Uniform, Sergeant Elliot Sandow, ein dünner, krank aussehender ehemaliger Verkehrspolizist, der im Dienst von einem Lieferwagen angefahren worden war und vier Monate im Krankenhaus gelegen hatte. Er hatte ein Gesuch an Bürgermeister Carlucci persönlich gerichtet und gebeten, im Polizeidienst zu bleiben, anstatt wegen Invalidität auszuscheiden.

Sandow hatte sich als ungewöhnlich guter Verwaltungsmann erwiesen. Weisbach hatte ihn in der Personalabteilung entdeckt und zuerst zur Staff Inspection Unit und dann, als er zum Leiter der Ethical Affairs Unit ernannt worden war, zur EAU versetzen lassen. Derzeit bestand die Abteilung EAU aus Weisbach und Sandow.

Ebenfalls anwesend waren die Detectives Anthony C. Harris, Jesus Martinez, Charles McFadden, Matthew M. Payne und Officer Foster H. Lewis junior. Ein sehr schwarzer Vierundzwanzigjähriger, der fast zwei Meter groß und hundertfünfzehn Kilo schwer war und sinnigerweise ›Kleiner‹ genannt wurde.

Foster H. Lewis senior, ein Lieutenant im 9. Distrikt, war sehr unglücklich im allgemeinen darüber, daß sein Sohn überhaupt Polizeibeamter war, und im besonderen, daß er in Zivil in der Ermittlungsabteilung der Special Operations arbeitete. Als Vater hätte er es vorgezogen, wenn sein Sohn Medizinstudent geblieben wäre, anstatt zur Polizei zu gehen. Als Polizist hätte er es vorgezogen, daß sein Sohn den Polizeiberuf von der Pike auf gelernt und sich vom Cop, der zu Fuß Streife ging, hochgearbeitet hätte. Statt dessen war er fast unmittelbar nach der Polizeischule zur Special Operations gekommen, arbeitete in Zivil, brachte auf Grund der vielen Überstunden fast soviel Geld heim wie sein Vater, der altgediente Polizist, und bekam obendrein noch einen neutralen Polizeiwagen zur Verfügung gestellt.

Lieutenant Foster hatte zwiespältige Gefühle, weil sich sein Sohn vor kurzem – gleich nachdem er zur Teilnahme berechtigt war – zur Prüfung zur Beförderung zum Detective angemeldet hatte. Wenn er sie bestand und befördert wurde, würde Lieutenant Foster wirklich stolz auf seinen Sohn sein – trotz seiner tiefen Überzeugung, daß sein Sohn nicht lange genug im Job war, um ein guter Streifencop, geschweige Detective zu sein.

»Ich bin überzeugt«, begann Staff Inspector Weisbach, »daß jeder Anwesende so begeistert war wie ich, als heute morgen Commissioner Czernick die Ethical Affairs Unit mit der Überprüfung gewisser Anschuldigungen von Fehlverhalten in der fünften Abteilung des Rauschgiftdezernats beauftragte, und darüber hinaus Inspector Wohl anwies, der EAU jedwede Unterstützung durch die Special Operations zu gewähren, was die Dienste von jedem in diesem Büro einschließt.«

»Scheiße«, sagte Detective Harris, aber er lächelte.

»Danke, Detective Harris«, sagte Weisbach, »für die prägnante Zusammenfassung der Gefühle von so vielen von uns.«

Es folgte allgemeines Gelächter.

»Aber wir sind Cops, Gentlemen, wir alle«, sagte Weisbach. »Und wir tun, was uns befohlen wird, also lassen Sie uns loslegen. Mein erster Befehl – ich gebe nicht viele Befehle, also hören Sie gut zu, wenn ich etwas befehle – lautet, über diesen Job Stillschweigen zu bewahren. Wenn etwas Krummes beim Rauschgiftdezernat läuft und die fünfte Abteilung auch nur argwöhnt, daß wir sie unter die Lupe nehmen, dann wird sie ihr Treiben einstellen und warten, bis Gras über die Sache gewachsen ist. Dann wäre unser Job noch viel härter. Ist das jedem klar?«

Er blickte Matt Payne so lange an, bis Matt nickte. Und dann schaute er ihn weiterhin an. Schließlich verstand Matt, was Weisbach von ihm erwartete. Er stand auf und sagte: »Jawohl, Sir.«

Weisbach schaute jeden außer den Sergeants Washington und Sandow der Reihe nach an und wartete, bis jeder aufstand und ›Jawohl, Sir‹ sagte.

»Die Sergeants Washington und Sandow werden praktisch keine sehr aktive Rolle bei dieser Sache spielen«, sagte Weisbach. »Sergeant Sandow wird aus naheliegenden Gründen die Schreibarbeit erledigen, und wenn sich Sergeant Washington – eine lebende Legende – in der fünften Abteilung umschauen und Fragen stellen würde, dann würde man sich nach dem Grund fragen. Das trifft ebenfalls, jedoch zu einem etwas geringeren Maße auf Detective Harris zu, weil er nicht annähernd so auffällig wie Sergeant Washington ist.« Gelächter unterbrach ihn.

»Dies heißt nicht«, fuhr Weisbach fort, »daß Sergeant Washington und Detective Harris an diesem Fall unbeteiligt sind – ganz im Gegenteil –, sondern nur, daß sie nicht an Türen klingeln und Fragen stellen. Die Fülle der Berichte wird über Sergeant Washington an mich weitergeleitet werden, und ich erwarte, daß Washington Harris über alles ins Bild setzt. Okay?«

Ein Chor von ›Jawohl, Sir‹ antwortete, und Washington nickte zustimmend.

»Ist jemand hier, der nicht weiß, wie und wo das Interesse an der fünften Abteilung begann?« fragte Weisbach. »Ich meine, als Officer Kellogs Frau nach dem Mord Sergeant Washington gegenüber die Beschuldigungen machte? Ich bitte um Handzeichen.«

Keiner hob die Hand.

»Das überrascht mich nicht. Meine Frau sagt, Cops klatschen mehr als Frauen«, sagte Weisbach. »Okay, ich will jeden über die bisherige Entwicklung und den neuesten Stand informieren. Wenn Sie das schon gehört haben, üben Sie Nachsicht mit mir. Als diese Behauptungen zum ersten Mal gemacht wurden, sprach ich mit Captain Pekach. Es überraschte ihn, sie zu hören. Er hatte das Gefühl, und ich nehme an, er hat es immer noch, daß er von irgendwelchen krummen Dingen im Rauschgiftdezernat gehört oder wenigstens einen Verdacht hätte. Da Captain Pekach nicht naiv und ein erfahrener Polizeibeamter ist, bedeutet das – gehen wir mal davon aus, daß es dreckige Cops in der fünften Abteilung gibt –, daß sie gerissen sind und ihre Taten so geschickt begehen, daß selbst ein kluger Leiter wie Captain Pekach keinen Verdacht schöpft.«

Weisbach schaute Detective Jesus Martinez an.

»Jesus, als Sie beim Rauschgiftdezernat gearbeitet haben, ist Ihnen da etwas über die fünfte Abteilung zu Ohren gekommen? Haben Sie irgendeinen Verdacht gehabt?«

Martinez schüttelte den Kopf. »Nein, Sir.«

»Charley?« fragte Weisbach und blickte Detective McFadden an.

»Nein, Sir«, sagte McFadden. »Die fünfte Abteilung waren die Asse. Die hielten zusammen. Sie sprachen nicht mal mit den Bauern.«

Weisbach nickte.

»Ein weiterer Beweis dafür, daß sie den Mund zu halten wissen. Ich habe Captain Pekach gebeten, seiner Phantasie freien Lauf zu lassen und zu spekulieren, wie die fünfte Abteilung illegalen Profit aus der Ausübung oder Nichtausübung ihrer Pflichten machen könnte. Captain Pekach sagte, er bezweifelt, daß die Abteilung Geld von Drogendealern oder anderen annimmt, um deren kriminelle Aktivitäten zu ignorieren. Er wies darauf hin, daß ihre Statistik – die Anzahl ›guter‹ Festnahmen – außergewöhnlich gut ist. Das, sagte Captain Pekach – und ich nehme an, er hat recht – läßt nur eine Möglichkeit übrig: wenn dort etwas Schmutziges läuft, dann findet es *während* der Einsätze und Festnahmen statt. Ich habe mich mit diesem Gedanken näher beschäftigt und herausgefunden, daß die fünfte Abteilung oftmals Aktionen und Festnahmen durchgeführt hat, bei denen sie *keine* Unterstützung von anderen Polizeieinheiten hatte wie üblich, weder von den Distrikten noch von der Highway Patrol, noch von ACT-Teams. Mit anderen Worten, wenn kein Außenstehender während einer Razzia oder Festnahme der fünften Abteilung des Rauschgiftdezernats dabei ist, besteht die Möglichkeit, daß die Cops sich einen Teil des vorgefundenen Bargelds oder Wertgegenstände aneignen, bevor die Dinge offiziell schriftlich aufgelistet und beschlagnahmt werden.«

»Ja«, dachte Detective McFadden laut.

»McFadden?« Weisbach blickte ihn fragend an.

»Sie machen eine Razzia. Der böse Junge hat, sagen wir mal, zehntausend in bar. Sie liefern nur acht – oder neuntausend ab. Was soll der böse Junge tun? Soll er sagen ›Hey, man hat mir tausend geklaut?‹ Wer wird ihm das glauben?«

»Ich nehme an, es läuft etwas in dieser Art«, sagte Weisbach.

»Oder Stoff«, sagte Jesus Martinez. »Sie nehmen einen Dealer fest, der fünfzig Tüten Stoff hat, und sie liefern nur vierzig ab. Die gleiche Story.«

»Wenn Martinez damit recht hat – und ich befürchte, es

könnte sein –, würde das bedeuten, daß die fünfte Abteilung Drogen wieder auf die Straße bringt«, sagte Weisbach.

»Bleibt unter uns, was hier gesprochen wird?« fragte McFadden.

»Selbstverständlich.«

»Ich habe das selbst ein bißchen getan«, sagte McFadden. »Ein paar Tütchen abgestaubt, um meine Tipgeber zu füttern.«

»Du hast nie Stoff *verkauft*, Charley«, sagte Jesus.

»Ich will damit sagen, daß es so angefangen haben kann«, sagte McFadden. »Du mußt eine Rate für den Wagen oder eine Reparatur bezahlen, und du hast fünf oder zehn Tütchen zur Seite geschafft, um deine Tipgeber zu füttern. Da pfeifst du auf deine Tipgeber, verkaufst den Scheiß und bezahlst die Rate für den Wagen.«

Staff Inspector Weisbach hatte mit Captain Pekach über die Detectives Martinez und McFadden gesprochen, die für ihn gearbeitet hatten, als er Lieutenant im Rauschgiftdezernat gewesen war.

Beide waren gleich von der Polizeischule dem Rauschgiftdezernat zugeteilt worden, nur weil es stetigen Nachschub an verdeckten Ermittlern brauchte, deren Gesicht auf der Straße unbekannt war. Bis sie ›verbrannt‹ waren – das heißt, bis sie bekannt waren –, waren Anfängercops sehr wertvoll als scheinbare Käufer von Drogen und trugen zu vielen Festnahmen bei. Viele Anfänger waren psychologisch für die Undercover-Arbeit untauglich, und viele andere waren wegen ihrer Unerfahrenheit oder einfach aus Pech schnell verbrannt. Wenn Anfänger, die undercover für das Rauschgiftdezernat ermittelten, bekannt wurden, dann mußten sie ihre normale Polizistenlaufbahn wiederaufnehmen. Die meisten von ihnen landeten in den Distrikten und gingen zu Fuß Streife, bis ihre Vorgesetzten das Gefühl hatten, ihnen einen Kastenwagen zum Transport von Festgenommenen anvertrauen zu können.

McFadden und Martinez waren die Ausnahme von der

Regel gewesen. Sie liebten ihre Tätigkeit und waren außergewöhnlich gut darin. Sie erreichten eine Reihe guter Festnahmen, und sie arbeiteten über ein Jahr lang als verdeckte Ermittler, bis sie verbrannt waren.

Und die Art, wie sie verbrannten, unterschied sie ebenfalls von ihresgleichen.

Der Leiter der Highway Patrol, Captain ›Dutch‹ Moffit, eine schillernde Persönlichkeit und ein sehr beliebter Polizeibeamter, war erschossen worden, als er außer Dienst und in Zivil versucht hatte, einen bewaffneten Raubüberfall in einem Lokal am Roosevelt Boulevard zu stoppen.

Die Identität des Schützen – ein Drogensüchtiger – war bekannt, und die ganze Polizei fahndete nach ihm. McFadden und Martinez brachten ihn auf der Hochbahn-Station Bridge Street zur Strecke. McFadden verfolgte ihn über die Gleise der Hochbahn – wobei er sein Leben riskierte –, bis ein Zug kam und der Gangster unter dessen Räder geriet.

Die beiden waren von Bürgermeister Carlucci persönlich belobigt worden, woraufhin ihr Foto auf den Titelseiten aller Zeitungen von Philadelphia mit Ausnahme des *Ledger* geprangt hatte. So waren sie für weiteren Dienst als Undercover-Agenten des Rauschgiftdezernats verbrannt.

Unter diesen Umständen wäre es unfair gewesen, die beiden in einen Distrikt zu schicken, damit sie im Sommer Hydranten abstellten oder Gefangene transportierten.

Chief Inspector Dennis V. Coughlin hatte für ihre Versetzung zur Highway Patrol gesorgt, die als Elite der uniformierten Polizei galt. Normalerweise können sich Polizeibeamte für eine Versetzung zur Highway Patrol erst bewerben, wenn sie mindestens fünf sehr gute Dienstjahre als Cop hinter sich haben.

Als sie zur Prüfung zum Detective berechtigt waren, meldeten sie sich sofort an. Martinez bestand die Prüfung mit zwei Plätzen unter Matt Payne und McFadden mit zwei Plätzen über der erforderlichen Punktzahl.

Sie mußten als hervorragende junge Polizeibeamte betrachtet werden. Aber obwohl es für Staff Inspector

Weisbach keinen Zweifel daran gab, daß beide aufrichtig und geradlinig waren, störte ihn etwas an ihrer Einstellung, daß es völlig akzeptierbar war – wenn auch zugegebenermaßen illegal –, Drogen von Beweismaterial abzuzweigen, um Informanten damit zu bezahlen. Ihre Einstellung war sozusagen: der Zweck heiligt die Mittel.

Weisbach war nicht moralisch empört – dazu war er zu lange Polizist –, aber es störte ihn.

»Sie glauben, so etwas läuft, McFadden?« fragte er.

»Ich bezweifle, daß irgend jemand, irgendein dreckiger Cop, auf die schiefe Bahn gerät, indem er sagt ›Scheiß drauf, heute fange ich an, dreckig zu werden‹. Sie müssen irgendeinen Grund haben, irgendeine Rechtfertigung. Sie sagen sich zum Beispiel ›Nur dieses eine Mal, und wenn ich die Rate für den Wagen bezahlt habe, hört es auf. Dann werde ich es nie wieder tun.‹«

»Wenn Sie recht haben, und ich meine, vielleicht ist es so, dann erklärt das nicht, wie die ganze fünfte Abteilung schlecht wurde«, sagte Weisbach.

»Sind wir sicher, daß alle Dreck am Stecken haben?« fragte Martinez.

»Wenn sie nicht alle darin verwickelt sind«, sagte Washington, »dann kann ich mir nicht vorstellen, daß keiner in der Abteilung weiß, was die anderen tun.«

»Cops verpfeifen keine anderen Cops?« sagte McFadden.

Washington nickte.

»Es sei denn, sie sind unschuldig, gehen jedoch mit den anderen unter, wenn die Sache auffliegt«, meinte Tony Harris. »Vielleicht sollten wir als Einstieg den oder die Unschuldigen finden – wenn es jemand ist.«

»Und wie finden wir ihn, Tony?« fragte Weisbach.

»Leicht. Das ist derjenige, der kein Geld hat, das er nicht haben sollte«, sagte Harris.

»Nun, damit werden wir beginnen. Mit Geld«, sagte Weisbach. »Wir stellen fest, ob jemand von der fünften Abteilung mehr Geld ausgeben – oder gespart – hat, als nach seinen Bezügen möglich ist. Ehrlich gesagt, es würde mich überraschen, wenn wir schnell oder leicht etwas herausfinden. Wenn wir überhaupt etwas Verdächtiges entdecken.«

»Letzteres verstehe ich nicht ganz, Inspector«, sagte Matt Payne. »Warum sollten wir nichts Verdächtiges entdecken?«

»Ich finde, wir sollten alle bedenken, daß die Abteilung Innere Angelegenheiten diesen Fall zwar nicht bekommen hat, daß sie jedoch keineswegs unfähig oder blöde ist. Diese Abteilung achtet stets auf Anzeichen von ungewöhnlichem Wohlstand bei Cops, und ich könnte mir denken, daß sie besonders diejenigen unter die Lupe nimmt, die Jobs haben, bei denen die Annahme von Bestechungsgeldern oder sonst etwas Illegales am wahrscheinlichsten ist. Damit will ich sagen, ich bin davon überzeugt, daß die Leute vom Rauschgiftdezernat routinemäßig überprüft werden. Und man hat nichts Verdächtiges gefunden, sonst hätte die Abteilung Innere Angelegenheiten ihre eigene Ermittlung durchgeführt. Chief Coughlin hat mir gesagt, die Abteilung Innere Angelegenheiten hat keinerlei besondere Ermittlung gegen jemand im Rauschgiftdezernat durchgeführt, bevor wir diesen Fall erhalten haben. Ich meine, das könnte bedeuten – angenommen, einige Mitglieder der fünften Abteilung sind dreckig –, daß sie auch so klug sind, sich keinen nagelneuen Buick oder eine Eigentumswohnung am Strand unter ihrem eigenen Namen zu kaufen oder das Geld auf ihrem eigenen Bankkonto zu sparen. Können Sie mir folgen?«

»Jawohl, Sir.«

»Nun, wir – und damit meine ich McFadden und Jesus und den Kleinen – suchen nach unerklärlichen Geldausgaben bei den Männern der fünften Abteilung. Ich erwarte äußerste Sorgfalt. Es würde mich freuen, wenn keine Anzeichen auf unerklärliche Geldausgabe gefunden und meine Vermutungen widerlegt werden. Nennen Sie das die erste Runde. Und während Sie das tun, erstellen Sie, Payne, eine Liste mit Namen von Leuten, in deren Namen

Buicks und Eigentumswohnungen und so weiter gekauft werden könnten. Verstehen Sie, was ich meine?«

»Nein, Sir, leider nicht.«

»Verwandte. Freunde. Ein Schwager. Wenn man ein Ferienhaus oder eine Eigentumswohnung kauft, will man die Abteilung Innere Angelegenheiten nicht aufmerksam machen. Also gibt man seinem Schwager oder Onkel Charley das Geld, und der tritt als Käufer auf. Oder man überweist das Geld auf sein Konto. Klar?«

»Wo fange ich an?«

»Beginnen Sie mit den Personalakten«, sagte Weisbach. »Ich möchte, daß erst an Türen geklingelt wird, wenn es sein muß. Wir können uns nicht erlauben, daß jemand sagt ›He, Charley, es war ein Cop hier, der sich über dich erkundigt hat.‹«

»Jawohl, Sir«, sagte Payne.

»Ihr erster Job, Payne, sind jedoch die Bänder. Wir brauchen eine Abschrift der Gespräche, und zwar so schnell wie möglich. Sandow wird dafür sorgen, daß jeder eine Kopie erhält. Dann soll jeder einzeln versuchen, einen Sinn darin zu erkennen. Danach setzen wir uns zusammen und tauschen unsere Meinungen aus. Ich will jeden Tag oder jeden zweiten ein Brainstorming. Wir alle müssen wissen, woran jeder gerade arbeitet, und vielleicht erkennt jemand einen Sinn in etwas, das der andere nicht versteht.«

Er blickte in die Runde.

»Irgendwelche Fragen?«

Keiner stellte eine Frage.

7

Als eines der Lämpchen auf seinem Telefon aufleuchtete, zeigte das Gesicht von Brewster Cortland Payne II. eine Mischung aus Ärger und Resignation.

Das Telefon hätte nicht gestört, wenn sich Mrs. Irene Craig, seine grauhaarige, elegante, fünfzigjährige Sekretärin, nicht ganz sicher gewesen wäre, daß er den Anruf entgegennehmen würde. Irene war seine Sekretärin – und Vertraute und Freundin –, seit er frisch von der juristischen Fakultät in die Anwaltskanzlei seines Vaters eingetreten war. Sie war die erste Angestellte des Anwalts B. C. Payne gewesen, als er seine Kanzlei eröffnet hatte, und die Büros waren zwei kleine dunkle Zimmer in einem heruntergekommenen Gebäude in der South Tenth Street gewesen.

Die Büros der Kanzlei Mawson, Payne Stockton, McAdoo & Lester belegten jetzt den gesamten elften Stock und die meisten Räume des zwölften Stocks des Philadelphia Savings Fund Society Building in der Market Street, östlich der Broad. Und wie es sich für die Chefsekretärin des leitenden Sozius der Anwaltskanzlei gehörte, die unbestreitbar zur angesehensten von Philadelphia geworden war, überstieg Mrs. Craigs Jahresgehalt das von siebzig Prozent der Anwälte Philadelphias.

Sie hatte natürlich andere Pflichten, doch sie betrachtete es – ganz richtig – als ihre Hauptaufgabe, über die Zeit ihres Chefs zu wachen, was einschloß, daß sie nur diejenigen Anrufe durchstellte, die er ihrer Meinung nach nicht nur annehmen wollte, sondern auch sollte.

Vor einer halben Stunde war sie gebeten worden, ihm eine Kanne Kaffee zu bringen und dann dafür zu sorgen, daß er nicht gestört wurde. Mr. Payne wußte, daß Mrs. Craig unter diesen Umständen normalerweise allenfalls einen Anruf vom Präsidenten der Vereinigten Staaten, wenn er ihm eine Nominierung für die Position des Vorsitzenden des Obersten Bundesgerichts anbot, oder von seiner Frau durchstellen würde. Jeden sonst würde sie mit dem Versprechen auf einen Rückruf abwimmeln.

Payne nahm den Telefonhörer ab.

»Brewster Payne«, meldete er sich.

»Verzeihen Sie die Störung«, sagte Mrs. Craig, »aber Armando C. Giacomo, Esquire, ist in der Leitung und bittet um einen Moment Ihrer Zeit.«

»Ist der Colonel nicht da?«

»Ich habe versucht, Manny an ihn zu verweisen, aber er will mit *Ihnen* sprechen.«

Der ›Colonel‹ war J. Dunlop Mawson, Esquire, der andere Gründungspartner von Mawson, Payne, Stockton, McAdoo & Lester, der in der Army beim Chef der Militärjustiz als Lieutenant Colonel gedient hatte und es liebte, mit diesem Rang angesprochen zu werden.

Man konnte darüber streiten, ob der Colonel oder Manny Giacomo der erfolgreichste Anwalt für Strafsachen in Philadelphia war. Giacomo & Giacomo – der zweite war sein Sohn, Armando C. Ciacomo III. – war eine Kanzlei mit über dreißig Anwälten in einem eigenen Gebäude in der South 9th Street, die überwiegend an Fällen des Strafrechts arbeitete.

Der ältere Giacomo – ein schlanker, eleganter Fünfzigjähriger, der das wenige verbliebene Haar mit Pomade an die Seiten seines gebräunten Schädels geklebt trug – war sehr gut und konsequent, und seine Dienste waren teuer. Wie Colonel J. Dunlop Mawson hatte er einen wohlverdienten Ruf als hervorragender Verteidiger, der oftmals mit großem Geschick Angeklagte herauspaukte, denen eine ganze Palette von Straftaten zur Last gelegt wurden. Seine Mandanten bei Strafprozessen waren selten normale Kriminelle, aus dem einfachen Grund, weil normale Kriminelle selten genügend Geld hatten.

Der Unterschied zwischen beiden Kanzleien bestand darin, daß von Anfang an für den Colonel und Brewster Payne klar gewesen war, daß ihre Kanzlei nicht den Mob – also das organisierte Verbrechen, oftmals Mafia genannt – juristisch vertreten würde, und zwar unter keinen Umständen. Giacomo hingegen tat das oftmals.

Giacomo, selbst Sohn eines Anwalts, dessen Familie seit der Revolution in Philadelphia wohnte, war Absolvent der University of Pennsylvania und der Rechtsakademie Yale. Im Koreakrieg hatte er als Marineflieger Corsairs geflogen. Er hätte eine Kanzlei wie Mawson, Payne, Stockton, McAdoo & Lester führen können, deren meiste Mandanten aus den höheren Ebenen von Industrie, Banken und Versicherungen und aus dem Freundeskreis der Familien bestanden.

Manny Giacomo hatte sich statt dessen entschieden, Anwalt für Strafsachen zu werden und war als Anwalt des Mobs bekannt (unfair, fand Payne, denn Gangster waren nur ein Bruchteil seiner Mandanten). Payne war zu dem Schluß gelangt – er wußte, daß Giacomos Berufsethos tadellos war –, daß Giacomo den Mob hauptsächlich juristisch vertrat, weil Gangster die finanziellen Mittel hatten, um ihn zu bezahlen, aber ebenfalls, weil er wirklich der Überzeugung war, daß ein Angeklagter ein Anrecht auf den besten Anwalt hatte, den er bekommen konnte.

Giacomo war ebenfalls in Polizeikreisen sehr angesehen, hauptsächlich weil er *pro bono publico* Polizeibeamte vertrat, denen Brutalität oder andere Gesetzesverstöße im Dienst vorgeworfen wurden.

Payne griff nach einem der Telefone auf seinem Schreibtisch und drückte auf einen Knopf, über dem ein Lämpchen leuchtete, und es war ihm klar, daß er es aus dem gleichen Grund tat, aus dem Mrs. Craig den Anruf durchgestellt hatte: Neugier, warum Manny Giacomo ihn sprechen wollte und nicht den Colonel.

»Armando, wie geht's Ihnen?« sagte Payne.

»Danke dafür, daß Sie den Anruf angenommen haben, Brewster.«

»Bin ich nicht immer für Sie zu sprechen?«

»Nein, das bezweifle ich. Ehrlich gesagt, manchmal habe ich das Gefühl, wenn Mrs. Craig mir sagt, Sie hätten gerade das Büro verlassen, Sie sitzen an Ihrem Schreibtisch und wollen einfach nicht mit mir sprechen.«

»Das glauben Sie doch nicht im Ernst, Armando. Das ist die Taktik, um jemand in die Defensive zu drängen, nicht wahr?«

Giacomo lachte. »Hat es geklappt?«

»Zu einem gewissen Maße. Aber es hat auch meinen Selbsterhaltungstrieb gestärkt. Was versuchen Sie mir einzureden, Armando, was ich nicht tun würde, wie Sie genau wissen?«

»Ich brauche von Ihnen einen persönlichen Gefallen, Brewster.«

»Privat? Oder beruflich?«

»Um ehrlich zu sein, ein wenig von beidem.«

»Meine Neugier ist geweckt. Fahren Sie fort.«

»Ich vertrete einen Gentleman namens Vincenzo Savarese.«

»Einen ›Gentleman‹ namens Vincenzo Savarese? Wenn das der Fall ist, dann ist Ihr Mr. Savarese nicht derselbe Kerl, der mir sofort in den Sinn kam.«

Der grauhaarige, vierundsechzigjährige Vincenzo Savarese war der Boß der Mafia von Philadelphia.

»Mr. Savarese, *mein* Mr. Savarese«, sagte Giacomo,

»wurde nie von einem Gericht verurteilt, irgendeinen Verstoß gegen den Frieden und die Würde von Pennsylvania oder gegen irgendeinen anderen der Vereinigten Staaten von Amerika begangen zu haben.«

»Vielleicht hat er einen sehr guten Anwalt.«

»Diese Vermutung habe ich schon gehört«, sagte Giacomo.

Payne lachte.

»Was wollen Sie, Armando?«

»Mr. Savarese wäre sehr dankbar, wenn Sie ihm ein paar Minuten Ihrer Zeit schenken können, nicht mehr als fünf.«

»Er will mit mir reden?« fragte Payne ungläubig. »Worüber?«

»Mr. Savarese hofft, daß Sie ihm fünf Minuten Ihrer Zeit schenken, und zwar persönlich.«

»Er will herkommen?«

»Er wäre dankbar, wenn Sie ihm das erlauben.«

»Was will er?«

»Er würde vorziehen, Ihnen das persönlich zu sagen.«

»Was, zum Teufel, ist da los, Armando?«

»Mr. Savarese möchte Sie persönlich um einen Gefallen bitten.«

»Welchen Gefallen?« fragte Payne, und sein Tonfall wurde nur wenig schärfer.

Es entstand eine Pause, bevor Giacomo antwortete.

»Es hat etwas mit Ihrer Tochter zu tun«, sagte Giacomo dann.

»Mit meiner Tochter?« fragte Payne ehrlich überrascht, und dann stellte er eine andere Frage, ohne Giacomo Zeit zu einer Antwort zu lassen. »Ist er dort bei Ihnen?«

»In der Tat. Das ist er.«

»Ich nehme an, Ihrem Mandanten ist klar, daß ich keine Fälle des Strafrechts annehme?«

Wieder eine Pause, bevor Giacomo antwortete.

»Mr. Savarese hat mich gebeten, zu sagen, daß es sich um eine persönliche Sache handelt und nichts mit dem Gesetz zu tun hat.«

»Aber es hat etwas mit meiner Tochter zu tun?« fragte Payne rhetorisch. »Und wann möchte er mit mir sprechen?«

»Gleich jetzt, wenn es Ihnen paßt«, antwortete Giacomo sofort. »Nicht länger als fünf Minuten.«

Jetzt zögerte Payne mit einer Antwort.

»Im Zweifel für den Angeklagten, Armando. Auf Grund unserer bisherigen guten Beziehung entscheide ich zu Ihren Gunsten.«

»Sie empfangen Mr. Savarese?« vergewisserte sich Giacomo.

»Wollen Sie gleich jetzt kommen? Sie begleiten ihn doch, oder?«

»Ja. Und ja.«

»Dann kommen Sie«, sagte Payne.

Er legte den Hörer auf, zuckte mit den Schultern und drückte dann auf einen Knopf, wodurch Mrs. Craigs Telefon summte.

Sie meldete sich nicht am Telefon.

Statt dessen steckte sie den Kopf in Paynes Büro.

»Soll ich den Colonel suchen?«

»Mir ist gleichgültig, was er gerade treibt, ich will ihn hier bei mir haben.«

»Sonderbare Sache, wirklich sonderbar«, sagte Mrs. Craig.

»Sagte die Lady als Untertreibung des Jahres«, erwiderte Payne.

Als Mrs. Irene Craig die Tür von Brewster Cortland Paynes Büro öffnete, um Armando C. Ciacomo, Esquire, und Mr. Vincenzo Savarese hereinzuführen, erhob sich Payne hinter seinem Schreibtisch. Ebenso stand Colonel J. Dunlop Mawson auf, ein schlanker, würdevoller Fünfundsechzigjähriger, der in einem grünen Ledersessel an einem mit Schnitzereien versehenen, englischen Couchtisch (ca. 1790) gesessen hatte.

»Guten Morgen, Kollege«, sagte Giacomo, ging zu

Payne und streckte ihm die Hand hin. »Danke, daß Sie uns so kurzfristig empfangen.«

»Hallo, Armando«, erwiderte Payne und ergriff die Hand.

Giacomo ging zu Mawson. Es überraschte ihn anscheinend nicht, ihn in Paynes Büro anzutreffen.

»Es ist immer ein Vergnügen, Sie zu sehen, Colonel«, sagte er. »Wie schön, Sie sozusagen zufällig hier zu treffen.«

»Ich freue mich stets, wenn ich Sie sehe, Armando«, erwiderte Mawson.

»Gentlemen, darf ich Mr. Vincenzo Savarese vorstellen?« Giacomo deutete auf seinen Mandanten.

Savarese war schmächtig und hatte sehr helle, fast durchsichtig wirkende Haut. Seine etwas hervorquellenden Augen spiegelten Intelligenz wider. Er trug einen konservativen, einreihigen anthrazitfarbenen Anzug mit Weste.

Dieser Mann ist ein Gangster, dachte Payne, *und wenn die Geschichten stimmen, dann hat er als Jüngerer persönlich gemordet – und viele andere Verbrechen begangen. Das will ich nicht vergessen.*

Savarese ging zuerst zu Payne.

»Ich stehe in Ihrer Schuld, Mr. Payne, weil Sie mich unter diesen Umständen empfangen.«

Er hielt Payne die Hand hin. Payne ergriff sie und stellte überrascht fest, wie zart und weich sie war.

Habe ich nicht irgendwo gehört, daß er meisterhaft Geige spielt? überlegte Payne.

»Colonel Mawson und ich haben gerade Kaffee getrunken«, sagte Payne und wies auf den Couchtisch und die grünen Ledersessel. »Darf ich Ihnen eine Tasse Kaffee anbieten?«

»Danke, nein«, sagte Savarese. »Ich möchte nicht mehr von Ihrer und Colonel Mawsons Zeit in Anspruch nehmen als nötig.«

»Wie kann ich Ihnen dienen, Mr. Savarese?« fragte Payne, als Savarese auf der Couch Platz genommen hatte.

»Ich hoffe, Sie glauben mir, daß ich Sie nicht behelligt hätte, wenn es nicht absolut nötig wäre«, sagte Savares. »Darf ich gleich zum Thema kommen?«

»Bitte«, sagte Payne.

»Ich komme zu Ihnen als Vater und Großvater, der Hilfe für seine Tochter und Enkelin braucht, die er nirgendwo sonst bekommen kann.«

»Fahren Sie fort«, sagte Payne.

»Meine Tochter ist erwachsen, verheiratet mit … Ihr Mann ist Randolph Longwood aus Bala Cynwyd. Vielleicht sind Sie vertraut mit dem Namen?«

»Der Bauunternehmer?«

»Ja, der Bauunternehmer. Ich glaube, ich sollte sagen, daß ich keine geschäftliche Beziehung irgendwelcher Art mit meinem Schwiegersohn habe.«

»Ich kenne Randy Longwood, Brew«, sagte Mawson. »Er ist Mitglied im Rose Tree Hunt Club.«

»Natürlich«, sagte Payne. Er fühlte sich ein wenig unbehaglich und äußerst überrascht, daß dem Zulassungsausschuß für die Mitgliedschaft des Clubs die Identität von Longwoods Schwiegervater entgangen war. Er hatte Mühe gehabt, Colonel J. Dunlop Mawson in den Club aufnehmen zu lassen, denn der Ausschuß hatte Bedenken gehabt, ob die Mitgliedschaft eines Anwalts, der auch Strafrecht praktizierte, wünschenswert war.

»Meine Tochter hat eine Tochter«, fuhr Savarese fort, »die vor kurzem eine Art emotionalen Schock erlitten hat.«

Payne schaute ihn an, sagte jedoch nichts.

»Wir wissen wirklich nicht, was den Schock ausgelöst hat«, fuhr Savarese fort. »Wir wissen nur, daß es etwas sehr Ernstes war, was immer es gewesen sein mag. Sie ist zur Zeit in der Universitätsklinik. Ihr Hausarzt hat sie eingewiesen und für sie arrangiert, daß sie von Dr. Aaron Stein behandelt wird.«

»Stein ist ein hervorragender …« Payne verkniff sich im letzten Augenblick die Bezeichnung ›Klapsdoktor‹ und sagte statt dessen: »… Arzt.«

»So hörte ich«, sagte Savarese. »Er hat empfohlen, daß meine Enkelin von Dr. Payne behandelt wird.«

»Stein und meine Tochter sind befreundet«, erklärte Payne. »Deshalb habe ich ihn kennengelernt.«

Sie sind Freunde, dachte Payne. *Aber erst jetzt. Amy pflegte als Studentin andächtig zu Füßen des Meisters zu sitzen.*

Stein war so alt wie er. Amy war zur Universitätsklinik gegangen, weil sie begeistert von der Möglichkeit gewesen war, mit ihm zusammenzuarbeiten und von ihm zu lernen. Sie waren Freunde und schließlich Kollegen geworden, und Payne wußte, daß Stein Amy sogar eine Gemeinschaftspraxis vorgeschlagen hatte. Amy hatte das Angebot abgelehnt, aus Gründen, die Payne nicht verstand.

»Ja, das hat er meiner Tochter erzählt«, sagte Savarese. »Aber offenbar reicht diese Freundschaft nicht aus, um Dr. Payne zu überzeugen, meine Enkelin zu behandeln.«

Stein schickt Amy eine Patientin, und sie lehnt sie – und damit Dr. Stein, ihren Guru – ab? dachte Payne. *Das klingt ein bißchen sonderbar.*

»Ich verstehe wirklich nicht, was das mit mir zu tun hat; Mr. Savarese«, sagte Payne.

Ich weiß verdammt genau, was das mit mir zu tun hat, dachte er. *Er will, daß ich Amy, die sicherlich ihre Gründe hat, die Behandlung seiner Enkelin abzulehnen, bitte, es sich noch einmal zu überlegen.*

Das geht mich absolut nichts an. Amy wäre zuerst erstaunt und dann zu Recht verärgert, weil ich meine Nase in ihre Angelegenheiten stecke. Besonders in einem solchen Fall.

Oder ist es meine Schuld? Amelia Payne. Dr. med., Mitglied des American College of Psychiatry, ist zugleich Amy Payne, die liebe Tochter von Brewster C. Payne, und hat immer wieder meine Einstellung gegen das Organisierte Verbrechen und seine Gangster gehört. Es ist unwahrscheinlich, aber nicht unmöglich, daß Amy die Behandlung dieses Mädchens meinetwegen abgelehnt hat oder weil sie sich nicht mit einer Person einlassen will, die Verbindungen zum Mob hat.

»Meine Enkelin ist sehr krank, Mr. Payne«, sagte Savarese. »Sonst würde ich mich nicht persönlich in dieser

Sache engagieren. Weder Dr. Seaburg, ihr Hausarzt, noch Dr. Stein weiß von unserer Verwandtschaft. Aber ich liebe sie und meine Tochter, und als Vater und Großvater bin ich bereit, um Hilfe für sie zu betteln.«

»Sie möchten mit meiner Tochter sprechen, geht es darum?«

»Ich bitte Sie, das zu tun«, sagte Savarese.

Wo sind wir? Amy hat sich geweigert, dieses Mädchen zu behandeln, aus Gründen, die nichts mit mir oder Savarese zu tun haben – er hält mich aus der Sache heraus, indem er sagt, daß weder der Hausarzt noch Stein den Großvater des Mädchens kennen.

Und das Mädchen sollte auf keinen Fall für die Sünden des Großvaters bestraft werden. In diesem Fall ist er der Großvater, nicht der Mafiaboß.

»Entschuldigen Sie mich bitte einen Moment«, sagte Payne und verließ sein Büro. Er durchquerte das Vorzimmer, ging über den Flur und betrat das Vorzimmer zu Colonel J. Dunlop Mawsons Büro.

»Ich brauche das Büro des Colonels einen Moment, Janet«, sagte er zu Mawsons Sekretärin. Er ging in Mawsons Büro, setzte sich auf die rote Ledercouch und nahm das Telefon.

Er brauchte fast fünf Minuten, um Amy an die Strippe zu bekommen, und als sie am anderen Ende der Leitung war, klang ihre Stimme besorgt.

»Daddy? Man hat mir gesagt, es sei wichtig. Ist was passiert?«

»Ertrage mich einen Moment, Amy«, sagte er. »Nein, es ist nichts passiert.«

»Ich habe immer Angst, du rufst an, um mir zu sagen, auf Matt ist wieder geschossen worden«, sagte Amy, und ihrer Stimme war deutlich Erleichterung anzuhören.

»Soweit ich weiß, droht Matt im Augenblick nur Gefahr von dem verständlicherweise zornigen Vater des Mädchens, das er von Chad Nesbitts Geburtstagsparty mitgenommen und das seither nicht mehr zu Hause angerufen hat«, sagte Payne.

Amy lachte kurz, und dann – jetzt mit leichter Ungeduld – fragte sie: »Was ist dann so wichtig, Daddy? Ich weiß vor lauter Arbeit nicht mehr, wo mir der Kopf steht.«

»Hat Dr. Stein dir eine Patientin geschickt, eine junge Frau namens Longwood?«

»Aaron schickt mir viele Patienten oder versucht es, aber dieser Name sagt mir nichts. Warum fragst du?«

Aaron? dachte Payne. *Es ist noch gar nicht so lange her, da hast du ihn ehrfürchtig ›Doktor Stein‹ genannt.*

Und: Wir sind nicht länger ›Daddy, Liebling‹ und ›Tochter, Schatz‹. Das war die Ärztin, die einen neugierigen Anwalt in seine Schranken verweist.

»Ihr Großvater ist in meinem Büro«, sagte Payne.

»Moment mal«, sagte Amy. »Jetzt erinnere ich mich an den Namen. Cynthia Longwood. Ein Mädchen aus Bala Cynwyd, das ein traumatisches Erlebnis mit ihrem Freund hatte. Ich habe Aaron ›bedauere, nein‹ gesagt, denn ich muß jede Menge wirklich kranker Patienten behandeln. Wie hast du von dieser Sache erfahren? Ist ihr Großvater einer deiner Mandanten?«

»Nein das ist er nicht. Ihr Großvater ist Vincenzo Savarese.«

»Der Gangster.«

»Das ist eine Behauptung.«

»Ist dies wichtig für dich, Daddy?«

»Ich weiß wirklich keine Antwort darauf. Er kam her – Armando Giacomo hat ihn hergebracht, was ihnen beiden schwergefallen sein muß – und appellierte an mich als deinen Vater. Ich hielt es für richtig, dich anzurufen.«

»Wo ist sie?«

»In der Uniklinik.«

»Okay, ich kümmere mich um sie«, sagte Amy.

»Danke.«

»Es wäre gelogen, wenn ich ›gern geschehen‹ sagen würde«, sagte Amy. »Mich treibt reine Neugier. Ich frage mich, warum Aaron mir nicht gesagt hat, wer sie ist.«

»Ich bezweifle, daß Dr. Stein weiß, wer ihr Opa ist.«

»Ich muß aufhören«, sagte Amy. Es klickte, und die Leitung war tot.

Payne kehrte in sein Büro zurück.

»Ich habe soeben mit meiner Tochter telefoniert. Mr. Savarese«, sagte er. »Sie wird sich um Ihre Enkelin kümmern.«

Vincenzo Savarese erhob sich langsam von der Couch und ging zu Payne. Er streckte ihm die Hand hin, und als Payne sie ergriff, hielt Savarese seine Hand mit beiden Händen.

Er hat Tränen in den Augen!

»Ich stehe tief in Ihrer Schuld, Mr. Payne«, sagte Savarese.

»Überhaupt nicht.«

»Ich stehe tief in Ihrer Schuld, Mr. Payne«, wiederholte Savarese. »Und jetzt werde ich Ihnen nicht mehr die kostbare Zeit stehlen.«

Savarese ging zu Colonel J. Dunlop Mawson, schüttelte ihm höflich die Hand und schritt dann aus dem Büro.

»Ich schulde Ihnen einen großen Gefallen, Brewster«, sagte Armando C. Giacomo leise, zwinkerte Payne zu und folgte Savarese.

Walter Davis, ein großer, gutgebauter, fast gutaussehender Mann Mitte Vierzig, hatte beim Mittagessen im Rittenhouse Club eine Idee. Die er für hervorragend hielt. Eigentlich hatte er sie bereits zum zweiten Mal, und jetzt wunderte er sich, weil er sie nicht beim ersten Mal in die Tat umgesetzt hatte.

Davis, der Special Agent in Charge des FBI-Büros in Philadelphia, war kein stimmberechtigtes Mitglied des Rittenhouse Club. Auf Grund seines Amtes genoß er jedoch all die Privilegien einer Mitgliedschaft. Ähnliche *ex-officio*-Mitgliedschaften gab es für gewisse andere Persönlichkeiten des öffentlichen Dienstes – für den Bürgermeister; den Admiral der Marinewerft; den Polizeichef; den Rektor der University of Pennsylvania und so weiter –

äußerst erfolgreiche Vertreter ihres Berufs, die auf Grund ihrer Stellung nicht nur als Mitglieder aufgenommen worden wären, wenn sie es gewollt hätten, sondern sich eine Mitgliedschaft auch finanziell hätten leisten können.

Es hieß, daß es mit einer Vollmitgliedschaft im Rittenhouse Club so war wie mit Commodore Vanderbilts Jacht; wenn man fragen mußte, wieviel sie kostete, konnte man sie sich nicht leisten.

Davis nahm nur selten die Einrichtungen des Rittenhouse Club in Anspruch, die ein Schwimmbecken in Olympia-Größe, eine voll ausgestattete Turnhalle, Bar, Lounge und Restaurants einschlossen. Davis war es ein wenig peinlich, etwas anzunehmen, das für ihn gratis war.

Er versuchte seine Besuche auf die wenigen Anlässe zu beschränken, die zumindest eine Verbindung zum FBI hatten. Ein monatliches Mittagessen mit Police Commissioner Taddeus Czernick stand zum Beispiel für gewöhnlich auf seinem Terminplan. Es gab natürlich Ausnahmen. Wenn Mrs. Davis aus irgendeinem Grund die Wände hinaufging, bewirkte ein Abendessen im eleganten Speiseraum des Rittenhouse Club – der einzige Raum in dem Gebäude, in dem das weibliche Geschlecht willkommen war – ein wahres Wunder, und sie beruhigte sich.

Und heute gab es eine andere Ausnahme. Candrew C. Tellman, Esquire – bekannt in ihrer Studienzeit an der juristischen Fakultät der University of Michigan als ›Geiler Andy‹, war von Detroit nach Philadelphia gekommen und hatte telefonisch ein Treffen vorgeschlagen.

Der geile Andy war jetzt einer der Hauptteilhaber einer enorm großen Detroiter Anwaltskanzlei – er hatte Davis die kunstvoll geprägte Visitenkarte geschickt –, der er sich gleich nach seinem Jurastudium angeschlossen hatte, während Davis auf die FBI-Akademie in Quantico gegangen war.

Der stolze Preis dafür, den geilen Andy zum Mittagessen im Rittenhouse Club einzuladen, war anscheinend berechtigt, als eine Art Bestätigung, daß Davis es ebenfalls zu etwas gebracht hatte, und der Beweis dafür kam anscheinend sofort.

»Oh, du gehörst zum Rittenhouse, nicht wahr?« hatte der geile Andy gefragt, als Davis das Essen im Rittenhouse Club vorgeschlagen hatte.

Davis hatte das Spiel noch weitergetrieben, indem er kurz nach halb eins am Rittenhouse Square eingetroffen war. Der geile Andy sollte den Portier, einen Meister des Snobismus, nach ihm fragen und sich dann in die mit Eiche getäfelte Lounge führen lassen, wo er, Davis, an einem der kleinen Tische sitzen würde.

»Ich erwarte einen Gast«, erklärte Davis dem Portier, einem würdevollen Schwarzen Anfang Sechzig.

»Jawohl, Sir. Und wer sind Sie, Sir?«

»Walter Davis.«

»Ah ja, Mr. Davis. Und wie lautet der Name Ihres Gastes, Mr. Davis?«

»Tellman. Andrew C. Tellman.«

»Sie werden in der Lounge sein, Mr. Davis?«

»Ja.«

»Ich kümmere mich darum, Sir«, sagte der Portier.

Dann ging er zu einer großen Tafel in seiner Loge. Auf der Tafel waren alphabetisch die Namen der über dreihundert Mitglieder des Rittenhouse Club aufgelistet. Neben jedem Namen gab es ein Messingschildchen, das in einer Führung zurück- und vorgeschoben werden konnte. Wenn die Markierung neben dem Namen des Mitglieds war, wies das darauf hin, daß er im Club anwesend war; wenn nicht, dann war er nicht da.

Er schob das Messingschild hinter den Namen Davis W., um anzuzeigen, daß er jetzt anwesend war.

Davis betrachtete die Tafel. Die aufgelisteten Namen stellten die Machtstruktur von Philadelphia dar. Und die Namen der Kinder der Mächtigen standen dort. Nesbitt, C. III. und Nesbitt, C. IV. waren ebenso durch Namensschilder vertreten wie Payne B. und Payne M.

Davis kannte Payne, B. nur dem Namen nach und wußte, daß er ein Gründungspartner der angesehensten

Anwaltskanzlei Philadelphias war, die Mawson, Payne, Stockton, McAdoo, & Lester hieß.

Payne, M. hatte er kennengelernt. Payne, M. war Polizist. Davis hatte einmal Peter Wohl zum Mittagessen eingeladen. Sie waren mit Wohls Wagen gefahren, und ein Cop – Payne – in Zivil war der Fahrer gewesen. Officer Payne hatte den loyalen Mitarbeiter Wohls gespielt, während Wohl seinen Ärger darüber, daß er auf Davis hatte warten müssen, mit ›witzigen‹ Bemerkungen und durch den Besuch eines winzigen, schmuddeligen italienischen Lokals in South Philadelphia abreagiert hatte, anstatt mit ihm im eleganten Ristorante Alfredo in der Innenstadt zu essen.

Danach hatte Davis von Isaiah J. Towne, seinem ASAC (Assistent Special Agent in Charge) von der Spionageabwehr erfahren, wer Payne war. Nicht nur, daß er Brewster Cortland Paynes Sohn und der Cop war, der nach Townes bewundernder Schilderung ›Der Sexbestie von Nordwest-Philly mit dem Dienstrevolver das Gehirn aus dem Schädel geblasen und in seinem ganzen Van verteilt‹ hatte, sondern auch warum er Polizist geworden war, statt in die Fußstapfen seines Vaters zu treten und Anwalt zu werden.

Towne, ein großer, falkengesichtiger, neununddreißigjähriger Mormone mit schütterem Haar, der seine Religion sehr ernst nahm und einst Davis todernst erklärt hatte, daß er die Kommunisten als den Antichristen betrachtete, war verantwortlich für die FBIs, eine etwas verwirrende Abkürzung. FBI stand in diesem Fall nicht für Federal Bureau of Investigation, sondern für Full Background Investigation, also ›Volle Hintergrund-Ermittlung‹. FBIs wurden durchgeführt, bevor der Bund eine Sicherheits-Unbedenklichkeitsbescheinigung ausstellte und bevor junge Männer bei den Streitkräften angenommen wurden.

Über Matthew Mark Payne war eine FBI während seines letzten Semesters auf der University of Pennsylvania durchgeführt worden. Er war in das Zugführer-Programm des U.S. Marine Corps aufgenommen worden, und nach seinem Studium sollte er durch Patent bestallter Second Lieutenant des Marine Corps werden.

Im letzten Augenblick hatte der junge Payne die vorherige ärztliche Untersuchung nicht bestanden und war nicht zum Marine Corps gegangen.

Townes FBI war jedoch bereits durchgeführt worden und hatte interessante Einzelheiten über Payne, Matthew Mark, ergeben. Zum einen war er ein wohlhabender junger Mann – hauptsächlich wegen eines Treuhandvermögens, das für den damals Dreijährigen von seinem Vater angelegt, verwaltet und großzügig finanziert worden war.

Es stellte sich ebenfalls heraus, daß er nicht der leibliche Sohn von Brewster Cortland Payne II. war. Er war der leibliche Sohn von Sergeant John Francis Xavier Moffitt vom Philadelphia Police Department, der im Dienst erschossen worden war. Monate bevor sein einziges Kind geboren worden war. Die Witwe Moffitt hatte die Sekretärinnen-Schule besucht und eine Stelle als Schreibkraft bei Lowerie, Tant, Foster, Pedigill und Payne gefunden, einer renommierten Anwaltskanzlei von Philadelphia.

Kurz danach hatte sie den soeben verwitweten Brewster Cortland Payne II. kennengelernt, den Sohn des Gründungspartners und zukünftigen Erben des Immobilienvermögens von Payne. Die Frau von Brewster Cortland Payne II. war bei einem Autounfall bei der Rückkehr von ihrem Ferienhaus in den Pocono Mountains ums Leben gekommen und hatte ihren Mann und zwei Kinder im Säuglingsalter zurückgelassen.

Die Reaktion von Brewster Cortland Payne II. auf die Beschreibung seines Vaters von Patricia Moffitt als goldgräberisches irisches Flittchen und seine Abwesenheit bei ihrer Hochzeit hatten dazu geführt, daß er die Kanzlei Lowerie, Tant, Foster, Pedigill und Payne verlassen und sich selbständig gemacht hatte.

Kurz nach der Geburt ihres ersten Kindes erklärte

Brewster Cortland Payne seiner Frau, daß er Matt so liebe wie seine anderen Kinder und es deshalb nur logisch sei, ihm zu adoptieren. Er erbat ihre Erlaubnis dazu, und sie stimmte zu.

Das Marine Corps lehnte Matthew Mark Payne kurz nach dem Tode seines Onkels ab. Sein Onkel, der Bruder seines leibliche Vaters, war Captain Richard C. ›Dutch‹ Moffitt. Moffitt, eine schillernde Persönlichkeit, war Leiter der Highway Patrol gewesen. Außer Dienst hatte er im Waikiki Diner am Roosevelt Boulevard bei einem Überfall eingegriffen und versucht, den Räuber, einen Junkie, zu überreden, ihm seine Waffe Kaliber .22 auszuhändigen. Dabei war er erschossen worden.

Als sich kurz darauf Matthew Mark Payne bei der Polizei von Philadelphia bewarb – der einzige Absolvent der University von Pennsylvania, der *summa cum laude* bestanden hatte und Cop werden wollte, nahm man allgemein an, Matts Männlichkeit sei durch die Ablehnung des Marine Corps gekränkt worden und würde wiederhergestellt werden, wenn er Cop war; und er habe vielleicht die kindische Vorstellung, seinen leiblichen Vater und seinen Onkel zu rächen. Man ging davon aus, daß seine Polizeilaufbahn enden würde, wenn er zur Vernunft kommen würde.

Matt überraschte jeden, indem er die Härten der Polizeischule ertrug. Chief Inspector Dennis V. Coughlin, der mit seinem besten Freund, John Francis Xavier Moffitt, die Polizeischule besucht hatte, arrangierte, daß dessen Sohn Inspector Peter Wohl als Verwaltungsassistent zugeteilt wurde.

Matt war weniger als ein halbes Jahr im Dienst, als er in seiner Freizeit den Van entdeckte der von dem Vergewaltiger, dem Serientäter, gefahren wurde, den die Presse als ›Sexbestie von Nordwest-Philly‹ bezeichnete. Er wollte den Fahrer überprüfen und wurde fast von ihm überfahren. Und dann tötete er ihn mit einem Kopfschuß.

Nicht ganz ein Jahr danach führte das Philadelphia

Police Department eine großangelegte Operation durch, um eine Gang von einem Dutzend bewaffneter Räuber festzunehmen, die Goldblatts Möbelhaus in Süd-Philadelphia überfallen und dabei gemordet hatten.

Officer Paynes Rolle bei dieser sorgfältig geplanten, praktisch narrensicheren Operation, bei der kein Schuß fallen sollte, bestand darin, Michael J. ›Mickey‹ O'Hara, den Pulitzerpreisträger und Polizeireporter des *Philadelphia Bulletin,* zu ›begleiten‹ und ihn (und zugleich sich) aus jeder möglichen Gefahr herauszuhalten. Sie warteten in einer Gasse in sicherer Entfernung von dem Gebäude, in dem sich die Räuber aufhielten, bis die Festnahmen erfolgreich abgeschlossen sein würden.

Einer der Räuber, der eine .45er Colt Automatik schwang, tauchte in der ›sicheren‹ Gasse auf und ballerte los. Ein Querschläger streifte Matt Payne an der Stirn. Er zog seinen Revolver und feuerte zurück.

An diesem Abend erschien im *Philadelphia Bulletin* ein Exklusivfoto von Michael J. O'Hara, das Officer Payne mit blutüberströmtem Gesicht zeigte – das Blut rann aus einer Wunde, die viel schlimmer aussah, als sie war. Payne stand mit dem Revolver in der Hand vor dem Verbrecher, den er bei der Schießerei tödlich getroffen hatte.

Neunzig Prozent der Polizeibeamten erreichen das Pensionsalter, ohne ein einziges Mal im Dienst zum Schußwaffengebrauch gezwungen zu sein. Ein Cop, der in weniger als zwei Jahren Dienstzeit *zweimal* auf Verbrecher schießen muß und tödlich trifft, ist offenbar etwas Ungewöhnliches.

Es überraschte keinen, als Officer Payne die Prüfung zum Detective beim ersten Versuch schaffte. Es war schließlich ein *summa-cum-laude*-Absolvent der University of Pennsylvania und hatte wenig Mühe mit der Prüfung. Er bestand sie als Zweitbester und wurde kurz danach befördert.

Nur wenige Leute waren überrascht, als sie erfuhren, daß Bürgermeister Carlucci ›vorgeschlagen‹ hatte, Detective Payne zur Abteilung Special Operations zurückzuversetzen, nachdem er sehr kurzen Dienst bei einer der Kriminalabteilungen getan hatte.

Bürgermeister Carlucci wußte, wie wertvoll gute Reklame in der Öffentlichkeit ist. Als Walter Davis den Namen Payne, M. auf der Mitgliedertafel im Rittenhouse Club sah, nahm er erstens an, daß Payne bestimmt eher ein Vollmitglied als ein nicht stimmberechtigtes *ex-officio*-Mitglied war, und dachte zweitens daran, daß das FBI stets auf der Suche nach hervorragenden jungen Männern war, die als Nachwuchs ausgebildet werden konnten.

Er hatte diesen Gedanken schon einmal gehabt.

Jetzt fragte er sich, warum er ihn nicht weiterverfolgt hatte.

Das Essen mit dem geilen Andy Tellman (Schildkrötensuppe, Londoner Schmorbraten, Spargel) verlief gut, bis Davis die Rechnung verlangte. Tellman riß sie ihm aus der Hand und kritzelte seine Initialen darauf.

»Ich wußte nicht, daß du hier Mitglied bist«, entfuhr es Davis.

»Auswärtiges Mitglied«, erklärte der geile Andy. »Die Firma zahlt das.«

Als Davis in sein Büro zurückkehrte, bat er seine Sekretärin, ASAC Towne zu fragen, ob er eine Minute Zeit erübrigen konnte.

Towne war sofort zur Stelle.

»Korrigieren Sie mich, wenn ich mich irre, Isaiah«, sagte Davis. »Es geht um Detective Matthew Payne vom Philadelphia Police Department.«

»Ja, Sir?«

»Können Sie sich erinnern, ob in Ihrer FBI etwas stand, das ihn für den Dienst beim Bureau disqualifiziert?«

»Nein, Sir.«

»Einschließlich seiner körperlichen Verfassung? Warum wurde er von den Marines abgelehnt?«

»Wegen eines unbedeutenden Sehfehlers, wie ich mich erinnere, Sir. Ich bezweifle, daß das Bureau so eine Kleinigkeit auch nur beachtet.«

»Und ich nehme an, wir haben einen Agenten, dem vorgeschlagen wurde, Kontakt mit Detective Payne aufzunehmen, oder?«

»Jawohl, Sir. Special Agent Jack – John D. – Matthews wurde nahegelegt, daß es nicht schaden könnte, mit Detective Payne Kontakt aufzunehmen.«

»Frischen Sie meine Erinnerung auf. Wie hat Matthews Detective Payne kennengelernt?«

»Ich glaube, im Zusammenhang mit der Bedrohung des Vizepräsidenten«, sagte Towne. »Matthews fungierte als Verbindungsmann zum Secret Service. Die Abteilung Special Operations der Polizei von Philadelphia unterstützte den Secret Service mit Personal, um den wahnsinnigen Bombenleger aufzuspüren. Ich glaube, im Laufe der Ermittlungen lernten sie sich kennen und freundeten sich an.«

»Und wenn ich mich richtig erinnere, gelang es Agent Matthews trotz seiner besten Bemühungen nicht, etwas über die interessanten Vorgänge im Philadelphia Police Department durch Detective Payne zu erfahren, das wir nicht durch andere Informationsquellen herausfinden konnten?«

»Ich befürchte, das stimmt, Sir.«

»Das spricht für Detective Payne, für seine Verschwiegenheit und Loyalität, finden Sie nicht auch, Isaiah?«

»Vom Standpunkt des Philadelphia Police Department spricht das für ihn, ja, das finde ich auch.«

»Mir ist in den Sinn gekommen, Isaiah, daß Detective Payne sehr gut das Zeug zu einem hervorragenden FBI-Agenten haben könnte. Was halten Sie davon?«

»Da bin ich völlig Ihrer Meinung«, sagte Isaiah Towne. »Er würde ein gewisses Maß an praktischer Erfahrung mitbringen und ...«

Davis fiel ihm ins Wort.

»Stellen Sie bitte fest, ob Matthews in seinem Büro ist«, sagte er. »Wenn ja, dann sollten wir beide ein wenig mit ihm über eine Rekrutierung von Detective Payne plaudern, okay?«

Towne nahm den Hörer von einem der Telefone auf Davis' Schreibtisch ab, drückte auf den Knopf mit dem Schildchen ›Diensthabender‹, erfuhr, daß Special Agent Matthews in seinem Büro war, und wies den Diensthabenden an, ihn ins Büro des SAC zu schicken.

8

Detective Paynes Konzentration wurde durch das Klingeln des Telefons gestört. Er murmelte einen Fluch, nahm den Kopfhörer ab, wandte sich von der Schreibmaschine ab, schaute sich in dem Büro um und sah, daß es verlassen und draußen dunkel war. Er fluchte von neuem und stellte mit einem Blick auf seine Armbanduhr fest, daß es 19 Uhr 30 war; er fluchte ein drittes Mal und nahm den Telefonhörer ab.

Es war ein langer, ermüdender und nicht sehr produktiver Tag gewesen.

Er hatte seit Weisbachs Konferenz am Morgen ohne Unterbrechung an der Übertragung der Tonbänder gearbeitet.

Sein Essen am ganzen Tag waren ein Hamburger und ein Brötchen gewesen. Jason Washington hatte ihm den Imbiß am Nachmittag gebracht, weil er Mitleid mit ihm gehabt hatte.

Matt war nicht annähernd mit der Arbeit fertig, und um

16 Uhr 30 hatte ihn Sergeant Sandow informiert, daß er in der Personalabteilung im Präsidium ab 21 Uhr 30 erwartet werden würde, um die Personalakten der Männer der fünften Abteilung durchzugehen.

»Special Investigation, Detective Payne«, meldete sich Matt so höflich, wie er das schaffen konnte.

»Als Akt christlicher Nächstenliebe ist dein hiesiger FBI-Agent bereit, dir ein Abendessen zu spendieren«, sagte der Anrufer.

»Jack, ich stecke wirklich bis zum Hals in Arbeit.«

»Trotzdem mußt du was essen«, sagte Special Agent Jack Matthews.

»Wo bist du?«

»Im FOP.«

Das Gebäude der *F*raternal *O*rder of *P*olice befand sich in der Spring Garden Street, gleich an der North Broad Street. Die gutbesuchte Bar war im Kellergeschoß. Matt hörte an den Geräuschen im Hintergrund, daß Matthews ein Telefon in der Bar benutzte.

»Ist dies privat oder offiziell?«

»Eigentlich ein wenig von beidem«, sagte Matthews, überrascht über die Frage. »Warum fragst du?«

»Du willst mir eine freundschaftliche Predigt über die Strafen für Behinderungen von FBI-Agenten im Dienst halten, richtig?«

»Wovon, zum Teufel, redest du?«

»Du hast recht. Ich muß was essen. Hast du gesagt, du zahlst?«

»Richtig.«

»In diesem Fall, da ich es wirklich verdient habe, bestelle ich etwas sündhaft Teures. Da kommt mir sofort Hummer in den Sinn. Bereust du bei einem Besuch von Bookbinder's, dem Original in der Second Street, dein freundliches Angebot?«

»Überhaupt nicht. Dieses Festmahl geht auf Spesen.«

»Diese Armleuchter haben mich also gemeldet? Ich dachte, das wäre ihnen zu peinlich.«

»Ich habe keine Ahnung, wovon du redest.«

»Natürlich nicht. Willst mich dort treffen? Oder soll ich dich ab holen?«

»Ich werde dich dort treffen. Wann kannst du Feierabend machen?«

»Sobald ich das Licht ausknipsen kann. Ich komme um vor Hunger.«

Matt legte auf, blickte aus dem Fenster und sah, daß es nicht nur dunkel war, sondern auch regnete. Er ging zu dem Raum, der einst die Garderobe des Klassenzimmers gewesen war, und holte seinen Trenchcoat. Als er ihn vom Bügel nahm, bemerkte er etwas Schweres in der Tasche. Er fischte es heraus. Es war der kleine Kassettenrecorder, der zu dem Diktiergerät gehörte, das er gekauft hatte, um die Kellog-Bänder zu übertragen. Er befand sich noch in der Verpackung mit den Batterien und drei Kassetten.

Matt wollte das Gerät auf seinen Schreibtisch legen, doch dann besann er sich anders, weil er sich sagte, es könnte nützlich sein zum Aufzeichnen von Informationen im Präsidium. Er steckte es wieder in die Manteltasche, schaltete die Beleuchtung aus und verließ das Büro.

»Wenn du einen anständig bezahlten Job hättest, brauchtest du nicht so viele Überstunden zu machen«, sagte Special Agent Matthews, ein großer, muskulöser, hellhäutiger Mann Ende Zwanzig, als sich Matt Payne neben ihm auf den Barhocker schwang.

»Warum habe ich den Verdacht, daß diese Bemerkung etwas Vielsagendes hat?« sagte Matt. »Was trinkst du?«

»Johnny Walker Black«, sagte Matthews. »Möchtest du einen?«

»Du zahlst?«

»Das Bureau zahlt.«

»In diesem Fall, ja, danke, ich möchte einen.« Matt machte den Barkeeper auf sich aufmerksam und signalisierte ihm, das gleiche noch einmal zu servieren. »Ich werde später fragen, warum das Bureau bezahlt. Ich hätte gedacht, das FBI ist ein bißchen sauer auf mich.«

»Warum denn das? Der Zweck dieses kleinen Rendezvous besteht darin, dich auf all die netten Dinge hinzuweisen, die du erwarten kannst, wenn du zu uns kommst.«

»Du willst mich verarschen.«

»Überhaupt nicht. Davis rief mich in sein Büro und befahl mir, dich zu diesem noblen Zweck mit Wein und Essen zu bewirten.«

Matt lachte.

»Du kannst Mr. Davis erzählen, was ich diesen beiden Arschlöchern gesagt habe. Einer meiner besten Freunde ist FBI-Agent, aber ich würde nicht zulassen, daß meine Schwester einen davon heiratet.«

»Und welche beiden Arschlöcher wären das?«

»Die beiden, die ich bei einer Verfolgungsjagd kreuz und quer durch Nord-Philly abgehängt habe.«

»FBI-Agenten?«

Matt nickte.

»Ihre Namen?«

Matt überlegte und nannte die Namen.

»Jarnigan und Leibowitz«, sagte er. »Leibowitz wirkte auf mich wie der Hellere der beiden.«

»Nie gehört«, sagte Jack Matthews. »Warum hast du dir mit ihnen eine Verfolgungsfahrt geliefert und sie abgehängt?«

»Sie haben mich geärgert«, sagte Matt.

»Warum?«

»Sie dachten, ich hätte eine Jungfrau entführt.«

»Du kennst keine Jungfrau. Es gibt auch nicht viele davon, die älter als elf sind, mal abgesehen vom Sternzeichen. Entführt. Wovon, zum Teufel, redest du, Matt? Erzähl mal von Anfang an.«

»Hörst du wirklich zum ersten Mal davon?« fragte Matt.

Matthews hob die Hände in einer Geste der Unschuld.

»Etwas widerstrebend nehme ich dich beim Wort«, sagte Matt. Dann erzählte er ihm von seiner Begegnung mit den Special Agents Leibowitz und Jernigan.

»Wir haben keine Agenten mit diesen Namen in unserem Büro, Matt«, sagte Matthews, als Matt geendet hatte. »Bist du sicher, daß es FBI-Agenten waren? Keine von der Steuerfahndung oder vom Secret Ser ...«

»Sie hatten FBI-Ausweise«, fiel ihm Matt ins Wort. »Die hielten sie mir dicht genug unter die Nase, und ich konnte sie mir genau anschauen.«

»Ich verstehe das alles nicht«, sagte Matthews. »Und deine Freundin ist überhaupt kein bißchen entführt worden?«

»Kein bißchen entführt, das klingt wie ein bißchen schwanger.«

Matthews lachte.

»Hast du sonst jemandem davon erzählt?« fragte er. »Zum Beispiel Wohl?«

»Keiner Menschenseele. Und schon gar nicht Wohl. Das hätte nur zu einer Predigt ›Wir müssen freundlich zum FBI sein‹ geführt.«

»Ich habe keine Ahnung ...«

»Laß uns einen Tisch suchen und essen«, sagte Matt. »Ich habe einen Mordshunger. Und wenn ich fertig bin, hab' ich noch ein paar Stunden Arbeit im Rundhaus, was bedeutet, daß ich besser nichts Alkoholisches mehr trinke, selbst wenn es vom FBI bezahlt wird.«

»Was machst du?«

»Fragst du das als FBI-Agent oder privat?«

»Privat.«

»Ich überprüfe einige Personalakten. Es gibt mir nicht das Gefühl, Sherlock Holmes zu sein, aber jemand muß den schmutzigen Job machen.«

Matthews lachte.

»Darf ich Mr. Davis melden, daß du sein freundliches Jobangebot in Erwägung ziehst?«

»Ist mir scheißegal, was du ihm meldest«, sagte Matt. »Laß uns essen.«

Cynthia Longwood brauchte lange, um wach zu werden, und als sie es war, hatte sie keine Ahnung, wo sie sich befand. Das Zimmer war dunkel.

Zuerst dämmerte ihr, daß sie eines dieser schrecklichen Krankenhaushemden anhatte, das hinter dem Rücken zugebunden wurde und den Hintern unbedeckt ließ. Und dann wurde ihr klar, daß sie in einem schmalen Krankenhausbett lag, das verchromte Gitter hatte, damit man nicht herausfiel; all das sagte ihr, daß sie in einem Krankenhauszimmer war.

Sie setzte sich auf – ihre Muskeln waren steif, und sie fühlte sich kraftlos – und sah das Glühen einer Zigarette. Jemand war bei ihr im Zimmer.

Wer? Eine Krankenschwester?

Cynthia ließ sich aufs Bett zurücksinken.

Sie erinnerte sich deutlich, daß sie in ihrem eigenen Zimmer in Bala Cynwyd gewesen war. Dr. Seaburg war dagewesen.

Mutter rief ihn an, als ich nicht mit dem Weinen aufhörte.

Und er gab mir etwas. Eine Pille. Ja, eine Pille und dann eine Spritze. Und er sagte mir, daß ich dadurch schlafen würde.

Und dann war ich in einem Wagen und fuhr in die Innenstadt …

Man muß mich hierher gebracht haben. Dr. Seaburg war auch hier. Er hatte einen anderen Arzt bei sich. Einen netten alten Mann.

Mein Gott, was hat er mir gegeben? Ich kann kaum einen klaren Gedanken fassen und habe das Gefühl, durch den Atlantik zu schwimmen?

»Müssen Sie das tun?« fragte Cynthia vorwurfsvoll.

»Was tun?« fragte eine weibliche Stimme, und wieder glühte die Zigarette auf.

»Hier rauchen.«

»Ich dachte, es merkt keiner. Ich drücke die Zigarette aus.«

»Nein!« sagte Cynthia. »Es macht mir nichts aus. Ich könnte selbst eine gebrauchen.«

Eine Gestalt tauchte neben ihr auf. Eine Frau. Sie hielt Cynthia eine angezündete Zigarette hin.

»Begnügen Sie sich mit einem Zug an dieser?« fragte die Frau. »Ich möchte nicht, daß Sie noch einmal mit einer brennenden Zigarette einschlafen.«

Cynthia hatte Mühe, die Hand zu ertasten, die ihr die Zigarette hinhielt, aber schließlich nahm sie die Zigarette und sog daran.

»Sie haben recht«, sagte die Frau. »Ich sollte hier nicht rauchen. Aber es war ein langer Tag, und ich bin ein nettes Mädchen, und ich sage mir, was soll's?«

Cynthia kicherte und zog noch einmal tief an der Zigarette. In ihrem Aufglühen sah sie, daß die Frau jung war, eine einfache Baumwollbluse und einen Rock trug und einen Pullover um die Schultern gehängt hatte.

»Möchten Sie etwas trinken?« fragte die junge Frau. »Da sind Wasser und 7-Up.«

»O ja, bitte, 7-Up«, sagte Cynthia.

»Stört es Sie, wenn ich das Licht einschalte?« fragte die junge Frau. »Ich möchte kein 7-Up verschütten.«

»Nur zu«, sagte Cynthia. »Wer sind Sie?«

»Mein Name ist Amy Payne.«

»Sie sind Krankenschwester?«

»Nein.«

»Ich habe mich schon gefragt, wo Ihre Schwesterntracht ist«, sagte Cynthia.

Das Licht ging an, schmerzlich hell für Cynthia. Es dauerte lange, bis sich ihre Augen daran gewöhnt hatten.

Als sie schließlich wieder klar sehen konnte, erkannte sie, daß Amy – attraktiv, aber keine Schönheit – ihr einen Pappbecher hinhielt.

Cynthia trank den Becher schnell leer und hielt ihn Amy zum Nachfüllen hin.

»Wenn Sie mir versprechen, ihn nicht wieder auf ex auszutrinken«, sagte Amy Payne. »Ich möchte nicht, daß Sie Schluckauf bekommen.«

Cynthia lachte. Sie mochte diese Frau.

»Komisch, das klang wie das Gerede einer Schwester«, sagte sie. »Aber okay, ich verspreche es.«

»Es nicht hinunterzustürzen? Pfadfinder-Ehrenwort?«

»Ich sagte, ich verspreche es«, erwiderte Cynthia und fügte hinzu: »Eigentlich war ich bei den Pfadfindern.«

»Ich auch. Ich habe es gehaßt.«

»Ich ebenfalls«, sagte Cynthia.

Amy gab ihr den gefüllten Becher. Cynthia nippte am 7-Up.

»Wenn Sie keine Schwester sind, was tun Sie dann hier?« fragte sie.

»Eigentlich bin ich Ärztin.«

»Sie nehmen mich auf den Arm.«

»Nein. Pfadfinder-Ehrenwort«, sagte Amy.

»Das ist ein Ding!«

»Ihre Ärztin, wenn Sie möchten. Sowohl Dr. Seaburg als auch Dr. Stein halten das für eine gute Idee.«

»Dr. Stein?«

»Kleiner, dicker Typ. Wie der Nikolaus mit Bart. Redet lustig.«

Cynthia kicherte, als sie sich bei Amys Beschreibung an den Doktor erinnerte, der bei Dr. Seaburg gewesen war.

»Warum halten Dr. Seaburg und Dr. Stein es für eine gute Idee, wenn Sie meine Ärztin wären?«

»Ich weiß nicht, wie das bei Ihnen ist, aber ich habe stets Mühe, über gewisse Dinge mit einem Mann zu sprechen – zum Beispiel über den weiblichen Fortpflanzungsapparat oder Sex im allgemeinen. Bei einer anderen Frau – vorausgesetzt, sie ist nicht alt genug, um meine Oma zu sein, ist das viel leichter.«

»Wie kommen Sie auf die Idee, daß ich mit Ihnen reden möchte? Über Sex oder sonstwas?«

»Ich weiß nicht, ob Sie es möchten oder nicht«, sagte Amy.

»Sie sind eine Psychiaterin, nicht wahr?«

»Richtig. Eine ziemlich gute, genauer gesagt.«

»Sie sehen gar nicht wie eine Klapsdoktorin aus.«

»Dr. Stein entspricht der Vorstellung der Leute von

einem Psychiater«, sagte Amy. »Weise und freundlich et cetera. Möchten Sie lieber mit ihm sprechen?«

»Ich will eigentlich mit keinem sprechen.«

»Sie werden mit jemand sprechen müssen, und ich glaube, das wissen Sie«, sagte Amy. »Vielleicht kann ich helfen. Es liegt bei Ihnen.«

»Ich möchte eigentlich nicht mit Dr. Seaburg oder dem anderen sprechen.«

»Kann ich das als ›ja‹ betrachten? Sie wollen es mit mir versuchen und abwarten, ob ich helfen kann?«

»Gott, ich weiß nicht. Ich bin so verdammt durcheinander.«

»Wenn man verdammt durcheinander ist, dann ist das ein ziemlich guter Zeitpunkt, um mit einem Psychiater zu reden.«

»Lassen Sie mich darüber nachdenken«, sagte Cynthia.

»Gegenangebot«, sagte Amy. »Ernennen Sie mich vorübergehend zu Ihrer Psychiaterin, sagen wir bis halb acht am Morgen.«

»Warum?«

»Unter diesen Umständen kann ich Ihnen Medikamente verschreiben und Rat geben.«

»Wenn Sie meine Ärztin wären, welche Medizin würden Sie verschreiben?«

»Keine. Keine weiteren Beruhigungsmittel. Ich mag die Nebenwirkungen nicht – nach dem, was man Ihnen gegeben hat, fühlen Sie sich wie ein Medizinball am Ende eines langen Spiels –, und ich bezweifle, daß es angebracht ist.«

»Sie sind soeben zu meiner vorübergehenden Ärztin ernannt worden«, sagte Cynthia. »Was raten Sie mir?«

»Zweierlei. Erstens, wenn man am Morgen hier reinkommt und Sie fragt, wie Sie die Eier wollen, sagen Sie ›Pochiert‹ oder ›weichgekocht‹. Was es hier an Spiegel- und Rührei gibt, ist eine Katastrophe.«

Cynthia kicherte.

»Und zweitens?«

»Versuchen Sie, mir zu vertrauen. Was auch immer

nicht in Ordnung ist, was auch immer geschehen ist, wir können damit fertig werden.«

»Oh, Scheiße«, sagte Cynthia. »Ich kann wirklich nicht darüber …«

»So schlimm?« fragte Amy.

»Ja, so schlimm.«

»Okay, wir werden darüber reden. Und jetzt, nach einem Wort mit der Schwester, fahre ich heim.«

»Was für ein Wort mit der Schwester?«

»Anweisungen. Erstens: keine weiteren Beruhigungsmittel. Zweitens: Sie haben meine ärztliche Erlaubnis, zu rauchen. Nicht jetzt, am Morgen, nachdem die Wirkung der Beruhigungsmittel nachgelassen hat.«

»Sie kommen am Morgen zurück?«

»Nachdem Sie gefrühstückt haben.«

»Okay«, sagte Cynthia. Und dann: »Wie nenne ich Sie, ›Doktor‹ oder ›Frau Doktor‹?«

»Wenn Sie sich merken können, daß ich Ihre Ärztin bin, können Sie mich ›Amy‹ nennen. Das würde mir gefallen.«

»Ich verstehe das nicht«, sagte Cynthia.

»Ich weiß nicht, wie das bei Ihnen ist, Cynthia, aber jedesmal wenn ich einer meiner Freundinnen etwas gesagt habe, das keiner sonst wissen sollte, war es am nächsten Tag in der ganzen Stadt bekannt. Was Sie mir als Ärztin sagen, erfährt niemand.«

»Auch kein anderer Doktor? Oder meine Eltern?«

»Was Sie mir sagen, erfährt niemand, basta.«

»Vielleicht sage ich Ihnen nichts.«

»Es liegt an Ihnen, ob Sie mir etwas sagen oder nicht. Okay?«

»Okay«, sagte Cynthia.

Dr. Payne legte Cynthia kurz die Hand auf die Schulter und ging dann zur Tür. Sie lächelte Cynthia an, schaltete das Licht aus und verließ das Krankenzimmer.

Als Matt ein paar Minuten vor 22 Uhr im Rundhaus in die Personalabteilung ging, führte ihn Sergeant Sandows Kontaktmann, ein schwergewichtiger Zivilist, in ein klosettgroßes Büro, in dem er die Personalakten der fünften Abteilung des Rauschgiftdezernats ausgebreitet hatte.

»Ich bleibe in der Nähe, bis Sie fertig sind«, sagte der Zivilist, »falls sich jemand wundert, warum hier Licht brennt. Aber beeilen Sie sich, ja?«

»Das ist im Augenblick mein Leitprinzip«, sagte Matt und zog seinen Trenchcoat aus. Er nahm den Recorder aus der Tasche, schaute ihn an, zuckte mit den Schultern, legte Batterien ein und erprobte das Gerät.

Es funktionierte. Die Frage war, ob es schneller ging, wenn er das Gerät benutzte und dann den Text abtippte, oder ob er sich handschriftliche Notizen machte und sie danach abtippte.

Er entschied sich für moderne Technologie, setzte sich an den Schreibtisch und arbeitete sich durch den Stapel von Personalakten.

Er brauchte über zwei Stunden. Es stellte sich heraus, daß das Diktieren von Namen und Adressen in den Recorder viel schneller ging als das Aufschreiben; blieb nur die Frage, wie lange es dauern würde, das Ganze am Morgen zu übertragen.

Keiner der Namen und keine der Adressen sagte ihm etwas, doch eine Tatsache fiel ihm auf. Officer Timothy J. Calhoun von der fünften Abteilung hatte Onkel und Tanten und Cousins in Harrisburg und Camp Hill und war Absolvent der Camp Hill School.

Es war unwahrscheinlich, daß sie sich gegenseitig kannten, aber Miss Susan Reynolds, die überhaupt nicht entführt worden war, stammte aus Camp Hill.

Was hat Daffy für einen Scheiß gesagt, daß Susan die ganze Zeit über in ihrem Zimmer war? dachte Matt. *Sie hat nicht in ihrem Bett geschlafen. Wo auch immer sie war, als sie von jedem gesucht wurde, sie war nicht im Bellvue Stratford. Jedenfalls nicht in ihrem Zimmer.*

Als Matt das winzige Büro verließ, schlief Sandows

Zivilist auf seinem Stuhl, und als er geweckt wurde, war er nicht in charmanter Stimmung.

Matt fuhr mit dem Lift in die Halle hinab und verließ das Gebäude. Als er zu seinem Wagen ging, stieg ein schmuddeliger Typ aus einem verbeulten Wagen, schaute Matt prüfend an und ging dann auf das Präsidium zu.

Ich kenne dieses Gesicht, dachte Matt. *Woher?*

Er schloß den neutralen Wagen auf und stieg ein.

Ich habe den Mann vor kurzem gesehen.

Es kommt mir vor wie vor einer Stunde!

Officer Timothy J. Calhouns Foto in seiner Personalakte war die Aufnahme eines frisch gewaschenen, glattrasierten Schülers der Polizeischule.

Er sieht wie ein Penner aus, denn verdeckte Ermittler beim Rauschgiftdezernat müssen wie Penner aussehen. Als Captain Pekach Lieutenant beim Rauschgiftdezernat war, trug er einen Pferdeschwanz.

Was treibt Calhoun um Mitternacht im Rundhaus?

Matt zog den Schlüssel aus dem Zündschloß und stieg aus dem Wagen. Er sah gerade noch, wie Officer Calhoun das Präsidium betrat.

Matt folgte ihm schnell und hatte sein Etui mit dem Ausweis in der Hand, als er das Gebäude betrat.

Er zeigte das Etui dem Corporal vom Dienst.

»Der Typ, der gerade reinkam, wo ist er hin?« fragte Matt.

Der Corporal wies mit dem Daumen nach rechts zu der Tür, die zu den Haftzellen führte.

Matt ging durch die Tür. Sie führte auf einen Korridor. Zu seiner Linken, auf der anderen Seite einer Glaswand, befand sich das erstinstanzliche Gericht für einfache Fälle. Hierhin wurden Festgenommene vor den Haftrichter gebracht, der entschied, ob sie wegen eines Schuldanerkenntnisses oder gegen Kaution oder überhaupt freigelassen werden konnten. Zu seiner Rechten befanden sich mehrere Reihen von Stühlen, auf denen die Familienangehörigen, Freunde oder die Öffentlichkeit den Polizeirichter in Aktion sehen konnten.

Am Ende des Gangs war eine verschlossene Tür mit einem Glasfensterchen, die zum Untersuchungsgefängnis und dem Schreibtisch des Sergeants vom Dienst führte.

Matt ging hin und schaute durch das Glasfenster.

Ein Uniformierter tauchte am Fenster auf und zeigte mit erhobenem Daumen an, daß Matt verschwinden sollte. Matt zeigte ihm seinen Ausweis als Detective, was den Uniformierten sichtlich überraschte, der daraufhin die Tür öffnen wollte.

Matt schüttelte den Kopf.

Der Uniformierte zuckte mit den Schultern und ging davon.

Matt schaute durch das Fenster der Tür. Officer Timothy J. Calhoun von der fünften Abteilung des Rauschgiftdezernats, jetzt in Gesellschaft eines anderen schmuddelig aussehenden Typs, den Matt nach dem Foto in seiner Personalakte erkannte, dessen Name ihm jedoch nicht einfiel, beobachtete die Prozedur, wie zwei Uniformierte des Distrikts von der Verantwortung über vier Gefangene befreit wurden.

Zwei der Gefangenen waren Schwarze, die knallige Kleidung trugen. Die anderen beiden waren Weiße, und ihre Kleidung verriet Matt, daß sie irgendwelche Weiße-Kragen-Jobs hatten; in der Stadt ausgegangen waren; sich gesagt hatten, daß der Kauf und Genuß von verbotenen Substanzen der einen oder anderen Art ein wenig Aufregung in den Abend bringen könnte; sich die Aufregung von den schwarzen Gentlemen gekauft hatten, woraufhin alle vier von Mitgliedern der fünften Abteilung festgenommen worden waren.

Sonst war nichts zu sehen.

Matt wandte sich um und ging über den Korridor zurück. Dann änderte er die Richtung. Er forderte den Corporal hinter dem Glasfenster mit einem Wink auf, die Tür zur Halle des Präsidiums zu öffnen. In der Halle benutzte er die Toilette und verließ schließlich das Gebäude.

Er stieg in den neutralen Dienstwagen und setzte rückwärts vom Parkplatz. Als er vom Parkplatz fuhr, kamen Officer Timothy J. Calhoun und der andere Mann, offenbar ebenfalls ein Cop der fünften Abteilung des Rauschgiftdezernats, auf ihn zu.

Matt hatte die Scheinwerfer nicht eingeschaltet, und so blendete kein Licht Officer Calhouns Sicht auf den Fahrer des neutralen Wagens. Die Bestätigung, daß Officer Calhoun ihn als den Mann erkannte, der vor ein paar Minuten auf den Parkplatz gekommen war, kam anscheinend, als Matt in den Innenspiegel schaute und sah, daß Calhoun auf dem Weg zu seinem Wagen stehenblieb, sich umwandte und neugierig zu Matts Wagen sah.

Weshalb diese Neugier? Einfach, weil er sich erinnert, mich gesehen zu haben, und weil ein Polizist solche Tatsachen registriert? Oder weil er als dreckiger Cop mißtrauisch bei solchen Dingen ist?

Er hat den Wagen höchstwahrscheinlich als neutrales Polizeifahrzeug erkannt. Warum fährt ein junger Typ einen neuen neutralen Polizeiwagen? Reimt sich Calhoun zwei und zwei zusammen und sagt sich, daß es ein neutraler Wagen der Special Operations ist? Und gelangt zu dem Verdacht, daß er von der Abteilung Special Operations beobachtet wird?

Das wäre unlogisch. Es gibt hundert andere Gründe, weshalb jemand von der Abteilung Special Operations, der nichts mit dem Rauschgiftdezernat zu tun hat, zu dieser Zeit im Präsidium ist.

Aber wenn ich ein dreckiger Cop wäre, hätte ich ein wenig Verfolgungswahn.

War es dumm von mir, ihm ins Rundhaus zu folgen? Hat er bemerkt, daß ich ihn beobachtet habe?

Was soll's, es ist nicht mehr zu ändern.

Matt schaltete die Scheinwerfer an, verließ den Parkplatz und fuhr zum Rittenhouse Square.

»Wer war das in dem neutralen Wagen?« fragte Officer Tom Coogan, als er mit Officer Timothy Calhoun in dem vergammelten Buick saß.

»Ich habe ihn soeben erkannt«, sagte Calhoun. »Erinnerst du dich an den Typen, der den irren Serienmörder umgelegt hat?«

»John Wayne oder so?«

»Payne. Sein Name ist Payne.«

»Das war er?«

»Ja, da bin ich mir sicher. Der verdammte neue Wagen läßt keinen Zweifel zu. Payne ist einer von den Assen der Special Operations. Jeder dieser Scheißer bekommt einen neuen Wagen, wußtest du das nicht?«

»Das habe ich gehört«, sagte Coogan. »Ich bin Charley McFadden begegnet – erinnerst du dich an ihn?«

»Klar erinnere ich mich. Er hat es zum Detective geschafft, nicht wahr?«

»Er und Martinez. Pat und Patachon sind beide Detectives geworden und arbeiten bei dieser neuen Abteilung Special Operations. Und beide gondeln in nagelneuen neutralen Wagen rum.«

»Und was lernen wir daraus. Coogan? Knall einen Bösewicht ab, und du wirst befördert.«

»Pat und Patachon haben keinen Bösewicht *abgeknallt*, sie haben ihn unter einen Zug der Hochbahn geworfen«, erwiderte Coogan.

Calhoun lachte.

»Was, zum Teufel, tun die bei der Abteilung Special Operations?« überlegte er.

»Wer weiß? Das sind Carluccis Lieblinge. Die beiden haben auch den Irren geschnappt, der den Vizepräsidenten in die Luft blasen wollten.«

»Wie kommt man zur Special Operations?«

»Das habe ich schon gesagt: indem du einen bösen Buben erschießt und dein Bild ins Fernsehen kommt.«

»Wenn wir einen bösen Buben erschießen, werden wir wegen Verletzung von Bürgerrechten angeklagt«, sagte Calhoun.

»Da wir gerade von bösen Buben sprechen, was haben wir abgestaubt?«

»Nichts. Null«, sagte Calhoun.

»Nichts?«

»Die beiden Käufer hatten gerade mal fünfundachtzig Bucks«, erklärte Calhoun. »Und die Dealer hatten ein halbes Dutzend Tütchen und dreihundert und ein paar Gequetschte. Es war mir das Risiko nicht wert, da etwas abzuzweigen.«

»Dreihundert Mäuse sind dreihundert Mäuse. Ein bißchen hier, ein bißchen da …« Coogan grinste.

Calhoun blieb ernst. »Jemand hätte es komisch finden können, daß die Dealer nur einen Hunderter oder so bei sich haben«, wandte er ein. »Und wir nehmen nicht alles. Sei nicht so verdammt gierig. Coogan.«

»Reg dich ab. Calhoun!«

Sie fuhren zum Rauschgiftdezernat an der Ecke 22nd Street und Hunting Park Avenue, beschlossen, daß die Schreibarbeit warten konnte, bis sie ein Bier getrunken hatten, und gingen gegenüber in die Allgood Bar.

Es war spät, und es waren nur wenige Gäste in dem Lokal. Ein stämmiger, dunkelhäutiger Mann Ende Dreißig, der an einem Tisch hinten in der Bar saß, hob grüßend seine Flasche Ortlieb's Bier, als er sie sah.

Coogan und Calhoun holten sich an der Theke Bier und gingen damit zu dem Mann an den Tisch.

»Was hast du mit deinem Gesicht gemacht, Calhoun?« fragte der stellvertretende District Attorney Anton C. Phebus.

Calhoun tastete vorsichtig zu seinem Gesicht. Unter seinem Drei-Tage-Bart war ein roter Kratzer auf seiner rechten Wange.

»Da war dieser Typ, Zweimetermann, und einer davon war ein Zulu«, log Calhoun. »Ich glaube, der wog drei Zentner. Als ich ihm Handschellen anlegen wollte, hatte er was dagegen und …«

Er mimte Gegenwehr und verschüttete dabei ein wenig Bier.

»… und traf mich mit der noch offenen Handschelle«, endete er.

»Und was hast du mit ihm gemacht?« fragte Phebus lachend.

»Er wird für 'ne Weile Sopran singen. Aber du würdest nicht glauben, wie stark dieser Scheißer war!«

»Vielleicht stand er unter Drogen«, sagte Phebus.

»Vielleicht«, sagte Calhoun und dachte darüber nach. »Aber das bezweifle ich. Er war einfach bärenstark. Und er hat mich überrascht.«

»Und abgesehen davon, wie war die Festnahme?« fragte Phebus grinsend.

»Niente«, antwortete Coogan.

»Niente?« wiederholte Phebus überrascht und schaute dann Calhoun an. »Niente wie null?«

»Du hast mir gesagt, ich soll denken«, erwiderte Calhoun. »Was sie bei sich hatten, war es nicht wert, das Risiko einzugehen.«

»Guter Junge«, sagte Phebus. »Es gibt immer einen anderen Tag.«

»Wie du immer sagst«, murmelte Calhoun.

Phebus setzte anscheinend zu einer Erwiderung an, besann sich dann jedoch anders. »Zwei Punkte«, sagte er. »Man läßt mich Leslie anklagen, das bedeutet, ich kann ...«

»Wer ist Leslie?« unterbrach Coogan.

»Der Junkie, der Kellog umgelegt hat«, erklärte Calhoun mit vorwurfsvollem Blick.

»Klar.« Coogan erkannte, daß er eine blöde Frage gestellt hatte.

»Das bedeutet, daß ich mir endlich anhören kann, was auf Kellogs verdammten Tonbändern drauf ist«, sagte Phebus.

»Wo sind die Bänder jetzt?« fragte Coogan.

»Wir haben sie«, sagte Phebus. »Aber ich konnte nicht einfach zur Beweisaufnahme gehen und sie mir geben lassen. Bis jetzt nicht. Jetzt bin ich Leslies Ankläger, und da erwartet man sogar von mir, daß ich sie anfordere und anhöre.«

Coogan nickte und sagte dann: »Du hast von *zwei* Punkten gesprochen.«

Phebus antwortete nicht sofort. Er schaute Calhoun an und fragte: »Calhoun, planst du, irgendwann in Kürze nach Harrisburg zu fahren?«

»Sollte ich?«

»Schaff die Frau und das Kind aus der Stadt, ja? Sorg dafür, daß sie etwas frische Luft auf dem Land bekommen. Sie sollen die Familie deiner Frau besuchen.«

»In Ordnung.«

»Was passiert mit Leslie?« fragte Coogan.

»Vermutlich kann ich eine Verurteilung wegen Mordes erreichen. Er wird für lange Zeit in den Knast wandern.«

»Wir sollten ihm einen Orden verleihen. Er hat uns einen Gefallen getan«, meinte Coogan.

»Und welchen?« fragte Phebus sarkastisch. »Weil er all die Aufmerksamkeit auf die fünfte Abteilung gelenkt hat? Weil sich Leute diese Bänder anhören?«

»Kellog nimmt nichts mehr auf Band auf«, sagte Coogan. »Der schweigt für immer.«

»Wer sonst wird sich die Bänder anhören?« fragte Calhoun.

»Im Augenblick keiner, nehme ich an. Die Abteilung Special Operations hat Kopien davon angefertigt, als sie wegen Kellogs Killer ermittelte.«

»Du meinst doch nicht, daß irgendwelche Schlüsse daraus gezogen worden sind, oder?« fragte Calhoun.

»Gute Frage. Ich weiß es nicht.«

»Wir haben soeben eines von diesen Assen gesehen«, sagte Calhoun. »Beim Rundhaus. Der Typ, der die Sexbestie erschossen hat.«

»Payne?«

»Ja.«

»Was hat er gemacht?«

»Keine Ahnung. Er war auf dem Parkplatz beim Rundhaus. Ich habe ihn zweimal gesehen. Als ich reinging und als ich rauskam.«

»Er ist Inspector Wohls Botenjunge«, sagte Phebus. »Weiß der Teufel, was er dort getrieben hat.«

»Vielleicht hört er sich Kellogs Bänder an oder hat sie

bereits gehört. Und vielleicht hat der Hurensohn meinen Namen genannt. Möglicherweise observiert er mich«, sagte Calhoun.

»Menschenskind, gerade wenn ich glaube, du kommst zu etwas Verstand, drehst du durch«, sagte Phebus. »Wenn die Abteilung Special Operations die fünfte Abteilung auf dem Kieker hätte, dann hätte sich das rumgesprochen.«

»Und wenn uns so etwas zu Ohren kommt?«

»Dann hören wir auf. So einfach ist das. Und wir tun weder hier noch in Harrisburg etwas Blödes. Folglich finden Special Operations, Innere Angelegenheiten und diese neue Abteilung – wie, zum Teufel, heißt sie? ›Ethische Angelegenheiten‹ oder so – oder sonst jemand überhaupt nichts.«

Calhoun schwieg.

»Wenn Prasko nicht diesen blöden Anruf bei Kellogs Witwe gemacht hätte«, fuhr Phebus fort, »dann wäre man überhaupt nicht aufmerksam geworden. Dieser Streifencop hätte Leslie geschnappt, und damit wäre der Fall erledigt gewesen. Niemand hätte sich dafür interessiert, was auf diesen Bändern ist. Ehrlich gesagt, du und Prasko, ihr macht mir mehr Sorgen, als mir Kellog jemals gemacht hat.«

»Schade, daß nicht beide zu Hause waren, als sich dieses Arschloch das falsche Haus für den Bruch ausgesucht hat«, sagte Calhoun. »Dann hätte Prasko nicht anzurufen brauchen, um unserer aller Ärsche zu schützen.«

»Prasko hat ihr gedroht«, sagte Phebus kalt. »Er hat ...«

»Er hat ihr gesagt, sie soll die Schnauze halten über das, was sie über uns weiß oder zu wissen glaubt. Was war daran falsch?«

»Prasko wußte, daß Kellogs Frau mit einem Detective der Mordkommission vögelte. Und er hätte wissen müssen, daß sie ihren Freund, dem Detective der Mordkommission, davon erzählt, wenn sie einen Drohanruf bekomme. Das war verdammt blöde!«

Calhoun schaute ihn einen Moment lang an, senkte dann den Blick und zuckte mit den Schultern.

»Laß mich unsere Ärsche schützen«, sagte Phebus. »Du läßt die Pfoten vom verdammten Telefon!«

»Vorsicht«, flüsterte Calhoun und nickte zur Tür der Bar hin.

Sergeant Patrick J. Dolan vom Rauschgiftdezernat hatte die Bar betreten.

Er kam zu ihrem Tisch.

»Was wissen Sie Gutes, Tony?« sagte er zu Phebus. »Was machen Sie hier? Heimweh nach den Jungs vom Rauschgiftdezernat?«

»Wie geht es Pat?« sagte Phebus und reichte ihm die Hand.

»Grüßen Sie Gladys von mir«, sagte Dolan.

»Das werde ich tun.«

Dolan wandte sich an Coogan und Calhoun.

»Ihr beide solltet den Papierkram erledigen, *bevor* ihr einen zur Brust nehmt«, sagte Dolan.

»Gönnen Sie uns eine Pause, Sergeant«, sagte Calhoun.

»Kommt nicht in Frage. Trinkt aus und kommt rüber.«

»Okay«, sagte Calhoun.

»Bis dann, Tony«, sagte Calhoun und stand auf.

Sergeant Dolan ging zur Tür, wartete dort, bis Coogan sein Bier ausgetrunken hatte, und führte dann Coogan und Calhoun über die Hunting Park Avenue und in das Gebäude des Rauschgiftdezernats.

9

Special Agent Jack Matthews, der in einem der beiden Sessel im Vorzimmer von SAC Walter Davis saß, erhob sich, als Davis eintrat und dabei seinen Mantel auszog.

Für Davis war es ein wichtiger Schlüssel zur erfolgreichen Leitung einer Abteilung, bei den Untergebenen den Eindruck zu erwecken, daß man sich für sie und ihre Belange interessierte, und das konnte man unter gewissen Umständen hervorragend erreichen, indem man sie mit ihrem Vornamen und/oder Spitznamen ansprach.

Gestern hätte er den Vornamen dieses netten jungen Mannes beim besten Willen nicht nennen können, nicht einmal, wenn es um sein Leben gegangen wäre. Jetzt erinnerte er sich daran, höchstwahrscheinlich wegen seiner Unterhaltung am späten Nachmittag mit ihm, bei der es um die Rekrutierung von Detective Payne vom Philadelphia Police Department gegangen war.

»Guten Morgen, Jack«, sagte Davis mit einem Lächeln.

»Guten Morgen, Sir.«

»Warten Sie auf mich, Jack?« fragte Davis, jetzt ein wenig ärgerlich. Er hatte Matthews zwar angewiesen, ihn über die Ereignisse auf dem laufenden zu halten, ihn jedoch nicht zum Dienstanfang zur Berichterstattung gebeten, bevor er die Möglichkeit hatte, ungestört eine Tasse Kaffee zu trinken.

»Wenn Sie ein paar Minuten erübrigen können, Sir, möchte ich mit Ihnen sprechen.«

»Ein *paar,* Jack«, sagte Davis. »Erzählen Sie, wie ist es gelaufen?«

»Nun, Sir, Payne ist anscheinend nicht sehr daran interessiert, zum FBI zu kommen, Aber ...«

»Wenn Sie auch zuerst keinen Erfolg hatten et cetera, et cetera. Was genau hat er gesagt?«

Matthews lächelte beklommen.

»Ich bezweifle, daß Sie das wissen möchten, Sir.«

»Selbstverständlich will ich das wissen. Was genau hat er gesagt, Jack?«

»Er sagte, einige seiner besten Freunde sind FBI-Agenten, aber er würde nicht zulassen, daß seine Schwester einen heiratet.«

Mein Gott, wie beleidigend und empörend. So etwas zu sagen! Welch diskriminierender Unterton!

»Diese Äußerung, Matthews, war besonders geschmacklos, finden Sie nicht auch?«

»Sir, die Art, wie er das sagte ... damit nahm er seinen Worten sozusagen die Schärfe. Aber ...«

»Nun, vielleicht ist es gut, daß seine Einstellung so schnell ans Licht kam. Es ist kein Platz für rassistische Vorurteile beim Bureau, Matthews, kein Platz für einen Rassisten.«

»Sir, Payne ist kein Rassist. Ich weiß das.«

»Woher wissen Sie das?«

»Nun, ich kenne ihn, Sir. Und er ist eng befreundet mit einem Sergeant namens Jason Washington ...«

»Ich kenne Washington. Wenn ich mich nicht irre, ist er Paynes Vorgesetzter.«

»Jawohl, Sir, das ist er. Aber Payne ist auch mit Officer Lewis befreundet, der ebenfalls schwarz ist.«

»Ich glaube, die bevorzugte Bezeichnung lautet ›Afro-Amerikaner‹, Matthews«, sagte Davis. »Und ich bin persönlich mit einem afro-amerikanischen Lieutenant Namens Lewis befreundet, der mir erzählte, daß sein Sohn ebenfalls Polizist ist. Meinen Sie, dies ist besagter Officer Lewis, mit dem Payne befreundet ist?«

»Jawohl, Sir, Lewis Vater ist Lieutenant.«

Nun, unter diesen Umständen können wir wohl mit Sicherheit sagen, daß Payne nicht farbenblind ist, oder?« sagte Davis.

Matt, du hast den alten Furzer mit dieser Äußerung wirklich sauer gemacht, dachte Matthews.

»Sir, mit Verlaub, ich kann nicht zustimmen, daß Payne in irgendeiner Weise rassistische Vorurteile hat«, sagte Matthews.

Davis schaute ihn einen Moment lang finster an.

»Hat er irgendeine Erklärung für seine Verachtung für das FBI gegeben?«

»Ich bezweifle, daß er uns verachtet, Sir ...«

»So klingt das aber für mich!«

»Sir, das ist der eigentliche Grund, weshalb ich gleich als erstes am Morgen mit Ihnen sprechen wollte.«

»Was?«

»Sir, Payne erzählte mir, daß er eine unangenehme Begegnung mit zwei Special Agents hatte. Vor zwei Tagen.«

»Eine ›unangenehme Begegnung‹? Welche Art ›unangenehme Begegnung‹. Wer waren die Agenten?«

»Payne erzählte, sie wiesen sich als Leibowitz und Jernigan aus.«

»Ich habe hier niemand, der so heißt.«

»Ja, Sir, das weiß ich.«

»Payne muß sich geirrt haben. Wir haben keine Agenten mit diesen Namen, und wenn irgendeiner von unseren Leuten etwas mit einem Beamten des Philadelphia Police Department zu tun hätte, dann wüßte ich davon.«

»Ja, Sir.«

»Vermutlich hatte Ihr Freund Payne diese ›unangenehme Begegnung‹ mit irgendwelchen anderen Bundesbeamten. Mit Beamten von der Post oder vom Secret Service.«

»Sir, Payne besteht darauf, daß er FBI-Ausweise gesehen hat.«

»Was war die Natur dieser ›unangenehmen Begegnung‹? Hat er das gesagt?«

»Ja, Sir. Er sagte, die Agenten ermittelten in einem Kidnapping, das nicht stattgefunden hat.«

»Ein Kidnapping?«

»Ja, Sir. Payne sagte, es gab kein Kidnapping.«

»Gab es nun eines oder nicht?«

»Payne sagte, die FBI-Agenten glaubten, es gab eines; und er wisse sicher, daß es keines gab.«

»Meinen Sie, Ihr Freund Payne hat Sie auf den Arm genommen, Matthews? Daß er einen sonderbaren Humor hat?«

»Nein, Sir, ich bin mir sicher, daß es ihm ernst war.«

»Aber es gibt keine Agenten mit diesen Namen.«

»Nicht hier, Sir. Ich wollte um Erlaubnis fragen, das zu überprüfen ...«

»Tun Sie das sofort«, sagte Davis und wies auf eines seiner Telefone. »Rufen Sie in der Zentrale an und sagen Sie, Sie sollen in meinem Namen feststellen, ob es Agenten gibt, die so heißen.«

»Jawohl, Sir«, sagte Matthews und nahm den Hörer ab.

»Es gibt mehrere Möglichkeiten«, fuhr Davis fort. »Erstens, Ihr Freund hat Sie aufgezogen. Zweitens, jemand ist im Besitz falscher Ausweise, was strafbar ist, wie Sie wissen. Drittens, diese Leute sind legitime FBI-Agenten eines anderen Zuständigkeitsbereichs, die in unserem Revier operieren ...«

»Sir«, unterbrach Matthews, »Ich habe das mit ASAC Williamson überprüft. Er kennt keinen dieser Namen.«

Glen Williamson, ein gutgekleideter Zweiundvierzigjähriger, der sich besondere Mühe gab, seine silbergraue Haarfülle zu hegen und zu pflegen, war der Assistant Special Agent in Charge für die Verwaltung des FBI-Büros in Philadelphia. Als solcher kannte er nicht nur die Namen jedes FBI-Agenten, die Philadelphia zugeteilt waren, sondern auch die Namen von FBI-Agenten anderer Büros, die vorübergehend im Gebiet Philadelphia arbeiteten.

»... ohne das mit Williamson abgestimmt zu haben«, sprach Davis weiter. »Das will ich nicht haben, Matthews. Das ist eine klare Verletzung unseres Zuständigkeitsbereichs. Ich werde nicht hinnehmen, daß anderer Leute Agenten in unserem Verantwortungsbereich herumlaufen.«

Zwei Minuten später wurde Special Agent Matthews informiert, daß die FBI-Agenten, über die er sich erkundigte, höchstwahrscheinlich Howard C. Jernigan und Raymond Leibowitz waren.

»Sie sind bei der Anti-Terroristen-Gruppe des FBI. Aber sie sind an kein bestimmtes Büro gebunden und können überall arbeiten«, erfuhr er.

»Vielen Dank«, sagte Matthews. »Wir werden vielleicht wieder auf Sie zurückkommen.« Dann legte er auf.

»Und?« Davis blickte Matthews fragend an.

»Laut Bureau, Sir, gibt es Agenten namens Jernigan und Leibowitz. Sie arbeiten bei der Anti-Terroristen-Gruppe vom Hauptquartier aus.«

»Was?« entfuhr es Davis, aber bevor Matthews wiederholen konnte, was er erfahren hatte, riß der SAC den Hörer von einem seiner Telefone und bellte seine Sekretärin an: »Helen, bitten Sie Mr. Towne, Mr. Williamson und Mr. Young zu mir, und zwar sofort!«

Er legte den Hörer auf und schaute Matthews an.

»Es gibt vermutlich eine sehr vernünftige Erklärung für all dies, Matthews«, sagte er, »die wir vielleicht bald haben werden.«

»Jawohl, Sir.«

»Wenn diese Konferenz vorüber ist, will ich einen offiziellen Bericht über Ihr Treffen mit Detective Payne. Wenn das passiert ist, was ich annehme, werde ich damit zum stellvertretenden Direktor gehen, und ich will alles schriftlich haben.«

»Jawohl, Sir.«

»Guten Morgen«, sagte Amelia Payne, Dr. med., als sie Cynthia Longwoods Zimmer betrat.

»Was ist gut daran?« erwiderte Cynthia, milderte es jedoch mit einem Lächeln ab.

»Ich habe mich das gleiche gefragt. Es regnet immer noch, und ich habe nicht genug Schlaf bekommen. Als ich Medizinstudentin und Praktikantin war, erzählte man uns, daß wir genügend Schlaf bekommen würden. Man hat gelogen.«

»Wann waren SiePraktikantin? Im vergangenen Jahr?«

»Ich werde das als Kompliment betrachten. Sehe ich nicht alt genug aus, um sehr lange Ärztin zu sein?«

»Nicht mal in Ihrem Outfit«, sagte Cynthia und bezog sich auf das Stethoskop, das vom Hals auf ihren gestärkten weißen Kittel hing, an dem ein Namensschild aus Plastik steckte, das sie als A. A. Payne auswies.

»Wenn wir hier fertig sind, werde ich das machen, was man Visiten nennt. Wir nehmen dazu Medizinstudenten mit. Ich trage meinen Arztkittel, damit Feuerwehrleute auf Besuch mich nicht mit einem der Ihren verwechseln.«

»Feuerwehrleute auf Besuch?«

»Praktisch Ausübende der heilenden Künste«, sagte Amy. »Die, wenn ich eine Meinung äußere, einen Blick auf mich werfen und sich sagen, daß ich unmöglich ein Professor der Psychiatrie sein kann und deshalb eine hochnäsige junge Frau sein muß, die Unsinn schwafelt.«

Cynthia kicherte.

»Sie sehen nicht alt genug aus, um Ärztin zu sein, geschweige denn Professor.«

»Ich nähere mich gefährlich den Dreißig«, sagte Amy. »Meinen Doktor med. habe ich mit zweiundzwanzig gemacht.«

»*Zweiundzwanzig?*« fragte Cynthia ungläubig. »Ich dachte, es dauert sechs Jahre nach dem Studium, bevor man Ärztin wird.«

»Als ich meinen Doktor med. machte, hatte ich bereits einen Doktor phil.«, sagte Amy. »Ich war das, was Sie frühreif nennen.«

»Sie sind ein Genie?«

»So sagt man.«

»Ich bin beeindruckt«, sagte Cynthia.

»Einerseits ist das gut«, sagte Amy. »Ich bin schlau und eine gute Ärztin. Merken Sie sich das, wenn Sie sich über mich ärgern.«

»Werde ich mich denn über Sie ärgern?«

»Wenn Sie meine vorübergehende Ernennung als Ihre Ärztin verlängern und wollen, daß ich Ihnen helfe, dann können wir damit rechnen, daß dies früher oder später der Fall sein wird.«

»Warum?«

»Weil wir Ihr Problem beim Namen nennen und offen darüber reden müssen und Ihnen das nicht gefallen wird.«

Cynthia dachte darüber nach.

»Stimmt, das würde mir nicht gefallen.«

»Es liegt an Ihnen, Cynthia. Zuerst müssen Sie der Tatsache ins Auge sehen, daß etwas in Ihrem Leben passiert ist, das Sie krank gemacht hat. Als nächstes müssen Sie sich ehrlich sagen, daß Sie nicht allein damit fertig werden können und Hilfe brauchen. Und schließlich, ob Sie wirklich glauben oder nicht, daß Amy Payne – *Doktor* Amy Payne – Ihnen helfen kann.«

»Wann muß ich mich entscheiden?«

»Die erste Antwort wird Sie ärgern: sofort. Entscheidungen hinauszuschieben können Sie sich nicht leisten. Diese Probleme werden sonst immer größer.«

Cynthia ließ sich das gründlich durch den Kopf gehen.

»Okay«, sagte sie schließlich. »Okay.«

»Okay«, sagte auch Amy. »Ihre Eltern sind draußen.«

»O Gott!«

»Ich habe Ihre Mutter gestern nacht angerufen und

gebeten, Ihnen einige Kleidung, Ihre Make-up-Utensilien et cetera zu bringen. Sie werden sich damit abfinden müssen, daß die Eltern hier sind. Sie brauchen ihnen nichts zu sagen, was Ihnen unangenehm ist – berufen Sie sich darauf, daß ich das angeordnet habe, wenn Sie möchten –, aber ich glaube, es würde Ihren Eltern und Ihnen helfen, wenn Sie ihnen sagen, Sie denken, ich kann helfen.«

»Sie müssen gestern nacht ziemlich überzeugt gewesen sein, daß ich Sie als meine Ärztin akzeptiere«, sagte Cynthia vorwurfsvoll.

»Nein, das war ich nicht. Als ich gestern nacht Ihre Mutter anrief, da hat sich eine junge Frau um eine andere gekümmert. Ich selbst hasse diese verdammten Krankenhaushemden ebenfalls.«

»Danke.«

»Ich werde Sie mindestens ein paar Tage hierbehalten«, sagte Amy. »Aber das heißt nicht im Bett. Wenn Sie möchten, ziehen Sie sich ordentlich an, und wir können in der Cafeteria zu Mittag essen. Das Essen ist nicht besser, aber es wird nicht in einem Krankenzimmer serviert.«

»Danke«, wiederholte Cynthia.

Amy lächelte sie an und verließ das Zimmer.

Als Inspector Wohl die Ermittlungsabteilung der Special Operations Division betrat, traf er fast das gesamte Personal plus Staff Inspector Mike Weisbach und Captain Dave Pekach in dem ehemaligen Klassenzimmer an. Pekach, in der einzigartigen Uniform der Highway Patrol – mit Reithose und Stiefeln – trug als einziger keine Zivilkleidung.

»Störe ich bei etwas Wichtigem?« fragte Wohl.

»Eine passende Beschreibung unserer gegenwärtigen Bemühungen«, bemerkte Sergeant Jason Washington mit seiner tiefen Stimme, »wäre, Sie verhindern, daß uns die Köpfe rauchen.«

»Was macht ihr?« erkundigte sich Wohl.

»Wir versuchen, einen Sinn in dem Text zu erkennen,

den Matt von den Kellog-Bändern abgeschrieben hat«, erklärte Pekach. »Und wir kommen nicht weiter.«

»Sind sie nutzlos?«

»Sie haben dafür gesorgt, daß ich meine Meinung geändert habe und jetzt doch glaube, daß bei der fünften Abteilung etwas Dreckiges abläuft«, sagte Pekach. »Aber was, das kann anscheinend niemand herausfinden, jedenfalls nicht durch die Bänder. Als Beweismaterial halte ich sie für äußerst fraglich und ...«

»Muß Payne unbedingt dabei sein?« fragte Wohl.

Matt entging nicht, daß Wohl ihn mit dem Nachnamen nannte; er wertete das als Anzeichen darauf, daß Wohl ihn auf dem Kieker hatte.

Was habe ich verbrochen? überlegte Matt.

Scheiße, diese FBI-Clowns haben mich gemeldet!

»Ich befürchte, all diese Stunden, die unser Matthew mit dem Übertragen der Bänder verbracht hat, waren vergeudete Zeit und Mühe«, sagte Washington.

»Keine vergeudete, Jason«, widersprach Weisbach. »Daß wir nichts von Nutzen finden, lehrt uns sozusagen, daß (a) etwas läuft und sie es (b) ziemlich clever anstellen.«

»Ich lasse mich gern korrigieren, Sir«, sagte Washington.

»Kann ich Payne haben?« fragte Wohl.

»Er gehört Ihnen«, sagte Weisbach. »Bis später, Matt.«

»Jawohl, Sir«, sagte Matt.

Er stand auf und folgte Wohl aus der Abteilung. Wohl ging schnell, und Matt hatte Mühe, mit ihm Schritt zu halten.

»Was ist los?« fragte Matt.

Wohl ignorierte ihn.

Sie gingen die Treppe hinunter und dann über den Gang zu Wohls Büro. Matt folgte ihm hinein.

Chief Inspector Dennis V. Coughlin – ein großer, schwergewichtiger, vierschrötiger Mann mit rötlichem Gesicht, guten Zähnen und lockigem grauem Haar – saß auf der Couch vor Wohls Couchtisch und tauchte gerade einen Doughnut in einen Kaffeebecher.

Für Matt war Coughlin das ganze Leben lang ›Onkel Denny‹ gewesen. Coughlin war der beste Freund seines Vaters gewesen, und Matt hatte den Verdacht, daß Denny Coughlin, der nie geheiratet hatte, in Patricia Stevens Moffitt Payne, Matts Mutter, sehr lange Zeit verliebt gewesen war – heimlich natürlich.

Jetzt hatte Matt ebenfalls den Verdacht, daß dies kein Anlaß war, bei dem er Chief Inspector Coughlin mit ›Onkel Denny‹, anreden sollte.

»Guten Morgen, Chief«, sagte er.

Coughlin blickte ihn lange und ausdruckslos an, bevor er etwas sagte.

»Matty, was ist das mit dir und dem FBI?«

»Geht es um diese Sache?«

»Ich habe eine Frage gestellt«, sagte Coughlin ruhig.

»Ich nehme an, ich hätte sie nicht so lange an der Nase herumführen sollen, als sie mich verfolgten, aber sie …«

»Von Anfang an«, unterbrach Wohl. »Und im Augenblick sind weder der Chief noch ich daran interessiert, was Sie vom FBI halten.«

Matt berichtete ausführlich von der gesamten Begegnung mit den Spezialagenten Jernigan und Leibowitz. Als er schilderte, wie er sich mit den beiden Agenten eine wilde Verfolgungsfahrt durch die engen Gassen von Nord-Philadelphia geliefert, sie abgehängt hatte und schließlich auf den Parkplatz der Abteilung Special Operations gefahren war, hatte Chief Inspector Coughlin Mühe, ein ernstes Gesicht zu bewahren.

»Okay«, sagte Coughlin schließlich. »Jetzt will ich erzählen, was heute morgen geschah. Ich erhielt einen Anruf von Walter Davis. Du weißt, wer das ist.«

»Jawohl, Sir.«

»Davis sagte, er würde es als einen persönlichen Gefallen betrachten, wenn ich so schnell wie möglich ein Treffen arrangiere, und zwar zwischen ihm, den beiden Agenten, Peter und mir. Und daß er dankbar wäre, wenn ich dieses Treffen bis zu unserem Gespräch für mich behalte.

Hast du irgendeine Idee, was das alles zu bedeuten hat, Matty?«

»Nein, Sir.«

»Irgendwie habe ich das Gefühl, daß es ihm um mehr geht als um deine Verarschung seiner Agenten«, sagte Coughlin. »Wenn das alles wäre, hätte sich der Polacke in einem förmlichen Brief für das unkooperative Verhalten eines seiner Detectives entschuldigt.«

Der ›Polacke‹ war Polizeichef Taddeus Czernick.

»Ja«, sagte Inspector Wohl nachdenklich.

»Und er will, daß ich bis nach unserem Gespräch über diese Sache schweige«, fuhr Coughlin fort. »Was mich auf einen anderen Gedanken bringt. Hat einer oder haben beide FBI-Jungs etwas getan, was sie nicht hätten tun sollen, Matty?«

»Nun, sie hätten sich überzeugen sollen, daß es tatsächlich ein Kidnapping gab, bevor sie eine Menge Fragen stellten«, sagte Matt.

»Das meine ich nicht. Haben sie irgendeines deiner Bürgerrechte verletzt? Dich eingeschüchtert? Mit einer Waffe herumgefuchtelt? Irgendwas in dieser Art?«

»Nein, Sir.«

»Vielleicht sind sie erst durch Matts Aussage dahintergekommen, daß sie auf dem Holzweg sind«, meinte Wohl. »Vielleicht ist es Davis peinlich, daß er Leute in einem Fall von Kidnapping ermitteln läßt, der gar keiner ist, und er will verhindern, daß Matt die Geschichte einem staunenden Publikum an der Bar des Polizeiclubs erzählt. Das FBI ist sehr auf sein Image bedacht.«

Detective Payne war enorm erleichtert, daß er bei Wohl wieder ›Matt‹ war.

»Könnte sein«, sagte Chief Coughlin. »Aber ich habe das miese Gefühl, daß mehr dran ist. Und mein Gefühl ist selten falsch.«

Coughlin erhob sich mit einem Grunzlaut von der Couch, ging zu Wohls Schreibtisch, zog einen Zettel aus seiner Tasche zu Rate und wählte dann eine Telefonnummer.

»Chief Inspector Coughlin, ich möchte bitte mit Mr. Davis sprechen«, sagte er, als sich jemand meldete. Er wartete kurz, wurde offenbar verbunden, und dann sagte er: »Dennis Coughlin, Walter. Tut mir leid, daß es so lange dauerte, bis ich zurückrufen konnte. Inzwischen habe ich mit Peter Wohl sprechen können. Ich habe für sechzehn Uhr dreißig im Rittenhouse Club reserviert. Wäre das passend?«

Davis' Antwort war nur für Coughlin zu hören.

»Ich freue mich, Sie zu sehen, Walter«, sagte Coughlin und legte den Hörer auf. Dann schaute er Wohl und Payne an. »Merkt euch das, ihr beiden«, sagte er. »Haltet dies schriftlich fest. Wenn man es mit einem Gegner zu tun hat, sollte man sich nie auf dessen Platz treffen – Davis wollte uns ins FBI-Büro kommen lassen –, und nach Möglichkeit sollte man ihn warten lassen.«

Walter Davis, gefolgt von den Special Agents Howard C. Jernigan und Raymond Leibowitz, ging um 16 Uhr 15 zum Pult des Portiers im Rittenhouse Club und sagte: »Ich bin Mr. Davis. Ich erwarte einen Gentleman namens Coughlin.«

Der Portier wandte sich um und betrachtete die Mitgliedertafel.

Verdammt, verdammt! dachte Davis. *Coughlin ist Mitglied. Natürlich. Er muß eines sein. Er hat mir diesen Club als Treffpunkt vorgeschlagen. Warum habe ich nicht daran gedacht?*

»Chief Coughlin ist in der Bar, Sir«, sagte der Portier. Und sein Tonfall drückte aus, daß das Leben für ihn viel leichter wäre, wenn blöde Mitglieder selbst einen Blick auf die Mitgliedertafel werfen würden.

Coughlin, Peter Wohl und Matt Payne saßen an einem großen Tisch – mit Platz für sechs Sessel – und Davis sah, daß sie wenigstens lange genug dort waren, um von der Bar aus bedient zu werden. Die drei erhoben sich, als Davis zu ihnen ging.

»Sie sehen gut aus, Walter«, sagte Coughlin und hielt Davis die große Hand hin.

»Sie auch, Dennis«, erwiderte Davis höflich, reichte zuerst Wohl die Hand – »Danke dafür, daß Sie Ihre Zeit für mich opfern, Peter« – und dann Matt. »Wie geht es ihnen, Payne?«

»Sehr gut, danke, Sir«, sagte Matt.

»Sie haben diese Gentlemen kennengelernt«, sagte Davis, »aber ich möchte sie Peter und Dennis vorstellen. Raymond Leibowitz und Howard Jernigan.«

Die Männer schüttelten sich die Hände.

Ein Kellner tauchte auf. Davis bestellte Jack Daniels on the rocks, Leibowitz das gleiche und Jernigan Ginger Ale.

»Ich möchte wirklich irgendwo sein, wo niemand mithören kann«, sagte Davis. »Gibt es irgendwo ...«

»Mattys Vater hat mir erzählt, daß man viel Geld für die Gestaltung dieses Raums ausgegeben hat«, sagte Coughlin und wies zu der hohen getäfelten Decke, »damit sich Leute diskret unterhalten können. Aber wenn Sie sich hier nicht wohl fühlen, Walter, es gibt hier auch private Salons.«

»Nein. Ich bin überzeugt, hier ist es prima«, sagte Davis.

»Sie sind der Leiter der Abteilung Special Operations, wie ich hörte, Inspector«, sagte Jernigan und bemühte sich, charmant zu sein.

»Ja, das bin ich«, sagte Peter Wohl und fügte etwas boshaft hinzu. »Wie ich hörte, haben Sie unser Hauptquartier besichtigt.«

Jernigan stieg das Blut in die Wangen.

Coughlin lachte, und einen Moment später stimmte Davis etwas gekünstelt in das Lachen ein.

»Okay, reinigen wir die Luft«, sagte Coughlin. »Detective Payne hätte Ihren Leuten sagen sollen, daß er Polizeibeamter ist, und er hätte sie nicht zu einer – wie sollen wir es nennen? – *Besichtigungstour* zu den Attraktionen von Nord-Philly einladen sollen. Er ist bereit, sich dafür zu entschuldigen, nicht wahr, Matty?«

»Jawohl, Sir. Wir haben uns einfach auf dem falschen Fuß erwischt. Es tut mir leid.«

Der Kellner brachte die Getränke.

»Ich schlage vor, wir trinken auf Frieden, Freundschaft und Kooperation zwischen dem Philadelphia Police Department und dem Federal Bureau of Investigation«, sagte Coughlin und hob sein Glas.

»Ein sehr passender Toast, dem ich schnell zustimme – unter den gegebenen Umständen«, sagte Davis.

»Welche Umstände meinen Sie, Walter?« fragte Coughlin.

»Ich glaube, Raymond sollte die erläutern«, sagte Davis. »Aber lassen Sie mich zunächst klarstellen, daß Raymond und Howard nicht zu meinem Personal zählen. Sie operieren vom FBI-Hauptquartier in Washington aus; es sind Mitglieder der Anti-Terroristen-Gruppe.«

»Anti-Terroristen-Gruppe?« entfuhr es Matt.

Coughlin und Wohl blickten ihn mißbilligend an.

»Bevor wir Sie aufsuchten, Detective Payne«, sagte Leibowitz, »blieb uns einfach keine Zeit, um uns mit dem Büro in Philadelphia abzustimmen. Wenn wir Zeit genug gehabt hätten, dann hätten wir gewußt, wer Sie waren – sind.«

»Ich dachte, Sie ermitteln wegen des Kidnappings von Susan Reynolds«, sagte Matt. »Eigentlich wegen des Nicht-Kidnappings.«

»Kidnapping?« sagte Leibowitz, sichtlich überrascht. »Wie kommen Sie darauf?«

»Nun, was, zum Teufel, haben Sie dann ermittelt? Sie ist reich; reiche Leute werden manchmal gekidnappt; sie wurde vermißt – das FBI wußte das. Ihr Vater ist ein sehr bedeutender Mann; ich nahm an, deshalb arbeitet das FBI an einem Wochenende.«

»O Mann!« sagte Leibowitz. »Sie haben tatsächlich gedacht, wir ermitteln in einem Fall von *Kidnapping?*«

»Ich hatte das Gefühl, daß Sie mich für verdächtig hielten«, sagte Matt. »Da war ich ein wenig ärgerlich.«

»Nun, ich werde Ihnen sagen, was wir ermittelten und

weiterhin ermitteln«, sagte Leibowitz. »Aber es muß unter uns bleiben.«

»Ich bin überzeugt, Leibowitz«, sagte Davis scharf. »daß wir auf die Diskretion von Chief Coughlin, Inspector Wohl und Detective Payne vertrauen können.«

Special Agent Leibowitz' Miene verriet mehr als nur ein bißchen Zweifel, ob er auf die Diskretion von Detective Payne vertrauen konnte.

»Sagt Ihnen der Name Brian C. Chenowith etwas, Detective Payne?«

Matt kramte in seiner Erinnerung. »Nein«, sagte er dann.

»Eloise Anne Fitzgerald?«

Matt verneinte abermals.

»Jennifer Olwood?«

Matt schüttelte den Kopf.

»Edgar C. Cole?«

Matt hob die Hände in einer Geste der Hilflosigkeit.

»Nie gehört«, sagte er.

»Sie werden alle von der Bundesregierung und dem Staat Pennsylvania wegen einer Reihe von Straftaten gesucht ...«

»Uni von Pittsburgh?« unterbrach Chief Coughlin ...

»Richtig«, sagte Leibowitz.

Matt blickte Coughlin neugierig an.

»Was uns betrifft«, fuhr Leibowitz fort, »wollen wir sie und einige andere haben, weil sie sich – unter anderen Vergehen gegen Bundesgesetze – einer Anklage durch Flucht entzogen haben.«

»Anklage weswegen?« fragte Wohl.

»Mord.«

»Korrigieren Sie mich, wenn ich mich irre«, sagte Coughlin. »Es sind die Täter, die das Gebäude für biologische Forschung an der University of Pittsburgh in die Luft gesprengt haben.«

»Und dabei laut Urteilsspruch der Anklagejury in Allegheny County, Pittsburgh, den Tod von elf Personen herbeigeführt haben.«

»Um gegen die Versuche an Affen für die medizinische Forschung zu demonstrieren, richtig?« sagte Coughlin in jetzt bitterem Tonfall. »Elf unschuldige Leute wurden in die Luft gesprengt!«

»So ist es, Sir«, sagte Leibowitz.

»Was hat das mit Susan Reynolds zu tun?« fragte Matt, der nicht begreifen konnte, daß Daffys Freundin in so etwas verwickelt sein sollte.

»Wir haben Gründe zu der Annahme, daß Miss Reynolds in der Vergangenheit und jetzt den Verdächtigen bei ihrer ungesetzlichen Flucht Beihilfe geleistet hat und leistet«, sagte Leibowitz. »Hinreichende Gründe, die zu einer Genehmigung des Bundesgerichts geführt haben, die Telefonleitung in ihrem Elternhaus und, was das anbetrifft, jede Leitung an ihrem jeweiligen Aufenthaltsort anzuzapfen.«

»Ich bin ein bißchen verwirrt«, bekannte Wohl. »Wie seid ihr Jungs an Matt geraten?«

»Nun, wir hätten gern genügend Leute, um sie rund um die Uhr zu observieren, aber wir haben keine«, erklärte Leibowitz. »Aber wir hören ihre Telefonate ab, und wenn etwas Interessantes dabei herauskommt – wenn sich zum Beispiel ihre Mutter aufregt, weil Susan nicht den üblichen Gute-Nacht-Mama-Anruf gemacht und Mrs. Nesbitt angerufen hat, herauszufinden, wo Susan ist – handeln wir entsprechend.«

»Sie verschwand in der Gesellschaft eines gewissen Matt Payne«, erläuterte Jernigan. »War sie in Wirklichkeit irgendwo unterwegs, um Geld oder sonstwas zu Bryan Chenowitz und seiner mörderischen Bande von Tierschutz-Aktivisten zu bringen? Und wer ist Matt Payne? Ein Mitglied der kriminellen Tierschützer im Untergrund? Als wir die Nachricht von dem Team erhielten, das die Telefonleitungen abhört, schauten wir im Telefonbuch nach und fanden nur einen Payne, Matthew M. in Philadelphia. So fuhren wir von Washington aus her, um ihn zu überprüfen.«

»Sie erzählte Daffy – Mrs. Nesbitt, sie wäre die ganze

Nacht über im Bellvue Stratford gewesen und hätte sich nur nicht am Telefon gemeldet«, sagte Matt. »Aber sie war die ganze Nacht nicht in ihrem Zimmer.«

»Woher wissen Sie das?« fragte Jernigan.

»Ich weiß es.«

»Sie war bei Ihnen, meinen Sie?« hakte Jernigan nach.

»Nein. Als ich sie zum letztenmal sah, und das habe ich Ihnen gesagt – war sie im Haus der Nesbitts in Society Hill. Ich weiß nicht, wo sie in der Nacht war, aber sie hat nicht in ihrem Hotelzimmer geschlafen.«

»Woher wissen Sie das?« fragte Jernigan wieder.

»Vergessen Sie, daß ich das gesagt habe.«

»Woher *wissen* Sie, daß sie nicht in ihrem Hotelzimmer war?«

»Sie hat das Bett nicht benutzt, und sie kam mir nicht wie ein Mädchen vor, das auf dem Boden schläft.«

»Ich frage noch einmal: Woher wissen Sie all dies?«

»Ich verweigere die Aussage, weil sie mich belasten könnte«, sagte Matt.

»Was, zum Teufel, soll das heißen; Matty?« fragte Chief Coughlin ärgerlich.

»Chief«, sagte Matt nach langem Zögern, »wenn jemand, rein hypothetisch, Zugang zu Räumlichkeiten bekommt, den man als Einbrechen auslegen könnte, wäre es dann nicht dumm, das beim FBI zuzugeben?«

»Mein Gott, Matty, was hast du getan?« sagte Coughlin.

»Warum würde diese hypothetische Person, von der wir sprechen, Payne«, sagte Davis, »in das Hotelzimmer dieser anderen hypothetischen Person einbrechen?«

»Wir sprechen inoffiziell, Davis, richtig?« kam Denny Coughlin Matt zu Hilfe.

»Absolut. Mein Wort darauf«, sage Davis.

»Passen Sie auf, was Sie sagen, Matt«, riet Wohl, was ihm einen dankbaren Blick von Chief Coughlin und ärgerliche Blicke von Davis, Jernigan und Leibowitz einbrachte.

»Am Morgen nach der Party rief mich Chad Nesbitt an, der wie seine Frau den Eindruck hatte, daß Susan Reynolds die Party mit mir verlassen hatte. Sie dachten, Susan hätte die Nacht mit mir verbracht. Ich sagte ihnen, daß ich nicht mit ihr …«

»Wer ist dieser Chad Nesbitt?« unterbrach Jernigan. »Der Name taucht zum ersten Mal auf.«

»Er ist in der Lebenmittelbranche«, sagte Matt.

»Matty!« warnte Coughlin, und dann wandte er sich an Jernigan und erklärte: »Nesbitts Vater ist Aufsichtsratsvorsitzender von Nesfoods International.«

»Wir haben festgestellt, daß eine Reihe dieser Leute, die Dinge im Namen der Tierliebe in die Luft sprengen, aus sogenannten ›besseren Familien‹ stammen«, sagte Jernigan. »Besteht die Möglichkeit, daß Mr. Nesbitt eine Verbindung mit Chenowith und Co. hat?«

»Das halte ich für sehr unwahrscheinlich«, sagte Matt kühl und ärgerlich.

»Warum?«

»Nun, er ist zum Beispiel ein Ex-Marine.«

»Ich bin auch einer«, sagte Leibowitz. »Und Lee Harvey Oswald war auch bei den Marines.«

»Ich glaube, wir können mit Sicherheit davon ausgehen, daß Mr. Nesbitt – oder seine Frau – nicht mit diesen Leuten sympathisieren, die von Ihnen gesucht werden«, sagte Wohl. »Payne erzählte uns von seinem Anruf.«

»Richtig. Nesbitt bat mich, da ich nur ein paar Blocks vom Bellvue Stratford entfernt wohne, dort nachzuschauen.«

»Als Polizeibeamter, meinen Sie?« fragte Leibowitz. »Ihr Freund war besorgt um das Wohlergehen der Reynolds? Weil sie vermißt wurde?«

»Er war besorgt, weil seine Frau ihm wegen ihrer Freundin auf die Nerven ging. Und ich fuhr als Zivilist zum Bellvue, nicht als Polizist.«

»Und als Sie dort waren, fanden Sie irgendwie Zugang zu ihrem Hotelzimmer?« fragte Leibowitz.

»Das habe ich nicht gesagt«, erwiderte Matt.

»Payne, wir sind alle auf der gleichen Seite«, sagte Davis.

»Hypothetisch gesprochen, Matt, wie kann jemand

Zugang zu ihrem Hotelzimmer bekommen?« fragte Wohl.

»Hypothetisch mit einem Hauptschlüssel.«

»A propos was auch immer«, warf Wohl ein, »Detective Payne hat vor kurzem an einer Überwachungsaktion im Hotel Bellvue Stratford teilgenommen.«

Jernigan und Leibowitz tauschten Blicke, die verrieten, daß sie völlig verstanden, wie wichtig für ein Überwachungs-Team ein Hauptschlüssel war, der vielleicht nicht unter legalen Umständen zu bekommen war.

»Das Bett der Reynolds war unberührt?« fragte Leibowitz. Matt bestätigte es.

»Haben Sie sonst noch etwas herausgefunden, das nützlich sein könnte?«

»Der Wachmann im Parkhaus erinnerte sich an einen roten Porsche, mit dem eine gutaussehende Blondine am vorherigen Nachmittag gegen siebzehn Uhr dreißig fortgefahren war. Angenommen, es war tatsächlich Susan Reynolds, und es gibt wirklich nicht viele gutaussehende Blondinen mit rotem Porsche in Philadelphia, dann kann jeder nur rätseln, wo sie von siebzehn Uhr dreißig bis neunzehn Uhr dreißig gewesen ist, als sie bei den Nesbitts eintraf . Ich *weiß* es nicht, aber ich wette, sie hat den Wagen erst wieder ein paar Stunden nach meinem Besuch in dem Parkhaus dort geparkt.«

»Warum sagte Mrs. Nesbitt der Mutter der Verdächtigen, die Verdächtige hat ihr Haus mit Ihnen verlassen?« fragte Jernigan.

»Ich glaube, zu diesem Zeitpunkt nahm sie das an.«

»Sie hatten sich mit ihr auf der Party angefreundet?«

»Ich habe es versucht. Sie war nicht interessiert.«

»Schade«, sagte Jernigan.

»Meinen Sie, Sie könnten das ändern?« fragte Davis.

»Wie soll ich das verstehen?« fragte Matt.

»Ich meine, ob Sie sich mit ihr anfreunden können«, sagte Davis.

»Was ist das Gegenteil von ›überwältigt von meinem Charme‹?« fragte Matt.

»Worauf wollen Sie hinaus, Walter?« fragte Chief Coughlin.

»Ich habe da so einen Gedanken«, sagte Davis. »Vieles von dieser Sache höre ich selbst zum ersten Mal, und das erlaubt manchmal einen klaren Durchblick. Ich höre, daß das Reynolds-Mädchen gar nicht so eng vertraut mit den Nesbitts ist. Aber sie geht zu deren Party. Und verschwindet über Nacht. Das läßt den Schluß zu, daß sie sich mit den flüchtigen Kriminellen trifft. Was wiederum darauf schließen läßt, daß sie hier oder in der Nähe sind. Da es diesmal klappte, könnten sie es wieder versuchen. Wenn Detective Payne ihr Vertrauen gewinnen könnte ...«

»Sie wollen eine Zusammenarbeit mit ihm bei diesem Fall vorschlagen?« fragte Coughlin.

»Hätten Sie ein Problem damit?«

»Ehrlich gesagt, Walter, ich hätte viele Probleme damit«, erwiderte Coughlin. »Außerdem steckt er bis zum Hals in einer wichtigen Ermittlung.«

»Die Leute sind von der Anklagejury des Allegheny County wegen Mordes verurteilt worden, Chief Coughlin«, sagte Leibowitz. »Sie sind aus einem Zuständigkeitsbereich Pennsylvanias geflüchtet. Sie sind nicht nur ein Problem für den Bund.«

»Trotzdem«, sagte Coughlin etwas lahm.

»Ich sehe eine Menge praktischer Probleme«, sagte Wohl und kam Coughlin zu Hilfe. »Mal angenommen, Chief Coughlin wäre einverstanden. Payne sagt, Susan Reynold war nicht... überhaupt nicht anfällig für seinen Charme. Selbst wenn sie das wäre, ist es ein weiter Weg von Harrisburg. Weiß sie, daß Sie Cop sind, Matt?«

»Ja, Sir. Ihre Augen wurden glasig, als sie das hörte.«

»Hielten Sie das nicht für ein wenig merkwürdig?« fragte Jernigan.

»Leider passiert mir das immer wieder«, sagte Matt.

»Andererseits könnte sie sich sagen, was kann ihr besseres passieren als häufige Ausflüge nach Philadelphia zu einem befreundeten Cop?«

Wohl dachte: *Er hat recht. Warum überrascht mich das?*

Man wird nicht Special Agent in Charge des FBI Philadelphia, wenn man dumm ist.

Dann sah er Matts Miene.

»Was ist los, Matt?« fragte er.

»Wissen Sie, weshalb ich gestern nacht im Rundhaus war?« fragte Matt.

Wohl mußte einen Moment nachdenken, bis ihm einfiel, daß Matt von Staff Inspector Weisbach zur Personalabteilung geschickt worden war.

»Da gab es irgendeine Verbindung nach Harrisburg, richtig?« Wohl sah Matt fragend an.

Coughlins Miene verriet, daß es ihn Mühe kostete, seine Frage darüber auf später zu verschieben.

Matt nickte.

»Etwas, das Ihren Aufenthalt in Harrisburg als Polizist rechtfertigen würde?«

»Der Fall, an dem Matt arbeitet, ist heikel«, sagte Coughlin. »Einige Leute sollen nicht erfahren, daß er nach Harrisburg fährt.«

Walter Davis bestätigte Wohls Erkenntnis, daß dumme Leute keine ranghohen FBI-Beamte werden.

»Eine interne Sache, wie?« fragte Davis. »Nun, dann kann ich Ihnen vielleicht ein wenig helfen, wenn Sie möchten. Der Polizeichef ist nicht nur ein alter Freund von mir, sondern er schuldet mir auch einige Gefallen. Sie sagen mir, welche Art Tarnungsgeschichte Sie wünschen, und ich sorge dafür, daß sie aus dem Büro des Polizeichefs durchsickert.«

»Das könnte sehr nützlich sein«, dachte Wohl laut.

»Da ist noch etwas«, sagte Davis. »Payne kann sich leicht in den gleichen gesellschaftlichen Kreisen bewegen wie die Reynolds; das könnte sehr nützlich sein, finde ich.«

»Ich müßte Matts Zusammenarbeit mit Ihnen mit dem Commissioner abklären«, sagte Coughlin. Es war seine letzte Verteidigungslinie.

»Das wird kein Problem sein, Denny«, sagte Davis. »Als ich beim letzten Mal mit dem Bürgermeister zu Mittag aß – hier war das –, hielt er mir eine Predigt über diese Leute, die medizinische Forschungseinrichtungen in die Luft jagen, weil dort Tierversuche stattfinden. Er bezeichnete solche Verbrecher als etwas, das ich hier in Gesellschaft nicht wiederholen möchte. Er sagte, sie sind gefährlicher für das Land, als den meisten Leuten klar ist. Ich habe das Gefühl, wenn der Bürgermeister von dieser Sache erfährt, würde er Commissioner Czernick dies als hervorragende Idee ›vorschlagen‹.«

Du magst ein Arschloch sein, Walter Davis, dachte Peter Wohl, *aber du bist kein dummes.*

10

Als das Telefon im elegant eingerichteten Arbeitszimmer seiner Residenz in South Philadelphia klingelte, spielte Mr. Vincenzo Savarese zu einer Kassettenaufnahme des Philharmonica Slavonia Orchesters Max Bruchs Violinkonzert in G-Moll, opus 26, auf einer G.-Strenelli-Violine von ca. 1790, für die er fast fünfzigtausend Dollar ausgegeben hatte. Mr. Savarese hatte sein Jackett ausgezogen, die Hemdsärmel aufgekrempelt und war mit geschlossenen Augen in das Geigenspiel vertieft.

Mr. Pietro Cassandro, ein sehr großer Vierzigjähriger mit Maßanzug, der gewissenhaft Steuern an den Bund und den Staat für sein Einkommen als Vizepräsident von Classic LIvery, Inc., überwies, obwohl seine Pflichten hauptsächlich darin bestanden, die Lincolns und Cadillacs zu kutschieren, mit denen Mr. Savarese durch die Stadt fuhr, runzelte beim Klingeln des Telefons die Stirn. Mr. S. mochte keine Störung, wenn er Violine spielte.

Cassandro blickte zu Mr. Savarese, um seine Reaktion

auf das Klingeln des Telefons zu sehen. Nur sehr wenige Personen hatten die Telefonnummern von Mr. Savareses Arbeitszimmer.

Mr. S. hörte mit dem Spielen auf und schaute zu Cassandro. Dann wies er mit dem Bogen aufs Telefon.

Cassandro nahm den Hörer ab. »Ja?« Er lauschte einen Moment lang und meldete dann Mr. S. »Es ist der Anwalt.«

»Mr. Giacomo?«

Cassandro nickte.

Mr. Savarese ging zu dem Kassettenrecorder und stellte ihn ab. Dann legte er behutsam die Strenelli-Geige und den Bogen in den Geigenkasten, den er auf dem Steinway-Flügel deponiert hatte, und schloß den Kasten. Danach zog er ein gestärktes weißes Taschentuch von seinem Hemdkragen und legte es auf den Geigenkasten.

Er ging zu Cassandro und nahm den Telefonhörer entgegen.

»Danke für den Rückruf, Mr. Giacomo«, sagte Savarese.

»Es tut mir leid, daß es so lange gedauert hat«, sagte Armando Giacomo. »Ich war im Gericht.«

»Das sagte Ihre Sekretärin.«

»Wie kann ich Ihnen dienen?«

»Ich dachte, es könnte Sie interessieren, daß ich einen Bericht von meiner Tochter über meine Enkelin erhalten habe.«

»Ja, das würde mich interessieren.«

»Dr. Payne hat sie bis jetzt dreimal besucht«, sagte Savarese. »Zum ersten Mal gestern nacht. Dann als erstes heute morgen. Und schließlich zum Mittagessen. Meine Enkelin ist anscheinend sehr angetan von ihr.«

»Es freut mich, das zu hören.«

»Ich bin Ihnen dankbar, Mr. Giacomo, weil Sie für mich das Treffen mit Mr. Payne arrangiert haben.«

»Das ist gern geschehen.«

»Und ich bin natürlich Mr. Payne dankbar, weil er wegen Cynthia mit seiner Tochter gesprochen hat. Dies ist einer der Gründe, weshalb ich um Ihren Rückruf gebeten habe.«

»Brewster Payne hat Verständnis für Ihr Problem. Er ist ein sehr netter Mann.«

»Ich wollte Sie um Ihren Rat bitten, wie ich mich mit einer kleinen Geste bei Mr. Payne bedanken kann«, sagte Savarese.

»Das halte ich für unnötig. Mr. Savarese.«

»Ich habe einige Flaschen wirklich guten Cognac, und ich dachte, das wäre angemessen.«

»Darf ich offen sprechen, Mr. Savarese?«

»Selbstverständlich.«

»Sie gingen zu Mr. Payne als Vater und Großvater und baten einen anderen Vater um Hilfe. Er verstand Ihr Problem und tat, was er konnte. Ein Vater half sozusagen dem anderen. Unter diesen Umständen halte ich ein Geschenk wirklich für überflüssig.«

Savarese schwieg lang.

»Sie meinen, es wäre unpassend?« sagte er schließlich. »Wollen Sie das damit sagen?«

»Ja, beides: unnötig und unpassend.«

»Sie meinen, er wäre beleidigt?«

»Sagen wir es so, Mr. Savarese«, erwiderte Giacomo. »Wenn ich zu Brewster Payne gegangen wäre wie Sie, und er hätte reagiert, wie es der Fall war, dann würde ich ihm kein Geschenk schicken. Ich würde denken, daß er aus seiner Sicht nur getan hat, was ein anständiger Mensch getan hätte, und deshalb sollte kein Versuch einer Rückzahlung stattfinden und …«

»Ich verstehe, was Sie meinen, Mr. Giacomo«, unterbrach Savarese. »Und ich respektiere Ihre Klugheit und vertraue auf Ihre Einschätzung von Dingen dieser Art.«

»Danke«, sagte Giacomo.

Er hoffte, daß seine Erleichterung darüber, daß er Savarese ausreden konnte, Brewster Payne ein paar – er hatte von ›einigen‹ gesprochen, also vielleicht sechs, möglicherweise sogar ein Dutzend – Fünfhundertdollarflaschen Cognac zu schicken, nicht seiner Stimme anzuhören gewesen war. Wer weiß, wie Payne reagiert hätte. Payne betrachtete Vincenzo Savarese – liebender Großvater oder nicht – als mörderischen Gangster und wollte kein Geschenk von ihm. Fast mit Sicherheit würde er keines annehmen. Giacomo traute Payne zu, daß er Savarese den ganzen Cognac zurückschicken würde, was Savarese beleidigen würde, wodurch allerhand Probleme entstehen konnten.

»Ich wäre dankbar, Mr. Giacomo, wenn Mr. Payne irgendwie bewußt gemacht werden könnte, daß ich mich tief in seiner Schuld fühle.«

»Ich halte das für unnötig, Mr. Savarese. Wie ich schon sagte, glaubt Mr. Payne, nur das getan zu haben, zu dem jeder anständige Mensch verpflichtet ist.«

»Wenn sich die Gelegenheit ergibt, Mr. Giacomo, und ich bin überzeugt, daß dies bald der Fall sein wird, dann betrachte ich es als einen persönlichen Gefallen von Ihnen, wenn Sie Mr. Payne sagen, daß ich mich tief in seiner Schuld fühle. Würden Sie das für mich tun, Mr. Giacomo?«

»Selbstverständlich.«

Wollen Sie irgend jemand umlegen lassen, Brewster?

Irgendeinem Schuldner die Beine brechen lassen? Sie brauchen es nur zu sagen. Savarese hat mich beauftragt, Ihnen zu sagen, daß er Ihnen einen großen Gefallen schuldet.

»Danke. Und da ist noch etwas, bei dem ich dankbar für Ihren Rat wäre, Mr. Giacomo.«

»Ich stehe Ihnen zur Verfügung.«

»Könnten Sie einen guten – und mit gut meine ich sowohl äußerst fähig als auch sehr diskret –, also einen guten Privatdetektiv empfehlen?«

Einen Privatdetektiv? Was nun?

»Ich glaube, ich habe nicht ganz verstanden«, sagte Giacomo.

»Ich brauche jemand, der einige diskrete Erkundigungen für mich einzieht.«

»Nun, es gibt viele Leute in diesem Geschäft, Mr. Savarese. Ich benutze selbst die Dienste von einem halben Dutzend verschiedenen. Gute Leute. Es kommt natürlich auf die Art der Information an, die Sie wünschen.«

Es folgte eine Pause, lange genug, um Armando C. Giacomo erkennen zu lassen, daß Savarese sorgfältig überlegte, wieviel er ihm sagen sollte – wenn überhaupt etwas.

»Ich hatte im Sinn, Mr. Giacomo, die Umgebung meiner Enkelin sozusagen unter die Lupe zu nehmen, um vielleicht irgendein Anzeichen darauf zu finden, was sie so stark erschüttert hat.«

»Ich würde so etwas veranlassen, wenn ich mit Doktor Payne gesprochen habe«, sagte Giacomo hastig.

»All diese Informationen wären natürlich für Dr. Payne.«

Es sei denn, es stellt sich heraus, daß das Mädchen vergewaltigt wurde oder so – was verdammt der Fall sein könnte –, und dann müßten die Cops in einem Todesfall durch Kastration ermitteln.

»Ich bezweifle, daß einer der Leute, die für mich arbeiten, für diese Art Ermittlung taugen. Ich kann fragen …«

»Das wird nicht nötig sein, trotzdem vielen Dank. Mr. Giacomo. Und danke für den Rückruf. Ich bin Ihnen sehr dankbar.«

»Es freut mich, daß die Sache mit Ihrer Enkelin offenbar geklappt hat«, sagte Giacomo.

»Ich danke Ihnen. Und ich weiß Ihr Interesse sehr zu schätzen«, sagte Vincenzo Savarese und legte auf.

Er schaute Pietro Cassandro an.

»Mr. Giacomo bezweifelt, daß einer der Ermittler, mit denen er Erfahrung hat, hilfreich sein würde«, sagte er.

Cassandro wußte nicht, wie er die Äußerung auslegen sollte. Er reagierte darauf wie für gewöhnlich in ähnlichen Umständen. Er hob die Hände, zeigte die Handflächen und zuckte mit den Schultern.

Als Vincenzo Savareses Tochter erzählt hatte, wie freundlich Dr. Payne war, daß sie sogar angerufen hatte, damit sie Cynthias Make-up-Utensilien und anständige Nachtwäsche zu ihr ins Krankenhaus bringen konnte, hatte sie ebenfalls erzählt, Cynthia habe von Payne den Rat erhalten, ihren Eltern nichts zu erzählen, was ihr Unbehagen bereiten würde.

Savarese hatte nichts zu seiner Tochter gesagt, aber er

hatte gedacht, daß dies vielleicht – sogar wahrscheinlich – gute ärztliche Praxis war, aber zugleich den Schluß zuließ, daß es etwas gab, das Cynthia Unbehagen bereiten würde, wenn sie ihren Eltern davon erzählte. Er war natürlich neugierig, was das sein könnte.

Savarese fand noch etwas anderes merkwürdig. Der junge Mann, mit dem sich Cynthia oft getroffen hatte – sein Name war Ronald Ketcham, und Savarese wußte über ihn nur, daß er weder Italiener noch Katholik war –, war nicht mehr gesehen worden, seit Cynthias psychische Probleme angefangen hatten.

»Sag Paulo, er soll den Cop im Ruhestand an die Arbeit schicken«, befahl Mr. Savarese.

Paulo Cassandro, Pietros älterer und sogar noch größerer Bruder, war der Präsident von Classic Livery Inc., bei der Mr. Savarese die Mehrheitsbeteiligung hatte – wenn auch nicht in den Büchern.

»Jawohl, Mr. S.«, sagte Pietro Cassandro. »Was soll ich mit dem Cognac machen?«

»Schick ihn zum Restaurant zurück«, sagte Mr. Savarese und meinte damit das Ristorante Alfredo, eines von Philadelphias nobelsten Etablissement, an dem er ebenfalls die Mehrheitsbeteiligung hatte – wenn auch nicht in den Büchern.

»Jawohl, Mr. S. Das werde ich auf dem Nachhauseweg tun.«

Mr. Savarese besann sich anders.

»Halte zwei Flaschen zurück«, sagte er. »Nein. Drei Flaschen. Liefer sie bei Giacomos Büro ab.«

»Kapiert, Mr. S.«

Mr. Savarese sah aus, als überlege er angestrengt, was sonst noch getan werden mußte, doch er fand nichts.

Er ging zum Steinway-Flügel, nahm das Taschentuch vom Geigenkasten und klemmte es unter seinen Kragen. Dann öffnete er den Geigenkasten, nahm den Bogen heraus, prüfte die Spannung, nahm die Violine aus dem Kasten, ging zum Kassettenrecorder und schaltete ihn ein.

Dann klemmte er die Strenelli unters Kinn, hob den Bogen an die Saiten und spielte mit der Philharmonica Slavonia Max Bruchs Violinkonzert in G-moll, Opus 26.

Während der Einweisung, die Detective Matt Payne vom Piladelphia Police Department und dem Federal Bureau of Investigation erhielt, um ihn auf seine Rolle bei der Festnahme der flüchtigen Bryan C. Chenowith, Jennifer Ollwood, Edgar L. Cole und Eloise Anne Fitzgerald (dem FBI als die ›Chenowith-Gruppe‹ bekannt) hatte Matt eine Reihe von Gedanken, die sowohl das FBI ärgern oder bestürzen würden (vermutlich beides) als auch seine Kollegen beim Philadelphia Police Department.

Der erste dieser Gedanken war die Erkenntnis, daß Sir Walter Schott haargenau recht gehabt hatte, als er gedichtet hatte: ›Oh, welch ein verworrenes Gespinst wir weben, wenn wir uns an die Umsetzung des Betrugs begeben!‹

Chief Inspector Coughlin, Inspector Wohl, Staff Inspector Weisbach und Sergeant Jason Washington waren dafür verantwortlich, daß sich Payne an diese klugen Worte erinnerte.

Sie hatten fast eine Stunde von 8 Uhr 15 an in Denny Coughlins Büro im Präsidium über eine Tarnungsgeschichte beratschlagt, die Matt in Harrisburg benutzen würde. Detective Payne war anwesend gewesen, aber es war ihm sofort klargeworden, daß seine Teilnahme nicht erwünscht war.

Die drei ranghöheren Polizisten beschlossen, daß Mitgliedern der Ermittlungsabteilung der Special Operations Division erzählt werden würde, Matt würde in Harrisburg versuchen, verdächtige finanzielle Aktivitäten von Mitgliedern der fünften Abteilung des Rauschgiftdezernats herauszufinden. Besonders aufmerksam gemacht werden sollte Officer Timothy J. Calhoun, der Verwandte in Harrisburg und Camp Hill hatte.

Nur diejenigen, die ein Recht auf Information hatten, sollten eingeweiht werden, daß Matt ebenfalls während seines Aufenthalts in Harrisburg mit dem FBI ›zusammenarbeiten‹ sollte, das gegen die Chenowith-Gruppe ermittelte. Weisbach entschied, daß diejenigen ein Recht auf Information hatten, die anwesend waren – plus Sergeant Sandow.

Die Nachrichtenabteilung der Polizei von Philadelphia wurde eingeweiht über Matts Rolle gegenüber dem FBI, jedoch *nicht* in die Tatsache, daß er in Harrisburg gegen die fünfte Abteilung des Rauschgiftdezernats ermittelte. Der Nachrichtenabteilung wurde eine zweite Tarnungsgeschichte erzählt, um zu verhindern, daß die fünfte Abteilung durch mögliche undichte Stellen aufmerksam wurde. Bei dieser Geschichte suchte Matt nach möglichen Verbindungen zwischen dem Prostitutionsgewerbe in Philadelphia und Harrisburg.

Chief Coughlin fand, daß diese zweite Geschichte zur Tarnung eine gewisse Glaubwürdigkeit hatte, denn Lieutenant Seymour Meyer vom Sittendezernat Mitte war vom Dienst suspendiert worden und wartete gegenwärtig auf seinen Prozeß, weil er der Madame eines Callgirlrings seinen Schutz verkauft hatte.

Seinem Ersatz und dem neuen Leiter des Sittendezernats Mitte (Inspector Gregory F. Sawyer junior, der frühere Leiter war zur Zeit von Meyers Festnahme abgelöst worden) würde erzählt werden, die Ermittlungen der Special Operations Division in dem Prostitutionsfall seien noch nicht abgeschlossen, und Detective Payne sei in Harrisburg, um daran zu arbeiten.

Chief Coughlin war ebenfalls überzeugt, und die Inspectors Wohl und Weisbach stimmten ihm zu, daß wegen der engen Arbeitsbeziehung zwischen dem Rauschgift- und Sittendezernat die fünfte Abteilung des Rauschgiftdezernats schnell von Matts Aufgabe in Harrisburg, bei seinen Ermittlungen die letzten Nägel für Lieutenant Meyers Sarg zu suchen, erfahren würde.

Diese zweite Geschichte zur Tarnung sollte Mr. Walter Davis vom Polizeichef in Harrisburg – den er als alten Freund bezeichnet hatte, der ihm einige Gefallen schuldete – verbreiten lassen. Dem Polizeichef von Harrisburg sollte vertraulich mitgeteilt werden, daß Detective Paynes Ermittlung mit der Chenowith-Gruppe zu tun hatte, jedoch *nicht,* daß er sich mit finanziellen Angelegenheiten gewisser Mitglieder der fünften Abteilung beschäftigte.

Dies bedeutete, wie Matt erkannte, daß Chief Coughlin es vorziehen würde, wenn weder das FBI noch die Polizei von Harrisburg wußte, welche besonders faulen Äpfel Matt im Korb der Polizei von Philadelphia suchte.

Die Einsatzbesprechung des FBI über die Chenowith-Gruppe begann um 9 Uhr 45 im Konferenzraum des FBI-Büros in Philadelphia. Anwesend waren Chief Coughlin, Inspector Wohl und die Detectives Payne und Wilfred G. ›Pipi Willi‹ Malone, ein Zweimetermann, der im Nachrichtendienst der Polizei von Philadelphia arbeitete. Das FBI wurde von SAC Walter Davis repräsentiert; von ASAC (Verwaltung) Glenn Williamson; von ASAC (Kriminalabteilung) Frank F. Young; und von den FBI-Special Agents Raymond Leibowitz und Howard C. Jernigan von der Anti-Terroristen-Gruppe und Special Agent John D. Matthews vom FBI-Büro Philadelphia.

Jeder Teilnehmer der Besprechung saß auf bequemen Polsterstühlen um einen langen, glänzenden Konferenztisch. Vor jedem Anwesenden waren ein linierter Notizblock, vier angespitzte Bleistifte, ein Kaffeebecher, ein Glas Wasser und ein Aschenbecher arrangiert. Zwei Thermosflaschen mit Wasser und zwei mit Kaffee, Zuckerdosen und Milchkännchen standen in der Mitte des Tisches. Auf einem Regal an der Wand waren ein Diaprojektor und ein Projektor für Sechzehn-Millimeter-Filme installiert. Auf der gegenüberliegenden Seite des Konferenzraums stand ein Rednerpult, komplett mit Mikrofon und – wie Matt annahm – Bedienungsknöpfen für das Licht und die Projektoren. Eine ausgerollte Leinwand war an der Wand hinter dem Rednerpult befestigt.

Dies veranlaßte Matt zuerst zu dem Gedanken: *Das ist wesentlich nobler als in Czernicks Konferenzraum im Rund-*

haus. Und als nächstes dachte er: *Was soll's, sie verjubeln die Steuergelder des Bundes, warum also nicht?*

SAC Walter Davis trat ans Rednerpult, dankte jedem für das Kommen und übergab die Konferenzleitung an ASAC Frank Young, einen rothaarigen, blassen Mann Anfang Vierzig, der auf der Grenze zwischen muskulös und korpulent war.

Young ging zum Rednerpult, dankte jedem für das Kommen und fragte, ob jeder mit jedem bekannt war. Jeder kannte die anderen außer Pipi Willy Malone und Jack Matthews und Detective Payne und ASAC Williamson, die sich über den Konferenztisch neigten und Hände schüttelten.

»SAC Davis hat Special Agent Matthews beauftragt, während dieser Aktion zu Detective Payne Verbindung zu halten«, erklärte Young. »Vorausgesetzt, Sie sind damit einverstanden, Chief Coughlin?«

»Gewiß«, sagte Coughlin.

Er hält ›Verbindung‹ zu mir? Was, zum Teufel soll das heißen? dachte Detective Payne.

»Ich halte es für das beste, Ihnen gleich zu Beginn einen Film zu zeigen, den wir zusammengestellt haben, um zu zeigen, warum wir nach der Chenowith-Gruppe fahnden.«

Die Beleuchtung im Konferenzraum wurde gedämpft, und der Filmprojektor ging an.

Das Emblem des US-Justizministeriums erschien auf der Leinwand, dann das Abzeichen des FBI und die Ankündigung, daß dieser Film ›nur für offizielle Benutzung‹ freigegeben war und keinen unberechtigten Personen gezeigt werden durfte.

»Das biologische Forschungsgebäude der medizinischen Fakultät der University of Pittsburgh«, kündigte eine Stimme an.

Auf dem Bildschirm waren Fotos eines dreigeschossigen Backsteingebäudes im Kolonialstil zu sehen, die offensichtlich während verschiedener Jahreszeiten aufgenommen worden waren.

»Am ersten April um fünf Uhr fünfundzwanzig«, sagte der Sprecher ohne Emotion, »fand eine Explosion statt, die große Schäden an dem Gebäude und den Tod von elf Personen verursachte. Über fünfzig andere Personen wurden verletzt, einige davon schwer. Die Zahl der Todesopfer schließt sowohl den sofortigen als auch späteren Tod von Schwerverletzten ein.«

Jetzt war auf der Leinwand das Gebäude unmittelbar nach der Explosion zu sehen.

Sieht aus, als hätten sie das aus Filmmaterial der Fernsehnachrichten herausgeschnitten, dachte Matt.

Feuerwehrrohre spuckten ihren Strahl auf die rauchenden Trümmer, und Feuerwehrleute und Polizisten wurden beim Betreten und Verlassen des Gebäudes gezeigt. Sanitätsmannschaften behandelten und transportierten Verletzte, von denen einige schlimm aussahen.

Mein Gott, so ein Bildmaterial war nicht in den Nachrichten zu sehen! dachte Matt.

Der Film – jetzt nicht in Sendequalität für das Fernsehen und mit einigen Standbildern, die vermutlich von der Polizei aufgenommen worden waren – zeigte einige der Opfer, die auf der Stelle tot gewesen waren, und den Fundort der Leichen.

»Heilige Mutter Gottes!« sagte jemand, und nach ein paar Sekunden erkannte Matt Denny Coughlins Stimme.

Der Ausruf war verständlich. Leichen ohne Beine und von Tonnen Stahl und Beton zerschmetterte Köpfe sind kein schöner Anblick.

»Ermittlung des FBI und örtlicher Behörden«, sagte der Sprecher leidenschaftslos, als auf der Leinwand das Innere des Gebäudes zu einem späteren Zeitpunkt zu sehen war, »deuten darauf hin, daß es sich bei dem Sprengstoff um Composition C-4 und Primacord handelt. Composition C-4 ist nicht auf dem zivilen Markt erhältlich, und chemische Analysen haben ergeben, daß das benutzte Primacord identisch mit demjenigen ist, das für die Streitkräfte beschafft wird.

Dies läßt darauf schließen, daß der benutzte Sprengstoff aus U.S. Militärbeständen gestohlen wurde, höchstwahrscheinlich aus dem Sprengstoffdepot der 173. Pionierkompanie der Pennsylvania Army National Guard, die in der Indiantown Gap Military Reservation bei Harrisburg, Pennsylvania, stationiert ist.

Dieses Depot wurde am 13. Februar mit Waffengewalt beraubt. Die Beute der Räuber bestand aus dreihundert Pfund Composition C-4; fünfzig Pfund Primacord; achtundvierzig elektronischen Zündern und fünfundzwanzig Zeitzündern; sechs U.S.-Karabinern, Kaliber .30 M2 – M2 ist die vollautomatische Version des Karabiners – sechs Pistolen Modell 1911 A 1, Kaliber .45; und einer beträchtlichen Menge Munition dieser Kaliber.

Bei den Räubern handelte es sich um zwei weiße männliche Personen und wenigstens eine weiße weibliche Person, die einen Ford-Lieferwagen fuhr, der später als gestohlen gemeldet wurde. Die Räuber waren mit Skimasken maskiert, aber während des Raubs konnte der zivile Wächter, der gefesselt und geknebelt wurde, einen der Räuber erkennen, bevor ihm die Augen verbunden wurden. Der Räuber hatte seine Skimaske vom Gesicht gezogen. Es handelt sich um Bryan C. Chenowith, sechsundzwanzig, weiß, männlich, einsachtundsiebzig, achtzig Kilo, hellbraunes Haar, haselnußbraune Augen, keine besonderen Merkmale.«

Ein Kopfbild von Bryan C. Chenowith erschien auf der Leinwand.

»Zum Zeitpunkt des Raubüberfalls in Indiantown Gap war Mr. Chenowith auf der Flucht vor dem Gesetz, um sich einer Verurteilung im Zusammenhang des Diebstahls eines Lastwagens im zwischenstaatlichen Handel zu entziehen. Der Lastwagen enthielt Orang-Utans, die vom Kennedy International Airport, New York, zur medizinischen Fakultät der University of Pittsburgh transportiert wurden. Die Tiere wurden in der Nähe von Allentown, Pennsylvania, aus ihren Käfigen befreit.

Mr. Chenowith war zu diesem Zeitpunkt Student der medizinischen Fakultät der University of Pittsburgh.

Während seiner Studienzeit war Mr. Chenowith aktives Mitglied bei den Aktionen ›Gerechtigkeit für Tiere‹ und ›Stoppt das Schlachten‹.«

Ein anderes Standfoto von Chenowith erschien auf der Leinwand. Es zeigte ihn mit einem Schild, auf dem ein Orang-Utan zu sehen war, der an ein Kreuz gefesselt war.

»Mr. Chenowith und zwei seiner bekannten Komplizen, Jennifer Downs Ollwood, weiß, weiblich, fünfundzwanzig, einssechzig, fünfundsechzig Kilo, schwarzes Haar, braune Augen, keine besonderen Merkmale, und Edgar Leonard Cole, weiß, männlich, fünfundzwanzig, einsachtundsechzig, fünfundachtzig Kilo, dunkelblondes Haar, acht Zentimeter lange Narbe auf dem linken Unterschenkel, wurden eindeutig identifiziert als die Personen, die sich am Tag vor der Explosion und am Tag der Sprengung in der Nähe des Forschungsgebäudes aufgehalten haben.«

Einige Standfotos von Jennifer Ollwood und dann Edgar Cole waren auf der Leinwand zu sehen, während der Sprecher Einzelheiten über sie mitteilte.

Jennifer Ollwood war eine ziemlich hübsche junge Frau, die ihr schwarzes Haar als Ponyfrisur trug. Auf einem Foto hatte sie eine mit Fransen besetzte Lederjacke an. Auf einem anderen hielt sie ein Schild mit der Aufschrift ›Stoppt das Schlachten!‹ und auf einem dritten eines mit dem Slogan ›Rettet die Tiere‹!

»Miss Ollwood«, sagte der Sprecher, »war zum Zeitpunkt des Bombenanschlags Studentin der University of Pittsburgh. Zuvor hat sie das Bennington College besucht, von dem sie wegen ihrer Teilnahme an Aktivitäten der Tierversuchsgegner und einer Festnahme wegen Beleidigung eines Polizeibeamten auf dem Campus verwiesen wurde. Sie war aktives Mitglied der Tierschutzbewegung an der University of Pittsburgh.«

Edgar Cole hatte so schlimme Akne, daß sie unter seinem dürftigen Bart zu sehen war.

»Mr. Cole ist ebenfalls ein ehemaliger Student der University of Pittsburgh, der an Aktivitäten von Tierschutz-

Aktivisten teilnahm. Zur Zeit des Raubüberfalls von Indiantown Gap wurde er ebenfalls gesucht, weil er sich durch Flucht einer Verurteilung in Zusammenhang mit dem Überfall auf den Lastwagen und einer Anklage der Polizei von Bethlehem, Pennsylvania, wegen des Besitzes und des Vorsatzes der Verteilung von über einem Pfund Marihuana entziehen wollte.«

»Ein bemerkenswertes Trio amerikanischer Jugend«, sagte Wohl sarkastisch. »Ihre Freundin, Matt, hat interessanten Umgang.«

»Am dritten April 1968«, fuhr der Sprecher fort, »führte die Polizei von Pittsburgh eine Razzia in Räumlichkeiten durch, die von Mr. Chenowith, Miss Ollwood und Miss Eloise Ann Fitzgerald – weiß, weiblich, vierundzwanzig, einszweiundsechzig, fünfundfünfzig Kilo, hellrotes Haar, blasser Teint, grüne Augen, keine besonderen Merkmale – in der West Hendricks Street 1101 in Pittsburgh bewohnt wurden.«

Ein Foto von Eloise Anne Fitzgerald erschien auf der Leinwand. Es zeigte eine ernst blickende Brillenträgerin mit kurzgeschnittenem rotem Haar. Matt fand, daß sie so wenig bedrohlich aussah wie die Assistentin einer Bibliothekarin.

»Dieses Foto von Miss Fitzgerald«, fuhr der Sprecher fort, »wurde vom Verleger des Jahrbuchs des Bennington College erworben und zeigt Miss Fitzgerald als College-Studentin. Sie wurde zum gleichen Zeitpunkt wie Miss Ollwood und ungefähr wegen der gleichen Gründe von Bennington verwiesen, obwohl es nirgendwo eine Akte über sie wegen irgendwelcher Straftaten gibt. Später schrieb sie sich bei der University of Pittsburgh ein, um einen akademischen Grad in Sozialarbeit zu erlangen. Sie war dort aktiv in der Tierschutz-Bewegung.«

Als nächstes waren auf der Leinwand eine Außenaufnahme von dem Haus – ein großer, heruntergekommener Bau aus der viktorianischen Zeit – und dann zwei Innenräume zu sehen.

»Die Bewohner hatten die Räumlichkeiten vor kurzem

und offenbar in aller Eile verlassen und, versteckt im Wasserbehälter der Toilettenspülung, fünf Pfund Composition C-4, anderthalb Pfund Primacord, drei elektronische Zünder, zwei M2-Karabiner und einige Patronengurte mit Karabiner-Munition zurückgelassen.

Anhand der Seriennummern wurde schnell festgestellt, daß die Waffen zu den geraubten bei dem Raubüberfall in Indiantown Gap zählen. Die Aufschrift des C-4-Sprengstoffs ergab, daß er aus derselben Fabriklieferung stammt wie der C-4, der in Indiantown Gap geraubt wurde; Laboranalysen des Primacord ergaben, daß es aus derselben Fabrik stammt wie das in Indiantown Gap geraubte. Und andere Untersuchungen ergaben, daß die Zünder identisch in Typ und Alter derjenigen sind, die aus dem Depot der National Guard geraubt wurden.«

Auf der Leinwand waren wieder Aufnahmen der spärlich eingerichteten Wohnung im alten Haus in der West Hendricks Street zu sehen.

»Zusätzlich zu den Aussagen anderer Bewohner des Gebäudes West Hendricks Street 1101, daß Mr. Cole ein ständiger Besucher des Hauses war, wird das durch Fingerabdrücke und persönliche Besitzstücke bestätigt.

Am 16. April 1968 beschloß die Anklagejury des Allegheny County die Eröffnung des Hauptverfahrens gegen Mr. Chenowith, Mr. Cole, Miss Ollwood und Miss Fitzgerald, denen zur Last gelegt wird, den Tod von elf Personen durch Sprengstoff verursacht zu haben.«

Auf der Leinwand erschienen jetzt in schneller Folge Fotos – hauptsächlich Schnappschüsse, eine Standardaufnahme von einer High-School-Abschlußfeier und zwei Polizeifotos, die im Autopsieraum aufgenommen worden waren – der elf Personen, die durch die von der Chenowith-Gruppe durchgeführte Explosion auf dem Campus der University of Pittsburgh ums Leben gekommen waren.

»Mr. Chenowith' und Mr. Coles grenzüberschreitende Delikte führten zur Einschaltung des FBI, und nachdem Miss Fitzgerald und Miss Ollwood als Studentinnen des

Bennington College, Vermont, identifiziert waren, wurden nach ihrer Verurteilung in Pennsylvania Verurteilungen des Bundes angestrebt und erzielt, wodurch sich beide weiblichen Personen der Flucht schuldig gemacht haben, um einer Anklage zu entgehen.

Wegen der Art der mutmaßlichen Straftaten ist die Leitung der Ermittlungen gegen die Täter, die allgemein als Chenowith-Gruppe bezeichnet werden, der Anti-Terroristen-Gruppe des FBI-Hauptquartiers übertragen worden.

Die gesuchten Flüchtigen sind bewaffnet und sollten als äußerst gefährlich betrachtet werden.«

Plötzlich wurde die Leinwand weiß, und die Beleuchtung des Konferenzraums ging an.

»Nette Freunde haben Sie, Payne«, sagte Pipi Willy Malone.

»Ich finde, das sollten wir uns merken, Detective Malone«, sagte SAC Davis.

»Wie bitte?« fragte Malone.

»Wenn ich einen Grund nennen muß, warum das FBI bis jetzt nicht in der Lage war, diese Flüchtigen, die sogenannte Chenowith-Gruppe, festzunehmen, dann sage ich, daß die Leute ›nett‹ sind. Sie alle stammen aus einem Milieu der oberen Mittelklasse – im Fall der Ollwood sogar aus der Oberklasse. Sie sind nicht nur hochintelligent, sondern sie können sich relativ weltgewandt von einer sozioökonomischen Umgebung zur anderen bewegen. Wir wissen wirklich nicht, wo wir zu einer bestimmten Zeit nach ihnen suchen sollen.«

»Okay«, sagte Pipi Willy, nachdem er darüber nachgedacht hatte.

»Sollen wir weitermachen, Sir?« fragte Williamson.

»Ja, bitte«, sagte Davis.

Special Agent Leibowitz erhob sich am Tisch und nahm Williamsons Platz am Rednerpult ein.

Die Beleuchtung ging wieder aus, und der Diaprojektor projizierte ein Farbdia an die Leinwand. Matt erkannte den Campus des Bennington College im Frühjahr.

»Wir fragten uns, warum Miss Ollwood und Miss Fitzgerald das Bennington College besucht haben, das weit von Pittsburgh in Vermont entfernt ist«, begann Leibowitz. »Ich meine, beide flogen vom College, und es gab noch einen lokalen Haftbefehl gegen die Ollwood wegen Beleidigung des Cops auf dem Campus. Warum also die Rückkehr? Es sei denn, natürlich, sie hatten einen guten Grund. Wir haben ihn gefunden. Da ist ein kleines weißes Quadrat um das Gesicht einer Blondine auf den nächsten paar Dias. Schauen Sie genau hin.«

Der Diaprojektor klickte, und eine Schwarzweißaufnahme von einer Gruppe junger Frauen, die auf der breiten Treppe vor einem großen Backsteingebäude saß, erschien auf der Leinwand. Die Gesichter von Miss Ollwood und Miss Fitzgerald waren eingekreist. Matt sah ein weißes Quadrat um das Gesicht von Susan Reynolds. Und er erkannte zwei andere Gesichter auf dem Foto.

»Ich kenne ein paar andere Gesichter auf diesem Foto ›, sagte Matt. »Ist das wichtig?«

Das Foto wurde durch einen anderen Schnappschuß ersetzt.

»Das könnte sein«, sagte Davis. »Wen erkennen Sie?«

Leibowitz schaffte es mit einiger Mühe, das vorherige Gruppenbild auf die Leinwand zu bringen.

»Die Blonde, die zweite von links in der zweiten Reihe, ist die ehemalige Daphne Elizabeth Browne«, sagte Matt. »Jetzt Mrs. Chadwick Thomas Nesbitt vier.«

»Interessant«, sagte Davis. »Die Gastgeberin der Party, richtig? Darauf hätten wir kommen sollen.«

»Ich bezweifle, daß Daffy der Typ ist, der Dinge in die Luft sprengt und/oder flüchtigen Verbrechern hilft«, sagte Matt.

»Nehmen Sie mich beim Wort, Detective«, sagte Jernigan. »Die Annahme, daß ›nette‹ Leute nicht in ziemlich häßliche Dinge verwickelt sein können, ist dumm.«

»Das meinte ich, als ich bei Detective Malone erwähnte, daß ›nett‹ etwas ist, das wir uns alle merken sollten«, sagte Davis.

Matt schwieg.

»Sie sagten, Sie kennen ein paar der Gesichter?« fuhr Davis fort.

»Neben Daffy sitzt Penelope Alice Detweiler«, sagte Matt, und ich *weiß*, daß sie keinen flüchtigen Verbrechern hilft.«

»Woher wissen Sie das?« fragte Jernigan kampflustig.

»Sie ist tot«, sagte Matt.

»Penny Detweiler starb an einer Überdosis Rauschgift«, sagte Chief Coughlin.

»Aha. Nun, das würde meine Bemerkung über die Bezeichnung ›nett‹ bekräftigen, nicht wahr?«

Die Gruppenaufnahme verschwand von der Leinwand und wurde durch Fotos anderer Studentinnen von Bennington ersetzt. Auf jedem Foto war Susan Reynolds' Gesicht mit einem weißen Quadrat umgeben und das jeweilige Gesicht von Eloise Anne Fitzgerald oder Jennifer Olwood (oder bei einigen Fotos beide) eingekreist.

»Die Blondine ist Miss Susan Reynolds aus Camp Hill, Pennsylvania, weiß, weiblich, jetzt sechsundzwanzig, einssiebzig, fünfundsechzig Kilo, blond, blasser Teint, blaue Augen, Narben an der Innenseite ihres Oberschenkels, entstanden durch die Verletzung durch einen Pfeil beim Bogenschießen, als sie als Sechzehnjährige in einem Sommerlager gewesen war.«

Gelächter am Konferenztisch.

Jemand – Matt konnte nicht mit Sicherheit sagen, wer, aber es klang nach Jack Matthews – fragte ungläubig: »Beim *Bogenschießen?* Wußte ein Mädchen nicht, daß der Bogen geladen war?«

Weiteres Gelächter.

Ein anderes Foto von Susan erschien, eine jüngere Aufnahme. Darauf trug sie ein Kleid.

»Diese Aufnahme wurde ungefähr vor drei Monaten vor dem Sozialamt in Harrisburg gemacht, wo Miss Reynolds in der Revisionsabteilung arbeitet« sagte Leibowitz. »Sie wohnt bei ihren Eltern in Camp Hill und fährt einen roten Porsche 911 – den sie offenbar nicht mit ihrem Gehalt als Sozialarbeiterin bezahlt hat –, mit dem sie häufig an

Wochenenden zum Sommerhaus der Familie in den Pocono Mountains fährt.

Als wir darauf aufmerksam wurden, erbaten wir Unterstützung von den örtlichen Behörden und erhielten sie.«

»Welche ›örtlichen Behörden‹?« fragte Chief Coughlin.

»Der County Sheriff, Chief«, sagte Leibowitz. »Wir schenkten ihm eine Kamera mit Dreibein und ein Teleobjektiv ...«

»Sie schenkten ihm eine Kamera?« fragte Peter Wohl.

»Darüber habe ich mich auch erkundigt, Peter, sagte Walter Davis. »Agent Leibowitz sagte mir, die Kosten lohnen sich. Ich nehme an, eine gute Kamera wie diese ist fünfhundert Dollar wert ...«

»In diesem Fall hat uns die Kamera mit Zubehör vierhundertzwölf Dollar fünfzig gekostet«, sagte Leibowitz.

»Wie haben Sie die auf die Geschenkeliste bekommen?« fragte Wohl.

»Jedesmal wenn man Örtlichkeiten wie das Sommerhaus der Reynolds unter zumindest teilweise Überwachung stellt, spart man dem FBI die Personalkosten für die eigene Überwachung.«

»Clever«, sagte Wohl anerkennend.

»Und es hat auch eine gewisse Reklamewirkung, Peter«, sagte Davis. »Die Behörden, die vom FBI eine Kamera bekommen, betrachten uns als Freunde. Sie werden es kaum glauben, aber nicht alle Polizeibeamten lieben uns.«

»Andererseits, Walter, mögen einige meiner Beamten FBI-Agenten so sehr, daß sie ihnen auf völlig kostenlosen Besichtigungsfahrten die Stadt zeigen.«

»Nachdem sich mein Zorn etwas abgekühlt hat, muß ich zugeben, daß es recht lustig war«, sagte Leibowitz. »Aber lassen Sie mich zeigen, was wir für vierhundertzwölf Dollar fünfzig gekauft haben.«

Ein etwas körniges Foto einer Ford-Limousine erschien auf der Leinwand.

»Wir haben das Kennzeichen überprüft. Das *Kennzei-*

chen war gestohlen, nicht der Wagen. Es wurde in jüngster Zeit in einem Gebiet von vier Staaten kein Ford dieses Typs als gestohlen gemeldet.«

»Sie haben die Nummernschilder vertauscht«, dachte Denny Coghlin laut.

»Das halten wir für möglich. Und es gibt einfach zu viele zwei Jahre alte Fords, um jeden einzelnen zu überprüfen. Das wären zu große Kosten.«

»Ja«, stimmte Wohl zu.

»Dies ist, falls jemand es nicht errät, das Landhaus der Reynolds'«, sagte Leibowitz. »Und dieser Gentleman ist Mr. Bryan C. Chenowith«, fügte er hinzu, als das Bild eines jungen Mannes in Sportkleidung und mit Hornbrille, der aus dem Ford ausstieg, zu sehen war.

»Bingo!« sagte Chief Coughlin.

»Bei diesem Anlaß«, sagte Leibowitz, »wurde Mr. Chenowith von Miss Ollwood begleitet.«

Matt sah jetzt auf der Leinwand Jennifer Ollwood. Sie trug Tweedrock und Pullover, stand auf der Veranda des Landhauses der Reynolds und wurde von Susan Reynolds umarmt.

Allmächtiger! dachte Matt. *Keine Frage: Susan steckt bis zu ihrem reizenden kleinen Arsch mit diesen Wahnsinnigen unter einer Decke.*

Chief Coughlin ergriff das Wort. »Offenbar erhielten Sie diese Aufnahme nicht rechtzeitig genug, um etwas zu unternehmen? Hat der Deputy Sheriff gehandelt?«

»Wir hatten die örtlichen Behörden gebeten, die Verdächtigen ausfindig zu machen und zu identifizieren«, erklärte Leibowitz. »Sie sollten sie *nicht* festnehmen. Wir wollen die Chenowith-Gruppe unversehrt festnehmen, ohne daß ein Schuß fällt. Das letzte, das wir wollen, wäre der Tod von einem Mitglied, wodurch es zum Märtyrer werden würde. Ganz schlimm wäre es, wenn ein weibliches Mitglied ums Leben käme und als Märtyrerin hochgejubelt werden könnte.«

»Aber haben diese Fotos nicht für eine Festnahme von Susan Reynolds ausgereicht?« fragte Dennis Coughlin.

»Zu einer Anklage wegen Beihilfe? Dann hätte man sie unter Druck setzen können.«

»Ich bin davon überzeugt, daß die US-Staatsanwaltschaft sie anklagen wird, *nachdem* wir die Chenowith-Gruppe geschnappt haben, Chief«, sagte Leibowitz. »Aber das Wichtige ist die Festnahme der Chenowith-Gruppe.«

»Ich verstehe«, sagte Coughlin.

»Als wir diese Aufnahmen hatten und Chenowith und die Ollwood identifiziert werden konnten, überwachten wir natürlich das Landhaus«, sagte Leibowitz. »Aber wie nicht anders zu erwarten, ließen sie sich in den Poconos nicht mehr blicken.«

»Sie haben entdeckt, daß sie observiert wurden?« fragte Peter Wohl.

»Das ist natürlich möglich«, erwiderte Leibowitz. »Wir halten es aber ebenfalls für denkbar, daß sie sich einfach dort nicht mehr sicher fühlten, weil sie diesen Treffpunkt zu oft benutzt hatten. Aus welchem Grund auch immer, sie kehrten nie mehr zum Landhaus der Reynolds' zurück.«

»Was ist der Zweck der Treffen?« fragte Matt.

»Darauf wollte ich kommen«, sagte Leibowitz. »Wir nehmen an, es geht um Geld. Wir glauben, seit nach der Chenowith-Gruppe gefahndet wird, war sie an mindestens vier Banküberfällen beteiligt. Wir haben durch Überwachungskameras den Beweis, daß Chenowith und die Ollwood bei zwei Banküberfällen beteiligt waren. Insgesamt betrug die Beute rund hundertvierzigtausend Dollar. Einer der Banküberfälle fand erst vor kurzem statt.«

Das Licht ging aus, und einige Fotos von Überwachungskameras zeigten eine Frau mit Kopftuch, Regenmantel und großen Ohrringen auf der Leinwand.

»Das ist die Ollwood?«, fragte Detective Pipi Malone zweifelnd.

Leibowitz lachte. »Das ist Mr. Chenowith«, sagte er.

»Mein Gott, die sehr häßliche weiße Frau mit behaarten Beinen«, sagte Wohl und lachte. »Die Girard-Bank in – wo war das?«

»Bucks County. Riegelsville«, half Leibowitz aus.

»Ich verstehe nicht, was daran lustig sein soll«, sagte Chief Coughlin.

»Mickey O'Hara schrieb eine köstliche Story darüber«, sagte Matt. »Ein Bankkassierer bezeichnete den Gangster als sehr häßliche weiße Frau mit behaarten Beinen.«

»Es war keine Frau, sondern Chenowith?« fragte Coughlin.

»Das Labor stellte interessante Vergleiche an, verglich die Nase, die Hände, Ohren und so weiter von der Frau mit Chenowith' Merkmalen. Das ist er, Chief.«

Diese Neuigkeit schien Coughlin zu mißfallen. »Sie werden auch wegen Bankraubs gesucht?« fragte er.

»In gewissem Sinne ja, Chief«, erwiderte Leibowitz. »Wir haben noch keinen davon wegen Bankraubs angeklagt. Wir wollen nicht, daß sie erfahren, daß wir über ihre Beteiligung daran Bescheid wissen. Wir denken – und das ist auch die Meinung des Justizministeriums –, daß sie nach einer Festnahme schnell vom Bundesgericht verurteilt werden, wobei das Bildmaterial der Überwachungskameras als Beweis benutzt wird. Es gibt wenig Sympathie mit Bankräubern, und die Beweise für die zwei Banküberfälle, die mit Überwachungskameras aufgenommen wurden, gelten *nicht* als Indizienbeweise. Ihr Verteidiger kann sich nicht darüber empören, daß Tiere für medizinische Forschung benutzt werden et cetera et cetera. Und wenn sie erst verurteilt sind, können sie wegen des Bombenanschlags auf die University of Pittsburgh angeklagt werden.«

»Öffentlichkeitsarbeit, wie?« sagte Coughlin angewidert.

»Leider muß das bedacht werden«, sagte Davis.

»Nun, wir gehen davon aus, daß *sie* annehmen, wir wissen vielleicht nichts über ihre Beteiligung bei den Banküberfällen, weil wir sie nicht deswegen suchen. Wenn wir folglich Glück haben und sie verhaften können, wollen sie nicht im Besitz einer großen Geldsumme sein, woraus selbst das nicht so helle FBI schließen könnte, daß sie aus ungeklärten Banküberfällen stammt.«

»Sie meinen, Susan Reynolds bewahrt die Beute aus den Banküberfällen für sie auf?« fragte Matt.

»Ja«, sagte Leibowitz. »Und verteilt das Geld, wie es gebraucht wird, um ihre Ausgaben zu bezahlen. Eine Flucht vor dem Gesetz ist sehr teuer.«

»Ich könnte mir denken, daß sie ihnen Geld beschafft«, sagte Matt. »Nicht, daß es andersherum läuft.«

»In gewissem Sinne tut sie das, Payne«, sagte Davis. »Aber ich verstehe, was Sie meinen.«

»Und selbst wenn Sie einen Durchsuchungsbefehl bekommen«, sagte Wohl, »wo würden Sie suchen?«

»Genau, Inspector«, sagte Leibowitz. »Wenn wir eher auf die Verbindung der Reynolds zu der Chenowith-Gruppe gestoßen wären, dann hätten wir vielleicht etwas tun können. Und von dem Moment an, in dem wir ihr einen Durchsuchungsbefehl präsentieren, wäre es das Ende irgendwelcher Treffen mit einem von ihnen.«

»Ja«, murmelte Wohl nachdenklich.

»Wir müssen also herausfinden, wo sich die Reynolds mit der Chenowith-Gruppe oder Chenowith persönlich trifft, und genügend Zeit für eine Festnahme haben, die nicht schiefgehen kann. Wir wollen, ich wiederhole, keine Schießerei mit irgendeiner dieser Personen, die dadurch zu Märtyrern werden könnten.«

»Wenn wir irgendeinen davon auch nur am Arm verletzen«, sagte Jernigan, »dann fährt ihr Verteidiger ihn im Rollstuhl, eingegipst und am Tropf in den Gerichtssaal – einen unschuldigen Studenten, der seine – oder noch schlimmer, eine Studentin, die ihre – schweren Verletzungen zeigt, die sie durch die amerikanische Gestapo erlitten hat.«

»So schlimm?«, fragte Coughlin.

»Wir nehmen an, daß genau das passieren wird. Wir wollen diese Leute festnehmen, ohne daß sie auch nur einen blauen Fleck bekommen«, sagte Davis. »Und so, Payne, kommen Sie ins Spiel. Machen Sie sich an die Reynolds heran; ermöglichen Sie die Festnahme.«

»Wenn ich die Reynolds anrufe«, sagte Matt, »könnte

sie mir das gleiche sagen wie auf der Party, als ich einen Annäherungsversuch machte. ›Ich habe dir schon mal gesagt, verpiß dich‹!«

»Hat sie das wirklich gesagt?«, fragte Davis.

»Sie hat gesagt ›Sie sind bestimmt ein sehr netter Kerl, aber ich bin einfach nicht interessiert‹.«

»Ich finde, es ist trotzdem einen Versuch wert.« sagte Davis. »Zwei oder drei Versuche. Sie ist unsere beste Chance, an die Chenowith-Gruppe heranzukommen.«

»Okay«, sagte Matt. »Ich werde es versuchen.«

»Wir erwarten von Ihnen nicht, sie zu einem Rendezvous auszuführen, Payne. Wir erwarten nicht einmal, daß Sie herausfinden, wo sie diese Leute trifft. Wir wollen von Ihnen nur, daß Sie uns – also Special Agent Matthews – anrufen, wenn Sie Grund zu der Annahme haben, sie könnte sich mit ihnen treffen. Dann nennen Sie uns nur ihren derzeitigen Aufenthaltsort. Von dort an übernehmen wir.«

Matt konnte sich nicht zurückhalten.

»Sie verfolgen sie, meinen Sie? Wie Sie mich verfolgt haben? Wenn Sie von ihr so schnell entdeckt werden wie von mir – und ich nehme an, sie hält nach Verfolgern Ausschau, was bei mir nicht der Fall war –, dann wird das Ganze für die Katz sein.«

Davis blickte ihn finster an. Wohl wirkte belustigt.

»Wir werden genügend Personal zur Stelle habe, Detective Payne. Das wird uns erlauben – vorausgesetzt, Sie geben uns genügend Zeit, dieses Personal einzusetzen –, die Reynolds zu überwachen, ohne entdeckt zu werden.«

»Das hoffe ich«, sagte Matt.

»Matty«, sagte Chief Coughlin, »ich hoffe, du hast gehört, was Mr. Davis und Mr. Leibowitz über die Festnahme dieser Leute gesagt haben?«

»Jawohl, Sir.«

»Sie wollen keinerlei Risiko eingehen, daß diese Leute verletzt werden oder bei ihrer Festnahme Widerstand leisten«, fuhr Coughlin fort. »Ist das klar?«

»Jawohl, Sir.«

»Betrachte das als Befehl von mir. Wenn du auf diesen Chenowith und den anderen und die beiden Frauen stoßen solltest, wenn sie am hellichten Tag über die North Broad Street spazieren, informierst du nur das FBI. Habe ich mich klar ausgedrückt?«

»Jawohl, Sir.«

Wenn ich irgend jemand von diesem Abschaum sehe, dachte Detective Payne, der noch die elf unschuldigen Leute vor Augen hatte, die bei dem Bombenanschlag ums Leben gekommen waren, *und ich kann mir einen davon – oder alle – greifen, ohne selbst in Todesgefahr zu geraten, dann werde ich das tun, und keiner wird sich jemals daran erinnern, daß ich diesen Befehl erhalten habe.*

11

Als Matt an Stockton Place 9 klingelte, wurde die Tür von einem muskulösen Mann Ende Dreißig geöffnet. Matt war überrascht, nicht so sehr über den Mann, der an Daffys Stelle oder anstelle ihrer stets wechselnden Parade von Dienstmädchen die Tür öffnete, sondern weil der Mann förmlich nach Cop roch. Diese Annahme wurde sofort bestätigt, als Matt die unverkennbare Wölbung einer Waffe in einem Schulterholster sah.

»Wer sind Sie?« platzte Matt heraus.

»Und wer sind *Sie*, Sir?« erwiderte der Mann mit übertriebener Höflichkeit, die Matt gegen den Strich ging.

»Sind Sie im Dienst?« fragte Matt.

»Wer ist das an der Tür?« rief Chad Nesbitt von oben aus der Wohnung.

»Der Gentleman wollte mir gerade seinen Namen nennen, Sir«, sagte der Mann und lächelte Matt falsch an. Das reichte, um Matt zu verraten, daß er es mit einem Ex-Cop zu tun hatte, der für einen Wachdienst arbeitete.

»Hausratversicherung, Mr. Nesbitt«, rief Matt mit erhobener Stimme. »Wir wollen unser Geld oder Ihren Fernseher.«

»Scheiße.« Chad lachte. »Lassen Sie ihn herein.«

»Jawohl, Sir«, sagte der Ex-Cop und trat zur Seite, um Matt passieren zu lassen.

»Lassen Sie ihn immer rein«, fügte Chad hinzu. »Er ist sicher. Genauer gesagt, er ist ein Cop. Verzeihung, Matt, ein *Detective.* Was vermutlich bedeutet, daß wir das Silberbesteck zählen müssen, wenn er gegangen ist.«

»Sie können raufgehen, Sir.«

»Von Wachenhut?« fragte Matt den Mann.

Die Wachenhut Security Corporation versorgte den Komplex Stockton Place mit Sicherheitspersonal, das aus ehemaligen Cops bestand.

»Nesfoods Security, Sir«, sagte der Mann.

»Sie haben einen Waffenschein und sind berechtigt, Waffen versteckt zu tragen?«

»Selbstverständlich, Sir.«

Matt stieg die Treppe hinauf.

»Ihr Name, Sir?« fragte der Sicherheitsmann, und bevor Matt etwas sagen konnte, fügte er erklärend hinzu: »Für Ihren nächsten Besuch, Sir.«

»Payne«, sagte Matt. »Matt Payne.«

»Hörte ich richtig, daß Mr. Nesbitt sagte, Sie sind Polizeibeamter, Sir?«

»Ja, das sagte er, und ja, das bin ich«, erwiderte Matt.

»Danke, Sir.«

Matt ging weiter die Treppe hinauf.

Chadwick Thomas Nesbitt IV. stand im Trainingsanzug auf dem oberen Treppenabsatz und hielt Penelope Alice Nesbitt auf den Armen.

»Ich kann kaum glauben, daß du dafür verantwortlich bist«, sagte Matt.

»Wofür?«

»Für dieses schöne Kind.« Matt neigte sich näher zu dem Baby und berührte mit der Fingerspitze die Wange.

»Fürchte dich nicht, süßes Kind, dein Patenonkel wird dich vor diesen schrecklichen Leuten schützen.«

»Leck mich am Arsch«, sagte Chad. »Was verschafft uns die Ehre deines Besuchs?«

»Ich dachte mir, ich führe dich aus und spendiere dir ein Abendessen«, sagte Matt. »Ich hatte das La Bochabella im Sinn.«

Das La Bochabella war ein nobles italienisches Restaurant in der South Front Street, nicht weit von Stockton Place entfernt.

»Was ist los? Hast du dich wieder mit Daffy gestritten?« fragte Chad mißtrauisch.

»Sie ist ebenfalls eingeladen, wenn sie mitkommen will«, sagte Matt.

Chad lachte.

»Wenn sie wohin mitkommen will?« fragte Daffy und gesellte sich zu Ihnen. Sie trug ebenfalls einen grauen Trainingsanzug.

»Er will uns ins La Bochabella ausführen«, sagte Chad.

»Was willst du wiedergutmachen?« fragte Daffy und nahm ihrem Mann das Baby ab.

»Eigentlich hatte ich gehofft, bis mein Gehaltsscheck eintrifft, würde sich dein Mann sagen, daß er mir wenigstens ein Abendessen spendieren sollte, nachdem du, Daffy, mir das bei der Mutter der Jungfrau angetan hast.«

»Susan ist vielleicht *tatsächlich* Jungfrau, du Klugscheißer«, sagte Daffy. »Also willst du mit uns ausgehen. Warum nicht? Aber erst muß ich natürlich duschen.«

»Ich kann mir nicht vorstellen, warum. Weshalb der Trainingsanzug?«

»Sie versucht ihre frühere Figur zurückzubekommen«, sagte Chad.

»Wo ist sie denn geblieben?« fragte Matt unschuldig.

»... und so haben wir einen kleinen Fitneßraum eingerichtet«, erklärte Daffy.

»Um fit zu bleiben«, sagte Chad. »Möchtest du ihn sehen?«

»Nein. Eigentlich nicht. Aber wenn du schon all die

schmutzigen Geheimnisse eures Ehelebens mit mir teilst, kannst du mir auch sagen, was es mit dem Rent-a-Cop auf sich hat.«

»Er ist kein Rent-a-Cop. Er ist von der Firma.«

»Was macht er?«

»Die alten Damen haben sich zusammengetan«, sagte Chad. »Die Omas. Sie sind zu dem Alten gegangen und haben ihm die Ohren vollgelabert.«

»Ich verstehe nicht.«

»Sie machen sich Sorgen um Pennys Sicherheit«, sagte Daffy. »Und auch um meine.«

»Ist was passiert?« fragte Matt, nun beunruhigt.

»Hast du jemals gehört ›Vorsicht ist die Mutter der Porzellankiste‹?« sagte Chad.

»Ihr seid wirklich besorgt?« fragte Matt. »Hier?«

»Daffy ist oft allein«, sagte Chad. »Allein mit dem Baby.«

»Und mit einer Kinderschwester und mindestens einem Dienstmädchen«, fügte Matt hinzu. »Ganz zu schweigen von dem Ex-Cop am Tor, der den Pöbel fernhält.«

»Und jetzt einem Sicherheitsmann von der Firma«, sagte Chad. »Okay? So haben die alten Weiber und auch ich ein besseres Gefühl, okay?«

»Ist dieser Typ rund um die Uhr hier?« erkundigte sich Matt.

»Nicht *dieser* Typ«, sagte Chad. »Er ist ein Leiter der Sicherheitsabteilung. Ein Staatspolizist von Jersey im Ruhestand. Er war mal Leibwächter beim Gouverneur. Er arrangiert, was getan werden muß. Aber ja, es wird Sicherheitspersonal rund um die Uhr hier sein.«

»Du solltest besser als die meisten Leute wissen, Matt, was in der Stadt los ist«, sagte Daffy. »Und daß die Polizei nicht immer verhindern kann, daß etwas passiert.«

»Es gibt nur eine begrenzte Menge Cops, Daffy«, sagte Matt, als müsse er seine Kollegen verteidigen. »Sie können nicht überall gleichzeitig sein.«

»Genau, was ich sage«, pflichtete Chad bei.

»Mir gefällt der Vorschlag, ins La Bochabella zu gehen«, sagte Daffy. »Turnen macht mich hungrig.«

Sie übergab das Baby ihrem Mann.

»Ich dusche erst«, verkündete sie.

»Gib mir den Balg«, sagte Matt, »und ihr könnt zusammen duschen.«

»Ja«, sagte Chad und reichte ihm das Baby. »Guter Gedanke. Einer der Vorzüge des Ehelebens. Du solltest eine Ehe versuchen, mein Freund.«

»Laß sie nicht fallen, Matt!«, sagte Daffy.

»Sie wird bei mir viel sicherer sein, Madam, als auf den Armen ihrer Mutter«, sagte Matt feierlich.

»Du führst was im Schilde, Matt«, sagte Daffy. »Ich traue dir nicht.«

»Ich habe keine Ahnung, Madam, was du mir vorwirfst.«

»Nimm dir was zu trinken«, sagte Chad. »Du weißt, wo der Schnaps ist.«

»Ja.«

Sich etwas zu trinken zu nehmen erwies sich als schwieriger, als Matt gedacht hatte. Als er zur Bar ging und dabei das Baby hielt, stellte er sofort fest, daß es nicht leicht war, mit einer Hand eine Flasche Scotch zu öffnen und Eis aus dem Kühlschrank zu nehmen.

Er ging zur Couch und legte unendlich behutsam seine Patentochter darauf, weit genug weg von der Kante, damit die Kleine nicht herunterfallen konnte.

Er war auf halbem Weg zur Bar, als Penelope Alice Nesbitt ihr Mißfallen darüber ausdrückte, einfach abgelegt zu werden. Und sie drückte das Mißfallen mit einer überraschenden Lautstärke aus.

Sie stellte sofort das Brüllen ein, als er sie wieder aufhob. Er ging mit ihr auf dem Arm zur Bar und schenkte sich mit großen Schwierigkeiten einen Scotch ein. Er schaffte es – ebenfalls unter großen Schwierigkeiten –, auch noch Eiswürfel hineinzugeben, und dann kehrte er mit Baby und Scotch zur Couch zurück und setzte sich.

Nach einer Weile legte er das Baby zwischen Rücken-

und Armlehne der Couch ab und beobachtete es, weil er damit rechnete, daß es wieder losbrüllte. Das tat sie nicht. Sie lächelte ihn an und stieß glucksende Geräusche aus.

»Hätten Penny und ich etwas wie dich zustande gebracht, Schätzchen?« fragte Matt leise und streckte den Finger zum Baby aus, um es zu streicheln. Die kleine Penelope Alice nahm den Finger in ihre Hand.

Plötzlich wurden Matts Augen feucht, und seine Kehle war auf einmal wie zugeschnürt.

»Scheiße«, sagte er und trank einen Schluck von seinem Scotch on the rocks. Der gefühlsduselige Moment ging vorbei.

Zu Matts Überraschung tauchte Daffy als erste auf, zum Ausgehen gekleidet.

»Du hättest auch eine Partnerin mitnehmen sollen«, sagte Daffy. »Dann wäre es wie in alten Zeiten.«

»Du meinst, du und Chad auf dem Rücksitz, Laute geiler Elefanten beim Paaren ausstoßend?«

»Leck mich, du weißt, was ich meine«, sagte Daffy. »Triffst du dich heutzutage oft mit Amanda?«

Er schüttelte den Kopf. »Nein.«

»Warum nicht? Sie ist wirklich ein nettes Mädchen.«

»Wir haben anscheinend nie zur selben Zeit frei«, sagte Matt.

»Ja«, murmelte Daffy und wechselte das Thema. »Nun, da wir nicht alle in deinen Wagen passen, nehmen wir besser unseren.«

»Entweder hat dieses Kind unheilbaren Dünnschiß, oder die Windeln müssen gewechselt werden«, sagte Matt.

Daffy nahm ihr Baby und verließ damit das Zimmer. Chad tauchte einen Moment später auf, ging zur Bar, schenkte sich Whiskey ein und stürzte ihn hinunter. Dann hielt er den Zeigefinger an die Lippen, um Matt zu signalisieren, daß Daffy nichts von seinem kleinen ›Aperitif‹ erfahren sollte.

Daffy kehrte zurück, und sie gingen nach unten. Von dem Sicherheitsmann war nichts zu sehen, und Matt fragte sich, wo er war.

Als sie nach draußen gingen, stand der Ex-Cop neben einer Oldsmobile-Limousine, deren Türen geöffnet waren.

Daffy und Chad stiegen hinten ein, der Ex-Cop setzte sich hinters Steuer, und Matt nahm auf dem Beifahrersitz Platz.

»Sie kennen das La Bochabella?« fragte Chad.

»Jawohl, Sir.«

»Woher habt ihr diesen Wagen?« fragte Matt, als sie fuhren. »Er ist neu, nicht wahr?«

»Ja«, sagte Chad. »Sagen Sie es ihm, Mr. Frazier.«

»Die Statistiken zeigen«, erklärte Frazier sehr ernst, »daß es weit weniger Zwischenfälle mit Oldsmobiles und Buicks gibt als mit Cadillacs und Lincolns. Daraus läßt sich schließen, daß sie bei der falschen Art Leute nicht das gleiche Interesse erregen.«

»Chad, willst du mir damit sagen, daß dein Alter seinen Rolls Royce gegen einen Olds getauscht hat? Um einen *Zwischenfall* zu vermeiden?«

»Nein.« Chad lachte. »Aber er fährt nirgendwohin darin alleine.«

»Du findest das anscheinend lustig, Matt«, sagte Daffy. »Ich nicht. *Wir* nicht.«

»Eine ehrliche Antwort, Daffy?«

»Wenn du eine geben kannst.«

»Als Cop finde ich es ein wenig peinlich, daß Chads Vater und eure Mütter und ihr das wirklich für nötig haltet.«

»Das bringt uns zurück auf ›Vorsicht ist die Mutter der Porzellankiste‹«, sagte Chad.

Matt gestand dem Maître des La Bochabella, daß er nicht reserviert hatte, und er fragte, ob das ein großes Problem sein würde.

Der Maître zog seine Reservierungsliste zu Rate, wobei

er sich viel Zeit ließ, runzelte die Stirn und schüttelte schließlich den Kopf.

Wenn dieser Hurensohn darauf wartet, daß ich ihm Geld zustecke, dann werden wir wohl die ganze Nacht hier stehen.

»Ich befürchte, Sir ...« begann der Maître.

Ein rundlicher, elegant gekleideter Mann Ende Zwanzig gesellte sich zu ihnen.

»Ricardo«, sagte er, »Mr. Brewer hat soeben angerufen und seine Reservierung abgesagt«. Er schaute Matt an. »Wenn Sie nur ein paar Minuten warten möchten, Sir, haben wir gerne Platz für Sie.«

»Danke«, sagte Matt.

»Und Ihr Name, Sir?«

»Payne«, sagte Matt. Der Maître schrieb das an die Spitze seiner Reservierungsliste.

»Initiale?« fragte der rundliche Elegante.

»M«, sagte Matt.

»Vielleicht möchten Sie an der Bar warten«, sagte der rundliche Elegante. »Es wird nur ein paar Minuten dauern.«

»Danke.« Matt ging voran zur Bar, die den größten Teil der linken Seite des Gangs einnahm, der von der Eingangstür zum Restaurant führte. Als er auf einen Barhocker stieg, sah er, daß Frazier am Ende der Bar saß, nahe der Tür.

Er fragte sich flüchtig, was Frazier trinken mochte.

Kann man in einem so teuren Lokal an der Bar sitzen und Mineralwasser trinken? Oder ist für einen Sicherheitsmann im Dienst vorgeschrieben, daß er Scotch mit einem separaten Glas Soda bestellt und den Scotch nicht anrührt? Oder ihn auf den Boden schüttet, wenn niemand es sieht?

Der Barkeeper tauchte auf.

»Ich möchte das gleiche, was dieser Gentleman trinkt«, sagte Matt und wies auf Frazier.

»Der Gentleman trinkt Soda mit einer Zitronenscheibe, Sir«, sagte der Barkeeper.

»In diesem Fall hätte ich lieber die Weinliste«, sagte Matt. »Wir können später eine Flasche mit zum Tisch nehmen, richtig?«

»Selbstverständlich, Sir.«

»Was feiern wir, Matt?« fragte Daffy.

»Nichts, soweit ich weiß. Warum fragst du?«

»Ich traue dir nicht über den Weg, wenn du charmant bist. *Du* fragst nach der Weinkarte?«

»Dann leck mich am Arsch, Baby! Du bekommst keinen Wein.«

Sie lächelte.

»Schon besser. Das ist der alte Matt, derjenige, den ich stets widerlich gefunden und verabscheut habe.«

Matt lachte.

Der rundliche Elegante Ende Zwanzig, der Anthony Joseph Desidiro hieß, wartete, bis er sah, daß Mr. Payne und Begleitung Plätze an der Bar eingenommen hatten. Dann ging er zum Ende des Restaurants. An der hinteren Wand stand ein Tisch, der mit einer Abschirmung aus grüner Seide vor Blicken geschützt war. Die Abschirmung war mit so dünner Seide bespannt, daß Leute am Tisch die Gäste im Restaurant sehen konnten, die Gäste jedoch nicht sahen, wer an dem Tisch saß.

Zwei Männer saßen an diesem Tisch. Einer war Desidiros Cousin, ein großer, muskulöser, ebenfalls elegant gekleideter Gentleman, der auf der Konzession für das Restaurant als Besitzer stand. Sein Name war Paulo Cassandro. Seine Mutter und Mr. Desidiros Mutter waren Schwestern. Mr. Cassandro hatte seinem Cousin Tony sowohl Unterricht auf der Hotel- und Restaurant-Fachschule als auch eine großzügige Beihilfe gewährt, damit er sich ganz auf das Lernen der Führung eines Lokals im Hotel- und Gaststättengewerbe konzentrieren konnte.

Als Mr. Desidiro die Prüfung bestanden hatte, war er zwei Jahre lang – er betrachtete sie als Praktikum – Mitarbeiter des Ristorante Alfredo gewesen, eines anderen von Philadelphias gehobenen italienischen Restaurants, auf dessen Konzession ebenfalls Mr. Cassandro als Besitzer eingetragen war.

Zwei Monate später war Mr. Desidiro als Manager des La Bochabella ernannt worden. Er hatte seinem Cousin Paulo gesagt, daß er vorhatte, das La Bochabella zum besten norditalienischen Restaurant in Philadelphia zu machen, in dem die gesellschaftliche und ökonomische Oberschicht von Philadelphia bewirtet werden würde.

Er wollte die Preise genügend anheben, um diejenigen Gäste abzuschrecken, die der Meinung waren, daß die italienische Küche hauptsächlich aus Pizza, Spaghetti und Fleischklößchen bestand und daß der feine italienische Wein bei Chianti in Flaschen mit Fabrikabfüllung begann und endete.

»Du hast achtzehn Monate Zeit, Tony«, hatte im Cousin Paulo gesagt. »Mr. S. meint, deine Idee ist vielleicht gut. Du hast achtzehn Monate, um sie in die Tat umzusetzen.«

Mr. S. war Mr. Vincenzo Savarese, und Mr. Desidiro wußte, daß zwar Cousin Paulos Name auf den Konzessionen stand, daß Mr. Savarese jedoch die Mehrheitsbeteiligung am La Bochabella und Ristorante Alfredo hatte.

Mr. Desidiro hielt es für einen Glücksfall, daß sich Mr. Savarese heute entschieden hatte, mit Cousin Paulo im La Bochabella zu Abend zu speisen – er besuchte das Restaurant sonst nur alle paar Wochen, und dann hauptsächlich zum Mittagessen, nicht zum Dinner –, und er so Gelegenheit haben würde, Mr. Savarese zu beweisen, daß seine Philosophie für eine erfolgreiche Leitung des Restaurants Früchte trug.

Er trat hinter die Abschirmung. Sowohl Cousin Paulo als auch Mr. Savarese hielten im Speisen inne und schauten ihn an.

»Sind Sie mit allem zufrieden? Wie schmeckt Ihnen das Lamm, Mr. Savarese?«

»Sehr gut«, sagte Mr. Savarese. »Der Knoblauch – wie soll ich es sagen – ist köstlich.«

»Wir geben Knoblauchzehen, in der Schale zerstoßen, direkt auf die Glut, wenn die Keule noch roh ist«, sagte Mr. Desidiro. »Dadurch erhält des Fleisch das köstliche

Aroma, nehme ich an. Es freut mich, daß es Ihnen mundet.«

»Sehr gut«, sagte Mr. Savarese.

»Ja, Tony«, pflichtete Cassandro bei.

»Wissen Sie, wer draußen ist und auf einen Tisch wartet?«, fragte Mr. Desidiro und fuhr fort, bevor jemand etwas sagen konnte. »Mr. und Mrs. Nesbitt vier von Nesfoods International.«

»Ja«, sagte Mr. Savarese, »die habe ich gesehen. Ich wollte mit Ihnen darüber sprechen.«

Mr. Desidiro versuchte jetzt seine Überraschung zu verbergen, daß Mr. Savarese den Erben von Nesfood International und dessen Gattin kannte.

»Ja, Mr. Savarese?«

»Sie haben einen Freund bei sich«, sagte Mr. Savarese.

»Einen Mr. Payne«, bestätigte Mr. Desidiro.

»Ja, ich weiß«, sagte Mr. Savarese. »Sie sollten sehr vorsichtig in seiner Gegenwart sein, Tony.«

»Ja, Sir?«

»Er ist nicht nur Polizist, sondern er schießt auch Leuten in den Kopf«, sagte Mr. Savarese. »Stimmt das, Paulo?«

»Das stimmt, Mr. S.«, pflichtete Paulo ihm bei.

»Erinnern Sie sich an diesen Verrückten, der in Nordwest-Philly Frauen entführte und pervers vergewaltigte?« fragte Mr. Savarese.

»Ja, ich erinnere mich. Ein Polizist hat den erschossen?«

»Dieser Polizist«, sagte Mr. Savarese.

»Voll in die Birne, Tony«, sagte Cassandro und mimte einen Schützen. »Peng! Peng!«

»Sehr interessant«, sagte Mr. Desidiro und fragte sich, warum ein Cop – Mr. S. hatte ›Freund‹ gesagt – mit dem Typ zu Abend aß, dessen Vater der Besitzer von Nesfoods International war.

»Wenn Mr. Payne nach der Rechnung fragen sollte, Tony«, sagte Mr. Savarese, »sagen Sie ihm bitte, daß sie von einem Freund beglichen wurde – ändern Sie das in ›Bewunderer‹.«

»Selbstverständlich, Mr. Savarese. Von einem ›Bewunderer‹.«

»Seien Sie bitte so höflich, mich aussprechen zu lassen, Tony«, sagte Mr. Savarese.

»Verzeihen Sie, Mr. Savarese. Ich bitte um Entschuldigung.«

»Sie sollten lernen, zuzuhören, Tony«, sagte Mr. Savarese.

»Mensch, Tony!« blaffte Cassandro.

»Wenn der junge Payne nach der Rechnung fragt, sagen Sie ihm bitte, daß sie von einem Bewunderer *seines Vaters* beglichen wurde«, sagte Mr. Savarese.

»Von einem Bewunderer seines Vaters«, wiederholte Mr. Desidiro. »Selbstverständlich, Mr. Savarese.«

Und dann hatte er eine Frage, und nach einer Weile getraute er sich, sie zu stellen.

»Und wenn Mr. Nesbitt nach der Rechnung fragen sollte, Mr. Savarese?«

»Dann geben Sie sie ihm«, sagte Mr. Savarese. »Ich schulde seinem Vater nichts.«

»Jawohl, Mr. Savarese, wird gemacht.«

»Und dir ist klar, daß du auf keinen Fall Mr. S. namentlich erwähnen sollst?« vergewisserte sich Cassandro.

»Klar. Natürlich nicht.«

»Ich reise nach Harrisburg«, kündigte Matt Payne an, als sie alle auf Empfehlung des Kellners hin Lammkeule mit Röstkartoffeln und Spinatsalat bestellt hatten und auf den Shrimps-Cocktail warteten, den sie als Vorspeise gewählt hatten.

»Ich kenne keinen, der dort freiwillig hinreist«, sagte Chad.

»Ich werde nach Harrisburg *geschickt*«, korrigierte sich Matt.

»Susan wohnt bei Harrisburg«, sagte Daffy.

»Hast du Mist gebaut?« fragte Chad und nahm die Flasche Merlot.

»Natürlich nicht«, sagte Matt. »Ich bin in der Abteilung und weit darüber hinaus als Detective Perfect bekannt. Ja, da wohnt sie, nicht wahr? Das hat sie mir gesagt.«

»Scheiße!« sagte Chad. »Wer hat dir das gesagt?«

»Susan Sowieso hat mir erzählt, daß sie in Harrisburg wohnt.«

»Camp Hill«, korrigierte Daffy. »Das ist außerhalb von Harrisburg.«

»Weshalb schickt man dich nach Harrisburg?«, fragte Chad.

»Dort gibt es eine Welle von Verbrechen, und sie brauchen die Dienste eines meisterhaften Großstadt-Detectives, der sie stoppt.«

»Blödsinn.«

»Erinnert ihr euch, von einem Lieutenant in der Zeitung gelesen zu haben, der in die Pfanne gehauen wurde, weil er den Callgirlring schützte?«

»Ja.«

»Unter uns gesagt, ich erledige noch einige Kleinigkeiten, damit der Fall abgeschlossen werden kann«, sagte Matt.

»Ein Callgirlring?«, sagte Daffy. »Das liegt genau auf deiner Linie. Diesen Auftrag solltest du lieben.«

»Ich freue mich darauf.«

»Du solltest sie wirklich anrufen«, sagte Daffy.

»Wen anrufen? Irgendein Callgirl? Oder hast du jemand Bestimmtes im Sinn?«

»Susan, du Arsch.«

»Deine Freundin Susan hat mich abblitzen lassen, wie du dich erinnern wirst.«

»Wenn der erste Versuch schiefgeht, sollte man nicht die Flinte ins Korn werfen«, sagte Daffy.

Matt lächelte. »Ich habe meine Flinte noch.«

Daffy streckte Matt wenig damenhaft die Zunge heraus.

»Ich habe auch ihre Telefonnummer«, sagte Matt. »Du hast sie mir gegeben.«

»Ruf sie an. Wenn nichts dabei herauskommt, dann kannst du dich immer noch an ein Callgirl halten.«

»Ich weiß nicht«, sagte Matt zweifelnd.

»Ruf sie an, verdammt. Sie ist ein sehr nettes Mädchen.«

Ein sehr nettes Mädchen, dachte Matt, *das mörderischen Wahnsinnigen Beihilfe leistet.*

»Wirst du mit ihr reden?«, fragte Matt.

»Ich weiß nicht« erwiderte Daffy. »Das kann ich tun. Warum?«

»Du bist wohl kaum bereit, ihr zu sagen, daß du nur gescherzt hast, als du ihr gesagt hast, welch verkommener Hurensohn ich bin?«

»Da habe ich nicht gescherzt. Aber okay, ich werde sie anrufen und ein gutes Wort für dich einlegen. Sofern du mir versprichst, sie anzurufen, wenn du dort bist.«

»Wenn ich Zeit finden kann«, sagte Matt.

»Finde die Zeit«, schlug Chad vor.

»Sie ist wirklich ein nettes Mädchen«, sagte Daffy.

Wenn ich jetzt Susan anrufe und ihr sage oder sie erraten lasse, daß mein Anruf Daffys und Chads Idee war – und ich habe keine Skrupel, das zu tun –, wird sie keinen Verdacht schöpfen, daß ich berufliches Interesse an ihren Aktivitäten haben könnte, und diese Farce wird nicht vergeblich gewesen sein.

»Ah«, sagte Matt, »da kommen die Shrimps. Können wir bitte das Thema wechseln?«

»Geh mit ihr ins Hotel Hershey«, riet Daffy. »Das ist himmlisch romantisch.«

»Ich will mit ihr nur eines, Daffy«, sagte Matt todernst, »und zwar vögeln. Ich habe nichts von Romantik gesagt und …«

»Du Bastard!«, sagte Daffy, aber sie lächelte. »Jetzt werde ich sie *bestimmt* anrufen. Susan ist vielleicht genau die richtige, um dich unter Kontrolle zu bringen.«

Philip Chason, ein schmächtiger Fünfundfünfzigjähriger, der hinkte, bog mit seiner drei Jahre alten Ford-Limousine von der Essington Avenue ab – manchmal ›Straße der

Autohändler‹ genannt – und fuhr auf den Parkplatz von Fiorellos Gebrauchtwagenhandel.

Es war eine der größeren Firmen; Chason schätzte, daß hundertfünfzig Wagen auf dem Ausstellungsgelände standen, von nur ein Jahr alten Cadillacs und Buicks bis hinab zu Schrottkisten, die nur einen Schritt von der Schrottpresse entfernt waren.

Chason war nicht dort, um einen Gebrauchtwagen zu kaufen. Und wenn er einen hätte kaufen wollen, wäre er nicht hierhin gefahren. Joe Fiorello hatte irgendwie Verbindung zum organisierten Verbrechen. Chason wußte nicht genau, welche Verbindungen das waren, aber er wußte, daß es welche gab. Und Chason hatte etwas gegen den Mob; ihm stank der Gedanke, daß die Verbrecher an ihm verdienten.

Chason hatte sechsundzwanzig Jahre seines Lebens als Polizist in Philadelphia verbracht, davon achtzehn als Detective, bevor ein Betrunkener bei Rot über eine Kreuzung gefahren und in die Seite seines neutralen Polizeiwagens geknallt war. Danach hatte er sechs Wochen im Krankenhaus gelegen. Jetzt hatte er ein steifes Bein, das bei jedem Wetterumschwung schmerzte. Er war als Invalide pensioniert worden und hatte von Invalidenrente gelebt.

Nach vier Monate langem untätigem Herumhocken, hatte sich Phil Chason um eine Lizenz als Privatdetektiv bemüht und ein kleines Büro im Kellergeschoß seines Hauses eröffnet, ein zweites Telefon und einen Anrufbeantworter angeschlossen und eine Anzeige in den Gelben Seiten des Telefonbuchs veröffentlicht: ›Philip Chason, Vertrauliche Ermittlungen (Detective des Philadelphia P. D. im Ruhestand)‹.

Es war kein schneller Weg, um reich zu werden, und der Start war äußerst schwierig gewesen. Aber allmählich hatte er Aufträge erhalten. Zu viele davon waren halbseiden, wie zum Beispiel die Beschattung eines Mannes, dessen Frau argwöhnte, daß er fremdging, oder einer Lady, deren Ehemann ihr das gleiche unterstellte.

Er bekam etwas saisonbedingte Arbeit, zum Beispiel an

Weihnachten in John Wanamakers Kaufladen, wenn er dem Sicherheitspersonal half, ein Auge auf Ladendiebe und Aushilfspersonal zu halten. Und der Wachenhut-Sicherheitsdienst rief ihn bisweilen zur Arbeit, wenn zum Beispiel feudale Partys im Kunstmuseum oder große Empfänge in einem der Nobelhotels stattfanden und verhindert werden mußte, daß Penner Gäste abschreckten.

Sowohl Wanamakers als auch Wachenhut hatten ihm einen Vollzeitjob angeboten, aber die Bezahlung war mies, und er wollte nicht jeden Tag an eine Arbeit gebunden sein, besonders nicht, wenn ihm sein krankes Bein Probleme bereitete.

Er erhielt einige Aufträge von Winkeladvokaten, die sich um die Gerichte herumtrieben und ihre Dienste als ›Rechtsbeistand‹ anboten, aber zweierlei mißfiel ihm daran: Er wollte nicht krummen Anwälten helfen, irgendwelchem Abschaum den Knast zu ersparen, und sie zahlten sehr schleppend.

Und er hatte schon ein paar Jobs für Joe Fiorello erledigt, bevor er diesen Auftrag angenommen hatte. Fiorello hatte ihn vor ungefähr einem Jahr aus heiterem Himmel angerufen und erklärt, er habe die Anzeige in den Gelben Seiten gesehen und habe einen Job.

Chason hatte Fiorello gesagt, sein Anfangshonorar für ein Konsultationsgespräch betrage fünfzig Dollar, und dann werde er entscheiden, ob er den Job annehme oder nicht. Er wußte, wer Fiorello war, und hatte nicht vor, etwas Illegales zu tun. Joey hatte ihm gesagt: »Kein Problem, kommen Sie zu meinem Gebrauchtwagenhandel, und ich erkläre Ihnen, worum es geht, und Sie können entscheiden, ob Sie es tun wollen oder nicht.«

Joeys erster Auftrag bestand für Chason darin, einen Typen zu überprüfen, der als Verkäufer eingestellt werden sollte. Der Mann hatte laut Joey einen großartigen Ruf als Verkäufer, aber irgend etwas kam ihm nicht ganz geheuer vor. Vor einer Anstellung wollte er ganz sichergehen und ihn überprüfen lassen. Wieviel würde das kosten?

Chason hatte erklärt, das würde ihn ungefähr zehn

Stunden Zeit kosten, fünfundzwanzig Dollar pro Stunde plus Spesen – wie zum Beispiel für Auskünfte bei Kreditkartengesellschaften – und Spritgeld, zehn Cent pro Meile. Joey hatte überlegt und ihm dann den Auftrag erteilt und um schnelle Erledigung gebeten.

Chason fand heraus, daß der Bewerber das war, was er behauptete, daß sein guter Ruf stimmte. Ein hart arbeitender Mann mit Familie, der seine Rechnungen bezahlte, nicht viel Alkoholisches trank, zur Kirche ging und sogar – soweit Chason das herausfinden konnte – mit seiner eigenen Frau schlief.

Chason konnte sich nicht vorstellen, warum ein Mann, der bereits einen guten Job als Verkaufsleiter bei der Gebrauchtwagen-Abteilung des Pontiac-Händlers in Willow Grove hatte, in der Stadt für Fiorello arbeiten wollte. Die Antwort darauf: Er wollte gar keinen. Als Joe Fiorello Chason zum zweiten Mal anrief, fragte der ihn, was aus dem ersten Typen geworden war, und Joey erzählte ihm, sein Angebot wäre ihm nicht gut genug gewesen – der Junge wollte unverschämte Zulagen, sagte Joey –, und er hätte abgesagt.

Der zweite Auftrag war wie der erste. Nur diesmal verkaufte der Bewerber Möbel in der Market Street und wollte es mal im Gebrauchtwagenverkauf versuchen. Ein weiterer braver Bürger. Frauen, Kinder, Kirche, das ganze Pipapo. Und er kam ebenfalls zu Verstand, als ihm klar wurde, welch guten Job er bereits hatte, oder als ihm jemand ins Ohr flüsterte, daß Joey Fiorello nicht ganz der ehrbare Geschäftsmann war, als der er gelten wollte. Jedenfalls nahm er ebenfalls nicht die Stelle bei ›Fiorello Fine Cars‹ an.

Dieser jüngste Auftrag für Chason war etwas anderes. Diesmal ging es um einen jungen Mann aus Bala Cynwyd, der Börsenmakler war. Chason fand es von Anfang an etwas komisch, daß ein Börsenmakler Gebrauchtwagenverkäufer werden wollte. Für gewöhnlich strebte ein Gebrauchtwagenverkäufer etwas Höheres an, zum Beispiel Börsenmakler, nicht umgekehrt.

Als Chason ein wenig herumschnüffelte, glaubte er zu verstehen, warum sich der Börsenmakler verändern wollte. Dieser Typ war wirklich ein krummer Hund, sogar zu krumm, um für einen Ganoven wie Joey Fiorello zu arbeiten.

Einer von Joeys Verkäufern, ein junger Kerl mit gelbem Sporthemd, goldener Halskette und falscher Rolex am Handgelenk, kam aus dem Büro und setzte ein breites ›Hallo, Arschloch-Lächeln‹ auf.

»Kann ich Ihnen irgendwie helfen, Sir?«

»Ist Mr. Fiorello da?«

»Ja, Sir«, sagte der Verkäufer. »Aber ich glaube, der ist im Moment beschäftigt. Kann ich etwas für Sie tun?«

»Nein, danke«, sagte Chason und ging an dem Typen vorbei ins Büro.

Joeys Sekretärin, eine Wasserstoffblondine mit Mammutbrüsten, die so blöde war, wie sie aussah, lächelte ihn an und griff zum Telefon.

»Mr. Chason ist hier, Mr. Fiorello«, lispelte sie, hörte einen Augenblick lang zu und legte dann den Hörer auf. »Mr. Fiorello wird gleich Zeit für Sie haben, Mr. Chason. Wie geht es Ihnen?«

»Kann nicht klagen«, erwiderte Chason. »Und wie geht es Ihnen?«

»Nun, Sie wissen, wie das ist«, sagte die Blondine. »Mal so, mal so.«

In diesem Augenblick wurde die Tür von Joeys Büro geöffnet, und ein Typ, der wie ein weiterer Verkäufer aussah, kam heraus. Dann tauchte Joey auf der Türschwelle auf.

»Hey, Phil, wie geht's? Kommen Sie rein. Wollen Sie eine Tasse Kaffee, eine Cola oder sonstwas?«

»Ich möchte Kaffee«, sagte Chason.

»Helene, machen Sie mir und Mr. Chason etwas Kaffee. Wie nehmen Sie Ihren, Phil?«

»Schwarz wäre prima«, sagte Chason, schüttelte Joeys ausgestreckte Hand und betrat das Büro.

Er mußte zugeben, daß Joey ein tolles Büro hatte.

Schöne rote Ledermöbel und ein großer Schreibtisch, der ein kleines Vermögen gekostet haben mußte. An den Wänden hingen gerahmte Fotos, die Luxusautos und Joeys Familie auf seinem Segelboot zeigten. In einer Glasvitrine stand ein Modell des voll getakelten Segelboots.

Die Blondine brachte zwei Becher Kaffee. Auf den Bechern stand: ›Fiorello Fine Cars – Wir verkaufen Qualität!‹

Joey wartete, bis die Blondine die Tür hinter sich geschlossen hatte. Dann fragte er: »Haben Sie was für mich, Phil?«

»Es wird Ihnen nicht gefallen, Joey.«

»Ich bezahle Sie, damit Sie was herausfinden. Wer hat was davon gesagt, daß es mir gefallen muß?«

»Mr. Ronald R. Ketcham ist ein faules Ei, Joey«, sagte Chason.

»Was für ein faules Ei?«

»Sie müssen verstehen, *beweisen* kann ich nichts, Joey. Ich meine, wenn ich noch Cop wäre, hätte ich nichts, womit ich zum Staatsanwalt gehen könnte.«

»Erzählen Sie, was Sie herausgefunden haben«, sagte Joey. »Das reicht mir.«

»Okay. Er ist Börsenmakler. Für Wendell, Wilson und Co. in Bala Cynwyd. Davor war er Börsenmakler bei Merrill, Lynch hier in der Stadt. Er hatte Wendell, Wilson vorgemacht, er möchte Merrill, Lynch verlassen, damit er nicht jeden Tag in die Stadt fahren muß. In Wahrheit kündigte er bei Merrill, Lynch ungefähr fünf Minuten, bevor man ihn gefeuert hätte.«

»Gefeuert? Weswegen?«

»Zum einen fehlte er häufig, und zum anderen gab es Gerede, daß er bei seiner sporadischen Anwesenheit viele Dinge tat, von denen seine Arbeitgeber nichts wußten, wenn Sie verstehen, was ich meine.«

Joey schüttelte den Kopf. »Nein, das verstehe ich nicht.«

»Börsenmakler arbeiten auf Provision. Je mehr Wertpapiere sie kaufen und verkaufen, desto mehr verdienen sie. Wenn sie sich also nicht zu sehr von ethischen Grundsätzen leiten lassen, dann rufen sie ihre Kunden an und schlagen vor, etwas zu verkaufen, dessen Kurs angeblich heruntergeht, und etwas anderes zu kaufen, das angeblich steil aufwärts geht. Und dann erweisen sich seine angeblichen Informationen als Flops. Das hat er viel bei Merrill, Lynch gemacht, aber das ist nicht alles. Wenn die Börsenmakler Kunden haben, die viel kaufen und verkaufen, so sind deren monatliche Abrechnungen sehr kompliziert. Ketcham wurde dabei erwischt, daß er Geschäfte abwickelte, die von den Kunden gar nicht bestellt worden waren.«

»Erklären Sie das näher«, sagte Joey.

»Wenn Sie, sagen wir mal, Aktien für fünftausend Dollar von General Motors haben, dann verkauft Ketcham für tausend an einem Tag und kauft sie am nächsten Tag zurück. Und er erhält die Provision für den Kauf und noch eine Provision für den Rückkauf.«

»Und die Kunden bemerken das nicht?«

»Viele Kunden führen keine guten Bücher«, erklärte Chason. »Sie bekommen ihre Abrechnung, und darauf steht, sie haben für tausend Dollar Aktien zu jeweils fünfzig Dollar verkauft, und dann einen Tag später für siebenundvierzig Dollar fünfzig zurückgekauft, dann haben sie Reibach gemacht. Natürlich wird die Provision noch abgezogen, wer stellt da Fragen?«

Chason trank einen Schluck Kaffee und fuhr dann fort. »Aber was ist, wenn sie die Aktien für siebenundvierzig Dollar fünfzig verkauft und dann für fünfzig zurückgekauft und dabei eine erkleckliche Summe *verloren* haben? Meinen Sie nicht, daß da etwas faul ist?«

Joey nickte nachdenklich.

»Nach dem, was ich höre, ob Sie's glauben oder nicht, blicken die meisten Leute nicht gleich durch. Die Firma selbst erwischt mehr ihrer Angestellten bei solchen Transaktionen, als die Kunden bemerken, daß sie übers Ohr gehauen wurden. Und das passierte mit Mr. Ketcham bei Merrill, Lynch. Die Firma – man nennt die Leute, die das tun, ›interne Rechnungsprüfer‹ – erwischte ihn.«

»Aber sie hat ihn nicht gefeuert?« fragte Joey. »Sie sagten, er hat gekündigt, richtig?«

»Wie ich schon sagte, ich kann nicht beweisen, daß es bei Merrill, Lynch so war, aber so läuft diese Sache. Die internen Rechnungsprüfer erwischen einen Typen bei so etwas. Was können sie dann tun? Wenn sie den Typen feuern, weil er unbefugten Handel abgewickelt hat, und sie sagen das dem Kunden, ist der Kunde natürlich sauer, richtig? Und wenn der Makler sein Geschäft woanders abwickelt und all seinen Freunden erzählt, was ihm Merrill, Lynch oder wer auch immer angetan hat, dann ist das für die ehemaligen Firmen geschäftsschädigend.«

»Ja«, sagte Joey. »Was tun sie also?«

»Sie lassen den Typen antanzen, sagen ihm, daß sie genug gegen ihn in der Hand haben, um ihn mit einem Tritt in den Hintern für immer aus der Branche zu werfen, wenn er nicht bis siebzehn Uhr seinen Schreibtisch ausräumt, die Klappe hält und nichts Krummes mehr macht, wenn er einen anderen Job findet. So läuft das.«

»Mein Gott, man kann heutzutage ja keinem mehr trauen, nicht wahr?«, sagte Joey.

»Es sind mehr Gauner außerhalb des Kittchens als drin«, sagte Chason.

»So ging er zu dieser Firma in Bala Cynwyd, wie Sie sagten, und machte diesen Scheiß weiter?«

»Nein. Nicht genau. Er ist nahe dran, von Wendell, Wilson gefeuert zu werden, weil er keine Leistung bringt. Das heißt, daß er nicht genug von seinen Kunden kauft oder an sie verkauft. Seine mangelhafte Leistung ist darauf zurückzuführen, daß er zu spät zur Arbeit kommt, zu früh geht oder sich überhaupt nicht blicken läßt. Damit kann man nur durchkommen, wenn man dem Boß auf dem Golfplatz erzählt, daß man ›Geschäfte entwickelt‹ und deshalb nicht auf der Arbeit sein kann. Das geht nur gut, wenn man irgendwann tatsächlich Leistung bringt.«

»Wenn er keine ›Leistung bringt‹, wovon lebt er dann, wenn er auf Provision arbeitet?«

»Das habe ich mich auch gefragt«, sagte Chason. »Er

lebt gut. Er bezahlt sehr viel für sein Apartment, fährt einen neuen Wagen, kleidet sich gut und hat eine Freundin, die ihn vermutlich viel Geld kostet.«

»Sie meinen, eine Nutte?«

»Nein, ich meine eine dieser Luxus-Schönheiten, die erwarten, in teure Restaurants ausgeführt und an Wochenenden zum Strand eingeladen zu werden. So in dieser Art.«

»Woher wissen Sie von der Freundin?«, fragte Joey.

Chason nahm ein Notizbuch aus der Tasche und zog es zu Rate.

»Sie heißt Cynthia Longwood«, sagte er. »Ihr Vater ist Randolph Longwood, der Bauunternehmer.«

»Den Namen habe ich schon gehört«, sagte Joey.

»Jedenfalls sind sie eine Zeitlang miteinander gegangen. So fragte ich mich, wie er all dies bezahlt. Ich stellte einige Fragen. Ich muß Ihnen noch einmal sagen, Joey, daß ich keine Beweise dafür habe, aber ...«

Joey Fiorello zeigte mit einer Geste an, daß er die Einschränkung verstand.

»Wenn ich ein Zocker wäre, Joey, was ich nicht bin, dann würde ich hoch darauf wetten, daß dieser Scheißer etwas mit Drogen zu tun hat. Vielleicht nicht in großem Stil, aber auch nicht in kleinem.«

»Tatsächlich?«

»Es paßt alles zusammen, wenn man es sich überlegt.«

»Erzählen Sie.«

»Wenn jemand 'ne Menge Stoff hat, ist alles rosig. Nichts juckt ihn. Er sagt sich, daß er nicht zur Arbeit zu gehen braucht, wenn er keine Lust hat. Alles wird schon gutgehen. Und wenn man unbedingt zur Arbeit gehen muß, zieht man sich etwas Stoff rein, und man wird zu einem verdammten Genie. Zu schlau und clever, um erwischt zu werden, wenn man Wertpapiere ohne Auftrag an- und verkauft. Verstehen Sie?«

»Ich kann es mir vorstellen.«

»Sagen wir mal, Sie haben Zugriff auf Heroin oder Kokain im Wert von zwanzigtausend Dollar und wissen, wo Sie den Stoff bekommen und wo Sie ihn verkaufen können, dann behalten Sie das, was Sie brauchen, um es sich selbst zu spritzen oder in die Nase zu ziehen – oder ihrer Freundin …«

»Sie meinen, die Freundin ist Junkie?«

»So etwas habe ich nicht erfahren. Aber es würde mich nicht überraschen, wenn sie irgendwelche Modedrogen zur ›Entspannung‹ nimmt. Das ist ziemlich verbreitet unter solchen Leuten. Sie haben gehört, was mit dem Detweiler-Mädchen passiert ist, deren Vater die Hälfte von Nesfoods gehört?«

»Nein«, sagte Fiorello und schüttelte den Kopf. »Ich weiß zwar, wer die Detweilers sind, aber was war mit dem Mädchen?«

»Sie steckte sich in Chesnut Hill eine Nadel in den Arm und war tot, bevor sie sie herausziehen konnte.«

»Tatsächlich?«

»Der goldene Schuß«, sagte Chason und schnippte mit den Fingern. »Jedenfalls, nachdem Sie zur Seite gelegt haben, was Sie für sich selbst und Ihre Freundin brauchen, verkaufen Sie den Rest. Sie legen das Geld an, um später Stoff für weitere zwanzigtausend zu kaufen. Und von dem, was übrigbleibt, leben Sie gut.«

»Und Sie meinen, daß es bei Ketcham so läuft?«

»Wie ich schon sagte, ich kann es nicht beweisen, Joey, aber ja, ich würde darauf wetten.«

»Kann ich eine persönliche Frage stellen, Phil?«

»Sie können fragen«, sagte Chason. »Aber ich verspreche nicht, darauf zu antworten.«

»Sie sind pensionierter Polizeibeamter«, sagte Joey. »Haben Sie das Gefühl, daß Sie bei so jemand, der das tut, was Sie meinen, also mit Drogen dealt und krumme Geschäfte als Börsenmakler betreibt, zur Polizei gehen und ihn anzeigen müssen?«

»Nein«, sagte Chason. »Zum einen kann ich wie gesagt nichts von alldem beweisen. Und zum anderen würde man mir bei der Polizei vermutlich sagen, ich solle mich um meine eigenen Angelegenheiten kümmern.«

»Wie beurteilen Sie die Möglichkeit, daß er beim Drogenhandel geschnappt wird?«

»Er wird schließlich geschnappt werden«, sagte Chason. »Wenn er nicht zuerst gekillt wird, weil irgendein Deal schiefgeht, oder wenn er sich nicht selbst umbringt, wie es das Detweiler-Mädchen getan hat.«

»Nun, eines ist sicher«, sagte Joey. »Wir wollen diesen Hurensohn nicht hier auf dem Gelände haben, nicht wahr?«

»Ich würde ihn an Ihrer Stelle nicht einstellen«, sagte Chason.

»Phil, ich möchte nicht, daß jemand erfährt, daß ich auch nur daran *gedacht* habe, diesem Hurensohn einen Job zu geben. Es wäre peinlich, wenn Sie verstehen, was ich meine.«

»Joey, wie es im Telefonbuch steht, sind meine Ermittlungen *vertraulich.* Sie haben für das bezahlt, was ich Ihnen gesagt habe. Es gehört Ihnen. Ich habe soeben vergessen, was ich berichtet habe.«

»Ich weiß das zu schätzen, Phil«, sagte Joey.

Chason nickte.

»Wie lange hat es gedauert, bis Sie all dies herausgefunden haben, Phil?«

»Nicht länger als sonst. Ich werde Ihnen zehn Stunden plus ungefähr sechzig Bucks an Spesen berechnen.«

»Zweierlei, Phil. Erstens, ich meine, Sie haben *zwanzig* Stunden gebraucht«, sagte Joey. »Und ich denke mir, vielleicht zweihundert an Spesen.«

»Das ist nicht nötig, Joey.«

»Erzählen Sie mir nicht, was nötig ist, Phil, bitte, tun Sie mir den Gefallen. Und zweitens, wie wäre es, wenn ich bar bezahle, anstatt mit Scheck? Lieben Sie das Finanzamt?«

»Ich habe nicht das geringste gegen cash, Joey.«

»Das ist gut, weil ich zufällig gerade etwas Bargeld habe, von dem das Finanzamt nichts weiß«, sagte Joey.

Er erhob sich und ging in einen Nebenraum, den Phil Chason für eine Toilette hielt. Einen Augenblick später kehrte er mit einem Kuvert zurück.

»Wollen Sie nachzählen, um sich zu vergewissern, daß alles in Ordnung ist?«, fragte Joey.

»Ich bin überzeugt, daß alles in Ordnung ist«, sagte Chason und steckte den Umschlag in die Innentasche seines Jacketts.

Joey reichte ihm die Hand.

»Wir werden in Kontakt bleiben«, sagte Joey.

Chason drückte ihm die Hand und verließ das Büro.

»Phil, wenn Sie diese Scheißkarre loswerden wollen, die Sie fahren, mache ich Ihnen ein gutes Angebot«, rief Joey ihm nach.

»Im Augenblick nicht, Joey, aber darf ich darauf zurückkommen?«

»Klar, das Angebot gilt«, sagte Joey.

Chason ging hinaus. Joey ging zur Jalousie und blickte durch die Lamellen, bis Chason davonfuhr.

Dann verließ er sein Büro.

»Ich muß mich mit einem Mann wegen eines Hundes treffen, Helene«, sagte er.

Er ging hinaus, stieg in ein rotes Cadillac-Eldorado-Cabrio und fuhr vom Parkplatz. Ein paar Blocks entfernt stoppte er beim Münzfernsprecher einer Tankstelle.

Er warf eine Münze ein und wählte eine Nummer.

»Hier ist Joey. Ich muß ihn sprechen«, sagte er, als sich jemand meldete.

»Ja?« ertönte eine Minute später eine andere Stimme.

»Hier spricht Joey, Mr. S.«, sagte Joey. »Ich hatte soeben ein Treffen mit dem pensionierten Cop. Ich glaube, wir sollten uns unterhalten, wenn Sie Zeit erübrigen können.«

»Komm jetzt gleich her, Joey«, sagte Vincenzo Savarese.

12

Chief Inspector Dennis V. Coughlin blickte von dem Stapel Papieren auf seinem Schreibtisch auf und sah Michael J. O'Hara auf der Kante des Schreibtischs seiner Sekretärin sitzen.

»Wie lange sind Sie schon im Vorzimmer, Mickey?« rief Coughlin.

»Sie wirkten sehr beschäftigt«, sagte O'Hara.

»Ich habe ihm gesagt, ich melde ihn bei Ihnen an«, rief Veronica Casey, Coughlins Sekretärin.

»Für Sie habe ich immer Zeit, Mickey.« Coughlin winkte O'Hara ins ein Büro.

»Oh, Sie doppelzüngiger Ire, Sie«, sagte O'Hara und ließ sich in einen der beiden Besuchersessel fallen. »Was geht hier vor, das Sie mir verschweigen wollen?«

»Da gibt es eine lange Liste«, sagte Coughlin. »Haben Sie was Besonderes im Sinn?«

»Eigentlich hatte ich im Sinn, daß Sie und ich irgendwo einen kleinen Schluck zur Brust nehmen. Vielleicht auch zwei. Vielleicht sogar, wenn Sie Zeit haben, zu Abend essen. Haben Sie schon was vor?«

»Nein«, sagte Coughlin. Er schaute auf seine Armbanduhr. »Oh, ich wußte gar nicht, daß es schon so spät ist.« Er hob die Stimme. »Veronica, machen Sie Feierabend!«

»Wirklich?«

»Wirklich. Legen Sie das Zeug weg, und wir stürzen uns morgen früh von neuem drauf.«

»Okay«, sagte sie, kam ins Büro und sammelte die Papiere auf Coughlins Schreibtisch zusammen. »Er hat das Mittagessen ausfallen lassen«, sagte sie zu O'Hara, »also eßt erst was, bevor ihr einen zur Brust nehmt.«

»Okay«, versprach O'Hara. Er wartete, bis Veronica das Büro verlassen hatte, und sagte dann: »Sie liebt sie. Warum heiraten Sie die Lady nicht?«

»Sie hat einen Mann, wie Sie verdammt genau wissen.«

»Was hat denn das damit zu tun?«

»Sie können mich mal, Mickey«, sagte Coughlin und lachte. »Aber sie hat recht. Ich habe nicht zu Mittag gegessen. Ich muß etwas in den Magen bekommen.«

»Fisch, Geflügel oder gutes, rotes Fleisch?«

»Ich denke an Muscheln und einen Hummer«, sagte Coughlin.

»Bookbinder's?« schlug Mickey vor. »Das ist in der Nähe.«

»Zu weit zu Fuß«, sagte Coughlin. »Wo ist Ihr Wagen?«

»Im Parkverbot vor der Hintertür«, sagte Mickey. »Ich bringe Sie hierher zurück, wenn Sie möchten.«

Michael J. O'Haras Buick stand in der Tat direkt vor der Hintertür des Polizeipräsidiums im Parkverbot.

Es hieß scherzhaft, daß es nur zwei Leute in Philadelphia gab, die keinen Strafzettel bekamen, ganz gleich, wo sie ihren Wagen parkten: der Ehrenwerte Jerome H. Carlucci, der Bürgermeister, und Mickey O'Hara.

Das stimmte nicht genau, dachte Coughlin, als er in O'Haras Wagen stieg, aber es kam der Wahrheit sehr nahe. Er selbst wagte es nicht, seinen Wagen zu parken, wo Mickey seinen Buick abgestellt hatte. Mickey erfreute sich einer besonderen Beziehung mit der Polizei von Philadelphia. Coughlin hatte sich oftmals gefragt, warum das so war, und sich schließlich gesagt, daß O'Hara zwar ein vertrauter Anblick auf Beerdigungen, Hochzeiten, Beförderungsfeiern und Treffen der Polizei war (und, was das anbetraf, bei Versammlungen von deutschen, schwarzen und jüdischen Polizeiveranstaltungen), aber der Hauptgrund für seine Beliebtheit war, daß ihm jeder vertraute, von der Fußstreife bis Jerry Carlucci.

Er brach nie ein Versprechen, plauderte nichts Vertrauliches aus und veröffentlichte nichts Schlechtes über einen Cop, bis der Cop eine Chance gehabt hatte, seine Version der Geschichte zu erzählen.

Und während er darauf verzichtete, seine Artikel mit Lobhudeleien über die Polizei von Philadelphia zu füllen, fand er sehr oft Platz, um der Öffentlichkeit über ungewöhnliche Freundlichkeit oder Tapferkeit oder Pflichterfüllung von normalen Streifencops zu berichten.

Und das lag vermutlich daran, weil sich Mickey O'Hara im Grunde seines Herzens selbst als Cop betrachtete.

Nicht, daß Mickey jemals vergaß, daß er Journalist war. Denny Coughlin betrachtete Mickey seit Jahren als persönlichen Freund, und er war überzeugt, daß dies auf Gegenseitigkeit beruhte. Aber er verstand auch, daß Mickey nicht in sein Büro gekommen war, um ihn aus reiner Freundschaft zu einem Abendessen einzuladen, sondern daß er auch Fragen hatte, auf die er von ihm eine Antwort erhoffte.

Die Türglocke schlug an und spielte ›Trautes Heim, Glück allein‹.

»Was ist denn das für eine Scheiße?« fragte sich Inspector Peter Wohl laut mit einem Ärger, der an Zorn grenzte.

Amelia Alice Payne, Doktor der Medizin, deren Kopf auf seiner Brust geruht hatte, hob ihn und schaute auf ihn hinab.

»Meine Güte! Müssen wir dein schmutziges Mündchen mit Seife auswaschen?« fragte sie.

»Verzeihung«, sagte Wohl, echt zerknirscht. »Ich dachte gerade, wie schön es ist, so mit dir zu schlafen, und dann diese *gottverdammte* Klingelei!«

Amy war sich nicht sicher, ob er meinte, nackt einander in den Armen zu halten oder sexuell befriedigt einzuschlafen, aber in beiden Fällen stimmte sie ihm zu.

Sie küßte zärtlich seine Wange und sagte dann unschuldig und mit schelmischem Lächeln: »Ich frage mich, was das für eine Scheiße sein kann.«

»Bringe ich dir schlechte Ausdrücke bei?« fragte Peter und mußte lachen.

»O ja«, sagte Amy.

Sie erhob sich von ihm und stieg aus dem Bett. Dann schlich sie auf Zehenspitzen zum Schlafzimmerfenster und spähte durch die Jalousie. Es fiel genug Licht ins Schlafzimmer, so daß er Amy deutlich sehen konnte.

»Mein Gott, es ist Onkel Denny!« stieß Amy hervor.

Was, zum Teufel, will Denny Coughlin zu dieser späten Stunde? dachte Wohl.

»Du wirst dich erinnern, daß wir eine Vorahnung hatten, als wir deinen Wagen in meiner Garage versteckten«, sagte Peter lachend.

»Du meinst, er will reinkommen?« fragte Amy sehr nervös.

Einerseits, Amy, marschierst du an der Spitze der Feministinnen und schwenkst die Fahne für die moderne Frau und die Gleichberechtigung, und andererseits benimmst du dich wie eine Siebzehnjährige, entsetzt von der Vorstellung, Onkel Denny wird den Verdacht haben, daß wir mit fleischlichen Aktivitäten beschäftigt waren, die bei Unverheirateten nicht gutgeheißen werden.

»Nein«, sagte Peter. »Ich bin überzeugt, daß er nur draußen vor der Tür stehen will.«

Er stieg aus dem Bett.

»Geh einfach wieder ins Bett und versuche, nicht zu

schnarchen«, sagte Peter. »Und ich werde versuchen, ihn so schnell wie möglich loszuwerden.«

»Ich muß mich anziehen«, sagte Amy.

»Warum die Mühe?« sagte Peter. »Wenn er ins Schlafzimmer kommt, wird er wohl kaum glauben, daß du mir hilfst, die Fenster zu putzen. Vielleicht könntest du sagen, du machst einen Hausbesuch, Frau Doktor.«

»Leck mich, Peter«, sagte Amy. »Das ist nicht lustig!«

Aber sie legte sich wieder ins Bett und zog die Decke über sich.

Peter schaltete das Licht aus, verließ das Schlafzimmer und schloß die Tür hinter sich.

Dann drehte er sich um und klopfte an.

»Sittenpolizei«, rief er. »Öffnen Sie die Tür!«

»Du Bastard«, rief Amy, aber sie lachte.

Peter schaltete das Licht im Wohnzimmer an, ging zur Tür und öffnete sie.

Chief Inspector Dennis V. Coughlin, der mit der Witwe seines Freundes Sergeant John F. X. Moffitt eine sehr freundschaftliche Beziehung gehabt hatte und mit der Familie Payne so vertraut geworden war, daß die Kinder in dem Glauben aufgewachsen waren, er sei Onkel Denny – stand vor der Tür.

Mit einer Fahne von Old Bushmill's, wie Peter sofort roch.

»Ich war in der Nähe, Peter«, sagte Coughlin, »und da dachte ich mir, ich könnte die Gelegenheit nutzen und nachschauen, ob Sie noch auf sind.«

Peter hatte gerade genug Zeit, um sich zu sagen *Zweimal Blödsinn. Ich bezweifle, daß du in der Nähe warst, und wenn, dann hättest du über Funk meine Position bekommen und in diesem Fall den Diensthabenden in der Zentrale gebeten, mich anzurufen, um festzustellen, ob ich noch auf bin,* als Coughlin schon hinzufügte:

»Das ist Blödsinn. Ich wollte Sie sprechen. Die Zentrale sagte, daß Sie daheim sind. Tut mir leid, wenn ich Sie geweckt habe. Wenn ich bei etwas störe, gehe ich einfach wieder.«

Hat er den Verdacht, daß Amy bei mir ist?

»Kommen Sie rein. Ich wollte gerade zu Bett gehen. Wir werden einen Schlummertrunk nehmen.«

»Wollen Sie das wirklich?« fragte Coughlin.

»Kommen Sie rein«, wiederholte Peter.

Coughlin folgte ihm ins Wohnzimmer, setzte sich auf Peters weiße Ledercouch – ein Überbleibsel wie einige andere sehr moderne Möbelstücke in der Wohnung von einer längst beendeten und fast vergessenen Affäre mit einer Innenarchitektin – und griff nach dem Telefon.

Als Peter Eis, Gläser und eine Flasche irischen James Jamison Whiskey aus der Küche holte, hörte er Coughlin telefonieren.

»Chief Coughlin«, sagte er. »Ich bin in Inspector Wohls Haus.« Dann legte er auf.

Peter stellte Whiskey, Eis und Gläser auf dem Couchtisch ab und setzte sich in einen der weißen Ledersessel.

Coughlin nahm die Flasche Whiskey, schenkte sich ein und trank einen Schluck.

»Dies ist nicht der erste, den ich davon hatte«, sagte er und hob das Glas. »Mickey O'Hara kam gegen sechs beim Rundhaus vorbei, und wir sind ausgegangen und haben unser Abendessen getrunken.«

»Ich habe hier ein zusätzliches Bett«, sagte Peter »falls Sie sich nicht danach fühlen, heimzufahren.«

Und dann fiel ihm ein, daß nicht nur Amy in seinem Bett lag, wo sie die Unterhaltung hören konnte, sondern daß sie ihn auch für verrückt oder unglaublich blöde halten mußte, wenn sie mitbekommen hatte, was er soeben gesagt hatte. Oder vermutlich für beides.

Wenn Denny Coughlin das Angebot annahm, dann würde er zweifellos herausfinden, daß Amy hier war.

Coughlin nahm keine Notiz von dem Angebot.

»Das Dumme bei Mickey ist, daß er die Nase eines Spürhunds hat und die Leute ihm Dinge sagen, die sie eigentlich gar nicht sagen wollen«, sagte Coughlin. »Und daß er wie ein Cop denkt.«

»Er wäre ein guter Cop geworden«, stimmte Peter zu.

Er schenkte Whiskey in ein Glas und fügte Eiswürfel hinzu.

»Nachdem er mir ungefähr vier hiervon spendiert hatte …« er hob das Glas mit dem Whiskey, »…fragte er mich, wessen Geburtstagsparty es war, bei der wir alle im Rittenhouse Club saßen.«

»Sie meinen, Sie, ich, Matt und das FBI?«

Coughlin nickte.

»Was haben Sie ihm geantwortet?«

»Ich habe ihm gesagt, Matt hat sich eine Verfolgungsjagd mit ein paar FBI-Agenten geliefert, und Sie und ich haben versucht, die Wogen zu glätten.«

»Hat er Ihnen das abgekauft?«

»Er sagte, er sei natürlich ein wenig neugierig, warum ein paar FBI-Agenten, die nicht mal in Philadelphia arbeiten, Matty überhaupt verfolgen.«

»Er wußte davon? Gott, der findet alles heraus, nicht wahr?« sagte Wohl.

»Einschließlich einiger Dinge, die Sie und ich nicht wissen«, sagte Coughlin. »Zum Beispiel, daß diese zwei FBI-Agenten auf dem Parkplatz der Special Operations warteten, um zu sehen, ob Matty rauskommt, und ein Sergeant der Highway Patrol – Nick DeBenedito – ihr Aussehen für verdächtig hielt und er an ihre Scheibe klopfte und fragte, wer sie sind.«

Coughlin lächelte, und Wohl lachte.

»Es ist nicht lustig, Peter«, sagte Coughlin. »Und es kommt noch schlimmer. Die FBI-Jungs zeigten Nick ihre Ausweise und erklärten, daß sie im Dienst seien und den Fahrer des Porsche überwachten. Sie fragten Nick, was der Typ in dem Gebäude treibt. Nick fragte, warum sie das wissen wollten, und sie sagten ihm, das ginge ihn nichts an. So geht Nick ins Gebäude, erzählt das dem Wachhabenden, und der ruft den Wachhabenden beim FBI an und fragt ihn, warum zwei FBI-Agenten, einer davon mit dem Namen Jernigan, auf dem Parkplatz der Special Operations sind, und der FBI-Wachhabende sagt ihm, daß es bei ihnen keinen FBI-Agenten namens Jernigan gibt. So gehen Nick und der Wachhabende auf den Parkplatz, und die FBI-Jungs sind verschwunden. Danach gehen sie zu Matt, der oben arbeitet, fragen ihn, was los ist, und Matt sagt ihnen, sie brauchen sich keine Sorgen zu machen, das FBI hält ihn für einen Kidnapper, nach dem gesucht wird.«

»O Gott!« Wohl lachte. »So hat es sich in einer halben Stunde in der gesamten Special Operations herumgesprochen. Das FBI ist mal wieder auf die Nase gefallen.«

»Das ist lustig, zugegeben. Aber lustig ist natürlich nicht, daß jemand nicht abwarten konnte, das Micky brühwarm zu erzählen, und er reimte sich das und unser Treffen im Rittenhouse Club zusammen und kam auf die Idee, daß etwas läuft, über das er nichts weiß. Und um es herauszufinden, hat er mich gefragt.«

»Was haben Sie ihm gesagt?«

»Daß ich erst mit Ihnen absprechen muß, ob ich ihm etwas sagen kann.«

Wie nennt man das? Mir den Schwarzen Peter zuschieben?

»Er wird mich also aufsuchen?« fragte Wohl. »Zweifellos als erstes am Morgen?«

»Vermutlich, weil er nicht vor mir hier war«, sagte Coughlin lächelnd. Er hob sein Whiskeyglas an. »Ich sagte schon, wir haben unser Abendessen hauptsächlich getrunken. Ich mag keine Entscheidungen treffen, wenn ich das tue. Ich dachte, wenn ich Mickey sage, daß er erst Sie fragen muß, gewinnen wir Zeit, um zu überlegen, wieviel wir ihm erzählen. Irgend etwas werden wir ihm ja sagen müssen.«

Wohl schwieg.

»So entschloß ich mich zu diesem Besuch«, sagte Coughlin. »Und unterwegs hatte ich ein paar andere unangenehme Gedanken.«

»So?«

»Tun Sie mir einen Gefallen, Peter, und denken Sie nicht, daß hier der Whiskey spricht, bevor Sie darüber nachgedacht haben.«

»Das würde ich nicht tun, Chief«, sagte Peter.

»Doch, das würden Sie tun. Und ich würde es auch, wenn Sie zu dieser späten Stunde halb besoffen bei mir aufkreuzen würden.«

Ihre Blicke trafen sich, und dann fuhr Coughlin fort.

»Ich mache mir Sorgen wegen Matty«, sagte er. »Ich bereue, daß ich der ›Zusammenarbeit‹ bei diesem FBI-Fall zugestimmt habe.«

»Ich bezweifle, daß Sie eine Wahl hatten.«

»Ich hätte nein sagen und dann zu Jerry Carlucci gehen und den Grund dafür erklären können, bevor sich Walter Davis bei ihm hätte beschweren können.«

»Was hätten Sie Carlucci gesagt?«

»Daß diese Tierschutz-Aktivisten wirklich gefährlich sind und Matt nicht erfahren genug ist, um mit ihnen fertig zu werden.«

»Wie ich das verstanden habe, braucht er nicht mit ihnen fertig zu werden. Er soll sich nur an die Reynolds heranmachen und die anderen für das FBI aufspüren. Und dann wird das FBI zuschlagen.«

»Haben Sie seine Augen gesehen, als ich ihm diesen Auftrag gegeben habe?« fragte Coughlin. »Und ich habe ihm ganz klar verboten, etwas auf eigene Faust zu unternehmen.«

»Ich erinnere mich. Was war mit seinen Augen?«

»Es war so ein sonderbarer Glanz darin. Ein Ausdruck, der etwas sagte. Und wissen Sie, was?«

Wohl schüttelte den Kopf.

»Okay. Sag, was du willst, alter Mann, aber wenn ich nur den Hauch einer Chance habe, greife ich mir diese Leute. Dann steht das FBI blöde da, und ich werde der jüngste Sergeant bei der Polizei von Philadelphia. Genau wie Peter Wohl.«

Wohl hatte zwiespältige Gefühle. Er war versucht, bei dieser Vorstellung zu lächeln, und zugleich hatte er das üble Gefühl, daß Coughlin recht hatte.

»Chief, Matt weiß, was ein Befehl ist. Und er befolgt ihn.«

»Ha!« schnaubte Coughlin.

»Und er ist schlau und wird ein ziemlich guter Cop. Er wird nichts Dummes tun.«

»Er ist viel zu schlau und hält sich für einen viel besseren Cop, als er ist. Und wie würden Sie sein Kriechen über den Sims im Bellvue Stratford zwölf Stockwerke über der South Broad Street bezeichnen? War das nicht blöde?«

»Das war wirklich dumm«, gab Wohl zu.

»Und wie würden Sie sein Eindringen mit einem gestohlenen Schlüssel ins Hotelzimmer des Reynold-Mädchens bezeichnen? Als das Verhalten eines erfahrenen, verantwortungsbewußten Polizeibeamten?«

Wohl gab keine Antwort.

»Ganz zu schweigen von der Verfolgungsfahrt mit dem FBI in Nord-Philly?«

»Nun, unter den gegebenen Umständen hätte ich das vielleicht selbst getan«, sagte Wohl. »Aber ich verstehe, was Sie meinen.«

»Matty hat viel von seinem Vater«, sagte Coughlin. Wohl brauchte einen Moment, bis er verstand, daß Coughlin nicht von Brewster Cortland Payne sprach. »Jack Moffitt würde noch leben, wenn er um Unterstützung gerufen und gewartet hätte, anstatt es allein mit dem Gangster aufzunehmen und sich erschießen zu lassen. Und Dutch Moffitt würde ebenfalls noch leben, wenn er nicht versucht hätte, seinem Ruf als Supercop gerecht zu werden.«

»Chief«, sagte Wohl, »ich bin überzeugt, daß Matt sich Gedanken über das gemacht hat, was Dutch und seinem Vater passiert ist. Und daß er daraus gelernt hat.«

»Das glauben Sie keine Sekunde lang, Peter«, sagte Coughlin. »Wann hat er sich Gedanken gemacht? Bevor er auf den Sims im zwölften Stock hinauskletterte? Und wenn Chenowith oder irgendeiner der anderen Wahnsinnigen in Harrisburg auftaucht, meinen Sie, dann würde Matt daran denken, was Dutch und seinem Vater widerfahren ist? Oder wird er versuchen, ihn zu schnappen – oder alle?«

Wohl zuckte mit den Schultern und schwieg eine Weile. »Nun, was sollten wir tun?« fragte er schließlich.

»Wie wird er sich melden?«

»Zweimal pro Tag. Entweder bei Mike Weisbach oder Jason Washington oder Weisbachs Sergeant Sandow. Oder sofort, wenn er etwas herausfindet.«

»Nehmen Sie den Anruf selbst entgegen. Reden Sie mit ihm. Vielleicht hört er auf Sie. Er meint, Sie können über Wasser wandeln.«

»Ich hatte bereits vor, mit ihm zu reden«, sagte Wohl.

Coughlin schaute ihm in die Augen. Einen Moment lang sah es aus, als wollte er etwas sagen, doch dann besann er sich anders. Er nahm sein Glas und trank es leer.

»Ich lasse Sie jetzt zu Bett gehen«, sagte er. »Danke für den Whiskey.«

»Gern geschehen, Chief. Das wissen Sie.«

»Wenn ich bei etwas gestört habe«, sagte Coughlin und nickte zur geschlossenen Tür des Schlafzimmers, »dann tut es mir leid.«

Allmächtiger, kann er hellsehen? Oder hat Amy gehustet oder sonst etwas von sich gegeben, das er gehört hat und ich nicht? Oder hat er an meinem Gesicht die Symptome darauf gesehen, daß ich gerade eine gute Nummer hinter mir hatte?

»Sie haben nicht gestört, Chief«, erwiderte Wohl.

»Gut«, sagte Coughlin.

Er nahm den Telefonhörer ab und wählte.

»Chief Coughlin auf dem Weg von Inspector Wohls Haus zum eigenen«, sagte er schließlich und legte auf.

Dann ging er zur Tür. Er hielt Wohl die Hand hin.

»Ein *Machtwort,* wenn Sie mit unserem Matty sprechen, Peter.«

»Ich werde mich bemühen, ihm ins Gewissen zu reden«, versprach Wohl und gab ihm die Hand.

Coughlin nickte und öffnete dann die Tür. Peter schaute ihm nach, um sich zu vergewissern, daß er es sicher die Treppe hinab schaffte. Dann schloß er die Tür und ging ins Schlafzimmer.

»Ich nehme an, er ist weg«, sagte Amy. »Er hat deine großzügige Einladung zum Übernachten nicht angenommen?«

»Das tut mir leid, es war blöde von mir«, sagte Peter. »Er ist fort. Wieviel hast du gehört?«

»Alles«, sagte Amy.

»Er mag Matt sehr gern«, sagte Wohl. »Und er hatte getrunken.«

»Ich weiß kaum, mit welchen Fragen ich anfangen soll«, sagte Amy. »Wie wäre es mit Sims im zwölften Stock des Bellvue Stratford? Das klang sehr interessant.«

»Es war nicht so schlimm, wie es klang. Dieser Sims war über einen halben Meter breit. Und ich habe Matt eine gehörige Standpauke gehalten, als ich davon erfuhr.«

»Einen halben Meter breit und zwölf Stockwerke über dem Boden, richtig? Erzähl schon, Peter.«

»Du hast in der Zeitung gelesen, daß ein Lieutenant vom Sittendezernat Geld von der Madame des Callgirlrings nahm?«

Amy nickte.

»Vieles bei diesem Fall spielte sich im Bellvue Stratford ab. Matt war bei dem Überwachungs-Team. Sie klebten ein Mikrofon mit einem Saugnapf an das Fenster eines Hotelzimmers. Er hielt nicht, und das Mikrofon fiel auf den Sims. Matt kletterte über den Sims und brachte es wieder an.«

»Er riskierte sein Leben, damit er eine Callgirl-Madame verhaften konnte?«

»Wir waren eigentlich hinter den Polizeibeamten her, die in den Fall verwickelt waren. Und werde nicht sauer auf mich, Amy. Ich habe ihm nicht den Auftrag gegeben, so etwas Verrücktes zu tun. Ich habe ihn zur Sau gemacht, als ich davon hörte.«

Amy schnaubte.

Peter wollte seinen Morgenrock ausziehen.

»Laß ihn nur an«, sagte Amy. »Wer sind die Leute, die Matt auf eigene Faust verhaften will, wie Denny Coughlin befürchtet?«

»Darüber kann ich nicht sprechen«, sagte Wohl. »Tut mir leid.«

»Was soll das heißen?«, brauste Amy auf und äffte seinen Tonfall nach. *»Darüber kann ich nicht sprechen?«*

»Es ist eine streng vertrauliche Ermittlung.«

»Und du sprichst nie über streng vertrauliche Ermittlungen bei einem Flittchen, das du gerade bumst, richtig?«

»Meinst du, das bist du für mich? Irgendein Flittchen, das ich bumse?«

»Versuch nicht, das Thema zu wechseln, Peter«, sagte Amy.

»Und was bin ich für dich, Amy?« hörte Wohl sich fragen und wunderte sich über seinen plötzlichen Zorn. »Ein zweckdienlicher Hengst? Ein Hengst, den du ein oder zweimal pro Monat, wenn die Hormone aktiv werden, anrufst und fragst, ob du zu ihm rüberkommen kannst?«

»Wie sind wir auf dieses Thema gekommen?« fragte Amy beklommen. »Denkst du das wirklich?«

»Ich weiß nicht, was ich denken soll«, sagte er.

Amy atmete tief durch.

Sie schaute ihn an.

»Was willst du von mir hören? Daß ich glaube, ich liebe dich?«

»Wenn das die Wahrheit ist, wäre das ein netter Anfang.«

»Meine Patienten, das muß ich leider folgern, sind nicht die einzigen, die ihre Augen vor der Wahrheit verschließen.«

»Was soll das heißen?«

»In diesem Fall ist die Wahrheit, der ich anscheinend nicht ins Gesicht sehen will, die Tatsache, daß ich mich in dich verliebt habe.«

Peter sagte nichts dazu.

»Keine Antwort darauf?« fragte Amy nach langem Schweigen.

»Du sagst das so nüchtern.«

»Ist daran was falsch?« fragte Amy.

Peter schüttelte den Kopf. »Nein.«

»Ich werde dir sagen, wie es weitergeht«, sagte Amy.

»Wenn es die Wahrheit ist, wäre es ein netter Anfang, wenn du sagst ›Ich liebe dich auch, Amy.‹«

»Ich liebe dich auch, Amy.«

»Okay. Schritt zwei. Jetzt kannst du den Morgenrock ausziehen und ins Bett kommen, und nachdem wir getan haben, was Verliebte tun, folgt Schritt drei, und du erzählst mir alles über diese streng vertrauliche Ermittlung, in die du meinen kleinen Bruder verwickelt hast.«

»Kann ich einen Schritt eins-A vorschlagen?«

»Schlag vor.«

»Ich habe eine Flasche Champagner im Kühlschrank, die ich für einen passenden Anlaß aufbewahrt habe.«

»Sehr gut. Hole sie. Vielleicht ist unsere Liebesaffäre doch nicht so hoffnungslos, wie mir die Logik sagt.«

»Du meinst, sie ist hoffnungslos?«

»Wir werden warten und es herausfinden müssen, Peter, nicht wahr?«

Er verließ das Schlafzimmer, um den Champagner zu holen. Als er bei der Spüle stand und den Draht vom Korken entfernte, kam Amy aus dem Schlafzimmer zu ihm und schlang von hinten die Arme um ihn.

»Es ist wahr«, sagte sie fast flüsternd. »Als ich dich aus dem Schlafzimmer gehen sah, wurde mir plötzlich klar, mein Gott, ich liebe diesen Mann wirklich!«

Matt Payne brauchte zehn Minuten, um das System zu durchschauen, das den Zweck hatte, den Polizeichef von Harrisburg vor unnötigen Störungen durch die Öffentlichkeit zu bewahren, doch als er durchblickte, stellte er fest, daß der Weg für ihn geebnet war.

»Der Chief telefoniert, Detective Payne«, begrüßte ihn seine nette Sekretärin lächelnd, »aber er erwartet Sie. Möchten Sie eine Cola oder eine Tasse Kaffee?«

»Kaffee wäre prima. Danke.«

Sie schenkte Kaffee ein, als das rote Lämpchen, das anzeigte, daß die Leitung des Chiefs besetzt war, ausging.

Die Sekretärin nahm den Hörer eines der Telefone auf ihrem Schreibtisch ab.

»Detective Payne ist soeben eingetroffen«, sagte sie.

Einen Augenblick später wurde die Tür des Büros geöffnet, und ein stämmiger Mann in Uniform und mit rötlichem Gesicht kam lächelnd und mit ausgestreckter Hand heraus.

»Entschuldigen Sie, daß Sie warten mußten«, sagte der Chief. »Das verdammte Telefon. Sie wissen, wie das ist. Hat Agnes sich um Sie gekümmert?«

»Jawohl, Sir«, sagte Matt.

Der Chief schüttelte ihm die Hand und nickte zur Kaffeemaschine.

»Bringen Sie mir auch eine Tasse Kaffee rein, Agnes?«

»Wird gemacht, Sir.«

»Kommen Sie rein, Payne, und wir wollen sehen, ob wir Ihnen die Dinge etwas erleichtern können.«

»Danke, Sir«, sagte Matt.

Ein glänzend poliertes Namensschild auf dem Schreibtisch des Chiefs identifizierte ihn als A. J. Mueller. An jedem Ende des Schildes befand sich ein Hirschfuß, und zwei Geweihe hingen an den Wänden. Eine Wand war mit Fotos bedeckt, von denen ungefähr die Hälfte den Chief zeigte, der anderen Polizisten und Politikern die Hände schüttelte – eine Aufnahme zeigte ihn mit dem Gouverneur und eine andere mit dem Ehrenwerten Jerome H. Carlucci –, und auf den anderen Fotos war der Chief in Jagdkleidung zu sehen, wie er strahlend die Köpfe von Hirschen hochhielt, die er anscheinend geschossen hatte.

In einer Glasvitrine waren Pokale und Waffen – hauptsächlich Pistolen – zu sehen; vermutlich hatte er beim Schießen mit diesen Waffen die Pokale gewonnen.

»Ich hoffe, Sie haben sich noch nicht im Hotel angemeldet,« sagte Chief Mueller und forderte Matt mit einer Geste auf, in einem der Besuchersessel vor dem polierten Schreibtisch Platz zu nehmen.

»Nein, Sir, ich bin direkt hergekommen.«

»Gut. Ich habe das Penn-Harris angerufen – das ist das beste Hotel der Stadt – und einen Sonderpreis bekommen.«

»Das war sehr freundlich von Ihnen, Sir.«

»Nun, nicht nur Walter Davis sprach lobend von Ihnen, sondern auch ein alter Freund von mir, Chief Augie Wohl, rief mich an und kündigte Ihr Kommen an. Er sagte, Sie seien nicht nur ein guter Cop, sondern auch ein Freund, und er wäre dankbar, wenn ich für Sie tue, was ich kann.«

»Das war sehr nett von Chief Wohl, Sir.«

»Ich bin ein wenig neugierig, woher Sie Chief Wohl kennen. Nach Ihrem Aussehen würde ich schätzen – und das ist nicht böse gemeint –, daß Augie in Pension ging, als Sie noch in der Grundschule waren.«

»Ich arbeite für Chief Wohls Sohn, Sir. Inspector Peter Wohl.«

»Peter ist Inspector? Gott, ich sehe ihn noch in kurzen Hosen vor mir! Wir hatten eine Tagung des nationalen Verbandes der Polizeichefs in Atlantic City. Ich war gerade zum Chief befördert worden, und es war meine erste Tagung. Da brachte Augie Peter mit. In Cop-Uniform. Er war ein netter kleiner Kerl.«

Matt konnte sich ein Lächeln nicht verkneifen, als er sich Peter Wohl als netten kleinen Kerl in Cop-Uniform vorstellte.

»Ja, Sir. Er leitet jetzt die Special Operations Division.«

Agnes brachte den Kaffee und verließ das Büro. Sie ließ die Tür einen Spalt offen. Chief Mueller erhob sich hinter seinem Schreibtisch, ging zur Tür und schloß sie.

»Weiß Chief Wohl von diesen – wie sollen wir es nennen? – ›kooperativen Bemühungen‹ zwischen Ihnen und Walter Davis?«

»Das weiß ich nicht, Sir. Aber vielleicht hat Inspector Wohl ihm davon erzählt.«

»Er hat am Telefon nichts davon erwähnt, also gehen wir davon aus, daß er es nicht weiß. Okay?«

»Jawohl, Sir.«

»Das bedeutet, daß ich als einziger bei der hiesigen Polizei davon weiß. Ich habe die Erfahrung gemacht, wenn mehr als eine Person etwas weiß, kann man es als Geheimnis vergessen.«

»Jawohl, Sir.«

Mueller ging zu seinem Schreibtisch zurück, zog eine Schublade auf, nahm eine Visitenkarte heraus, schrieb etwas darauf und überreichte sie Matt.

»Falls Sie auf die schnelle Kontakt mit mir aufnehmen müssen«, sagte er. »Die erste Nummer ist meine Geheimnummer zu Hause, und die zweite ist die Nummer des Diensthabenden in der Funkzentrale. Dort weiß man stets, wo ich bin.«

»Danke, Sir.«

»Es wäre vielleicht eine gute Idee, wenn Sie mindestens einmal pro Tag hier anrufen. Die dritte Nummer ist die von Agnes' privater Leitung. Wenn ich irgendwelche Nachrichten für Sie habe – Sie verstehen schon.«

»Jawohl, Sir. Ich werde mich mindestens einmal pro Tag bei Agnes melden.«

»Bevor ich jetzt Deitrich hereinrufe, lassen Sie uns klären, ob wir die gleiche Kenntnis über den Stand der Dinge haben. Offiziell suchen Sie hier nach schmutzigem Geld, das der Lieutenant des Sittendezernats vielleicht hier zur Seite geschafft hat. Ist das richtig?«

»Jawohl, Sir.«

»Tun Sie das wirklich, oder ist das nur die Version für die Öffentlichkeit?«

»Ich werde das wirklich tun, Sir.«

»Ich brauche Ihnen wohl nicht zu sagen, daß er Geld oder sonstwas nicht unter seinem eigenen Namen hier versteckt hat, oder?«

»Nein, Sir. Ich habe eine Liste von Leuten, die vielleicht mit ihm zusammengearbeitet haben.«

Chief Mueller nickte.

»Ich hoffe, Sie finden etwas«, sagte Mueller. »Es geht mir gegen den Strich, wenn sich Verbrechen lohnt. Besonders, wenn der Verbrecher Polizist ist.«

»Das ist sicherlich der Grund, weshalb mich Inspector Wohl hier heraufgeschickt hat, Sir«, sagte Matt.

»Und dann hat sich diese Zusammenarbeit mit Walter und dem FBI einfach so ergeben?«

»So ungefähr, Sir.«

»Nun, ich hoffe, auch das klappt. Aus dem gleichen Grund. Es geht mir gegen den Strich, wenn Leute, die andere umgebracht haben, uns eine lange Nase machen und damit auch noch durchkommen.«

»Ja, Sir.«

»Wenn Sie etwas brauchen, das Ihnen helfen könnte, Payne, dann fragen Sie nur.«

»Vielen Dank, Sir.«

Mueller ging zur Bürotür und öffnete sie.

»Stellen Sie fest, ob Lieutenant Deitrich eine Minute Zeit hat, Agnes«, wies er seine Sekretärin an, und dann wandte er sich an Matt. »Deitrich, ein guter Mann, ist der Leiter unserer Abteilung Weiße-Kragen-Kriminalität. Er kann Sie mit den Banken in Verbindung bringen.«

Deitrich, sehr großer und fast kahlköpfig, kam zwei Minuten später in Muellers Büro.

»Paul, begrüßen Sie Detective Matt Payne von der Polizei Philadelphia«, sagte Chief Mueller.

Deitrich musterte Matt sorgfältig, bevor er ihm seine prankenartige Hand entgegenstreckte.

»Guten Tag«, sagte er mit dröhnender Stimme.

Sein Händedruck war überraschend sanft.

»Erinnern Sie sich an die Zeitungsberichte über den dreckigen Lieutenant des Sittendezernats – wie war noch sein Name, Payne?«

»Meyer, Sir«, antwortete Matt.

Deitrich nickte nur und bestätigte Matts schnelle Einschätzung, daß Lieutenant Deitrich kein Mann der vielen Worte war.

»Die Polizei von Philadelphia meint, daß der Ex-Lieutenant Meyer vielleicht etwas Geld und/oder Besitz hier oben versteckt hat«, fuhr Mueller fort. »Und man hat Payne geschickt, um es zu finden.«

Deitrich nickte abermals.

»Das halte ich für einen gerechten Job, und ich habe ihm unsere volle Unterstützung zugesagt.«

Deitrich nickte.

»Und Detective Payne kommt mit einer erstklassigen Empfehlung von einem gemeinsamen Freund von uns. Sie verstehen, wen ich meine, Paul?«

Wieder ein Nicken.

»Und aus den offenkundigen Gründen will er die Ermittlung so unauffällig und lautlos wie möglich durchführen«, sagte Mueller.

»Ich habe ihm gesagt, Sie können ihn mit den Banken in Verbindung bringen«, fuhr Mueller fort. »Und mir fällt soeben ein, daß Sie Freunde im Kreisgericht haben, falls er Besitzüberschreibungen überprüfen will.«

»Wann wollen Sie anfangen?« fragte Deitrich.

»Wie wäre es mit morgen früh?« antwortete Chief Mueller an Matts Stelle. »Geben Sie ihm eine Chance, sich einzugewöhnen. Er wohnt im Penn-Harris.«

Der Lieutenant nickte. »Ich werde heute nachmittag einige Telefonate führen.«

»Danke«, sagte Matt.

»Sie werden herumfahren müssen«, sagte Mueller. »Welchen Wagentyp fahren Sie?«

»Einen Plymouth.«

»Ihren privaten oder einen Dienstwagen?«

»Einen neutralen Dienstwagen.«

»Welches Baujahr? Hat er offizielle Kennzeichen?«

»Es ist ein neuer«, sagte Matt. »Blau. Mit normalen zivilen Nummernschildern.«

»Sie müssen in Philadelphia beliebt sein«, sagte Deitrich. »Geben Sie mir die Nummer, bevor Sie gehen. Ich werde veranlassen, daß ein verdächtiger neutraler Wagen, der nicht zu unseren gehört, in Ruhe gelassen wird.«

»Danke.«

Deitrich entnahm seiner Brieftasche wortlos eine Visitenkarte und gab sie Matt.

»Danke«, wiederholte Matt.

»Neun Uhr morgen früh?« fragte Deitrich.

»Neun paßt mir prima.«

Deitrich schaute Mueller an, wie um zu fragen »War das alles?«

»Danke, Paul«, sagte Mueller.

Deitrich nickte erst Mueller und dann Matt zu und schlenderte aus dem Büro.

Mueller wartete, bis er außer Hörweite war. Dann sagte er: »Paul redet nicht viel. Wenn er was sagt, sollten Sie zuhören.«

»Jawohl, Sir.«

»Wie wäre es, wenn ich Sie mit einem daheim gekochten Abendessen in Harrisburg willkommen heiße?«

»Das ist sehr freundlich, Sir. Aber könnte ich ein anderes Mal darauf zurückkommen?«

Mueller schaute Matt an, und seine buschigen Augenbrauen hoben sich. Dann nickte er.

»Ich hoffe, sie ist hübsch«, bemerkte er.

»Das ist sie«, sagte Matt.

Mueller hielt ihm die Hand hin. Matt ergriff sie. Das Treffen war beendet.

»Wenn Sie irgend etwas brauchen, können Sie mich jederzeit anrufen. Sie haben meine Telefonnummer«, sagte Mueller.

»Danke, Sir«, sagte Matt. »Für alles.«

Im Penn-Harris Hotel erhielt Detective Payne eine Suite im sechsten Stock für ungefähr die Hälfte des normalen Preises. Sie bestand aus Schlafzimmer mit drei Fenstern – durch die er das Rathaus sehen konnte –, Doppelbett, kleinem Schreibtisch, Fernseher und zwei Lehnsesseln. Im Wohnzimmer gab es eine Couch mit Couchtisch, zwei Lehnsessel und einen weiteren Fernseher.

Während Matt auspackte, öffnete er eine Tür, die er für eine Schranktür hielt, und fand dahinter eine Einbauküche mit kleinem Kühlschrank. Zu seiner Freude enthielt der Kühlschrank ein halbes Dutzend Bierflaschen und jeweils eine große Flasche mit Cola und Mineralwasser.

Er sagte sich, daß er dies vermutlich mehr Chief Muellers Wunsch, für einen Freund von Chief Inspector im Ruhestand Augustus Wohl Gutes zu tun, verdankte als dem Routine-Service des Hotels, besonders bei jemand, der eine Suite zu reduziertem Preis bewohnte.

Matt packte zu Ende aus, nahm eine Flasche Bier aus dem Kühlschrank, machte es sich auf der Couch im Wohnzimmer bequem, legte die Füße auf den Couchtisch und griff zum Telefon.

Jason Washington meldete sich mit seiner tiefen Stimme.

»Special Operations Investigations. Sergeant Washington.«

»Detective Payne, Sergeant Washington, und wie geht es Ihnen an diesem warmen und angenehmen Nachmittag?«

»Gut, daß Sie anrufen. Wir alle haben uns gefragt, wann Sie die Zeit finden werden.«

»Ich bin gerade erst hier«, protestierte Matt, und dann fragte er: »Ist was los?«

»Special Agent Matthews rief dreimal bei mir an und fragte, ob wir etwas von Ihnen gehört haben. Sollten Sie nicht Verbindung mit ihm halten, Matt?«

»Ich bin mir nicht sicher, ob ich weiß, was das bedeutet«, sagte Matt. »Jedenfalls habe ich ihm nichts zu sagen. Ich bin gerade erst eingetroffen.«

»Das sagten Sie schon. Und wie wurden Sie von unseren Brüdern bei der Polizei von Harrisburg empfangen?«

»Vom Chief. Netter Mann. Er sagte, Chief Wohl hat ihn angerufen.«

»Das ist interessant.«

»Ja, das dachte ich auch. Jedenfalls hat Chief Mueller mich mit dem Leiter der Abteilung Weiße-Kragen-Kriminalität bekannt gemacht, mit einem Lieutenant namens

Deitrich, der mich in Verbindung mit den Banken und dem Gericht bringen will.«

»Wo sind Sie jetzt, Matthew?«

»Zimmer sechshundertzwölf im Penn-Harris«, sagte Matt. Er schaute sich die Nummer an, die auf dem Telefon stand, und las sie Washington vor.

»Ich werde das Special Agent Matthews mitteilen«, sagte Washington. »Soll ich ihm sonst noch etwas ausrichten, besonders bezüglich Ihres – wie soll ich es nennen – ›Liebeslebens in Harrisburg‹?, das er wissen sollte?«

»Ich habe sie noch nicht angerufen. Das werde ich nach diesem Gespräch tun. Und dieser Anruf wird vielleicht das Ende bedeuten.«

»Nanu, wie denn das?«

»Sie waren dabei, als ich Davis erzählte, daß sie ganz glasige Augen bekam, als ich mich als Cop vorstellte.«

»Nicht die Flinte ins Korn werfen, wie es so schön heißt. Versuchen Sie, mütterliche Gefühle zu wecken, Mitleid mit einem einsamen Jungen, der weit von daheim und den Lieben in die Provinz verbannt ist.«

Matt lachte.

»Würden Sie an ihrer Stelle eine Beziehung mit einem Cop wollen?«

»Das könnte gut von dem Cop abhängen«, sagte Washington. »Denken Sie positiv, Matthew.«

»Ich werde Sie auf dem laufenden halten.«

»Wäre ein Bericht – sagen wir mal – um halb neun morgen früh zuviel verlangt? Ich möchte Agent Matthews nicht enttäuschen, wenn er dann wieder anruft, was er bestimmt tun wird.«

»Ich rufe Sie am Morgen an«, versprach Matt.

»Ich werde in atemloser Vorfreude warten«, sagte Washington und legte auf.

Matt nahm den Zettel mit der Telefonnummer, die ihm von Daffy genannt worden war, aus der Brieftasche, las die Nummer dreimal laut vor, um sie sich einzuprägen, und wählte sie dann. Während es am anderen Ende der Leitung klingelte, schaute er auf den Zettel und sagte sich, daß dies nicht der Zeitpunkt war, um sich auf Erinnerungstricks zu verlassen – auch nicht auf einen, den Jason Washington angeregt hatte –, und steckte den Zettel wieder in die Brieftasche.

»Hier bei Reynolds«, meldete sich eine Männerstimme.

O Gott, sie haben einen Butler!

Weshalb bin ich überrascht? Dad bezeichnete ihren Vater als ›außergewöhnlich erfolgreichen Geschäftsmann‹, und das ist seine Bezeichnung für stinkreiche Leute.

»Miss Reynolds, bitte. Miss Susan Reynolds. Mein Name ist Matthew Payne.«

»Einen Moment bitte, Sir.«

Es war ein langer Moment, lange genug, um Matt Zeit zu geben, sich vorzustellen, wie Susan informiert wurde, daß ein Mr. Matthew Payne in der Leitung war; wie Susan überlegte, wer, zum Teufel, Matthew Payne war; wie sie sich erinnerte *Oh, dieser Cop bei Daffy!* und wie sie dann dem Butler sagte, sie sei nicht zu Hause und würde für einen Mr. Payne nie zu Hause sein.

»Hallo?« zwitscherte eine weibliche Stimme.

»Susan?«

Das hatte nicht nach ihr geklungen.

»Nein«, sagte die Frauenstimme spröde. »Hier ist nicht Susan. Hier ist Susans Mutter. Und wer sind Sie, bitte?«

»Mein Name ist Payne, Mrs. Reynolds. Matthew Payne. Ich habe Susan bei Daffy ...Daphne Nesbitt ...«

»Das *dachte* ich mir doch, als Wilson den Namen nannte«, rief Mrs. Reynolds glücklich. »Sie sind dieser *böse* junge Mann, der Susan die ganze Nacht ausgeführt hat!«

Mein Gott, das ist eine Überkandidelte. Mit dem Naturell von Daffys Mutter, Chads Mutter, Pennys Mutter. Ist das der Fluch des Geldadels? Oder vielleicht ist es der Fluch von Bennington. Die hübschen jungen Mädchen wachsen auf und werden zu Schreckschrauben. Oder anderswie verrückt. Zum Beispiel wie diejenigen, die lieb zu Tieren sein wollen, indem sie

Gebäude und Menschen in die Luft jagen. Oder wenigstens diesen Irren Beihilfe leisten.

»Da meinen Sie wohl den falschen Mann, Mrs. Reynolds.«

»O nein, Matthew Payne. Daphne Browne – sie ist jetzt Daphne Nesbitt, nicht wahr? – hat mir alles über Sie erzählt! Sie sind ein *böser, böser* Junge. Haben Sie gar nicht bedacht, daß wir *krank* vor Sorge um Susan waren? *Schämen* Sie sich!«

»Jawohl, Ma'am.«

»Nun, sie ist nicht zu Hause. Ich meine, sie ist wirklich nicht da. Sie ist auf der Arbeit.«

»Ich möchte sie dort anrufen, bei der Arbeit, wenn das möglich ist.«

»Das ist nicht möglich, befürchte ich. Es sind keine persönlichen Anrufe während der Arbeitszeit erlaubt. Kann ich ihr etwas ausrichten?«

»Ich hatte gehofft, sie zum Abendessen einladen zu können.«

»Wann?«

»Ich dachte vielleicht heute abend, wenn sie nichts anderes vorhat.«

»In Philadelphia?« fragte Susans Mutter ungläubig.

»Nein. Nicht in Philadelphia. Hier. In Harrisburg.«

»Sie sind in Harrisburg?«

»Ja, Ma'am. Geschäftlich.«

»Ich dachte wirklich einen Moment lang, Sie wollten mit Susan in Philadelphia zu Abend essen.«

»Nein, Ma'am, ich bin hier. Und ich dachte, sie wäre vielleicht bereit, mit mir zu Abend zu essen.«

»Nun, wissen Sie was?«, sagte Mrs. Reynolds, und es folgte eine lange Pause. »Sie kommen her und können mit Susans Daddy und mir zu Abend essen. Und natürlich mit Susan.«

»Ich möchte nicht stören«, sagte Matt.

»Sie stören überhaupt nicht«, beteuerte sie. »Und ich will Sie sehen und Ihnen gründlich die Meinung sagen. Sie kommen zum Abendessen, und damit basta.«

»In diesem Fall nehme ich die Einladung dankend an.«

»Vielleicht bereuen Sie das, nachdem Susans Vater Ihnen gesagt hat, was er davon hält, daß Sie sich die ganze Nacht mit Susan herumtreiben.«

»Jawohl, Ma'am.«

»Wir essen um Punkt neunzehn Uhr dreißig, wenn wir zu Hause sind. Paßt Ihnen das?«

»Jawohl, Ma'am.«

»Wissen Sie, wo wir wohnen?«

»Nein, Ma'am. Nur, daß es in Camp Hill ist.«

»Ich werde Ihnen den Weg beschreiben. Er ist nicht so kompliziert, wie es klingt. Haben Sie was zu schreiben?«

»Ja, Ma'am.«

13

Matt duschte, als das Telefon klingelte. Naß und tropfend ging er zum Apparat und fragte sich, wer ihn anrufen mochte und warum er sich die Mühe machte, ein Handtuch um die Hüfte zu binden, wenn er allein in der Suite war.

»Hallo?«

»Das dauert aber lange, bis Sie sich melden«, sagte Peter Wohl.

»Es ist kein Telefon in der Dusche«, erwiderte Matt.

»Denny Coughlin hat vorgeschlagen, daß ich Sie anrufe«, begann Wohl. »Eigentlich hat er vorgeschlagen, dies zu tun, wenn Sie sich melden. Laut Weisbach haben Sie bei Ihrem vollen Terminplan noch keine Zeit dazu gefunden.«

»Ich habe mich bei Jason Washington sofort gemeldet, als ich im Hotel war. Was ist los? Irgend jemand ...«

»Washington hat mir nichts gesagt«, fiel ihm Wohl ins Wort. Es klang leicht entschuldigend.

»Boß ...«

»Okay. Tut mir leid, daß ich Sie angemotzt habe.«

»Ihr Vater hat hier angerufen«, sagte Matt.

»Mein Vater? Was wollte er?«

»Das weiß ich nicht. Er rief bei Chief Mueller an ...«

Jemand klopfte an der Tür.

»Herein!« rief Matt.

Jemand rüttelte an der Tür, aber sie blieb geschlossen.

»Warten Sie bitte einen Moment«, sagte Matt. »Da ist jemand an der Tür.«

»Vermutlich der Zimmerservice«, sagte Wohl. »Gehen Sie nur hin.«

Matt legte den Hörer ab und ging zur Tür. Er stellte sich dahinter, damit derjenige, der draußen war, nur sein Gesicht sehen konnte, wenn er öffnete.

»Allmächtiger!« entfuhr es Matt überrascht, als er die Tür öffnete. »Verzeihung, ich dachte es wäre der Zimmerkellner!«

Vor der Tür stand Miss Susan Reynolds.

»Darf ich hereinkommen?« fragte sie kühl.

»Da gibt es einige Probleme, so entzückt ich auch bin, Sie zu sehen«, sagte Matt. »Eines davon ist, daß ich nur mit einem Handtuch bekleidet bin.«

»Ziehen Sie die Hose an«, sagte Susan. »Ich werde warten.«

»Gehen Sie nicht fort«, bat Matt. Dann eilte er ins Schlafzimmer, zog hastig eine Hose an und lief zur halb geöffneten Tür zurück.

»Kommen Sie bitte herein«, sagte er und öffnete die Tür weit.

Susan trat ein und schloß die Tür.

»Problem zwei ist, daß ich gerade telefoniere«, sagte Matt.

»Nur zu«, sagte Susan, ging zur Couch und setzte sich.

Matt nahm den Telefonhörer.

»Können Sie zurückrufen?« fragte er.

»Was ist los?«

»Das sage ich lieber nicht.«

»Es wird warten müssen«, sagte Wohl. »Dies dauert nicht lange.«

»Jawohl, Sir.«

»Denny Coughlin meint – und zufällig stimme ich ihm völlig zu –, daß das, was er Ihnen bezüglich des Falls Chenowith befohlen hat – und ›befohlen‹ ist das Wort, auf das es ankommt –, bei Ihnen an einem Ohr rein und am anderen rausgegangen ist. Erinnern Sie sich an diesen Befehl?«

»Jawohl, Sir.«

»Beweisen Sie es. Was hat er gesagt?«

»Dies ist ein schlechter Zeitpunkt, Inspector«, sagte Matt.

»Was sagen Sie da, Matt? Was hat er Ihnen befohlen?«

»Ich würde wirklich lieber zurückrufen, wenn ich meine Erinnerung aufgefrischt habe«, sagte Matt.

»Wollen Sie damit sagen, Sie haben es *vergessen?*

»Nein, Sir.«

Plötzlich begriff Wohl.

»Sie ist da?« fragte er entgeistert.

»Das ist im großen und ganzen alles, Inspector.«

»In diesem Fall rufen Sie mich an, wenn Sie eine freie Minute haben. Und in der Zwischenzeit, Matt, denken Sie um Himmels willen daran, daß diese Leute gefährlich sind.«

»Ich werde daran denken, Sir«, sagte Matt.

Dann war die Leitung tot.

Matt schaute Susan an. Sie saß mit übereinandergeschlagenen Beine auf der Couch, und er hatte gute Sicht auf ein wohlgeformtes Bein, mit dem sie ärgerlich oder ungeduldig wippte.

Sie sieht sexy aus, dachte Matt, *aber nicht gefährlich.* »Verzeihung«, sagte er. »Das war mein Boß.«

»Wollen Sie mir sagen, was los ist?«

»Meinen Sie, mit ihm und mir, oder Ihnen und mir?«

»Was treiben Sie hier?«

»Ich arbeite«, sagte Matt.

»Sie arbeiten?«

»Man hat mich hergeschickt, um einige Bankkonten zu

überprüfen«, sagte Matt. »Lieutenant Deitrich von der Abteilung Weiße-Kragen-Kriminalität wird mir bei den Banken den Weg ebnen.«

»Welche Bankkonten?«

»Was soll das sein? Spielen wir Quiz?«

»Ich bin neugierig, okay?«

»Es gibt einige nicht sehr nette Leute in Philadelphia, die illegalen Profit gemacht haben, und wir haben den Verdacht, daß sie ihn hier in der Provinz versteckt haben. Man hat mich geschickt, um den besagten illegalen Profit zu finden.«

»Nicht sehr nette Weiße-Kragen-Kriminelle?«

»Eigentlich überhaupt keine netten. Man könnte sagen, weißes Hemd mit dreckigem Kragen.«

»Warum habe ich das Gefühl, daß wir zweierlei Sprachen sprechen?«

»Da war ein Callgirlring in Philadelphia, der einen Lieutenant des Sittendezernats auf der Lohnliste hatte. Im Polizeijargon werden Lieutenants und Dienstgrade darüber ›Weißhemden‹ genannt, weil ihre Uniformhemden weiß sind.«

»Solche Sachen müssen Sie bei der Polizei machen?« fragte Susan.

»Solche Jobs werden in der Regel jüngeren Detectives übertragen«, sagte Matt. »Ich bin ein sehr junger Detective. Bevor ich dazu befördert wurde, Dinge wie Bankkonten zu überprüfen, habe ich viel Zeit damit verbracht, Autodiebstähle aufzuklären. Das ist die unterste Sprosse der Karriereleiter, als ginge Chad in Lebensmittelläden, um zu betteln, daß man zwei weitere Kisten von Nesbitts weltberühmter Tomatensuppe kauft.«

Das brachte ihm ein weiteres Lächeln ein.

»Ich kann kaum glauben, daß Sie ein Cop sind.«

»Das geht vielen so«, sagte Matt. Er hielt es für an der Zeit, das Thema zu wechseln. »Es freut mich natürlich, Sie zu sehen. Wenn ich gewußt hätte, daß Sie kommen, hätte ich Champagner gekühlt. Aber ich bin ein bißchen neugierig. Warum sind Sie hergekommen?«

»Ich muß mit Ihnen reden«, sagte Susan.

»Ich mag ein junger Detective sein, aber ich bin ein brillanter junger Detective. Lassen Sie mich also meine Sherlock-Holmes-Fähigkeiten beweisen. Es hat eine Änderung der Pläne gegeben, und die freundliche Einladung Ihrer Mutter zum Essen ist rückgängig gemacht.«

»Ich wünschte, es wäre so einfach«, sagte Susan. »Ich möchte Sie um einen großen Gefallen bitten.«

»Ich nehme an, ich könnte Ihnen bis zum Ersten ein paar Dollars leihen. Vorausgesetzt, Sie haben so etwas wie Sicherheiten.«

»Sind Sie denn niemals ernst?«

»Nur wenn es keine Alternative gibt. Wie kann ich Ihnen helfen, schöne Lady?«

»Sie können meine Eltern in dem Glauben lassen, daß wir in der Nacht Dixieland gehört haben.«

»Aber das stimmt nicht, Susan, nicht wahr? Ihre Worte, die mir das Herz gebrochen haben, sind unauslöschlich in meiner Erinnerung gespeichert: ›Sie sind sicherlich ein sehr netter Kerl, aber ich bin einfach nicht interessiert okay?‹ Ich habe mich in jener Nacht in den Schlaf geweint.«

Sie schüttelte ungläubig den Kopf.

»Ich sage Ihnen, was ich tun werde, Susan, da ich ein Pfadfinder bin und wir geschworen haben, die Mütter der Mädchen nicht anzulügen. Sie rufen Ihre Mutter an und sagen ihr, daß wir in der Stadt zu Abend essen. So brauche ich Ihre Mami nicht anzulügen und nicht allein zu essen.«

»Ich meinte es ernst, als ich gesagt habe, daß ich einfach nicht interessiert bin«, sagte Susan. »Es gibt einen anderen.«

Und steht sein Name zufällig auf der FBI-Liste der meistgesuchten Personen? dachte Matt.

»Tatsächlich?«

»Sie machen es mir nicht leicht, wissen Sie das?«

»Nun, der Anwalt *meines* Vaters hat nicht *Ihren* Vater angerufen und wissen wollen, was *Sie* mit der Jungfrau der Familie Sündiges angestellt haben.«

»Das tut mir leid, wirklich.«

»Sie können sich nicht vorstellen, wie demütigend es war, als ich meine Eltern zu Hause besuchte und sie händeringend warteten, mich traurig anblickten und peinliche Fragen stellten, welch schreckliche Dinge ich mit dem kostbaren Baby Ihres Daddys angestellt habe. Das machte mich ein bißchen sauer.«

»Ich sagte, es tut mir leid.«

»Erzählen Sie mir von dem anderen.«

»Sie kennen ihn nicht.«

Ich hoffe, das ändert sich sehr bald, dachte Matt.

»Darum geht ja diese ganze Sache«, fuhr Susan fort. »Meine Eltern können ihn nicht ausstehen. Und er wollte nicht, daß ich zu Daffys Party gehe. Wir haben uns deswegen gestritten. So kam er nach Philadelphia, und als ich die Party verlassen habe, hat er mich in der Halle des Bellvue erwartet. Und wir gingen auf mein Zimmer. Und stritten uns. Und vertrugen uns wieder. Und ich rief meine Mutter nicht an, wie es von mir erwartet wurde. Als sie im Hotel anrief – ich wußte, daß sie es war, wer würde denn sonst um halb drei dort anrufen? –, war sie die letzte Person auf der Welt, mit der ich sprechen wollte. Wie konnte ich das, während ich mit ihm dort zusammen war? So meldete ich mich nicht am Telefon. Und so fing der ganze Schlamassel an. Meine Mutter rief Daffy an …«

»Sie waren die ganze Zeit über auf Ihrem Zimmer?«

»Ja.«

»Mit Mister Sowieso?«

»Ja.«

»Wie heißt Mister Sowieso?«

»Das geht Sie nun wirklich nichts an.«

Mein Gott, Wohl hat recht. Diese Leute sind gefährlich. Sie lügt und schaut mir dabei offen in die Augen. Oder stimmt es, daß Frauen gute Lügnerinnen sind?

»Ich war nur neugierig. Ich dachte, wenn wir vielleicht Freunde werden, könnte ich etwas von ihm lernen.«

»Zum Beispiel?«

»Männerzeug«, sagte Matt. »Ich meine, ich bin bei

Ihnen in ungefähr zwanzig Sekunden abgeblitzt, und dieser Knabe hat es geschafft, das Herz der Maid zu erobern, nicht wahr? Bis auf ihr Zimmer, wo er die Nacht verbrachte. Er muß so gut gewesen sein, daß Sie nicht mal mit Ihrer Mami reden wollten.«

»Daffy sagte, Sie können ein blöder Hund sein«, sagte Susan.

»Schuldig. Aber nur um Daffy ein weiteres Mal zu widerlegen, werde ich Ihre Mutter anrufen und ihr sagen, daß etwas dazwischengekommen ist und ich nicht zum Abendessen kommen kann.«

Sie schaute ihn lange an.

»Sie kennen meine Mutter nicht. Sie ist wild entschlossen, Sie kennenzulernen. Wenn Sie heute abend nicht hingehen, wird sie Sie für morgen und dann übermorgen einladen. Und wenn das nicht klappt, dann wird sie nach Philadelphia fahren und Ihnen nachstellen.«

»Nun, das ist verständlich. Ich bin ein sehr begehrter Junggeselle. Es gibt eine lange Liste von Müttern mit Jungfrauen in der Familie, die sie bei mir loswerden wollen. Sie wird sich eine Nummer nehmen und sich hinten an der Schlange anstellen müssen.«

»Unglaublicher Kerl«, sagte Susan und lachte. »Werden Sie es tun?«

»Was?«

»Ein guter Junge sein? Bestätigen, daß wir uns in der Nacht Dixieland angehört haben? Ich wüßte das wirklich zu schätzen.«

»Wieviel? Was springt für mich dabei heraus?«

»Was soll das heißen?«

»Nun«, sagte Matt und glaubte Jason Washingtons tiefe Stimme zu hören, »wenn ich das für Sie tue, wäre es nur fair, wenn Sie aus Mitleid mit einem einsamen Jungen, der fern von Heimat und Geliebten in die Provinz verbannt ist, zu Abend essen. Ein paarmal. Mehrmals. Ich hasse es wirklich, allein zu essen.«

»Meinen Sie das ernst?«

»Ich meine es immer ernst.«

»Aber ich mag Sie nicht.«

»Warum haben Sie sich dann bis in den frühen Morgen hinein mit mir herumgetrieben? Oder haben Sie das etwa nicht?«

»Ich möchte mich nicht mit Ihnen einlassen. Verstehen Sie das?«

»Wie ich hörte, ändern Frauen manchmal ihre Meinung.«

»Ich nicht.«

»Das wird die Zeit ergeben. Sie haben die Wahl, Susan.«

»Es gefällt Ihnen, etwas gegen mich in der Hand zu haben, nicht wahr?«

»Um ehrlich zu sein, ich finde es interessant.«

»Okay«, sagte Susan. »Wenn Sie von so etwas Ihren Kitzel bekommen, okay. Solange klar ist, daß wir nur vom Abendessen sprechen. Von nichts sonst.«

»Wie meinen Sie das?«

»Ich werde nicht mit Ihnen ins Bett gehen.«

»Ich kann mich nicht erinnern, ein solches Angebot gemacht zu haben. Und wie könnte ich hoffen, mich mit dem guten Mister Sowieso zu vergleichen, der Sie glatt vergessen ließ, Ihre Mommy anzurufen? Und was ist überhaupt mit ihm? Was werden Sie ihm sagen, wenn wir zusammen ausgehen?«

»Er ist nicht hier. Er ist außerhalb der Stadt. Das wird kein Problem sein.«

Der plant oder führt wohl seinen nächsten Bankraub aus, dachte Matt.

»Gut.«

»Verplappern Sie sich heute abend nicht, daß ich hier war«, sagte Susan und erhob sich von der Couch. »Und reden Sie mich mit du an, damit es glaubwürdig klingt.«

»Sei unbesorgt, meine liebe Susan. Deine tiefsten, dunkelsten Geheimnisse sind bei Matt Payne sicher. Jedenfalls im Augenblick.«

»Inspector, Detective Payne ist auf Leitung drei«, meldete Officer Paul O'Hara aus dem Vorzimmer von Wohls Büro.

»Bitten Sie ihn, dranzubleiben«, sagte Wohl.

Er schaute zu den Leuten in seinem Büro – die Captains Mike Sabara und David Pekach und Lieutenant Jack Malone, mit denen er die Pläne für die Abschiedsfeier für einen Sergeant der Highway Patrol besprach, der in Pension ging –, zuckte mit den Schultern, sagte: »Tut mir leid, ich werde mich so kurz fassen wie möglich«, und forderte sie mit einer Geste auf, sein Büro zu verlassen.

Er wartete, bis die Tür geschlossen war, und nahm dann den Telefonhörer von Leitung drei ab.

»Ja, Matt?«

»Sie ist soeben gegangen, Boß.«

»Dann war das tatsächlich unsere Lady – in Ihrem Zimmer?«

»Ja, tatsächlich. Ausgerechnet bei ihrem Auftauchen haben Sie angerufen.«

»Was wollte sie?«

»Nachdem ich mit Jason telefoniert hatte, rief ich bei ihr zu Hause an. Sie war nicht da, aber ihre Mutter lud mich zum Abendessen ein. Und dann telefonierte sie anscheinend mit Susan und erzählte ihr davon und daß ich im Penn-Harris bin. So kam Susan her und bat mich, die Geschichte zu bestätigen, daß wir in Philadelphia die ganze Nacht zusammen aus waren.«

»Hat sie einen Grund genannt?«

»Sie schaute mich mit ihren schönen, unschuldigen blauen Augen an und erzählte von einem Freund, ohne den Namen zu nennen, den ihre Eltern mißbilligen ...«

»Könnte Sie damit Chenowith oder den anderen gemeint haben? Wie heißt er noch?«

»Edgar L. Cole. Nein, dieser Akne-Penner ist kaum ihr Typ. Ich glaube, dieser Freund war nur erfunden – wie der Rest der Geschichte –, nachdem ihre Mutter angerufen und sie über meinen Besuch informiert hatte.«

»Okay. Weiter.«

»Sie erzählte eine ziemlich abenteuerliche Geschichte,

sie und der Freund hätten sich gestritten, weil sie zu Chad Nesbitts Party gegangen sei. Er sei ihr nach Philly gefolgt und habe bei ihrer Rückkehr ins Bellvue in der Halle auf sie gewartet. Dann gingen sie aufs Zimmer, stritten noch ein wenig mehr und vertrugen sich wieder. Sie deutete an – ohne eine Spur von Verlegenheit –, daß sie auf fleischliche Art Versöhnung feierten und mit solcher Begeisterung zugange waren, daß sie ganz vergaß, ihre Mutter anzurufen. Und als Mommy dann anrief, wollte sie nicht Coitus interruptus spielen, und deshalb meldete sie sich nicht am Telefon.«

»Könnte das stimmen?«

»Peter, ihr Bett war unberührt.«

Diese für die Ermittlung wichtige Information hat er, weil er in ihrem Zimmer herumgeschnüffelt hat, dachte Wohl resigniert. Aber es ist offenbar nicht der richtige Zeitpunkt, um ihm wegen dieses illegalen Handelns eine Standpauke zu halten.

»War sie mißtrauisch, weil Sie so plötzlich in Harrisburg auftauchen? Ich meine, fand sie das verdächtig?«

»Zuerst ja, aber ich habe es erklärt.«

»Sie haben ihr die Story erzählt, daß Sie nach verstecktem Geld suchen? Und sie hat sie Ihnen abgekauft?«

»Ich glaube, ja.«

»Und was geschieht jetzt?«

»Ich habe einen Handel mit ihr gemacht«, berichtete Matt. »Ich bestätige ihren Eltern, daß sie in der Nacht mit mir zusammen war, und sie geht dafür mit mir zum Abendessen und leistet mir sozusagen Gesellschaft, während ich allein in Harrisburg bin.«

»Mit anderen Worten – Sie haben sie erpreßt?«

»Ja. Sozusagen.«

»Meinen Sie nicht, daß sie das mißtrauisch machen wird?«

»Sie hat nur den Verdacht, ich versuche, ihr an die Wäsche zu gehen.«

»Und – versuchen Sie das?«

»Ich bin darauf vorbereitet, jedes Opfer zu erbringen«, sagte Matt.

»Das wäre wirklich blöde, Matt«, tadelte Wohl.

»Hey, das war ein Scherz. Meinen Sie wirklich, ich wäre so blöde?«

»Ich hoffe, nicht.«

»Das bin ich nicht«, sagte Matt entschieden.

»Okay. Wenn es je zur Sprache kommen sollte, Matt, habe ich Ihnen soeben eine lange, ernste Predigt gehalten, welchen Preis Sie zahlen müßten, wenn Sie Denny Coughlins klaren Befehl mißachten, nichts anderes zu tun, als Chenowith und Komplizen für das FBI aufzuspüren.«

»Okay«, sagte Matt. »Predigt erhalten und zur Kenntnis genommen.«

»Verstehen Sie mich nicht falsch. Ich versuche nur, Zeit zu sparen. Wenn Sie diesen Befehl mißachten, reiße ich Ihnen den Arsch auf, Matt. Coughlin meint das verdammt ernst, und ich ebenfalls.«

»Jawohl, Sir«, sagte Matt.

»Ich werde Sie zur Verantwortung ziehen, Matt. Haben Sie das verstanden?«

Das Dumme bei dieser dramatischen Drohung ist, Matt weiß, daß es eine leere ist. Wenn er Glück hat und diese Leute oder einen davon schnappt, wird es in allen Zeitungen stehen, und wir werden keinen Polizisten disziplinieren, der etwas tut, was die Öffentlichkeit von Polizisten erwartet; das würde ebenfalls in die Zeitungen gelangen.

»Jawohl, Sir«, sagte Matt.

»Bleiben Sie in Verbindung«, sagte Wohl. »Guten Appetit beim Abendessen.«

Er legte auf.

Matt fand das Haus der Reynolds nach Mrs. Reynolds Wegbeschreibung ohne große Mühe. Sie hatte ihm verschwiegen, daß es von der Straße aus nicht zu sehen war, und er fuhr zweimal die Schuler Avenue auf und ab, bis sein Scheinwerferlicht auf das Schild ›Reynolds‹ an einem Zufahrtsweg fiel.

Der asphaltierte Weg führte durch einen Park, und dann sah Matt das Haus. Es war ein großer Backsteinbau im Kolonialstil. Matt fand jedoch, daß es mehr wie das Haus eines stellvertretenden Vizepräsidenten von Nesfood International wirkte als ein Haus, das man bei einem Aufsichtsratsvorsitzenden, Präsidenten und Geschäftsführer eines Konzerns erwartete, der laut *Fortune* zu den 500 weltgrößten zählte.

Als er den Plymouth stoppte, gingen zwei große Messinglampen zu beiden Seiten der großen Doppeltür an, und als er sich der Tür näherte, wurde sie geöffnet.

»Guten Abend«, begrüßte ihn der Butler, ein Mann in mittleren Jahren mit grauem Blazer.

»Guten Abend«, erwiderte Matt. »Mein Name ist Payne.«

»Ja, Sir, Sie werden erwartet«, sagte der Butler. »Hier entlang bitte, Sir.«

Das Haus war geräumiger, als es von draußen wirkte. Die Eingangshalle war groß, und Treppen zu beiden Seiten führten zu einem Balkon im Obergeschoß.

Der Butler führte ihn zu einer Doppeltür unter dem Balkon und öffnete sie.

»Mr. Payne, Sir«, kündigte er an und forderte Matt mit einer Geste zum Eintreten auf.

Drinnen sah es wie eine Kombination aus Wohnzimmer und Bibliothek aus. An drei Wänden standen Bücherregale, die bis zur Decke reichten. In der vierten Wand befand sich eine Glasschiebetür, die in einen Innenhof führte. Jenseits des Innenhofs erstreckte sich ein Rasen bis zum Susquehanna River.

Ein stämmiger, blonder Mann Anfang Fünfzig mit einem anthrazitfarbenen zweireihigen Anzug erhob sich aus einem Sessel und ging mit ausgestreckter Hand auf Matt zu.

»Matt Payne, nehme ich an?«

»Ja, Sir.«

»Haben Sie den Film gesehen?«

»Sir?«

»Rate mal, wer zum Dinner kommt?«

»Lassen Sie mich das klären«, sagte Matt. »Ich möchte nur eine kostenlose Mahlzeit.«

Thomas Reynolds lachte.

»Zählt ein Schlückchen zu Ihren Lastern?«

»Zu meinen kleineren Lastern, ja, Sir.«

»Ich wollte mir selbst noch einen mixen«, sagte Reynolds, nahm Matt am Arm und führte ihn zu einem Sideboard, auf dem ein Sortiment von Flaschen und Utensilien für die Cocktailstunde standen. »Was möchten Sie trinken?«

»Ein wenig Famous Grouse wäre fein, danke.«

»Dieselbe Familie stellt diesen Whiskey seit sechs Generationen her. Wußten Sie das?«

»Nein, Sir.«

»Ich trinke ihn seit dem College«, sagte Reynolds, während er einschenkte.

»Mein Vater ebenfalls«, sagte Matt. »Ich nehme an, deshalb bevorzuge ich ihn.«

Reynolds reichte Matt ein gefülltes Glas. »Da sind Eis, Wasser und Soda.«

»Ein wenig Wasser, bitte«, sagte Matt.

Als das erledigt war, stieß Reynolds mit Matt an.

»Willkommen«, sagte er.

»Danke.«

»Ich bewundere Ihren Mut.«

»Wie bitte?«

»Hat Susie nicht erzählt, daß ihre Mutter wütend ist?«

»Oh. Nun, ich habe ein reines Gewissen. Ich brauchte nicht daheim anzurufen.«

»Und da ist sie!« rief Reynolds.

Mrs. Reynolds, die in ihrem schlichten schwarzen Kleid und der einreihigen Perlenkette wirkte wie aus demselben Holz geschnitzt wie Mrs. Browne, Daffys Mutter, trat aus einer Seitentür ein.

»Hier ist er, Grace«, sagte Reynolds. »Seine Hörner sind offensichtlich eingezogen, sei also nett zu ihm.«

»Sie sind ein schlimmer junger Mann«, sagte Grace Reynolds.

»Meine Mutter sieht das anders«, sagte Matt.

»Und obendrein frech!«

»Grace, laß ihn in Ruhe!« sagte Thomas Reynolds im Befehlston.

»Ich scherze nur, und das weiß er.«

»Ja, Ma'am.«

»Aber was haben Sie sich nur dabei gedacht, Susie all diese Stunden auszuführen?«

»Nun, wir waren ziemlich vertieft in eine Unterhaltung«, sagte Matt. »Ich lerne nicht oft Mädchen mit einer so profunden Kenntnis über Jazz kennen. Die Zeit verging wie im Fluge!«

»Susan hat keine Kenntnis von ...« wollte sie verwirrt einwenden.

Reynolds lachte wieder und fiel ihr ins Wort. »Er sagt dir höflich, du sollst dich um deine eigenen Angelegenheiten kümmern, Grace. Da lernst du vielleicht jemand kennen, der dir gewachsen ist.«

»Das ist ein Anlaß«, sagte Grace Reynolds und wechselte fröhlich das Thema. »Ich werde einen Martini trinken.«

Reynolds mixte ihr einen Martini. »Susan wird in ein, zwei Minuten hier sein, Matt – es macht Ihnen doch nichts aus, wenn ich Sie mit dem Vornamen anspreche, oder?«

»Nein, Ma'am.«

»Susan duscht«, fuhr Mrs. Reynolds fort.

Matt sah plötzlich ein ziemlich klares Bild von Susan beim Duschen vor seinem geistige Auge.

Kühl dich ab, dachte er. Zum einen ist sie überhaupt nicht interessiert, und zum anderen hat Wohl recht: Es wäre wirklich blöde.

»Das ist schön«, sagte Matt.

»Ich habe sie auf der Arbeit angerufen. Das sollte ich nur tun, wenn es wichtig ist, aber nachdem ich Sie eingeladen hatte, wollte ich verhindern, daß sie mit einer Freundin ins Kino geht oder sonstwas unternimmt.«

»Und sie war zweifellos entzückt, von meinem Besuch zu hören?«

»Eigentlich war sie mehr überrascht, um ehrlich zu sein«, sagte Grace Reynolds.

Ihr Mann überreichte ihr den Martini, und dann lächelte er plötzlich herzlich und rief:

»Prinzessin!«

Matt wandte den Kopf und sah Susan. Sie war wie ihre Mutter gekleidet, fand Matt, und dann ergänzte er seinen Gedanken: *Schlichte schwarze Kleider und einreihige Perlenketten sind fast so etwas wie eine Uniform für Frauen ihres Alters und ihrer gesellschaftlichen Stellung.*

Susan lächelte – es wirkte echt – und reichte ihm die Hand.

»Eine angenehme Überraschung, Matt«, sagte sie

»Keine zehntausend Pferde«, erwiderte Matt sehr ernst, »und alle Männer des Königs hätten mich davon abhalten können, zu dir zu kommen.«

»Ach du Scheiße«, sagte Susan und schüttelte ungläubig den Kopf.

»Susie!« mahnte ihre Mutter schockiert.

»Wenn du so unflätig wirst, Susie, werden wir wohl die ganze Sache abblasen müssen«, sagte Matt in gespielter Empörung.

Susans Vater lachte, und ihre Mutter blickte verwirrt drein.

»Ich hätte dich warnen sollen, Daddy, er ist ein Idiot.«

»Bis jetzt gefällt er mir.«

»Daddy, kann ich einen Scotch haben?« fragte Susan.

»Nun, wie Mommy sagte, dies ist ein Anlaß«, erwiderte Thomas Reynolds. »Warum nicht?«

»Geben Sie ihr einen schwachen«, sagte Matt. »Und nur einen. Zwei, und sie will wieder bis zum Sonnenaufgang aufbleiben.«

»War es tatsächlich so?« fragte Mrs. Reynolds. »Hatte Susie zuviel getrunken?«

»Das hatte ich nicht«, protestierte Susan automatisch.

»Wieviel?« wollte Mommy wissen.

»Eigentlich nicht viel«, sagte Matt. »Ich meine, nach den Martinis – und, natürlich, dem Champagner – bei Daffy, hatte sie nur ein paar Tequila Surprises in dem mexikanischen Lokal, und dann nicht mehr als drei, nun, vielleicht vier Bier in der Dixieland-Bar.«

»Was ist ein ›Tequila Surprise‹?«

»Man nennt ihn so, weil einen nach dem zweiten Tequila Surprise nichts mehr überraschen kann«, erklärte Matt todernst.

»Mommy«, protestierte Susan, »er zieht dich nur auf.«

Wenn ich meine Mutter ›Mommy‹ nennen würde, dachte Matt, *dann müßte sie sich übergeben.*

»Ich habe ihm keine Sekunde lang geglaubt«, sagte Mrs. Reynolds.

»Spielen Sie Golf, Matt?«

»Ja, Sir.«

»Haben Sie Ihre Schläger mitgebracht?«

»Nein, Sir.«

»Mir kam in den Sinn, den Club anzurufen und Sie als Gastmitglied aufnehmen zu lassen, solange Sie hier sind.«

»Das wäre sehr freundlich von Ihnen, Sir.«

»Wie lange werden Sie hier sein?«

»Das hängt davon ab, wie lange meine Arbeit dauern wird. Eine Woche, vielleicht zehn Tage.«

»Dann werde ich den Club anrufen und Sie eintragen lassen«, sagte Reynolds.

Eine Frau in mittleren Jahren mit schwarzem Kleid und weißer Schürze tauchte in der Tür auf.

»Das Essen kann aufgetragen werden, wenn Sie es wünschen, Mrs. Reynolds«, kündigte sie an.

»Danke, Harriet«, sagte Mrs. Reynolds. »Wir können jetzt gleich anfangen.«

Das Eßzimmer war so klein, daß Matt sich sagte, es mußte noch ein größeres geben. Sie aßen offenbar *en famille.* Seine Annahme wurde sofort bestätigt, als Mr. Reynolds ihn fragte, ob er den Küchenchef bei der Arbeit sehen wollte.

»Ja, Sir.«

»Wir können dort die Gläser austrinken«, sagte Reynolds.

Er führte Matt hinaus in den Innenhof, wo von einem mit Gas betriebenen Grill Rauch aufstieg. Auf einer großen weißen Platte lag vorbereitetes Fleisch.

»Das ist eine der unbeantworteten Fragen meines Lebens«, sagte Reynolds. »Entweder sind Frauen von Natur aus nicht in der Lage, mit einem Grill umzugehen, oder sie haben sich alle verschworen, um diesen Eindruck zu erwecken, damit die Männer für sie grillen.«

»Ich würde auf die Verschwörungstheorie tippen«, sagte Matt.

Reynolds fachte die Glut an und legte das Fleisch auf den Grill. Dann drückte er auf einen Knopf seiner Rolex an seinem Handgelenk, um die Uhrzeit einzustellen.

»Ich weiß nicht«, sagte Reynolds. »Ich halte es für bezeichnend, daß es bis vor kurzem sehr wenig Köchinnen unter den großen Küchenchefs der Welt gab. Ich glaube, es hat etwas mit der unterschiedlichen Denkungsweise von Mann und Frau zu tun.«

»Wieso?«

»Frauen ändern ständig etwas und improvisieren. Männer lösen ein Problem – zum Beispiel, wie lange ein Braten bei einer gewissen Temperatur gegrillt werden muß. In diesem Fall, vier Minuten auf einer Seite, dreieinhalb Minuten auf der anderen, bis er medium ist – mögen Sie es so, Matt?«

»Ja, Sir.«

»Und wenn das Problem gelöst ist, war's das. Dann nehmen wir die anderen Probleme in Angriff. Frauen hingegen können nicht widerstehen, herumzuexperimentieren. Und wenn man ein Küchenchef ist, der – sagen wir mal – fünfzig Leute binnen einer Stunde verpflegen muß, kann man nicht experimentieren. Da ist eine gewisse Effizienz nötig, und allgemein gesagt, fehlt die den meisten Frauen.«

»Ich nehme an, das stimmt«, bemerkte Matt.

»Ich *weiß,* daß es stimmt«, sagte Reynolds. »Wenn Sie

darüber nachdenken – und ich meine nicht nur heute abend, sondern im nächsten halben Jahr oder so, werden Sie viele Beispiele finden, die beweisen, daß ich recht habe.«

»Ich werde es versuchen«, sagte Matt.

Reynolds schaute auf seine Uhr, und nach vermutlich genau vier Minuten wendete er das Fleisch. Dann stellte er seine Uhr von neuem ein.

»Kochen Sie, Matt?«

»Ich bin Junggeselle«, antwortete Matt. »Manchmal ist es nötig, daß man sich auf die schnelle selber was zurechtmacht.«

»Sie sollten sich als richtigen Koch versuchen«, sagte Reynolds. »Es ist wirklich ziemlich lohnend.«

»Ich habe nur eine winzige Küche«, sagte Matt.

»Dann leisten Sie sich eine vernünftige«, sagte Reynolds. »Drei Dinge verschaffen einem Mann im Leben Zufriedenheit. Gute Schuhe, eine gute Matratze und eine anständige Küche.«

»Wie wäre es mit einer guten Frau?«

»Das ist eine Voraussetzung«, erwiderte Reynolds. »Natürlich eine gute Frau.«

Nach vermutlich genau dreieinhalb Minuten nahm Reynolds das Fleisch mit einer enorm großen Zange vom Grill und legte es auf die Platte.

Dann ging er mit der Platte, gefolgt von Matt, in das kleine Eßzimmer, stellte die Platte auf den Tisch und forderte Matt mit einer Geste auf, Platz zu nehmen.

»Der letzte Schritt besteht darin, ein kleines Glas Wein zu trinken, um die Geschmacksnerven anzuregen, während sich der Saft des Fleisches setzt und ich es in Scheiben schneide. Ich habe Harriet gebeten, etwas Cabernet Sauvignon zu öffnen, damit er derweil atmen kann. Ich hoffe, Sie sind damit einverstanden?«

»Und ob«, sagte Matt. Er lächelte Susan an. »Bist du eine Köchin, Susie?«

Ihre Mutter antwortete für Susan.

»Daddy hat versucht, es ihr beizubringen. Aber Susie macht sich anscheinend nicht viel daraus.«

»Meine Mutter predigte meiner Schwester stets, daß der Weg zum Herzen eines Mannes durch seinen Magen führt«, sagte Matt.

»Das wäre eine nützliche Information«, erwiderte Susan, »vorausgesetzt, jemand sucht den Weg zum Herzen eines Mannes. Hat deine Schwester auf den Rat gehört?«

»Selbstverständlich.«

»Nun, vielleicht sah sie ihre Zukunft in der Rolle der Hausfrau und des Heimchens am Herd.«

»Im Gegensatz zu etwas Nützlichem – wie zum Beispiel Sozialarbeiterin?«

»So etwas in der Art. Nichts gegen Hausfrauen. Jeder nach seiner Fasson«, sagte Susan.

»Eigentlich ist meine Schwester Ärztin. Psychiaterin, genauer gesagt«, erwiderte Matt.

»Da hat er dich erwischt, Prinzessin«, sagte Mr. Reynolds, offensichtlich erfreut.

Susan lächelte.

Was ist das? dachte Matt. *Das Lächeln, um einen Vulkan einzufrieren?*

Mr. Reynolds füllte die Weingläser.

»Auf alte und neue Freunde«, sagte er und hob sein Glas.

Er nippte an seinem Wein, schaute auf seine Armbanduhr, fand offenbar, daß genügend Zeit vergangen war, und schnitt geschickt mit einem gewaltigen Fleischmesser das Fleisch in Scheiben.

Es war perfekt gebraten, und Matt sagte das.

»Wie ich schon sagte, Matt. Man muß ein Problem lösen, die Lösung für weiteren Gebrauch zu den Akten nehmen und sich mit dem nächsten Problem befassen.«

»Jawohl, Sir.«

»Daddy«, sagte Susan. »Mir fällt da was ein. Ich bin überzeugt, daß Matt – er ist hier, um zu arbeiten, nicht in Ferien – keinen langen Abend daraus machen möchte.«

»Ich komme eigentlich mit sehr wenig Schlaf aus«, sagte Matt.

Susan fuhr fort und ignorierte ihn. »Und er weiß nicht, wo der Club ist. Ich dachte mir, Daddy, daß er nach dem

Essen in seinem Wagen hinter mir her zum Club fahren könnte und wir dort einen Kaffee trinken.«

»Gute Idee«, sagte ihr Vater. »Was halten Sie davon, Matt?«

»Klingt prima«, sagte Matt.

»Dann ist es abgemacht« sagte Mr. Reynolds. »Packen wir das nächste Problem an, das gelöst werden muß, richtig?«

»Ja, Sir.«

»Matt, Sie haben uns noch nicht erzählt, was Sie in Harrisburg tun«, sagte Mrs. Reynolds.

»Stimmt, das habe ich vermutlich noch nicht erzählt«, sagte Matt.

Reynolds lachte.

»Ich wollte nicht neugierig sein«, sagte Mrs. Reynolds in gekränktem Tonfall.

»Ich suche nach ungesetzlich erworbenem Geld«, erklärte Matt.

»Wenn Sie mich nicht für neugierig halten, würde ich fragen, was das bedeutet«, sagte Mrs. Reynolds.

»Ein Polizeibeamter in Philadelphia hat Geld genommen, das er nicht hätte nehmen sollen«, sagte Matt. »Wir haben den Verdacht, daß er es vielleicht hier oben versteckt hat.«

»Tatsächlich?«, fragte Mr. Reynolds.

»Ich erwarte eigentlich nicht, es zu finden«, sagte Matt. »Aber jemand muß die Sache überprüfen, und ich bin nun mal der jüngste Cop am Totempfahl.«

»Ich finde, Sie sind viel zu bescheiden, Matt«, sagte Mr. Reynolds.

»Sir?«

»*In der fraglichen Nacht*«, sagte Reynolds und machte aus dem Klischee einen Scherz, »und sofort danach, als wir Sie für ein Ungeheuer hielten, das die Prinzessin entführt hatte, stellte ich Charley Emmons Fragen über Sie, und er sagte, Sie seien – zu Recht – der Liebling des Philadelphia Police Departments.«

»Tatsächlich?«, sagte seine Frau erstaunt. »Davon hast du mir gar nichts gesagt.«

»Unter anderem sagte Charley, Sie hätten die Prüfung zum Detective als Zweitbester bestanden. Gleich beim ersten Anlauf.«

»Was – unter anderem, Daddy?«, fragte Susan.

»Nun, Sie brauchen sich nicht verlegen zu fühlen, Matt; Sie haben nichts davon selbst erwähnt. Er war in zwei Schießereien verwickelt und hat bei beiden gewonnen. Beide Kriminelle erschossen, die ihn töten wollten. Er wurde zweimal wegen Tapferkeit belobigt und einmal wegen herausragender Pflichterfüllung.«

»Tatsächlich?« fragte Mrs. Reynolds.

»Ich bin beeindruckt«, sagte Susan. »Willst du uns von den Schießereien erzählen, Matt?«

»Nein«, sagte Matt nur.

»Das kann ich verstehen«, meinte Mr. Reynolds. »Und du solltest ihn nicht dazu drängen, Prinzessin. Ich wollte damit nur sagen, daß Matt bestimmt nicht hergeschickt wurde, weil er ein kleines Licht ist. Seine Vorgesetzten, dessen bin ich sicher, haben ihn hergeschickt, weil sie ihm zutrauen, daß er finden kann, was er sucht. Er ist ein hochangesehener Detective.«

Matt schaute Susan an und sah etwas in ihren Augen – eher Besorgnis als Überraschung –, das zuvor nicht dagewesen war.

Vielen Dank, Daddy, weil du Prinzessin Susie in Unruhe versetzt hast.

Hölle, gottverdammter Daddy, hast du die ganze Sache versaut?

Schnell das Thema wechseln!

»Wie gefällt dir dein Porsche, Susie?«

Das war nicht gerade brillant, aber gewiß ein Themenwechsel.

»Prima«, sagte Susan. »Woher weißt du, daß ich einen Porsche fahre?«

»Mommy und ich wünschten wirklich, sie hätte keinen«, sagte Daddy. »Das ist ein viel zu schneller Wagen für ein Mädchen.«

»Da stimme ich Ihnen zu«, sagte Matt.

»Woher weißt du, daß ich einen Porsche habe?«, wiederholte Susan. »Und er ist nicht zu schnell für ein Mädchen, also wirklich, Daddy!«

»Daffy hat es mir erzählt«, sagte Matt. »Sie sagte, ›Susie wird dir gefallen. Sie fährt einen Wagen wie du.‹«

»Du hast einen Porsche?«

»Ja. Einen silbernen 911.«

»Susies Wagen ist knallrot«, sagte Mommy. »Sie bekommt immer Strafzettel wegen zu schnellen Fahrens.«

»Diese Wagen – Porsche 911 – sind bei der Polizei als SFW bekannt«, sagte Matt

»Was heißt das?« fragte Daddy.

»Sofort-Festnehmen-Wagen«, sagte Matt. »Wenn der Fahrer – oder die Fahrerin – nicht im Augenblick zu schnell fährt, dann in den nächsten zehn Minuten.«

»Das ist schrecklich«, sagte Mommy.

»Leider stimmt es vermutlich«, sagte Susan.

»Möchten Sie noch etwas Braten, Matt«, fragte Daddy.

»Nein, danke, Sir. Ich hatte wirklich genug. Und Susie hat recht. Ich sollte mich auf den Weg machen.«

»Nun, denken Sie an das, was ich Ihnen gesagt habe. Nach vier Minuten wenden, dreieinhalb Minuten grillen und dann vier, fünf Minuten stehenlassen.«

»Ich werde daran denken, Sir.«

Mommy und Daddy begleiteten sie auf die Veranda hinaus. Susan ging zur Garage, um ihren Wagen zu holen.

Mommy gab Matt ein Küßchen auf die Wange und erklärte, sie hoffe, ihn bald wiederzusehen. Und dann entschuldigte sie sich und lief zur Garage, um Susie etwas zu sagen, das sie vorhin vergessen hatte.

Daddy schüttelte Matt die Hand und sagte, er wisse sicherlich, daß Susie früh am Morgen zur Arbeit mußte.

»Ja, Sir, das weiß ich.«

»Ich werde jetzt gleich den Club anrufen; Sie werden

also erwartet werden. Ich möchte, daß Sie sich dort wohl fühlen. Speisen und Getränke sind dort gut.«

»Vielleicht würde Susie mit mir mal dort zu Abend essen«, sagte Matt.

»Fragen Sie sie. Sie kann allenfalls nein sagen. Aber ich glaube, das würde ihr gefallen.«

Das Garagentor ging auf, und Susans Porsche tauchte auf.

Matt schüttelte Daddy noch einmal die Hand und stieg in seinen Plymouth.

Susan fuhr so schnell über den Zufahrtsweg, daß Matt sich kurz fragte, ob sie versuchte, ihn abzuhängen. Aber unter den gegebenen Umständen war das unwahrscheinlich

Fünf Minuten später, als sich Matt sagte, daß Prinzessin Susie wirklich einen Bleifuß hatte, sah er im Innenspiegel die rotierenden roten und blauen Lichter eines Streifenwagens.

Verdammt! Das hat mir noch gefehlt!

Er betätigte den Blinker, verlangsamte und fuhr zum Straßenrand.

Der Streifenwagen mit der reflektierenden Aufschrift HARRISBURG POLICE auf dem Kofferraumdeckel fuhr an ihm vorbei, ohne das Tempo zu verringern. Matt lenkte den Plymouth wieder auf den rechten Fahrstreifen und fuhr weiter.

Dann sah er, daß der Streifenwagen den Porsche überholte und stoppte.

Matt fuhr bis hinter den Streifenwagen und hielt an. Er nahm das Etui mit Ausweis und Abzeichen aus der Jackettasche und stieg aus. Er hielt das Etui aufgeklappt, damit das Polizeiabzeichen sichtbar war.

Der uniformierte Streifencop wirkte besorgt. Als er auf Matt zuging, hielt er die rechte Hand über dem Holster mit der Dienstwaffe.

Matt sah, daß Susan in ihrem Porsche geblieben war.

Matt zeigte dem Uniformierten seinen Ausweis.

»Was kann ich für Sie tun?« fragte der Uniformierte –

ein Fußballspieler-Typ mit rötlichem Gesicht –, nachdem er sich den Ausweis und Matt sorgfältig angeschaut hatte.

»Philadelphia, wie?«, fügte der Streifencop hinzu und blickte zu Matts Wagen. »Blauer Plymouth. Wir wissen über Sie Bescheid.«

»Und was wissen Sie?«

»Daß Sie hier nach Geld suchen, das irgendein dreckiger Cop aus Philadelphia hier gebunkert haben soll, und daß wir Sie in Ruhe lassen sollen.«

»Schuldig.«

»Sind Sie dienstlich unterwegs?«

»Nein. Dies ist persönlich. Sie sind im Begriff, meinen romantischen Abend zu verderben. Wie steht es bei der Polizei von Harrisburg mit Kollegialität?«

»Sie wissen, wie schnell sie gefahren ist?«

»Zu schnell, um meinen Blick von der Straße zu nehmen und nach Schildern mit Geschwindigkeitsbegrenzungen Ausschau zu halten.«

»Dreißig mehr als erlaubt.«

»Ich verstehe. Wenn Sie meinen, Ihre Pflicht verlangt, sie in den Knast zu stecken und die beste Chance zu ruinieren, die ich seit einem halben Jahr hatte, werde ich Verständnis haben.«

Der Uniformierte lachte.

»Wenn Sie das so sagen, wie könnte ich sie dann einlochen?«

»Sie könnten ein scharfer Hund sein wie mein Corporal, als ich bei der Highway Police war.«

»Reden Sie ihr ins Gewissen«, sagte der Uniformierte grinsend.

»Das werde ich«, sagte Matt und reichte dem Cop die Hand. »Danke, ich weiß das zu schätzen.«

»Viel Glück«, sagte der Uniformierte und stieg in seinen Wagen.

Matt ging zu Susans Porsche. Die Fensterscheibe war heruntergelassen, aber Susan sagte nichts. Sie wirkte ein wenig verängstigt.

»Ich habe dich soeben herausgepaukt«, erklärte Matt. »Sag ›danke, Matthew‹.«

»Ich habe es gehört«, erwiderte Susan. »Alles. Ich glaube, ich hätte lieber den Strafzettel bekommen.«

»Gern geschehen«, sagte Matt.

Das Fenster surrte hoch.

»Fahr langsam«, murmelte Matt ein wenig bitter, und dann ging er zu seinem Plymouth.

Als er die Scheinwerfer des Plymouth anschaltete, fuhr der Porsche an, und er folgte ihm.

Und er dachte:

Sie war nicht schnippisch wie sonst. Sie hatte Angst. Aber warum? Ich habe bei dem Uniformierten soeben bewirkt, daß sie davonkommt. Und sie wußte das. Sie sagte ›Ich habe alles gehört.‹

In diesem Fall hat sie mitbekommen, daß der Uniformierte meine Geschichte, warum ich in Harrisburg bin, bestätigt hat. Deshalb hätte sie sich bei mir entspannen sollen, wenn ihr Daddy sie mit seinen Äußerungen mißtrauisch gemacht hat und sie sich gefragt hat, ob ich wirklich nach verstecktem Geld suche.

Aber wenn ich in etwas wie sie verwickelt wäre und ein Polizeiwagen mit rotierendem Rot- und Blaulicht hätte mich überholt, hätte ich mir auch in die Hosen gepißt. Und obwohl Wohl vermutlich recht hat und Chenowith, der mit abgesägter Schrotflinte Banken ausraubt, und der Abschaum mit Akne gefährlich sind, ist Susan nach dem, was ich heute abend gesehen habe, mehr eine presbyterianische Prinzessin, die ihre Eltern ›Mommy‹ und ›Daddy‹ nennt, als eine kaltblütige Terroristin.

Sie hat das Gebäude für biologische Forschung nicht in die Luft gejagt. Wenn sie an dem Verbrechen beteiligt gewesen wäre, hätte das FBI das gesagt. Daß sie diesen Wahnsinnigen geholfen hat, macht sie der Beihilfe schuldig, gewiß, aber das heißt nicht, daß sie so verbrecherisch wie sie ist.

14

Wenn er ihn überhaupt sah, dann schenkte Mr. Ronald R. Ketcham dem schwarzen GMC Suburban Truck, der nahe beim Aufzug in der Tiefgarage seines Penthouse-Gebäudes in der Overbrook Avenue parkte, kaum Beachtung.

Der Truck war unauffällig, und das sollte auch so sein. Er war schwarz gespritzt, und alles außer der Windschutzscheibe und den vorderen Fensterscheiben war schwarz angestrichen. Keine Beschriftung auf den Türen oder den Seiten wies auf den Besitzer oder den Zweck hin.

Der unauffällige Suburban wurde normalerweise zum Transport der sterblichen Überreste kürzlich Verstorbener vom Ort des Todes – für gewöhnlich ein Krankenhaus, aber manchmal auch das Büro des Leichenbeschauers, wenn der Gestorbene daheim verschieden oder aus irgendeinem anderen Grund einer Autopsie unterzogen worden war – zur Leichenhalle benutzt.

Größere Bestattungsunternehmen haben oftmals ihre eigenen diskreten Fahrzeuge zum Transport von Leichen, wie sie ihre eigenen Flotten von Blumentransportern und Limousinen haben, um die Verstorbenen, Blumengebinde, Kränze und Trauergäste zum Friedhof zu bringen. Aber viele – vielleicht die meisten – von Philadelphias kleineren Bestattungsunternehmen fanden es günstig, den Service von ›Classic Livery, Inc.‹ zu nutzen, in deren Besitz der gemietete Suburban war, den Mr. Ketcham nicht bemerkte, als er in seine Garage fuhr.

Selbst die größeren Bestattungsunternehmen nutzten oftmals, wenn das Geschäft gut lief und der eigene Fuhrpark nicht ausreichte, um den Anforderungen eines bestimmten Tages zu genügen, an dem besonders viele Leichen und Trauergäste transportiert werden mußten, einen der vier schwarzen Suburbans, die von Classic Livery ebenso vermietet wurden wie Blumenwagen und Limousinen.

Classic Livery, Inc. besaß ebenfalls die schwarze Lincoln-Limousine, die in den Reihen der Wagen in der Tiefgarage von Ketchams Apartmenthaus parkte, und die vier Männer darin – die zwei Stunden lang auf Ketcham gewartet hatten, bis er endlich aufgetaucht war – waren langjährige Angestellte von Classic Livery.

Ketcham parkte sein Buick-Coupé auf dem reservierten Stellplatz, stieg aus, nahm seine Aktentasche vom Rücksitz und ging zum Aufzug.

Währenddessen stiegen drei Männer aus dem Lincoln aus. Und der Fahrer des Suburban, mit dem sterbliche Überreste transportiert wurden, ließ den Motor an.

Die drei Männer aus dem Lincoln erreichten die Tür des Aufzugs ungefähr gleichzeitig mit Ketcham. Einer davon, ein gutgekleideter Fünfunddreißigjähriger sizilianischer Abstammung, lächelte Ketcham an und winkte ihn in die offene Aufzugtür. Als Ketcham den Aufzug betrat, stiegen die drei Männer mit ihm ein.

Die Tür schloß sich.

Der Fahrer des schwarzen Suburban fuhr zur Tür des Aufzugs und setzte sich mit dem Heck davor. Die Hecktür wurde von innen geöffnet.

Eine Minute später öffnete sich die Aufzugtür wieder. Ketcham, dessen oberer Teil des Körpers jetzt mit einem Mantel verhüllt war und der schwankte, als hätte er einen Schlag auf den Kopf erhalten, tauchte aus dem Aufzug auf, gestützt von zweien der drei Männer, die den Aufzug mit ihm betreten hatten.

Ketcham wurde in den Suburban geführt, und einer der drei Männer aus dem Lincoln stieg mit ihm ein. Ketcham wurde nach vorne in den Suburban gezerrt – alles außer dem vorderen Sitz war natürlich entfernt, damit Platz für eine Leiche war –, wo er auf den Bauch gelegt wurde. Die Türen wurden geschlossen.

Die anderen beiden Männer kehrten ohne Eile zum Lincoln zurück und stiegen ein. Als der schwarze Suburban von der Aufzugtür weg und zur Ausfahrt der Garage fuhr, folgte ihm der Lincoln.

»Was, zur Hölle, geht hier ab?«, fragte Ketcham, und seine Stimme klang etwas gedämpft durch den Mantel über seinem Kopf und seinen Schultern.

Der Mann, der die Hecktür von innen geöffnet hatte und jetzt halb auf einer schmalen Bank an der Seite des Suburban hockte, trat ihm ins Gesicht.

»Halt die verdammte Schnauze«, sagte er.

Dann wickelte er weiterhin breiten weißen Verbandmull – oder vielleicht Mull von Leichenbestattern und Einbalsamierern – um Ketchams Hals, damit der Mantel nicht verrutschen konnte.

Als nächstes band er mit dem Mull die Hand- und dann die Fußgelenke zusammen.

Ungefähr fünf Minuten später sagte Ketcham, den Tränen nahe, nur ein Wort: »Bitte …«

Das brachte ihm zwei harte Tritte ein, einen ans Ohr von dem Mann vorne, und einen in den Hintern von dem Mann, der ihn beim Betreten des Aufzugs angelächelt hatte und dann mit ihm in den Suburban gestiegen war.

Während der restlichen Fahrt, die ungefähr vierzig Minuten dauerte, sagte Ketcham nichts mehr, und ebensowenig sprachen die beiden Männer bei ihm im Suburban.

Ketcham versuchte, die Geräusche zu erkennen, die er während der Fahrt hörte, und sich daran zu orientieren. Aus den häufigen Stops und Anfahrten, dem Beschleunigen und Schalten schloß Ketcham, daß sie irgendwo in dichtem Verkehr waren.

Er kramte angestrengt in seiner Erinnerung und versuchte zu erraten, wer ihm das antat und warum, aber er hatte nicht die geringste Ahnung. Als erstes kam ihm in den Sinn, daß es vielleicht etwas mit Mr. Amos J. Williams zu tun hatte.

Zuerst war das anscheinend die logischste Erklärung für ihn – Ketcham war verständlicherweise aufgeregt und dachte nicht sehr klar, obwohl er sich wegen der zwei Prisen Kokain, die er auf der Toilette der Blue Rock Tavern geschnupft hatte, euphorisch fühlte, als liefe sein Verstand auf allen zwölf Zylindern.

Williams – und seine Gangster – sind im Howard Johnson Motel am Roosevelt Boulevard verhaftet worden, und ich nicht. Das kann ihn verdammt mißtrauisch gemacht haben, und vielleicht nimmt er an, ich hätte ihn verpfiffen. Und durch seine Festnahme hat er ebenfalls das Kokain verloren, das er mir verkaufen wollte. Selbst wenn er nur die Hälfte dessen dafür bezahlt hat, zu dem er an mich verkauft hätte, sind das immer noch zehntausend Dollar, und er wäre sehr unglücklich über den Verlust einer solchen Summe.

Und wenn er sich sagt – er ist offenbar ziemlich blöde -, daß ich etwas mit seiner Festnahme zu tun habe, dann könnte dies seine Bestrafung dafür sein.

Unwahrscheinlich. Als erstes – blöde oder nicht, er hat gewisse kriminelle Gerissenheit – würde er sich seinen Verlust wiederholen. Wenigstens die zehntausend Dollar, die er investiert hat, und möglicherweise die ganzen zwanzigtausend, die ich ihm zahlen wollte. Erst danach würde er mich vielleicht killen. Aber zu welchem Zweck?

Wenn er Geld will, werde ich versprechen, es ihm zu beschaffen. Unter diesen Umständen werde ich sicherlich motiviert sein, es irgendwo aufzutreiben.

Aber Moment mal! Wenn dies, was immer es ist, etwas mit

Amos Williams & Co. zu tun hätte, dann hätte er seinen Mann Baby Brownlee geschickt. Die Typen, die mir das antun, sind Weiße!

Könnte es sein, daß man mich mit jemand verwechselt?

Könnte es sein, daß ich eine Halluzination habe? Dies kommt mir vor wie ein Alptraum. Werde ich gleich daraus aufwachen?

Oder bin ich vielleicht völlig high? Ich habe mir ziemlich viel reingezogen. Wann war das – vor einer Dreiviertelstunde? War es schlechter Stoff?

Nein. Das war Stoff von meinem vorletzten Notvorrat. Ich habe vom gleichen Stoff schon zwanzig-, vielleicht dreißigmal genommen, ohne daß so etwas Schlimmes passiert ist.

Ketcham erkannte, daß sich das Motorengeräusch und die Rollgeräusche des Wagens verändert hatten. Und er spürte, daß die Fahrt langsamer wurde.

Dann stoppte das Fahrzeug.

Ketcham hörte, daß eine Wagentür geöffnet wurde und jemand ausstieg.

Er hörte ein metallisches Schaben und sagte sich nach einer Weile, daß ein Tor geöffnet worden war. Wie ein Tor in einem Maschendrahtzaun – zum Beispiel um einen Tennisplatz.

Der Wagen bewegte sich ein kurzes Stück vorwärts. Ketcham hörte wieder das metallische Geräusch. Der Wagen neigte sich, als hätte sich jemand auf den Beifahrersitz gesetzt. Die Tür knallte zu, und der Wagen fuhr an.

Ketcham spürte, daß die Straße nicht mehr asphaltiert war, und die Bestätigung kam, als das Fahrzeug in langsamer Fahrt in ein Schlagloch nach dem anderen geriet.

Was machen sie? Bringen sie mich irgendwo in den Wald, um mich umzulegen?

Aber wenn sie mich umlegen wollen, hätten sie dazu doch ausreichend Gelegenheit in meiner Garage gehabt.

Wenn sie mich nicht killen wollen, was dann? Sie müssen etwas von mir wollen. Was?

Wenn sie mich mit jemandem verwechselt haben, was so wahrscheinlich ist wie alles, was mir sonst eingefallen ist, dann werde ich Gelegenheit haben, den Irrtum aufzuklären und sie wissen zu lassen, daß ich der Falsche bin.

Oder, wenn dies keine Verwechslung ist, wenn sie etwas von mir wollen, dann wissen sie vielleicht, daß ich Börsenmakler bin, und nehmen an, daß ich große Geldsummen in meinem Büro habe. Sie sind Italiener, sie könnten von der Mafia sein. Ja, das könnte die Handschrift der Mafia sein. Und vielleicht wissen sie nicht, daß das einzige Bargeld in meinem Büro in der kleinen Kaffeekasse ist und ich überhaupt nicht weiß, was ich ihnen als Lösegeld anbieten könnte. Aber wenn sie etwas von mir wollen, wird es sicherlich eine Gelegenheit geben, mit ihnen zu sprechen und zu handeln.

Bei diesen Gedanken fühlte sich Ketcham besser.

Nach zwei oder drei Minuten Fahrt im Kriechtempo über eine unbefestigte, holprige Straße – dessen war sich Ketcham jetzt sicher – fuhr der Wagen über eine solide, ebene und wahrscheinlich asphaltierte Straße und stoppte dann.

Ketcham hörte, daß zwei Türen geöffnet wurden. Dann spürte er, wie der Wagen leicht wippte, als zwei Personen ausstiegen und die Türen zuknallten.

Die Hecktür wurde geöffnet.

»Schneide diesen Scheiß von seinen Beinen«, befahl jemand.

Ketcham hörte ein Klicken und sagte sich, daß es von einem Schnappmesser stammen mußte. Jemand machte sich an seinen Beinen zu schaffen. Der Druck der Fußfesseln ließ nach.

Ketcham wurde aus dem Suburban geschleift und auf die Füße gestellt. Er spürte eine Hand auf jedem Arm, als ob er von zwei Männern flankiert wurde.

Jemand stieß ihn vorwärts. Er spürte, daß er irgendein Gebäude betrat. Das Gefühl wurde stärker, als er über etwas geführt wurde, das offenbar ein Gang war, und die Bestätigung kam, als er festgehalten und eine Tür geöffnet wurde – eine schwere Metalltür, dem Geräusch nach. *Wo bin ich?* dachte Ketcham. *In einer Fabrik? Oder einer Garage?*

Ketcham wurde durch die Tür gestoßen, zehn Schritte weit geführt und dann festgehalten.

»Schneide seine Hände frei«, befahl dieselbe Stimme wie vorhin. Abermals hörte er das Geräusch, das nach dem Aufschnappen eines Messers klang, und dann spürte er, daß sich jemand an seinen Handgelenken zu schaffen machte.

Und dann waren seine Hände frei.

»Zieh dich aus, ohne den Mantel vom Kopf zu nehmen«, befahl dieselbe Stimme.

»Was?« fragte Ketcham ungläubig.

Das trug ihm einen Schlag ins Gesicht ein.

Das war keine Faust. Das war etwas Hartes. Vielleicht ein Knüppel. Oder eine Waffe.

»Zieh dich aus, ohne den Mantel vom Kopf zu nehmen«, wiederholte die Stimme.

Ich kann mir nicht leisten, die Kontrolle über mich zu verlieren, dachte Ketcham. Wenn sie wollen, daß ich mich ausziehe, muß ich gehorchen – und geduldig und vorsichtig auf meine Chance warten.

Mit einigen Schwierigkeiten entledigte sich Ketcham des Jacketts seines dunkelblauen Nadelstreifenanzugs. Ohne zu denken, hielt er das Jackett zu den Männern hin, als warte er darauf, daß jemand es entgegennahm und aufhängte.

Ein höhnisches Kichern machte Ketcham klar, daß ihm niemand das Jackett abnehmen würde. Er ließ es zu Boden fallen.

Als nächstes band Ketcham seine Krawatte ab und legte sie auf sein Anzugjackett. Dann schob er die Hosenträger von den Schultern, öffnete den Verschluß und den Reißverschluß seiner Hose und zog unbeholfen seine Hose aus, die er auf Jackett und Krawatte fallen ließ. Es folgte das Hemd.

»Ich schaffe es nicht, das Unterhemd auszuziehen«, sagte Ketcham, und bemühte sich, so höflich und vernünftig wie möglich zu klingen.

Wieder erhielt er einen Schlag ins Gesicht. Er verlor das Gleichgewicht und stürzte rücklings zu Boden.

»Er meint, er kann das Unterhemd nicht ausziehen, ohne den Mantel vom Kopf zu nehmen«, sagte eine neue Stimme.

»Dann scheiß auf das Unterhemd«, erwiderte die erste, inzwischen vertraute Stimme. »Zieh deine Unterhose, die Schuhe und Socken aus.«

Ketcham gehorchte. Dann saß er nackt bis auf das Unterhemd und den Mantel über Kopf und Oberkörper auf dem Boden.

Der Boden war kalt, vermutlich aus Beton, was Ketchams Verdacht bestätigte, daß er sich in einer Garage oder einer Art Fabrikhalle befand.

»Steh auf!« befahl die vertraute Stimme.

Ketcham gehorchte.

»Streck die Hände aus und verschränke sie«, fügte sie vertraute Stimme hinzu.

Ketcham tat es, und im nächsten Augenblick spürte er, daß seine Handgelenke zusammengebunden wurden.

Plötzlich hörte er spöttisches Gelächter.

»O Mann, sieh dir seinen Pimmel an«, sagte eine dritte Stimme, die er zuvor nicht gehört hatte. »Da hat ja Angelinas Chihuahua einen größeren Riemen.«

Zustimmendes Gelächter.

»Haltet das verdammte Maul!« sagte die vertraute Stimme.

Ich werde mir das merken, wenn das vorüber ist und ich hier raus bin, sagte sich Ketcham mit einiger Genugtuung. Einer dieser Gangster hat eine Frau oder Freundin, die Angelina heißt und einen Chihuahua besitzt. Dann geschah nichts mehr. Ketcham glaubte Schritte zu hören, und dann nahm er das Schließen einer Tür wahr.

Es war kalt, und Ketcham begann zu zittern.

Das würde wirklich dem Scheißer gefallen, der sich über meinen Penis lustig gemacht hat, wenn er mich hier nackt und zitternd sehen würde.

Ich werde die Kontrolle behalten. Ich werde mich zusammenreißen und abwarten, was passieren wird.

Fünf Minuten später äußerte Ketcham – sehr vorsichtig – ein Wort:

»Hallo?«

Keine Antwort.

Eine halbe Minute später traute sich Ketcham zu fragen:

»Hallo? Ist da wer?«

Niemand antwortete.

Offenbar ist keiner außer mir hier. Denn sonst hätte man mich wieder geschlagen

Wird jemand zurückkommen?

Was würden sie machen, wenn sie zurückkommen und feststellen, daß ich den Mantel von meinem Kopf entfernt habe?

Zwei Minuten später, nachdem Ketcham sorgfältig über diese Frage nachgedacht hatte, entschloß er sich, den Mantel abzustreifen, der seinen Kopf und Oberkörper bedeckte.

Das war leichter, als er gedacht hatte. Trotz seiner gefesselten Hände schaffte er es, den Mantel erst über eine Schulter zu schieben und dann über die andere, und er konnte den Mull entfernen, der den Mantel um seinen Kopf gehalten hatte.

Aber als er den Mantel los war, konnte er absolut nichts sehen. Er war von völliger Dunkelheit umgeben. Er fühlte sich plötzlich schwach und benommen und sank auf die Knie. Dann setzte er sich auf. Der Boden unter seinem Gesäß war rauh und kalt.

Ketcham hob seine Handgelenke an den Mund und schaffte es, sich mit den Zähnen von den Handfesseln zu befreien. Danach tastete er nach dem Mantel, fand ihn und zog ihn an. Er war zu klein für ihn; er konnte nur ein paar der Knöpfe zuknöpfen, und die Ärmel waren viel zu kurz.

Ketcham ließ sich auf Hände und Knie nieder und tastete nach der Kleidung, die er gezwungenermaßen ausgezogen und fallen gelassen hatte.

Sie befand sich nicht dort, wo er angenommen hatte, und Ketcham sagte sich, daß er die Orientierung verloren hatte, als ihn die Schwäche und Benommenheit erfaßt hatten. Er entschloß sich, methodisch nach den Sachen zu suchen.

Ketcham kroch auf Händen und Knien, bis er gegen eine Wand stieß. Dann tastete er sich an der Wand entlang und hoffte, eine Tür oder Öffnung zu finden. Das war nicht der Fall, aber schließlich ertastete er eine Ecke. Er schob sich von der Ecke zur nächsten und schätzte, daß der Raum ungefähr fünf Quadratmeter groß war. Dann folgte er der Wand bis zur nächsten Ecke und der übernächsten. An dieser Wand, an einem Ende, stieß er auf eine Tür.

Er stand auf und tastete über die Tür. Er fand ein Loch, an dem vermutlich einmal ein Griff gewesen war. Ketcham steckte den Zeigefinger in das Loch und tastete herum, fand jedoch nichts. Als nächstes tastete Ketcham über den Betonboden zu beiden Seiten der Tür. Er ertastete eine rechteckige Box und ein Kabel, das zu ihr führte, und dann auf der Box selbst zwei Kippschalter.

Ketcham schloß die Augen, um nicht von plötzlicher Helligkeit geblendet zu werden. Er betätigte beide Kippschalter ein paarmal, aber es ging kein Licht an.

Ketcham richtete sich auf und schob sich an der Wand entlang, bis er zu der Ecke gelangte, bei der er seine Erkundung begonnen hatte. Dann umrundete er noch einmal den Raum, ging aufrecht und rieb mit den Händen langsam in großen Kreisen über den kalten, rauhen Beton. Etwa in der Mitte einer Wand stieß er auf ein anderes Kabel und folgte ihm zu einem Schaltkasten nahe am Boden. An der nächsten Wand gab es eine ähnliche Vorrichtung.

Ketcham erkannte, daß er zwar von totaler Dunkelheit umgeben war, jedoch seine Umgebung einigermaßen zu kennen glaubte. Er korrigierte seine erste Schätzung. Der Raum war nicht quadratisch, sondern rechteckig, etwa fünf mal vier Meter. Es gab eine Tür ohne Griff und elektrische Leitungen, deren Strom abgeschaltet war – oder auch nicht; jemand hatte möglicherweise die Birnen aus den Fassungen geschraubt. Vermutlich gab es zwei elektrische Leitungen, denn bei jedem der Kästen hatte er zwei Kippschalter ertastet.

Es gab keine Fenster, was bedeutete, daß er sich höchstwahrscheinlich in einem Kellergeschoß befand.

Aber sie haben mich keine Treppe hinuntergeführt, und der Truck oder Kombi oder was auch immer es war, ist kein Gefälle hinabgefahren; das hätte ich gespürt.

Wo, zum Teufel, bin ich? Wo sind die Leute, die mich hergebracht haben?

Warum haben sie mich hergebracht?

Was geschieht als nächstes?

Ketcham begann wieder vor Kälte zu zittern.

Wo ist meine Kleidung?

Ketcham sank von neuem auf die Knie und begann eine methodische Suche. Er rieb in weiten Kreisen über den Betonboden. Seine Zuversicht, daß es nur eine Frage der Zeit sein würde, bis er seine Sachen ertasten würde, ließ immer mehr nach, aber erst nach unzähligen Versuchen gab er auf.

Er lehnte sich mit dem Rücken gegen die Wand.

Seine Fingerkuppen, die Handflächen und Knie waren wundgerieben vom Beton.

Und ich muß pinkeln!

Mein Gott, was mache ich jetzt?

Ketcham erhob sich und tastete sich an der Wand entlang bis zu einer Ecke.

Hier werde ich pinkeln. Diese Ecke wird meine Toilette sein.

Und was mache ich, wenn ich scheißen muß?

Ketcham hielt den zu kurzen Mantel aus dem Weg und erleichterte seine Blase.

Als der Strahl lief, spürte er warmen Urin an seinen nackten Füßen. Er spreizte die Beine, so weit wie er konnte, bis er fertig war.

Verdammt, ich würde mich lieber zusammenschlagen lassen, als noch mehr von diesem Scheiß zu ertragen!

Ketcham tastete sich zur Tür und rief »Hilfe!« und »Hallo!« und hämmerte mit den Fäusten gegen das Türblatt, was ein dumpfes Hallen erzeugte.

Niemand antwortete.

Ketcham tastete sich zu der Ecke gegenüber der Toilette, lehnte sich mit dem Rücken an die Wand und weinte in der Dunkelheit.

Der Parkplatz des Country-Clubs war fast voll, und Matt verlor Susans Porsche aus den Augen, während er nach einem freien Platz für den Plymouth suchte. Nachdem er geparkt hatte, wanderte er drei Minuten lang über den Parkplatz, bis er den Porsche, jedoch nicht Susan fand.

»Danke für das freundliche Warten auf mich«, murmelte er und machte sich auf den Weg zum hell beleuchteten Eingang des Klubhauses.

Er fand Susan in der großen Eingangshalle. Die Prinzessin sprach mit einem Mann, aus dessen Kleidung und Verhalten Matt schloß – richtig, wie sich herausstellte –, daß er der Manager war.

»Guten Abend«, sagte Matt und lächelte.

»Matt, dies ist Mr. Witherington, der Manager«, sagte Susan.

»Claude Witherington«, sagte der Mann, als er Matt die Hand reichte. Dann konnte er sich nicht verkneifen, Susan zu korrigieren: »Eigentlich bin ich *stellvertretender* Manager. Willkommen in River View, Mr. Payne. Wir hoffen, unsere Einrichtungen werden Ihnen gefallen.«

»Vielen Dank«, sagte Matt.

»Nach Mr. Reynolds' Anruf habe ich Ihre Gästekarte ausstellen lassen.« Witherington überreichte sie Matt.

»Vielen Dank.«

»Hier wird nicht mit Bargeld bezahlt«, sagte Witherington. »Ich dachte mir, das sollte ich erwähnen.«

»Und wie zahle ich?«

»Haben Sie einen Heimatklub?«

»Ich gehöre zu Merion in Philadelphia, wenn Sie das meinen.«

»Ausgezeichnet. Merion ist einer unserer besten Partnerklubs. Wenn ich gewußt hätte, daß Sie dort Mitglied sind, hätte ich überhaupt keine Gästekarte ausstellen lassen. Jedenfalls brauchen Sie nur die Rechnung zu unterschreiben und, wenn Sie daran denken, ›Merion, Philadelphia‹ hinzuzufügen.«

»Eigentlich ist der Klub *in* Merion«, sagte Matt. »Soll ich ›Merion, Merion‹ schreiben?«

Susan Reynolds schüttelte den Kopf, aber die Andeutung eines Lächelns spielte um ihre Lippen. Mr. Witherington wirkte verwirrt und überfordert, doch dann lächelte er freundlich.

»Unterzeichnen Sie nur mit Ihrem Namen, Mr. Payne, und ich werde alles weitere erledigen. Sie werden die Rechnung durch Ihren Klub erhalten.«

»Das ist sehr nett von Ihnen, vielen Dank.«

»Nicht der Rede wert«, sagte Witherington. »Ich wünsche Ihnen viel Vergnügen!«

Er ging davon.

Susan hielt Matt die Hand hin.

»Gute Nacht, Matt.«

»Gute Nacht?«

»Gute Nacht.«

»Das war nicht unser Handel, schöne Maid. Wir haben abgemacht, daß ich helfe, deine Eltern zu täuschen – und das fiel mir schwer; es sind nette Leute. Als Gegenleistung hilfst du mir, hier in der Provinz meine Einsamkeit zu überwinden. Ich habe meinen Teil der Abmachung eingehalten, und ich erwarte das gleiche von dir.«

»Matt, wenn du in die Bar gehst und deine Hand so hältst, daß die Leute sehen können, daß du keinen Ehering trägst, werden ein halbes Dutzend – wie hast du es bezeichnet, ›schöne Maiden‹? – über dich herfallen.«

»Ich weiß, das passiert mir immer. Aber ich bin kein solcher Junge. Ich lasse mich nicht von fremden jungen Damen abschleppen. Außerdem würden dein Daddy und deine Mommy meinen, unsere Romanze ist im Eimer, wenn du so früh heimkehrst.«

»Wir haben keine Romanze.«

»Du willst doch nicht deiner Mommy das Herz brechen, oder? Sie hat mich angeschaut, als würde sie bereits die Gästeliste für unsere Hochzeit planen.«

»Das ist nicht wahr!«

»Die Wahrheit ist ein zersprungener Spiegel aus Myriaden von Scherben, und jeder glaubt ein wenig von dem Ganzen zu besitzen«, zitierte Matt, und als Susan ihn ungläubig anschaute, fügt er hinzu. »Das stammt von Kasidah Haji Abul el Yezdi – meines Wissens einer der klügeren persischen Philosophen.«

»Du bist unglaublich!«

»Das sagt mir meine Mutter immer«, bemerkte Matt.

»Was willst du tun?«

»Gehen wir in die Bar und trinken wir auf die schnelle etwas Scharfes«, sagte Matt. »Bonbons sind süß, aber Schnaps wirkt schneller. Ich glaube, das hat Mr. Ogden Nash gesagt.«

Susan schüttelte abermals den Kopf. »Aber nur einen Drink.«

»Drei. Wir können als Kompromiß zwei nehmen.«

Ohne etwas darauf zu erwidern, ging Susan auf das zu, was sich als Bar erwies. Es war ein großer, schummriger und bequem eingerichteter Raum mit einer Bar an einer der getäfelten Wände und Tischen und Polsterstühlen, die mit rotem Leder bezogen waren.

Matt entgingen nicht die acht oder zehn attraktiven jungen Frauen, die zu zweit oder dritt an den Tischen und an der Bar saßen.

Vielleicht hätte ich Susan abhauen lassen sollen. Die Chancen, hier bei einer zu landen, sind anscheinend ziemlich groß. Die Chancen bei Susie reichen von lausig bis null.

Nicht, daß ich mich mit ihr einlassen würde. Ich könnte es nicht. Peter hat in diesem Punkt recht.

Diesen Fehler werde ich nicht machen, Pfadfinder-Ehrenwort.

Ein Kellner kam an den Tisch, als sie Platz genommen hatten.

»Guten Abend, Miss Reynolds,« sagte er.

»Was trinkst du, Matt?« fragte Susan. »Laß deiner

Phantasie freien Lauf. Mein Vater wird von mir erwarten, daß ich diese Drohung ausstoße.«

»Daddy wird zahlen?« fragte Matt.

»Das meinte ich.«

»Bringen Sie uns bitte die Weinkarte«, sagte Matt.

»Die Weinkarte?« fragte Susan ungläubig.

»Das ist ein Verzeichnis verfügbarer fermentierter Rebensäfte«, sagte Matt ernst, »im allgemeinen gebunden in Kunstleder.«

»Miss Reynolds?« fragte der Kellner verwirrt.

»Bringen Sie bitte die Weinkarte«, sagte Matt. »Wenn die Lady ihr Angebot, Schnaps zu spendieren, zurückzieht, werde ich selbst bezahlen.«

»Bringen Sie bitte die Weinkarte«, sagte Susan.

»Sehr wohl, Ma'am.«

Susan schaute Matt an.

»Ich bezweifle, daß deine Verrücktheit natürlich ist«, sagte sie. »Ich nehme an, du hältst dich für amüsant und arbeitest an der Rolle des Irren.«

»Es enttäuscht mich, daß du mich so leicht durchschauen kannst«, sagte Matt. »Aber da du nun meine dunkelsten Geheimnisse kennst, erzählst du mir deine, damit wir quitt sind?«

»Würde es dich noch mehr niederschmettern, wenn ich dir sage, daß ich dir meine Telefonnummer nicht geben, geschweige denn dir meine dunkelsten Geheimnisse erzählen werde?«

»Ich habe deine Telefonnummer bereits«, sagte Matt.

»Leider«, sagte Susan.

»Wann hast du erkannt, daß du dich in mich verliebt hast? Bei Daffy?«

»Oh, ich wünschte, ich hätte dich nie bei Daffy gesehen!«

»Dann muß eine andere urzeitliche Kraft, stärker als wir beide, dich an die Tür meines Hotelzimmers gebracht haben.«

»Hörst du niemals auf?«

»Nicht, wenn ich in Fahrt bin.«

Der Kellner legte die Weinkarte vor Matt auf den Tisch.

Matt schaute Susan an.

»Hast du noch nie eine dieser Karten gesehen?« fragte er unschuldig. »Sie sind in Philadelphia ziemlich alltäglich.«

»Mein Gott!«

»Was wählst du, Susan?« fragte Matt.

»Was du möchtest«, erwiderte sie.

Matt sah den Kellner an.

»Gibt es irgendwelchen Camembert in der Küche? Oder Roquefort?«

»Roquefort ist mit Sicherheit da, Sir. Bei Camembert bin ich mir nicht sicher.«

»Okay. Nun, fragen Sie und bringen Sie uns den einen oder anderen, vorzugsweise beide. Und einige Cracker und natürlich ein Käsemesser und eine Flasche von diesem Turgeson Napa Valley Cabernet Sauvignon. Und natürlich zwei Gläser.«

»Jawohl, Sir.«

»Wir haben gerade erst zu Abend gegessen«, sagte Susan, als der Kellner fort war.

»Aber kein Dessert – du warst zu scharf darauf, mit mir allein zu sein.«

»Ich war scharf drauf, dich so schnell wie möglich aus dem Haus zu bekommen.«

»Habe ich das nicht gerade zart angedeutet?«

»Davor hast du etwas gesagt, das du nicht hättest sagen sollen.«

»Das ist nicht fair, schöne Maid. Ich habe meine Seite der Abmachung eingehalten.«

Nach einer Weile sagte sie. »Du hast recht. Das hast du. Danke.«

»Gern geschehen«, sagte Matt. »Das bringt mich zu einem anderen ›Dankeschön‹, das du mir schuldest.«

»Wofür?«

»Dafür, daß ich dieser Harrisburg-Uniform ausgeredet habe, dir einen Strafzettel zu verpassen, weil du als Raserin den Frieden und die Würde von Pennsylvania verletzt hast.«

»Nennst du sie so, ›Uniform‹?«

Matt hielt eine Hand hinters Ohr, als erwarte er ›dankeschön‹ zu hören.

Susan lächelte.

»Okay, danke. Und jetzt beantworte meine Frage.«

»Ja.«

»Ist das nicht ein bißchen verächtlich?«

»Überhaupt nicht. Es ist einfach ein Begriff zur Identifizierung.«

»Ich kann mir dich in Uniform kaum vorstellen.«

»Ich bin ein fesches Kerlchen. Meilenweit bekommen Mädchen Herzrhythmusstörungen«, sagte Matt und fügte hinzu: »Eigentlich habe ich kaum jemals eine Uniform getragen.«

»Wie kommt das?«

»Ich wurde gleich nach der Akademie Cop in Zivil.«

»Wie hast du das gedeichselt?«

»Es wurde für mich gedeichselt. Mein Vater hat Freunde in hohen Positionen, und einer davon glaubte – wie mein Vater – zu dieser Zeit, daß ich schnell zur Vernunft kommen, aus dem Polizeidienst ausscheiden und Jura studieren würde. Der Freund meines Vaters, er ist Chief Inspector, arrangierte für mich, daß ich Verwaltungsassistent – eine Art Sekretärin mit Hose – von Inspector Peter Wohl wurde. Der Hintergedanke war, daß mir nichts zustößt, bis ich zur Vernunft komme.«

»Aber du bist Polizist geblieben. Warum? Weshalb bist du überhaupt Cop geworden?«

»Warum bist du Sozialarbeiterin? Das klingt mir nicht nach viel Spaß, und es würde mich nicht überraschen, wenn die Bezahlung mies ist.«

»Ich tue etwas Wichtiges.«

»Die Polizei ist wichtig. Versuche dir das Leben ohne uns vorzustellen.«

»Ich brauche nicht auf Leute zu schießen«, sagte Susan.

Auf Leute zu schießen ist böse, wie? Aber sie in die Luft zu sprengen – oder den Tätern Beihilfe zu leisten –, ist für dich okay, wie?

»Ich habe nur Leute erschossen, die mich erschießen wollten«, sagte Matt. »Oder mich überfahren wollten.«

»War es so?«

»So war es.«

»Hat es dir etwas ausgemacht, jemand umzubringen?«

Paß auf, was du sagst, Matthew! Denke, bevor du den Mund aufmachst. Hier wird die Antwort wahrscheinlich wichtig sein.

»Hat es dir etwas ausgemacht?« wiederholte Susan ungeduldig.

»Ich habe psychiatrische Beratung erhalten«, sagte Matt.

»Du bist zu einem Klapsdoktor gegangen?«

»Meine große Schwester ist Psychiaterin. Sie kam zu mir.«

»Und?«

Der Kellner brachte den Wein und eine Platte mit Crackern und Roquefort. Während der Kellner die Flasche öffnete, schnitt Matt Käse und legte die Scheiben auf ein halbes Dutzend Cracker.

Er kostete den Wein, nickte billigend, wartete, bis der Kellner Susans Glas und dann seines gefüllt hatte, steckte einen der Cracker mit Roquefort in den Mund und trank sofort einen Schluck Wein dazu.

»Was machst du da?« fragte Susan mit deutlicher Mißbilligung.

Sie mußte auf seine Antwort warten, bis er zu Ende gekaut hatte.

»Sag mir nicht, du hast das noch nie gesehen?«

»Das habe ich noch nie gesehen«, sagte Susan. »Es gehört sich nicht.«

»Aber es schmeckt gut«, sagte er. »Du solltest es erst verurteilen, wenn du es probiert hast.«

»Nein, danke.«

»Na komm schon, riskiere es. Das Leben ist gefährlich. Brich mal aus deinem profanen Trott als Sozialarbeiterin aus.«

Sie wirkte sehr unschlüssig und gab keine Antwort. Matt schob einen weiteren Roquefort on the Cracker in den Mund, trank einen Schluck Wein, kaute und lächelte genüßlich.

Die Neugier überwältigte Susan. Sie zuckte mit den Schultern, nahm einen der Cracker und trank einen Schluck Wein dazu. Sie kaute vorsichtig und lächelte dann. Als sie zu Ende gegessen hatte, bekannte sie: »Das schmeckt gut.«

»Und du wolltest zuerst nichts mit mir trinken. Du hättest diese Erfahrung niemals gemacht – etwas, das du für den Rest deiner Tage nutzen kannst –, wenn du mit dem guten Mister Sowieso ausgegangen wärst.«

Der Ausdruck ihrer Augen verriet, daß ihr diese Worte mißfielen.

»Du wolltest erzählen, was deine Schwester, die Psychiaterin, gesagt hat«, wich sie aus.

»Willst du das wirklich wissen?«

»Ja«, sagte Susan nachdenklich. »Das nehme ich an.«

»Sie sagte, ich soll daran denken, daß ich in Notwehr und nicht vorsätzlich gehandelt habe. Und daß der Selbsterhaltungstrieb genau wie das sexuelle Verlangen einer der unterbewußten Triebe ist, über die ein Mann sehr wenig Kontrolle hat.«

Das habe ich soeben erfunden. Ich muß ein ziemlich guter Lügner sein. Oder – freundlicher gesagt – ein guter Schauspieler. Als Amy in ihrer Sigmund-Freud-Rolle zu mir kam, nachdem ich Mr. Warren K. Fletcher in den Hinterkopf geschossen hatte, riet sie mir, mit dem Job als Cop Schluß zu machen.

Und Susie schluckt anscheinend dieses Märchen.

»Und natürlich hatte in diesem Fall die Tat eine unbestreitbar wünschenswerte soziale Nebenwirkung«, fügte Matt hinzu.

»Was heißt das?«

»Als der Verbrecher versuchte, mich zu überfahren, hatte er eine nackte Hausfrau gefesselt unter einer Plane in seinem Wagen.«

»Na na!« sagte Susan fast spöttisch.

Matt hielt die Hand wie zum Schwur hoch. »Pfadfinder-Ehrenwort«, sagte er. »Und für diese Frau gab es keine moralische Frage, ob ich ihn erschießen sollte oder nicht. Er hatte ihr ausgemalt, welche perversen Dinge er mit ihr anstellen würde, sobald sie aus der Stadt heraus sein würden.«

»Mit anderen Worten, für dich ist es moralisch vertretbar, Menschenleben unter gewissen Umständen auszulöschen – um etwas Gutes zu bewirken?«

Matt verkniff sich die Antwort, die ihm auf der Zunge lag, und sagte statt dessen: »Nimm noch einen Cracker, Susan.«

»Wir wechseln das Thema, nicht wahr? Was ist los, ist dir dein sarkastischer Witz ausgegangen?«

Ja, aus irgendeinem Grund habe ich gespürt, daß es an der Zeit war, das Thema zu wechseln. Ich habe keine Ahnung, warum, aber ich weiß, daß die Richtung dieses Gesprächs gefährlich war.

»Vermutlich. Du kannst heim zu Mommy und Daddy fahren, Susan. Mir gefällt die Unterhaltung nicht mehr.«

Ihre Wangen röteten sich, und einen Augenblick lang dachte Matt, sie werde aufspringen und aus der Bar rauschen.

Das tat sie jedoch nicht.

»Verzeihung, ich – ich hatte einfach nie Gelegenheit, zu fragen.«

»Was das für ein Gefühl ist, jemanden zu töten?« sprach Matt nicht sehr freundlich weiter.

Sie nickte.

»Es tut mir leid, Matt.«

Warum hast du nicht deinen Freund Chenowith gefragt? Findest du nicht, daß er ein größerer Experte ist, weil er elf unschuldige Leute in die Luft gejagt hat?

Allmächtiger, sie hat nie mit Chenowith über seine Taten geredet! Woher weiß ich das? Keine Ahnung, weshalb, aber ich weiß es einfach.

»Was war das? Weibliche Neugier?«

»Ich sagte, es tut mir leid.«

»Wie ich schon sagte, nimm noch einen Cracker.« Matt

schnitt eine Scheibe Käse ab und legte sie auf einen Cracker.

Sie nahm ihn, schob ihn in den Mund, trank einen Schluck Wein und kaute. Und lächelte.

»Das ist köstlich.«

»Es überrascht mich, daß dein Vater es nicht so hält. Er ist ein Gourmet.«

»In Wirklichkeit hast du gemeint ›Fahr heim, Susan‹«, sagte sie.

»Ich kann nicht glauben, so etwas gesagt zu haben«, sagte Matt. »Nicht, wenn wir immer noch eine halbe Flasche Wein und schätzungsweise zwei Pfund Käse haben.«

Sie lächelte.

»Es tut mir leid, daß ich das gesagt habe«, fuhr Matt fort. »Ich entschuldige mich. Ich möchte wirklich noch nicht heimfahren.«

»Ich muß es. Ich muß morgen zur Arbeit. Und du ebenfalls.«

»Nimm noch einen Cracker«, sagte er und belegte einen mit Roquefort.

Sie nahm ihn.

»Ich habe heute abend etwas gelernt, das ich nicht wußte«, sagte sie. »Das hat vielleicht etwas mit meiner ungezügelten Neugier zu tun.«

»Zum Beispiel?«

Susan schaute ihm in die Augen. »Ich habe dich nie mit Penny in Zusammenhang gebracht.«

»Ich kann mich nicht erinnern, Penny erwähnt zu haben«, sagte Matt. »Ah, stimmt ja. Du bist ein weiteres Produkt von Bennington, nicht wahr?«

»Wir waren Freundinnen«, sagte Susan.

»Wie kommt es, daß du Penny jetzt mit mir in Zusammenhang gebracht hast?«

»Dies ist peinlich«, sagte Susan.

»Nur zu. Wenn wir den Rest unseres Lebens zusammen verbringen, sollten wir keine Geheimnisse voreinander haben.«

Sie lächelte ihn wieder an.

»Komisch, ich mag dich anscheinend mehr, wenn du den Verrückten spielst«, sagte sie.

»Vielen Dank«, erwiderte Matt.

»Erinnerst du dich, daß meine Mutter zur Garage kam, als ich den Wagen holte?«

Matt nickte.

»Hat Mommy es dir erzählt?«

»Mommy sagte, ich soll wegen deines tragischen Verlustes besonders nett zu dir sein«, sagte Susan. »So habe ich sie natürlich gefragt ›Welcher tragische Verlust?‹«

»Okay. So wirst du nett zu mir sein?«

»Was ist mit ihr passiert?«

»Das weißt du nicht?« fragte Matt. »Sie erwischte schlechten Stoff oder nahm zuviel, spritzte ihn in ihre Vene und ›gute Nacht, Penelope Detweiler‹.«

»Du klingst wie ein Polizist.«

»Ich bin einer.«

»Ich meine, nicht wie ihr Verlobter.«

»So weit kamen wir nie«, sagte Matt. »Nahe dran, aber nicht ganz.«

»Aber es war schmerzlich, nicht wahr?«

»Es war eine Tragödie. Sie hätte fast alles vom Leben haben können ...«

»Einschließlich dich?« unterbracht Susan.

»Das war eine Möglichkeit. Aber sie konnte nicht die Finger davon lassen. Von den Drogen, meine ich. Ihre Eltern schickten sie auf Entziehung nach Nevada, aber es klappte nicht.«

»Wie wurde sie süchtig?«

»Sie geriet an einen Gangster namens Anthony J. Dezego, auch bekannt als Tony das Z. Ich habe keine Ahnung, wie das geschehen konnte – vielleicht suchte sie einen Kitzel. Aber ich bin überzeugt, daß er der Bastard war, der sie süchtig machte.«

»Und er läuft immer noch frei herum?«

»Nein. Die Mafia hat ihn aus irgendeinem Grund umgelegt. Deshalb war Penny nicht Daffys Brautjungfer, als sie Chad heiratete. Penny war mit Tony dem Z zusammen, als er gekillt wurde. Mit einer Schrotflinte. Bei Chads und Daffys Hochzeit lag Penny im Hahnemann Hospital, voller Schrotkugeln und eingewickelt wie eine ägyptische Mumie.«

»Mein Gott!«

»Warst du nicht bei der Hochzeit? Das war für jeden Gesprächsstoff.«

»Ich konnte nicht hingehen«, sagte Susan.

»Natürlich warst du nicht auf der Hochzeit. Denn sonst hätte ich dich in Erinnerung behalten.«

Sie schaute ihn beklommen an.

»Dies ist alles neu für mich.«

»Daffy hat es dir nicht erzählt?«

»Daffy hat mir gesagt, daß Pennys Tod etwas mit Drogen zu tun hatte. Ich habe nicht nach Einzelheiten gefragt.«

Sie verfielen in Schweigen.

Schließlich stand Susan auf.

»Ich muß wirklich fahren«, sagte sie.

Matt schrieb seinen Namen auf die Rechnung.

»Ich bringe dich zum Wagen.«

»Das ist nicht nötig«, sagte Susan. »Bleib noch hier. Die Jagdgründe sehen gut aus.«

»Nicht für mich«, erwiderte Matt.

»Ich habe es dir gesagt, Matt, ich bin einfach nicht interessiert.«

»Ich erinnere mich.«

Susan zuckte mit den Schultern.

Sie verließen den Klub und gingen zu Susans Porsche.

Susan schloß die Tür auf und hielt ihm die Hand hin. Er ergriff sie.

»Fahr langsam. Diese Uniform muß vielleicht eine bestimmte Anzahl an Strafzetteln ausschreiben.«

»Ich werde langsam fahren«, versprach Susan. »Und danke dafür, daß du heute abend bei mir zu Hause ein guter Junge warst.«

»Der gute Mister Sowieso wird es nie erfahren«, sagte Matt.

»Was erfahren?«

»Daß du mir den kürzesten und platonischsten Gutenachtkuß gegeben hast.«

»Das *will* ich nicht«, sagte Susan. »Kannst du das denn nicht begreifen?«

»Ein klitzekleiner, absolut keuscher Kuß, gegen den nicht mal der Papst etwas haben kann, geschweige denn Mommy und Daddy.«

»O Gott!« sagte sie und streifte sehr schnell mit den Lippen seinen Mund.

Dann trat sie zurück, und sie schauten sich mit etwas an, das an Erstaunen grenzte.

Allmächtiger! dachte Matt. *Was, zum Teufel, war das? Begierde bei der ersten Berührung?*

Susan stieg schnell in den Porsche, knallte die Tür zu, ließ den Motor an und brauste vom Parkplatz, ohne Matt noch einmal anzusehen.

Matt schaute ihr nach, bis der Wagen außer Sicht war. Dann atmete er tief durch und machte sich auf den Weg zum Plymouth.

Mrs. Reynolds kam in Susans Zimmer, als sie sich entkleidete.

»Hast du dich amüsiert?«

»Ja, das haben wir. Er brachte mir bei, Cracker mit Roquefort zu essen und dazu einen Schluck Wein zu trinken.«

»Daddy pflegte das auch zu tun«, sagte Mommy.

»Tatsächlich?«

»Er scheint ein sehr netter junger Mann zu sein«, sagte Mommy.

»Für einen Cop ist er das«, sagte Susan.

»Was soll das heißen.«

»Nichts.«

»Jedenfalls hat er Arbeit, und laut Mr. Emmons ist er sehr angesehen in seinem erwählten Beruf.«

»Und was hat Mr. Emmons sonst noch zu berichten?«

»Er ist sehr wohlhabend. Ich meine, persönlich. Und die Paynes sind reiche Leute.«

»Wo sollten wir deiner Meinung nach heiraten, Mommy?« fragte Susan.

»Sei nicht so sarkastisch, Susie, du hast gefragt!«

»Entschuldigung.«

»Wirst du dich öfter mit ihm treffen?«

»Ich befürchte, ja.«

»Ich glaube, du magst ihn.«

»Gute Nacht, Mommy.«

Mrs. Reynolds verließ Susans Zimmer und wandte sich noch einmal um.

»Mary-Ellen Porter hat angerufen«, sagte sie.

»Wer?«

»Mary-Ellen Porter. Sie sagte, ihr wart zusammen auf Bennington.«

Da ich bis zu diesem Moment den Namen Mary-Ellen Porter nie gehört habe, muß es sich entweder um Jennie oder Eloise handeln, dachte Susan.

»Ah, natürlich. *Mary Ellen.* Was hat sie gewollt?«

»Sie sagte, sie ruft dich morgen auf der Arbeit an. Ich erklärte ihr, daß man das auf dem Amt nicht mag, aber sie sagte, sie muß mit dir am Morgen sprechen.«

»Ich frage mich, was sie will«, sagte Susan mehr oder weniger rhetorisch.

15

»Guten Morgen, Lieutenant«, sagte James C. Chase. »Es ist mir stets ein Vergnügen, Sie zu sehen. Wie kann ich Ihnen heute morgen zu Diensten sein?«

Auf dem Messingschild auf Chases großem, auf Hochglanz poliertem Schreibtisch in seinem verglasten Büro der First Harrisburg Bank & Trust Company stand ›Vice President‹.

Matt sagte sich sofort, daß Chase die Ausnahme von der Faustregel war, daß es in den meisten Banken soviel Direktoren und stellvertretende Direktoren wie Kassierer gab und der Titel an Stelle einer Gehaltserhöhung verliehen worden war und mit sehr wenig Autorität ausgeübt wurde.

Dieser Mann – Anfang Fünfzig, grauhaarig, sehr elegant gekleidet – hatte das Aussehen und Auftreten von jemand mit Autorität, der es gewohnt war, Entscheidungen zu treffen.

»Dies ist Detective Payne von der Polizei Philadelphia«, stellte Lieutenant Deitrich Matt vor.

Das überraschte Chase sichtlich, aber er erholte sich schnell davon und reichte Matt die Hand.

»Guten Tag«, sagte er.

»Guten Tag, Sir«, erwiderte Matt.

»Payne, sagten Sie?«

»Jawohl, Sir.«

»Ich war mit einem Jungen namens Payne aus Philadelphia auf der Schule«, sagte Chase. »Brewster C. Payne. Ich bezweifle, daß es zufällig ...«

»Er ist mein Vater, Mr. Chase«, sagte Matt.

»Dann freut es mich wirklich, Sie kennenzulernen. Wie geht es Ihrem Vater? Ich habe ihn viele Jahre lang nicht gesehen.«

»Es geht ihm sehr gut, danke, Sir.«

Nun, man hat mir soeben sozusagen die Schlüssel zur Bank ausgehändigt, nicht wahr?

»Richten Sie ihm bitte meine besten Grüße aus.«

»Ja, Sir, das werde ich tun.«

Moment mal!

Wenn dieser Mann tatsächlich ein alter Freund von Dad ist, warum hat Dad ihn dann nicht wenigstens erwähnt, als ich ihm von meinem Besuch in Harrisburg erzählt habe?

Wenn Chase wirklich ein guter Freund ist – und ich glaube das, was natürlich nicht heißt, daß Dad seine Gefühle erwidert –, dann war es kein Versehen, daß er ihn nicht erwähnt hat. Weil Dad ihn nicht als Freund betrachtet? Nein. In diesem Fall hätte er mich vor ihm gewarnt.

Vielleicht wollte Dad sich nicht für die Cops auf seinen alten Schulfreund stützen? Oder er wußte, daß Chase schnell erfahren würde, daß ein Detective aus Philadelphia namens Payne in seiner Bank herumschnüffeln will? Und daß Chase entweder mich fragen würde – was er in der Tat soeben getan hat – oder Dad anrufen und ihn fragen würde.

In letzterem Fall war Chase damit aus dem Schneider. Wenn er nett zu dem Sohn seines alten Freundes sein will, ist das prima. Wenn nicht, braucht er es nicht zu sein, und da Dad ihn nicht darum gebeten hat, braucht Chase nicht ›nein‹, zu sagen. Nichts für ungut.

Du bist gerissen, Dad. Clever. Feinfühlig. Das war wirklich klasse.

Es ist erstaunlich. Je älter ich werde, desto klüger wirst du.

Und was hast du mir über Banken gesagt? »Die meisten Bankdirektoren sind Aushängeschilder, die ihre Zeit damit verbringen, vor dem Rotary Club zu sprechen und Geschäfte auf dem Golfplatz anzubahnen. Banken werden vom Verwaltungsrat geführt, durch den Vorsitzenden oder Kassenwart des Institutes oder manchmal durch einen Direktor.«

Warum habe ich den Verdacht, daß ich soeben dieses ›Manchmal durch den Direktor‹ kennengelernt habe? Und daß Lieutenant Deitrich verdammt genau weiß, welche Stelle Mr. Chase hier in der Machtstruktur hat?

»Womit kann ich Ihnen dienen?« fragte Chase.

»Wir haben Grund zu der Annahme, daß jemand, der in Philadelphia in kriminelle Aktivitäten verwickelt war, Geld nach Harrisburg transferiert hat, sagte Matt. »Es irgendwie versteckt hat.«

»Und Sie sind hier, um herauszufinden, ob Sie es finden können? Und offenbar mit dem Segen von Chief Mueller, denn sonst wäre Lieutenant Deitrich nicht bei Ihnen.«

Deitrich nickte.

»Ja, Sir«, sagte Matt.

»Dürfen Sie mir die Quelle des Geldes nennen?«

»Einer unserer Beamten ist suspendiert und verurteilt worden, weil er Geld von der Chefin eines Callgirlrings genommen hat«, sagte Matt.

»Das ist eines der lukrativen ›Gewerbe‹, ich verstehe. Haben Sie einen Durchsuchungsbefehl?«

»Für den Besitz des betreffenden Beamten. Sein Name lautet Seymour Meyer. Er war Lieutenant.«

»Ich nehme an, es wäre zuviel erhofft, wenn wir ein Konto oder einen Safe unter seinem eigenen Namen haben, nicht wahr?«

»Ja, Sir«, sagte Matt. »Ich habe eine Liste mit Namen von Verwandten, Freunden …«

»Nun, wir werden zuerst nach Konten unter dem

Namen dieses Mannes suchen – vielleicht haben wir Glück. Haben Sie den Durchsuchungsbefehl bei sich?«

Matt zog das Dokument aus seinem Jackett und reichte es Mr. Chase.

Chase las.

»... wo auch immer er sich aufhält«, las er laut vor. »Gut. Das gibt uns Zugang zu den Details seines Kontos oder Depots. Wenn wir etwas in dieser Art finden. Was jedoch Schließfächer mit anderen Namen oder Einzelheiten von Konten mit anderen Namen anbetrifft ...«

»Ja, Sir, ich verstehe«, sagte Matt. »Wenn es jedoch ein Konto – oder Konten – gibt, die zu den Namen auf meiner Liste passen, ist es laut Entscheidung der Gerichte keine Verletzung des Bankgeheimnisses, wenn eine Bank das Konto überprüft und mir sagt, ob es ungewöhnliche Einzahlungen oder Bewegungen gibt. Ohne die Konten preiszugeben, natürlich. Mit dem Hinweis auf etwas Ungewöhnliches können wir bestimmt einen richterlichen Beschluß erwirken, der eine zusätzliche Suche genehmigt.«

»Sie kennen sich in Ihrem Job aus, nicht wahr?« sagte Chase, und fuhr fort, ohne Matt Gelegenheit zu einer Antwort zu geben. »Ich werde folgendes tun, Mr. Payne – würde es Ihnen etwas ausmachen, wenn ich Sie mit dem Vornamen anspreche?«

»Überhaupt nicht, Sir. Matt.«

»Ich werde Ihnen einen freien Schreibtisch besorgen, Matt, und dann bekommen Sie eine Liste von Ihren Konten- und Schließfachinhabern und können mit Ihrer Suche beginnen.«

»Das ist sehr freundlich von Ihnen, Sir.«

»Darf ich Ihre Namensliste sehen?«

»Ja, Sir, selbstverständlich«, sagte Matt, nahm die Liste aus dem Jackett und gab sie ihm.

»Ich lasse sie von meinem Mädchen ablichten und alles in die Wege leiten.«

»Ich nehme an, Sie sind hier eine Zeitlang beschäftigt, Payne«, sagte Deitrich. »Wenn Sie hier fertig sind, rufen Sie mich an, und ich werde Sie zur First National bringen.«

»Danke, Lieutenant«, sagte Matt.

»Mr. Chase«, sagte Deitrich, nickte dem Bankier zu und verließ das Büro.

Als er außer Hörweite war, sah Chase Matt an und lächelte.

»Er redet nicht viel, wie?«

»Ja, er ist ziemlich schweigsam.«

»Aber ein guter Mann. Wir hatten einige – wie soll ich es nennen ›Geschäfte‹? – miteinander, und ich muß bekennen, ich war sehr beeindruckt von ihm.«

»Ich bin ebenfalls beeindruckt von ihm, Sir.«

»Normalerweise, Matt, würde ich Sie in einem kleinen Raum neben der Halle einquartieren, aber ich glaube, ich kann für den Sohn meines alten Freundes etwas Besseres tun.«

Er öffnete die Glastür seines Büros und winkte Matt hindurch. Dann ging er voran zu einem anderen Büro mit Glastür, das nur etwas kleiner als seines war.

Eine Frau in mittleren Jahren saß am Schreibtisch im Vorzimmer.

»Dolores«, sagte Chase. »Ich bezweifle, daß Sie etwas finden werden, aber würden Sie schnell nachsehen, ob etwas Vertrauliches auf Mr. Hausmanns Schreibtisch liegt? Dies ist Mr. Payne, der sein Büro benutzen wird, solange Mr. Hausmann in Boston ist.«

»Ich werde es überprüfen«, sagte Dolores, erhob sich und lächelte Matt an. »Sie sind von der First Chicago, Mr. Payne?«

»Nein, Ma'am.«

»Was Mr. Payne hier erledigt, ist vertraulich, Dolores.«

»Ich verstehe«, sagte sie. »Nun, es wird einen Moment dauern. Mr. Hausmann ist sehr penibel, was vertrauliche Dinge anbetrifft.«

Sie ging in das Büro und kehrte schon nach weniger als einer Minute zurück.

»Nichts auf dem Schreibtisch, und alles ist abgeschlossen«, meldete sie.

»Danke«, sagte Chase. »Nun, ich bin überzeugt, daß Sie

alles getan hätten, um Mr. Payne den Aufenthalt angenehm zu machen, auch wenn ich Ihnen nicht gesagt hätte, daß sein Vater und ich alte Freunde sind. Klassenkameraden.«

»Selbstverständlich.«

»In diesem Fall lasse ich ihn bei Ihnen und versuche, etwas Geld für die Bank zu verdienen.«

Sie lachte pflichtschuldig.

»Matt«, sagte Chase, als wäre ihm gerade ein Gedanke gekommen. »Wie lange werden Sie hier sein?«

Matt lächelte.

»Bis ich entweder habe, was ich suche, oder weiß, daß es nie hier war.«

»Wo wohnen Sie?«

»Im Penn-Harris.«

»Das ist das beste Hotel. Sind Sie mit dem Quartier zufrieden?«

»Es ist sehr schön, Sir.«

»Gut. Spielen Sie Golf?«

»Ja, Sir.«

»Möchten Sie, daß ich im River View anrufe und Ihnen eine Gästekarte besorge?«

»Das ist sehr freundlich, Sir. Aber der Vater einer Freundin, Mr. Reynolds, hat mir bereits eine besorgt.«

»Tom Reynolds?«

»Ja, Sir.«

»Nun, in diesem Fall brauche ich die Frage nicht zu stellen, die meine nächste hätte sein sollen.«

»Sir?«

»Ich wollte fragen, ob Sie mit einem netten Mädchen bekannt gemacht werden möchten.«

Matt lachte.

»Das wird nicht nötig sein, Sir. Aber vielen Dank.«

Chase berührte kurz Matts Schulter und ging in sein Büro zurück.

»Möchten Sie eine Tasse Kaffee, Mr. Payne?« fragte Dolores.

»Das wäre sehr nett«, sagte Matt. »Und darf ich das Telefon benutzen?«

»Selbstverständlich. Machen Sie sich's nur bequem.«

Sie wies zu Hausmanns Büro. Matt ging hinein, ließ sich auf dem bequemen Schreibtischsessel nieder, der mit grünem Leder bezogen war, warf einen Blick auf ein Foto mit Silberrahmen, das vermutlich Mr. und Mrs. Hausmann und die vier kleinen Hausmanns zeigte, und nahm das Telefonbuch von Harrisburg vom Beistelltisch neben dem Schreibtisch.

Er fand die Nummer, die er suchte, und wählte sie. Er mußte sich verbinden lassen, aber in weniger als einer Minute hörte er: »Revision, Reynolds.«

»Du meine Güte, klingen wir geschäftsmäßig. Ich höre an der sachlichen und kühlen Stimme, daß die Steuerzahler von Pensylvania für dein Gehalt eine gute Gegenleistung bekommen.«

»O Gott! Was willst du?«

»Eigentlich hatte ich einige Dinge im Sinn.«

»Mach schnell. Man mag hier nicht, wenn Privatgespräche geführt werden.«

»Okay. Zuallererst möchte ich dir versichern, daß ich mir nicht das Gesicht gewaschen habe.«

»Was?«

»Ich werde es vielleicht nie wieder waschen.«

»Oh«, sagte Susan, die endlich verstand. »Mensch, Matt, werde erwachsen!«

»Du meinst, du hast dir das Gesicht gewaschen?« fragte Matt ungläubig.

»Natürlich ... was hast du noch im Sinn, Matt?«

»Ich glaube, das weißt du bereits.«

»Gott!« erwiderte sie mit einer – wie sie hoffte – Mischung aus Abscheu und Ungläubigkeit.

»Wenn du etwas zum Schreiben hast, Susie, dann gebe ich dir die Telefonnummer meines neuen Büros. Sehr nobel. Ich habe einen hervorragenden Ausblick auf den glänzenden Marmorfußboden und die verzierten Bronzestatuen in der Halle der First Harrisburg Bank and Trust Company. Falls du mich in den nächsten paar Stunden anrufen möchtest.«

»Das halte ich für unwahrscheinlich.«

»Du kannst nie wissen, wann du einen Cop brauchst, und wenn du einen brauchst, hast du meine Nummer gleich zur Hand.«

»Und weiter?«

»Wohin gehen wir zum Mittagessen?«

»Nirgendwohin.«

»Dann gehen wir zum Abendessen?«

»Nirgendwohin.«

»Ich dachte, wir können nach Hershey fahren und im Hotel Hershey dinieren?«

»Nein.«

»Nun, ich nehme mit jedem Lokal, das dir gefällt, vorlieb. Wann soll ich dich abholen?«

»Du kannst dich einfach nicht mit einem Nein als Antwort abfinden, wie?«

»Wir haben eine Abmachung, schöne Maid.«

»Ich weiß nicht, was du im Schilde führst, Matt ...«

»Wirklich nicht? Überhaupt keine weibliche Intuition? Das kann ich kaum glauben.«

»Verdammter Kerl!«

»Ich habe dich anscheinend beleidigt. Da meine Absichten so rein und nobel sind, muß ich wohl deine Mommy anrufen, ihr erzählen, wie leid es mir tut, und sie bitten, ein Versöhnungsgespräch zwischen mir und der Prinzessin zu arrangieren. Ich weiß nur noch nicht, wie ich ihr das verklickern soll.«

Susan lachte. Es war kein Lachen der Freude, mehr eines der Resignation.

»Und das würdest du tatsächlich tun, du Hurensohn?«

»Darauf kannst du eine Bank setzen. Die First Harrisburg Bank and Trust.«

»Ich hole dich vor dem Penn-Harris um achtzehn Uhr dreißig ab. Wir essen dann schnell und früh zu Abend.«

»Du wirst mich leicht erkennen. Ich werde der hübsche Teufel mit dem Ausdruck freudiger Erwartung in den Augen sein.«

»O Gott!«, sagte Susan und legte auf.

Matt legte den Hörer auf die Gabel und bemerkte erst jetzt eine mausgesichtige Frau Anfang Dreißig, die auf der Schwelle des Büros stand. Sie hielt einen Metallkasten voller Karteikarten – vielleicht Kontoauszüge – in den Händen.

»Mr. Payne?« fragte sie.

Matt nickte. Sie kam ins Büro und stellte den grauen Metallkasten mit einem Grunzlaut auf die Glasplatte des Schreibtischs.

»Dies sind die Zugangskarteien zu den Schließfächern«, sagte sie. »Wenn Sie damit fertig sind, sagen Sie es bitte Dolores, und ich komme und hole die Karteien ab.«

»Danke«, sagte Matt und lächelte sie an.

Er strich über die Karteikarten. Jede enthielt einen Metallhaken, damit sie an der verstärkten Seite des Kastens aufgehängt werden konnte. Jede Karte war für ein Schließfach und enthielt nicht nur Name, Adresse und Sozialversicherungsnummer von jeder Person, die berechtigt war, Zugang zu diesem Fach zu haben, sondern auch zu welcher Zeit, welchem Datum und wie lange jemand von diesem Recht Gebrauch gemacht hatte.

Ich dachte, Chase besorgt mir eine Liste der Namen von Schließfachinhabern, die zu den Namen – wenigstens den Nachnamen – auf meiner Liste passen. Dieser Kasten enthält offenbar eine Karteikarte für jedes Schließfach der Bank.

›Kooperieren‹ sie immer in einer solchen Situation so mit der Polizei, indem sie mehr Informationen geben, als verlangt wurden, um sich über das Bankgeheimnis hinwegzusetzen?

Oder nur, wenn sie dem Cop vertrauen, der die Überprüfung durchführt?

Oder wegen der Beziehung meines Vaters mit Chase?

Was soll's? Einem geschenkten Gaul schaut man nicht ins Maul.

Matt hatte sich durch ein halbes Dutzend Karteikarten gearbeitet, als die mausgesichtige, magere Frau zurückkehrte, diesmal mit einem Tablett, auf dem andere Unterlagen flach gestapelt lagen.

»Dies sind die Konten, an denen Sie vielleicht interessiert sind, Mr. Payne«, sagte die magere Frau. »Alle bis ›D‹. Je eher ich se zurückhaben kann, desto besser. Sie sollten Dolores bitten, diejenigen abzulichten, an denen Sie interessiert sind und dann können Sie alle zurückschicken. Ich möchte Ih die von ›E‹ bis ›H‹ lieber erst bringen, wenn Sie mit n fertig sind. Ist das in Ordnung?«

prima«, sagte Matt. »Vielen Dank.«

»D hm den obersten Auszug vom Tablett. Es war plette Aufzeichnung über vier Jahre der Kontoeingen – die Daten und Zeiten von Einlagen, Abbun, Zahlungen und Gebühren für ein Sparkonto Person, deren Nachname identisch mit einem n auf der Liste war, die Matt im Personalbüro im dium aufgestellt hatte.

Der Auszug unter dem ersten war der des Girokontos selben Person.

Wenn ich zwei Auszüge von jedem Kontoinhaber dieser Bank mit demselben Nachnamen auf der Liste überprüfe, die ich Mr. Chase gegeben habe, werde ich einen Monat lang in Harrisburg sein.

Was angesichts der Raketen, die abgingen, als Susie mich gestern abend küßte, nicht schlecht wäre.

Um Himmels willen! Was, zum Teufel, ist mit mir los? Matthew, schlag dir diese blöde Idee aus dem Kopf, ein für allemal!

Er griff nach dem Telefon, wählte die Vermittlung und meldete ein R-Gespräch zu Sergeant Jason Washington an.

»Matthew, mein Junge! Wie laufen die Dinge in der Hauptstadt unseres großartigen Staats?«

»Nun, ich bin in der Bank.«

»Das ist anscheinend auch die Gegenseite«, erwiderte Washington.

»Wie bitte?«

»Sie zuerst. Sie wirken überrascht.«

»Das Maß an Zusammenarbeit ist größer, als ich erwartet habe.«

»Das liegt vielleicht an Ihrem Charme«, sagte Washington. »Ich hörte, Sie waren gestern abend mit jemand essen. Stimmt das?«

»Ja.«

»War der Abend fruchtbar? In beruflichem Sinne«

War das ein Seitenhieb? Oder wollte er nur geistreich sein?

»Ich nehme es an.«

»Aber nichts Besonderes zu melden?«

»Nein.«

»Sind Sie irgendwo, wo Sie vertraulich tele können? Da ist jemand, mit dem Sie wirklich spen sollten. ›

»Wohl?«

»Matthews.«

»Ich bin in einem Büro der Harrisburg Bank and Tru Company«, sagte Matt. »Das ist sicher genug, aber ich müßte ihn per R-Gespräch anrufen.«

»Geben Sie mir die Nummer – daran hätte ich ohnehin denken sollen – und ich schlage ihm vor, Sie anzurufen. Die häßliche Bankräuberin hat offenbar wieder zugeschlagen.«

»Tatsächlich? Wo?«

»Ich habe nur grobe Fakten. Aber ich nehme an, Jack Matthews kann es kaum erwarten, Sie mit allen Einzelheiten zu beglücken.«

Matt las die Telefonnummer ab.

»Sie werden bestimmt binnen Minuten von Matthews hören«, sagte Washington. »Und da ist noch eines, Matt.«

»Was?«

»Peter Wohl ist besorgt, Sie könnten etwas Dummes tun. Und ich bin das ebenfalls. Lassen Sie Mr. Matthews' Leute alles erledigen, was über Ihren Auftrag hinausgeht, ja?«

»Okay«.

»Wenn Sie gegen Ihre Befehle verstoßen, und Wohl reißt Ihnen sozusagen den Arsch auf, wird er meine volle Unterstützung haben.«

»Ich verstehe, was Sie meinen.«

»Das hoffe ich sehr«, sagte Washington und legte auf.

Drei Minuten später klopfte es an der Tür, und dann steckte Dolores den Kopf ins Büro.

»Da ist ein Mr. Rogers von der Philadelphia Savings Fund Society auf Leitung drei für Sie, Mr. Payne. Möchten Sie den Anruf entgegennehmen?«

»Danke«, sagte Matt und nahm den Hörer ab. »Payne.«

»Können Sie reden?«

»Hören Sie mich etwa nicht?«

»Mensch, Matt!«

»Was kann ich für Sie tun, Mr. Rogers? Sagen Sie mir icht, ich habe mein Konto schon wieder überzogen.«

Er hörte Matthews seufzen.

»Die Farmer & Merchants Bank of Clinton, New Jersey, rde gestern morgen überfallen. Wir haben es soeben hren, und ich habe mit unserem Büro in Newark rochen, in dessen Zuständigkeitsbereich das liegt. leiche Vorgehen wie beim Riegelsville-Coup. Die Täterbeschreibung. Diesmal war die Beute fast tausend Dollar.«

aarte Beine und so?«

wurde nicht erwähnt. Aber Häßlichkeit, zuviel Ohrringe et cetera, et cetera. Aus Gründen, die erstehen kann, hat Newark den Film der Über- amera nach Washington geschickt – zur Anti- Gruppe; ich nehme an, sie hatten die Anwei- he Fälle zu melden – *bevor* sie den Fall h habe Special Agent Jernigan angerufen, sprochen, mir zu faxen, was die Kamera auf- , und zwar so bald wie möglich. Es würde raschen, wenn es sich um einen anderen

esägte Schrotflinte?«

ßt nicht zu der bisherigen Vorgehens- r es ein abgesägter Karabiner.«

das bitte?«

n – der Sicherheitsmann der Bank – ck auf die Waffe. Der Kolben war bis ägt und dann rund gefeilt. Und der

»… offenbar, damit die kleinere Waffe besser versteckt werden kann. Und vermutlich denkt unser Freund, er hat jetzt die neueste MPi für Terroristen. Dies waren M2 – vollautomatische Karabiner – die in Indiantown Gap geraubt wurden. Ich habe mit einem abgeänderten Karabiner wie diesem auf dem FBI-Schießplatz in Quantico geschossen. Sie sehen groß und sehr bedrohlich aus, aber …«

»Ich habe auch mit einem solchen geschossen«, fiel ihm Matt ins Wort. »Und ebenfalls in Quantico. Aber auf dem Schießplatz des Marine-Corps.«

»Okay. Dann weißt du, daß ein Karabiner einen ziemlichen Rückschlag hat und wie schwer die ›Abänderung‹ – ohne Kolben – zu kontrollieren ist, auch bei Einzelfeuer. Wenn er damit Dauerfeuer versucht, kann er das Ding einfach nicht unter Kontrolle halten. Die Gefahr ist …«

»Wenn er auf einen Cop oder auf einen deiner Jungs schießen sollte, trifft er wahrscheinlicher einen Unbeteiligten«, vollendete Matt für ihn.

»Richtig.«

»Was treibt dieser Clown? Lebt er eine Phantasie aus?

»Dieses in die Luft gejagte Gebäude war keine Phanta
sie, Matt.«

»Stimmt«, sagte Matt. »Sonst noch etwas?«

»Wie verlief das Abendessen mit der Freundin?«

»Was meinst du mit ›Freundin‹?«

»Chenowith' Freundin natürlich, nicht deine.«

»Da muß mir etwas entgangen sein. Ich dachte, die
wood sei seine Freundin.«

»Richtig. Na und?«

»Ist die Reynolds seine Freundin, ja oder nein?«

»Nein. Ich habe alles sorgfältig überprüft. Ich hatt
Zeit, weißt du, als ich geduldig am Telefon hockte ur
einen Anruf von dir wartete …«

»Leck mich, Jack«, sagte Matt liebenswürdig.

»… und es gibt keinen Hinweis darauf, daß di
nolds mit einem der beiden Männer romantisch v
den war oder ist.«

»Mit *keinem* der beiden Männer?«

»Wer weiß. Diese Leute halten sich nicht an die üblichen gesellschaftlichen Regeln. Wenn es sie juckt, tun sie's, egal mit wem.«

Allmächtiger, ist es möglich? Es gibt keinen Freund, gab keinen Freund …

»Wie war das Abendessen?« fragte Matthews.

Nun, Junge, wir haben mit Mommy und Daddy zu Abend gegessen, und Daddy hat mir beigebracht, Fleisch zu grillen. Dann fuhren wir zum Country Club. Unterwegs wurde die weibliche Verdächtige wegen zu schnellen Fahrens gestoppt, und ich mußte dem örtlichen Uniformierten ausreden, ihr einen Strafzettel zu verpassen. Im Country Club habe ich der weiblichen Verdächtigen beigebracht, Roquefort auf Crackern zu essen und dazu einen Schluck Cabernet Sauvignon zu nippen. Dabei haben wir über gemeinsame Freundinnen gesprochen, und dann hat mich die weibliche Verdächtige für ungefähr eine Zehntelsekunde geküßt, woraufhin mir fast das Herz aus der Brust sprang. Sekunden später versuchte mein bestes Stück den Reißverschluß zu sprengen. Und dann lag ich fast die ganze Nacht wach, wälzte mich herum und versuchte, mich und mein bestes Stück zu beruhigen.

»Das Essen war in Ordnung«, sagte Matt.

»Gewinnst du ihr Vertrauen? Meinst du, sie argwöhnt, daß du aus einem anderen Grund als dem der Tarngeschichte in Harrisburg bist?«

»Ja und nein. Das waren zwei Fragen.«

»Bist du sicher, daß sie keinen Verdacht hat? Das ist ein cleveres Weib, Matt. Sie könnte ihr Mißtrauen vor dir verbergen, um herauszubekommen, was du wirklich treibst.«

»Hey, ich habe den Auftrag, mit dir Verbindung zu halten – was auch immer das bedeutet –, und nicht, meine Schlüsse von dir in Frage stellen zu lassen.«

»Was ist mit dir los?« fragte Matthews, und er klang bestürzt.

»Nichts. Warum sollte was los ein?«

Es folgte eine Pause, und dann fragte Matthews: »Was geschieht als nächstes? Wirst du sie wiedersehen?«

»Abendessen. Heute abend.«

»Du hast noch nichts aufgeschnappt?«

»Unsere Beziehung ist noch nicht soweit, daß ich fragen kann ›Hey, Susie, was hörst du eigentlich von deinem Freund, dem Bombenleger und Bankräuber?‹ Aber ich arbeite daran.«

»Du rufst mich natürlich an, wenn du irgend etwas herausfindest? Ich meine, wenn du an diesem Morgen mit dem richtigen Bein aus dem Bett aufgestanden bist?«

»Ja. Natürlich werde ich das tun. Aber erwarte um Himmels willen keine Wunder.«

»Sei vorsichtig, mein Freund.«

»Das werde ich sein.«

Matthews legte auf.

Zehn Minuten nach ihrem Gespräch mit Matt Payne – während sich ein Teil ihres Verstandes immer noch wunderte, warum sie nicht in der Lage gewesen war, das Abendessen mit ihm abzulehnen und ihm ein für allemal zu sagen, daß der Spaß und die Spielchen vorüber waren und er sie nicht mehr anrufen sollte – erhielt Susan Reynolds einen Anruf von Jennifer Ollwood.

»Hallo«, begann Jennie.

Susan nannte ihr eine Telefonnummer und legte auf. Sie erhob sich an ihrem Schreibtisch, verließ ihr Büro und steckte den Kopf ins Büro von Revisionsbeamtin Stufe IV Veronica Haynes.

»Rückendeckung für mich, ja, Veronica? Ich werde in einer Viertelstunde zurück sein.«

»Gönn dir eine halbe Stunde«, erwiderte Veronica. »Eine Viertelstunde ist etwas knapp für ein Quickie am frühen Morgen, nicht wahr?«

»Denkst du immer nur an so was?«

»Ans Bumsen?« Veronica dachte anscheinend ernsthaft über diese Frage nach. »Ja. Was ist wichtiger?«

»Da kann ich mir einige andere Dinge denken.«

»Einige Dinge, die genausoviel Spaß machen?«

»Ja«, sagte Susan, nachdem sie anscheinend ebenso ernsthaft über die Frage nachgedacht hatte wie Veronica über ihre.

»Viel Spaß«, sagte Veronica. »Behalte natürlich die Uhr im Auge.«

Susan fuhr mit dem Lift in die Halle und verließ das Sozialamt. Sie ging zu einer Autowaschanlage, die drei Blocks entfernt war. An diesem Morgen, an dem sie gewußt hatte, daß Jennie – oder weniger wahrscheinlich Eloise Anne Fitzgerald – anrufen würde, hatte sie auf dem Weg zur Arbeit den Porsche waschen lassen.

Während der Wagenwäsche war Susan zum Münzfernsprecher an der Ecke der Waschanlage gegangen und hatte sich die Nummer notiert.

Sie betrat die Telefonzelle, nahm den Hörer vom Haken, drückte die Gabel mit einem Finger hinunter und tat, als führe sie ein Gespräch, bis es klingelte.

»Hallo«, meldete sich Jennie wieder.

»Hallo, selbst. Wie geht es dir?«

»Nun, wie du weißt. Prima. Warum sollte es anders sein?«

Da kommt mir auf Anhieb in den Sinn, daß du auf der Flucht vor dem Gesetz bist, wegen Mordes gesucht wirst und mit diesem Hurensohn zusammenlebst.

»Und das Baby?«

»Er ist einfach wundervoll!«

Und was wird aus ihm, wenn Mommy und Daddy in Handschellen abgeführt werden?

»Jennie, stimmt etwas nicht? Ich bezweifle, daß diese vielen Anrufe klug sind.«

»Warum kommst du nicht, um dir das Baby anzuschauen?« fragte Jennie weiter.

»Erstens bezweifle ich – ich war gerade erst dort –, daß dies eine kluge Idee ist. Sosehr ich das auch möchte, Jennie.«

»Bryan hat etwas, und er möchte, daß du es für uns aufbewahrst«, sagte Jennie.

Was? Ein weiterer Beutel voll Geld aus einem Bankraub?

»Tatsächlich?«

»Wie das letzte Päckchen, nur ein wenig größer«, sagte Jennie. Eine Spur von Stolz klang in ihrer Stimme mit.

Mein Gott, sag mir nicht, er hat tatsächlich wieder eine Bank ausgeraubt!

Ich werde mir ein größeres Schließfach zulegen müssen. Das jetzige ist fast voll mit geraubtem Geld.

»Jennie, ich bezweifle wirklich, daß es Sinn macht, so bald wieder dorthin zu kommen.«

»Bryan will es ebenfalls«, sagte Jennie. »Er sagt, du weißt, warum.«

Er will nicht, daß bei seiner Festnahme – wenn er festgenommen wird – die Polizei bei ihm Geld findet und die Cops auf den Verdacht kommen, es könnte aus bisher ungeklärten – oder muß es heißen ›erfolgreichen‹? – Banküberfällen stammen. Er will das Geld haben, um seine Verteidigung zu bezahlen.

Manchmal habe ich das Gefühl, Bryan würde sich gerne festnehmen und verurteilen lassen. Er meint, daß er mit einem guten Anwalt – und dem geschickten Spielen der Rolle des noblen jungen Intellektuellen, der tapfer für moralische Prinzipien kämpft – nicht nur als freier Mann aus dem Gerichtssaal spaziert, sondern auch als Held der Neuen Ordnung gilt.

Und Jennie ist natürlich fasziniert von seinen Spinnereien. Für sie ist der Erzeuger ihres Babys so was wie der Heilige Vater.

»Jennie, es gibt Gründe, aus denen ich nicht so bald dorthin kommen kann. Das mußt du Bryan sagen. Er soll das Päckchen irgendwo bei euch an einem sicheren Platz deponieren.«

»Welche Gründe?« fragte Jennie empört.

»Gute und triftige Gründe, Jennie. Tut mir leid.«

»Das sagst du besser Bryan selbst«, meinte Jennie.

»Ich möchte ihm nicht sagen …«

»Nur einen Moment, Susie«, unterbrach Jennie. »Bleib dran.«

Der Hurensohn ist da. Vermutlich sitzt er in seinem Wagen. Läßt Jennie die Arbeit erledigen.

Ich sollte einfach einhängen. Aber dann läßt er sie mein Büro anrufen. Oder sie ruft bei mir zu Hause an. Wovor habe ich

Angst? Wenn er ans Telefon kommt, werde ich ihm sagen, warum ich sein ›Päckchen‹ nicht aufbewahren will.

Bryans Stimme ertönte. »Hey, Susie, was ist los?«

»Ich habe Jennifer gesagt, daß ich sie aus bestimmten Gründen nicht besuchen kann.«

»Das hat sie mir berichtet. Was sind das für Gründe?«

»Einer davon ist dir bekannt: Als wir beim letzten Mal über dieses Thema gesprochen haben, hast du mir gesagt, es sei das letzte Mal.«

»Du weißt, daß wir Geld brauchten«, sagte Bryan. »Und das war eine zu gute Gelegenheit.«

»Du brauchst das Geld nicht. Du hast jetzt genug.«

»Gute Anwälte sind teuer, Susie«, sagte Bryan.

»Du hast mehr als genug Geld für einen guten Anwalt«, entgegnete Susan. »Ich kann nicht so kurz hintereinander wegfahren, ohne daß Leute Fragen stellen.«

»Denk dir was aus. Du bist ein intelligentes Mädchen. Und wir sitzen im selben Boot, Susie, wie die Matrosen sagen.«

Was war das, eine nicht so sehr versteckte Drohung?

»Ich werde nicht mit dir diskutieren«, erwiderte Susan. »Es gibt Gründe, weshalb ich nicht so bald dorthin kommen kann.«

»Laß hören.«

»Nun, zum einen habe ich einen Cop im Nacken.«

Das war offenbar ein Schock für ihn. Erst nach einer längeren Pause sagte er etwas.

»Meinst du nicht, du solltest mir davon erzählen, Susie? Wie kommst du auf den Gedanken, daß dir Cops im Nacken sitzen? Warum sollten sie? Leidest du an Verfolgungswahn?«

»Ich habe nicht von ›Cops‹ geredet, sondern von ›Cop‹, Einzahl.«

»Woher kommt er?« fragte Bryan, und Susan entdeckte Besorgnis in seiner Stimme.

Sosehr sich der Macho-Hurensohn auch bemüht, er kann seine Angst nicht verbergen.

»Philadelphia«, sagte sie.

»Ein Cop aus Philadelphia in Harrisburg?« fragte Bryan zweifelnd, und dann fuhr er herablassend fort: »Susie-Mädchen, Cops aus Philadelphia haben außerhalb von Philadelphia keine Befugnis.«

»Ist das so?«

»Ja, das ist so. Bist du sicher, daß es ein Cop ist, keiner vom FBI? Wie ist er überhaupt auf dich gekommen?«

»Er ist ein Cop aus Philadelphia. Genauer gesagt, ein Detective. Ich habe ihn auf Chad Nesbitts Geburtstagsparty kennengelernt.«

»Was treibt ein *Cop* auf Mr. Dosensuppes Geburtstagsparty?«

»Er ist Mr. Dosensuppes ältester Freund und Patenonkel seines Babys.«

»Und er ist Cop?« fragte Bryan wieder zweifelnd.

»Detective.«

»Susie, das klingt unrealistisch.«

»So empfinde ich es auch. Aber er ist da. Jedesmal wenn ich in den Spiegel schaue, ist er da, in meinem Nacken, und reißt Witze wie ein College-Student.«

»Er kam zu dir?«

»Er kam zu mir, und ich habe ihn abblitzen lassen und dann – zum Teufel damit. Es ist eine lange Geschichte. Das letzte Kapitel ist, daß die Polizei von Philadelphia ihn in einer Ermittlung hergeschickt hat …«

»Das sagt er«, unterbrach Bryan. »Das könnte erfunden sein. Ich nehme an, dir ist klar, daß vielleicht nicht stimmt, was er behauptet?«

»Wer hat jetzt Verfolgungswahn? Ich habe guten Grund, zu glauben, daß er aus den Gründen hier ist, die er genannt hat.«

»Wir können nicht vorsichtig genug sein«, sagte Bryan ernst. »Das FBI ist nicht immer so blöde, wie man allgemein annimmt.«

»Er rief bei mir zu Hause an, und meine Mutter lud ihn zum Abendessen ein. Und ich werde heute abend mit ihm essen gehen. Ich konnte es einfach nicht ablehnen.«

»Wie hart hast du es versucht?«

»Fahr zum Teufel, Bryan«, sagte Susan. Und dann sprach sie weiter, bevor er etwas erwidern konnte. »Ich muß Schluß machen. Du brauchst nur zu verstehen, daß ich den Cop im Nacken habe und nicht in deine Nähe kommen kann.«

»Susie, laß uns überlegen …« begann Bryan.

Susan hängte ein.

16

Susan mußte an der roten Ampel beim Penn-Harris Hotel halten und sah Matt Payne, bevor er sie entdeckte. Und als sie ihn erblickte, schlug ihr Herz schneller.

Matt lehnte an dem Messingschild neben der Drehtür und las Zeitung. Er trug einen gutgeschnittenen Glencheck-Anzug und dazu ein weißes Hemd mit Buttondown-Kragen und glänzende Freizeitschuhe.

Der Hurensohn sieht verdammt gut aus, dachte Susan. Und das ist ein sehr schöner Anzug. Wie auch immer er aussieht, man denkt nicht an einen wie ihn, wenn man das Wort ›Cop‹ hört.

Die Ampel wechselte, und Susan fuhr zum Hotel und hupte, um Matt auf sich aufmerksam zu machen.

Sie sah, daß er die Zeitung sinken ließ, sich umschaute und sie erblickte. Er lächelte breit, und sie erinnerte sich, daß er gesagt hatte, sie hätte keine Mühe, ihn zu erkennen: ›Ich werde der hübsche Teufel mit dem Ausdruck freudiger Erwartung in den Augen sein.‹

Sie sagte sich: Mach dir keine Hoffnung auf die Erfüllung deiner freudigen Erwartung. Dies wird einfach nicht passieren.

Sie stoppte am Bordstein, und Matt Payne öffnete die Tür und stieg ein.

»Hallo«, sagte er.

»Hallo.« Sie fädelte sich in den Verkehr ein.

Ich habe keine Ahnung, wohin wir fahren.

»Es riecht gut hier«, sagte Matt.

»Und du liebst Frauen mit französischem Parfum, richtig.«

»Ich meinte den Geruch des Leders«, erwiderte Matt. Typisch Porsche, sozusagen.«

Mein Gott. Entweder denkt er sehr schnell, oder er meinte wirklich das verdammte Leder.

Matt neigte sich zu ihr und schnüffelte.

»Aber da du es erwähnst, ich *liebe* Frauen mit französischem Parfum.«

Und ich kann ihn auch riechen. Ich weiß nicht, welches Aftershave er benutzt, aber er hat bestimmt keine große Sparflasche für achtundneunzig Cents von Woolworth's.

Und er ist frisch rasiert. Vermutlich hat er sich geduscht und rasiert, um für das große Rendezvous bereit zu sein.

Wie mag er unter der Dusche aussehen?

Was ist mit dir los? Hör damit auf!

»Fahren wir weit?« fragte Matt. »Weiter als – sagen wir mal – zwei Meilen?«

»Ich habe mich noch nicht entschieden, wohin wir fahren. Nur, daß es nicht lange dauern wird.«

»Was auch immer du entscheidest, ich finde es prima, schöne Maid. Aber denke an das Zwei-Meilen-Limit.«

»Warum? Was redest du da von zwei Meilen?«

»Es gibt phantastische Maschinen, schöne Maid, das Nonplusultra deutscher Automobiltechnik. Aber selbst ein 911 braucht das, was die Deutschen ›Benzin‹ nennen. Oder vielleicht ›Sprit‹. Es wird gebraucht, damit die Kolben rauf und runter gehen, weißt du.«

Susan blickte aufs Armaturenbrett. Die rote Treibstoffanzeige blinkte, und die Nadel stand unter der Markierung für die Reserve.

»Mist!« sagte Susan und hielt nach einer Tankstelle Ausschau.

»Diese Wagen sind wirklich schwer zu starten, wenn man den Tank völlig leer gefahren hat«, sagte Matt sachlich.

»Außer deinen anderen Fähigkeiten bist du Porsche-Experte, richtig?« fragte Susan schnippisch.

»Vielleicht wäre ›technischer Reiseleiter‹ treffender.«

»Ich bin gerührt von deiner Bescheidenheit,« sagte Susan.

»Das solltest du auch sein.«

Sie fuhr auf ein Tankstellengelände und stoppte vor den Zapfsäulen. Matt öffnete die Tür und stieg aus.

Der Tankwart tauchte auf.

»Was dagegen, wenn ich selbst tanke?« fragte Matt.

»Wie Sie wollen«, sagte der Tankwart.

»Wie wäre es mit einem kleinen Lappen? Ich möchte auch den Ölstand prüfen.«

»Wird gemacht.«

»Der Ölstand ist prima«, sagte Susan

»Vorbeugen ist besser als heilen,« sagte Matt feierlich. »Öffne die Haube, schöne Maid.«

Susan fluchte und stieg aus dem Wagen, um den Ölstand selbst zu überprüfen.

»Man tut das«, rief Matt von der Zapfsäule her, »indem man diesen langen und dünnen Metallstab in das Löchlein schiebt.«

»Leck mich, Matt.«

»Wer hat dir all diese geilen Dinge beigebracht? Der gute Mister Sowieso?«

Sie zog den Ölmeßstab heraus, stutzte, wischte ihn ab, schob ihn noch einmal hinein und zog ihn heraus. Abermals war kaum eine Spur Öl darauf zu sehen. »Wieviel Öl brauchen wir?« fragte Matt. Und als sie ihn anschaute, fügte er hinzu: »Ich habe dein Gesicht gesehen.«

»Allerhand«, bekannte sie

»Welches nimmst du?« fragte Matt.

»Pennzoil 10W-30.«

»Gutes Zeug«, sagte Matt. Er wandte sich an den Tankwart. »Zwei, möglichst drei Dosen Ihres besten Pennzoil 10W-30 bitte.«

»Wird gemacht«, sagte der Tankwart und lächelte ihn an.

Oder lächelt er herablassend über eine blöde Kuh, die nicht genug Verstand hat, den Ölstand zu prüfen? überlegte Susan. *Nun, in diesem Fall habe ich es verdient. Es war wirklich blöde, nicht an das Öl zu denken.*

Matt füllte das Öl ein. Er brauchte den Inhalt von drei Dosen und den halben einer vierten.

»War ein bißchen wenig drin, würde ich sagen«, bemerkte Matt.

»Okay. Du hattest recht und ich unrecht. Ich hatte in letzter Zeit zuviel am Hals und habe einfach vergessen, an den Ölstand zu denken.«

»Ich habe eine Schwester, der es genauso geht«, sagte Matt mit einem Lächeln.

»Jedenfalls danke ich dir.«

»Gern geschehen«, sagte er. »Darf ich eine Bitte äußern?«

»Bitte.«

»Waffenstillstand bis nach dem Essen? Feindseligkeiten können sofort nach der zweiten Tasse Kaffee wieder aufgenommen werden.«

»Okay«, sagte sie nach nur kurzem Zögern.

Warum nicht? Was hat es für einen Sinn, schnippisch zu ihm zu sein?

»Abgemacht?« fragte Matt.

Er hielt ihr die Hand hin, und ohne zu denken, ergriff Susan sie. Seine Hand war warm und stark.

»Abgemacht«, sagte Susan, und ihr wurde bewußt, daß ihre Stimme merkwürdig klang.

»Gut«, sagte er. »Dann bezahle den Mann, schöne Maid, und wir fahren los.«

Er setzte sich hinters Steuer und schloß die Tür.

»Wie kommst du darauf, daß du fahren darfst?« fragte Susan.

»Weil wir einen Waffenstillstand haben«, erwiderte Matt. »Und auch, weil du vielleicht dankbar bist, weil ich verhindert habe, daß dir der Sprit ausgeht.«

Warum nicht? Aus demselben Grund wie zuvor.

Sie gab dem Tankwart ihre Kreditkarte, unterschrieb das Formular, ließ sich die Kreditkarte zurückgeben und stieg neben Matt ein. Sie war ein wenig belustigt über die Sorgfalt, mit der er den Fahrersitz einstellte.

Er fuhr vom Tankstellengelände, und sie bemerkte, daß er besser mit der Schaltung umging als sie.

»Wohin fahren wir?« fragte sie.

»Zum einzigen anständigen Restaurant, das ich in dieser Gegend kenne. Abgesehen natürlich vom dem des Penn-Harris. Da gab es ein tolles Frühstück. Mein Mittagessen war eine Katastrophe.«

»Wo ist das einzige anständige Restaurant?«

»In einer kleinen Stadt namens Hershey«, sagte Matt. »Dort stellen sie Schokolade her, weißt du.«

»Ich will nicht den ganzen Weg nach Hershey fahren.«

»Keine Sorge, schöne Maid. Wir haben jetzt einen vollen Tank. Und ich fahre.«

Susan entschied sich, das Thema fallenzulassen

Matt fuhr auf die U.S. 422 und gab sofort Gas.

»Du wirst einen Strafzettel bekommen«, sagte Susan.

»Keine Angst, schöne Maid.«

Der Tacho zeigte fünfundsiebzig Stundenmeilen an, als eine Sirene ertönte und Matt im Innenspiegel den Streifenwagen eines Staatspolizisten mit rotierendem roten und blauen Licht sah.

Matt verlangsamte sofort, fuhr jedoch nicht von der Fahrspur auf den Seitenstreifen des Highway. Der Staatspolizist fuhr neben den Porsche. Matt zeigte ihm sein Etui mit dem Ausweis und Abzeichen.

Der Staatspolizist forderte Matt mit Gesten auf, langsamer zu fahren. Matt nickte bereitwillig. Der Streifenwagen wurde langsamer und blieb zurück. Susan wandte den Kopf und schaute aus dem Fenster. Der Streifenwagen wendete und fuhr in Richtung Harrisburg davon.

Um wieder normalen Bürgern einen Strafzettel zu verpassen, die nur fünf Stundenmeilen zu schnell gefahren sind, dachte Susan.

»Das ist ungeheuerlich!« sagte Susan empört.

»Man nennt es Kollegialität«, sagte Matt. »Weißt du, wie Haie keine Anwälte fressen.«

»Es ist ein Mißbrauch von Macht!«

»Es ist legal«, sagte Matt. »Verkehrspolizisten haben die Wahl, ein Bußgeld zu kassieren oder es bei einer Ermahnung zu belassen. Er entschied sich für eine Ermahnung.«

Susan schnaubte verächtlich.

Fünf Minuten später, als der Tachometer fünfundsechzig Stundenmeilen anzeigte – fünfzehn Stundenmeilen über der erlaubten Höchstgeschwindigkeit –, sagte Matt: »Ich mag wirklich den Duft hier drin. Und ich rede nicht vom Leder.«

Susan gab keine Antwort.

Er fuhr in die Stadt Hershey. Der köstliche Geruch von Kakao war jetzt stärker als der Duft ihres Parfums, und das sagte er ihr.

»Das wäre vielleicht eine gute Idee«, sagte er. »Hast du jemals daran gedacht, dir einen Hershey-Schokoriegel hinter die Ohren zu reiben? Oder an einer feminineren Stelle? So könntest du Geld sparen. Dein Parfum muß schrecklich teuer gewesen sein.«

»Nein, daran habe ich nie gedacht« erwiderte Susan so ernst, wie sie konnte. Aber sie mußte lächeln.

Er fuhr auf einen Parkplatz hinter dem Hotel Hershey.

Susan wollte die Autotür öffnen.

»Warte einen Moment«, sagte Matt im Befehlston.

Sie schaute ihn an und ließ sich gehorsam auf den Sitz zurücksinken. Er legte den Arm auf den Rücken ihres Sitzes. Sie spürte die Wärme seiner Hand.

Aber er versucht nicht, den Arm um mich zu legen oder mich zu sich zu ziehen oder sonstwas.

»Was ist?« fragte sie.

»Es könnte eines dieser unerklärlichen Phänomene sein, von denen man hört. Etwas, das nur einmal in zehntausend Jahren passiert«, sagte Matt.

Er spricht von diesem verdammten Kuß. Zum Teufel mit ihm, er weiß, was er bei mir angerichtet hat.

»Was könnte das sein?«

»Andererseits könnte es gut ein Vorbote des Himmels auf Erden sein«, sagte Matt.

Vorbote des Himmels auf Erden? Mein Gott! *Ehre wem Ehre gebührt. Das ist eine verdammt gute Formulierung.*

»Ich finde, im Interesse der wissenschaftlichen Forschung sollten wir das Experiment vor dem Essen noch einmal versuchen.«

»Matt ...«

»Einverstanden?«

Gott, wenn er die Hand auf meine Schulter legt, wenn er mich berührt, weiß ich nicht, was ich tun werde.

»Matt ...«

Matt neigte sich weit genug zu ihr, um mit der Hand ihre rechte Schulter zu berühren.

»Matt, ich will dich nicht küssen. Ich werde nicht ...«

Und dann war sie auf seiner Seite des Porsche, und der Schaltknüppel stieß schmerzhaft gegen ihren Rücken. Und Matt küßte sie. Danach atmete sie schwer, schaute zu ihm auf und sah, daß sein Gesicht mit Lippenstift beschmiert war.

»Nun«, sagte Matt. »Jetzt wissen wir's, nicht wahr?«

»Der Schaltknüppel«, sagte Susan.

»Oh! Verzeihung!« sagte er, und ihr wurde bewußt, daß sie auf dem Sitz verrutscht waren und jetzt nahe genug beieinander saßen, um das Experiment noch einmal durchzuführen.

Und ihr wurde bewußt, daß Matts Hand unter ihrer Bluse war.

Warum schlage ich ihm nicht ins Gesicht oder schiebe nicht wenigstens seine Hand fort?

»Nicht ... ich will das nicht«, sagte sie, und er hörte an ihrer Stimme, daß es eine Lüge war.

Er küßte sie von neuem.

Ich muß das beenden! Warum stoße ich ihn nicht einfach von mir?

Und dann schaute sie wieder in sein Gesicht, und es wurde ihr bewußt, daß sie schwer atmete. Und dann war sie entsetzt, als sie sich herausfordernd und schnippisch sagen hörte: »Nun, du hast dich anscheinend sehr gut von deinem tragischen Verlust von Penny erholt, nicht wahr.

»Darüber habe ich nachgedacht«, erwiderte er sofort und sachlich.

Gott, hat er auch daran gedacht?

»Ich glaube nicht, daß ich Penny jemals geliebt habe. Sie brauchte mich. Es ging ihr wirklich dreckig. Ich bin da hineingezogen worden. Es war der – Zitat Anfang – anständige Weg – Zitat Ende. Und dadurch habe ich mir allerhand Probleme aufgehalst.«

Was hat er gesagt? ›Sie brauchte mich. Es ging ihr wirklich dreckig. Ich bin da hineingezogen worden?‹

Er schaute wieder auf sie hinab.

»Sei nicht gemein, Susan.«

»Verzeihung«, hörte sie sich sagen, und das klang sehr ehrlich in ihren Ohren.

Er küßte sie wieder, und diesmal spürte sie seine Hand, die auf ihrer Brust gewesen war, zwischen ihren Beinen.

O Gott, ich bin ganz feucht! Er wird es merken!

Sie riß sich heftig los, setzte sich aufrecht und ordnete ihre Kleidung.

Mein BH ist locker. Hat er ihn aufgehakt?

»Ich werde es nicht in einem Wagen tun«, sagte sie empört.

»Entschuldige, ich habe mich gehenlassen«, sagte er.

Das klang ehrlich.

Matt öffnete die Wagentür und stieg aus.

Was ist denn das? Was tut er?

Er umrundete den Porsche und öffnete die Beifahrertür.

Wenn er denkt, ich gehe dort rein und esse mit ihm ...

Sie schwang die Beine aus dem Porsche und stieg aus.

Sie schaute auf sein Gesicht, das mit Lippenstift verschmiert war, sah dann in seine Augen und blickte schnell fort.

Ich gehe nicht mit ihm dort rein! Wie sieht er aus!

Sie nahm das weiße Einstecktuch aus der Brusttasche seines Jacketts und rieb über seine Lippen. Als der Lippenstift nicht abging, spuckte sie auf das Tuch und rieb weiter damit.

Ich kann nicht glauben, was ich da tue!

»In Ordnung«, sagte sie schließlich.

Er nickte, nahm sie am Arm und führte sie durch eine Hintertür ins Hotel, über einen Gang und schließlich in die Halle. Sie sah einen grünen Neon-Pfeil und das Wort ›Restaurant‹.

Gott, mein Haar muß durcheinander sein, und mein Gesicht ist vermutlich mit Lippenstift beschmiert, wie es seins war, und jeder im Restaurant wird es sehen.

»Warte«, befahl Matt.

Er ließ sie allein.

Wohin geht er? Gott, zur Rezeption. Er erwartet doch nicht, daß ich mit ihm auf ein Zimmer gehe? Ich kann nicht glauben, was passiert. Ich werde es nicht zulassen. Ich werde einfach zum Wagen zurückgehen und …

Zwei Minuten später kehrte er zurück und wedelte mit einem Hotelschlüssel.

»Wir haben eine kleine Suite mit Blick auf das dezente Grün«, kündigte er an.

Susan nickte. Er ergriff ihren Arm und führte sie zum Aufzug.

Ich kann nicht glauben, daß ich dies geschehen lasse!

Der Fahrstuhlführer, ein alter Mann, ließ sich den Zimmerschlüssel zeigen. Als der Aufzug hielt und die Tür aufging, sagte der alte Mann: »Nach rechts, Sir, die vierte Tür.«

»Danke«, sagte Matt und forderte Susan mit einer Geste auf, den Aufzug vor ihm zu verlassen.

Er schloß die Tür der Suite auf, trat ein, schaltete das Licht ein und wandte sich zu Susan um, die noch auf dem Gang stand.

Ihre Blicke trafen sich, und abermals schaute sie hastig fort. Und dann betrat sie die Suite.

Nach zwei Schritten blieb sie stehen und sah Matt an.

»Was hast du über Penny gesagt?« fragte Susan.

Er blickte verwirrt drein, kramte in der Erinnerung und zuckte mit den Schultern.

»Ich weiß nicht, was du meinst«, sagte er.

»Du hast gesagt, Penny brauchte dich. Weil es ihr wirklich dreckig ging. Daß du da hineingezogen worden bist.«

»Ja, das habe ich gesagt. Das stimmt.«

»Und daß deine Anständigkeit dir Probleme gebracht hat.«

»Sei still, Susan«, sagte Matt mit einem Lächeln.

Er ging zu ihr, umfaßte ihr Kinn und hob ihren Kopf, damit sie ihn ansehen mußte.

Sie schauten sich in die Augen, und diesmal blickte Susan nicht weg.

Sie spürte seine Hand an den Knöpfen ihrer Bluse. Ihr BH war nicht geschlossen, und ihre Brüste wurden nicht davon gehalten.

Als er eine ihrer Brüste umfaßte und die Spitze küßte, hörte Susan sich leise und klagend sagen: »Matt, ich muß mich setzen. Hinlegen.«

Er nahm sie auf die Arme und trug sie ins Schlafzimmer, wo er mit einer Hand die Bettdecke zurückschlug. Dann ließ er sie aufs Bett sinken, und während sie sich in die Augen schauten, zog er den Rest ihrer Kleidung aus.

Mr. Paulo Cassandro, der als Besitzer von Classic Livery, Inc. eingetragen war und als Präsident fungierte, betrat das Wohnzimmer von Mr. Vincenzo Savarese sehr vorsichtig und freute sich sofort über sein behutsames Auftreten.

Mr. Pietro Cassandro, der in den Büchern von Classic Livery, Inc. als Vizepräsident aufgeführt war, schaute sofort zu Paulo und forderte ihn mit einer Geste auf, zu warten und nichts zu sagen.

Pietro war zwar zwanzig Pfund schwerer, fünf Zentimeter größer und vier Jahre älter als Paulo, aber nicht ganz so helle. Aus diesem Grund hatte Mr. Savarese vor einigen Jahren entschieden, daß Paulo besser für die Leitung von Classic Livery geeignet war und Pietro mehr für eine Funktion als Gefährte taugte, was übersetzt hieß, daß Pietro Mr. Savarese als eine Kombination von Chauffeur, Leibwächter und Bewacher von Mr. Savareses Privatsphäre diente.

Paulo sah, daß Pietro den Zeigefinger auf die Lippen legte und ihn mit einer Geste ermahnte, zu warten, bis Mr. Savarese für ihn bereit war.

Mr. S. saß zusammengesunken in einem sehr großen, bequem wirkenden Lehnsessel und hatte die auf Hochglanz polierten Schuhe auf eine Fußbank gelegt. Seine Augen waren geschlossen, und seine Hand bewegte sich wie die eines Dirigenten im Takt von Musik, die aus den großen Lautsprechern der Stereoanlage klang.

Ich kenne dieses Stück, dachte Paulo ein wenig stolz. *Das ist aus Othello, von diesem Dingsbums, diesem Verdi. Giuseppe Verdi. Und das ist die Stelle, an der ein Nigger sich mit 'ner Nutte unterhält.*

Paulo hatte Mr. S. dreimal zur Metropolitan Opera in New York City begleitet, um eine Aufführung dieser Oper zu sehen. Er sah die Szene jetzt vor seinem geistigen Auge.

Sehr vorsichtig wich er zur Wand zurück, lehnte sich dagegen und wartete, bis Mr. Savarese Zeit für ihn haben würde.

Drei Minuten später richtete sich Mr. Savarese in dem Lehnsessel auf, woraufhin Paulo sich sorgte, weil er ihn vielleicht unabsichtlich bei seinem Genuß der Opernmusik gestört hatte.

Mr. S. wirkte jedoch nicht ärgerlich auf ihn.

Vielleicht will er sich nur vergewissern, daß ich noch da bin, dachte Paulo.

Mr. S. schaltete den Ton ab.

»Pietro, spule bitte die Kassette zurück und lege sie fort.«

»Wird gemacht, Mr. S.«, sagte Pietro diensteifrig.

»Danke für dein Kommen, Paulo«, sagte Mr. S. »Möchtest du ein Glas Wein?«

»Das wäre nett, wenn es Ihnen keine Umstände macht, Mr. S.«

»Hol bitte eine Flasche Wein und Gläser, Pietro«, sagte Mr. Saravese und forderte Paulo mit einer Geste auf, in einem der Sessel um den achteckigen Spieltisch Platz zu nehmen.

»Danke, Mr. S.«, sagte Paulo.

»Wenn es irgend etwas mit dem Mann gegeben hätte, dann hättest du mir das erzählt, nicht wahr, Paulo?«

»Ich habe einen der Jungs alle Dreiviertelstunde dorthin geschickt. Nichts, Mr. S.«

Pietro nahm eine Flasche italienischen Chablis aus dem silbernen Kühler, wo sie für Mr. S. bereitgehalten worden war, öffnete sie und stellte sie auf den Tisch. Er fügte zwei Gläser hinzu.

»Du wirst auch ein Glas nehmen, Pietro«, sagte Mr. S. »Wenn du mit der Kassette fertig bist.«

»Danke, Mr. S.«

Savarese nickte und lächelte ihn an. Dann wandte er sich an Paulo.

»Ich habe mir gedacht, daß ich gerne dabei sein würde, wenn du mit diesem Mann redest«, sagte Savarese.

»Sie wollen doch nicht dorthin fahren, Mr. S.?« fragte Paulo überrascht.

»Ich halte es unter den gegebenen Umständen für das beste«, sagte Savarese. »Ich möchte persönlich hören, was er zu sagen hat.«

»Ich meinte, Mr. S., daß Sie nicht *dorthin* fahren möchten, oder? Ich meine, ich kann ihn eine halbe Stunde nach Ihrem Befehl in der Garage oder sonstwo haben.«

Mr. Savarese schenkte Wein in zwei Gläser ein und reichte eines Paulo.

»*Salute*«, sagte er.

»*Salute*«, wiederholte Paulo.

Mr. Savarese trank einen kleinen Schluck Wein.

»Dazu müßte er bewegt werden«, sagte er. »Ich würde vorziehen, wenn er bleibt, wo er ist. Ich halte das für besser.«

»Wie Sie meinen, Mr. S.«

»Paulo, er ist in einer gewissen geistigen Verfassung, nachdem er sich unter diesen Umständen vierundzwanzig Stunden dort aufhält. Wenn wir ihn woanders hinbringen, würde das sozusagen den Zauberbann brechen.«

»Sie haben recht, Mr. Savarese. Daran habe ich nicht gedacht.«

Paulo wurde beim Umgang mit Mr. S. ständig daran erinnert, daß er zwar anderthalbmal so schlau war wie Pietro, daß Mr. S. jedoch *zehnmal* schlauer war als er, Paulo.

»Es wird keinerlei Probleme geben«, sagte Paulo. »Ich werde den Platz von genug Leuten bewachen lassen wie das verdammte Fort Knox!«

Als er sah, daß Mr. S. bei ›verdammte‹ leicht zusammenzuckte, stieg ihm das Blut in die Wangen. »Verzeihung, Mr. S.«

Mr. S. mochte keine Flüche und / oder Kraftausdrücke.

Mr. S. akzeptierte seine Entschuldigung mit einem kurzen Nicken.

»Dieser Mann ist stark und gefährlich, Paulo?«

»Nein, Mr. S. Das ist er nicht. Überhaupt nicht.«

»Und es ist für dich keine Frage, daß du und Pietro unter allen Umständen, die du dir denken kannst, mit ihm fertig werdet?«

»Ich brauche nicht mal Pietro, Mr. S.«

»Trotzdem möchte ich, daß Pietro uns begleitet.«

»Jawohl, Mr. S.«

»Ich will nicht von diesem Mann gesehen werden, aus offenkundigen Gründen«, sagte Mr. S. »Und er soll meine Stimme nicht hören.«

»Das ist kein Problem, Mr. S.«

»Obwohl ich es sehr bezweifle, könnte er nichts mit den Problemen meiner Enkelin zu tun haben. Ich möchte keine Türen schließen, die vielleicht später wieder geöffnet werden müssen, verstehst du?«

»Absolut, Mr. S.«

»Und wir wollen natürlich nicht gestört werden, während wir mit ihm reden.«

»Verstanden, Mr. S.«

»Ich frage mich, ob es vielleicht Neugier weckt, wenn jemand das Fahrzeug dort sieht, das du vor kurzem benutzt hast.«

»Ich verstehe, was Sie meinen, Mr. S. Lassen Sie mich bitte einen Moment nachdenken.«

Mr. Savarese wartete geduldig.

»Wie wäre es mit einem Chevy-Kombi, Mr. S.? Wir haben ein paar davon. Bei einer großen Beerdigung transportieren wir damit Blumen vor der Prozession, wissen Sie, genug, um das Kunstgras beim Grab zu bedecken und ...«

»Sind sie schwarz wie der Suburban?« unterbrach Mr. Savarese.

Paulo nickte. »Und sie haben keinerlei Aufschrift.«

»Ich dachte mehr an etwas wie ein Reparaturfahrzeug.« Abermals wartete er geduldig, während Paulo überlegte.

»Wir haben einen Ford Pickup, Mr. S. Wir halten ihn mit einem Wagenheber und Ersatzreifen einsatzbereit, falls ein Leichenwagen oder ein Blumentransporter einen Platten bekommt.«

»Passiert das oft, Paulo?«

»Nein, Mr. S. Aber manchmal erwischt man einen schlechten Reifen oder fährt sich einen Nagel rein.«

»Ja«, sagte Mr. Savarese und lächelte verständnisvoll. Dann lachte er auf. »Die letzte Schmach des Lebens, Paulo, einen Platten auf dem Weg zur letzten Ruhestätte.«

»Ja, ich verstehe, was Sie meinen, Mr. S.«

»Ist Platz für uns drei in diesem Reparaturfahrzeug?«

»Wissen Sie, es ist ein normaler Pickup-Truck. Es wäre ziemlich eng. Und darin ist es manchmal dreckig.«

»Die Polster, meinst du?«

Pietro kam zum Tisch und setzte sich.

»Hast du gehört, worüber wir gesprochen haben?« fragte Mr. Savarese.

»Wir könnten eine Decke auf die Sitze legen, wenn sie dreckig sind, Mr. S.«, sagte Pietro.

»Wissen Sie, Mr. S.«, erklärte Paulo. »wenn wir einen Anruf erhalten, daß es einen Platten gibt, läßt einer der Mechaniker alles liegen und stehen, an dem er gerade arbeitet, und springt in den Pickup ...«

Mr. Savarese hob die Hand in einer Geste, die anzeigte, daß eine Erklärung unnötig war.

»Wenn dies nicht deine Pläne stört, Paulo ...« sagte Mr. Savarese.

»Ich richte mich ganz nach Ihnen, Mr. S., das wissen Sie.«

»... sollten wir Pietro zur Garage schicken, wo er diesen Reparaturwagen so gut wie möglich reinigt, wenn nötig eine saubere Decke über die schmutzigen Sitze legt, wie er es vorgeschlagen hat, und dann herfährt. Unterdessen wird es dunkel sein.«

»Gut gedacht, Mr. S.«, sagte Paulo.

»Und unterdessen werden wir besprechen, worüber du mit diesem Mann plaudern wirst.«

»Richtig, Mr. S.«, sagte Paulo.

Paulo Cassandros Prophezeiung, daß es ziemlich eng vorne in dem Ford Pickup-Truck sein würde, erwies sich als richtig, und die Decken – er hatte zwei schön gemusterte von einem der Mechaniker kaufen lassen – erwiesen sich als warm und glitschig auf dem fettigen Kunstoffpolsterüberzug. Paulo wußte, daß sich Mr. S. unbehaglich fühlte.

Aber Mr. S. hatte sich bis jetzt nicht beschwert. Paulo deutete das als weiteren Beweis, daß Mr. S. fair war. Mr. S. wußte, daß er selbst den Einsatz des Reparaturwagens befohlen hatte und es deshalb unfair wäre, über das zu motzen, was er verlangt und bekommen hatte.

Um 20 Uhr 5 stoppte der Ford Pickup vor einem drei Meter hohen Zaun in einem Gebiet südlich des Philadelphia International Airport. Metallschilder, die alle fünf

Meter am Zaun befestigt waren, verkündeten ›Besitz der U.S.-Regierung. Unbefugtes Betreten bei Strafe verboten‹.

Als sie bis zum Zaun gefahren waren, hatte Mr. Savarese gesehen, daß es einst Vorrichtungen für Scheinwerfer gegeben hatte, mit denen der gesamte Rand des eingezäunten Gebiets beleuchtet worden war. Sie waren nicht mehr in Betrieb. Ebensowenig das, was sich innerhalb des Zauns befunden hatte (vier Raketenstellungen für Flugabwehrwaffen der U.S. Army).

Während der besonders heiklen Phase des Kalten Krieges war die Einrichtung eine der vielen Batterien rings um Philadelphia gewesen. Von dort hätten russische Bomber – sofern sie gekommen wären – mit NIKE-Raketen vom Himmel gefegt werden sollen.

Ungefähr in der Mitte der vier Raketenstellungen – ihr Mechanismus war längst entfernt worden – stand ein fensterloses Betongebäude. Die dicken Betonwände hätten fast allem außer einem direkten Treffer einer Atombombe standhalten sollen. Als die Anlage in Betrieb gewesen war, hatten sich im Gebäude in vier Räumen zusätzliche zwölf NIKE-Raketen und Wartungsmaterial und Ausrüstung befunden.

Mit den zwölf NIKEs sollten die vier Raketenwerfer nachgeladen werden, eine Prozedur, die ungefähr zwanzig Minuten dauern würde – vorausgesetzt, die Raketenwerfer und ihre Bedienungsmannschaften lebten noch nach dem ersten russischen Angriff. Den Planern war die Möglichkeit in den Sinn gekommen, daß die Druckwellen durch die ersten abgeworfenen Bomben fast mit Sicherheit jedes Aufzugsystem lahmlegen würden, das die Ersatz-NIKEs aus dem unterirdischen Lager hochbringen sollte, selbst wenn es gleich nach einem Bombeneinschlag noch Elektrizität geben würde.

So wurden die Ersatz-NIKEs zu ebener Erde gelagert, hinter dicken Betonwänden und schweren Stahltüren, in Räumen, aus denen sie mit Menschenkraft zu den Raketenwerfern befördert werden konnten.

Paulo Cassandro war beeindruckt – aber nicht überrascht – gewesen, als Mr. Savarese ihm von den NIKE-Stellungen erzählt und ausgemalt hatte, wie sie irgendwann für irgendeinen Zweck nützlich sein könnten. Mr. S. hatte gesagt, sie würden noch ein paar Jahre lang dort sein, zwar verlassen, doch einigermaßen intakt.

Mr. S. hatte ihm gesagt, daß die Stellungen auf billigem Land erbaut waren, mit dem niemand viel anzufangen wußte und für das es keinen Bedarf gab. Jetzt würde die Benutzung des Lands den – sehr teuren – Abbruch von dickem, stahlverstärktem Beton erforderlich machen, bevor jemand irgend etwas anderes darauf bauen konnte, und das Land war noch weniger wert.

Mr. S. hatte Paulo gesagt, wirklich interessant war an den NIKE-Stellungen, daß das Grundstück im Bundesbesitz war, ähnlich wie Fort Dix drüben in New Jersey. Die örtliche Polizei hatte keine Befugnis auf Bundesbesitz. Was bedeutete, daß nicht nur die Polizei von Philadelphia keine Patrouillen auf dem Gelände mit den ehemaligen NIKE-Stellungen machte, sondern auch die Bundesbehörden den leeren und praktisch unzerstörbaren Gebäuden sehr wenig Aufmerksamkeit schenkten, weil es dort nichts zu schützen gab.

Mr. Savarese hatte Paulo aufgetragen, ein Auge auf einige der NIKE-Stellungen rund um Philadelphia zu halten und festzustellen, welche davon genutzt werden konnten, ohne Aufmerksamkeit zu erregen. Und danach sollte er sie weiterhin im Auge behalten, falls sich irgend etwas ändern sollte.

Nachdem sich Cassandro die verlassenen NIKE-Stellungen sorgfältig angesehen hatte, war er auf zwei gestoßen, die anscheinend die von Mr. Savarese gewünschten Kriterien erfüllten. Sie lagen in sehr abgelegenen Gebieten und waren von den Straßen und Highways kaum zu sehen. Cassandro hatte Mr. Savarese berichtet, daß er zwar viel Personal brauchte, um beide Gebiete im Auge zu behalten, daß sie jedoch empfehlenswert waren. Mr. Savarese hatte zugestimmt, jedoch verboten, die ehemaligen Stellungen routinemäßig zu nutzen, eher als Reserve im

Notfall. Er hatte befohlen, vor der Benutzung um Genehmigung gebeten zu werden.

Mr. Savarese hatte nur zweimal die Genehmigung erteilt. Das erste Mal, um die geraubte Whiskey-Ladung eines Sattelschleppers fünf Tage darin zu lagern, bis sich die Wogen geglättet hatten. In diesem Fall war der Fahrer des Sattelschleppers ein verdammter Dummkopf gewesen, der sich heldenhaft gewehrt hatte, und als er mit einem Brecheisen niedergeschlagen worden war, hatte er ernsthaftere – und tödliche – Schädelverletzungen erlitten als geplant, was mehr Aufmerksamkeit der Polizei zur Folge gehabt hatte als erwartet.

Der zweite Platz, in der Nähe von Chester, war nur einmal für einen ähnlichen Zweck benutzt worden, diesmal für die Ladung eines Sattelschleppers, die aus Rinderhälften bestanden hatte. Die Polizei widmete ein ungewöhnliches Maß an Aufmerksamkeit dem Kühlhaus, zu dem solche Fracht normalerweise transportiert wurde, und so erteilte Mr. Savarese die Genehmigung, die ehemalige NIKE-Stellung als Lager zu benutzen, bis die Verteilung des Fleischs organisiert werden konnte. Sogar das Geräusch des Dieselmotors, der das Kühlsystems des Kühlwagens betrieben hatte, war in den drei Tagen und Nächten, in denen der Sattelschlepper in der ehemaligen NIKE-Stellung gewesen war, keiner Menschenseele aufgefallen. Aber man mußte natürlich bedenken, daß die Suche nach einem verschwundenen Sattelschlepper nicht zu den höchsten Prioritäten der Polizei zählt.

Pietro Cassandro fuhr den Ford Pickup zum hinteren Tor im Zaun, das am weitesten von der Straße entfernt war, und stoppte. Paulo Cassandro stieg aus und öffnete das Tor. Er riß es weit auf bis gegen den Zaun, denn er sagte sich, daß das Tor offen sein mußte, wenn eine schnelle Abfahrt erforderlich wurde, selbst wenn das offene Tor Aufmerksamkeit erregte – was in der Dunkelheit unwahrscheinlich war.

Dann ging er zum Gebäude, nahm aus der Tasche eine Skimaske und zog sie über den Kopf.

Pietro Cassandro fuhr den Ford Pickup hinter das Gebäude, wendete, so daß er mit der Schnauze zum offenen Tor stand, und stieg aus.

»Dies wird nicht lange dauern, Mr. S.«

Mr. Savarese nickte und machte es sich auf dem Sitz bequemer.

Pietro streifte ebenfalls eine Maske über den Kopf und nahm zwei batteriebetriebene Lampen aus dem Werkzeugkasten im Truck. Dann ging er zu seinem Bruder, der an der Stahltür des Gebäudes wartete.

Sie öffneten die Tür, traten ein, schlossen die Tür, schalteten die starken Taschenlampen an und gingen über einen Flur zu dem Raum, in dem sie vor 24 Stunden Mr. Ronald R. Ketcham in der Dunkelheit allein gelassen hatten.

Die Tür war mit zwei Schließhebeln verschlossen, die denen ähnelten, die zur Sicherung von Luken an Kesseln benutzt werden.

Cassandro öffnete beide schnell und schob die Tür nach innen. Paulo Cassandro, die Taschenlampe in der Linken und ein Stemmeisen in der Rechten, ging schnell in den Raum.

Der Schein seiner Tachenlampe geisterte durch die Dunkelheit und erfaßte schnell Ketcham, der sich in einer fernen Ecke duckte und dessen Nacktheit von dem zu kleinen Mantel nicht ganz bedeckt wurde. Ketcham hielt die Hand vor die Augen, weil ihn das Licht schmerzhaft blendete.

»Auf die Füße, du Wichser!« befahl Paulo.

Ketcham kämpfte sich auf die Füße und stützte sich an die Wand.

»Können wir reden?« fragte er.

»Und ob wir reden werden«, sagte Paulo.

»O Mann«, sagte Pietro angewidert, »das stinkt hier nach Scheiße. Wir können ihm keine Toi …«

»Halt die verdammte Schnauze«, ermahnte ihn sein Bruder, und dann sprach er Ketcham an. »Und du Arschloch ziehst den Mantel aus und streifst ihn über den Kopf! und vorher ziehst du auch noch das Unterhemd aus«

»Ich glaube, es handelt sich wirklich um irgendein Mißverständnis«, sagte Ketcham.

»Wenn du noch einmal unaufgefordert das Maul aufreißt, bekommst du das Brecheisen zu fressen!«

Ketcham zog den Mantel und das Unterhemd aus und vermummte seinen Kopf wie befohlen.

Paulo wies auf den weißen Verbandmull – oder vielleicht Mull von Leichenbestattern und Einbalsamierern –, den Ketcham entfernt hatte und der jetzt auf dem Betonboden lag. Er forderte seinen Bruder mit einer Geste auf, damit den Mantel über Ketchams Kopf zu befestigen, damit er nicht verrutschte.

Pietro befolgte die Anweisung.

»Bleib nur da stehen, du Scheißer!« befahl Paulo.

Dann verließ er den Raum, ging den Gang hinunter und öffnete die Tür zu einem anderen ehemaligen Lagerraum für NIKE-Raketen. Er leuchtete mit der Taschenlampe, entdeckte nichts, das ihn störte, und kehrte in den Raum zurück, in dem Ketcham nackt mit dem Mantel über dem Kopf stand.

Er ging zu Ketcham, packte ihn an einem Arm, forderte seinen Bruder mit einer Geste auf, ihn am anderen Arm zu nehmen, und dann führten sie Ketcham aus dem Raum.

»Sie sagten, wir können reden«, jammerte Ketcham.

»Ich sagte auch, du sollst das verdammte Maul halten!« erwiderte Paulo.

Sie führten Ketcham in die Mitte des anderen Raums und drehten ihn herum. Die Situation war für Ketcham fast die gleiche wie die in dem ersten Raum, doch hier stank es nicht nach Kot und Urin.

Paulo forderte seinen Bruder mit Gesten auf, Mr. Savarese zu holen, gab ihm das Stemmeisen und verließ den Raum.

Zwei Minuten später kehrte er zurück und führte Mr. Savarese höflich herein. Mr. Savarese blieb vielleicht drei Schritte von Ketcham entfernt stehen und faltete die zarten Hände. Er erlaubte Paulo mit einem Nicken, die Unterhaltung zu beginnen.

Paulo nahm das Brecheisen von seinem Bruder entgegen und ging zu Ketcham. Er hielt das Brecheisen an Ketchams Unterleib und berührte leicht seinen Penis und die Hoden.

Ketcham stieß einen wimmernden Laut aus.

»Okay, jetzt reden wir«, sagte Paulo. »Erzähl mir was über Drogen.«

»Welche Drogen?« fragte Ketcham, und er klang wirklich verwirrt.

Cassandro tippte wieder mit dem Brecheisen gegen Ketchams Genitalien, diesmal weniger sanft.

»Fragen Sie, was Sie wissen wollen, und ich werde es sagen«, bot Ketcham an, und sein Tonfall war unterwürfig.

»Du weißt verdammt genau, was ich wissen will«, erwiderte Paulo. »Ich will es von dir hören.«

Es folgte eine lange Pause.

»Ich hatte nichts damit zu tun, daß die Cops dort waren«, sagte Ketcham schließlich. »Das schwöre ich bei Gott!«

»Quatsch«, sagte Cassandro.

»Ich schwöre es bei Gott«, wiederholte Ketcham. »Die Bullen müssen Williams verfolgt haben.«

»Quatsch«, wiederholte Cassandro.

Mr. Savarese forderte Cassandro mit einer Geste auf, die Unterhaltung zu unterbrechen. Paulo ging zu Mr. Savarese, der im Flüsterton fragte: »Williams?«

»Ich glaube, das ist ein schwarzer Drogendealer«, flüsterte Paulo in Mr. Savareses Ohr. »Ich werde mich vergewissern.«

»Ich hatte keinen Grund, zu den Cops zu laufen«, sagte Ketcham.

»Aber du würdest einen Drogendealer wie Amos Williams verpfeifen, um deinen erbärmlichen Arsch zu retten, nicht wahr?« fragte Paulo sachlich.

»Ich habe ihn nicht verpfiffen, das schwöre ich bei Gott. Wir hatten eine langjährige Geschäftsbeziehung.«

»Dann erzähl mir, was passiert ist.«

»Ich weiß es nicht. Auf einmal wimmelte es in dem Motel von Bullen.«

»Warum war das so? Was meinst du?«

»Ich schwöre bei Gott, ich weiß es nicht. Ich kann mir nur denken, daß sie Williams beschattet haben und ihm gefolgt sind.«

»Wie heißt das Motel?«

»Wissen Sie das nicht?« platzte Ketcham heraus.

Paulo hob Ketchams Hoden mit der Brechstange an.

»Ich stelle die Fragen, du antwortest«, sagte er.

»Das Howard Johnson am Roosevelt Boulevard«, sagte Ketcham hastig.

»Vielleicht hat deine Freundin euch beide verpfiffen, willst du das sagen?«

»Nein. Auf keinen Fall! Sie wußte ja nicht mal, was los war.«

»Sie war mit dir dort, nicht wahr?«

»Sie ist nicht mal ins Motel gegangen. Sie hat draußen im Wagen gewartet.«

»Meinst du, ich kaufe dir ab, daß deine Freundin nicht mal wußte, worum es ging?«

»Sie hatte keine Ahnung«, sagte Ketcham mit fester Stimme.

»Nun gut. Und sie nimmt selbst keinen Stoff, richtig?«

»Sie nimmt keinen. Ich meine, dann und wann ein wenig, aber sie ist nicht süchtig.«

»Quatsch!«

»Wirklich nicht. Sie ist ein nettes Mädchen aus einer guten Familie.«

»Das dann und wann ein wenig Stoff nimmt und mit dir zu diesem Drogendealer fährt? Quatsch!«

»Es ist die Wahrheit, so wahr mir Gott helfe!«

»Vielleicht sprechen wir von zwei verschiedenen Leuten«, sagte Paulo. »Wie heißt diese Lady?«

»Cynthia Longwood«, sagte Ketcham.

Paulo blickte zu Mr. Savarese, der traurig den Kopf schüttelte.

»Wenn sie draußen im Wagen gewartet und dich und

den Dealer nicht bei den Cops verpfiffen hat, was hat sie dann so aufgeregt?«

»Woher wissen Sie das?« platzte Ketcham heraus.

Das brachte ihm einen kurzen, aber schmerzhaften Schlag gegen die Genitalien ein. Er krümmte sich vor Schmerz zusammen, stürzte dann rücklings zu Boden und blieb verkrümmt sitzen. Paulo versetzte ihm einen Tritt gegen den Kopf.

»Beantworte die Frage, du Scheißer!«

»Was sollte ich denn tun?« jammerte Ketcham. »Der Bulle hatte mir soeben zwanzigtausend Dollar abgenommen, und ich war mit Handschellen an die Toilette gefesselt. Meinen Sie, mir hat gefallen, was der Cop ihr angetan hat?«

»Welcher Cop? Wie heißt er?«

»Ich weiß nicht, wie er heißt«, antwortete Ketcham. »Es war ein Undercover-Bulle vom Rauschgiftdezernat. Vermutlich einer von dieser Spezialabteilung der Drogenfahnder.«

»Und was hat er deiner Freundin angetan, das sie so aufgeregt hat?«

»Sie mußte ihm einen blasen«, sagte Ketcham.

Cassandro blickte zu Mr. Savarese. Sein Gesicht war ausdruckslos, aber Tränen rannen über seine Wangen. Als er sah, daß Paulo zu ihm schaute, forderte er ihn mit einer Geste auf, weiterzumachen.

»Sie mußte – was?« fragte Cassandro.

»Zuerst mußte sie sich ausziehen, und dann mußte sie ihm einen blasen.«

»Wie sah dieser Cop aus?« fragte Paulo.

»Ich weiß es nicht«, begann Ketcham, und dann fügte er hastig hinzu, um einem weiteren Tritt gegen den Kopf oder Schlag gegen die Genitalien zu entgehen. »Weißer Typ. Ungefähr dreißig. Durchschnittliche Größe ...«

»Ich will den Namen hören, du Scheißer!«

»Ich habe schon gesagt, ich weiß nicht, wie er heißt. Ich hatte ihn nie zuvor gesehen.«

Paulo Cassandro spürte eine Bewegung und blickte zu Savarese. Mr. S verließ den Raum.

Cassandro folgte ihm. Mr. Savarese blieb auf dem Gang stehen, nahm das weiße Leinentaschentuch aus der Brusttasche seines Jacketts und tupfte sich damit die Augen und Wangen ab.

»Was soll ich mit diesem Dreckskerl machen, Mr. S.?« fragte Cassandro.

»Nichts«, sagte Mr. Savarese.

»Nichts?« wiederholte Cassandro ungläubig.

»Hol Pietro. Stell sicher, daß nichts zurückbleibt, was uns gehört, und schließ die Tür.«

»Was auch immer Sie wollen, Mr. S.«, sagte Paulo.

Mr. Savarese nickte, setzte den Weg über den Gang fort und ging nach draußen zum Ford Pickup.

Sie waren fast wieder bei Classic Livery, Inc., als Paulo endlich klar wurde, was Mr. S. mit Ketcham im Sinn hatte.

Nichts bedeutet nicht nichts. Nichts bedeutet in diesem Fall, daß der verdammte Scheißer, der Mr. S.' Enkelin entehrt hat, lange Zeit in der Dunkelheit darüber nachdenken kann, was er verbrochen hat, bevor er krepiert. Und da war nicht mal irgend etwas in diesem verdammten Raum, mit dem er Selbstmord begehen könnte, es sei denn, er rammt den Schädel gegen die Wand, bis sein Gehirn rauskommt.

Das ist wirklich besser als das, was ich mit dem Bastard angestellt hätte.

Paulo Cassandro hatte das Stemmeisen mitgenommen, weil er damit Ketcham die Finger und Arme und Kniescheiben und Beine hatte brechen wollen, bevor er ihm einen Eispickel ins Ohr gerammt hätte.

Er betrachtete Mr. Savareses Entscheidung, wie mit Ketcham verfahren werden sollte, als einen weiteren Beweis für Mr. Savareses große Weisheit.

17

Nach langer Zeit im Badezimmer – viel davon hatte sie sich im Spiegel betrachtet, als gebe er ihr irgendeine Antwort – kam Susan schließlich heraus, eingehüllt in einen Frottee-Bademantel des Hotels. Matt saß im Bett, lehnte sich gegen das Kopfbrett und hielt den Telefonhörer ans Ohr. Er war nackt bis auf eine Ecke des Lakens über dem Unterleib.

Matt sagte ›Danke‹ am Telefon, legte den Hörer auf und schaute Susan an.

»Mit wem hast du telefoniert?« fragte Susan.

»Zimmerservice. Du warst so lange im Badezimmer, daß ich Hunger bekomme habe. Ich habe Austern und eine Flasche Champagner bestellt.«

Du hast viele Gary-Grant-Filme gesehen, nicht wahr, Matt? Ein kleiner eleganter Kontrapunkt zu heißem und anstrengendem Sex, wie?

»Austern und Champagner?«

»Ja. Das erschien mir unter den gegebenen Umständen passend.«

»Ich mag keine Austern«, sagte Susan.

Matt nahm den Telefonhörer ab und wählte. Das Laken über seinem Unterleib verrutschte.

Entweder hat er es nicht bemerkt, oder es macht ihm nichts aus, dachte Susan.

»Hier ist Mr. Payne«, sagte er. »Wenn es nicht zu spät ist, ändere ich die Bestellung auf die Hälfte Austern.«

Er legte auf, lehnte sich wieder ans Kopfbrett und schaute Susan an. Das Laken zog er nicht über seinen nackten Körper.

Warum regt mich das so auf? Was denkt er sich dabei, sich so zu entblößen? Als wollte er mir sagen ›Jetzt, da ich weiß, daß du ein so heißes, geiles Weib bist – war das ein guter Fick! –, brauche ich mir keine Sorgen mehr um Anstand zu machen‹.

»Du hast anscheinend viel Erfahrung in solchen *Umständen*«, hörte Susan sich sagen.

»Eigentlich«, erwiderte Matt sarkastisch, »habe ich absolut null Erfahrung in einem Umstand, der auch nur entfernt diesem ähnelt.«

»Würde es dir etwas ausmachen, wenn du dich bedeckst?« hörte Susan sich sagen.

»Verzeihung«, sagte er und zog das Laken über sich.

»Ich kann nicht glauben, das ich dies getan habe«, sagte Susan.

Matt zuckte mit den Schultern. Das Achselzucken – sein ganzes Verhalten – machte sie rasend.

Er machte es noch schlimmer, indem er fragte: »Hast du jemals die Worte ›Diese Dinge passieren‹ oder ›Alles in der Welt dreht sich um Sex‹ gehört?«

»Zum Teufel mit dir!« sagte Susan.

Er schaute sie ausdruckslos an.

»Und wenn ich jetzt schwanger bin?« hörte sie sich sagen.

Das überraschte ihn.

»Du nimmst keine Pille?«

Sie spürte, wie ihr das Blut in die Wangen stieg, als sie den Kopf schüttelte. »Nein.«

»Warum nicht?«

»Ich brauche keine.«

»Falls du es nicht bemerkt haben solltest, das war ein Eingeständnis, daß es keinen guten Mister Sowieso gibt, den Freund, den deine Eltern nicht ausstehen können.«

»Doch, es gibt ...«

»Hör mit dem Blödsinn auf, Susan«, unterbrach Matt sie ziemlich schroff. »Wir haben keine Zeit dafür. Es macht die Dinge nur noch schlimmer, als sie sind. Wenn das möglich ist.«

»Was soll das heißen?« fragte sie herausfordernd.

Er klopfte auf das Bett neben sich.

Er befiehlt mir, den Mund zu halten und wieder ins Bett zu kommen. Zum Teufel mit dem Kerl!

»Wie kommst du auf den Gedanken, daß wir das noch einmal tun? Jemals wieder?«

»Ich habe dir gesagt, daß wir keine Zeit für Blödsinn haben. Setz dich«, sagte er und fügte hinzu. »Ich habe ›setzen‹ gesagt, nicht ›legen‹.«

Unschlüssig, ob sie nachgeben sollte oder nicht, ging Susan zum Bett und setzte sich auf die Kante. Matt ergriff ihre Hand.

Eine Augenblick lang, als sie dachte, er wollte ihre Hand unter das Laken auf seinen nackten Körper ziehen, spielte sie mit dem Gedanken, sich loszureißen. Aber sie spürte irgendwie, daß er nicht vorhatte, sich von ihr streicheln zu lassen – jedenfalls nicht im Moment.

»Es hat dich ein bißchen überrascht, richtig?« fragte Matt ernst. »Was mit uns passiert ist?«

»Das ist die Untertreibung des Jahrhunderts«, sagte sie.

»Nun, mich hat es auch überrascht, schöne Maid. Dies ist das letzte, was ich erwartet oder gewünscht habe.«

»Das ist nicht der Eindruck, den du auf mich gemacht hast.«

»Die Cops sind hinter dir her, schöne Maid.«

»Und was, zum Teufel, soll das heißen?«

Er zuckte wieder mit den Schultern, und es machte sie erneut rasend.

»Stunde der Wahrheit«, sagte Matt. »Zum Beispiel, um

die Luft zu reinigen: Als du nicht in deinem Zimmer im Bellvue mit dem nicht existierenden Freund warst, da hast du dich mit einem Kerl namens Bryan Chenowith und/oder weiteren seiner Komplizen getroffen.«

»O Gott!«

»Ja,« sagte Matt. »Mit anderen Worten, das Spiel ist aus. Du bist nach dem Gesetz des Staates und des Bundes der Beihilfe an Verbrechen schuldig. Und ich will wissen, ob du erst hinterher oder bei den Verbrechen geholfen hast.«

»Du Hurensohn! Du warst in meinem Elternhaus! Du hast mit meinen Eltern gegessen, und die ganze Zeit ...«

»Du hast ausgelassen, daß ich dich gevögelt habe. Schuldig in allen Punkten. Und es wird mir ein großes Vergnügen sein, zu sehen, wie dein Komplize und seine Freunde lebenslänglich in den Knast wandern. Mein Problem ist, was mit dir geschieht.«

Sie schaute ihn entsetzt an, sagte jedoch nichts.

»Ich möchte nicht, daß du in den Knast wanderst, schöne Maid. Das würde mich schrecklich unglücklich machen.«

»Warum sollte dich das stören, Mr. Detective?« brauste Susan auf und wollte vom Bett aufstehen. Sie hatte das Gefühl, sich übergeben zu müssen.

Matt hielt sie am Handgelenk fest, und er war zu stark für sie.

»Ich bin noch nicht fertig«, fuhr er sie an.

»Was willst du jetzt noch? Mich vergewaltigen, bevor du mich festnimmst?«

»Na na, Susan, du weißt es besser. Mach dir klar, daß ich im Augenblick der beste Freund bin, den du hast.«

»Wie oft hast du diese Worte schon gesagt? Wie nennt man es, den Verdächtigen einlullen?«

»So kann man es bezeichnen«, stimmte Matt zu. »Der Unterschied besteht darin, daß ich diese Technik zum ersten Mal bei jemandem anwende, den ich zu lieben glaube.«

Ihr Herz schlug schneller bei seinen Worten.

»Du redest von Liebe?« fragte sie sarkastisch. »Du erwartest doch nicht, daß ich dir das glaube?«

»Nun, vielleicht hat mich das Geschehene mehr gepackt als dich, aber ich bin gezwungen, es so zu sehen.«

»Ah, hör schon damit auf, Matt!«

»Wenn mir nicht klargeworden wäre, als du die ganze Zeit im Badezimmer warst, daß ich mich in dich verliebt habe, dann hätten wir noch ein oder zwei geile Nummern gemacht, zu Abend gegessen, und ich hätte dich heimgebracht und mich überhaupt nicht aufgeregt, weil du im Knast landest.«

»Mein Gott, es ist dir ernst!«

»Hast du nicht zugehört, als ich gesagt habe, wir hätten keinen Zeit für Blödsinn?«

Jemand klopfte an die Tür.

»Wer ist das?« fragte Susan ängstlich.

»Vermutlich der Zimmerkellner. Bei der Anmeldung habe ich den Auftrag gegeben, ein paar Flaschen kaltzustellen.« Er hob die Stimme. »Moment bitte. Ich bin unter der Dusche.«

Er ließ Susans Handgelenk los und stieg aus dem Bett.

»Ist im Bad noch ein Bademantel?« fragte er.

»Ich habe nur den einen gesehen«, sagte Susan.

»Dann solltest du mir den geben«, sagte Matt, »und im Badezimmer warten. Oder unter der Bettdecke.«

Sie schaute ihn zweifelnd an und hielt dann nach ihrer Kleidung Ausschau.

»Wo sind meine Sachen?«

»Ich habe sie unters Bett getreten«, sagte Matt sachlich. Dann lächelte er und fuhr fort. » Na los, gib mir den Bademantel. Die Kuh ist bereits aus dem Stall raus. Ich weiß, was du unter dem Frottee versteckst.«

Susan drehte ihm den Rücken zu und löste den Gürtel. Sie streifte den Bademantel ab, spürte, daß sie von neuem errötete, und lief ins Badezimmer.

»Was willst du essen?«

»Was willst du *essen?*« wiederholte sie ungläubig. »Wie kannst du nur an so etwas denken?«

»Hier gibt es leckere Rippchen«, sagte er. »Okay?«

»Es ist mir egal«, erwiderte sie und schloß die Badezimmertür.

Susan fühlte sich benommen und ein wenig schwindlig, aber es war ihr nicht mehr schlecht. Sie lehnte sich gegen die geschlossene Badezimmertür. Ihr Blick fiel auf den Spiegel über dem Waschbecken.

Einen Moment lang dachte sie ernsthaft, vielleicht einen Alptraum gehabt zu haben. Doch das war offenbar nicht der Fall.

Aber ich kann nicht glauben, daß dies geschehen ist! Weder das, was im Wagen passiert ist, noch daß ich mit ihm aufs Zimmer gegangen bin, noch das, was sich hier abgespielt hat. Alles kommt mir vor, als hätte ich es geträumt – von dem Moment an, als er mich ausgezogen hat, über das, was wir danach getan haben, bis zu dem Moment, an dem er die cleveren, unglaublichen Worte sagte: »Die Cops sind hinter dir her, schöne Maid.«

Sie nahm vage wahr, daß er Abendessen bestellte – Muschelsuppe New England, Steak medium, Röstkartoffeln, Spargel und eine Kanne Kaffee –, und sie konnte das ebenfalls nicht glauben.

Wie kann er jetzt auch nur an essen denken?

Und dann versuchte er, die Badezimmertür aufzudrücken, an der sie lehnte.

»Hey, alles in Ordnung, Susan?« fragte er besorgt.

»Was willst du?«

»Ich dachte, du willst den Bademantel zurückhaben.«

»Augenblick«, rief sie und wollte ein Handtuch holen.

Bevor sie es erreichte, schob er die Tür auf. Susan versuchte, ihre Blößen mit den Händen zu bedecken.

»Tätätä!« rief Matt. »Der wahnsinnige Exhibitionist schlägt wieder zu!«

Er zog den Bademantel weit auf.

Darunter trug er jetzt Shorts.

»Du bist verrückt«, sagte Susan, aber sie lächelte und nahm den Bademantel, den er ihr abgestreift hatte.

»Deine Verschämtheit ist wirklich überflüssig, weißt

du. Ich habe bereits alles gesehen, und es hat sich mir für alle Ewigkeit unauslöschlich eingeprägt.«

»Du bist wirklich verrückt, weißt du das?« sagte Susan.

Warum freut mich, daß ihm gefallen hat, was er gesehen hat? Und, was das anbetrifft, warum ist es mir überhaupt nicht peinlich, daß er mich nackt sieht?

Matt kehrte ins Schlafzimmer zurück, und als sie den Gürtel des Bademantels verknotete, sah sie ihn ins Wohnzimmer gehen. Sie kämmte ihr Haar, so gut sie konnte, und ging dann ins Schlafzimmer.

Dort stellte sie fest, daß er tatsächlich ihre Kleidung unter das Bett getreten hatte. Als erstes nahm sie ihren BH.

Und sah, daß er zerrissen war; das Knopfloch des Verschlusses zwischen den Körbchen war aufgerissen.

Sie fand ihr Höschen, zog es an und ging ins Wohnzimmer.

Matt schenkte Champagner ein. Er nahm beide Gläser und hielt ihr eines hin.

»Ich bin mir nicht sicher, ob ich das will«, sagte sie.

»Worauf sollen wir trinken?« fragte er und ignorierte sie.

»Was gibt es zu feiern?«

»Uns vielleicht? Oder bin ich wirklich der einzige, der meint, in den vergangenen vierundzwanzig Stunden ist etwas wirklich Besonderes zwischen uns passiert?«

»Matt, ich befürchte, du glaubst ... was du gesagt hast«, erwiderte sie.

»Ich habe gesagt, daß ich dich liebe, *nachdem* ich dir verkündet habe, daß die Zeit des Blödsinns vorüber ist«, sagte Matt. »Du kannst es also glauben.«

»Ich weiß nicht, was mit mir geschehen ist«, sagte Susan.

»Die Frage ist, war es etwas Besonderes für dich? Halb so besonders, vielleicht, wie für mich?«

»Was denkst du denn?« fragte sie leise.

»Ich weiß nicht, was ich denken soll. Deshalb frage ich ja.«

»Als ich zum letzten Mal jemanden in einem Wagen an

meinen Schlüpfer heranließ, war ich auf der High School. Ich schlug ihm mit einer Taschenlampe zwei Zähne aus.«

»Ist das ein Ja?«

»Ich bin mit dir hierhin gegangen, nicht wahr? Und du weißt, was passiert ist.«

»In diesem Fall haben wir Schritt eins soeben hinter uns«, sagte Matt. »Und ich finde, wir sollten ihn mit einem Schluck von diesem Sprudelwasser feiern und – wenn du dazu geneigt bist – mit einem freundschaftlichen Kuß.«

»Mit einem *freundschaftlichen* Kuß?«

»Pfadfinder-Ehrenwort«, sagte er und trat nahe an sie heran.

Sie schaute ihm lange in die Augen. Dann küßte sie ihn sehr keusch auf die Lippen.

Das war es, und das war es nicht. Es war ein zarter Kuß mit geschlossenem Mund, aber ich habe ihn bis tief hinunter in mir gespürt.

Wenn er mich wieder küßt oder seine Hand unter den Bademantel schiebt, landen wir wieder im Bett.

Matt stieß sein Glas mit ihr an.

»Nun, jedenfalls haben wir die Prioritäten richtig gesetzt. Zuerst der Kuß und dann der Champagner.«

»Und jetzt?« fragte Susan.

»Jetzt warten wir auf die Lieferung des Abendessens«, sagte Matt. »Und unterdessen fangen wir schon mal an, eine Lösung unseres Dilemmas zu suchen.«

»Und wie machen wir das?«

»Du fängst an, mir zu vertrauen.« Er schaute in ihre Augen. »Du hast wirklich keine Wahl, aber ich will, daß du das auch verstehst.«

Sie wich ihm aus und senkte den Blick.

»Bist du ständig in diesem Zustand?« platzte sie heraus.

»Ich habe dich soeben geküßt«, sagte er. »Und da ist es eben passiert.« Er schnippte mit den Fingern. »Einfach so. *Stillgestanden!* Und dann fühlte ich mich äußerst nobel, weil ich dem enormen Drang widerstand, dich zu packen und wieder aufs Bett zu werfen.«

»Das wäre unklug, nicht wahr?« fragte Susan und blickte von seiner Erektion auf in seine Augen.

»Nicht ganz, aber du könntest diesen Zustand sehr leicht verändern.«

»Vielleicht ist das alles. Hemmungslose Begierde. Auf beiden Seiten.«

»Vielleicht«, sagte Matt ernst. »Ich glaube, es ist mehr, aber wenn es alles ist, dann ist es genug.«

»Ich soll dir vertrauen? Ich weiß wirklich nicht, was du damit meinst.«

»Nun, damit meine ich, daß ich dir Fragen stellen werde und du sie beantworten wirst. Und zwar wahrheitsgemäß und ohne etwas zu verschweigen. Du hast soeben die Seiten gewechselt, Susan. Chenowith und seine Freunde sind nun die bösen Jungs.«

»Ich bin mir nicht sicher, ob ich das tun kann«, sagte sie sehr leise.

»Du hast keine Wahl, Schatz. Ich suche nach einer Möglichkeit, zu verhindern, daß du mit ihnen den Bach runtergehst.«

»Wie hast du mich genannt?«

»Was meinst du?«

»Du hast ›Schatz‹ gesagt.«

»Das nehme ich an«, sagte Matt. »Stört dich das?«

»Nein«, sagte sie nach kaum wahrnehmbarem Zögern. »Nein, Matt, es stört mich nicht.«

»Eine entsprechende Erwiderung wüßte ich zu schätzen«, sagte er. »Kommt ›teurer Geliebter‹ leicht über deine Lippen?«

»Nein«, sagte sie und lächelte. »›Teurer Geliebter?‹ Mein Gott!«

»Es gibt viele andere Möglichkeiten«, sagte Matt. »Denk darüber nach. Und wähle das, was dir gefällt.«

»Mir fällt nichts außer ›Schatz‹ ein«, sagte Susan. »Und das zu sagen, ist mir peinlich.«

»Versuch es.«

»Schatz«, sagte sie.

»Klingt großartig. Belassen wir es für eine Weile dabei, bis dir etwas Besseres einfällt.«

Sie spürte, daß er sie wieder küssen wollte, und wandte ihm den Rücken zu.

»Matt, ich kann sie nicht verraten«, sagte sie.

»Was ist mit ›Schatz‹?« fragte er leichthin, und dann fügte er in verändertem Tonfall hinzu: »Begreife, Schatz, daß sie in den Knast wandern. Wenn sie Glück haben, lassen die Bundesbehörden sie vom Staat Pennsylvania verurteilen. Und wir schicken selten Leute auf den heißen Stuhl.«

»›Wir‹ schicken selten?«

»Wir, die Bürger von Pennsylvania«, sagte Matt ziemlich schroff. »Okay, erste Frage. Wußtest du vorher, daß Chenowith das biologische Forschungsgebäude der Uni von Pennsylvania in die Luft blasen würde?«

Susan schüttelte den Kopf und sagte leise: »Nein.«

»Keine Kenntnis irgendwelcher Art? Hat er – und wenn ich ›er‹ sage, meine ich damit Chenowith, den Dreckskerl mit der Akne und die beiden Frauen – oder irgendwelche Freunde, von denen wir noch nichts wissen – nie mit dir darüber gesprochen, auch nicht im Scherz, wenn er besoffen war? ›Sollten wir dieses Gebäude in die Luft jagen?‹ oder so?«

»Ich habe nein gesagt, Matt!« Und dann fügt sie hinzu. »Mein Gott, du klingst wie ein Polizist.«

»Ich *bin* Polizist«, sagte er. »Ich muß dessen absolut sicher sein, Schatz. Laß mich die Frage anders stellen. Als sie das Institut für biologische Forschung in die Luft jagten, warst du da überrascht oder hattest du erwartet, daß irgend etwas in dieser Art passieren würde?«

»Matt, würdest du mir glauben, wenn ich sage, daß mir übel wurde, als ich das von dem biologischen Institut hörte? Es war mir damals übel, und es ist mir jetzt übel.«

Er musterte sie genau, und sie erkannte, daß er sich entschied, ob er ihr glaubte oder nicht. Und dann sah sie am Ausdruck seiner Augen, daß er ihr glaubte.

»Das war nicht die Frage, Schatz. Die Frage war, hat dich das Bombenattentat überrascht oder nicht?«

»Ich kannte Bryan Chenowith nicht einmal, als das passierte«, sagte Susan.

»Wie, zum Teufel, hast du dich dann von diesen Leuten mit hineinziehen lassen? Hat er etwas gegen dich in der Hand?«

»Jetzt ja«, sagte sie.

»Was?«

»Ich weiß, was er getan hat und daß die Polizei ihn sucht. Ist das nicht das, was du gesagt hast – Beihilfe bei einem Verbrechen?«

»Was hat er gegen dich in der Hand?«

»Daß ich ihm geholfen habe.«

»*Warum* hast du ihm geholfen?

»Zimmerservice«, ertönte eine heitere Stimme, und dann klopfte es an der Tür.

»Moment, bitte«, rief Matt.

Er forderte Susan mit einer Geste auf, ihm wieder den Bademantel zu geben. Als sie es tat, sah er, daß sie ein Höschen anhatte.

»Was habe ich getan? Dich wieder in jungfräuliche Verschämtheit getrieben?« fragte er.

»Kannst du denn nie den Mund halten?« fuhr sie ihn an.

»Versteck dich im Badezimmer wie ein braves Mädchen«, sagte er und zog den Bademantel an.

Susan ging ins Badezimmer und schloß die Tür. Sie lauschte, während Matt mit dem Kellner sprach, und aus den Geräuschen – dem Rücken von Möbeln und metallischem Klappern – schloß sie, daß der Kellner den Tisch deckte. Als es jedoch still wurde, kam Matt nicht zur Badezimmertür. Susan fragte sich, ob der Kellner noch da war oder ob sich Matt aus einem anderen Grund nicht blicken ließ.

Schließlich siegte ihre Neugier. Sie öffnete vorsichtig die Badezimmertür und schlich schnell zur Wohnzimmertür.

Matt saß in dem Frottee-Bademantel am Tisch und legte gerade eine Auster auf einen Cracker.

»Ein Jammer, daß du keine Austern magst«, sagte er. »Diese sind erstklassig.«

»Ich habe auf meinen Bademantel gewartet«, erwiderte sie empört und ging zu ihm, wobei sie mit den Armen soviel von ihren nackten Brüsten bedeckte wie möglich.

»Es ist *unser* Bademantel«, korrigierte Matt. »Und du hast hinter der Tür gestanden und wolltest nur die Hand herausstrecken, um den Bademantel entgegenzunehmen, so daß ich nichts von deinen Reizen gesehen hätte?«

»Gib mir den verdammten Bademantel«, sagte sie und zerrte am Kragen.

Matt stand vom Stuhl auf, zog den Bademantel aus und hielt ihn so, daß sie in die Ärmel schlüpfen konnte.

»Um die Wahrheit zu sagen«, bemerkte er, »ich bin froh, daß die Bademantel-Übergabe auf diese Weise stattfand. Dich mit nichts außer dem Hauch von Höschen und einer wild empörten Miene zu sehen, ist wirklich ein heißer Anblick.«

Susan ärgerte sich, weil sie errötete. »Bist du pervers oder was?«

»Nein. Das bezweifle ich. Ich bin verliebt. Oder vielleicht geil. Oder beides. Ich glaube, an dem Spruch ›in der Liebe und im Krieg ist alles erlaubt‹ ist was dran.«

Sie schüttelte den Kopf, und als sie den Gürtel des Bademantels schamhaft verknotet hatte, schaute sie ihn an.

»Das kann nicht möglich sein«, sagte sie.

»Was kann nicht möglich sein?«

»Liebe.«

»Warum nicht? Man hört immer wieder davon. Liebe auf den ersten Blick, und fortan lebten sie glücklich.«

»Das ist der … Blödsinn … von dem du dauernd redest. Solche Dinge passieren einfach nicht.«

»Nun, ich glaube, mir sind sie passiert. Bei meinem Pech wird die Liebe vielleicht nicht erwidert, aber ich bin bereit, mich mit einer Hälfte zufriedenzugeben.«

Sie schaute ihn mit einem sonderbaren Gesichtsausdruck an.

»Ich will verdammt sein, wenn ich glaube, daß du das ernst meinst.«

»Ich war nie ernsthafter in meinem Leben«, sagte Matt.

Susan war es plötzlich zum Weinen zumute.

»Kann ich eine deiner Austern haben?« fragte sie mit sonderbar klingender Stimme.

»Ich dachte, du magst keine Austern.«

»Das sollte nur eine schnippische Bemerkung sein. Du bringst mich dazu.«

Er nahm eine Auster in der Schale und reichte sie ihr.

Sie aß aus der Schale.

»Sehr gut«, sagte sie.

»Ich habe es dir gesagt. Soll ich ein Dutzend bestellen? Ich habe die meisten gegessen und ...«

»Dazu wird keine Zeit sein«, sagte sie.

»Warum nicht?«

»Diese eine wirkt bereits«, sagte sie.

»Was meinst du damit?« fragte er, und dann begriff er. »Oh, tatsächlich?«

Sie schaute ihm in die Augen und nickte ernst. Er löste den Gürtel des Bademantels, und sie streifte ihn ab.

»Willst du ins Wohnzimmer gehen?« fragte Matt. »Oder soll ich versuchen, diesen Servierwagen ans Bett zu rollen?«

»Vor zehn Minuten hast du nicht an essen gedacht.«

»Das war vor zehn Minuten.«

»Da wir nur einen Bademantel für zwei haben, will ich nicht ins Wohnzimmer gehen. Es reicht mir, mit den neuen Erfahrungen für eine Nacht. Nackt zu Abend essen muß warten bis zu einem anderen Mal.«

»Mit anderen Worten, ich soll den Servierwagen hereinrollen?«

»Ich bin überhaupt nicht hungrig, Warum holst du nicht einfach einen Teller voll, und wir teilen ihn uns?«

»Okay. Ich hole einen. Es entzückt mich, daß du nicht an die andere Möglichkeit denkst. Aus dem Bett zu steigen und dich anzuziehen.«

»Ich wünschte, ich könnte den Rest meines Lebens in diesem Bett verbringen«, sagte sie.

»Oh, tatsächlich?«

»Ja, tatsächlich.«

Er stieg aus dem Bett und ging ins Wohnzimmer. Und kehrte mit den Servierwagen zurück. Susan hob fragend die Augenbrauen.

»Ich wollte auch den Champagner mitbringen«, sagte er. »Und da sind zwei Austern übrig. Ich möchte sie nicht verschwenden.«

Sie spürte, daß ihr wieder das Blut in die Wangen stieg.

»Wir können nicht den Rest unseres Lebens im Bett bleiben«, sagte sie.

»Nicht in diesem«, erwiderte Matt. »Vielleicht in einem anderen.«

Er überreichte ihr eine Serviette, ein Besteck und einen Teller mit Roastbeef. Dann schenkte er Champagner ein und setzte sich mit übereinandergeschlagenen Beinen gegenüber von ihr aufs Bett.

»Während du mir eine Scheibe von diesem Roastbeef abschneidest und ich sie esse, erzählst du mir, wie, zum Teufel, du an diese Leute geraten bist«, sagte Matt.

Susan atmete tief durch, sah Matt an und blinkte dann auf das rosafarbene Roastbeef auf dem Teller auf ihrem Schoß. Sie schnitt etwas von dem Roastbeef ab.

»Jennie ...« begann sie.

»Jennifer Downs Ollwood«, fiel ihr Matt ins Wort.

»Du weißt anscheinend alles über sie.«

»Ich versuche nur, Zeit zu sparen, Schatz. Ich muß dich immer noch irgendwann heute nacht zu Mommy und Daddy heimbringen.«

»Bis du das gesagt hast, hatte ich völlig vergessen, daß ich nach Hause muß. Wie spät ist es?«

Er schaute auf seine Armbanduhr. »Zweiundzwanzig Uhr dreißig.«

»Mir kommt es viel später vor«, sagte Susan.

»Nun, es ist vieles heute abend passiert. Hast du das nicht mitbekommen?«

»Wir müssen bald gehen.«

»Erst wenn wir fertig sind«, sagte Matt, und dann lächelte er. »Ich habe bereits den Ruf, daß ich die Jungfrau der Familie Reynolds die ganze Nacht verführe. Mommy wäre vermutlich überrascht, sogar enttäuscht, wenn ich dich früh nach Hause bringen würde.«

»Ich nehme an, ich werde heute abend nicht verhaftet, da du mich ja nach Hause bringst«, sagte Susan und erkannte sofort, daß es ein schlechter Scherz gewesen war.

»Nicht von mir. Niemals von mir«, sagte Matt ernst. »Aber ich kann nicht für den Rest der Gesetzesvertreter sprechen.«

»Matt, ich habe Angst.«

»Nun, die solltest du auch haben. Was ist mit der Ollwood? Hat sie Chenowith auf der Uni Pittsburgh kennengelernt? Oder plante sie bereits bewaffnete Revolution und Rebellion auf Bennington?«

»Ich weiß nicht, wo sie ihn kennengelernt hat«, sagte Susan. »Aber du mußt etwas verstehen, was Jennie anbetrifft, Matt.«

»Was muß ich verstehen?«

»Sie ist genausowenig fähig, ein Gebäude in die Luft zu jagen wie ich.«

»Tatsache ist, daß sie es getan hat. Daran gibt es keinen Zweifel, Schatz.«

»Du mußt sie verstehen.«

»Was verstehen, Susan?«

»Ihre Familie ist eine Katastrophe«, sagte Susan. »Ihre Mutter trinkt und hat den vierten Ehemann. Ihr Vater kümmert sich nicht um sie. Sie ist ganz allein, Matt, und das war sie immer. Bis ihr Bryan über den Weg lief. Sie hat es nur seinetwegen getan.«

»Das ist Blödsinn, Schatz«, sagte Matt. »Sie mag diesem Typen verfallen sein, das ist verständlich. Aber als sie herausfand, daß er ernsthaft daran dachte, ein Gebäude in die Luft zu sprengen, hätte sie zur Vernunft kommen sollen – es ist ein gewaltiger Unterschied, ob man einen Cop auf dem Campus mit einem ›Rettet-die-Tiere-Schild‹ schlägt oder ein Depot der Nationalgarde ausraubt, um Waffen und Sprengstoff zu erbeuten …«

»Du weißt davon?« fragte Susan.

»Wir kennen sogar die Seriennummern der Karabiner, die sie geraubt haben. Und wir wissen, daß dein Freund Chenowith …«

»Er ist nicht mein Freund, Matt!«

»… einen Karabiner abgesägt hat wie ein Terrorist im Film seine Maschinenpistole, um sie bei Banküberfällen zu benutzen.«

»Nun, das beantwortet eine andere Frage, die ich stellen wollte. Du weißt von den Banken.«

»Ja, wir wissen von den Banken. Und es ist nur eine Frage der Zeit, bis Robin Hood sich entscheidet, diese Maschinenpistole zu benutzen, um andere unschuldige Leute zu killen.«

Sie schaute ihn an und blickte dann fort.

»Willst du etwas über Jennie hören?« fragte sie leise.

»Ja«, sagte Matt. »Das will ich. Ich sagte schon, sie hatte eine Wahl, als sie feststellte, daß er schreckliche Dinge tun wollte, und sie entschied sich falsch. Ich kann keine Sympathie für deine Freundin finden, Schatz, ob sie nun eine Mutter mit Alkoholproblemen und vier Männern hatte oder nicht.«

»Du hast im Wagen gesagt, daß du … in deine Beziehung mit Penny Detweiler hineingezogen worden bist. Daß es ihr wirklich dreckig ging und sie dich brauchte.«

»Warum bringst du das zur Sprache?« fragte Matt. »War es so bei dir und der Ollwood?«

Susan nickte.

»Nachdem, was auf der Uni geschah …«

»Hören wir mit den Beschönigungen auf«, sagte Matt. »Deine Freundin hat Chenowith aktiv unterstützt, ein Gebäude auf einem Campus zu sprengen, und dadurch haben sie den Tod von elf unschuldigen Menschen verursacht.«

»Also gut«, sagte Susan mit erstickter Stimme. Tränen lösten sich aus ihren Augen und rannen über ihre Wangen.

»Sag es, Schatz«, forderte Matt sie freundlich, aber eindringlich auf.

Sie seufzte.

»Nachdem Bryan ... das Gebäude sprengte und die Polizei nach ihm fahndete, rief Jennie mich an. Sie war hysterisch. Verzweifelt. Ich hatte Mitleid mit ihr. Und sie sagte, daß sie dringend Geld brauchte ...«

»Und du hast es ihr gegeben«, vollendete Matt. »Und weil du wußtest, daß sie in ein Verbrechen verwickelt war, hast du dich der Beihilfe schuldig gemacht.«

»Daran habe ich nicht gedacht«, sagte Susan und schaute ihn mit feuchten Augen an. »Meine Freundin steckte in der Klemme, Matt. Sie konnte sich an niemand sonst wenden. Ich mußte helfen.«

»Woher hattest du das Geld?« fragte Matt.

»Es war meines«, sagte sie.

»Woher hattest du es? Genauer gesagt, hast du es von der Bank abgehoben? Gibt es Unterlagen von einer Abhebung?« *Natürlich gibt es keine, sonst hätte das FBI davon gewußt und es mir gesagt.*

»Nein«, sagte Susan. »Ich hatte es in bar. Ich hatte an diesem Tag einen vierteljährlichen Scheck mit der Dividende von Chrysler erhalten, und den habe ich einfach eingelöst – ich wollte einkaufen –, und ich gab ihr das Geld.«

»Nein, das hast du nicht getan.«

»Was?«

»Du wirst auf einen Stapel Bibeln schwören, daß du ihr kein Geld gegeben hast. Ich bezweifle, daß das FBI davon weiß, und wir wollen nicht, daß es davon erfährt. Du hast den Scheck eingelöst, um einzukaufen. Du hast nichts eingekauft, das Geld behalten und für Kleinigkeiten ausgegeben. Wieviel war es?«

»Etwas über dreitausend«, sagte Susan sehr leise. »Matt, ich kann nicht sehr gut lügen.«

»Nun, du hast mich belogen. Du hast gesagt, du wärst einfach nicht interessiert, und ich habe dir geglaubt.«

»Oh, Matt!«

»Es ist mir ernst. Du bist eine gute Lügnerin, und das ist in diesem Fall eine gute Sache.«

»Matt, da ist noch etwas mit Geld ...«

»Was?«

»Ich bewahre etwas Geld für Bryan auf.«

»Von den Banküberfällen?«

Sie nickte.

»Mein Gott, warum?«

»Weil er mich darum gebeten hat. Oder mich von Jennie bitten ließ. Das ist das gleiche.«

»Hat er dir gesagt, warum?«

»Wenn er festgenommen werden sollte ...«

»Er wird zwangsläufig festgenommen«, unterbrach Matt.

»... will er damit einen guten Anwalt bezahlen.«

»Scheiße«, sagte Matt. »Er ist blöde. Laß dir erklären, wie das läuft. Zum einen weiß das FBI alles über die Banküberfälle. Er hat eine weitere Bank vor ein paar Tagen ausgeraubt. In Clinton, New Jersey. Übrigens verkleidet als Frau.«

»Jennie rief mich an – mein Gott, das war erst heute morgen – und bat mich, sie und das Baby zu besuchen.«

»Welches Baby?«

Das FBI weiß nichts von einem Baby. Ein Säugling auf den Armen präzisiert die Beschreibung einer gesuchten Täterin beträchtlich. Man hätte mir davon erzählt. Es wäre auch in dem FBI-Film gewesen.

»Sie haben einen Jungen im Babyalter.«

»Allmächtiger! Würdest du das unter den gegebenen Umständen nicht für ein bißchen verantwortungslos halten?«

»Vielleicht ist es bei ihnen passiert wie bei uns«, sagte Susan.

»Hör auf, für sie Entschuldigungen zu suchen, Susan,«

sagte Matt. »Wenn eine Frau lebenslänglich im Knast vor Augen hat, läßt sie sich nicht schwängern.«

»Okay«, sagte Susan. »Ich sagte dir ja, es geht ihr dreckig.«

»Okay. Wo waren wir? Ich wollte dir erzählen, wie es läuft. Du stehst auf der Täterliste des FBI. In dem Moment, in dem Chenowith festgenommen wird, wirst du wegen Beihilfe verhaftet. Am selben Tag – wenn das nicht bereits der Fall ist – wird das FBI einen Durchsuchungsbefehl für dein Elternhaus, dein Büro und das Haus in den Poconos haben ... Wo ist das Geld?«

»In meinem Bankschließfach«, sagte Susan. »In der Harrisburg Bank and Trust Company.«

»Und dafür wird es ebenfalls einen Durchsuchungsbefehl geben«, sagte Matt. »Man wird das Geld finden, und da du keine andere Erklärung dafür hast und es Beweise gibt, daß du dich mit Chenowith getroffen hast, wird es (a) als Beute aus Banküberfällen beschlagnahmt und (b) als Beweis, daß du der aktiven Beihilfe schuldig bist.«

»O Gott!«

»Vermutlich für beides«, fuhr Matt fort, als er darüber nachdachte. »Ich nehme an, man wird versuchen, dich auch der Beihilfe an den Banküberfällen anzuklagen.«

»Warum die Mühe, wenn man mich lebenslänglich ins Gefängnis steckt, weil ich Jennie geholfen habe?«

»Dich und die arme kleine Jennie und Bryan Chenowith und den Typ mit der Akne – Edgar Leonard Cole – und die andere Frau. Wie heißt sie? Eloise Anne Fitzgerald. Wo ist sie übrigens?«

»Ich weiß es nicht, Matt.«

»Weißt du es nicht, oder bist du überwältigt von Mitgefühl, weil sie eine schlechte Kindheit hatten?«

»Ich weiß es nicht, Matt«, wiederholte Susan, und ihre Augen füllten sich mit Tränen, während sie ihn anschaute. »Ich bin mir nicht sicher, ob ich es dir sagen würde, wenn ich es wüßte, aber ich weiß es nicht.«

Dann begann sie zu weinen.

»Hör bitte damit auf«, sagte Matt.

Sie konnte es nicht. Es war ein leises Weinen, fast Stöhnen, und ihre Brüste hoben und senkten sich unter Schluchzen. Matt ging zu ihr, warf dabei den Teller mit Roastbeef um und nahm sie in die Arme.

»Ruhig, Schatz«, sagte er. »Durch Heulen wird es nicht besser.«

»Ich wünschte, ich wäre tot«, schluchzte sie.

»Was ist das, ein Kommentar über unseren Sex?«

»Du Bastard!«

»Zweierlei ist passiert«, sagte er.

»Zweierlei? Was?«, fragte sie schluchzend.

»Ich habe Spargel in meinen Schamhaaren und Soße auf meinen Eiern und wenn ich dich so in den Armen halte, werde ich geil.«

Sie wich von ihm zurück und schaute hin.

Es stimmte.

Halb weinend, halb lachend schüttelte sie den Kopf.

»Geh duschen«, sagte sie.

»Du hast auch was abbekommen«, sagte er und wies hin. »Komm mit.«

»Mit dir duschen?«

»Warum nicht? Oder möchtest du hier im Roastbeef sitzen und heulen?«

Sie streichelte über seine Wange.

»Mein Gott, ich glaube, ich liebe dich«, sagte sie.

»Wenn du mir den Rücken schrubbst, darfst du den Spargel haben«, sagte Matt, ergriff ihre Hand und zog sie aus dem Bett.

»Wir müssen das Geld aus deinem Schließfach holen«, sagte Matt, als er sich im Badezimmer abtrocknete und schamlos beobachtete, wie Susan das gleiche bei sich tat.

»Was hast du gesagt?« fragte Susan, und ihre Stimme klang gedämpft unter dem Handtuch hervor.

Er wiederholte seine Worte nicht; ein anderer Gedanke beschäftigte ihn.

»Bevor wir hier reingingen, sagtest du, daß die arme,

mitleiderregende Jennie dich angerufen hat. Was wollte sie?«

Susan nahm das Handtuch vom Kopf und schaute ihn an.

»Mußt du sie so nennen?«

Er zuckte mit den Schultern, gab jedoch keine Antwort.

»Was wollte sie?«

»Sie sagte, sie hat ein weiteres Päckchen, das ich für sie aufbewahren soll, und sie bat mich ...«

»Zweifellos von der Bank in Clinton, New Jersey«, fiel ihr Matt ins Wort. »Und für wann hast du ein Treffen zugesagt?«

»Ich habe ihr gesagt, daß ich nicht komme«, antwortete Susan. »Das habe ich beiden gesagt. Sie holte ihn ans Telefon.«

»Warum hast du abgesagt?«

»Ich hielt es für verdächtig, weil ich doch gerade erst in Philadelphia war. Und ich sagte ihnen, daß ein Cop hinter mir her ist.«

»Allmächtiger! Aber du hast gesagt, du hättest keinen Verdacht gehabt.«

»Zu diesem Zeitpunkt habe ich dir geglaubt und gedacht, daß du das bist, was deine Freunde mir erzählt haben.«

»Welche Freunde? Was haben sie dir erzählt?«

»Deine beiden alten Schulfreunde auf Daffys Party. Sie bezeichneten dich als Spinner, der den Cop nur spielt. Um deine Männlichkeit zu beweisen. Das stimmt aber nicht, oder? Du bist wirklich Cop und spielst den Spinner nur. Gute Schauspielerei. Du hast mich getäuscht.«

»Und nachdem meine Fassade nun eingerissen ist, was meinst du?«

»Ich habe Angst, weil mir so sehr gefällt, was ich sehe«, sagte Susan. »Ich habe Angst, daß es mir weggenommen wird.«

»Willst du wieder unter die Dusche?« fragte Matt.

»Nein. Gott, ich kann nicht glauben, daß wir das getan haben. Ich hielt das für unmöglich.«

»Nun, ich möchte nicht, daß du es verbreitest, aber es war auch das erste Mal für mich auf diese Weise.«

»Tatsächlich?«

»Natürlich. Noch nie hat eine Frau Spargelstückchen von meinen …«

»Stopp!«

»Ja. Wir müssen aufhören«, sagte er ernst. »Aber sprechen wir weiter über die arme …Was gab es am Telefon mit Jennifer und Chenowith?«

»Er stellte Fragen über dich. Er sagte, du könntest in Wirklichkeit ein FBI-Agent sein, und ich versicherte ihm, daß du nur ein Cop bist.«

»Wann triffst du dich mit ihnen?«

»Ich treffe mich *nicht* mit ihnen. Ich sagte ihm, daß ich nicht komme, und als er zu streiten anfing, hängte ich ein.«

»Aber du hast ihm von mir erzählt?«

»Das habe ich dir doch gesagt. Es war, bevor du mich darauf hingewiesen hast, daß es viele Vorteile für mich hat, wenn ich die Seiten wechsele.«

»Spiel nicht wieder die Zicke. Dafür haben wir keine Zeit.«

»Es tut mir leid«, sagte Susan, und es klang echt zerknirscht. »Verzeih mir. Matt, es ist soviel passiert …«

»Was ist mit dem ›Schatz‹ passiert?«

»Es tut mir leid, *Schatz*.«

»Meinst du, er nimmt ein Nein hin? Oder wird er wieder anrufen?«

»Vielleicht wird er wieder anrufen.«

»Wenn ja, halte ihn wieder hin. Ich weiß nicht, wie, ich muß noch darüber nachdenken, aber vielleicht können wir zu unserem Vorteil nutzen, daß er die Beute aus dem Bankraub verstecken will.«

»Matt, ich will nicht ihr Vertrauen mißbrauchen!«

»Zum verdammt letzten Mal, Susan, begreife endlich, daß du keine Wahl hast. Sie sind erledigt, und wir können nur hoffen, daß mir einfällt, wie ich verhindern kann, daß du mit ihnen in den Knast wanderst!«

Sie schaute ihn an, sagte jedoch nichts.

Er warf ärgerlich sein Handtuch auf den Boden und verließ das Badezimmer.

Nach einer Weile folgte sie ihm.

Er hockte auf Händen und Knien und zog Kleidungsstücke unter dem Bett hervor. Und noch etwas. Ein Holster mit einem Revolver.

»Hast du wirklich gedacht, du würdest bei mir diese Waffe brauchen?«

»Ich bin Cop. Und Cops tragen Waffen«, sagte Matt schroff. Er warf die Kleidungsstücke und dann den Revolver aufs Bett und nahm seine Shorts.

»Schatz, es tut mir leid«, sagte Susan. »Ich möchte wirklich nicht, daß du dich über mich ärgerst.«

»Ich ärgere mich nicht.«

»Doch, das tust du.«

Er schaute sie an.

»Du bist zu gottverdammt klug, um blöde zu sein«, sagte er. »Und das können wir uns nicht erlauben.«

»Mir gefällt, wie du ›wir‹ gesagt hast«, erwiderte sie leise.

Darüber mußte er lächeln.

Er machte ein Kreuzzeichen. »Ich erteile dir Absolution. Geh und sei nicht mehr blöde.«

»Ich werde es versuchen«, sagte Susan.

Sie begann sich anzukleiden.

»Hast du gesehen, was du mit meinem BH angerichtet hast?« fragte sie einen Moment später und zeigte ihn Matt.

»*Ich* habe das gemacht?«

»Ja, das warst du.«

»Was wird Mommy denken, wenn du heimkommst und alles hüpft auf und ab?«

»Ich werde den Mantel anbehalten.«

»Und was machst du mit dem Ding?«

»Du meinst den BH? Wegwerfen. Den kann man nicht flicken.«

»Kann ich ihn haben?«

»Warum willst du ihn?«

»Als Trophäe. Ein bißchen Schaumgummi, damit er lebensecht wirkt, und eine Messingtafel mit der Aufschrift: ›Susan, 75 A, Hotel Hershey, und das Datum. Dann hänge ich ihn an die Wand zu all den anderen.«

»Verdammt, ich meinte es ernst.«

Er schaute ihr in die Augen.

»Ich weiß nicht, warum«, sagte er. »Ich möchte ihn einfach haben.«

Sie hielt ihm den Büstenhalter hin. Als er die Hand danach ausstreckte, schnappte Susan sie und küßte sie.

»Um das mal festzustellen, die Größe ist nicht 75 A, sondern 75 C«, sagte sie.

Sie ließ seine Hand los, und er nahm den BH und stopfte ihn in seine Hosentasche.

»Ich danke dir, Schatz, weil du ihn haben willst«, sagte Susan.

Als Phil Chason von der Abschiedsparty des pensionierten Captains Karl Beidermann heimkehrte, war es halb drei am Morgen, und er war ziemlich abgefüllt. Fast wäre er nicht in sein Büro im Kellergeschoß gegangen, um den Anrufbeantworter abzuhören. Phil und Karl Beidermann hatten zusammen die Polizeiakademie besucht, hatten gemeinsam den ersten Dienst gehabt – im Distrikt Mitte – und hatten vieles gemeinsam erlebt, obwohl Karl die Arbeit in Uniform liebte (er ging als Abteilungsleiter des 16. Distrikts in den Ruhestand) und Phil sich entschied, lieber Detective in Zivil zu sein und mit dem Überstundengeld soviel Geld heimzubringen wie ein Captain.

Und es war gut gewesen, so viele Leute auf der Party zu sehen. Wenn man nicht mehr im Job war, traf man selten die alten Bekannten, und das war traurig. Auf dem Heimweg dachte Phil, daß er wieder Cop werden würde, wenn er sich noch einmal entscheiden könnte. Er war gute sechsundzwanzig Jahre im Dienst gewesen und hatte sich nie beklagen können.

Als er die Treppe hinauf zum Schlafzimmer gehen

wollte, erinnerte er sich an den Anrufbeantworter unten in seinem Büro und sagte sich, selbst wenn jemand etwas auf Band gesprochen hatte, versuchte er, ihm etwas zu verkaufen oder zu betteln, anstatt die beruflichen Dienste von Philip Chason, Detektiv und ehemaliger Polizeibeamter, in Anspruch zu nehmen.

Aber auf der Treppe sagte er sich, daß er sich vergewissern sollte, weil er sonst den Rest der Nacht grübeln würde, ob jemand etwas auf den Anrufbeantworter gesprochen hatte oder nicht.

Er ging die Treppe wieder hinab und in den Keller.

Als er die Tür öffnete, verriet ihm das rote Lämpchen, daß jemand auf Band gesprochen hatte. Er schaltete das Licht an, wartete, bis die Leuchtstofflampe anging, setzte sich an den Schreibtisch und hörte das Band ab.

»Phil, hier ist Joe Fiorello.«

Leck mich am Arsch, Joe Fiorello. Jetzt tut es mir leid, daß ich hier runtergegangen bin.

»Es tut mir wirklich leid, so spät anzurufen, aber da ich Ihren Anrufbeantworter dran habe, sind Sie ja nicht geweckt worden, richtig?«

Verdammt, komm zur Sache, Fiorello!

»Nun, ich nehme an, Sie ahnen, warum ich anrufe, richtig, Phil? Ich habe einen neuen Job für Sie.«

Ich dachte, du rufst mich an, weil du mich liebst, du Arschloch.

»Rufen Sie mich sofort an, wenn Sie diese Botschaft hören, Phil?«

Es ist halb drei, Joey. Meinst du, ich soll dich morgens um halb drei anrufen?

»Dies ist wichtig, Phil. Und ich würde es als Gefallen betrachten, wenn Sie mich so bald wie möglich anrufen.«

Wenn es wichtig für dich ist, wird es dich 'ne Menge kosten, du Scheißer.

»Ich nehme an, Sie haben die Telefonnummern, aber nur um sicherzugehen, nenne ich Ihnen meine Nummer im Geschäft und meine Privatnummer hier im Haus.«

Fiorello nannte die Nummern langsam und wiederholte sie.

Ich sollte wirklich bei dir zu Hause anrufen und dich mit deinem dreckigen Arsch aus dem Bett werfen!

Verdammt! Ich hätte überhaupt nicht hier runtergehen sollen!

Phil stand auf und ging zur Tür. Er schaltete das Licht aus und schloß die Tür.

Als er das Schlafzimmer betrat, begrüßte ihn Mrs. Irene Chason, indem sie ihm sagte, nach seiner Fahne zu schließen müsse er sich prächtig amüsiert haben.

18

»Sieben C«, meldete sich Mrs. Loretta Dubinsky am Telefon auf ihrem Schreibtisch.

7 C war die Station für Privatpatienten der psychiatrischen Abteilung der Universitätsklinik. Mrs. Dubinsky, eine schlanke, sehr hellhäutige Rothaarige, die beträchtlich jünger aussah, als sie mit dreißig war, fungierte als Schwester vom Dienst für die psychiatrische Abteilung.

»Dr. Amelia Payne, bitte«, sagte der Anrufer.

»Dr. Payne ist nicht auf der Station.«

»Ich muß mit ihr reden. Wissen Sie, wo ich sie erreichen kann?«

»Ich schlage vor, Sie versuchen es in ihrem Büro. Am Morgen.«

»Ich muß noch heute nacht mit ihr sprechen.«

»Ich kann Ihnen die Nummer von Dr. Paynes Antwortdienst geben.«

»Die habe ich. Dort weiß man nicht, wo sie ist.«

Mrs. Dubinsky wußte es besser. Der Antwortdienst

sagte niemals, daß er nicht wußte, wo jemand war. Man bat den Anrufer um seine Telefonnummer und versprach, daß Dr. Sowieso zurückrufen würde. Dann – sofern der Anrufer nichts von einem Notfall sagte, besonders in der Nacht; es war halb drei – notierte der Antwortdienst den Anruf auf eine Karte und ließ sie liegen, bis Dr. Sowieso anrief und fragte, ob Nachrichten hinterlassen worden waren.

Wenn der Anrufer von einem Notfall sprach, rief der Antwortdienst die Telefonnummern an, die Dr. Sowieso ihm gegeben hatte und wo er/sie bei einem Notfall zu erreichen war.

»Ich befürchte, dann kann ich Ihnen nicht helfen, Sir«, sagte Mrs. Loretta Dubinsky, staatlich geprüfte Krankenschwester.

»Hören Sie, ich habe eine wichtige Nachricht für sie.«

»Dann schlage ich vor, Sie rufen sie am Morgen an.«

»Dies kann nicht bis zum Morgen warten.«

»Ich befürchte, das muß es, Sir. Ich kann Ihnen nicht helfen.«

»Wie heißen Sie?«

Mrs. Dubinsky legte auf.

Zwei Minuten später – Paulo Cassandro hatte sich wieder von der Zentrale der Klinik verbinden lassen – klingelte das Telefon von neuem, und Schwester Dubinsky nahm den Hörer ab.

»Sieben C.«

»Hören Sie, Lady, Haben Sie Dreck in den Ohren, oder was? Dies ist wichtig.«

»Sir«, sagte Mrs. Dubinsky, und ihre blasse Haut bekam Farbe, »ich habe Ihnen bereits gesagt, daß Dr. Payne nicht auf der Station ist und ich keine Ahnung habe, wo sie erreicht werden kann.«

»Ich habe eine Nachricht für sie.«

»Was für eine?«

»Wie heißen Sie? Dies ist privat, persönlich.«

»Mein Name ist Dubinsky. Ich bin die Schwester vom Dienst.«

»Ist dort kein Arzt?«

»Wollen Sie mir die Nachricht sagen oder nicht?«

»Lassen Sie mich mit einem Arzt sprechen«, sagte Cassandro.

»Ich befürchte, das ist nicht möglich«, erwiderte Mrs. Dubinsky.

»Geben Sie mir verdammt noch mal einen Arzt, Sie Pflaume!«

Mrs. Dubinsky legte wieder auf.

Und zwei Minuten später klingelte das Telefon von neuem.

»Sieben C.«

»Hören Sie, Lady, es tut mir leid, daß ich die Beherrschung verloren habe. Aber dies ist wirklich wichtig.«

»Ich werde versuchen, eine Nachricht an Dr. Payne zu übermitteln. Worum handelte es sich?«

»Ich muß mit einem Arzt sprechen. Könnten Sie mich bitte mit einem verbinden?«

»Ich habe Ihnen bereits gesagt, dies ist einfach nicht möglich.«

»Herr im Himmel, holen Sie jetzt einen verdammten Arzt an die Strippe, Sie verdammte ...«

Mrs. Dubinsky legte abermals auf.

Und zwei Minuten später klingelte es wieder.

»Sieben C.«

»Geht Ihnen nicht in den gottverdammten Schädel rein, daß ich verdammt noch einmal mit einem Arzt sprechen muß, und wenn ich alle zwei Minuten anrufen muß, bis die verdammte Sonne aufgeht?«

Mrs. Dubinsky, deren blasse Gesichtshaut jetzt mit roten Flecken bedeckt war, wollte wieder auflegen, doch im letzten Moment besann sie sich anders und legte den Hörer auf ihren Schreibtisch.

Kopfschüttelnd stand sie auf, verließ das Schwesternzimmer, ging einen Gang hinab und betrat ein Zimmer. Sie ging zu einem Bett, in dem ein sehr kleiner, dünner, braunhäutiger Mann mit Arztkittel unter einer Decke schlief.

Sie rüttelte ihn am Arm, zuerst leicht, und stärker, als er nicht aufwachte.

»Doktor?«, sagte sie.

Juan Osvaldo Martinez, Dr. med., öffnete die Augen und setzte sich abrupt auf.

»Verzeihung«, sagte Schwester Dubinsky.

»Gibt es ein Problem?«

»Da ist ein Spinner am Telefon, der darauf besteht, mit einem Arzt zu sprechen.«

Dr. Martinez hob fragend die Augenbrauen.

»Er gibt einfach nicht auf, Doktor. Er ruft alle zwei Minuten an.«

Dr. Martinez nickte verstehend, schwang die Beine aus dem Bett und folgte Mrs. Dubinsky.

Im Schwesternzimmer nahm er den Telefonhörer.

»Dr. Martinez«, sagte er.

Keine Antwort. Er schaute zu Schwester Dubinsky und zuckte hilflos mit den Schultern

»Nicht in der Leitung.«

»Er hat aufgelegt. Er wird wieder anrufen«, sagte Schwester Dubinsky überzeugt.

Dr. Martinez legte den Hörer auf. Beide starrten zwei Minuten lang darauf.

Das Telefon klingelte nicht.

»Nun«, sagte Dr. Martinez und zuckte wieder mit den Schultern.

Das ist die Höhe, dachte Schwester Dubinsky, *erst nervt mich dieser Bastard, bis ich diesen armen jungen Mann wecke, und* dann *entschließt sich der Saukerl, doch bis zum Morgen zu warten.*

»Es tut mir leid, Doktor.«

»Kein Problem«, sagte Dr. Martinez und verließ das Schwesternzimmer.

Er hatte gerade erst fünf Schritte zurückgelegt, als das Telefon klingelte.

Er ging zurück und nahm von Schwester Dubinsky den Hörer entgegen.

»Sieben C, Dr. Martinez.«

»Sie sind verdammt schwer an die Strippe zu bekommen, Doktor.«

»Wie kann ich Ihnen helfen?«

»Ich habe eine Nachricht für Dr. Amelia A. Payne.«

»Sie ist nicht hier«, sagte Dr. Martinez.

»Das hat mir die Schwester gesagt. Deshalb will ich ja mit Ihnen sprechen.«

»Wie lautet die Nachricht?«

»Haben Sie Papier und was zu schreiben?«

»Ja«, sagte Dr. Martinez, obwohl es nicht stimmte.

»Okay. Hören Sie jetzt gut zu. Sind Sie bereit?«

»Bereit.«

»An Dr. Amelia A. Payne. Ihre Patientin, Miss Cynthia Longwood ... bin ich zu schnell für Sie?«

»Nein. Sprechen Sie weiter«, sagte Dr. Martinez.

Er hatte bei Zimmer 723 vorbeigeschaut, bevor er in das leere Zimmer gegangen war, um ein wenig zu schlafen. Die Patientin war hellwach gewesen. Insgeheim war Dr. Martinez anderer Meinung als die behandelnde Ärztin Dr. Payne. Wenn die Longwood seine Patientin wäre, dann hätte er ihr zumindest ein leichtes Beruhigungsmittel verschrieben, damit sie in der Nacht schlafen konnte. Sie hatte sich wiederholende Alpträume, bekam nachts nicht genug Schlaf und döste dann am Tag.

Wenn sie seine Patientin wäre, hätte er es für besser gehalten, sie ruhigzustellen, damit sie ausgeruht war, wenn er am Tag mit ihr sprach und die Ursache ihres Problems zu ergründen versuchte. Aber sie war Dr. A. A. Paynes Patientin, nicht seine. Und er war Assistenzarzt, und Dr. Payne war nicht nur Professor der Psychiatrie, sondern hatte auch die Hochachtung von Aaron Stein, dem Chef der psychiatrischen Abteilung und ehemaligen Präsidenten des Psychiaterverbandes Amerikas.

Dr. Martinez hatte großen Respekt vor Dr. Payne, doch er fand, daß sie sich irrte, indem sie predigte, in solchen Fällen sei es am besten, auf Beruhigungsmittel zu verzichten.

»Okay«, sagte der Anrufer. »Sie mußte sich entkleiden

und wurde von einem Polizisten – unter Umständen, die schon an sich traumatisch waren – gezwungen, ihn oral zu befriedigen. Haben Sie das?«

»Nein. Sie waren etwas zu schnell für mich«, sagte Dr. Martinez und forderte Schwester Dubinsky mit einer Geste auf, ihm etwas zu schreiben zu geben.

Sie schob ihm ein Klemmbrett hin, und als sie sah, daß er nichts zu schreiben bei sich hatte, gab sie ihm ihren Kugelschreiber.

»Miss Cynthia Longwood mußte sich entkleiden und ...« Der Anrufer wiederholte langsam, was er bereits gesagt hatte, und Dr. Martinez erkannte, daß er den Text zitierte – vermutlich ablas. »Haben Sie es jetzt, Doc?« fragte er dann.

Und was er zitiert – vermutlich abgelesen – hatte, klang nicht, als wäre es von dem Mann am Telefon formuliert worden.

»Jetzt habe ich's, danke«, sagte Dr. Martinez.

»Lesen Sie alles vor.«

»Miss Cynthia Longwood mußte sich entkleiden und wurde von einem Polizisten – unter Umständen, die schon an sich traumatisch waren – gezwungen, ihn oral zu befriedigen.«

Schwester Dubinskys Augenbrauen ruckten hoch, und sie schüttelte den Kopf.

»Das ist es. Sorgen Sie dafür, daß Dr. Payne dies bekommt.«

»Selbstverständlich. Sobald sie auftaucht. Und wer hat angerufen?«

Der Anrufer lachte. »Netter Versuch. Leck mich am Arsch, Doc.«

Es klickte, und die Leitung war tot.

Dr. Martinez und Schwester Dubinsky tauschten Blicke.

»Interessant«, dachte Dr. Martinez laut.

»Sie glauben das?«

»Ich bezweifle, daß der Text von dem Anrufer stammt«, sagte Dr. Martinez. »Ich vermute, er hat die Nachricht abgelesen.«

»Ja«, stimmte Schwester Dubinsky zu. »Er war ziemlich ordinär und würde ›oral befriedigt‹ oder ›traumatische Umstände‹ bestimmt anders bezeichnen.«

Dr. Martinez schaute auf seine Armbanduhr und notierte die Uhrzeit.

»Wenn ich zufällig schlafen sollte …«

»Sie meinen, ›Sie sind im Moment nicht erreichbar‹«, unterbrach ihn Schwester Dubinsky.

»Danke, aber danke nein«, sagte Dr. Martinez. »Wenn Dr. Payne am Morgen zur Arbeit kommt und ich schlafe, wecken Sie mich bitte. Ich möchte mit ihr darüber reden. Ich finde, wir beide sollten zu ihrer Verfügung stehen.«

»Selbstverständlich«, sagte Schwester Dubinsky.

»Dies ist sehr interessant«, sagte Dr. Martinez. »Ich frage mich, wer dieser Mann war. Sicherlich nicht der Polizist.«

»Das arme Mädchen«, sagte Schwester Dubinsky.

Als Matt aufwachte, sah er als erstes Susans Büstenhalter, den er mit dem anderen Inhalt seiner Hosen- und Jackentaschen auf den Nachttisch gelegt hatte.

Er setzte sich im Bett auf und griff nach dem BH. Ärger stieg in ihm auf. Die Idee, den BH zu nehmen, kam ihm im Licht des Tages nicht annähernd so prima vor wie gestern.

»Menschenskind«, sagte er laut.

Er untersuchte das zerrissene Knopfloch am BH.

War ich verrückt vor Geilheit? Oder ist das nur passiert, weil wir uns wie zwei heiße Schlangen auf dem Sitz des Porsche gewunden haben?

Er hielt den BH an die Nase und schnüffelte daran. Er nahm den schwachen Duft von Susan – oder ihr Parfum – daran wahr.

Liebe ich sie wirklich? Oder bin ich ein unheilbarer Fall von Penis erectus?

Wie könnte ich sie lieben? Mensch, ich kenne sie ja kaum. Und wir haben uns hauptsächlich bekämpft oder belogen.

Aber wenn ich sie nicht liebe, woher kommt dann dieses Susie-und-ich-gegen-die-ganze-verdammte-Welt-Gefühl?

Und liebt sie mich? Oder hat sie sich nur mit mir eingelassen, weil ich ihr auf die Schliche gekommen bin und sie es unter diesen Umständen für klüger hält, den Cop zu ficken, als ihm schicksalsergeben die Hände hinzuhalten, damit er ihr Handschellen anlegt.

Und wo ist Susie jetzt? Ist sie wach und bereit, zur Arbeit zu fahren, um auf meinen Anruf zu warten, oder sitzt sie bereits in einem Flugzeug nach San José, Costa Rica, nachdem sie nur lange genug angehalten hat, um Chenowith aus einer Telefonzelle im Flughafen anzurufen und ihm zu melden, daß die Cops ihn als Bankräuber suchen?

Kann sie nur vorgetäuscht haben, was mit uns im Wagen passiert ist? Oder im Bett?

Warum nicht? Ich erhielt meine sexuelle Aufklärung aus zwei Quellen. Dad ermahnte mich, kein ehrbares Mädchen zu bumsen, und Amy erklärte mir das wichtige Zeug, einschließlich der Lektion, daß die Natur die Frauen mit überlegenerem Verstand ausgestattet hat, weil sie kleiner und schwächer als der Mann sind, damit die Dinge ausgeglichen werden. Frauen lügen laut Amy besser als Männer, und Amy hat ebenfalls gesagt, sie sind absolut fähig, sich bumsen zu lassen, wenn dies die einzige Möglichkeit ist, den Mann ihrer Wahl zum Traualtar zu schleppen. Und um das zu erreichen, sind sie fähig, eine weitaus größere Faszination für ihre sexuelle Reaktion auf einen Mann vorzuspielen, als es wirklich der Fall ist. Sie können einen Orgasmus vortäuschen.

War das bei Susie so? Weil es für sie vernünftiger war, mich davon zu überzeugen, im Bett der Größte seit Casanova zu sein, anstatt sich festnehmen zu lassen?

Es ist durchaus möglich, Matthew der Unschuldige, daß ein wirklich abgebrühtes Weib, das Mühe hatte, nicht laut über deine Naivität zu lachen, auf dir gespielt hat wie auf einer Geige.

Besonders als ich ihren BH behalten wollte. Allmächtiger!

Bin ich so verdammt blöde? Finde dich damit ab, Matthew, du Arschgeige, das bist du.

Und wie soll ich dies Peter Wohl erklären? »Entschuldigung,

Boß, ich habe mit meinem Pimmel gedacht. Sie wissen ja, wie das ist.«

Wird man mich gehen lassen, wenn ich mein Entlassungsgesuch einreiche? Oder wird man mich der Beihilfe anklagen? Sie werden mich anklagen. Das sollten sie verdammt tun. Ich habe gegen den Eid verstoßen, den ich geleistet habe. Cops sollten die Bösewichter schnappen, nicht helfen, damit sie nach mehrfachem Mord unbestraft davonspazieren. Bis jetzt hatte ich diesen Eid vergessen.

Und wenn all dies wahr ist – und die Logik sagt mir das –, warum glaube ich es nicht? Warum denke ich, nachdem ich in der Bank sichergestellt habe, daß das FBI nicht bereits Susies Schließfach durchsucht hat und später nichts finden wird, rufe ich Susie in ihrem Büro an, und sie ist da und wartet auf den Anruf, daß ich die Beute aus dem Bankraub beiseite geschafft habe, die sie für Chenowith aufbewahrt hat?

Weil ich ein sagenhafter verdammter Idiot bin, der mit dem Schwanz denkt?

Oder weil ich denke, daß sie mich liebt und ich sie liebe und sie das beste ist, das mir jemals widerfahren ist?

Nun, Matthew Payne, wenn du in Flammen aufgehen wirst, dann richtig. Du wirst dieses kleine Szenario bis zum bitteren Ende spielen und glauben, was du in Susies Augen gesehen hast – nicht nur, daß sie keine Kenntnis von Chenowith' Bombenattentat hatte, sondern auch, daß sie dich ebenfalls liebt –, bis mir Special Agent Leibowitz Handschellen anlegt und mir nach dem Miranda-Gesetz meine Rechte aufzählt.

Er legte Susans BH auf den Nachttisch zurück und rief den Zimmerservice an. Er bestellte Orangensaft, Milch, Kaffee, ein Steak, zwei Spiegeleier, Bratkartoffeln und eine süße Semmel.

»Da ich weiß, daß Sie das im Nu parat haben und ich unter der Dusche sein werde, lasse ich die Tür einen Spalt auf«, sagte Matt und legte auf. Und dann fügte er laut im Selbstgespräch hinzu. »Schließlich hat der Verurteilte ein Recht auf schnelle Lieferung seiner Henkersmahlzeit.«

Während er sich rasierte, hörte er, daß ein Servierwagen

ins Zimmer gerollt wurde. Er steckte den Kopf aus der Badezimmertür und rief zum Kellner: »Fälschen Sie meinen Namen und schreiben Sie sich fünfzehn Prozent Trinkgeld an.«

Als er rasiert und gekämmt war, verließ er nackt das Badezimmer und hob auf dem Weg zum Schrank, um seine Unterwäsche zu holen, die Hauben über dem Steak und den Eiern an.

»Teufel, Teufel«, murmelte er vor sich hin. »Ich habe einen Hunger, wie ihn ein Bär nach dem Winterschlaf haben muß.«

Und dann zog er sich einen Stuhl heran und setzte sich nackt an den Servierwagen.

Er hatte gerade das erste Stück Steak in ein Eigelb getunkt, als es an der Tür klopfte.

»Scheiße«, murmelte er, stand auf, trat hinter die Tür und öffnete sie einen Spalt.

Vielleicht gibt es hier die Morgenzeitung.

Dann sah er Miss Susan Reynolds. Sie lächelte ihn irgendwie zaghaft an, schaute ihm kurz in die Augen und blickte dann fort.

Ich liebe sie. So einfach ist das. Sonst wäre ich nicht so froh – vielleicht ist ›entzückt‹ das bessere Wort –, sie zu sehen.

»Komm in meinen Salon, meine Schöne, wie die Spinne zu der Fliege sagt.«

»Ich war mir nicht sicher, ob du auf bist«, sagte Susan, als sie eintrat. Als erstes sah sie sein Spiegelbild und dann den Servierwagen.

»Mein Gott!« sagte sie.

»Ein kleiner Vogel hat mir gezwitschert, daß du kommst, und da wollte ich bereit sein.«

»Ich meinte das Essen«, sagte Susan. »Aber da du es jetzt erwähnst, zieh eine Hose an.«

»Muß das sein?«

»Ißt du das immer zum Frühstück?«

»Meine Mutter hat mich gelehrt, daß das Frühstück die wichtigste Mahlzeit des Tages ist«, sagte Matt ernst.

»Es überrascht mich, daß du kein Fettwanst bist.«

»Darf ich dir etwas anbieten, während ich meine Hose anziehe?«

»Ich hatte zu Hause nur ein Glas Orangensaft«, sagte Susan.

»Bedien dich«, forderte Matt sie auf und ging zum Schrank.

Er sah im Spiegel, daß sie ihn betrachtete. Er setzte eine verschämte Miene auf und bedeckte seine Genitalien mit beiden Händen. Susan schüttelte den Kopf und lächelte.

Das Telefon klingelte.

Matt setzte sich aufs Bett und nahm den Hörer ab.

»Hallo?«

»Ich hoffe, ich habe dich aus tiefstem Schlaf gerissen«, sagte Jack Matthews.

»Ah, Special Agent Matthews vom FBI!« rief Matt. »Welch eine Freude, deine melodische Stimme zu hören!«

Susan blickte Matt ängstlich an, sagte sich, daß er sie nur aufzog, schüttelte resigniert den Kopf, und als er dann mit einem ernsten Nicken bekräftigte, daß er tatsächlich mit einem FBI-Agenten sprach, zeigte sie wieder Angst.

Matt winkte sie zum Bett.

»Bist du allein? Kannst du sprechen?«

»Ich bin allein, und ich kann sprechen«, sagte Matt.

Er schwang die Beine aufs Bett, um Susan Platz zu schaffen. Sie nahm eines der Kissen und legte es auf seine Genitalien. Dann setzte sie sich auf die Bettkante. Matt hielt den Hörer vom Ohr fort, damit Susan Matthews hören konnte.

»Warst du gestern abend mit der Reynolds aus?«

»Das war ich.«

»Wann?«

»Jack, du bist nicht meine Mutter.«

»Beantworte um Himmels willen die Frage, Matt.«

»Sie holte mich gegen achtzehn Uhr dreißig am Hotel ab und brachte mich kurz vor Mitternacht zurück. Wir sind in Hershey gewesen, im Hotel. Wir haben Muschelsuppe, Roastbeef und Spargel gegessen. Wußtest du, Jack, daß Spargel ein Aphrodisiakum ist?«

»Erzähl mir nicht, daß es gewirkt hat. Du treibst doch nicht etwas wirklich Dummes mit dieser Frau, oder, Matt?«

»Nein«, sagte Matt und schaute Susan in die Augen. »Ich treibe nichts Dummes mit dieser Frau, Jack. Hast du angerufen, um einen Bericht über mein Sexleben zu hören, oder geht es um etwas anderes?«

»Du hast dich nicht gemeldet.«

»Ich hatte nichts zu berichten. Und ich habe auch jetzt nichts zu berichten. Wenn du mich also entschuldigst, Jack, dann frühstücke ich weiter. Die Eier werden kalt.«

»Die Ollwood hat die Reynolds gestern abend zweimal angerufen. Sie hat sich als Mary-Ellen Porter ausgegeben. Sie rief um achtzehn Uhr fünfundfünfzig an und noch einmal um dreiundzwanzig Uhr zweiunddreißig.«

»Wenn sie sich als ›Mary-Ellen Porter‹ ausgegeben hat, woher weißt du dann, daß es die Ollwood war?«

»Wir haben natürlich einen Stimmenvergleich gemacht«, sagte Matthews ein wenig herablassend.

»Entschuldige«, sagte Matt. »Das hätte ich wissen sollen. Einen *Stimmenvergleich.*«

»Und sie hat die Reynolds gestern morgen in ihrem Büro angerufen. Um neun Uhr vierundvierzig.«

»Ihr habt die Leitung im Büro der Reynolds' angezapft?«

»Nun, sozusagen.«

»Was heißt ›sozusagen‹?«

»Ich habe jemand in ihrem Büro. Nicht für diesen Fall, sondern für einen anderen. Aber die Agentin ...«

»Eine *Agentin?*« unterbrach Matt.

»Ich darf dir nichts Näheres darüber sagen, Matt.«

»Ich bin ja nur ein lausiger Cop, richtig? Sagst du mir sowenig wie möglich?«

»Es gibt viel Betrug im Wohlfahrtssystem. Einschließlich einiger Beamter im Sozialamt, die sich schmieren lassen. Die Hilfsprogramme sind vom Bund finanziert, so ist das also Betrug an der Regierung. So haben wir jemand dort. Sie zeichnet Telefonate mit einem einfachen kleinen Recorder auf.«

»Hat die Amateur-Abhörerin einen Namen?«

»*Den* werde ich dir nicht sagen. Tut mir leid, Matt, aber das geht dich nichts an.«

»Wiedersehen, Jack.«

»Hey, leg nicht auf!« rief Matthews.

»Wie heißt sie, Jack?«

»Veronica Haynes«, sagte Matthews.

Susan atmete vernehmlich aus. Matt legte eine Hand auf ihre Schulter, und irgendwie lag Susan plötzlich neben ihm und schmiegte ihr Gesicht an seinen Nacken.

»Nun, vielleicht geht es dich doch etwas an«, sagte Matthews. »Die Ollwood rief die Reynolds an, und die nannte ihr eine Telefonnummer. Fast mit Sicherheit die einer Telefonzelle. Immer eine andere – du wärst überrascht, wie viele Telefonzellen es im Umkreis von einem fünfminütigen Spaziergang vom Sozialamt aus gibt. Sie benutzen eine Art Code für die Nummer, und so können wir die Telefonzelle erst finden, wenn es zu spät ist. Jedenfalls nennt die Reynolds ihr die Nummer, geht zu der Telefonzelle, und die Ollwood ruft sie dort an.

»Du kannst die Telefonzelle nicht anzapfen?«

»Nein, das habe ich doch gerade gesagt. Wir machen sie immer erst ausfindig, wenn es zu spät ist.«

»Ihr habt also keine Aufzeichnung von den Gesprächen?«

»So ist es.«

»Könnten sie nicht über alles mögliche sprechen? Über etwas Unschuldiges? Zum Beispiel über Babys?«

»Worauf willst du hinaus? Du weißt verdammt genau, daß sie über ein Treffen sprechen.«

»Ich will darauf hinaus, daß ihr nichts Belastendes bei diesen Telefongesprächen vorweisen könnt.«

»Ich glaube, du hast recht«, sagte Matthews nach kurzem Zögern. »Na und? Es ist ja nicht so, daß wir es brauchen.«

»Was genau legt ihr der Reynolds bezüglich des Bombenattentats zur Last?«

»Beihilfe nach der Tat. Das weißt du.«

»Hatte sie mit dem Bombenattentat selbst etwas zu tun?«

»Das brauchte sie nicht. Wenn sie freiwillig den Verbrechern geholfen hat, ist sie so oder so dran. Warum fragst du?«

»Vielleicht könnte man vernünftig mit ihr reden ...« begann Matt.

»Vergiß es. Das FBI ist entschlossen, all diese Leute anzuklagen. Und du bist nicht befugt, irgendeinen Handel zu machen.«

»Richtig. Ich bin nur ein kleiner Cop, der zu tun hat, was man ihm sagt, nicht wahr?«

»So ist es, Matt. Das siehst du so richtig.«

»Und was hat die Ollwood am Telefon gesagt, wenn überhaupt was?«

»Nichts, was sich verwerten läßt. Aber wir halten es für bezeichnend, daß sie oft anruft. Zweimal gestern abend. Du mußt uns alarmieren, wenn du meinst, sie wird diese Verbrecher treffen. Wir übernehmen dann von dort.«

»Ihr beschattet sie. Wie ihr mich von diesen beiden Clowns habt beschatten lassen?«

»Was, zum Teufel, ist mit dir los? Warum bist du so streitlustig?«

»Nichts Persönliches, Jack. Ich nehme an, mich macht ein bißchen sauer, daß das Kaiserliche FBI mir nur diejenigen Dinge sagt, mit denen seiner Meinung nach der blöde Cop vor Ort fertig werden kann.«

»So ist es nicht, Matt, und das solltest du wissen.«

»Aber das Gefühl habe ich. Ist sonst noch was, oder kann ich zu Ende frühstücken?«

»Du rufst mich sofort an, wenn du etwas erfährst?«

»Ja, aber erwarte keine schnellen Resultate. Ich bin noch nicht nahe dran.«

»Du brauchst dich nur so nahe wie möglich an sie heranzumachen und anzurufen, wenn du auch nur den Verdacht hast, daß sie sich mit Chenowith treffen wird.«

»Ja, das werde ich mir merken.«

»Siehst du sie heute?«

»Vielleicht.«

»Versuch es.«

»Jawohl, Sir.«

»Paß auf dich auf, mein Freund. Hinter diesem unschuldigen Gesicht und den prächtigen Titten verbirgt sich ein wirklich gefährliches Weib.«

»Wiedersehen, Jack.«

Matt richtete sich auf und legte den Hörer auf. Dabei hob Susan nicht den Kopf von seinem Nacken.

»Prächtige Titten?« zitierte Susan Jack Matthews. Sie war den Tränen nahe.

»Wie ich schon sagte«, erwiderte Matt freundlich, »die Cops sind auf dich scharf.«

»Es klang, als wärt ihr Freunde«, sagte Susan.

»Das sind wir. Jack ist ein guter Junge.«

»Sie haben die Telefone bei mir zu Hause angezapft?«

»Ja, das haben sie. Und die hiesigen Cops beobachten euer Haus in den Poconos. Ich wußte nicht, daß auch die Leitung in deinem Büro angezapft ist oder daß sie eine Agentin in deinem Büro haben. Ein Glück, daß ich nicht dort angerufen und etwas Indiskretes gesagt habe.«

»Hältst du mich für ›ein wirklich gefährliches Weib‹, Matt?«

»Das kannst du Jack nicht verübeln, Schatz«, erwiderte Matt. »Er weiß, daß du diesen Verbrechern hilfst. Und er weiß, daß sie gefährlich sind. Und er – das FBI – hat dich bis jetzt nicht in die Hand bekommen. Für ihn bist du gefährlich.«

»Hast du irgendwelche Zweifel über gestern nacht, Matt?«

»Über uns?«

»Ja.«

»Gestern nicht. Aber als ich aufwachte, fragte ich mich, ob du im Büro bist, wenn ich heute morgen anrufe, oder ob du in einem Flugzeug nach San José, Costa Rica, sitzt.«

»San José, Costa Rica?«

»Bevorzugtes Fluchtziel für Verbrecher«, sagte Matt. »Von dort wird nicht viel ausgeliefert.«

»Und was denkst du jetzt?«

»Daß wir nicht viel Zeit haben. Wir müssen sofort das Geld von dem Banküberfall aus deinem Schließfach holen. Hast du mit dieser FBI-Agentin gesprochen? Ist sie neugierig, wohin du gehst und warum?«

»Bis vor drei Minuten hielt ich es einfach für weibliche Neugier. Warum?«

»Sag ihr, daß du mit mir zu Mittag ißt. Bestimmt haben ihr diese Bastarde von mir erzählt. Dann komm zur Bank, hol das Geld aus dem Schließfach und gib es mir. Ich bezweifle, daß sie versuchen, es sicherzustellen – sofern sie davon wissen –, wenn du mit mir zusammen bist.«

»Was machst du mit dem Geld?«

»Das habe ich mir noch nicht überlegt. Eines nach dem anderen. Ich werde eine Aktentasche kaufen, bevor ich zur Bank fahre. Man hat mir ein Büro zur Verfügung gestellt, und wir können das Geld dort aus deiner Handtasche in meine Aktentasche packen. So hast du das Geld nicht bei dir, wenn man dich beim Verlassen der Bank schnappen sollte. Ich halte es für unwahrscheinlich, aber es würde mich nicht überraschen, wenn die Agentin zufällig einen Scheck einlösen muß, während du in der Bank bist.«

Susan nickte fast geistesabwesend ihr Einverständnis.

»Wenn ich dir sage, wo du Bryan finden kannst, wirst du dann helfen, daß Jennifer davonkommt?«

»Nein«, sagte Matt. »Das kann ich nicht tun, Schatz.«

»Du sagtest, Costa Rica liefert nicht aus?«

»Ich werde nicht zulassen, daß du dich weiterer Beihilfe schuldig machst«, sagte Matt. »Es würde dich noch näher mit dem Bombenanschlag und den Banküberfällen in Zusammenhang bringen, und es gibt eine Chance – keine große, aber eine Chance –, daß wir vielleicht etwas dagegen unternehmen können. Und wenn du ihr hilfst, ins

Ausland zu fliehen, und sie das herausfinden, dann werden sie erst richtig hinter dir her sein. Ich kann nicht zulassen, daß es soweit kommt.«

»Ich kann Jennie einfach nicht verraten!«

»Vertraut sie dir?«

»Selbstverständlich.«

»Dann sag ihr, daß sie sich stellen soll. Ein guter Anwalt und ein Baby auf den Armen – und sie könnte vielleicht einer Verurteilung als Mordkomplizin entgehen.«

»Sie würde niemals Bryan verraten.«

»Sag ihr, sie soll an das Baby denken. Den Frauen, die lebenslänglich im Knast sitzen und keine Aussicht auf Haftverkürzung haben, werden Babys weggenommen.«

»Du meinst, wenn sie anruft?«

»›Ich kann mich nicht mit dir treffen, Jennifer, denn ich will nicht verantwortlich dafür sein, daß man dir das Baby wegnimmt‹. Irgendwas in dieser Art. Säe die Saat.«

»Ich weiß nicht«, meinte Susan zweifelnd.

»Hast du irgendwelche besseren Ideen?«

Sie schüttelte den Kopf und begann zu weinen.

»Das nutzt nichts. Und ich will nicht, daß die FBI-Agentin ihrem Boß telefonisch mitteilt, daß du verheult zur Arbeit gekommen bist. Das könnten sie als etwas Bedeutsames auslegen.«

Seine Worte hatten genau die entgegengesetzte Reaktion dessen zur Folge, was Matt erhofft hatte. Sie schienen die Schleusen zu öffnen.

Matt versuchte, Susan zu trösten, und es war ihm bewußt, daß das Trösten einer weinenden Frau nicht zu seinen größten Fähigkeiten zählte.

Als der Tränenstrom nachließ, stemmte Susan sich auf, rutschte von ihm fort und kniete sich auf das Bett. Auf dem Nachttisch lagen Papiertaschentücher. Sie nahm ein Taschentuch aus der Packung und schneuzte sich geräuschvoll.

»Entschuldige«, sagte sie.

»Schatz, du mußt dich einfach an den Gedanken

gewöhnen, daß deine Freundin Jennifer nicht mehr zu retten ist.«

»Ich weiß«, sagte Susan. »Deshalb habe ich nicht geheult.«

»Weshalb dann?«

»Wegen uns«, sagte sie. »Wo, zum Teufel, warst du, mein teurer Geliebter, als ich dich brauchte? Um diese Predigt ›Jennie hat die falsche Wahl getroffen‹ zu halten und mir zu sagen, daß ich mich nicht der Beihilfe schuldig machen soll?«

»Ich wünschte, ich wäre dagewesen«, sagte Matt. »Mein Gott, ich kann nicht glauben, daß eine so intelligente Frau wie du sich so etwas einbrocken kann!«

»Die Wirklichkeit ist seltsamer als die Phantasie«, sagte Susan. Matt schwieg.

»Was denkst du jetzt?« fragte Susan.

»Das willst du nicht wissen.«

»Doch, das will ich. Ich habe daran in den frühen Morgenstunden gedacht. Ich habe daran gedacht, wie die Dinge wirklich sind, nicht, wie ich sie mir wünsche.«

»Das ist ein Anfang«, bemerkte Matt.

»Also, was denkst du jetzt?«

»Wie die Dinge wirklich sind?« fragte er. »Die reine Wahrheit?«

Sie nickte.

»Ich möchte dich ausziehen«, sagte Matt.

»Einfach so?«

»Du hast gefragt.«

Sie stemmte sich vom Bett auf und stand auf.

»Ich ziehe mich selbst aus«, sagte sie. »Du neigst dazu, meine Sachen zu zerreißen.«

»Wenn du nicht willst …« begann Matt in gekränktem Tonfall.

»Als ich geheult habe, Schatz«, unterbrach ihn Susan, »dachte ich, *warum nimmt er mich nicht, wenn ich ihn verzweifelt begehre und ihn brauche?*«

Matt hatte plötzlich einen unangenehmen Gedanken. *Damit könnte sie meinen »Ich würde mich sogar von einem*

Gorilla ficken lassen und Liebe vortäuschen, wenn ich dadurch nicht in den Knast komme.«

Drei Minuten später, als er erschöpft auf ihr lag, wußte er, daß es nicht stimmte, und war zutiefst beschämt.

Officer O'Hara blieb auf der Türschwelle von Inspector Peter Wohls Büro stehen, wartete, bis Wohl zu Ende telefoniert hatte, und kündigte dann an: »Da ist eine Frau Dr. Payne auf Leitung drei, Inspector. Möchten Sie mit ihr reden?«

»Ich glaube, ich kann die Zeit finden, um die gute Frau Doktor in meinen vollen Terminplan einzubauen, Tommy«, sagte Wohl. »Vielen Dank, und schließen Sie bitte die Tür.«

Dann nahm er den Hörer ab und drückte den Knopf von Leitung drei.

»Peter?«

»Ich habe da ein Problem, Frau Doktor«, begann er. »Ich wache am Morgen allein in meinem Bett auf ...«

»Willst du mir ein Mittagessen spendieren?«

»Du hast das gleiche Problem, nicht wahr? Bei dir oder mir?«

»Hier.«

»Du bist zu Hause?«

»Ich bin in der Klinik.«

»Als wir beim letzten Mal zusammen speisten, hat der Geigenspieler gestreikt, der Champagner war warm, und die Küche hatte nur noch trockene Brötchen und Eiskrem in Pappbechern. Hältst du das Ristorante Alfredo nicht für eine bessere Idee?«

»Du kannst dir kaum vorstellen, daß ich für meinen Lebensunterhalt arbeite, nicht wahr?«

»Ich habe dir angeboten, dich von alldem zu befreien.«

»Dies ist ernst, Peter.«

»Du hast nicht einen weiteren Anfall von Selbsterkenntnis, oder? Während ich an meinem trockenen Sandwich knabbere, wirst du mir keine Predigt halten ›zwischen uns wird es einfach nicht klappen‹, oder?«

»Das werde ich bestimmt nicht«, sagte Amy lachend. »Ich will mit dir über etwas anderes sprechen.«

»Okay, Doc. Wann?«

»Wann kannst du dir frei nehmen?«

»Jederzeit von jetzt an.«

»Jetzt gleich?«

»Der nie endende Krieg gegen das Verbrechen wird warten müssen. Meine Geliebte ruft.«

»Gott, du bist so schlimm wie Matt.«

»Wenn es um ihn geht, so habe ich dir nichts zu erzählen. Ich habe soeben mit Jack Matthews telefoniert – ich sprach mit ihm, als dein Anruf entgegengenommen wurde –, und er sagte, daß Matt bis halb sieben heute morgen nichts zu berichten hatte.«

»Es geht nicht um Matt. Kannst du gleich kommen?«

»Das klingt ernst. Ja. Ich kann in einer Viertelstunde dort sein.«

»Bitte. Bis dann, Peter.«

»Keine Liebeserklärung zum Abschied?«

»Ich werde in meinem Büro sein.«

»Mir wäre lieber, du wärst im Bett«, sagte Peter. »Nichtsdestotrotz werde ich sofort zu dir eilen, getragen von den Schwingen der Liebe.«

»O Gott«, sagte Amy und legte auf.

Inspector Wohl schwang die Füße mit den auf Hochglanz polierten Mokassins vom Schreibtisch und verließ sein Büro. Officer O'Hara erhob sich im Vorzimmer an seinem Schreibtisch.

»Bis auf weiteres werde ich bei Dr. Payne in der Universitätsklinik sein«, sagte Wohl. »Sie haben ihre Telefonnummer. Versuchen Sie, die Nummer vor jedem bei der Abteilung Special Operations geheimzuhalten.«

»Jawohl, Sir. Sie sind nicht zu erreichen.«

»Das habe ich nicht gesagt, Tommy«, wandte Wohl geduldig ein. »Seien Sie nur ein bißchen diskret und erzählen Sie nicht *jedem* Anrufer, wo ich bin.«

»Jawohl, Sir.«

Detective Harry Cronin von der Kripo Süd, der seit neunzehn Jahren Polizeibeamter war und davon dreizehn Jahre als Detective, folgerte clever, als er um halb elf am Morgen in seine Küche ging und den Tisch leer – nicht mal mit einer Tischdecke – vorfand, daß es ein harter Tag werden würde.

Normalerweise deckte Mrs. Cynthia Koontz Cronin, mit der er seit achtzehn Jahren verheiratet war, den Tisch fürs Frühstück, bevor sie zur Arbeit fuhr. Patty war Technikerin im pathologischen Labor des Temple University Hospital, und sie verließ das Haus um ungefähr halb sieben.

Normalerweise lag seine Lieblingszeitung *Bulletin* ordentlich gefaltet neben dem Geschirr auf dem Tisch, es waren Blumen in einer kleinen Vase, die Patty bei einer Auktion in Atlantic City ersteigert hatte, und eine kleine Notiz wies ihn darauf hin, daß irgendein liebevoll zubereitetes Gericht und / oder Taylor-Schinken im Kühlschrank war.

Detective Cronin hatte einen Kater. Nach Dienstschluß in der vergangenen Nacht war er noch in den ›Roten Hahn‹ gegangen. In der Bar hatte er Sergeant Aloysius J. Sutton von der Kripo Ost getroffen und mit ihm ein paar Gläschen Schnaps mehr getrunken als beabsichtigt – und so folgerte er clever, daß der Küchentisch wahrscheinlich nicht gedeckt war, weil er halb blau nach Hause gekommen war.

Er schaute in den Kühlschrank. Angewidert sagte er sich, daß er es in seiner Verfassung nicht ertragen konnte, ein ungeborenes Küken brutal aus der Schale zu schlagen und in einer Pfanne brutzeln zu sehen. Ebensowenig traute er sich zu, eine Scheibe Taylor-Schinken abzuschneiden, ohne dabei ein Stück eines Fingers mit abzusäbeln.

Er nahm eine Flasche Ortlieb's aus dem Kühlschrank. Das Bier würde seinen Magen beruhigen.

Er ging mit der Flasche ins Wohnzimmer und hielt nach dem *Bulletin* Ausschau. Die Zeitung war nirgends zu sehen, und er folgerte clever, daß Patty wirklich sauer auf ihn war.

Was soll's, sagte er sich. Er würde sich auf die Couch legen und sehen, was die Glotze brachte, und dann gegen

Mittag aufstehen, ein Steak mit Käse oder sonstwas zu Mittag essen und bei seiner Rückkehr nach Hause darauf vorbereitet sein, sich bei Patty zu entschuldigen, weil er Sergeant Sutton getroffen und vielleicht einen zuviel gebechert hatte.

»Guten Morgen«, sagte Peter, als Amy ihn in ihr bequem eingerichtetes Büro winkte.

Im Sonnenschein, der hinter ihr ins Büro fiel, erkannte er, daß Amelia A. Payne, Dr. med., unter ihrem weißen Arztkittel aus Nylon nur Unterwäsche trug.

Die psychiatrische Abteilung der Universitätsklinik war oftmals überheizt, und dies war nicht das erste Mal, an dem Peter Wohl bemerkte, wie Amy Payne mit dem Problem fertig wurde.

Er fand das erotisch stimulierend, aber beim Anblick ihrer Miene sagte er sich, daß er es besser nicht erwähnte.

»Guten Morgen«, sagte sie und blieb hinter ihrem Schreibtisch sitzen.

»Warum habe ich den Verdacht, daß du dich nicht in meine Arme werfen wirst?«

»Weil ich das nicht tue. Peter, dies ist ein Krankenhaus.«

»Ich habe gehört, Liebe heilt alles.«

»Die ärztliche Diagnose für dein Leiden lautet ›zurückgebliebene geistige Entwicklung‹«, sagte Amy, aber sie lächelte ihn einen Augenblick lang an und schob ihm dann ein Blatt Papier hin.

Er nahm es und las: »Miss Cynthia Longwood mußte sich entkleiden und wurde von einem Polizisten – unter Umständen, die schon an sich traumatisch waren – gezwungen, ihn oral zu befriedigen.«

Er schaute Amy an und hob fragend die Augenbrauen.

»Ich bewege mich ethisch damit auf dünnem Eis, Peter«, sagte sie. »Bitte bedränge mich nicht. Ich frage mich jetzt, ob ich damit zu Denny Coughlin hätte gehen sollen.«

»Ich bin froh, daß du mich informierst«, sagte er ernst.

»Okay, Frau Doktor, erzähl mir mehr. Fangen wir damit an: Ist das deine ärztliche Meinung?«

»Nein. Aber ich glaube sie.«

»Woher kam das?« fragte er und schwenkte das Blatt Papier.

»Das wurde um 2 Uhr 45 als Telefonnotiz für mich aufgeschrieben«, sagte Amy.

»Von wem?«

Amy zuckte mit den Schultern.

»Ist diese Frau eine Patientin von dir?«, fragte Peter, und als Amy nickte, dachte er laut »Dann kam es offenbar von jemand, der (a) davon weiß, (b) kein Verwandter oder Freund der Familie ist – die hätte dich informiert – und (c) zu helfen versucht, ohne selbst darin verwickelt zu werden.«

Amy nickte zustimmend.

»Du meinst, dies ist passiert?« fragte Peter.

»Ja.«

»Willst du mir sagen, warum?«

»Kurz bevor ich dich anrief, habe ich mit Cynthia gesprochen.«

»Und sie hat gesagt, daß sie …«

»Ich habe das Thema indirekt angesprochen«, sagte Amy. »Sehr indirekt. Das reichte, um sie an die Decke gehen zu lassen. Ich mußte ihr Beruhigungsmittel geben, und das wollte ich eigentlich nicht.«

»Wie soll ich das ›an die Decke gehen‹ verstehen?«

»Hysterie, Weinkrämpfe, Angstzustände, Ekel und so weiter. Das Problem ist, dies ist eine Vorstufe zur Schizophrenie. Wenn diese Linie überschritten ist, wird es oftmals sehr schwierig, die Patienten zurückzuholen. Und ich will in diesem Fall unbedingt vermeiden, daß die Linie überschritten wird.«

»Mit anderen Worten, du hast es mit einem kranken Mädchen zu tun.«

»Das – und deshalb bewege ich mich auf dünnem ethischem Eis, wenn ich es dir sage – bereits mit jemand ein problematisches Verhältnis hatte, bevor ihr das widerfuhr.«

»Sagst du mir, welches Verhältnis?«

»Peter, dies wäre ein Bruch der ärztlichen Schweigepflicht. Ich habe dich nur über diese Sache informiert, weil sie nicht weiß, daß ich es weiß.«

»Was weißt du?«

»Cynthia Longwood ist der Typ presbyterianische Prinzessin. Aus Bala Cynwyd. Ihr Vater ist Randolph Longwood, der Bauunternehmer. Sie erinnert sich nicht daran, aber ich habe sie im Rose Tree Hunt Club gesehen.«

»Da sie ein sehr nettes Mädchen ist, hat ... die orale Befriedigung ihr wirklich zugesetzt?«

»Ihr Großvater mütterlicherseits ist Vincenzo Savarese, der Gangster.«

»Das ist ein Hammer!« sagte Wohl überrascht. »Woher weißt du das?«

»Ein weiterer Vertrauensbruch«, sagte Amy. »Als man sie herbrachte, hielt ich sie, Gott verzeihe mir, für den Typ verwöhnte Prinzessin, die eine Auseinandersetzung mit ihrem Freund hatte und deren Eltern nur das Beste für ihr liebeskrankes Töchterchen wollen, koste es, was es wolle. Ich mußte wirklich kranken Leuten helfen, und so weigerte ich mich, sie zu behandeln.«

»Ich kann nicht ganz folgen, Schatz.«

An ihrer Miene sah Peter, daß dies nicht der richtige Zeitpunkt war, um A. A. Payne, Dr. med., mit einem Kosewort anzusprechen.

»Als ihr Großvater davon hörte, tauchte er in Dads Büro auf und flehte ihn an, mich zu bitten, sie zu behandeln. Das tat er – er rief mich an, er bat nicht –, und entweder aus dem Wunsch, Dad einen Gefallen zu tun, oder aus krankhafter Neugier stimmte ich zu.«

»Das ist ein Ding!« sagte Peter. »Meinst du, dieser Anruf bezüglich Cynthia kam von Savarese?«

»Das halte ich für möglich, du nicht?«

»Was willst du von mir, Amy?«

»Das allerbeste wäre, ich könnte Cynthia sagen, der Bastard, der ihr dies angetan hat, ist verhaftet worden und wird ihr nie wieder etwas antun. Sie hat wiederkehrende

Alpträume, und ich glaube, sie durchlebt darin das Grauenvolle immer wieder. Und der Verstand versucht sich zu schützen und will die Erinnerung in eine ferne Ecke drängen. Das Resultat könnte verdammt leicht Schizophrenie sein.«

»Ich kann dir in diesem Punkt nicht viel Hoffnung machen. Vermutlich hat sie dir die ›traumatischen Umstände‹ ebensowenig beschrieben wie den Cop.« Er sah Amy fragend an.

»So ist es. Aber – und da sind wir wieder beim Bruch der ärztlichen Schweigepflicht – ihr Blutbild zeigt Spuren von Rauschgift.«

»Sie ist süchtig?«

»Wie definierst du das? War Penny Detweiler süchtig? Zwei Tage bevor sie sich die Nadel in den Arm stach, machte ich eine Blutuntersuchung. Sie war clean, und ich sagte mir, sie hat das Schlimmste ihrer Sucht überwunden. Vielleicht ist Cynthia psychologisch süchtig. Nimmt dann und wann etwas Stoff, und schon macht es ihr nichts mehr aus, daß ihr Opa ein Gangster ist und ihr gesamter Freundeskreis das morgen herausfindet. Oder noch heute.«

»Du magst dieses Mädchen, nicht wahr?«

»Ja, und das sollte nicht so sein. Ich sollte beruflich unvoreingenommen sein.«

»Du meinst, die ›schon an sich traumatischen Umstände‹ haben etwas mit Drogen zu tun?«

Amy zuckte mit den Schultern.

»Das würde einen Sinn ergeben, nicht wahr?«

»Wer hat die Nachricht entgegengenommen?«

»Die Nachtschwester und der Assistenzarzt. Willst du mit ihnen reden?«

»Ja.«

»Das dachte ich mir. Ich habe sie gebeten, in der Nähe zu bleiben.«

»Ich möchte dich um Erlaubnis bitten, darüber mit Denny zu reden, Amy.«

»Danke, daß du um die Erlaubnis bittest«, sagte sie.

»Ich hatte schon befürchtet, du fühlst dich verpflichtet, zu ihm zu gehen, mit oder ohne meine Erlaubnis.«

»Denny kann man vertrauen, Schatz«, sagte er. »Ich weiß nicht, ob wir das Tier finden können, das ihr dies angetan hat, aber wir werden es verdammt versuchen.«

Amy hob resigniert die Schultern. »Nachdem ich es dir jetzt gesagt habe, fühle ich mich besser. Nicht gut, aber besser.«

»Hat diese Cynthia einen Freund? Eine Freundin?«

»Es gibt – vielleicht gab es – einen Freund. Ich weiß nicht, wie er heißt, und er hat sie nicht besucht. Er hat nicht einmal angerufen.«

»Das ist interessant. Vielleicht finden wir ihn, und das dürfte nicht so schwierig sein, und erfahren etwas von ihm.«

»Du sollst nur daran denken, daß ich eine sehr kranke Patientin habe, die unheilbare Schäden davontragen könnte, wenn …«

»Schatz, ich verstehe«, fiel ihr Peter ins Wort.

»Möchtest du jetzt mit Dr. Martinez und Loretta Dubinsky sprechen?«

Peter nickte.

»Sie geilen sich in einem Zimmer am Ende des Gangs auf«, sagte Amy. »Ich bringe dich hin.«

»Sie geilen sich auf? Frau Doktor, du solltest wirklich deine Zunge hüten!«

»Leck mich, Peter.«

»Ich liebe dich, wenn du so geile Wünsche äußerst.«

»Ich weiß. Deshalb tue ich es.«

Sie stand hinter dem Schreibtisch auf und ging zur Tür. Er forderte sie mit einer Geste auf, voranzugehen. Sie blieb stehen und streichelte über seine Wange.

»Und, verdammt, ich will es nicht wahrhaben, aber ich glaube, ich liebe dich.«

19

Irene Chason brauchte noch länger, um ihren Mann zu wecken, als sie gedacht hatte.

Aber schließlich wälzte er sich auf den Rücken und schaute sie mit einer Mischung aus Empörung und Betroffenheit an.

»Was ist los?«

»Hast du vor, heute aufzustehen? Oder willst du den ganzen Tag über pennen?«

»Ich habe einen kleinen Kater, ja? Laß mich in Ruhe, Irene.«

»Da ist irgendein Typ am Telefon und will dich sprechen.«

»Irgendein Typ?«

»Er hat zum dritten Mal angerufen«, sagte Irene.

»Was will er?«

»Das hat er nicht gesagt.«

Fiorello. Es muß Joey Fiorello sein. Was ist da los?«

»Ist er noch am Telefon?«

»Ja«, sagte sie, nahm den Hörer vom Nebenapparat und reichte ihn ihrem Mann.

»Philip Chason.«

»Joey Fiorello, Phil.«

»Was kann ich für Sie tun?«

»Ich habe einen schnellen, gutbezahlten Job für Sie, wenn Sie interessiert sind.«

»Joey, mir wächst die Arbeit über den Kopf und …«

»Haben Sie gehört, daß ich *gutbezahlt* gesagt habe?«

»Was heißt das?«

»Es ist wichtig für mich.«

»Wie drückt sich das in Zahlen aus? Und worum geht es?«

»Phil, Sie kränken mich. Sie wissen, daß ich gut zahle. Ich dachte, wir sind Freunde.«

»Was wollen Sie von mir, Joey?«

»Ich will, daß Sie schnell und diskret ein paar Fragen stellen.«

»Wem soll ich schnell und diskret Fragen stellen?«

»Hören Sie, Phil, helfen Sie mir oder nicht?«

»Ich habe es schon gesagt, Joey, ich stecke bis zum Hals in Arbeit. Ob ich helfen kann, hängt davon ab, was ich für Sie tun soll und wieviel es Ihnen wert ist.«

»Sagen wir so, Phil. Sie kommen in der nächsten Stunde in mein Büro und lassen mich erklären, was ich will, und dann sagen Sie mir, ob Sie mir für zweihundert Dollar helfen können oder nicht.«

»Zweihundertfünfzig«, sagte Phil.

»O Mann! Und ich dachte, wir wären Freunde.« Joey Firello war offenbar sauer. »Okay. Zweihundertfünfzig. Ich erwarte Sie. Danke, Phil.«

Es klickte, und die Leitung war tot.

»Was hat das alles zu bedeuten?« fragte Irene.

»Ich habe keine blasse Ahnung«, sagte Phil und schwang die Beine vom Bett.

Als Phil Chason eine Dreiviertelstunde später Joey Fiorellos Büro betrat, fand er Joeys herzliches Lächeln so falsch wie einen Dreidollarschein.

Warum hat er mit sich handeln lassen, als ich zweihundertfünfzig verlangt habe? Er muß mich wirklich dringend brauchen, sonst hätte er nicht zugestimmt.

»Danke für Ihr Kommen, Phil«, sagte Joey. »Ich weiß das zu schätzen.«

»Was ist los?«

»Soll ich von Helene einen Kaffee bringen lassen? Oder etwas Gebäck? *Und* etwas Gebäck?«

»Ja. Danke. Sie sagten, es sei wichtig, und so fuhr ich gleich her, ohne zu frühstücken.«

»Auch das weiß ich zu schätzen«, sagte Joey und hob die Stimme: »Helene!«

Helene mit dem Superbusen steckte den Kopf ins Büro.

»Schätzchen, würdest du bitte Mr. Chason eine Tasse Kaffee und etwas Gebäck bringen?«

»Mit Vergnügen. Wenn noch Plätzchen da sind.«

»Wenn keine Plätzchen mehr da sind, Schätzchen, schickst du meinen sogenannten Autoverkäufer welche holen.«

»Jawohl, das Schätzchen schickt den sogenannten Autoverkäufer welche holen«, flötete Helene und stöckelte hüftschwingend aus dem Büro.

Joey griff in seine Tasche und zählte fünf Fünfzigdollarscheine von einem Geldbündel ab, das mit einer goldenen Heftklammer zusammengehalten wurde. Er gab das Geld Phil.

»Wenn ich schon nicht mit Gebäck dienen kann, dann kann ich wenigstens bezahlen, was ich Ihnen schulde«, sagte er mit einem Lächeln.

»Danke«, sagte Phil. »Wie ein schlauer Mann sagte, Geld ist vielleicht nicht alles, aber es steht unangefochten an zweiter Stelle von allem.«

»Absolut«, sagte Joey.

»Was soll ich für Sie tun, Joey?«

»Ich bin überzeugt, ich kann darauf vertrauen, daß Sie für sich behalten, was ich Ihnen sage.«

»Das hängt davon ab, was Sie mir sagen«, erwiderte Phil. »Formulieren wir es anders. Solange es legal ist, können Sie auf meine Diskretion vertrauen.«

»Es ist völlig legal«, sagte Joey. »Mein Gott, Phil, was denken Sie denn? Ich bin ein ehrbarer Geschäftsmann.«

Ich denke, daß du mit dem Mob unter einer Decke steckst, du Gangster.

»War nicht böse gemeint, Joey. Aber wir sollten darauf achten, daß es keine Mißverständnisse gibt.«

»Da stimme ich Ihnen hundertprozentig zu«, sagte Joey. »Und Sie haben mein Wort, daß ich Sie niemals bitten würde, etwas zu tun, das in irgendeiner Weise ungesetzlich ist.«

»Okay. Prima.«

»Die Sache ist die, Phil. Ich bin stiller Teilhaber des Howard Johnson Motels am Roosevelt Boulevard. Sie wissen, wo es ist?«

Phil nickte.

Warum glaube ich das nicht?

»Schöne, solide Investition. Wissen Sie, die Leute haben einfach Vertrauen in einen Betrieb mit dem Namen Howard Johnson.«

»Ja, das nehme ich an.«

»Sie wissen, wie das läuft, Phil. Ich meine, es ist ein Franchise-Unternehmen. Wir zahlen ihnen einen Prozentsatz vom Gesamtgewinn. Wir erhalten den Namen und müssen die Standardanforderungen erfüllen, die vertraglich festgelegt sind. Sie haben Prüfer – man weiß nie, wer das ist –, die sich dort einquartieren, dort etwas essen und trinken und alles begutachten … ob die Badezimmer sauber sind und so weiter. Verstehen Sie?«

Phil nickte.

»Sie bestehen darauf, daß wir eine hohe Qualität halten«, sagte Joey. »Einen schönen, sauberen, angesehenen Betrieb, zu dessen Kundschaft Familien zählen, womit ich meine, daß ein Howard Johnson Motel keine Absteige ist, wenn Sie verstehen, was ich meine.«

»Ich verstehe«, sagte Phil.

»Laut Vertrag haben sie bei Nichteinhaltung der Qualitätsanforderungen unsererseits das Recht auf zweierlei Maßnahmen: Entweder kaufen sie uns das Motel ab, oder wir müssen auf den Namen verzichten.«

»Tatsächlich?«

»Was uns einen Haufen Geld kosten würde. Und weil ich einen großen Anteil habe, würde es mich einen *großen* Haufen Geld kosten, wenn sich das Howard Johnson entscheiden würde, den Vertrag zu kündigen.«

»Und Sie haben diese Befürchtung, wollen Sie darauf hinaus?«

»Ich habe diese Befürchtung«, sagte Joey.

»Warum?«

»Können Sie glauben, daß es am vergangenen Donnerstag im Howard Johnson eine Drogen-Razzia gab?«

»Drogen gibt es überall, Joey, das wissen Sie.«

»Nicht in meinem Howard Johnson Motel, da haben sie nichts zu suchen.«

»Solche Dinge passieren, Joey.«

»Wie ich schon sagte, ich bin stiller Teilhaber. Ich investiere das Geld, und die anderen Teilhaber führen den Betrieb. Was bedeutet, daß sie einen Manager anheuern.«

»Okay.«

»Er ist der Schwager von einem der Teilhaber. Sein Name ist Leonard Hansen.«

»Und?«

»Soweit ich weiß, ist er so ehrbar, wie der Tag lang ist.«

»Okay.«

»*Soweit ich weiß,* habe ich gesagt.«

Helene kam mit zwei Reklamebechern Kaffee und einem halben Dutzend Plätzchen ins Büro.

Sie gewährte Phil – vielleicht unschuldig, vielleicht nicht – einen tiefen Einblick in den Ausschnitt ihres Kleides, als sie den Kaffee und die Plätzchen vor ihn auf den Couchtisch stellte.

»Keine Anrufe, und sorge dafür, daß niemand Mr. Chason und mich hier stört, Helene«, sagte Joey.

Sie nickte, und der Superbusen geriet in Bewegung.

Joey wartete, bis sie das Büro verlassen und die Tür hinter sich geschlossen hatte.

»Wo war ich stehengeblieben, Phil?«

»Sie sind sitzengeblieben, Joey, aber soweit ich mich erinnern kann, sagten Sie, der Manager des Howard Johnson sei ehrlich.«

»Richtig. Und er versteht seinen Job, soweit ich weiß. Wir machen einen hübschen kleinen Profit mit dem Hotel.«

»Okay.«

»Okay. Nun, vielleicht irre ich mich, und ich hoffe es bei Gott, aber zwei Dinge machen mir Sorgen.«

»Welche?«

»Natürlich die Drogenrazzia. Und dann, daß ich erst drei Tage später davon erfuhr. Erst gestern nacht, und es geschah am Donnerstag.«

»Warum macht Ihnen das Sorgen?«

»Wie ich schon sagte, ich hoffe wirklich, daß ich mich irre, aber bei der großen Geldsumme, von der wir sprechen, zählt Hoffnung nicht.«

»Ich bin mir nicht sicher, worauf Sie hinauswollen, Joey. Meinen Sie, der Manager hat etwas mit den Drogen zu tun?«

»Ich will damit sagen, Phil, daß wir ihn nicht gerade fürstlich bezahlen. Ich weiß wirklich nicht, ob etwas an meinem Verdacht dran ist. Aber Drogen in einem Howard Johnson Motel?«

»Welchen Verdacht haben Sie?«

»Ich habe keine Ahnung, wie es angefangen haben könnte, aber hören Sie sich meine Vermutung an. Da haben wir einen Mann wie Leonard Hansen, der Peanuts verdient. Er findet heraus, daß er ein paar hundert Dollar steuerfrei nebenbei einsacken kann, indem er jemand für ein paar Stunden den Schlüssel zu einem Motelzimmer leiht. Sie verstehen, worauf ich hinauswill?«

»Ja.«

»Und plötzlich stellt sich heraus – ich habe die größte Achtung vor den Cops vom Rauschgiftdezernat –, daß mein Howard Johnson Motel eine Absteige ist. Nicht mit Nutten, sondern verdammt noch schlimmer – was den Kundenkreis des Howard Johnson anbetrifft – mit Drogen. Das braucht Howard Johnson nur zu hören, und dann gute Nacht Franchising-Vertrag. Sie würden so schnell kündigen, daß ...«

»Ich verstehe, was Sie meinen«, unterbrach Phil. »Ich soll also diesen Leonard Hansen überprüfen?«

»Ich hoffe wirklich, Sie stellen fest, daß er eine blütenreine Weste hat«, sagte Joey. »Aber Sie verstehen, warum ich Gewißheit haben muß, Phil?«

»Ich verstehe Ihr Problem, Joey.«

»Und diskret, Phil. Wie ich schon sagte, er ist der Schwager von einem meiner Partner. Der würde sauer, wenn er erfährt, daß ich Sie gebeten habe, diesen Mann zu überprüfen.«

»Ich verstehe.«

»Ich zahle Ihnen fünfzig pro Stunde plus alle Spesen, wenn Sie sich sofort an die Arbeit machen können, Phil.«

»Ich habe Ihnen schon gesagt, Joey, ich stecke bis zum Hals in ...«

»Dies ist wichtig für mich, Phil, und ich wäre verdammt sauer, wenn Sie versuchen, den Preis in die Höhe zu treiben. Wir haben immer eine gute Beziehung gehabt ...«

»Ich sprach nicht von Geld. Ich dachte an meine anderen Aufträge, Joey.«

»War nicht böse gemeint, Phil.«

»Ich habe es auch nicht übelgenommen, Joey. Ich mache mich so schnell wie möglich an die Arbeit.«

»Das ist nett von Ihnen, Phil«, sagte Joey.

Er stand hinter dem Schreibtisch auf und reichte Chason die Hand.

»Wenn Sie mir etwas über diesen Manager bringen, das ich meinen Partnern vorweisen kann, etwas Solides, dann ist ein Bonus für Sie drin, Phil.«

»Wenn es etwas gibt, finde ich es heraus«, sagte Phil.

»Menschenskind, da kommt mir ein Gedanke«, stieß Joey hervor.

»Welcher?«

»Ich weiß nicht, weshalb ich nicht eher darauf gekommen bin.«

»Worauf?«

»Wenn jemand weiß, daß mein Howard Johnson Motel als verdammter Drogensupermarkt benutzt wird, dann sind das die Rauschgiftcops, richtig?«

»Vielleicht.«

»Bestimmt. Sie haben die Razzia dort gemacht. Sie mußten einen Grund haben, einen Verdacht, daß dort etwas Krummes läuft.«

»Na und?«

»Könnten Sie die Jungs fragen? Kennen Sie einen davon?«

»Nein und nein. Ich kenne keinen davon, und selbst wenn ich dort einen Bekannten hätte und ihn so etwas fragen würde, dann würde ich nichts erfahren.«

»Ich dachte, ihr Cops kommt prima untereinander aus und helft euch gegenseitig?« sagte Joey, sichtlich enttäuscht.

»Ich bin ein Cop im Ruhestand, und für die übrigen Cops bin ich so was wie ein Privatmann. Und einem Privatmann sagen sie nichts Internes. Selbst bei Kollegen aus anderen Distrikten geben sie keine Auskünfte über Dienstliches.«

»Wenn sie wüßten – sogar nur den Verdacht hätten –, daß etwas mit Drogen in meinem Motel läuft, dann wäre diese Sache im Nu erledigt. Und das schwebt mir vor, Phil, daß Sie auf die schnelle herausfinden, ob ja oder nein.«

»Ich sagte es schon, Joey, wenn das Rauschgiftdezernat *weiß,* daß Drogenhandel in Ihrem Motel läuft, dann würde man mir das nicht sagen.«

»Könnten Sie den Jungs nicht erklären, worum es geht?«

»Mensch, Joey, Sie akzeptieren einfach kein Nein als Antwort, wie?«

»Nicht, wenn ich verdammt viel Geld dadurch verliere«, sagte Joey. Er überlegte. »Der Bonus, von dem ich gesprochen habe, wäre natürlich steuerfrei und in bar.«

Phil schüttelte den Kopf. »Trotzdem nein.«

»Nun, wie wäre denn das? Sie besorgen mir die Namen von Detectives im Rauchgiftdezernat. *Zwei* Namen der Cops, die am vergangenen Donnerstag die Drogenrazzia in meinem Motel durchgeführt haben. Ich kann dann mit ihnen reden und mein Problem erklären.«

»Ich werde sehen, was ich tun kann«, sagte Phil. »Aber versprechen kann ich nichts.«

»Aber ich kann etwas versprechen. Sie besorgen mir zwei Namen, und ich bezahle für zehn Stunden Ihrer Zeit plus Bonus.«

»Ich werde sehen, was ich tun kann, Joey«, wiederholte Phil.

Durch das verglaste Büro, das ihm James C. Chase von der First Harrisburg Bank & Trust Company zur Verfügung gestellt hatte, widmete Detective Matthew Payne vom Philadelphia Police Department im Laufe des Morgens einen großen Teil seiner Aufmerksamkeit den Bankangestellten und Kunden.

Er hielt Ausschau nach jemandem, der vom FBI sein konnte und das Schließfach im Auge behalten sollte, das von Miss Susan Reynolds gemietet war, die der Chenowith-Gruppe bei ihrer ungesetzlichen Flucht, mit der sie der Verurteilung wegen Mordes und Beteiligung an einer Serie von Banküberfällen entgehen wollte, Beihilfe leistete.

Sie hatten abgesprochen, daß Matt Susan beim Betreten der Bank ein Zeichen – ein Kopfschütteln – geben würde, wenn jemand in der Nähe war, der vom FBI sein konnte. In diesem Fall würde sie nicht zu ihrem Schließfach gehen, sondern direkt in sein Büro, von wo aus sie zum Mittagessen aufbrechen würden.

Wenn er nicht den Kopf schüttelte, würde sie zu ihrem

Schließfach gehen, die Beute aus dem Bankraub herausnehmen und damit in Matts Büro gehen. Und wenn sie dann das Geld aus Susans Handtasche in seinen brandneuen Attachékoffer umgepackt hatten, würden sie zum Mittagessen gehen.

Die einzige Person, die auch nur entfernt wie ein Polizeibeamter irgendeiner Art aussah, war der grauuniformierte Sicherheitsmann der Bank, der ungefähr siebzig war und offenbar gelernt hatte, stehend und mit offenen Augen zu schlafen. Matt bezweifelte, daß der Mann bemerken würde, wenn jemand die Bank betrat und einen der mit Bronze verzierten Kundenschalter abmontierte und wegtrug.

Die ganze Sache hatte etwas Unreales, angefangen von der Tatsache, daß Susan auch nur jemanden kannte, der Banken ausraubte, inzwischen mit einer selbstgebastelten Maschinenpistole wie im Film. Und es war natürlich völlig unfaßbar, daß Matt gegen alle Prinzipien verstoßen hatte, die ihm vor den Ereignissen im Hotel Hershey wirklich wichtig gewesen waren, und daß er jetzt aktiv in die Beseitigung von Beweismaterial in einem Kapitalverbrechen verwickelt war.

Oder so unfaßbar wie das, was an diesem Morgen in seinem Hotelzimmer geschehen war – oder zumindest wie oft es geschehen war –, bis Susan schließlich aus dem Bett aufgestanden war und sich angezogen hatte, um gerade noch rechtzeitig zur Arbeit zu fahren.

Aber es stimmte. Und ebenso die Tatsache, daß Matt Payne ein noch unentdeckter Krimineller war.

Er fragte sich flüchtig ein paarmal an diesem Morgen, ob seine Loslösung von der Realität bei richtigen Verbrechern genauso gewesen war – er änderte das in ›andere Verbrecher‹ – und ob es vielleicht die Ruhe und Gelassenheit erklärte, das *Ihr-könnt-mich-alle-mal*-Verhalten, das viele Kriminelle zeigen.

Und dann, um zehn vor zwölf – Susan hatte gesagt, sie werde vermutlich um fünf nach zwölf in der Bank eintreffen –, entdeckte Matt den vertrauten Kopf eines Mannes, der über den Marmorboden zur Bronzetür ging, die zum Tresorraum mit den Schließfächern führte.

Der vertraute Kopf brauchte eine Rasur und einen Haarschnitt. Der Mann trug Bluejeans und eine wollene Sportjacke mit Reißverschluß.

Nicht das, was man für gewöhnlich von einem gepflegten FBI-Agenten erwartet. Was bedeutet, daß die Schließfächer überwacht werden, und zwar von einem Undercover-Agenten.

Matt hatte plötzlich einen bitteren Geschmack im Mund.

O Gott, wir werden geschnappt! Wie habe ich denken können, daß wir davonkommen?

Und dann wurde ihm mit einer Mischung aus Erleichterung, Ärger und Überraschung klar, daß der unrasierte Mann mit Jeans und Sportjacke zwar tatsächlich ein Polizeibeamter war, jedoch nicht für das Federal Bureau of Investigation arbeitete.

Er bekommt seine Gehaltsschecks von derselben Polizei wie ich. Dieser Hurensohn ist Officer Timothy J. Calhoun von der fünften Abteilung des Rauschgiftdezernats!

Matts Gedanken machten einen Sprung: *Menschenskind, ich habe vier Gehaltsschecks in meinem Schreibtisch. Ich muß unbedingt die Zeit finden, zur Bank zu gehen und sie einzulösen!*

Und dann blickte Matt wieder in den Schalterraum der Bank. Er senkte den Kopf und hielt die Hand vors Gesicht.

Er rechnet natürlich nicht damit, mich hier zu sehen, aber er ist ein Cop und gewohnt, Einzelheiten zu registrieren, und er könnte mich wiedererkennen. Als er mich beim letzten Mal sah, schaute er mich lange und genau an.

Das schoß Matt durch den Kopf. Es hatte ihn ebenfalls überrascht, als er ihn zum ersten Mal gesehen hatte. Er war gerade die Personalakten der fünften Abteilung durchgegangen, die ein Foto enthalten hatten, das den glattrasierten Officer Calhoun auf der Polizeischule gezeigt hatte.

Aber aufgrund des Fotos hatte er den unrasierten verdeckten Ermittler Calhoun auf dem Parkplatz des Präsidiums erkannt. Er war ihm ins Gebäude gefolgt und hatte beobachtet, wie Calhoun und ein anderer – Coogan, Officer Thomas P. – Festgenommene zur Untersuchungshaft abgeliefert hatten.

Und die beiden haben mich lange und genau angeschaut, als sie mich später auf dem Parkplatz gesehen haben. Wenn er mich hier sieht, wird er mich wiedererkennen.

Aber was, zum Teufel, treibt er hier?

Ich habe bereits die Namen aus seiner Akte mit den Namen von Leuten überprüft, die hier Schließfächer haben, und es gab keine Übereinstimmung.

Entweder habe ich meine Sache gut gemacht – was möglich ist, da ich zu dieser Zeit noch ein guter Cop war –, oder dieses Schließfach ist unter einem anderen Namen gemietet, den ich nicht kenne.

Ich muß herausfinden, um welches Schließfach es sich handelt.

Calhoun war nicht mehr zu sehen.

Matt blickte durch die Halle zum Büro von Vice President James C. Chase. Es war leer.

Er suchte schnell auf dem Schreibtisch nach einem Telefonverzeichnis unter der Glasplatte und fand eines.

Chase, James C. stand nicht darauf.

Natürlich nicht, du Dummkopf. Der Knabe, der sonst an diesem Schreibtisch sitzt, weiß natürlich die Nummer von seinem Boß auswendig.

Matt drückte auf einen der Knöpfe des Telefons und tippte eine der Nummern ein, die auf der Liste standen. Als sich ein Telefonist meldete, bat Matt, mit Mr. Chase verbunden zu werden.

»Guten Morgen, First Harrisburg!«, meldete sich schließlich eine Frauenstimme.

»Mr. Chase, bitte.«

»Dies ist das Büro von Mr. Chase.«

»Mein Name ist Matthew Payne ...«

»O ja, Mr. Payne. Womit kann ich Ihnen helfen?«

»Ich möchte mit Mr. Chase sprechen, wenn das möglich ist.«

»Oh, es tut mir so leid, es ist leider nicht möglich. Mr. Chase wird erst wieder am Nachmittag im Haus sein. Kann ich irgend etwas für Sie tun?«

»Es kann warten. Vielen Dank.«

»Mr. Chase hat Anweisungen gegeben, daß Sie alles bekommen, was Sie brauchen.«

Irgendwie befürchte ich, das schließt nicht ein, daß du durch den Schalterraum gehst und feststellst, zu welchem Schließfach der Typ mit Jeans und Sportjacke geht.

Moment mal! Sie führen eine Karteikarte, wer wann welches Schließfach öffnet! Ich brauche die Hilfe der Lady gar nicht.

»Es ist nicht so wichtig«, sagte Matt. »Es kann warten. Vielen Dank.«

»Ich werde ihm sagen, daß Sie angerufen haben.«

»Danke«, sagte Matt, legte den Hörer auf und schaute auf die Armbanduhr. Es war fünf vor zwölf.

Er blickte auf die Tür, hinter der Calhoun verschwunden war. Nichts von ihm zu sehen. Er schaute durch die Schalterhalle.

Susan stand an einem der Schreibpulte und sah – nervös – in seine Richtung.

Was nun? Soll ich sie zu Calhoun hineinschicken? Möglicherweise kommen beide zur selben Zeit heraus, und Calhoun wird – wenn er ein normaler Mann ist – einen Blick auf ihren Hintern werfen. Und wenn sie zu mir geht, wird er mich dann vielleicht hier entdecken.

Er zauberte ein zuversichtliches Lächeln auf sein Gesicht und zwinkerte Susan zu.

Sie lächelte erleichtert zurück, und es wurde ihm warm ums Herz.

Was hast du ihr über die arme, mitleiderregende Jennie gesagt? Daß sie eine Wahl hatte, als sie erkannte, daß etwas wirklich Kriminelles ablief, und daß sie die falsche traf? Trifft das nicht auf deine jetzige Situation zu?

Er beobachtete, wie Susan im Raum mit den Schließfächern verschwand. Dann nahm er die Liste mit den Namen der Verwandten von Officer Timothy J. Calhoun und fragte sich wieder, ob er schlecht geprüft hatte oder ob der Name, unter dem Calhouns Schließfach gemietet worden war, nicht auf der Liste stand.

Er blickte auf, hielt wieder den Kopf gesenkt und verdeckte mit der Hand einen Teil seines Gesichts. Er sah Calhoun in die Schalterhalle zurückkehren. Calhoun schaute sich schnell um – ein bißchen nervös, fand Matt – und verließ dann die Bank.

Aber ich habe dich, du Hurensohn!

Sagte Detective Payne, buchstäblich mitten im Begehen einer Straftat, mit gewaltiger scheinheiliger Selbstgerechtigkeit.

Er zuckte mit den Schultern, nahm den Telefonhörer ab und rief an.

»Special Operations, Ermittlungabteilung, Sergeant Washington«, meldete sich eine sonore Stimme.

»Officer Calhoun, Timothy J., ging soeben – um elf Uhr vierundfünfzig – zu einem Schließfach in der First Harrisburg Bank and Trust.«

»Das freut mich fast ebenso, wie es mich entzückt, Ihre Stimme zu hören, Matthew, mein Junge. Sie haben die Nummer des Schließfachs? Ich halte einen Durchsuchungsbefehl zur Unterschrift eines Richters zu einem günstigen Zeitpunkt bereit.«

»Ich habe die Nummer noch nicht.«

»Ich brauche Ihnen wohl nicht zu sagen, daß Banken minutiös registrieren, wann ihre Kunden Zugang zu ihren Schließfächern haben?«

»Das ist richtig. Das brauchen Sie mir nicht zu sagen. Aber ich komme noch nicht an die Einzelheiten ran, weil der Typ von der Bank erst am Nachmittag erreichbar ist.«

»Und Sie werden mir sofort danach die Einzelheiten übermitteln?«

»Ja, klar.«

»Und wie laufen die anderen Dinge in Harrisburg, Matthew? Mr. Matthews erzählte mir, Sie haben im Hershey zu Abend gegessen?«

»Das entwickelt sich langsam.«

»Und Sie sind vorsichtig, Matthew? Ich hoffe es sehr. Sie haben gehört, daß der Gentleman zuzüglich zu seinen anderen Fähigkeiten und Talenten unter die Büchsenmacher gegangen ist?«

»Matthews hat mir davon erzählt.«

»Dann sollten Sie Vorsicht, Vorsicht, *toujours* Vorsicht walten lassen, Matthew.«

»Ich glaube, im Original ist von *Kühnheit* die Rede. *›L'audace, l'audace, toujours l'audace.‹*«

»Korrigieren Sie mich bitte nicht. Ich bin Sergeant, und ein Sergeant irrt sich nie. Und wenn ich von Ihnen etwas absolut *nicht* will, dann Kühnheit. Ich werde, mit mehr oder weniger angehaltenem Atem, auf Ihren nächsten Anruf warten.«

»Irgendwann heute nachmittag«, sagte Matt.

Dann war die Leitung tot.

Matt legte auf und schaute in die Halle.

Susan, die sich sichtlich unbehaglich fühlte, durchquerte den Schalterraum und kam auf sein Büro zu.

Er wollte aufstehen, doch dann besann er sich anders. Sein neuer Attachékoffer stand unter dem Schreibtisch. Er hatte vor – wenn hoffentlich jeder, der es sah, annahm, er binde seine Schnürsenkel –, die Beute aus Susans Handtasche in den Attachékoffer umzupacken.

»Bereit zum Mittagessen?« fragte Susan an der Tür.

»Komm in mein Büro, meine Liebe, und ich werde dir erklären, warum die Bank dir deinen Porsche abnehmen muß.«

Er winkte sie zu dem Sessel neben dem Schreibtisch. Sie stellte ihre Handtasche auf den Boden vor sich. Matt bückte sich, nahm die Handtasche, stellte sie unter den Schreibtisch und öffnete sie. Dann öffnete er den Attachékoffer und packte das Geld aus der Handtasche um. Dabei bemerkte er, daß die Banknotenbündel noch die Banderolen mit den Namen der Banken trugen, aus denen sie geraubt worden waren.

Diese Leute sind wirklich saublöde! Diese Banderolen würden sie wirklich mit den Banküberfällen belasten. Hat Chenowith das nicht bedacht? Oder hat er einfach angenommen, Susan entfernt die Banderolen, und sie war zu dumm, es zu tun?

Matt schloß den Attachékoffer und drehte am Kombinationsschloß.

Verdammt, wenn die Kombination nicht auf 000 eingestellt ist, muß ich das Schloß aufbrechen, um den Inhalt herauszubekommen. Das war ziemlich dumm, Matthew, mein Junge!

Er schob Susans Handtasche über den Boden zu ihr und richtete sich auf.

»Erledigt«, sagte er und lächelte.

Sie erwiderte das Lächeln nervös.

Sie war nicht zu blöde, um die Banderolen verschwinden zu lassen; sie ist nicht blöde. Naiv. Das ist die richtige Bezeichnung. Naiv.

»Gehen wir«, sagte Matt. »Aus irgendeinem Grunde habe ich Hunger.«

»Weil du nicht gefrühstückt hast«, sagte Susan.

»Das habe ich, nachdem du weg warst«, sagte Matt. »Es war kalt, aber ich brauchte die Kraft von gutem, rotem Fleisch.«

Er forderte sie mit einer Geste auf, vor ihm das Büro zu verlassen.

Als sie an Mr. Chases Büro vorbeikamen, lächelte ihnen sein ›Mädchen‹ – es war mindestens vierzig – aus dem verglasten Vorzimmer zu.

»Ich wünschte, ich hätte mehr Zeit, Peter, um dies zu genießen«, sagte Chief Inspector Dennis V. Coughlin und wies auf die Grillteller im Rittenhouse Club, die ein Kellner soeben serviert hatte.

Das ist keine einfache Bemerkung des Bedauerns, dachte Wohl, *daß er ein vielbeschäftigter Mann ist, der nur mit Mühe ein Mittagessen mit mir im Rittenhouse Club in seinen vollen Terminplan einbauen kann. Ich weiß nicht genau, was er wirklich meint, aber was auch immer – es gibt ein halbes Dutzend Möglichkeiten –, sprechen wir offen darüber.*

»Ich bin jetzt Mitglied im Rittenhouse Club«, sagte Peter.

»Das dachte ich mir, als Sie mich hierhin einluden«, sagte Coughlin.

»Matts Vater – vielleicht sollte ich sagen, Amys Vater – rief mich an und sagte, er würde mich gern für eine Mitgliedschaft empfehlen. Ich versprach ihm, mir das zu überlegen, und dann dachte ich darüber nach und sagte mir, was soll's, warum nicht? Es ist ein guter Ort, um diskrete Unterhaltungen zu führen … wie jetzt. Und so sagte ich ihm: Ja, danke.«

Coughlin nickte.

»Sie hätten ›Matts und Amys Vater‹ sagen sollen«, sagte Coughlin. »Denn Matt ging zu seinem Vater und regte an, Sie hier aufnehmen zu lassen. Er wollte nicht, daß es wie Arschkriecherei aussieht. Amy ging zu ihrem Vater und fragte ihn, ob Sie wegen Ihrer Stellung hier als *ex-officio*-Mitglied aufgenommen werden könnten.«

»Davon wußte ich nichts.«

»So kam Brewster Payne zu mir und sagte, er wäre erfreut, Sie hier aufnehmen zu lassen, sofern Sie nie erfahren, daß Matt ihn gefragt hat und daß Sie keine Schwierigkeiten mit der Abteilung bekommen. Mit anderen Worten – daß man nicht denkt, Sie leben auf zu großem Fuß. Es gibt viele Chief Inspectors, die nicht im Rittenhouse Club aufgenommen werden. Eigentlich hat man nur Lowenstein und mich als Mitglied akzeptiert. Er sagte, daß er unabhängig von Matt und Amy daran gedacht hätte, Sie zu empfehlen. Er meinte, es gibt viele Leute, einschließlich ihn, die der Ansicht sind, Sie sollten irgendwann Polizeichef werden …«

»Mein Gott!« entfuhr es Peter Wohl.

»… und er fragte sich, ob es helfen oder schaden könnte, wenn Sie hier Mitglied werden. Er sagte ebenfalls, er wolle nicht den Eindruck erwecken, daß er es mache, um bei Ihnen Pluspunkte für Matt zu erreichen. Er bat mich, darüber nachzudenken und ihm dann das Ergebnis mitzuteilen. So dachte ich darüber nach und sagte ihm, daß ich es für eine gute Idee halte und Sie mich sicherlich um Rat fragen würden, und ich würde Ihnen das sagen …«

»Chief ...«

»Es war eine gute Idee, Peter«, sagte Coughlin.

»Ich wollte Sie nicht in Verlegenheit bringen«, sagte Wohl.

»Ich habe im Zweifelsfall zu Ihren Gunsten entschieden. Bis jetzt habe ich keine Anzeichen darauf gesehen, daß Sie auf zu großem Fuß leben. Aber ich glaube – ich weiß –, daß einige Leute bei der Polizei das denken und Ihre Mitgliedschaft hier als Beweis werten.«

Er schnitt ein Stück Lammkotelett ab und schob es in den Mund.

»Bevor Sie mir sagen, was Sie mir erzählen wollen, Peter, eine Frage. Haben Sie gehört, daß dieser Chenowith mit einem abgesägten vollautomatischen Karabiner herumläuft?«

Wohl nickte. »Das habe ich gehört.«

»Vermutlich hat man Matty informiert?«

»Ja, man hat es ihm gesagt.«

»Meinen Sie, er befolgt seine Befehle?«

»Sie haben ihm eine Standpauke gehalten, ich habe ihm ins Gewissen geredet, und Washington hat ihm eine Predigt gehalten. Ich habe mir selbst gesagt, daß wir die drei Leute sind, deren Befehle er am wahrscheinlichsten befolgt.«

Coughlin nickte.

»Er rief Washington als erstes heute morgen an«, fuhr Wohl fort, »und meldete ihm, daß Officer Timothy J. Calhoun von der fünften Abteilung in den Schließfachraum der First Harrisburg Bank and Trust Company gegangen ist.«

»Ich wollte gerade sagen, ich bezweifle, daß Calhoun auf ihn schießt, aber da fällt mir der Anruf bei der Witwe Kellog ein, und vielleicht sollte ich nicht so optimistisch sein. Trotzdem bin ich besorgter wegen dieses Chenowith'. Er weiß, daß er ohnehin lebenslänglich kriegt, was macht es dann für ihn aus, wenn er einen Cop erschießt? Und er ist verrückt.«

»Soweit ich weiß, versucht Matt immer noch das Vertrauen der Reynolds zu gewinnen. Ich glaube, er versteht die Lage.«

»Ich hoffe, Sie haben recht. Was geschieht als nächstes mit Calhoun?«

»Matt ruft später an und gibt durch, unter welchem Namen das Schließfach gemietet ist. Jason besorgt einen Durchsuchungsbefehl.«

Coughlin nickte.

Wohl überreichte ihm das Blatt Papier, auf dem Dr. Martinez das Telefonat notiert hatte. »Miss Cynthia Longwood mußte sich entkleiden und wurde von einem Polizisten – unter Umständen, die schon an sich traumatisch waren – gezwungen, ihn oral zu befriedigen.«

Coughlins Augenbrauen ruckten hoch, und er blickte Wohl fragend an.

»Amy gab mir das heute morgen«, erklärte Wohl.

Coughlin schweifte plötzlich vom Thema ab.

»Sie sehen Amy in letzter Zeit oft, nicht wahr?«

»Was meinen Sie mit ›oft‹?«

»Sie wissen, was ›oft‹ bedeutet«, sagte Coughlin. »Glaubt Amy dies?« Er wies auf das Blatt Papier.

Wohl nickte.

»Es handelt sich um eine ihrer Patientinnen?«

Wohl nickte abermals und fügte hinzu: »Und sie ist Vincenzo Savareses Enkelin.«

»Ich hörte, seine Tochter hat einen Bauunternehmer geheiratet«, sagte Coughlin. »aber bis jetzt sah ich da keine Verbindung. Meinen Sie, Savarese weiß von dieser Sache?«

»Ich meine, diese Nachricht – sie wurde in den frühen Morgenstunden telefonisch für Amy durchgegeben – *kam* von Savarese.«

»Savarese rief in der Klinik an?«

»Wahrscheinlicher einer seiner Gangster. Ich habe mit dem Arzt und der Schwester gesprochen, die den Anruf entgegengenommen haben. Beide sagten, der Typ am Telefon benutzte nicht das Vokabular der Nachricht; er soll ein ordinärer Kerl gewesen sein.«

»Sonst noch etwas?«

»Amy ist besorgt, gegen die ärztliche Schweigepflicht zu verstoßen, und als ich ihr sagte, daß ich mit Ihnen über die Sache sprechen werde, bat sie mich, Ihnen zu sagen, daß dieses Mädchen am Rande einer Schizophrenie ist und daß wir bitte vorsichtig sein sollen.«

»Das ist alles?«

»Sie fand Spuren von hartem Stoff im Blut des Mädchens. Daraus schließt sie – und ich –, daß es eine Verbindung zur Drogenszene gibt.«

Coughlin stieß einen Grunzlaut aus, las die Nachricht noch einmal und blickte dann Wohl an.

»Denken Sie, was ich denke, Peter?«

»Ich hoffe es«, sagte Wohl.

Coughlin forderte ihn mit einer Geste auf, mit der Sprache herauszurücken.

»Es gab eine Drogenrazzia. Das sind die ›schon an sich traumatischen Umstände‹. Dann tat ihr dieses Tier das an und ließ sie laufen. Was sollte sie denn tun? Zu einem Polizeirevier laufen und dem Sergeant vom Dienst sagen: ›Ich habe Stoff gekauft, und einer Ihrer Cops‹ ...?«

»Meinen Sie, Savarese hat sich das ebenfalls zusammengereimt?«

»Keiner kann behaupten, daß Savarese jemals langsam war.«

»Weiß jemand außer Ihnen und den Eingeweihten in der Klinik davon?«

»Washington.«

Coughlin hob fragend die Augenbrauen.

»Es gibt einen Freund des Mädchens. Er hat nicht in der Klinik angerufen. Ich habe Jason beauftragt, herauszufinden, wer der Freund ist.«

»Aber nicht mit ihm zu reden?«

»Nicht mit ihm zu reden.«

»Und als nächstes?«

»Deshalb wollte ich mit Ihnen sprechen, Chief. Wie soll ich die Sache handhaben?«

»Sie reden mit dem Freund. Meinen Sie, Washington hat bereits etwas herausgefunden?«

»Er hatte zwei Stunden Zeit. Lassen Sie mich telefonieren, und ich stelle es fest.«

Er wollte aufstehen. Coughlin forderte ihn mit einem Wink auf, sitzenzubleiben.

»Jetzt, da Sie zur Oberschicht zählen, Peter«, sagte Coughlin lächelnd, »lassen Sie sich zeigen, wie die Oberschicht ein Telefon findet.«

Er wandte den Kopf, machte einen Kellner auf sich aufmerksam, hielt die geballte Hand ans Ohr und mimte ein Telefonat. Der Kellner nickte und brachte sofort ein Telefon an ihren Tisch, das er am Fuß des Tischbeins einstöpselte.

»Danke«, sagte Coughlin, lächelte Wohl an und wählte eine Telefonnummer aus dem Gedächtnis.

Wohl fand es interessant, daß Coughlin nicht nach Jason Washingtons Telefonnummer gefragt hatte.

Entweder hat er ein hervorragendes Gedächtnis – was natürlich möglich ist –, oder er hat die Nummer oft angerufen.

»Wieviel haben Sie über den Freund herausgefunden?« begann Coughlin das Gespräch mit Washington ohne Einleitung.

Wohl lächelte. Er wußte, daß Jason Washington seine Polizistenlaufbahn begonnen hatte, indem er zu Fuß auf Streife in der Innenstadt gegangen war – unter Lieutenant Dennis V. Coughlin. Seither waren sie Freunde und gegenseitige Bewunderer. Höfliche Einleitungsfloskeln waren bei einem Gespräch zwischen ihnen nicht nötig. Washington erkannte sofort Coughlins Stimme und wußte, was Coughlin wissen wollte.

Coughlin nahm ein kleines Notizbuch und einen Kugelschreiber aus der Jackettasche. Er notierte schnell Washingtons Antwort.

»Bleiben Sie an der Sache dran, bis ich mich wieder melde. Ich bin mit Wohl zusammen«, sagte Coughlin und legte auf.

Jetzt blickte Peter Wohl Coughlin fragend an.

»Ein Freund«, sagte Coughlin, »Ronald R. Ketcham, fünfundzwanzig, einszweiundsiebzig, braunes Haar, zweiundachtzig Kilo, keine Vorstrafen außer Verkehrsdelikten, wohnhaft in einem der Penthouse-Gebäude in der Overbrook Avenue in der Nähe der Episcopal Academy ...«

Er schaute Wohl an, bis Wohl mit einem Nicken anzeigte, daß er wußte, wo das war, und fuhr fort:

»Er arbeitet für Wendell, Wilson, die Börsenmakler in Bala Cynwyd, war drei Tage lang nicht auf der Arbeit und ist in seinem Apartment und der Umgebung nicht gesehen worden. Sein Wagen, ein Buick-Coupé, steht abgeschlossen in der Garage. Es gibt keine Anzeichen auf gewaltsames Eindringen in seine Wohnung und keine Anzeichen auf irgendeinen Kampf in dem Apartment. Er könnte natürlich in Atlantic City oder sonstwo sein.«

»Oder via Atlantic City bei den Fischen schwimmen«, bemerkte Wohl.

»Meinen Sie?«

»Wenn Savarese herausfindet, daß dieser Mann mit seiner Enkelin zusammen war, als sie vergewaltigt wurde, möchte ich nicht in Ketchams Haut stecken.«

»Woher könnte Savarese das wissen?« fragte Coughlin.

»Wie konnte er wissen, daß sie vergewaltigt wurde?« antwortete Peter mit einer Gegenfrage.

»Vielleicht hat er Ketcham gefunden, bevor Jason auf ihn gekommen ist.«

»In diesem Fall ...« begann Peter.

»Ja«, fiel Coughlin ins Wort. »In diesem Fall sucht Savarese jetzt nach dem Cop.«

»Ich bin versucht, zu sagen, soll er ihn haben«, sagte Peter Wohl.

»Sie sollten so etwas nicht mal denken, Peter«, ermahnte Coughlin ihn fast väterlich.

»Der andere Gedanke, den ich hatte – wenn es so abgelaufen ist, wie ich mir das vorstelle –, war ...«

Wieder kam ihm Coughlin zuvor, als könne er Gedanken lesen. »Sie meinen, es klingt nach etwas, das ein bereits dreckiger Cop der fünften Abteilung tun würde?«

Wohl nickte.

»Mit dem Wissen, daß ein anderer dreckiger Cop ihn nicht verpfeift«, stimmte Coughlin zu.

Beide schwiegen fast eine Minute lang

»Sind Sie offen für Vorschläge, Peter?« fragte Coughlin schließlich.

»Weit offen«, erwiderte Wohl.

»Okay. Sagen Sie Jason, er soll weiter ermitteln, was er sonst noch über Ketcham herausfinden kann. Ich werde eine Fahndung veranlassen, jedoch anordnen, daß er nicht festgenommen wird. Und ich werde mir überlegen, was wir mit unserem Freund Vincenzo machen.«

»Zum Beispiel?«

»Ich weiß, was Sie für eine gute Lösung halten, aber wir können wirklich nicht zulassen, daß Savarese diesem Ketcham mit einem stumpfen Messer ein Glied nach dem anderen abschneiden läßt«, sagte Coughlin.

»Vorhin ist mein Mundwerk mit mir durchgegangen«, sagte Peter.

»Solange es nicht aus dem Herzen gesprochen war, habe ich Verständnis dafür«, sagte Coughlin.

»Ich wünschte, wir hätten mehr als ›wahrscheinlich‹ und könnten jemand von der fünften Abteilung festnageln ...«

»Wir haben nicht einmal ›wahrscheinlich‹, sondern nur ›könnte sein‹«, unterbrach Coughlin. »Wie denken Sie sich das weitere Vorgehen?«

»Wir durchsuchen Calhouns Schließfach in Harrisburg. Und dann sagt ihm Jason, daß wir nicht nur Geld von ihm gefunden haben, dessen Quelle er nicht erklären kann, sondern auch herausgefunden haben, wer dieses Mädchen vergewaltigt hat, und es in seinem eigenen Interesse ist, wenn er uns alles darüber erzählt.«

»Zu viele *Wenns.* Vielleicht ist gar nichts für ihn Belastendes in diesem Schließfach. Und wenn wir es durchsuchen, wissen die Kerle, daß wir hinter ihnen her sind, und hören auf. Und was ist, wenn Calhoun der Deckskerl war, der das dem Mädchen angetan hat?«

»Dann sagt ihm Jason, wer das Mädchen ist und daß

wir die Sache ihrem Opa stecken, wenn er nicht bei uns auspackt.«

Coughlin schaute ihn an.

»Vielleicht werden Sie Police Commissioner«, sagte er. »Ich erkenne in Ihnen eine gewisse unmoralische Skrupellosigkeit, die mir bisher nie aufgefallen ist.«

Ihre Blicke trafen sich, und dann stand Coughlin auf.

»Bis auf weiteres bleibt die Sache unter Ihnen, mir und Jason. Einverstanden?«

»Jawohl, Sir.«

»Danke für das Essen, Peter.«

»Chief, es tut mir leid, daß ich Sie nicht gefragt habe, bevor ich die Mitgliedschaft hier akzeptiert habe.«

»Kein Problem. Aber da gibt es eines.«

»Sir?«

»Weiß Ihr Vater davon?«

Peter schüttelte den Kopf. »Nein.«

»Das Problem ist, daß Sie es ihm erzählen werden müssen, bevor er es herausfindet. Und wenn er es herausfindet, wird er denken, Sie leben auf etwas zu großem Fuß.«

»Ja.«

»Gut. Sie haben verstanden?«

»Laut und deutlich, Sir.«

»Okay. Dann werde ich Mitleid mit Ihnen haben und ihm erzählen, was ich ihm bereits gesagt habe – daß ich Ihnen empfehle, das Angebot zu akzeptieren. Aber jetzt wissen Sie, wie das mit den Telefonen hier funktioniert, und Sie sollten ihn anrufen und fragen, was er denkt. Ich wette, daß er nichts dagegen hat.«

»Und wenn doch?«

»Nochmals vielen Dank für das Essen, Peter«, sagte Coughlin und verließ den Grill Room des Rittenhouse Clubs.

Susan führte Matt drei Blocks von der Bank entfernt zu einem deutschen Restaurant.

Das Lokal war makellos sauber, und die Kellnerin, eine große Blondine, etwa in Susans Alter, wirkte auf Matt wie die Personifizierung von Unschuld und Gesundheit. Sie trug eine gestärkte weiße Spitzenhaube auf dem blonden Haar, das in der Mitte gescheitelt und im Nacken zu einen Pferdeschwanz zusammengebunden war. Über der weißen Baumwollbluse – zugeknöpft bis zum Hals – trug sie einen offenen schwarzen Pullover. Ihr schwarzer Rock reichte fast bis zu den Waden, und ein gestärktes weißes Schürzchen paßte zu der weißen Haube. Natürlich trug sie kein Make-up. Sie lächelte Susan und Matt freundlich und offensichtlich aufrichtig an.

Was würde sie tun, wenn sie wüßte, daß sie gleich zwei Kriminelle bedient? dachte Matt.

»Möchten Sie bei uns essen?« fragte sie mit deutschem Akzent.

»Das kommt darauf an, was Sie haben«, sagte Matt.

Sie schaute ihn verunsichert an.

»Bitte«, sagte Susan und trat Matt unter dem Tisch auf den Fuß.

Als die Kellnerin fort war, fragte Matt: »Habe ich was Falsches gesagt?«

»Sie ist eine Amish, glaube ich«, sagte Susan. »Aber was auch immer, sie gehört zu dem sogenannten reinen Volk, und sie würde deine klugscheißerischen Witze nicht verstehen.«

»Wie soll ich Essen bestellen, wenn ich nicht weiß, was auf der Karte steht?«

Susan nickte zu der Kellnerin hin, die einen großen Servierwagen zum Tisch schob.

»Hier gibt es, was ein Großstadt-Snob wie du vermutlich Brunch nennt«, sagte Susan. »Du kannst dir nehmen, soviel du willst, alles zu einem Preis. Aber sei kein Schwein; nimm nur soviel, wie du auch essen kannst. Es kränkt sie, wenn Gäste Essen auf dem Teller zurücklassen. Sie meinen dann, es hätte nicht geschmeckt.«

»Ja, Mutter«, sagte Matt.

Der Servierwagen war mit vollen Schüsseln und Tellern überladen.

Matt bediente sich mit Schweinebraten, Roastbeef, Kartoffel-Gratin, Limabohnen, Apfelsoße, rote Beete, Succotash – indianischer Mais- und Bohneneintopf –, zwei Brötchen, Butter, Apfelkuchen, Eistee und Kaffee.

»Hast du gehört, daß du alles aufessen sollst?« fragte Susan, als die Kellnerin den Servierwagen fortgeschoben hatte.

»Ich habe es vor«, sagte Matt.

Susan schüttelte ungläubig den Kopf.

»Weißt du, was geschah, als du diesen Aktenkoffer unter deinen Schreibtisch gestellt hast?«

»Nein«, sagte Matt neugierig und deshalb ernst. »Was? Ich glaube, das Geld ist dort sicher, wenn du das meinst.«

»Das meine ich nicht«, sagte Susan. »Du mußtest eine Wahl treffen, und du hast dich entschieden. Hast du dir das überlegt?«

»Ich hatte keine Wahl«, sagte er. »Das weißt du.«

»Könntest du dich in Jennie hineinversetzen? Hatte sie eine Wahl?«

»Du vergleichst Orangen mit Zitronen, Susan«, sagte Matt. »Und wie schafft Jennie es, ein Mittagessen zu stören, das ich vor einer Minute noch nett gefunden habe?«

»Sie rief heute morgen an. Kurz bevor ich zur Bank fuhr.«

»Und?«

»Ich sagte ihr, daß ich beschäftigt bin und sie noch einmal anrufen soll.«

»Wieviel von dem Gespräch hat deine Freundin vom FBI gehört? Oder aufgezeichnet?«

»Alles. Aber wir haben nichts Verdächtiges gesagt und ...«

»Es war ein weiteres Telefonat in einer Serie von kürzlichen Anrufen«, unterbrach Matt. »Das FBI wird denken, daß sich etwas anbahnt. Wenn ich zu sagen hätte, würde ich die Observierung verstärken. Das hat uns gerade noch gefehlt.«

»Was sage ich ihr? Sie wird wieder anrufen, bis ich mit ihr spreche.«

»Sag ihr, sie soll morgen anrufen.«

»Und was sage ich ihr morgen?«

»Bis dahin haben wir uns etwas überlegt.«

»Was machst du mit dem Ge… dem Aktenkoffer?«

»Ich bringe ihn in mein Hotelzimmer.«

»Und dann?«

»Keine Ahnung. Ich habe mit dem Gedanken gespielt, daß wir vielleicht – irgendwie, aber frag mich nicht wie – deine Rückgabe der Beute zu unserem Vorteil nutzen können. Es würde wenigstens einen Sinneswandel zeigen. Ich weiß nicht, wie gut sich das auswirken würde.«

Sie schaute ihn an, blieb jedoch stumm.

»Iß dein Succotash wie ein braves Mädchen«, sagte Matt. »Eine andere Möglichkeit wäre natürlich, es loszuwerden. Dann …«

»Du meinst, vernichten?«

Matt nickte und fuhr fort: »Dann stünde dein Wort gegen das von Chenowith, und du könntest leugnen, es jemals gehabt zu haben.«

»Seines und Jennifers Wort«, sagte Susan. »Sie würde bestätigen, was immer er sagt.«

»Gegen ihre treue Freundin?« fragte Matt sarkastisch.

»Ja.«

»Warum hältst du dann immer noch zu ihr?«

»Das ist nun mal so, Matt, ich kann nichts dafür.«

Matt hob die Gabel mit einem Bissen Roastbeef zum Mund und ließ sie dann sinken.

»Aus allem, was du mir erzählt hast, geht hervor, daß Jennifer eine wirklich schwache Schwester ist«, murmelte er nachdenklich.

»Ich habe dir gesagt, warum sie so ist«, erwiderte Susan.

»So gibt sie sich mit Chenowith ab, weil er stark ist, richtig? Oder weil sie ihn jedenfalls so sieht.«

Susan nickte.

»Worauf willst du hinaus?«

»Halte das nicht für etwas anderes als lautes Denken«, sagte Matt. »Erzähl mir von der alkoholsüchtigen Mutter. Würde sie Geld für einen Anwalt – für einen guten – springen lassen, wenn Jennifer festgenommen wird?«

»Ich weiß es nicht. Vielleicht. Aber wenn sie es nicht tut, dann werde ich einen Anwalt bezahlen. Kennst du einen?«

»Ich kenne zwei der besten, aber ich bezweifle, daß sie ihren Fall übernehmen werden.«

»Ich dachte, Anwälte müssen Leute juristisch vertreten, ganz gleich, was sie getan haben.«

»Lassen wir das mal für den Augenblick beiseite«, sagte Matt. »Nehmen wir an, Jennifer hat einen guten Anwalt. Ein Anwalt bringt Argumente vor. Ein *guter* Anwalt bringt *starke* Argumente vor.«

»Ich verstehe dich nicht.«

»›Kleine Lady Jennifer‹, sagt der Anwalt, ›du hast eine Wahl. Entweder hältst du zu deinem mörderischen Freund, und in diesem Fall wird man dir dein Baby abnehmen, und du wirst es niemals wiedersehen, oder du erzählst dem FBI alles, was du weißt, und danach gehst du in diesen Gerichtssaal und überzeugst die Leute davon, daß du aus Angst um dein Leben und um das deines Babys bei ihm geblieben bist.‹«

»Ich weiß nicht, Matt«, sagte Susan.

»Sind wir wieder bei der Frage, ob du irgendwelche besseren Ideen hast?«

»Laß mich darüber nachdenken«, sagte Susan.

»Du solltest folgendes in deine Überlegungen mit einbeziehen«, sagte Matt. »Du *mußt* es nicht tun. Denk einfach darüber nach. Du sagst ihr ein Treffen zu, stellst jedoch die Bedingung, daß sie sich allein mit dir trifft. Ich bin beim Treffpunkt, den du ihr nennst. Ich nehme sie fest. Dann sagen wir dem FBI, wo wir Chenowith finden. Du rätst Jennifer, sie soll kein einziges Wort sagen, bevor sie einen Anwalt hat. Dann hält ihr der Anwalt seine kleine Predigt.«

»Ich werde darüber nachdenken, Matt, das klingt vernünftig.«

»Ich denke immer noch laut. Wenn sie das Geld hat – alles Geld, das du hast, und das, was sie dir geben will ...«

»Das würde man ihr nicht glauben ...«

»Es zählt nicht, was man glaubt oder, was das anbetrifft, was man weiß. Die Anklage muß die Geschworenen überzeugen, und das ist nicht so leicht, wie es in den Filmen aussieht. Vielleicht macht man einen Handel mit ihr. Es ist nicht so leicht, eine junge Mutter mit einem Baby auf den Armen anzuklagen. Und sie wollen nicht als schlechte Gewinner dastehen.«

Susan musterte ihn aufmerksam. Er sah, daß sie das Argument zu akzeptieren begann.

»Wie gesagt, Susie, ich denke laut, das ist alles.«

»Ich verstehe«, sagte sie.

»Wechseln wir das Thema«, sagte Matt. »Willst du heute nacht wieder ins Hershey? Oder würdest du einen ruhigen Abend daheim mit Zimmerservice im Penn-Harris vorziehen? Ich weiß, daß es im Penn-Harris Austern gibt.«

Susan errötete, was er süß und irgendwie erotisch fand.

»Daheim. Leider. Bei mir zu Hause.«

»Himmel, nein!«

»Du hast Mommy kennengelernt. Mommy meint, du solltest zum Abendessen kommen. Folglich kommst du zum Abendessen. Du weißt, wie sie ist.«

»Ja, das weiß ich. Pennys Mutter ist genau wie sie. Und ebenfalls Chads Mutter. Und Daffys Mutter. Bennington hat offenbar einen vielbelegten Kurs ›Wie werde ich eine Drei-Sterne-Zicke‹.«

»Wir können es uns im Augenblick nicht leisten, sie gegen uns aufzubringen, Matt.«

»Und danach? Nach dem Essen bei Mommy, meine ich.«

»Mommy hat mir einen mütterlichen Rat gegeben, als sie mich anrief, um mir zu sagen, daß wir zu Hause zu Abend essen. Nach dem Essen, wenn du sicherlich vorschlägst, zum Club oder sonstwohin zu fahren, soll ich höflich ablehnen. Du mußt einen Mann zappeln lassen, hat sie gesagt. Wenn ein Mädchen wirklich Interesse an einem Jungen hat, ist es das Schlimmste, was es tun kann, ihm das zu zeigen.«

»Allmächtiger! Warum habe ich das ekelhafte Gefühl, daß du es todernst meinst?«

»Weil es mir todernst ist. Was soll ich deiner Meinung nach denn tun?«

Matt zuckte ärgerlich und hilflos mit den Schultern.

»Ich könnte mir eine Stunde früher frei nehmen«, sagte Susan, und ihr erneutes Erröten verriet ihm, daß er richtig gedeutet hatte, was sie meinte. »Wenn du kannst.«

»Ich weiß nicht«, sagte Matt zweifelnd. »Erstens, ob ich kann, und zweitens ist man sehr streng in der Bank mit Leuten, die sich frei nehmen, bevor die Bilanzen auf den letzten Penny stimmen.«

»Du Bastard!«

»Wie wäre es mit anderthalb Stunden früher? Oder wenn du dir den ganzen Nachmittag frei nimmst?«

Verdammt, und wenn sie ja sagt? Ich muß melden, unter welchem Namen Calhouns Schließfach gemietet ist.

»Vielleicht etwas mehr als eine Stunde«, sagte Susan ernst. »Aber nicht viel mehr.«

»Ich werde eine brennende Kerze ins Fenster stellen«, sagte Matt.

»Meine Sekretärin sagte, Sie wollten mich sprechen, Matt?«, sagte Mr. James C. Chase, als er zwei Minuten nach Matts Rückkehr vom Mittagessen in das Büro kam, das ihm zur Verfügung gestellt worden war.

»Ja, Sir«, sagte Matt und entschied sich schnell, daß es das beste war, Chase genau zu sagen, was er wollte. »Um elf Uhr vierundfünfzig heute morgen ging einer der Männer, an denen wir interessiert sind, in den Raum mit den Schließfächern ...«

»Sie haben ihn erkannt?«

»Ja, Sir. Aber keiner der Namen auf meiner Liste seiner Verwandten und Bekannten paßt zu einem der Namen auf Ihren Schließfach-Karteien.«

»Und Sie möchten, daß ich herausfinde, ohne auf Sie aufmerksam zu machen, welches Schließfach er besucht hat?«

»Jawohl, Sir, genau das habe ich erhofft«, sagte Matt.

»Ich werde gleich zurück sein«, sagte Mr. Chase und verließ das Büro.

Nun, mehr konnte ich wirklich nicht verlangen.

Chase kehrte ein paar Minuten später zurück und wirkte verwirrt.

»Matt, sind Sie sicher, daß es zu dieser Uhrzeit war?«

»Völlig sicher, Sir.«

»Laut Adelaides Akten …«

»Adelaide?«

»Adelaide Worner, sie ist für den Tresorraum mit den Schließfächern verantwortlich … Gott, seit mindestens zehn Jahren, und sie ist absolut zuverlässig. Und sie sagt, nur zwei Personen öffneten ihre Schließfächer zwischen elf Uhr fünfundvierzig und zwölf Uhr fünfzehn. Eine dieser Personen ist ein Mann, den ich seit Jahren kenne, der fast täglich sein Schließfach besucht und den ich mir unmöglich verwickelt in die Art Dinge vorstellen kann, in denen Sie ermitteln. Und die andere Person war eine junge Frau, mit der Sie anscheinend bekannt sind, Susan Reynolds, Tom Reynolds Tochter.«

»Wir haben zu Mittag gegessen«, sagte Matt.

Scheiße. Dies stinkt. Ich weiß, daß Calhoun dort reingegangen ist, aber ich kann Chase nicht sagen, daß Adelaide Worner, seine treue Bewacherin des Tresorraums, sich entweder irrt oder – schlimmer noch! – mit Calhoun unter einer Decke steckt.

»Ich weiß nicht, was ich dazu sagen soll«, sagte Chase.

»Wenn alles sonst scheitert, sollte man die Wahrheit sagen«, erwiderte Matt mit einem Lächeln. »Und so sage ich sie: Matt, du hast dich offenbar geirrt.«

»So sieht es aus, nicht wahr?« sagte Chase. »Hatten Sie ein gutes Mittagessen?«

»Susan führte mich in ein deutsches Lokal, das nur ein paar Blocks von hier entfernt ist.«

»Christianson's?«

»Dort wird ein Servierwagen mit Essen für eine zehnköpfige Familie an den Tisch gerollt.«

»Das ist Christianson's«, bestätigte Chase. »Ich wollte Ihnen dieses Lokal empfehlen.«

»Es ist sehr gut. Ich habe zuviel gegessen.«

»Deshalb gehen die Leute zu Christianson's, um zuviel zu essen.«

»Ja, Sir.«

»Brauchen Sie sonst noch etwas, Matt?«

»Nein, Sir. Es tut mir leid, daß Sie Ihre Zeit vergeuden mußten.«

»Nicht der Rede wert.«

Matt wartete, bis Chase die Halle durchquert und sein Büro betreten hatte. Dann wählte er die Nummer, die Lieutenant Deitrich ihm gegeben hatte. Niemand meldete sich. Matt ließ es lange genug klingeln, um zu erkennen, daß es sich bei der gewählten Nummer um Deitrichs Privatnummer handelte – sonst hätte sich jemand bei der Dienststelle gemeldet –, und dann dachte er *Verdammt, warnt die gute alte Adelaide Worner Calhoun, daß Chase sich für das Schließfach interessiert hat?* und legte auf.

Er rief Chief Mueller an.

»Chief, ich muß unbedingt mit Lieutenant Deitrich sprechen«, sagte Matt. »Und niemand meldet sich an seinem Telefon.«

»Ist es eilig, Payne?«

»Ja, sehr eilig, Sir.«

»Geben Sie mir Ihre Nummer. Ich rufe zurück.«

Drei Minuten später klingelte das Telefon.

»Deitrich wird Sie in fünf Minuten an der Ecke abholen – gehen Sie nach rechts, wenn Sie die Bank verlassen«, sagte Chief Mueller ohne Einleitung.

»Vielen Dank.«

»Gern geschehen.«

Fast genau fünf Minuten später bog ein erbsengrüner

neutraler Ford mit Deitrich am Steuer um die Ecke. Er signalisierte Matt, einzusteigen.

»Haben Sie etwas?« fragte Deitrich.

Matt berichtete während der Fahrt den Ablauf der Ereignisse.

Deitrich nickte.

»Eines der Probleme bei Banken ist, niemand von der Bank will glauben, daß der oder die ehrbare Sowieso möglicherweise seine – oder besonders ihre – Hand in der Kasse haben kann«, sagte er. »Ich nehme an, diese Erfahrung haben Sie bereits gemacht.«

Das war soeben ein Kompliment von ihm.

»Ich werde diese Adelaide Worner überprüfen. Wo kann ich Sie erreichen?«

»In der Bank. Heute abend fahre ich zum Essen.«

»Ist acht Uhr morgen früh im Penn-Harris zu früh für Sie?«

»Nein, Sir. Vielen Dank.«

Deitrich lenkte den Wagen an den Straßenrand, und Matt verstand, daß er aussteigen sollte.

»Danke, Sir.«

Deitrich nickte ihm wortlos zu.

Matt stieg aus. Er hatte keine Ahnung, wo er sich befand, und er mußte nach dem Weg zur First Harrisburg Bank & Trust fragen, um dorthin zurückzufinden.

Er rief Jason Washington an, erfuhr, daß er nicht erreichbar war, versuchte es mit Staff Inspector Weisbachs Telefonnummer und hörte, daß Weisbach schwer erkältet und nicht im Dienst war. Schließlich rief er Inspector Peter Wohl an.

Eigentlich will ich gar nicht mit Wohl sprechen.

Wohl hörte sich seinen Bericht über Calhouns Besuch bei seinem Schließfach an, der nicht in der Karteikarte vermerkt worden war, und was er daraufhin unternommen hatte.

»Rufen Sie an, wenn Sie etwas erfahren«, sagte Wohl.

»Jawohl, Sir.«

»Ich habe mit Chief Coughlin zu Mittag gegessen«,

sagte Wohl. »Ich habe ihm gesagt, ich bin überzeugt, daß Sie nichts Dummes in Harrisburg tun. Strafen Sie mich nicht Lügen, Matt.«

»Ich werde es versuchen.«

»Hat sich was getan mit Ihrer Freundin?«

»Nein, Sir.«

O Mann, ich hasse es, ihn zu belügen. Ich habe das Gefühl, ich muß kotzen.

»Seien Sie vorsichtig«, sagte Wohl, und dann war die Leitung tot.

Matt legte auf und lehnte sich auf dem Schreibtischsessel zurück.

Er berührte mit dem Fuß den Attachékoffer mit dem geraubten Geld und stieß ihn um.

Er saß weitere zwei Minuten lang da und dachte über die Konsequenzen dessen nach, was er getan hatte und was er tat.

Und dann stand er auf, griff unter den Schreibtisch, nahm den Attachékoffer und verließ damit die Bank.

20

Obwohl Mr. Michael O'Hara vom *Bulletin* eine enge Beziehung mit vielen – eigentlich fast allen – der ranghöheren Leiter der Polizei von Philadelphia hatte, versorgten ihn die ›Weißhemden‹ im allgemeinen nicht mit den kleinen Informationshäppchen, aus denen Mr. O'Hara die Artikel entwickelte, an denen seine Leser interessiert waren.

Es war eine stillschweigende Spielregel: Wenn Mr. O'Hara bei den Besuchen der verschiedenen Distrikte und Spezialabteilungen des Philadelphia Police Department einem ranghohen ›Weißhemd‹ eine Frage stellte, erhielt er entweder eine ehrliche Antwort oder wurde gebeten, eine Story zurückzuhalten, bis die Information veröffentlicht werden konnte. Man versprach ihm in diesem Fall, ihm mitzuteilen – und, noch wichtiger, *vor* seinen Konkurrenten –, wann der Zeitpunkt der Veröffentlichung passend sein würde.

Die stillschweigenden Spielregeln wurden von beiden Seiten peinlich genau eingehalten. Die ›Weißhemden‹

meldeten sich tatsächlich sofort und so schnell bei Mickey O'Hara, wie sie das konnten, und zwar zuerst bei ihm. Seinerseits verzichtete Mr. O'Hara auf eine Veröffentlichung seines Artikels auch, wenn er selbst die Antworten auf die Fragen gefunden hatte. Er würde sich mindestens nach den Gründen erkundigen, warum er diese oder jene Geschichte noch nicht veröffentlichen sollte. Und wenn ihm die Gründe genannt worden waren, hielt er in neun von zehn Fällen die Story zurück, bis man ihm sagte, daß sie erscheinen konnte.

Die ›Weißhemden‹ wußten, daß keine noch so strenge Ermahnung rangniedrige Polizeibeamte davon abhalten konnte, Mr. O'Hara mit Fakten zu versorgen, die ihn interessierten. Fünfundneunzig Prozent der uniformierten Polizeibeamten der Polizei von Philadelphia betrachteten Mr. O'Hara als einen der Ihren.

In jedem Distrikt der Polizei von Philadelphia findet die tägliche Verwaltungsroutine unter der Leitung eines Corporals statt. Dem Corporal assistiert stets ein ›Trainee‹, was eine gewaltige Fehlbezeichnung ist, denn bei dem Begriff denkt man an einen gescheiten, diensteifrigen, sehr jungen Polizeibeamten, der lernen will.

Ganz das Gegenteil stimmt. Viele Trainees sind altgediente Polizeibeamte, die aus einer Vielzahl von Gründen, aber oftmals wegen ihrer körperlichen Verfassung, nicht mehr zu Fuß auf Streife gehen oder acht Stunden lang in einem Streifenwagen herumfahren können. Sie wollen noch nicht in Pension gehen, und der Dienst als Trainee verschafft ihnen eine wichtige Aufgabe. Und der Distrikt profitiert von ihrer langen Erfahrung.

Michael J. O'Hara kannte jeden Trainee bei der Polizei von Philadelphia mit Vornamen, und fast jeder Trainee fühlte sich privilegiert, ein Freund des Journalisten zu sein, der den Pulitzerpreis erhalten hatte.

Als Mickey O'Hara das Hauptquartier des 1. Distrikts in Südwest Philadelphia betrat, machte er den Corporal hinter dem Schalter auf sich aufmerksam und mimte das Trinken einer Tasse Kaffee. Der Corporal lächelte Mickey an, reckte den Daumen empor und drückte auf einen Knopf, wodurch die Tür geöffnet wurde, auf der ein Schild darauf hinwies, daß der Zutritt ausschließlich für Polizeipersonal erlaubt war.

Mickey ging in den Raum, nahm sich eine Tasse Kaffee und legte einen Dollarschein in die Kaffeekasse.

»Mensch, Mickey, das brauchen Sie nicht!« sagte der Trainee, ein stämmiger Fünfzigjähriger mit rötlichem Gesicht, der sechsundzwanzig Jahre Polizeidienst hinter sich hatte.

»Ich halte einfach den Ruf der Leute gälischer Abstammung als perfekte Gentlemen aufrecht«, erwiderte Mickey.

(In Wirklichkeit war das keine so ganz wohltätige Geste. Der Dollar würde auf Mr. O'Haras Spesenabrechnung als ›Kaffee und Doughnuts für drei Personen im 1. Polizei-Distrikt, 8,50 Dollar‹ aufgeführt werden.)

Der Corporal und der Trainee lachten, und das Gelächter wurde noch stärker, als Mickey ihnen die Geschichte von dem Cop im 19. Distrikt erzählte, der auf dem Heimweg nach einigen Schnäpsen erkannte, daß es nicht nur drei Uhr morgens war, sondern daß er auch vermutlich nach Parfüm duftete, das nicht von seiner Frau benutzt wurde. Da ihm klar war, daß seine Frau das Rauschen des Wassers hören würde, wenn er duschte, brauchte er eine bessere Idee und fand eine. Er schlich sich auf Zehenspitzen ins Badezimmer und hütete sich davor, das Licht anzuschalten, weil dadurch seine Frau wach werden würde. Dann zog er sich aus und besprühte sich am ganzen Körper großzügig mit Deodorant. Als er an sich schnüffelte, glaubte er immer noch das Parfüm zu riechen, und so sprühte er sich noch einmal ein. Dann schlich er auf Zehenspitzen ins Schlafzimmer und legte sich ins Bett, ohne seine Frau zu wecken.

»Dazu brauchte er ungefähr anderthalb Minuten«, endete Mickey. »Gerade lange genug, damit das Haarspray seiner Frau – das er mit dem Deodorant verwechselt hatte – seinen Kleinen ans linke Bein und seine Eier aneinanderklebte.«

Das brüllende Gelächter aus dem Büro war so laut, daß der Distriktleiter und der wachhabende Lieutenant aufmerksam wurden. Sie schauten ins Büro, sahen Mr. O'Hara und traten ein, um ihn zu begrüßen.

Mickey wiederholte die Geschichte zu ihrer Erheiterung, und sie plauderten ein paar Minuten lang über gemeinsame Bekannte. Der Distriktleiter erzählte Mickey, daß er mit dem Lieutenant auf einer Sightseeingtour war – Mickey wußte, daß damit ein Rundgang im 1. Distrikt gemeint war –, und er lud ihn ein, mitzukommen.

Mr. O'Hara lehnte dankend ab. Er verabschiedete sich von den beiden Weißhemden, und sie verließen das Büro.

Weder der Corporal noch der Trainee hielten es für ungewöhnlich – oder unpassend –, daß Mickey zu einem Klemmbrett ging, auf das die jüngsten Kommunikationen mit dem Polizeipräsidium geheftet waren. Mickey nahm es von dem Nagel und las die Botschaften und Nachrichten.

Er fand eine Nachricht interessant.

Eine Fahndung nach Ronald R. Ketcham (es folgten die Angaben zur Person) und die Anweisung ›nicht festzunehmen‹. Die Adresse war in der Overbrook Avenue, und Mickey wußte, daß sie sich in der Nähe der Episcopal Academy befand. Es hieß in der Anweisung, daß Ketcham möglicherweise mit einem Buick Coupé unterwegs war, und das Kennzeichen war angegeben. Die Mitarbeit der Distrikte in den Vororten wurde erbeten.

Was Mr. O'Haras Aufmerksamkeit besonders weckte, war die Anweisung, jede Information bezüglich Mr. Ketcham sofort und direkt an ChInsp. Coughlin oder Insp. Wohl oder Sgt. Washington weiterzuleiten – ihre Telefonnummern waren angegeben –, statt auf dem normalen Dienstweg zu melden.

Mickey ging mit dem Klemmbrett zu dem Trainee.

»Pat, was ist das, was meinen Sie?«

»Ja, das fiel mir auch auf. Soweit ich weiß, hat Denny Coughlin anderes zu tun, als nach Vermißten zu fahnden.

Ich habe keinen blassen Schimmer, was das zu bedeuten hat.«

»Und der Name sagt Ihnen auch nichts?«

Pat schüttelte den Kopf. »Nein.«

»Vielleicht ein Schürzenjäger, der mit seiner neuen ›Schürze‹ nach Atlantic City abgehauen ist, und die Ehefrau kam von Mama heim, bevor sie erwartet wurde.«

»Vielleicht«, sagte Mickey, obwohl er das bezweifelte.

Er überlegte, und dann entschied er sich, Denny Coughlin nicht anzurufen und nicht zu fragen, was das alles zu bedeuten hatte.

Paragraph 11 B der ungeschriebenen Regeln erforderte, daß er in einer solchen Situation dem ranghöchsten Weißhemd, dessen Namen er hatte, die Fragen stellte, damit er die Untergebenen nicht in Verlegenheit brachte, weil sie überlegen mußten, was sie ihm sagen sollten und was nicht. Denny Coughlin würde es ihm natürlich mitteilen. Aber damit würde er einen Gefallen einfordern, und Mickey war es lieber, wenn Denny Coughlin in seiner Schuld stand und nicht umgekehrt er in Coughlins Schuld.

So verzichtete Mickey darauf, Inspector Coughlin anzurufen, sondern speicherte Ronald R. Ketcham in einer Datei seines Gehirns, wo er bleiben würde, bis Mickey etwas anderes hören würde.

Officer Tommy O'Mara steckte den Kopf in Captain Michael Sabaras Büro.

»Sir, ein Zivilist möchte Sie am Telefon sprechen.«

»Mich persönlich?«

»Jawohl, Sir.«

»Hat dieser Zivilist gesagt, was er will?«

»Nein, Sir.«

Sabara nahm den Telefonhörer ab, drückte den Knopf, über dem ein Lämpchen leuchtete, und sagte etwas ungeduldig: »Captain Sabara. Wie kann ich Ihnen helfen?«

»Mein Name ist Phil – Philip – Chason, Captain. Sagt Ihnen das was?«

Sabara kramte schnell in seiner Erinnerung.

»Ich befürchte, nein, Mr. Chason. Was kann ich für Sie tun?«

»Ich war wie Sie gestern nacht auf Captain Beidermanns Abschiedsfeier, Captain. Ich hatte gehofft, Sie erinnern sich an mich.«

»Oh, natürlich«, log Sabara freundlich. »Meine Erinnerung läßt mich in letzter Zeit immer häufiger im Stich. Entschuldigen Sie.«

»Ich war Detective«, sagte Chason. »Ich bin nach sechsundzwanzig Jahren wegen Invalidität aus dem Polizeidienst ausgeschieden.«

»Wie kann ich Ihnen helfen, Mr. Chason?«

»Karl und ich waren zusammen auf der Akademie. Ich habe soeben festgestellt, daß er gestern abend seine Ankündigung, am Morgen nach Florida zu fliegen, ernst meinte. Sonst hätte ich mich an ihn gewandt.«

»So?«

»Ich bin auf etwas gestoßen, das mich stört. Und ich will damit nicht zum Rauschgiftdezernat gehen. Oder zur Abteilung Organisiertes Verbrechen. Oder zum Nachrichtendienst.«

»Worauf sind Sie gestoßen?« fragte Sabara, jetzt ein wenig interessiert.

»Ich hatte gehofft, Sie haben eine Viertelstunde Zeit, um mich anzuhören.«

»Es betrifft das Rauschgiftdezernat? Hier bei der Special Operations kümmern wir uns nicht um …«

»Es betrifft das Rauschgiftdezernat und den Mob«, sagte Phil. »Ich bin überzeugt, Sie würden Ihre Zeit nicht verschwenden.«

»Sie möchten mich besuchen? Geht es darum?«

»Das möchte ich, ja.«

»Sie wissen, wo ich bin?«

»Frankford und Castor?«

»Richtig. Ich werde Sie erwarten.«

»Danke.«

Sabara legte auf und hob die Stimme: »Tommy!«

Officer O'Mara kam ins Büro.

»Nur zu Ihrer allgemeinen Information, Officer O'Mara, dieser namenlose Zivilist, der anrief, hat einen Namen.«

»Ja, Sir?«

»Sein Name ist Chason«, sagte Sabara. »Und er besucht mich. Wenn er auftaucht, bringen Sie ihn sofort herein.«

»Jawohl, Sir.«

»Bei Mr. Chason handelt es sich um Detective Chason im Ruhestand, Tommy.«

»Ja, Sir?«

»Wissen Sie, wo Ihr Vater gestern nacht war, Tommy?«

»Jawohl, Sir. Er war auf Captain Beidermanns Abschiedsparty. Sie waren Klassenkameraden auf der Akademie.«

»Dann war Ihr Vater auch ein Klassenkamerad von Detective Chason, Tommy. Und der war ebenfalls auf Captain Beidermanns Abschiedsparty. Meinen Sie nun, Sie hätten nicht wenigstens ein kleines bißchen von diesen Informationen bezüglich Detective Chason herausfinden können, bevor Sie mir sagen, daß ein namenloser Zivilist an der Strippe ist?«

Officer O'Mara dachte darüber nach.

»Jawohl Sir. Ich nehme an, ich hätte es herausfinden sollen.«

»Guter Junge!« sagte Sabara.

»Danke, Sir.« Officer O'Mara freute sich über das Kompliment.

»Danke, daß Sie mich empfangen, Captain«, sagte Phil Chason, als Officer O'Mara ihn in Sabaras Büro geführt hatte – nachdem er Chason erzählt hatte, wer sein Vater war.

»Jeder Freund von Karl ist willkommen«, sagte Sabara. »Wir waren zusammen auf der Fahrschule. Damals war er Sergeant …«

Er forderte Chason auf, in einem Sessel Platz zu nehmen.

»Jetzt, da ich hier bin, frage ich mich, ob es wirklich eine so gute Idee war, herzukommen«, sagte Chason.

»Sie sagten, Sie möchten eine Viertelstunde meiner Zeit. Die haben Sie.«

»Eigentlich habe ich nicht viel. Ein Mann, den ich verdächtige – beweisen kann ich es nicht –, Kontakt zum Mob zu haben, ist bereit, tausend Dollar für die Namen einiger Rauschgiftcops zu zahlen, und er erzählte mir eine komplizierte, blödsinnige Geschichte, um zu erklären, warum.«

»Wer ist der Mann, der Ihrer Meinung nach Verbindung zum Mob hat?«

»Joey Fiorello«, sagte Phil. »Er betreibt einen Autohandel an der Essington Avenue ...«

»Ich weiß, wer Joey ist«, unterbrach Sabara. »Warum will er die Namen der Rauschgiftcops haben?«

»Ich weiß es nicht, aber die Geschichte, die er mir erzählte, ist hanebüchen.«

»Wollen Sie von Anfang an erzählen?« sagte Sabara. »Wie kamen Sie in Kontakt mit Joey Fiorello?«

»Nun, ich verließ die Polizei wegen Invalidität. Ich hatte Langeweile, und so besorgte ich mir eine Lizenz als Privatdetektiv und setzte eine Anzeige in die Gelben Seiten. Ungefähr vor einem Jahr rief mich Fiorello an und bezog sich auf die Anzeige.«

»Er rief Sie an, um Ihnen einen Auftrag zu geben? Was war das?«

»Ich nehme an, Sie nennen es ›Hintergrund-Ermittlung‹. Er sagte, er spiele mit dem Gedanken, jemandem einen Job als Verkäufer anzubieten, und er wolle über ihn Bescheid wissen. Ich überprüfte ihn. Es war ein solider Bürger. Ein paar Monate später die gleiche Story. Ein weiterer solider Bürger. Und dann rief er ein drittes Mal an, erst vor kurzem. Diesmal war der Typ, der überprüft werden sollte, ein wirklich krummer Hund, ein Börsenmakler namens Ketcham.«

»Ketcham? Habe ich richtig gehört?«

»Ketcham, Ronald R. Sie kennen den Namen?«

»Tommy!«

Officer O'Mara steckte den Kopf ins Büro.

»Sehen Sie nach, ob Sergeant Washington oben ist, ja? Wenn er da ist, bitten Sie ihn her.«

»Jawohl, Sir.«

»Wer ist Sergeant Washington?«

»Von dem haben Sie bestimmt gehört. Ein großer Schwarzer. Arbeitete in der Mordkommission. Der Schwarze Buddha.«

»Jason ist hier, und er ist Sergeant?«

»Ich weiß nicht, ob es ihm gefällt, Sergeant zu sein, aber er ist nicht gern hier.«

Officer O'Mara meldete, daß Sergeant Washington nicht im Gebäude, daß jedoch Detective Harris anwesend war.

»Bitten Sie ihn zu uns, Tommy«, sagte Sabara.

»Tony Harris ist auch hier?« fragte Phil.

»Ebenfalls unglücklich, weil er nicht mehr in der Mordkommission ist«, sagte Sabara.

Zwei Minuten später kam Tony Harris ins Büro.

»Mein Gott, sieh mal, was die Brandung angespült hat. Den armen Armleuchter Phil Chason!«

»Leck mich am Arsch, Tony«, erwiderte Phil.

Sabara war erfreut. Offenbar waren Harris und Chason befreundet. Das sprach für Chason, der zwar 26 Jahre im Dienst gewesen war, den Sabara jedoch zum ersten Mal gesehen hatte, als er das Büro betreten hatte.

»Mr. Chason hat mir soeben erzählt, daß er erst vor ein paar Tagen eine Ermittlung über Mr. Ronald R. Ketcham durchgeführt hat«, sagte Sabara.

»Im Ernst?« fragte Tony und schaute Phil an.

Phil nickte.

»Woher wußtest du, daß wir ihn suchen?«

»Ich wußte es nicht, aber es überrascht mich nicht. Er ist ein krummer Hund.«

»Sie haben die Fahndung ›nicht festzunehmen‹

gar nicht gesehen?« fragte Sabara, nur um sicherzugehen.

»Nein, davon weiß ich nichts.«

»Wer hat dich beauftragt, Ketcham zu überprüfen?« fragte Tony.

»Joey Fiorello«, sagte Phil.

Tony stieß einen Grunzlaut aus.

»Du weißt nicht zufällig, wo sich Ketcham aufhält, Phil?«

»Leider nicht.«

»Als zweite interessante Sache hat Mr. Chason berichtet, daß Fiorello ebenfalls an den Namen einiger Beamter des Rauschgiftdezernats interessiert ist.«

»Beamte der fünften Abteilung?« fragte Tony ruhig.

»Das weiß ich nicht, aber es gab am vergangenen Donnerstag eine Drogenrazzia im Howard Johnson Motel ...«

»Interessant«, sagte Sabara.

»Darf ich fragen, was los ist?« erkundigte sich Phil.

»Das ist eine schwierige Frage«, begann Sabara. »Mr. Chason, wir arbeiten an etwas – ich kann die Frage nicht beantworten. Das müssen Sie verstehen.«

»Reden Sie keinen Scheiß«, sagte Tony Harris. »Mike, ich kenne Phil seit zwanzig Jahren. Wenn es zwei ehrliche Cops in der ganzen Abteilung gibt, ist Phil der andere. Je mehr er von dieser Sache weiß, desto mehr wird er uns nützen.«

Das war ein klarer Fall von Auflehnung. Ganz zu schweigen von respektloser Sprache gegenüber einem Vorgesetzten. Und, was das anbetraf, Harris war unrasiert im Dienst und brauchte dringend einen Haarschnitt.

Andererseits ...

»Der *andere* ehrliche Cop? Sie meinen sich und ihn?«

»Nun, vielleicht kann man Washington und Wohl noch dazuzählen«, sagte Harris. »Dann wären es vier, aber bei Wohl bin ich mir nicht ganz sicher ...«

»Für die Akten, Tony, ich habe Ihnen befohlen, es ihm nicht zu sagen ...«

»Dann melden Sie mich.«

»… also werde *ich* es ihm sagen«, vollendete Sabara. »Mit der Bedingung, daß alles, was hier gesprochen wird, in diesen vier Wänden bleibt, ist das klar, Mr. Chason?«

»Klar, Sir.«

»Vincenzo Savareses Enkelin ist in der psychiatrischen Abteilung der Universitätsklinik, und zwar in sehr schlechter Verfassung«, begann Sabara. »Jemand rief dort an und sagte, sie sei vergewaltigt und zu Oralverkehr gezwungen worden.«

»Ich verstehe nicht den Zusammenhang«, bekannte Phil.

»Ronald R. Ketcham ist der Freund des Mädchens«, erklärte Tony Harris. »Und anscheinend weiß niemand, wo er ist.«

»Ketcham muß ein Frauentyp sein«, sagte Chason. »Nach dem, was ich gehört habe, hat er ein heißes Verhältnis mit der Tochter eines reichen Unternehmers namens Longwood aus Bala Cynwyd.«

»Das ist das Mädchen, Phil«, sagte Tony Harris.

»Und sie ist Savareses Enkelin? Und dieser Typ hat sie vergewaltigt? Dann müßt ihr alles daransetzen, um ihn zu finden, Tony!« Dann kam Phil Chason ein Gedanke, der ihn erschauern ließ.

»Oh, Scheiße! Ich habe Joey Fiorello informiert, und der hat es Savarese gesagt …«

»Woher weißt du das?« sagte Tony Harris. »Phil, laß uns ganz von vorne anfangen. Vielleicht stoßen wir auf irgend etwas, das uns weiterhilft.«

»Es war vor ungefähr einem Jahr …« begann Phil.

Trotz seines Vorsatzes, am Mittag aufzustehen, war Detective Harry Cronin erst nach fünfzehn Uhr aufgewacht, als ihn Geräusche aus der Küche geweckt hatten. Er erhob sich von der Couch und ging in seine Küche.

»Hallo, Baby«, sagte er zu Mrs. Cronin.

Sie sah ihn halb traurig, halb angewidert an, sagte jedoch nichts.

»Das mit gestern nacht tut mir leid, Baby. Ich habe beim Red Rooster vorbeigeschaut ...«

»... und dort hast du dich besoffen«, vollendete Patty für ihn.

Er nahm die Anschuldigung mit einem betrübten Nicken hin.

»Nur weil du nachts Feierabend hast, Harry«, sagte Patricia, »heißt das nicht, daß du anfängst, ins Red Rooster zu gehen und ...«

»Es ist nur einmal passiert, Baby.«

»Das hoffe ich, Harry«, sagte Patty und fügte hinzu: »Du solltest dich duschen und rasieren. Du mußt zur Arbeit.«

»Richtig« stimmte Harry zu.

Als er geduscht und rasiert in die Küche zurückkehrte, war er bereit, sowohl zum Dienst zu fahren als auch sich bei Patty aufrichtig für sein Fehlverhalten zu entschuldigen, doch sie war nicht mehr im Haus.

So fuhr er zur Arbeit.

Es war eine ereignislose Nacht, und er hatte gegen 22 Uhr die Möglichkeit, in einem Drugstore eine große Schachtel Pralinen zu kaufen, sozusagen als Angebot ›Laß uns wieder Freunde sein‹.

Patty freute sich stets, wenn er ihr Pralinen kaufte. Vielleicht verzieh sie ihm. Und in den nächsten zwei Wochen oder so würde sie bei jedem Verzehr einer Praline daran denken, daß er sie ihr geschenkt hatte.

Was soll's? dachte er. Sie hat ein Recht darauf, sauer zu sein. Kauf die Pralinen trotzdem.

Später freute er sich über seine Entscheidung. Er hatte keine bequeme Möglichkeit gefunden, Blumen zu kaufen – die nur ein paar Tage frisch geblieben wären –, und wenn er ihr Blumen geschenkt hätte, wäre das einem Eingeständnis gleichgekommen, daß er *tatsächlich* Mist gebaut und nicht nur ein paar über den Durst getrunken hatte.

Fünf Minuten nach Mitternacht stieg er in seinen vier Jahre alten Chevrolet, fest entschlossen, nicht zum Red

Rooster, sondern nach Hause zu fahren, wo er die Dinge mit Patty in Ordnung bringen würde.

Sein Weg führte ihn an dem ehemaligen NIKE-Gelände vorbei.

Er fuhr langsamer und schaute sich das Gebiet genau an. Nichts. Kein Licht. Kein Anzeichen auf Aktivität. Tote Hose.

Dennoch spürte Harry Cronin, daß etwas auf dem verdammten NIKE-Gelände nicht in Ordnung war.

Er hatte keinerlei Beweis für diese Annahme, nur die Intuition intelligenter Männer, die neunzehn Jahre Cop sind und dreizehn davon Detective.

Er hatte dieses ungute Gefühl beim Anblick des NIKE-Geländes, seit die Army es verlassen hatte, obwohl es zu diesem Zeitpunkt ein logischer Verdacht gewesen war, daß irgendwelche illegale Aktivitäten dort in der Zukunft stattfinden würden, denn verlassene Gebäude eignen sich ideal dafür.

Aber das Gefühl, das Harry sonst hatte, war anders als das jetzige. Jetzt war er fest überzeugt, daß auf dem NIKE-Gelände irgend etwas nicht stimmte. Und er spürte, daß es etwas Schwerwiegendes war. Da hatte niemand sein Mädchen in eines der verlassenen Gebäude mitgenommen mit der gemeinsamen Absicht, gegen das immer noch existierende Verbot der Unzucht zu verstoßen.

Und Cronin bezweifelte, daß es etwas im Zusammenhang mit Drogen war. Drogendealer brauchen einen einigermaßen diskreten Ort, um ihre Kundschaft zu bedienen. Aber eine Schlange von Leuten von der Straße durch den Zaun bis zu den Gebäuden und dann zurück würde ungewollte Aufmerksamkeit erregen.

Polizeibeamte von Philadelphia hatten keine Befugnis auf dem Gelände innerhalb des Zauns, aber sofort wenn jemand mit seiner Tagesration Joints oder was auch immer durch das Tor im Zaun zurückkehrte, hatte die Polizei wieder Befugnis und konnte ihn festnehmen.

Was innerhalb des Zauns vorging, an dem rostig gewordene Schilder in regelmäßigen Abständen darauf hinwiesen, daß das Gelände Besitz der U.S.-Regierung und unbefugtes Betreten bei Strafe verboten war, ging Detective Harry Cronin nicht das geringste an, und das wußte er.

Nachdem er an all dies gedacht hatte, entschied er sich, auf sein Gefühl zu achten, auch wenn er dadurch ein wenig später heimkommen und Patty sofort bei seinem Eintreten schnüffeln würde, ob er eine Fahne hatte.

Er fuhr noch langsamer, wendete und rollte im Schritttempo zum Tor im Zaun zurück.

Als er aus dem Wagen stieg und das Tor öffnete, kam ihm in den Sinn, daß er für die Bundespolizei vermutlich ein Unbefugter war, der sich strafbar machte, wenn er das Gelände betrat. Und bei seinem Pech machte gerade heute ein überbezahlter Bürokrat des Bundes, der ein wenig Überstundengeld kassieren wollte, eine seiner vierstündigen Inspektionen des Besitzes wie zweimal pro Jahr.

Das bedeutete, daß der Mann schneller um das Gebiet herum fahren würde, als Harry gefahren war, und zwar ohne zu halten, damit er das Geld für vier Überstunden auf die schnelle kassieren konnte.

Harry besann sich fast anders und wollte schon umkehren.

Doch dann sah er einen Kratzer, eine blanke Stelle an den Torangeln, von der sich der Rost gelöst hatte.

Jemand war da drin, und zwar vor kurzem. Scheiß darauf. Wenn ich nicht reingehe, werde ich die ganze Nacht wach sein und wünschen, ich hätte mich dort umgesehen.

Er fuhr langsam um das Gelände herum, leuchtete mit seiner Taschenlampe in dunkle Ecken, wünschte sich die starke Stablampe, die er in seinem neutralen Dienstwagen hatte, statt dieser kleinen Funzel, die sich Taschenlampe nannte und die er im Handschuhfach des Chevrolet aufbewahrte.

Null.

Aber dann erfaßte das Licht der Scheinwerfer, nicht das

der Taschenlampe, Reifenspuren am Boden, der nicht ganz getrocknet war.

Irgendein Hurensohn ist hier gewesen, und zwar vor kurzem.

Vermutlich der Bürokrat.

Aber vielleicht auch nicht.

Er stoppte, stieg aus dem Chevrolet und untersuchte die Reifenspuren. Er erkannte, daß es Spuren von einem Truck waren, keine von einem PKW. Hier war zweifellos ein Truck gefahren.

Was, zum Teufel, ist hier los?

Detective Cronin ging zum nächsten Gebäude und richtete den Strahl der Taschenlampe auf die Angeln der Stahltür. Helle Kratzer an dem rostigen Metall verrieten ihm, daß die Tür vor kurzem geöffnet worden war.

Cronin schob die Tür auf und trat ein.

Er schritt über einen Gang.

Der Gestank von Kot und Urin stieg ihm in die Nase.

Irgendein verdammter Penner ist hier. Oder war hier, Ich hoffe letzteres. Nicht auszudenken, wenn ich hier die Leiche eines Penners finden würde. Dann würde ich heute nacht nicht mehr nach Hause kommen. Ein kluger Mann würde schleunigst kehrtmachen und von hier verschwinden.

Drei Türen zweigten von dem Gang ab. Zwei der Türen standen offen.

In einem der Räume fand seine Nase die Quelle des Gestanks.

Er leuchtete mit der Taschenlampe und sah Kleidungsstücke.

Teure Kleidung. Nicht die Sachen eines Penners.

Was ist hier los?

Die dritte Tür war mit Schnappriegeln wie bei Luken geschlossen, und Cronin erinnerte sich an seine Zeit bei der Navy, wo er Fireman First Class gewesen war.

Als er zum letzten Mal hier in diesem Gebäude gewesen war, hatten alle Türen offengestanden.

Harry öffnete die Tür und schob sie auf.

Jemand hat auch hier geschissen.

Das kann doch nicht wahr sein!

»Hören Sie, wir müssen miteinander reden!«, sagte ein nackter Mann, der mit einem Mantel über den Schultern an der Wand hockte. »Bitte, lassen Sie uns reden!«

»Ich bin Polizist«, sagte Harry. »Alles kommt in Ordnung.«

»Gott sei Dank«, sagte der Mann.

»Wollen Sie mir sagen, was passiert ist?«

»Sie sind Polizist?«

»Detective Cronin, Kripo Süd.«

»Hören Sie, ich will nur nach Hause. Wo sind meine Sachen?«

»Wie, sagten Sie, heißen Sie?«

»Ich will nur nach Hause.«

»Das wird wohl kaum sofort möglich sein«, erwiderte Harry. »Und nun nennen Sie mir Ihren Namen.«

»Ich brauche Ihnen überhaupt nichts zu sagen!«, entgegnete der nackte Mann ohne jedes Selbstvertrauen und mit weinerlicher Stimme.

Was, zum Teufel, mache ich jetzt? Ich bin nicht im Dienst. Ich habe keine Befugnis auf dem eingezäunten Gelände. Und weil ich mit meinem Privatwagen unterwegs bin, habe ich nicht mal Funk, um das zu melden!

Matt Payne, der im Fernsehen eine Werbesendung angeschaut hatte, die alle drei Minuten einen Abschnitt von einem Film mit John Wayne zeigte, der die Kavallerie gegen die Chiricahua-Apachen führte, sprang aus dem Bett, als es an der Tür klopfte. Er ging hin, zog die Tür vorsichtig einen Spalt auf, spähte hinaus und öffnete sie weit.

»Ich bin zwar entzückt, dich zu sehen, aber weiß deine Mommy, wo du bist, kleine Prinzessin?«

»Ich hoffe, nicht«, sagte Susan. »Wäre es zuviel verlangt, wenn ich dich bitte, deine Unterhose anzuziehen?«

»Du traust dir wohl nicht, wie?«

»O Gott!«

»Hast du dich von zu Hause weggeschlichen?«

Er ging zum Schrank, nahm Shorts heraus und zog sie an.

»Okay?«

»Danke.«

»Warum habe ich das unangenehme Gefühl, daß wir ein sehr ernsthaftes Gespräch führen werden?«

»Weil es so ist«, sagte Susan. »Ich habe nachgedacht.«

»Offenbar hast du dich nur mit reinen, asexuellen Gedanken beschäftigt.«

»Ich habe über das nachgedacht, was du beim Mittagessen gesagt hast.«

»Da habe ich allerhand gesagt«, erwiderte Matt. »Meinst du den Vorschlag, daß ich Jennifer verhafte?«

Susan nickte. »Würde das klappen?«

»Das ist zweifelhaft«, sagte Matt, jetzt ernst. »Angefangen mit der ersten Voraussetzung, daß sie von Chenowith fortkommen kann.«

»Beim letzten Mal hat sie sich allein mit mir getroffen. Hinter einem Restaurant in Doylestown. Und sie hatte ihr Baby dabei.«

»Und wenn sie diesmal das Baby nicht mitbringt?«

»Matt, dies war deine Idee.«

»Ich versuche nur an alles zu denken, was schiefgehen könnte.«

»Sag mir, was vom Moment ihrer Festnahme an geschehen wird.«

»Nun, ich lege ihr Handschellen an – und da gibt es das erste Problem, weil ich keine Handschellen habe.«

»Wie bitte?«

»Meine Handschellen sind in Philadelphia. Am Anfang hat ein Cop seine Handschellen immer dabei. Nach einer Weile erkennt er, daß er sie (a) nur sehr selten benutzt – in meinem Fall so gut wie nie – und daß es (b) unbequem ist, sie mit sich herumzuschleppen. Und so läßt er sie daheim, was bei meinen der Fall ist.«

»Ist das wichtig?«

»Ja, das ist wichtig. Nach dem, was du mir erzählt hast,

geht Jennifer nicht freiwillig in den Knast. Ich muß sie fesseln.«

»Kannst du Handschellen kaufen?«

»Keine Ahnung. Ich nehme es an.«

»Und dann?«

»Nun, dann nehme ich sie in den Polizeigriff – was nicht so leicht ist, wie es in den Filmen aussieht –, bis ich über Funk die örtlichen Cops rufen kann. Problem Nummer zwei, ich bin mir nicht sicher, ob ich die Cops von Doylestown auf meiner Frequenz erreichen kann. Wir müßten improvisieren.«

»Damit komme ich nicht zurecht.«

»Angenommen, sie wird dich in Doylestown treffen, dann wissen wir erst, ob ich die Cops über Funk erreiche, bis wir dort sind und ich es versuchen kann. Nehmen wir mal die bestmögliche Situation an. Ich lege ihr Handschellen an, werfe sie hinten in den Wagen und fahre zum Polizeirevier in Doylestown. Man nimmt sie für mich in Gewahrsam – nehme ich an –, wenn ich mich als Cop aus Philadelphia ausweise, der in ihrem Zuständigkeitsbereich eine Festnahme durchgeführt hat ...«

Matt verstummte. Offensichtlich kam ihm ein anderer, bedrückender Gedanke.

»Was ist?« fragte Susan.

»Wenn du von den Cops von Doylestown oder der Staatspolizei gesehen wirst, wird man sich fragen, wer du bist. Folglich darfst du dich nicht blicken lassen. Und ...«

Er verstummte abermals, und nach einer Weile zuckte er mit den Schultern.

»Was hat dieses resignierende Achselzucken zu bedeuten?«

Er schaute ihr in die Augen.

»Meine Befehle sind ganz klar«, sagte er. »Ich soll nichts unternehmen, sondern nur das FBI informieren, wenn ich annehme, daß du dich mit irgendeinem Mitglied der Chenowith-Gruppe triffst. Ich soll nicht versuchen, jemand selbst zu verhaften. Das hat mir fast jeder außer dem Bürgermeister gesagt.«

»Du wirst also Schwierigkeiten bekommen?«

Matt nickte.

»Und du willst es nicht tun, nachdem du darüber nachgedacht hast?«

»Das habe ich nicht gesagt«, widersprach Matt. »Wir reden jetzt nur darüber. Das Geld ist ein weiteres Problem. Für mich hat Vorrang, dich aus diesem Schlamassel herauszuholen. Ich überlege, wie das am besten zu schaffen ist. Und wir müssen an das denken, was Lincoln gesagt hat.«

»Lincoln?«

»Man kann alle Leute eine Zeitlang täuschen und einige Leute immer, aber man kann nicht alle Leute jederzeit täuschen«, zitierte Matt. »Wir haben es hier mit einigen klugen Leuten zu tun. Wir ...«

»Du redet von den Cops?«

Matt nickte. »Und vom FBI. Das meiste von dem, was wirklich passiert ist, wird herauskommen. Im Augenblick können sie nicht beweisen – obwohl ich überzeugt bin, daß sie den Verdacht haben –, daß du das Geld für die Chenowith-Gruppe gebunkert hast. Vielleicht ist es das beste, das Geld in den Fluß zu werfen. Du würdest einen Meineid leisten müssen, wenn du schwören mußt, daß du das Geld nie gehabt hast.«

»Ich bin keine sehr gute Lügnerin.«

»Du bist eine bessere, als du denkst«, sagte er. »Andererseits könnten wir versuchen ...«

Er verstummte und dachte über das nach, was er auf der Zunge gehabt hatte.

»Was, Matt?« fragte Susan neugierig.

»Es kommt der Wahrheit näher. Hölle, es *ist* die Wahrheit. Wir sagen aus, du hast durch mich erkannt, daß dein Handeln falsch war. Ich habe dich davon überzeugt, daß es falsch ist, das Geld für diese Leute aufzubewahren, und daß deine einzige Chance darin besteht, mit den Behörden – mit mir – zusammenzuarbeiten. Du hast mir (a) das Geld übergeben und (b) das Treffen für mich arrangiert, und so konnte ich Jennifer festnehmen. Und als Gegenleistung bot ich dir Immunität vor strafrechtlicher Verfolgung an.«

»Kannst du das tun?«

»Ich wünschte, ich könnte es. Nein, ich kann es nicht. Aber Cops haben schon des öfteren gelogen, um an Informationen zu kommen, und wenn ein Anwalt bei den Geschworenen Mitleid mit einer Angeklagten wecken kann, weil sie belogen wurde, könnten sie etwas milder bei dir sein. Vielleicht, in dem Wissen, daß er es mit einem verdammt guten Anwalt zu tun hat, entscheidet sich der U.S. Attorney, diesen Anklagepunkt fallenzulassen. Es ist unwahrscheinlich, aber möglich. Er hat andere Anklagepunkte gegen dich – die Treffen mit Chenowith in den Poconos zum Beispiel –, die er problemlos beweisen kann.«

»Ich komme ins Gefängnis, nicht wahr?«

»So sieht es aus«, sagte Matt fast im Plauderton. »Aber laß mich noch ein wenig laut über die Taktik ›reuige Sünderin‹ nachdenken. Weißt du *sicher*, wo sich Chenowith aufhält?«

»Ich weiß, wo sie wohnen, wenn du das meinst.«

»Du könntest jemand dorthin führen?«

»Ich werde das FBI nicht dorthin führen, wenn das dein Vorschlag ist, nicht mit Jennie und dem Baby im Haus. Er wird sich nicht einfach ergeben, und du hast mir gesagt, daß er eine Maschinenpistole hat. Ich will nicht, daß Jenny oder das Baby erschossen werden.«

»Wie findest du diesen Vorschlag?« fragte Matt. »Wir treffen uns mit Jennie. Sie hat das Baby. Ich nehme sie fest, Wir nehmen das Geld – ihres und deines – und übergeben es dem FBI. Du führst dann das FBI zu Chenowith' Haus. Ich finde, ein guter Anwalt könnte die Geschworenen überzeugen, daß eine reuige Sünderin tatsächlich versucht hat, die Dinge in Ordnung zu bringen, und sie ist obendrein eine nette Person. Sie wollte dem FBI Chenowith' Aufenthaltsort erst sagen, als sie sicher war, daß der anderen irregeleiteten Unschuld, Jennifer, und ihrem entzückenden Baby, keine Gefahr von dem verrückten Verbrecher Chenowith und den noblen Kämpfern für Recht und Gesetz drohten. Aber als die reuige Sünderin wußte, daß ihrer geliebten Freundin und deren reizendem Baby keine Gefahr mehr drohte …«

»Ich mag dich nicht sehr, wenn du so zynisch bist«, sagte Susan.

»Allmächtiger!«

»Entschuldige.«

»Während wir darüber sprachen – du voller Reue und zur Mitarbeit bereit –, spitzte sich die Situation unerwartet zu. Jennifer rief an und kündigte an, daß sie aus Angst um ihr Leben und aus Todesangst vor dem Monster Chenowith flüchten wollte, und wir mußten handeln.«

Susan schaute ihn lange an. Sie spitzte die Lippen und dachte sichtlich nach..

»Wie haben wir gehandelt?« fragte sie schließlich.

»Ich rufe Jack Matthews an und sage ihm, daß ich ihn sprechen muß. Er trifft sich mit uns in einem Restaurant. In Doylestown. Während wir Jack erklären, wie du dich entschieden hast, das Richtige zu tun, taucht Jennifer auf, viel früher als erwartet – für Matthews, meine ich. Matthews hat keine Zeit mehr, die Anti-Terroristen-Gruppe oder die örtlichen Cops zu alarmieren. Wir nehmen Jennifer fest. Du ermahnst sie, kein Wort zu sagen, bevor sie mit einem Anwalt gesprochen hat.«

»Vielleicht hört sie nicht auf mich. Für sie muß es aussehen, als hätte ich sie verraten. Und das hätte ich ja auch getan.«

»Verdammt, kapier doch endlich, daß keiner von uns ungeschoren davonkommen wird. Wir können nur den Schaden begrenzen. Wenn Jennifer darauf besteht, eine revolutionäre Heldin zu sein, dann ist das ihr Bier. Und wenn sie das tut, dann spielst du die Rolle ›Ich-rette-meinen-eigenen-Arsch‹. Andernfalls gehst du mit ihr den Bach runter.«

»Vielleicht wird das ohnehin passieren«, sagte Susan.

»Und was ist mit uns? Bedeutet dir dieses verrückte Weib mehr als ich?«

Susan schaute ihm in die Augen, und dann schüttelte sie den Kopf.

»Du weißt es besser«, sagte sie.

»Da ist etwas, das ich dir erzählen sollte«, sagte Matt. »Ich habe ebenfalls nachgedacht, während ich diesen blödsinnigen Western im Fernsehen gesehen habe. Und meine Lösung des Problems – ich bin verdammt nahe an einer Entscheidung gewesen, bevor du angeklopft hast – bestand darin, zu deinem Elternhaus zu fahren, deinen Vater aus dem Bett zu werfen und ihm alles über den verdammten Schlamassel zu erzählen, in dem du steckst, und ihm zu raten, dich zu überzeugen, daß du nur eine Chance hast, nicht für lange, lange Zeit in den Knast zu wandern, wenn du sofort zum FBI gehst und nicht nur erzählst, wo Chenowith ist, sondern zu bedingungsloser Zusammenarbeit bereit bist.«

»Du meinst, ohne überhaupt an Jennifer und das Baby zu denken?«

»Wer und was ist wichtiger? Wir oder Jennifer?«

Sie schaute ihm schweigend in die Augen.

»Schatz, ich will nicht, daß du ins Gefängnis kommst«, sagte Matt. »Ich will mein Leben mit dir zusammen verbringen.« Seine Stimme brach. »Ich liebe dich, verdammt noch mal!«

Sie berührte seine Wange.

»Oh, Matt!«

»Schatz, ich habe Frauengefängnisse von innen gesehen. Mein Gott, ich möchte nicht mal denken, daß du eine dieser Frauen bist.«

»Ich will nicht ins Gefängnis«, sagte Susan. »Aber ich kann mich einfach nicht von Jennifer lossagen. Ich kann es einfach nicht!«

»Auch nicht, wenn es für uns alles ruiniert?«

»Können wir wenigstens versuchen, Jenny und ihrem Baby zu helfen?«

»Und wenn es nicht klappt? Und ich muß dir sagen, ich bezweifle, daß es klappen wird.«

»Dann hätte ich es wenigstens versucht«, sagte Susan.

»Ist das so wichtig für dich?«

Sie nickte.

»Ich wünschte, es wäre anders«, sagte sie leise.

»Okay«, sagte Matt. »Wir werden es versuchen.«

»Danke.«

»Nichts zu danken.«

Lieutenant Daniel Justice junior, dem Vernehmen nach das kleinste und fraglos das zierlichste Weißhemd bei der Polizei von Philadelphia, saß bei der Kripo Süd an seinem Schreibtisch, als Detective Harry Cronin das Büro betrat.

Justice, allgemein als ›Danny the Judge‹ bekannt, war durch Blutsverwandtschaft und Heirat mit einer erstaunlichen Anzahl von Polizeibeamten verbunden, von einem stellvertretenden Polizeichef bis zu einem Cop, der erst ein halbes Jahr im Dienst war. Es hieß, seine Mutter brauchte Hilfe, um ihre linke Hand zu heben, an deren Gelenk sie einen Armreif mit einem Miniaturabzeichen von jedem ihrer Verwandten im Polizeidienst trug, einschließlich das ihres Ehemannes, Detective im Ruhestand Daniel Justice senior, allgemein bekannt als ›Big Danny‹.

Der einzige Skandal, der jemals den Namen der Familie Justice befleckte, geschah, als ›Danny the Judge‹ einen sechzehnjährigen Autodieb verfolgte, den er beim Aufbrechen eines Wagens ertappt hatte, auf der vereisten Straße ausrutschte und sich den Arm brach.

»Wie kommen wir zu dieser frühen Morgenstunde zu der Ehre Ihrer Anwesenheit, Cronin?« fragte Danny the Judge.

»Ich möchte Sie um einen Gefallen bitten, Lieutenant«, sagte Harry Cronin.

Danny the Judge sah Cronin an, daß es sich um etwas Wichtiges handeln mußte.

»Welchen?« fragte er.

»Rufen Sie bitte meine Frau an und sagen Sie ihr, daß ich arbeite«, sagte Harry Cronin.

»Tun Sie das – arbeiten, meine ich?«

»Jawohl, Sir.«

»Und was tun Sie?«

»Ich wüßte es zu schätzen, wenn Sie zuerst meine Frau anrufen, Lieutenant«, sagte Harry.

Danny the Judge schaute ihn einen Moment lang an, zog dann eine mit Maschine getippte Liste mit den privaten Telefonnummern aller Detectives bei der Kripo Süd zu Rate, fand Cronins Nummer und wählte.

»Patty? Dan Justice. Harry bat mich, anzurufen. Er ist im Dienst und kann im Augenblick nicht sagen, wann er heimkommen wird.«

Danny the Judge hörte schweigend zu, während Mrs. Cronin etwas erwiderte.

»Patty, das würde ich niemals tun«, sagte er dann. »Wenn ich sage, Harry ist im Dienst, dann ist er das auch. Sobald er eine Minute Zeit findet, lasse ich ihn selbst bei Ihnen anrufen.«

Danny the Judge legte den Hörer auf die Gabel und schaute Detective Cronin an.

»Okay, Harry. Erzählen Sie mir jetzt, wie es kommt, daß Sie tatsächlich im Dienst sind.«

»Am besten begleiten Sie mich, Lieutenant«, sagte Cronin.

Danny the Judge erhob sich hinter seinem Schreibtisch – es gab Gerüchte, daß seine Füße nicht ganz den Boden berührten, wenn er saß – und folgte Harry Cronin hinaus auf den Parkplatz und zu Harrys Chevrolet.

Auf dem Rücksitz saß ein Mann, der einen zu kleinen Mantel und Handschellen trug.

Und anscheinend nichts sonst.

Danny the Judge schaute genauer hin, um sich zu vergewissern, daß der Mann nichts sonst anhatte.

»Was ist denn das?«

»Sie haben absolut keinen Grund, mich gegen meinen Willen festzuhalten«, sagte der Mann mit den Handschellen und dem zu kleinen Mantel, und es klang weinerlich.

»Sein Name ist Ketcham, Ronald R.«

»Tatsächlich? Haben Sie nicht daran gedacht, daß

auf dem Fahndungsersuchen ›nicht festzunehmen‹ steht?«

»Sir?« fragte Cronin. Er hörte zum erstenmal von einem Fahndungsersuchen.

»Wo ist Mr. Ketchams Kleidung?«

»Ich habe sie dort gelassen«, sagte Harry.

»Wo ist ›dort‹, Harry?« fragte Danny the Judge, und eine gewisse Ungeduld schlich sich in seinen Tonfall.

»Auf dem NIKE-Gelände«, sagte Harry. »Ich habe diesen Mann dort gefunden. Er trug nur diesen Mantel, war in einem Raum eingeschlossen, und seine Sachen lagen in einem anderen Raum.

»Auf dem NIKE-Gelände? Was, zum Teufel, treiben Sie auf dem NIKE-Gelände?«

»Ich hatte das üble Gefühl, daß da etwas faul ist«, sagte Harry. »So schaute ich mich um, und da war er.«

Danny the Judge sah Mr. Ketcham an.

»Mr. Ketcham, was haben Sie auf dem NIKE-Gelände gemacht?«

»Ich sage kein Wort, bis ich die Möglichkeit hatte, mit meinem Anwalt zu sprechen.«

»Das habe ich zur Kenntnis genommen, Sir«, sagte Danny the Judge und wandte sich an Harry. »Sie haben seine Sachen dort gelassen?«

»Jawohl, Sir. Ich habe sie durchsucht, bis ich seine Brieftasche fand. Aber ich dachte ...«

»Wir werden gleich wieder bei Ihnen sein, Mr. Ketcham«, sagte Danny the Judge und schloß die Tür von Harrys Chevrolet.

Er forderte Harry mit einem Wink auf, ihm ins Gebäude zu folgen.

»Wissen Sie, Harry, daß wir keine Befugnis innerhalb dieses Zauns haben? Daß es Bundesbesitz ist?«

»Ja, das weiß ich, Sir.«

Sie betraten das Gebäude, und Lieutenant Justice signalisierte dem Trainee hinter der Glasscheibe, die Tür zu öffnen.

»Warten Sie«, sagte er zu Harry, ging durch die Tür,

nahm das Klemmbrett vom Nagel und las noch einmal die Nachricht bezüglich Ketcham, Ronald R.

Zuerst wollte er seinen Schwager, den Deputy Commissioner, anrufen. Zweifellos würde diese Sache bald den höheren Rängen der Polizei von Philadelphia zu Ohren kommen.

Aber in dem Fahndungsersuchen ›Nicht festzunehmen‹ stand die besondere Anweisung, sofort ChInsp. Coughlin, Insp. Wohl und/oder Sgt. Washington zu informieren, was ziemlich ungewöhnlich war.

Lieutenant Justice hatte die Erfahrung gemacht, daß man sich weniger Schwierigkeiten aufhalste, wenn man Anweisungen strikt befolgte, anstatt das anscheinend Logische zu tun.

Er wandte sich an den Sergeant vom Dienst.

»Sie wissen, welchen Wagentyp Cronin fährt?«

»Jawohl, Sir.«

»Da sitzt ein Mann auf dem Rücksitz. Holen Sie ihn raus. Stecken Sie ihn – allein – in eine Zelle für Untersuchungshäftlinge. In eine saubere. Nehmen Sie ihm die Handschellen ab und bringen Sie ihm ein paar Decken. Reden Sie nicht mit ihm und lassen Sie ihn an kein Telefon heran.«

»Jawohl, Sir.«

Danny the Judge nahm das Fahndungsersuchen an alle Polizeidienststellen mit, verließ das Büro und winkte Detective Cronin, ihm die Treppe hinauf zu folgen.

Er nahm ein Exemplar der *Daily News* vom Schreibtisch des Sergeants im Vorzimmer, gab es Cronin und führte ihn ins Büro des Captains.

»Lesen Sie die Zeitung, Harry«, befahl er. »Bleiben Sie hier drin. Und reden Sie mit keinem.«

»Jawohl, Sir«, sagte Detective Cronin. Inzwischen bereute er zutiefst, daß er sich auf dem NIKE-Gelände umgeschaut hatte.

Danny the Judge kehrte in sein Büro zurück, zog das Fahndungsersuchen zu Rate und wählte eine Nummer.

»Dan Justice von der Kripo Süd, Chief«, sagte er. »Ich hoffe, ich habe Sie nicht geweckt.«

»Wie geht es Ihnen, Danny? Und wie geht es Margaret?« erwiderte Chief Inspector Dennis V. Coughlin.

»Prima, Chief. Es geht um die Fahndung nach einem Mann namens Ketcham, der nicht festgenommen werden soll.«

»Sie haben ihn gefunden?«

»Jawohl, Sir. Ich habe ihn gerade in eine Untersuchungszelle einsperren lassen.«

»Die Anweisung lautet ›nicht festnehmen‹, Danny«, sagte Coughlin.

»Chief, ich halte es für eine gute Idee, wenn Sie herkommen.«

»Was ist passiert, Danny?«

»Ein Detective – Harry Cronin – fand ihn nackt, nur mit einem Mantel bekleidet, in einem Bunker auf dem NIKE-Gelände.«

»Das ist Bundesbesitz«, sagte Coughlin. »Er trug nur einen Mantel, sagten Sie?«

»So ist es, Sir.«

»Haben Sie jemanden benachrichtigt? Bundesbehörden?«

»Nein, Sir. Dies ist mein erster Anruf in dieser Sache.«

»Rufen Sie keinen sonst an. Nein. Rufen Sie Inspector Wohl und Sergeant Washington an – Sie haben die Telefonnummern – und bitten Sie sie, mich hier zu treffen, so schnell sie herkommen können.«

»Jawohl, Sir.«

»Und ich meine ernst, daß Sie niemanden sonst anrufen sollen, Danny. Und lassen Sie Mr. Ketcham nicht telefonieren, bis ich dort bin.«

»Jawohl, Sir.«

»Lassen Sie den Detective – Cronin? ...«

»Jawohl, Sir.«

»... mit keinem sprechen und nicht fortgehen.«

»Jawohl, Sir.«

»Inspector Wohl«, sagte Peter, und trotz seiner besten Absichten konnte er nicht verhindern, daß Amelia Payne. Dr. med., die neben ihm mit dem Kopf auf seiner Brust schlief, wach wurde, als er sich am Diensttelefon neben seinem Bett meldete.

»Dan Justice, Sir, von der Kripo Süd.«

»Wie geht es Ihnen, Danny?« erwiderte Wohl. »Was ist los?«

Amy stemmte sich von ihm auf, setzte sich auf und schaute auf ihn herab. Inspector Wohl war sich nicht sicher, ob aus Ärger oder einfach nur aus weiblicher Neugier.

»Wir haben Ketcham, Ronald R., entdeckt, Sir«, sagte Danny the Judge.

»Na prima! Wo ist er?«

»Unten in der Untersuchungszelle, Inspector.«

»Danny, die Anweisung lautet ›nicht festnehmen‹!«

»Jawohl, Sir«, gab Danny the Judge zu, und es klang ein wenig verlegen. »Inspector, ich habe soeben mit Chief Coughlin telefoniert. Er hat mir aufgetragen, Sie und Sergeant Washington zu bitten, ihn hier zu treffen.«

»Okay. Wo war Ketcham, Dan?«

»Einer unserer Detectives – Harry Cronin – fand ihn auf einem ehemaligen NIKE-Gelände. Ketcham hatte nur einen Mantel an.«

»Können Sie das wiederholen?«

»Harry Cronin fand ihn auf einem der NIKE-Gelände. Seine Kleidung lag in einem der Lagerräume, und er war in einem anderen eingesperrt und hatte nur einen Mantel an.«

»Das ist ein Hammer!« sagte Peter. »Haben Sie schon mit Jason Washington gesprochen?«

»Den rufe ich als nächsten an, Sir.«

»Sagen Sie ihm, ich bin in drei Minuten in meinem Wagen, und er soll mich anrufen, wenn ich ihn mitnehmen soll; es liegt auf meinem Weg.«

»Jawohl, Sir.«

Wohl legte auf und setzte sich auf.

»Erzähl mir, was ein Hammer ist, Peter«, fragte Amy.

Peter grinste jungenhaft. »Ich dachte, das wüßtest du«, sagte er mit Unschuldsmiene. »Geh wieder schlafen, Schatz. Ich muß zur Kripo Süd.«

»Wer ist Ronald …wie war der Name, ›Ketcham‹?«

»Mensch, Amy!«

»Ich will es wirklich wissen.«

»Der vermißte Freund«, sagte Peter.

»Cynthia Longwoods Freund?«

Wohl nickte.

»Er ist verhaftet worden? Weshalb?«

»Schatz, es ist ziemlich kompliziert«, sagte Peter und stand aus dem Bett auf.

»Ich will es wissen, Peter. Ich habe ein Recht darauf.«

»Wenn ich dir etwas sagen kann, tue ich das sofort. Das verspreche ich«, sagte Wohl, während er Unterwäsche aus dem Schrank nahm und die Papierverpackung von einem Stapel gebügelter Hemden riß.

»Wirst du ihn sehen?« fragte Amy und fügte hinzu, bevor er antworten konnte: »Ich fahre mit dir.«

»Nein, das tust du nicht«, sagt Wohl entschieden. »Schatz, sobald ich was für dich habe, erzähle ich's dir.«

Ein Teil ihres Verstandes war beeindruckt von der Schnelligkeit, in der er sich von einem nackten Mann – einem nackten Geliebten – in einen voll bekleideten Polizeibeamten verwandelte.

Und ein anderer Teil dachte: *Wäre so das Eheleben mit ihm? Das Telefon klingelt mitten in der Nacht, und er zieht sich an wie ein Verwandlungskünstler und geht fort, um wer weiß wann zurückzukehren – oder vielleicht gar nicht?*

»Peter, ich will mitfahren. Du wüßtest gar nichts von ihm – wie hast du übrigens seinen Namen herausgefunden? –, wenn ich dir nicht von ihm erzählt hätte.«

»Amy, bitte, bedränge mich nicht«, sagte er.

Amy erwiderte nichts. Sie setzte sich auf, so daß ihr Kopf am Kopfbrett lehnte, verschränkte die Arme unter den Brüsten und schaute zu, während er seine Krawatte band, ohne in einen Spiegel zu schauen.

Er nahm seinen Revolver aus dem Nachttisch, schob

die Waffe in ein Hüftholster und neigte sich zu Amy, um ihr einen Kuß zu geben.

»Wenn ich nicht hierhin zurückkehren kann, rufe ich dich an«, versprach er.

Sein Kuß war wesentlich weniger begeistert, als es die vorherigen Küsse gewesen waren.

Und dann war er fort.

Amy verharrte ein paar Minuten lang reglos, hörte ,wie eine Wagentür geöffnet und geschlossen wurde, wie der Motor ansprang und der Wagen davonfuhr.

Dann nahm sie das Telefonbuch aus der Schublade des Nachttischs, blätterte darin und sagte sich, daß es vermutlich eine schnellere Möglichkeit gab, die gewünschte Information plus eine Wegbeschreibung zum Ziel zu bekommen.

Sie rief bei der Polizei an.

»Funkzentrale.«

»Können Sie mir bitte die Adresse von der Kripo Süd geben?«

»Kann ich Ihnen irgendwie sonst helfen?« entgegnete die weibliche Stimme.

»Hier spricht Dr. Payne von der Universitätsklinik«, sagte Amy. »Ich wurde soeben telefonisch gebeten, Chief Inspector Coughlin bei der Kripo Süd zu treffen. Ich möchte wissen, wo das ist und wie ich am schnellsten dorthin komme.«

»Sie sind in der Uniklinik? Können Sie mir die Telefonnummer nennen?«

»Ich bin im Haus von Inspector Wohl«, sagte Amy. »Die Nummer hier ist …«

Die Frau in der Funkzentrale sagte sich, daß der Anruf legitim war. Sie hatte in den vergangenen Minuten Anrufe von Chief Inspector Coughlin und Inspector Wohl erhalten, die angekündigt hatten, daß sie auf dem Weg zur Kripo Süd waren, und sie wußte, daß die von der Anruferin genannte Nummer mit der von Inspector Wohl übereinstimmte.

Sie beschrieb Dr. Payne den ihrer Meinung nach

schnellsten Weg von der Norwood Street in Chestnut Hill zur Kripo Süd.

»Soll ich Chief Coughlin sagen, daß Sie unterwegs sind, Frau Doktor?«

»Das ist nicht nötig«, erwiderte Amy. »Er weiß, daß ich so schnell wie möglich dort hinkomme. Vielen Dank.«

Amy legte auf, stieg aus dem Bett und zog sich an.

Die Frau in der Funkzentrale der Polizei schaltete ihr Mikrofon ein.

»Isaac drei«, sprach sie ins Mikrofon.

Coughlin meldete sich.

»Chief, ich habe soeben mit Dr. Payne gesprochen. Sie ist auf dem Weg zur Kripo Süd.«

»Können Sie das wiederholen?«

»Dr. Payne ist auf dem Weg zur Kripo Süd.«

»Okay. Danke«, sagte Chief Coughlin und ließ das Mikrofon auf den Beifahrersitz seines Wagens fallen. Und dann fügte er hinzu: »Oh, Scheiße!«

Sergeant Leonard Moskowitz von der Kripo Süd fand, daß er Mickey O'Hara seit dem vergangenen Dezember einen großen Gefallen schuldete, als Mickey arrangiert hatte, daß ein Foto seines ältesten Sohnes, Stanley, das ihn bei der Einführung in die jüdische Glaubensgemeinschaft zeigte, im Gesellschaftsteil des *Bulletin* veröffentlicht wurde.

Hiermit würde er sich nicht völlig für Mickeys Freundlichkeit revanchieren, aber es würde wenigstens eine Anzahlung sein.

»O'Hara«, meldete sich Micky etwas schläfrig am Telefon.

»Lenny Moskowitz. Ich habe Sie nicht angerufen.«

»Und was haben Sie mir erzählt, als Sie mich nicht angerufen haben?«

»Ich weiß nicht, was, zum Teufel, dies alles zu bedeuten hat, Mickey, aber ich dachte mir, Sie könnten interessiert sein.«

»Woran?«

»Vor ungefähr einer Stunde brachte Harry Cronin, der um Mitternacht dienstfrei hatte, einen Bürger her, der nur einen Mantel anhatte. Danny the Judge ließ ihn in eine Untersuchungszelle einsperren, und Harry mußte im Büro des Captains bleiben. Dann rief Danny the Judge Denny Coughlin, Inspector Wohl von der Abteilung Special Operations und Jason Washington von der Mordkommission an.«

Jason arbeitet nicht mehr in der Mordkommission. Es überrascht mich, daß Moskowitz das nicht weiß.

»Und?«

»Sie sind alle hier. Plus irgendein hohes Tier vom FBI. Und eine Ärztin.«

»Hat der Typ mit dem Mantel einen Namen, Lenny?«

»Ketcham, Ronald.«

»War nett, nicht mit Ihnen zu sprechen, Lenny. Ich schulde Ihnen einen großen Gefallen.«

»Ich stehe noch in Ihrer Schuld«, erwiderte Sergeant Moskowitz und hängte ein.

Als Chief Inspector Dennis V. Coughlin von Lieutenant Daniel Justice erfuhr, daß Mr. Michael J. O'Hara vom *Bulletin* im Haus war und ihn um eine Minute seiner Zeit bat, verließ er den kleinen Raum, der mit einem Einwegspiegel ausgestattet war und an den Verhörraum grenzte, um mit dem Reporter zu sprechen.

»Wir müssen mit diesen Rendezvous aufhören, Mickey«, begrüßte er ihn. »Sonst werden die Leute über uns reden.«

»Ah. Denny, Sie doppelzüngiger Teufel, Sie!«

»Ich möchte wissen, wer Ihnen diesen Tip gegeben hat. Derjenige hätte für den Rest seines Lebens die Schicht von Mitternacht bis acht und würde in Nord-Philly zu Fuß auf Streife gehen.«

»Was meinen Sie mit ›Tip gegeben‹? Ich war auf dem Heimweg zu wohlverdienter Ruhe, und was höre ich da im Funk? Daß Sie herkommen. Und Peter Wohl herkommt. So sagte ich mir, was soll's, fahr mal hin, wir alle trinken eine Tasse Kaffee und plaudern ein bißchen ...«

»Über was, zum Beispiel?«

»Zum Beispiel, warum habt ihr Mr. Ronald R. Ketcham festgenommen?«

»Ronald R. Ketcham? Ich kann mich nicht an den Namen erinnern.«

»Und wenn es eine Fahndung ›nicht festzunehmen‹ war, warum landete er dann in einer Zelle für Untersuchungshäftlinge?«

»In einer Zelle?«

»Mit nur einem Mantel als Kleidung?«

»Mickey, Sie haben die Wahl: Entweder werfe ich Sie persönlich hier raus, oder Sie versprechen, die Sache für sich zu behalten. Und das heißt möglicherweise für immer.«

»Einverstanden, Denny. Die Sache bleibt unter uns.«

»Ich informiere Sie später«, sagte Coughlin. »Ich will mir jetzt nichts entgehen lassen.«

Er winkte O'Hara in den kleinen Raum neben dem Verhörzimmer. Dort sah Mr. O'Hara Inspector Peter Wohl; Amelia Payne, Dr. med.; Mr. Walter Davis, Special Agent in Charge des FBI-Büros Philadelphia; eine gutgekleidete Person, die Angestellter des FBI war, wie O'Hara richtig annahm; und Lieutenant Daniel Justice.

Durch den Einwegspiegel sah er Sergeant Jason Washington und einen beunruhigt wirkenden Mann, der nur eine Decke um die Schultern trug und auf einem Stuhl saß.

Mickey begrüßte die Anwesenden mit einem heiteren »Hallo«.

Der FBI-Agent, den Mickey nicht kannte, blickte verwirrt drein.

Mr. Davis vom FBI fühlte sich sichtlich unbehaglich, ebenso Danny the Judge.

Dr. Payne lächelte ihn geistesabwesend an. Ihre Aufmerksamkeit galt dem, was sich auf der anderen Seite des Spiegels abspielte.

Inspector Wohl lächelte resigniert, als er Mickey sah.

Mickey nahm sich eine Tasse Kaffee, setzte sich auf einen Stuhl und beobachtete Sergeant Washington bei der Befragung von Mr. Ketcham.

21

»Ich könnte noch eine Tasse Kaffee gebrauchen. Mr. Ketcham, wie steht es mit Ihnen?« Sergeant Jason Washington schaute Mr. Ronald R. Ketcham fragend an.

»Ich will meine Sachen haben«, erwiderte Ketcham.

»Nun, das kann ich gewiß verstehen«, sagte Washington. »Und sie sollten inzwischen geholt worden sein. Ich werde das überprüfen. Milch und Zucker?«

»Schwarz, bitte«, sagte Ketcham.

Washington verließ den Verhörraum und schloß die Tür hinter sich. Ketcham, der genug Krimifilme gesehen hatte, um zu argwöhnen, daß er auf der anderen Seite des Spiegels beobachtet wurde, bemühte sich, rechtschaffen empört zu wirken, anstatt beklommen.

Washington steckte den Kopf in den kleinen Raum auf der anderen Seite des Spiegels und forderte alle auf, in das Hauptbüro zu kommen.

Als Michael J. O'Hara durch die Tür ging, legte Washington einen Arm um Mickeys Schultern.

»Sie werden verstehen, alter Freund«, sagte Washington, »warum meine übliche Freude beim Anblick Ihres lächelnden Gesichts unter den gegebenen Umständen gedämpft ist.«

»Wie läuft es, Jason?« fragte Mickey O'Hara.

»Mickey, setzen Sie sich 'ne Minute hier rein, ja?« sagte Chief Inspector Coughlin und wies zu Captain Henry Quaires Büro. »Amy, du leistest ihm Gesellschaft.«

Mr. O'Hara und Dr. Payne gingen in Quaires Büro. Chief Coughlin schloß die Tür hinter ihnen.

»Sie haben nicht viel erfahren, nicht wahr, Sergeant Washington?« fragte Mr. Walter Davis vom FBI.

»Wenn wir Mr. Ketcham glauben sollen, was mir schwerfällt«, erwiderte Jason, »dann wurde er von Unbekannten aus seiner Garage entführt, weil man ihn seiner Meinung nach mit jemand verwechselt hat.«

Inspector Wohl lachte.

»Lassen Sie Ihre Phantasie spielen, Jason. Was ist Ihrer Ansicht nach passiert?«

»Ich schätze, Mr. Ketcham hat keine Ahnung, wer ihn zu dem NIKE-Gelände transportiert hat. Er hat nur den starken Verdacht, daß es etwas mit seinem Handel mit verbotenen Substanzen zu tun hat«, sagte Washington »Über den er verständlicherweise nur widerstrebend redet. Er spielt das Opfer und wird in dieser Haltung noch bestärkt durch die Tatsache, daß er zum Zeitpunkt seiner Entführung keinerlei Drogen bei sich hatte.«

»Fassen Sie es für mich zusammen, Jason«, bat Chief Coughlin.

»Ich habe verschiedene Theorien«, sagte Washington. »Wir haben folgende Fakten. Mr. Ketcham hatte eine Beziehung zu Miss Longwood. In welchem Maße, wissen wir nicht. Es gab einen Anruf für Dr. Payne in der Klinik. Der Anrufer behauptete – offenbar nicht mit seinem eigenen Vokabular ...«

Er zog ein Notizbuch zu Rate.

»...›daß sich Cynthia Longwood ausziehen mußte und von einem Polizisten – unter Umständen die an sich schon traumatisch waren – gezwungen wurde, ihn oral zu befriedigen‹. Dr. Payne glaubt, dies steht im Einklang mit Miss Longwoods psychischer Verfassung. Es stellen sich folgende Fragen: Wer rief Dr. Payne an, und woher weiß er von der Vergewaltigung?«

»Vincenzo Savarese«, sagte Mr. Walter Davis.

Sergeant Washington schaute Mr. Davis mit einem Blick an, der klarmachte, daß er es nicht mochte, unterbrochen zu werden. Dann fuhr er fort:

»Ich halte es für denkbar, daß sich Mr. Savarese, dessen tiefe Besorgnis um seine Enkelin offenkundig ist, fragte, ob ihr Freund, Mr. Ketcham, vielleicht Informationen über die Ursache des Seelenleids seiner Enkelin hat. Wir müssen hier bedenken, daß Mr. Savarese vorsichtig handeln mußte. Ketchams Beziehung zu Miss Longwood wurde sorgfältig geheimgehalten, und wenn er nicht in diese Sache verwickelt war …«

Wohl und Coughlin nickten und akzeptierten Washingtons Theorie.

»Ich finde, dazu paßt«, fuhr Washington fort, »daß weder der Nachrichtendienst noch die Drogenfahnder Mr. Ketcham aufgespürt haben. Weder durch den Namen noch durch die Personenbeschreibung. Es ist möglich, daß Mr. Savareses Kontaktleute auf der Straße oder in der Drogenszene den Namen von Miss Longwoods Freund aufgetrieben haben, aber ich habe das Gefühl, es war anders, und selbst wenn es so war, dann hätte er diese Kenntnis erst erhalten, nachdem Miss Longwood ärztliche Behandlung brauchte.«

»Okay«, stimmte Coughlin zu.

»Aber vielleicht hat Mr. Savarese – möglicherweise von seiner Tochter – erfahren, daß seine Enkelin eine Beziehung mit einem Mann namens Ketcham hatte.«

»Ja«, murmelte Wohl.

»In diesem Fall wird sich Mr. Savarese gefragt haben, ob Mr. Ketcham vielleicht die Ursache von Miss Longwoods seelischem Streß kennt. Vielleicht sogar, ob Mr. Ketcham nicht selbst seiner Enkelin etwas angetan hat. Dr.

Payne erzählte Peter, daß Mr. Ketcham Miss Longwood nicht im Krankenhaus besucht hat. Es ist vorstellbar, daß Mr. Savarese das ebenfalls erfahren hat, und zwar von der Mutter des Mädchens.«

»Und er ließ von Joey Fiorello Phil Chason anheuern, damit er diskrete Erkundigungen über Mr. Ketcham einzieht«, warf Coughlin ein.

»Und die diskreten Erkundigungen«, mischte sich Peter Wohl ein, »ergaben genau, welch ein Typ Ketcham ist. Und Chason sagte es Fiorello.«

»Genau«, pflichtete Washington ihm bei. »Aber da wir davon ausgehen können, daß Mr. Savarese von der Beziehung seiner Enkelin zu jemand erfuhr, der Drogen nimmt – und sie vielleicht zum Drogenkonsum verführt hat –, verstehe ich nicht, warum Mr. Ketcham nicht ›mit den Fischen schwimmt‹, um diese nette Beschönigung zu benutzen.«

Wohl nickte zustimmend.

»Nachdem Mr. Savarese erfuhr, daß Mr. Ketcham – wie soll ich es sagen? – kein wirklich netter Zeitgenosse ist«, fuhr Washington fort, »könnte er seinen Handlangern befohlen haben, Mr. Ketcham aufzuspüren und ihn zu einem Ort – dem NIKE-Gelände – zu bringen, wo er ausführlich verhört werden konnte. Und falls Mr. Ketcham keine Kenntnis vom genauen Ablauf der Ereignisse hatte, wurde das Verhör so durchgeführt, daß Mr. Ketcham keinen Zusammenhang mit ihm herstellen konnte. Ich meine in dem Sinne, daß er Miss Longwoods liebender Großvater, der Mafia-Don, ist.«

»Das ist Kidnapping«, sagte Mr. Walter Davis, »und somit ein Fall des Bundes.«

Washington ignorierte ihn.

»Ferner nehme ich an«, fuhr Washington fort, »daß bei dem Verhör die genauen Umstände von Miss Longwoods Vergewaltigung – ›die schon an sich traumatisch waren‹ – herauskamen.«

»Die Drogenrazzia im Howard Johnson Motel«, sagte Coughlin.

»Ja. Mr. Ketcham – der übrigens nichts von der Verwandtschaft des Mädchens und ihrem Großvater weiß – hat fast mit Sicherheit gesagt ...«

»Wem gesagt, Sergeant?« unterbrach Walter Davis.

»Wie bitte?« fragte Washington mit erzwungener Höflichkeit und machte abermals klar, daß er sich nicht gern unterbrechen ließ, auch nicht von einem Special Agent in Charge des FBI-Büros Philadelphia.

»Dieses Verhör, von dem Sie sprachen. Wer führte das durch?«

»Keine Ahnung«, sagte Washington.

»Sie meinen, Vincenzo Savarese war dabei?« hakte Davis nach.

»Interessante Frage«, sagte Washington. »Angesichts der Tatsache, daß Mr. Savarese seine Fähigkeit bewiesen hat, sich von kriminellen Aktivitäten zu distanzieren und sie von anderen ausführen zu lassen, bin ich versucht zu sagen, nein, natürlich war er nicht dabei. Aber dies sind andere Umstände. Und wir kennen seine tiefe Sorge um seine Enkelin. So lautet meine Antwort, ich kann es einfach nicht sagen.«

»Dennis, ich möchte liebend gern Savarese wegen Kidnapping festnageln«, sagte Davis

»Darf ich fortfahren?« fragte Washington.

»Nur zu, Jason«, sagte Coughlin.

»Ich glaube, wir können davon ausgehen, daß Mr. Ketcham bei dem Verhör von der Anwesenheit von Beamten des Rauschgiftdezernats in Howard Johnson Motel gesprochen hat. Da Mr. Ketcham ihm keine Namen nennen konnte ...«

»... sind wir wieder bei Joey Fiorello und Phil Chason«, ergänzte Wohl.

»So lautet meine Theorie«, sagte Washington. »Mr. Fiorello wußte von der Drogenrazzia im Motel, weil Savarese davon von Ketcham erfahren hat.«

»Und was die Nachricht an Amy betrifft«, sagte Wohl, »so muß Ketcham Savarese davon überzeugt haben, daß ein Cop der fünften Abteilung das Mädchen vergewaltigt hat; mit anderen Worten, daß Ketcham es nicht selbst getan hat.«

»Ja«, sagte Washington. »Und jetzt wünscht Mr. Savarese, den Zwischenfall mit den darin verwickelten Cops zu besprechen. Folglich braucht er ihre Namen.«

»Das erklärt nicht, warum Ketcham noch am Leben ist«, sagte Danny the Judge. »Ich finde, wenn Ketcham Savareses Enkelin in eine solche Lage gebracht hat, reicht das für Savarese, dafür zu sorgen, daß er – wie hat Jason gesagt? – ›mit den Fischen schwimmt‹.«

»Nachdem er ihn erst mit einer stumpfen Säge in kleine Stücke schneiden läßt«, stimmte Coughlin zu.

»Ich habe irgendwo gelesen, daß Verhungern zu den schmerzlichsten Todesarten zählt«, sagte Wohl leise.

»Sie meinen, Savarese wollte ihn einfach dort verhungern lassen?« fragte Walter Davis sichtlich geschockt.

»Nachdem Peter das angesprochen hat, halte ich es für durchaus möglich«, sagte Washington. »Einfallsreiche Formen von Morden als Vergeltung stehen im Einklang mit dem sizilianischen Ehrenkodex. Das Entehren der Frauen des Clans ist wirklich etwas strikt Verbotenes.«

»Das macht es zu versuchtem Mord«, sagte Walter Davis.

»Das wäre schwer zu beweisen«, meinte Coughlin. »Ich bin mir nicht mal sicher, ob wir genug für eine Anklage haben, geschweige denn für eine Verurteilung.«

Keiner sagte etwas, und dann kam Coughlin ein anderer Gedanke. »Ich habe den Eindruck, Jason, Ketcham weiß überhaupt nicht, wer ihn geschnappt hat, und er hat seine Entführer gar nicht gesehen. Stimmt das?«

Washington nickte.

»Ich finde, bis jetzt ist nichts herausgekommen, das uns zu einem Abweichen von unserem ursprünglichen Plan veranlassen sollte«, sagte Washington.

Er schaute Chief Coughlin fragend an.

Wohl sprach zuerst.

»Was sollten wir Ihrer Meinung nach tun, Jason?«

»Ich nehme an, wir sollten Mr. Ketcham die Fotos zeigen«, sagte Washington. »Das wird ihn schockieren. Bis jetzt haben wir die Vergewaltigung nicht mal am Rande erwähnt. Er wird sich sagen, wenn wir davon wissen, was wissen wir sonst noch?«

»Das finde ich gut«, sagte Coughlin. »Tun Sie es, Jason.«

»Moment mal«, sagte Walter Davis.

Alle schauten ihn an.

»Wir haben hier eine Chance, Vinzenzo Savarese des Kidnappings und versuchten Mordes anzuklagen. Diese Gelegenheit dürfen wir uns nicht entgehen lassen.«

»Ich würde es vorziehen, das Eisen zu schmieden, solange es heiß ist, wie es so schön heißt«, wandte Washington ein.

»Ich möchte den U.S. Attorney einschalten«, beharrte Davis.

»Walter, wir reden hier über die Anklage gegen einen Polizeibeamten, der ein Verbrechen – die Vergewaltigung – im Dienst begangen hat«, sagte Coughlin.

»Dennis, ich habe volles Verständnis für Ihren Wunsch, Korruption in der fünften Abteilung aufzudecken, aber eine Gelegenheit wie diese, Savarese anzuklagen ...«

»Walter, Sie glauben doch nicht im Ernst, daß dieser kleine Gangster dort drinnen vor Gericht gegen Savarese aussagen wird, oder?« sagte Wohl.

»Ich finde, wir sollten das alles mit dem U.S. Attorney besprechen, bevor wir weitere Schritte unternehmen.«

»Tun Sie es Jason«, befahl Coughlin. Dann schaute er Walter Davis an. »Tut mir leid, Walter.«

Davis' Gesicht war weiß, aber er sagte nichts.

Wohl überreichte Washington ein großes Kuvert.

Washington ging damit in den Verhörraum.

Wortlos entnahm er dem Umschlag ein Dutzend vergrößerte Fotos und breitete sie auf dem Tisch vor Mr. Ronald R. Ketcham aus.

Ketcham tat sein Bestes, verwirrt durch die Fotos zu wirken.

»Wo ist meine Kleidung?« fragte er. »Sie sagten, jemand hat meine Sachen geholt.«

»Würden Sie sich bitte diese Fotos anschauen und denjenigen Polizeibeamten identifizieren, der Miss Cynthia Longwood gezwungen hat, ihn oral zu befriedigen?«

»Ich habe absolut keine Ahnung, wovon Sie reden.«

»Es ist an der Zeit, Mr. Ketcham, daß Sie die Vorstellung aufgeben, mir intellektuell gewachsen zu sein und sich irgendwie aus dem Loch herausgraben zu können, das Sie sich selbst geschaufelt haben.«

»Ich will mit meinem Anwalt sprechen.«

»Wir wissen Bescheid, Mr. Ketcham. Sie verschwenden nur Zeit.«

»Was wissen Sie?«

»Schauen Sie sich bitte die Fotos an, Mr. Ketcham, und identifizieren Sie den Polizeibeamten, der nach Ihrer Festnahme in Zusammenhang mit Drogenhandel Miss Cynthia Longwood zu Oralverkehr gezwungen hat.«

»Ich bin nie in meinem Leben festgenommen worden, und Cynthia ebensowenig. Wie, zum Teufel, kommen Sie darauf?«

»Wenn Sie bereit sind, bei der Anklage dieses Polizeibeamten mit uns zusammenzuarbeiten, was Ihre Aussage vor Gericht erfordern würde, werden wir unsererseits alles Nötige veranlassen, um Sie zu schützen, und darüber hinaus werden wir auf eine Anklage wegen Drogenhandels verzichten.«

»Mich zu schützen? Vor wem?«

»Vor den Personen, die Sie zum NIKE-Gelände gebracht haben und dort verhungern lassen wollten.«

»Na na! Ich habe Ihnen gesagt, daß die ganze Sache eine Verwechslung ist.«

»Das glauben Sie sowenig wie ich«, sagte Washington. »Mr. Savarese weiß genau, wen er auf seinen Befehl hin zum NIKE-Gelände bringen ließ – und dort zurückließ, damit er qualvoll verhungert.«

»Mister wer?«

»Mr. Vincenzo Savarese.«

»Der Gangster?«

»Es heißt, daß Miss Longwoods Großvater mütterlicherseits eine Verbindung zum Organisierten Verbrechen hat.«

»Sie wollen mir doch nicht sagen, daß dieser Gangster Cynthias Opa ist?«

»Sie wirken überrascht. Wußten Sie das wirklich nicht?«

»Nein. Ich wußte es nicht, und ich glaube es auch jetzt nicht.«

»Mit anderen Worten, Sie weigern sich, den Vergewaltiger zu identifizieren und mit uns bei einer Anklage gegen ihn zusammenzuarbeiten?«

»Ich weiß nicht, wovon Sie reden.«

»Wir alle müssen Entscheidungen in unserem Leben treffen«, sagte Washington. »Ich muß Ihnen ganz ehrlich sagen, daß Sie meiner Meinung nach soeben die falsche getroffen haben. Aber ich bin überzeugt, Sie haben Ihre Gründe. Wenn Sie hier warten wollen, werde ich den FBI-Agenten informieren, daß wir hier mit Ihnen fertig sind. Vielleicht ist Ihre Kleidung inzwischen geholt worden.«

»Was will das FBI von mir?«

»Daß man Sie gegen Ihren Willen zu dem NIKE-Gelände gebracht hat, erfüllt den Tatbestand der Entführung. Und Kidnapping fällt unter die Zuständigkeit des Bundes. Man wird Sie um Hilfe bei der Identifizierung der Täter bitten, die dieses Verbrechen an Ihnen begangen haben.«

»Denen werde ich das gleiche sagen wie Ihnen. Ich habe keine Ahnung. Es handelte sich offenbar um eine Verwechslung.«

»Sie glauben doch nicht im Ernst, das würde für Vincenzo Savarese irgend etwas ändern, oder?« sagte Washington. »Sie sind der Mann, der nicht nur seine geliebte Enkelin in den Konsum von Kokain eingeführt, sondern sie auch einer gefährlichen Situation ausgesetzt hat, in der sie brutal vergewaltigt wurde.«

Washington ging zur Tür, legte seine Hand auf den Griff, wandte sich um und sah Ketcham an.

»Kurz nachdem das FBI Sie laufenläßt, wird Mr. Savarese erfahren, daß Sie noch leben. Mickey O'Hara vom *Bulletin* ist draußen, überzeugt davon, daß seine vielen Fans fasziniert etwas über einen Börsenmakler lesen werden, der mit nur einem Mantel bekleidet auf einem verlassenen, ehemaligen NIKE-Gelände gefunden wurde. Wenn Savarese Sie das nächste Mal entführen läßt, dann an einen Platz, an dem Sie nicht gefunden werden.«

Ronald R. Ketcham schaute Jason Washington an, leckte sich über die Lippen und sagte: »Der Bastard, der Cynthia das angetan hat, ist der dritte in der oberen Reihe.«

Washington sagte nichts.

Ketcham nahm das Foto von Officer Herbert Prasko von der fünften Abteilung des Rauschgiftdezernats und hielt es hoch, damit Washington es sehen konnte. »Er war wie ein Penner gekleidet, als er es tat, aber das ist der Hurensohn!«

»Sind Sie sich dessen ganz sicher?«

»Gottverdammt, natürlich bin ich sicher. Er hat mich mit Handschellen an die Toilette gekettet, und dann tat er das mit Cynthia. Der dreckige Bastard!« Dann ließ sich Ketcham in selbstgerechter Empörung zu der Aussage hinreißen »Und er hat mir zwanzigtausend Dollar geklaut!«

»Guter Job, Jason«, sagte Chief Inspector Dennis V. Coughlin, als Sergeant Washington in den Raum neben dem Verhörraum zurückkehrte.

»Die Frage ist, was tun wir jetzt, Chief, nachdem wir das wissen«, sagte Washington, der seine Freude über das Kompliment nicht ganz verbergen konnte.

»Wen hat er identifiziert?« fragte Inspector Wohl.

»Officer Prasko«, sagte Washington angewidert.

»Was haben wir über Prasko?« fragte Wohl.

»Die Personalunterlagen sind in meiner Aktentasche«, sagte Washington. »Wenn ich mich richtig erinnere, war nichts von Bedeutung ...«

Er verstummte, als die Tür geöffnet wurde.

»Ich habe meinen Spaziergang hinter mir«, sagte Mickey O'Hara, »und ich bin nicht in der Stimmung, mir den Vorschlag anzuhören, einen weiteren zu unternehmen.«

»Mickey, wie wäre es, wenn Sie heimfahren und mich am Morgen anrufen?« erwiderte Chief Coughlin. »Unter der Voraussetzung, daß ich Sie dann umfassend informiere?«

»Ein Schmettern himmlischer Trompeten und eine Stimme, die sogar noch tiefer als die von Jason ist, sagt: ›Mickey, mein Sohn, tu, was dieser nette alte Mann sagt, sonst ...‹«

Wohl und Washington lachten, was ihnen einen bösen Blick von Chief Coughlin einbrachte.

»Sie sind einverstanden, alles für sich zu behalten, richtig?« sagte Coughlin.

O'Hara nickte.

»Wo ist Amy ... Dr. Payne?« fragte Coughlin.

»Sie hat ein ziemlich rührendes Vertrauen, daß Sie das Richtige tun«, sagte O'Hara. »Aber sie zeigt Anzeichen auf Ungeduld.«

Coughlin ging zur Tür, entdeckte A. A. Payne, Dr. med., und winkte sie herein.

»Amy, Schatz, dir ist bestimmt klar, daß du hier wirklich nichts zu suchen hast ...« begann Coughlin.

»Onkel Denny, du weißt, daß ich dich liebe«, unterbrach Amy. »Aber im Augenblick halte ich die Anreden ›Chief‹ und ›Doktor‹ für besser.

»Onkel Denny«, sagte O'Hara äußerst belustigt, »die gute Frau Doktor meint, ›hör auf mit dem Scheiß‹.«

»Dieser Mann wäre ohne meine Informationen nicht hier«, sagte Amy und wies zum Einwegspiegel auf Ronald R. Ketcham. »Ich brauche die Antworten auf zwei Fragen, und dann bist du mich los.«

»Das ist fair«, sagte Coughlin nach kaum wahrnehmbarem Zögern. »Wie lauten die Fragen?«

»Hat dieser Mann gesagt, was meiner Patientin widerfahren ist?«

»Ja, das hat er«, sagte Coughlin. »Die Information, die man dir mitteilte, stimmt offenbar.«

»Habt ihr den Namen des Tiers, das ihr das angetan hat?«

»Welches Tier?« fragte O'Hara. »Was wem angetan hat?«

Coughlin hob eine Hand, um Mickey anzuzeigen, daß er warten sollte.

»Ja, den Namen haben wir«, sagte Coughlin.

»Kann ich meiner Patientin sagen, daß er bald verhaftet wird?«

»Nein. Noch nicht.«

»Warum nicht? Und sag mir nur ja nicht, daß ich meine zwei Fragen hatte!«

»Schatz«, begann Peter Wohl, und sofort wurde ihm klar, daß Coughlin und jeder sonst bei dem Kosewort die Ohren spitzte. Hastig sprach er weiter. »Es sind einige Ermittlungen im Gange ...«

»Sie können mich ebenfalls mit ›Doktor‹ ansprechen, Inspector Wohl«, fiel Amy ihn an.

»Seht mal, wie er rot wird«, sagte O'Hara. »Na, das ist ein Ding. Endlich hat Amor zugeschlagen ...«

»Halt die Klappe, Mickey«, sagte Coughlin.

»Und die Frau Doktor errötet ebenfalls«, fuhr O'Hara unerschrocken fort. »Man sieht nicht alle Tage eine *Doktorin* rot werden.

»Verdammt, Mickey!« schnauzte Coughlin ihn an. »Halten Sie einmal in Ihrem Leben das gottverdammte Maul!«

O'Hara erkannte, daß Coughlin wirklich verärgert war. Er hielt das Maul.

»Was haben Sie gesagt, *Inspector?*« fragte Amy.

»Schatz«, erwiderte Wohl, hörte sich ungläubig und entsetzt das Kosewort wiederholen und sagte sich dann Was soll's? »Jeder hier will Officer Prasko in einer Zelle sehen. Aber im Augenblick haben wir nur eine Person, die vor Gericht gegen ihn aussagen kann.«

»Was genau hat Officer Prasko getan?« fragte O'Hara.

Wohl ärgerte sich, weil ihm der Name herausgerutscht war. Er schaute O'Hara finster an und blickte dann fragend zu Coughlin.

Coughlin schüttelte resigniert den Kopf.

»Okay, Mickey«, sagte er. »Das ist es, was Sie für sich behalten müssen. Prasko hat eine junge Frau während einer Drogenrazzia zu Oralverkehr gezwungen. Der Freund, der Mann im Verhörraum, hat ihn soeben aus einer Auswahl von Fotos identifiziert. Er sagt aus, Prasko hätte ihn an die Toilette gekettet und dann das Mädchen vergewaltigt.«

»Netter Zeitgenosse«, bemerkte O'Hara sarkastisch. »und wo arbeitet Officer Prasko?«

»Rauschgiftdezernat. Fünfte Abteilung«, sagte Coughlin.

»Wenn ihr wißt, wer der Täter ist, einen Zeugen habt und wißt, wo er arbeitet, warum nehmt ihr ihn dann nicht fest?«

»Darauf komme ich noch«, erwiderte Wohl etwas ungeduldig. »Und dieser Zeuge wird nicht glaubwürdig sein – wenn es uns gelingt, ihn am Leben zu halten, bis wir ihn vor Gericht präsentieren können.«

»Ihn am Leben zu halten?«

»Wir haben allen Grund zu der Annahme … der Großvater des Mädchens …«

»Ist wer?« fragte O'Hara.

Wohl antwortete nicht.

»Jemand Wichtiges«, fuhr O'Hara fort. »Sonst hätten Sie seinen Namen genannt. Wer ist es, Peter?«

Wohl blickte wieder fragend zu Coughlin, und abermals entschied sich der Chief Inspector, die Frage selbst zu beantworten.

»Vincenzo Savarese«, sagte er.

»Ach du dickes Ei! Und Savarese kennt den Namen des dreckigen Cops?«

»Noch nicht. Jedenfalls nehmen wir das an. Sie haben kapiert, Mickey, warum dies so heikel ist?«

»Ich habe kapiert«, sagte O'Hara. »Und wie paßt dieser Typ ins Bild?« Er wies auf Ketcham.

»Das ist der Freund des Mädchens«, erklärte Wohl. »Savarese – von dieser Theorie gehen wir aus – hatte den Verdacht, daß er weiß, was seiner Enkelin widerfahren ist. Er ließ ihn entführen, auf ein verlassenes Militärgelände bringen und verhören. Wir nehmen an, die Geschichte kam heraus.«

»Und dieser Typ lebt noch?«

»Wir nehmen an, Savarese ließ ihn dort, damit er verhungert«, sagte Coughlin.

O'Hara dachte darüber nach und sagte dann. »Ja, das paßt.« Er nickte und fügte hinzu: »Aber dieser Typ hat den Cop nicht bei Savarese identifiziert?«

»Ich bezweifle, daß Mr. Ketcham Officer Praskos Name kannte«, sagte Washington. »Wenn ich wieder zu ihm gehe, werde ich diesen Punkt vertiefen.«

»Wenn Officer Prasko noch lebt, kennt Vincenzo Savarese seinen Namen nicht«, meinte O'Hara.

»Das hat mir gerade noch gefehlt, um Himmels willen!« stieß Amy entsetzt hervor.

»Was?« fragte Wohl.

»Mickey meint, dieser Gangster nimmt das Gesetz in die eigenen Hände, richtig?«

»Nun, vielleicht nicht das *Gesetz*, Amy«, sagte O'Hara. »Eher eine *Axt* oder vielleicht eine Kettensäge, etwas, um Officer Prasko langsam in kleine Stücke …«

»Ich habe ein krankes Mädchen – ein sehr nettes krankes Mädchen –, das brutal vergewaltigt wurde. Sie ist im Augenblick am Rande der Schizophrenie. Wenn sie jetzt oder irgendwann später erfährt, daß ihr Großvater brutal …«

»Verstanden«, sagte Wohl. »Und glaube mir, daß wir alles daransetzen werden, um zu verhindern, daß Savarese Officer Prasko in die Hände bekommt.«

»Beantworten Sie Amys Frage, Peter«, sagte O'Hara. »Warum nehmen Sie Prasko nicht fest? Dann kann Savarese ihm nichts tun, wenn er seinen Namen erfährt. Und er erfährt ihn mit Sicherheit.«

»Wir haben Grund zu der Annahme, daß die gesamte

fünfte Abteilung des Rauschgiftdezernats Dreck am Stecken hat«, antwortete Coughlin für Wohl.

»*Das* ist interessant«, sagte O'Hara. »Sie werden mir alles darüber erzählen, nicht wahr?«

»Mein Gott!«, stieß Danny the Judge hervor. Er hörte zum ersten Mal etwas von dieser Sache.

»Ich brauche Ihnen nicht zu sagen, Danny, daß die Sache in diesen vier Wänden bleiben muß«, sagte Coughlin. »Sie sprechen mit keinem darüber, und das schließt Ihren Schwager ein, den stellvertretenden Polizeichef.«

»Jawohl, Sir«, sagte Danny the Judge.

»Später werde ich ihm erklären, daß ich Ihnen den Befehl gegeben habe, ihn nicht zu informieren!«, sagte Coughlin. »Es wird ihm nicht gefallen, aber wir sind zu nahe an diesem Abschaum dran, um das Risiko eingehen zu können, daß die Kerle uns durch die Lappen gehen, weil zu viele Leute wissen, was wir tun.«

»Danke«, sagte Danny the Judge.

»Jetzt ist die fünfte Abteilung zur Sprache gekommen«, sagte Wohl. »Wir vermuten, daß die Vergewaltigung von Miss Longwood während oder nach einer Drogenrazzia der fünften Abteilung stattfand. Und daß die Razzia selbst dreckig war.«

»Wie das?« fragte O'Hara.

»Dies ist alles Spekulation, Mickey«, sagte Wohl. »Aber wir nehmen an, wenn wir die von der fünften Abteilung durchgeführten Razzien überprüfen und Drogen – und/oder Geld – beschlagnahmt wurden, stellen wir fest, daß nicht alles davon in der Asservatenkammer gelandet ist.«

O'Hara ging sofort darauf ein.

»Welcher Drogendealer beschwert sich schon, daß er Kilos von Stoff bei der Festnahme hatte und nur zwei Tütchen als Beweismaterial abgeliefert wurden?«

»Das ist die Theorie«, sagte Washington. »Die vor ein paar Minuten bestätigt wurde, als Mr. Ketcham empört aussagte, Officer Prasko hätte nicht nur das Mädchen vergewaltigt, sondern ihm auch noch zwanzigtausend Dollar geklaut.«

»Wie heißt das Mädchen?« fragte O'Hara.

»Das brauchen Sie nicht zu wissen, Mickey!« sagte Amy.

O'Hara ignorierte sie.

»Ich kann es herausfinden«, sagte er.

»Im Augenblick sind wir noch Freunde, Mickey«, sagte Wohl. »Wir sind lange Zeit befreundet. Tun Sie nichts, was das ändern könnte.«

»Das klingt wie eine Drohung«, meinte O'Hara.

»Keine Drohung, sondern die Feststellung einer Tatsache«, erwiderte Wohl.

»Von mir können Sie es als Drohung betrachten, Mickey«, sagte Coughlin.

»Ich verbünde mich mit Chief Coughlin«, kündigte Washington an. »Es ist nicht die Rede davon, daß wir den Ruf des Mädchens ruinieren, sondern wir bewahren es laut Dr. Payne davor, es in die Schizophrenie zu treiben. Ihre Leser brauchen den Namen des Mädchens nicht zu wissen, wenn dafür Schizophrenie der Preis ist.«

»Mir entgeht hier etwas«, sagte O'Hara. »Wenn man diesen Dreckskerl anklagt – und ich gehe davon aus, *daß* Sie ihn anklagen –, dann wird ihr Name in der Öffentlichkeit bekannt.«

»Mein Gott, daran habe ich gar nicht gedacht!« stieß Amy hervor. »Wenn man dieses Mädchen den Demütigungen eines Prozesses aussetzt, wäre der Schaden verheerend. Und nicht wiedergutzumachen.«

»Korrigieren Sie mich, wenn ich mich irre«, sagte Washington, »aber ich nehme an, daß Chief Coughlin und Inspector Wohl die Gesellschaft vor diesem Verbrecher schützen wollen, indem sie dafür sorgen, daß er für all seine kriminellen Taten *außer* der Vergewaltigung angeklagt wird und für lange Zeit ins Gefängnis kommt.«

»Meinen Sie, eine Jury regt sich auf und urteilt streng, weil ein armer, unterbezahlter Cop einen Drogendealer ausgenommen hat?« sagte Mickey. »Ein guter Anwalt – sogar ein Anfänger – würde dafür sorgen, daß die Geschworenen ihn zum Cop des Jahres wählen.«

»Wenn ich mir all dies anhöre, Dr. Payne, denke ich, wenn wir dem U.S. Attorney entsprechendes Beweismaterial geben können, dann können Officer Prasko – und die anderen – zivilrechtlich angeklagt werden«, sagte Walter Davis vom FBI. Er äußerte sich zum ersten Mal, nachdem Chief Coughlin Washington befohlen hatte, trotz Davis' Einwänden Ketchams Befragung fortzusetzen.

»Können Sie das erklären, Walter?« fragte Coughlin.

»Vielleicht irre ich mich, Denny«, sagte Davis, »aber ich habe den Eindruck gewonnen, Sie und Peter nehmen an, daß Officer Prasko – und die anderen – eine Reihe von Straftaten begangen haben: einfacher Diebstahl, Unterschlagung von Beweismaterial, Pflichtversäumnis, vielleicht Erpressung et cetera, et cetera.«

»Und?« fragte Coughlin.

»Vielleicht haben Sie nicht bedacht, daß dies ein Verstoß gegen die Bürgerrechte der Person ist – ein Verbrechen, das unter die Zuständigkeit des Bundes fällt –, die von Amtspersonen um Geld oder Wertgegenstände erpreßt wurde.«

»Ich verstehe nicht …« begann Coughlin.

»Sie meinen, der U.S. Attorney würde diese Clowns anklagen, weil sie gegen die Bürgerrechte von Drogendealern verstoßen haben?« fiel ihm Wohl ins Wort.

»Ja, ich halte das für wahrscheinlich.«

»Mit ›Amtspersonen‹ meinen Sie Polizisten der Stadt Philadelphia?« hakte Wohl nach.

Davis nickte.

»Könnten die Drogendealer dann nicht die Stadt Philadelphia verklagen, weil ihre Bürgerrechte von Beamten der Stadt verletzt wurden?«

Coughlin dachte: *Peter denkt bereits wie ein Polizeichef.*

»Vermutlich«, räumte Davis ein.

»Und wäre bei einem Zivilprozeß«, warf Coughlin ein, »die Verurteilung dieser dreckigen Cops – mal angenommen, sie würden für schuldig befunden, gegen die Bürgerrechte von Drogenhändlern verstoßen zu haben – nicht genug Beweis dafür, daß die Stadt verantwortlich für die Taten ihrer Beamten ist?«

»Möglich«, sagte Davis. »Aber es würde auch Officer Prasko und die anderen in ein Bundesgefängnis bringen.«

»Darf ich darauf hinweisen, Gentlemen«, sagte Washington, »daß ich diese Argumente zwar faszinierend finde, daß jedoch keiner von uns – mit Verlaub gesagt – weiß, wovon wir reden. Ich glaube, Mr. Davis hat recht. Der U.S. Attorney sollte so schnell wie möglich eingeschaltet werden. Und ebenfalls unser geliebter District Attorney Tony Callis.«

Es folgte zustimmendes Nicken, und dann schaute Washington Coughlin an und fuhr fort: »Wenn ich einen Vorschlag machen darf, Chief ...«

»Selbstverständlich.«

»Mr. Callis persönlich. Keinen seiner Assistenten, nicht einmal Harrison J. Hormel, Esquire.«

»Haben Sie einen Grund für diesen Vorschlag?« fragte Coughlin.

»Den gleichen Grund, den Sie Danny Justice nannten, als Sie ihn anwiesen, den stellvertretenden Polizeichef nicht über die Lage zu informieren. Um das Risiko zu verringern, daß die falschen Leute vielleicht etwas von unseren Aktivitäten erfahren.«

»Und was, mein lieber Jason, würden Sie bezüglich Bürgermeister Carlucci vorschlagen?« fragte Wohl. »Wann sagen wir es ihm?«

»Ich bin nur ein popeliger Sergeant, Inspector«, sagte Washington. »Ich brauche keine solch heiklen Entscheidungen zu treffen.«

Coughlin schaute Wohl an.

»Wenn ich Carlucci erzähle, was dieser Prasko getan hat, sieht er rot«, sagte er. »Wenn wir keinen Plan haben – und zwar keinen detaillierten, bei dem er keinen Fehler finden kann –, wird er uns befehlen, was wir zu tun haben. Also sollten wir einen verdammt guten Plan ausarbeiten, bevor wir ihn anrufen.«

Wohl nickte beipflichtend.

»Haben wir irgend etwas aus Harrisburg gehört?« fragte Washington.

»Als letztes habe ich gehört, daß Officer Calhoun sein Schließfach in der Bank benutzt hat und daß die für den Tresorraum verantwortliche Frau behauptet, das sei nicht in der Kartei registriert.«

Wohl nickte wieder.

»Wann erfahren wir mehr?« fragte Coughlin.

»Vielleicht am Morgen«, antwortete Wohl. »Warum fragen Sie?«

»Calhoun könnte der Schlüssel zu diesem Fall sein«, sagte Coughlin. »Vorausgesetzt, es liegt etwas Belastendes in diesem Bankschließfach. Wir nehmen ihn als ersten fest …«

»Wir wissen nicht, ob er immer noch in Harrisburg ist«, unterbrach Washington. »Angenommen, er hat etwas Belastendes in das Schließfach gelegt, dann ist er möglicherweise danach sofort nach Philadelphia zurückgekehrt.«

»Wir hängen also in der Luft, wie?« sagte Wohl. »Stellen wir also fest, welche Fakten wir haben, und gehen wir langsam und Schritt für Schritt vor.«

Er griff zum Telefon.

»Vermittlung, Voranmeldungsgespräch mit Matthew Payne, Penn-Harris Hotel, Harrisburg …«

Er verstummte, als Washington die Hand nach dem Hörer ausstreckte. Dann gab er ihm den Hörer.

Washington nannte dem Telefonisten die Nummer vom Penn-Harris Hotel und dann Matts Zimmernummer.

»Verbinden Sie mich direkt mit dem Gesprächsteilnehmer«, sagte er und gab Wohl den Hörer zurück.

Bis zum dritten Klingeln spielte Matt ernsthaft mit dem Gedanken, sich nicht am Telefon zu melden oder sogar den Hörer abzunehmen und sofort wieder aufzulegen und ihn dann neben dem Apparat liegenzulassen, damit das Besetztzeichen zu hören war, wenn wieder angerufen wurde.

Susan schlief in seinen Armen. Sie war erschöpft, und er führte das sowohl auf die Intensität ihrer Paarung – *Paarungen* – zurück als auch auf ihre gefühlsmäßige Verfassung. Sie hatten gevögelt, wie er es in Gedanken etwas volkstümlich bezeichnete, als wäre es das letzte Mal, und als ihm klargeworden war, daß dies durchaus das letzte Mal gewesen sein könnte, hatten ihn die Gedanken an die Konsequenzen so sehr gequält, daß er hellwach geblieben war.

Susan bewegte sich im Schlaf, wachte jedoch nicht auf, als Matt den Telefonhörer abnahm.

Ich werde sie bald wecken und heimschicken müssen.

»Payne«, meldete er sich leise am Telefon.

»Hier ist Peter, Matt.«

»Was ist los?«

»Es gibt ein paar unerwartete Entwicklungen«, sagte Wohl. »Einiges passierte schneller, als jeder erwartet hat.«

»Welche Entwicklungen?« fragte Matt, und dann dämmerte es ihm. »Bezüglich der bösen Jungs?«

»Fünfte Abteilung«, sagte Wohl. »Calhoun könnte der Schlüssel sein. Halten Sie mich in diesem Punkt auf dem laufenden.«

Wenigstens stürzt der Himmel nicht über Susan ein. Oder wenigstens hat Peter Wohl sie nicht auf dem Kieker. Uns.

»Da gibt es nicht viel über das hinaus zu berichten, das ich bereits gemeldet habe. Ich habe ihn in den Tresorraum gehen sehen.«

»Sind Sie sicher, daß es Calhoun war?«

»Entweder er oder ein Zwillingsbruder«, erwiderte Matt. »Und als ich meinem Kontaktmann hier diskrete Fragen stellte, erklärte er, daß die für den Tresorraum Verantwortliche – sie heißt Adelaide Worner – niemanden registriert hat, der das Schließfach benutzt hat. Meiner Ansicht nach schließt das aus, daß ich einen falschen Calhoun gesehen habe; in diesem Fall könnte sie mit einem Namen aufwarten. Aber sie behauptet, niemand hätte das Schließfach benutzt. Folglich lügt sie, und ich habe Calhoun gesehen.«

»Und was geschieht als nächstes?«

»Ich bin damit zu Lieutenant Deitrich gegangen. Er versucht, etwas für mich herauszufinden. Er sagte, er informiert mich am Morgen um acht.«

»Wo?«

Matt blickte auf Susan. Er spürte, daß sie sich anspannte, und dann drehte sie den Kopf auf seiner Brust, um ihn anzuschauen. Er hielt den Zeigefinger an die Lippen. Sie nickte, setzte sich auf und blickte ihn an.

Ich möchte nur meinen Kopf zwischen ihre Brüste schmiegen und ihn von ihr dort halten und streicheln lassen.

»Hier.«

»Meinen Sie, er hat was für Sie?«

»Ich glaube, ich weiß, wonach er sucht – nach einer Verbindung zwischen Adelaide Worner und Timothy J. Calhoun – aber ich habe keine Ahnung, ob er eine findet. Oder was er sonst herausfindet.«

»Nehmen wir mal das Bestmögliche an. Ihr Lieutenant Deitrich findet eine Verbindung, und Sie können sich dort von einem Richter einen Durchsuchungsbefehl für das Schließfach besorgen. Sie durchsuchen es und finden etwas –, Drogen wären das beste, aber eine große Geldsumme in bar würde ebenfalls genügen ... Warten Sie mal einen Moment.«

Matt hörte ein Geräusch, als bedecke jemand mit der Hand die Sprechmuschel des Hörers.

Er blickte wieder auf Susan hinab. Er berührte fast ehrfürchtig die Spitze ihrer rechten Brust. Susan blickte hin, um zu sehen, was er tat, und dann schaute sie in seine Augen. Sie hielt seine Hand fest und drückte sie auf die Brust.

»Walter Davis sagte soeben ...«

O Mann, der FBI-Typ. Was ist da los?

»... wenn Sie überhaupt irgend etwas haben, wird er Chief Mueller anrufen, der vermutlich den richtigen Richter für den Durchsuchungsbefehl kennt.«

»Okay.«

»Bleiben Sie noch mal dran«, sagte Wohl. Und dann

herrschte fast eine Minute Stille; offenbar beriet sich Wohl mit Davis.

Susan schob sich an Matt heran und küßte ihn zärtlich. Dann streichelte sie über seine Wange.

Wohl meldete sich wieder. »Chief Coughlin hat soeben gesagt, es wäre besser gewesen, Sie hätten nicht mit Deitrich geredet. Aber Mr. Davis wird sofort nach meinem Telefonat Chief Mueller anrufen und ihn um den Gefallen bitten, den Durchsuchungsbefehl zu besorgen.«

»Okay.«

»Halten wir es also so. Um acht Uhr werden Sie von Deitrich erfahren, ob es eine Verbindung zwischen der Worner und Calhoun gibt. Oder er hat sonst etwas herausgefunden. Wie auch immer, Sie rufen an ... Moment mal ... Okay. Sie rufen *Jason Washington* an, und zwar so bald wie möglich nach acht, und melden ihm, was sich bis dahin getan hat. Er wird Ihnen sagen, ob Sie entweder den Durchsuchungsbefehl benutzen oder etwas anderes unternehmen sollen. Wissen Sie zufällig, ob Calhoun immer noch dort ist?«

»Ich habe keine Ahnung.«

»Vielleicht kann Walter Chief Mueller bitten, diskret durch eine Streifenwagenbesatzung feststellen zu lassen, ob Calhouns Wagen beim Haus eines seiner Verwandten parkt. In diesem Fall wird Washington es Ihnen sagen, wenn Sie mit ihm telefonieren. Wenn Sie erfahren, ob er noch in Harrisburg ist oder die Stadt verlassen hat, rufen Sie Washington an.«

»Sie meinen am Morgen?«

»Ich meine, wann immer Sie es herausfinden. Wir werden Calhoun auf jeden Fall festnehmen. Die Frage ist, wann und ob Sie es dort oben tun – basierend auf dem, was Sie in dem Schließfach finden – oder wir hier in Philadelphia.«

»Sagen Sie mir, was diese ›neuen Entwicklungen‹ sind?«

»Dafür ist jetzt keine Zeit. Wenn am Morgen Zeit dafür bleibt, wird Washington Sie ins Bild setzen.«

»Okay.«

»Bleiben Sie noch mal dran«, sagte Wohl, und dann herrschte wieder für fast eine Minute Stille, bis er sich erneut meldete. »Mr. Davis möchte wissen, wie Sie mit der Reynolds vorankommen.«

»Sagen Sie ihm, sie liegt im Augenblick nackt in meinem Bett.«

»Verdammt, das ist nicht lustig! Haben Sie etwas über sie oder nicht?«

»Nein, Sir, ich habe nichts.«

»Treffen Sie sich bald mit ihr?«

»Vermutlich morgen.«

»Calhoun ist vorrangig, aber der andere Auftrag bleibt bestehen. Wenn Sie meinen, sie wird sich mit Chenowith treffen, rufen Sie Jack Matthews an.«

»Jawohl, Sir.«

»Washington wird von acht Uhr an auf Ihren Anruf warten.«

»Jawohl, Sir.«

»Wir hören noch voneinander«, sagte Wohl. »Gute Nacht, Matt.«

Dann war die Leitung tot.

»Sie liegt im Augenblick nackt in meinem Bett?‹«, zitierte Susan, als Matt den Hörer auflegte.

»Ich bezweifle, daß er mir geglaubt hat.«

»Ich glaube wirklich, du hast eine Schraube locker«, sagte Susan.

»Was sollen wir tun, da wir nun hellwach sind?«

»Ich sollte mich anziehen und heimfahren«, sagte Susan.

»Es ist erst ...«

»Viertel nach drei«, ergänzte Susan. »Mein Gott!«

»*So* spät? Ich hatte keine Ahnung! Ich hatte gerade eine *geile* Idee. Warum legst du dich nicht einfach wieder hin, wir lassen uns gegen halb fünf wecken, frühstücken gut und ...«

»Matt, ich mußte mich aus dem Haus stehlen, um hierherzukommen. Ich möchte nicht von meiner Mutter erwischt werden, wenn ich mich zurückschleiche. Manchmal steht sie früh auf ... ich muß gehen.«

»Das klang wie ein wahres Mitglied der nächsten Generation Bennington-Mommys.«

»Wir haben genug Probleme, ohne daß sie herausfindet, daß ich die ganze Nacht bei dir gewesen bin.«

»Du meinst, Mommy hat nicht bereits einen starken Verdacht – aus mehr als einem kleinen Grund –, daß du und ich ›Verstecken wir die Salami‹ gespielt haben?«

»Natürlich hat sie keinen Verdacht! Warum sollte sie einen haben? Und ich kann es nicht leiden, wenn du so vulgär bist!«

»Prinzessin, dieser Typ der Bennington-Mommy – und Gott weiß, daß ich sie gut kenne, deine Mommy, Chads Mommy, Daffys Mommy und Pennys Mommy waren alle von der gleichen Art – ist nicht so blöde und naiv, wie er bei seinen Kindern tut.«

»Was meinst du damit?«

»Sie haben herausgefunden, daß sie mehr erfahren, wenn sie die Kinder in dem Glauben lassen, sie wären blöde.«

»Meinst du wirklich, meine Mutter weiß über uns Bescheid?«

»Ob sie es weiß? Nein. Es sei denn, sie klettert über die Feuerleiter und schaut durchs Fenster – was vermutlich möglich ist. Aber ob sie einen starken und berechtigten Verdacht hat? Na klar hat sie den.«

»Das glaube ich nicht!«

»Susan, du hast deiner Mutter gesagt, du wärst bis sechs am Morgen mit mir in Philadelphia ausgegangen, um Jazz zu hören. Du glaubst doch nicht im Ernst, daß sie das glaubt, oder? Daß wir nur Händchen gehalten und zum Takt der Musik geklatscht haben, anstatt zu vögeln?«

Susans Miene verriet, daß sie darüber nie zuvor nachgedacht hatte.

»Glaubst du das wirklich? Oder sagst du es nur, um mich zum Bleiben zu überreden?«

»Ich glaube es wirklich; *und* ich sage es, weil ich dich

zum Bleiben überreden will. Und was, zum Teufel, ändert es schon? In drei Tagen, vielleicht – wahrscheinlich – viel eher, spielt für deine Mutter und auch für deinen Vater überhaupt keine Rolle mehr, ob wir ›Verstecken wir die Salami‹ gespielt haben. Wenn sich das Problem stellt, wie sie ihre presbyterianische Prinzessin aus dem Schlamassel herausbekommen können, spielt keine Rolle mehr, ob sie vorher …«

»O Gott!« sagte Susan. »Gott, kannst du grausam sein! Manchmal hasse ich dich!«

Er schaute sie an und war ebenso erstaunt über den Zorn, der plötzlich in ihm aufstieg, wie über das, was er sich sagen hörte.

»Du kannst mich am Arsch lecken, Susan!«

»Was hast du gesagt?«

»Ich sagte ›leck mich am Arsch!‹ Verdammt, fahr heim und spiel das verdammte Spielchen mit deiner verdammten Mommy!«

Er sprang aus dem Bett und marschierte ärgerlich ins Badezimmer.

Er erwartete fast, daß sie an die Badezimmertür klopfte. Oder etwas dagegenschmiß. Oder etwas schrie.

Es gab überhaupt keine Reaktion aus dem Schlafzimmer.

Matt blickte auf die geschlossene Tür und sagte sich, daß ein Gentleman Susan die Zeit geben würde, sich anzuziehen und sich würdevoll vom Schlachtfeld zurückzuziehen.

Diese gentlemanlike Haltung hielt ungefähr neunzig Sekunden lang an. Dann ging er ins Schlafzimmer.

Scheiß drauf! Warum sollte ich hier warten? Zum Teufel mit ihr!

Susan, immer noch nackt, saß auf dem Bett und telefonierte.

»Meine besten Grüße an Mommy!«

»Danke«, sagte Susan am Telefon und legte auf.

Sie schaute Matt an. Er sah Tränen in ihren Augen.

»Ich habe unser Frühstück bestellt«, sagte sie.

Captain David Pekach stand am Urinal im Badezimmer der Suite im Peebles-Herrenhaus in der Glengarry Lane, als das Telefon summte.

Er hatte sich gerade im Spiegel an der Wand über dem Becken betrachtet. Er trug einen Seidenpyjama, weil er begriffen hatte, daß Martha – obwohl sie nichts gesagt hatte – seine Gewohnheit in der Vor-Martha-Ära, in einem T-Shirt zu schlafen, etwas primitiv fand.

Der Pyjama trug das Etikett von A, Sula & Cie., Rue de Castiglione, Paris. Pekach war nie in Paris gewesen, doch Martha fand, daß sie zumindest ein paar der letzten Tage der bevorstehenden Flitterwochen dort verbringen sollten.

Der Pyjama war von Marthas Vater vor seinem Tod in Paris gekauft, nach Hause mitgenommen und dort offenbar vergessen worden. Als Pekach ihn in dem Schrank gefunden hatte, den Martha jetzt als ›seinen Kleiderschrank‹ bezeichnete, war der Pyjama noch in der Zellophanhülle gewesen.

Als das Telefon zu summen (nicht zu klingeln) begann, hatte Pekach gerade gedacht, daß er den Pyjama wirklich mochte, obwohl zuerst die Knöpfe ein wenig schwer zuzuknöpfen gewesen waren und er aufgewacht war, wenn er sich im Bett auf den Bauch gewälzt hatte. Und er mochte es auch, seine Blase in dem Urinal zu erleichtern, das erste, das er jemals in einem Privathaus gesehen hatte.

Und er bedauerte wieder einmal, daß er Marthas Vater niemals kennengelernt hatte. Es war anscheinend ein toller Mann gewesen, nicht nur weil er wenigstens eine Gattung vom Großwild der Welt gejagt und geschossen hatte, sondern auch weil er Dinge getan hatte – wie zum Beispiel die Installation des Urinals in seinem Badezimmer –, die er gewollt hatte, ganz gleich, was die Leute darüber dachten.

Martha war überzeugt, daß ihr Vater ihn gemocht hätte – und das hatte sie ihm auch gesagt. Pekach war sich dessen nicht so sicher. Er hielt es für wahrscheinlicher, daß er sich an Alexander F. Peebles Stelle lange und gründlich gefragt hätte, ob Captain David Pekach seine Tochter oder ihr Geld liebte.

Für Dave Pekach wäre Martha immer noch das beste, das ihm jemals in seinem ganzen Leben widerfahren war, wenn sie keinen verdammten Dime besessen hätte. Aber im Augenblick gab es nur zwei Personen, die das glaubten: er und Martha. Nun, vielleicht auch noch Matt Payne. Und vermutlich ebenfalls Matts Vater, der Anwalt.

Wenn Brewster Cortland Payne dachte, er, Pekach, hätte es auf Marthas Geld abgesehen, dann hätte er etwas dagegen unternommen. Er war lange Zeit der Anwalt – und Freund – von Marthas Vater gewesen. Er würde nicht untätig zuschauen, wenn ein Erbschleicher es mit Martha trieb, um an ihr Geld heranzukommen. Wenn er das glaubte oder auch nur argwöhnte, würde Brewster C. Payne eine Ehe verhindern. Darüber hinaus hätte er sich nicht soviel Mühe gegeben, ihre Trauung zu arrangieren, sowohl durch einen römisch-katholischen Monsignore (um Daves Mutter zufriedenzustellen) als auch durch einen Bischof der Episkopalkirche (um dem zu entsprechen, was sich laut Martha ihr Vater gewünscht hätte).

Aber jeder sonst dachte, daß er Martha wegen ihres Geldes heiraten würde. Niemand wollte glauben, daß es Liebe auf den ersten Blick gewesen war, und ebensowenig, daß er der erste Mann gewesen war, mit dem Martha jemals geschlafen hatte. Und natürlich konnte er nichts darüber erzählen.

Als das Telefon summte, war Dave Pekach noch nicht zur Ausführung dessen gekommen, weswegen er aus dem Bett aufgestanden war.

Deshalb überraschte ihn bei seiner Rückkehr ins Schlafzimmer nicht, daß die Nachttischlampen brannten, Martha sich im Bett aufgesetzt hatte, am Kopfbrett lehnte, das mit Schnitzereien verziert war (ihr Vater hatte das Bett in Borneo gekauft; die auffallendste Schnitzerei war ein knurrender Tiger mit Elfenbeinzähnen), und ihm den Telefonhörer hinhielt.

»Es ist Peter Wohl, Liebling«, sagte sie.

Martha hatte langes Haar, das sie des Nachts zu Zöpfen geflochten trug und das Dave wunderschön fand. Er sah die Spitzen ihrer Brüste durch das dünne Nachthemd. Allein beim Anblick von Marthas Brustspitzen schlug sein Herz schneller, und manchmal fragte er sich, ob das Geilheit von ihm oder ein weiterer Beweis war, daß er sie liebte.

»Tut mir leid, daß ich dich geweckt habe«, sagte er und setzte sich auf die Bettkante.

»Ich wache immer auf, wenn du aufstehst«, erwiderte Martha.

»Ja, Sir?« meldete sich Pekach am Telefon.

»Verzeihen Sie die Störung, Dave«, sagte Wohl. »Aber ich möchte Sie in meinem Büro haben. In Uniform, in einem Wagen der Highway Patrol und so schnell wie möglich.«

»Was ist los?«

Wohl antwortete nicht auf die Frage.

»Wenn ich nicht dort bin – ich rufe von der Kripo Süd aus an –, warten Sie auf mich«, sagte Wohl und legte auf.

»Was gibt es?« fragte Martha.

»Er will, daß ich sofort ins Büro komme«, sagte Dave. »Wie spät ist es?«

Martha warf einen Blick auf die Uhr auf ihrem Nachttisch.

»Zwanzig nach drei«, sagte sie und stieg aus dem Bett.

»Was machst du da?«

»Du gehst um diese Zeit nicht aus dem Haus, ohne wenigstens eine Tasse Kaffee zu trinken«, sagte Martha.

»Liebling, dazu bleibt keine Zeit.«

»Bis du angezogen bist, habe ich den Kaffee fertig.«

»Das brauchst du nicht zu tun, Baby.«

»Schatz, ich will es.«

Er widmete seine Aufmerksamkeit wieder dem Telefon und wählte eine Nummer aus dem Gedächtnis.

»Special Operations, Lieutenant Malone.«

»Dave Pekach, Jack. Ist dort irgendwas los?«

»Nein, Sir. Still wie in einer Gruft.«

»Ich bin unterwegs dorthin«, sagte Pekach.

»Ist etwas los?«

»Keine Ahnung, welche Kacke da dampft«, sagte Pekach. »Wohl hat mich soeben angerufen. Ich soll sofort antanzen. Verdammte Scheiße!«

Er legte auf. Dann schaute er zu Martha, deren Miene leicht gequält wirkte. »Verzeihung, Baby.«

»Ich habe Verständnis«, sagte sie. »Du bist aufgeregt.«

»Es tut mir wirklich leid. Ich versuche, das Fluchen sein zu lassen und nicht ordinär zu reden, aber manchmal rutscht mir einfach so was raus.«

»Das kann ich verstehen«, sagte Martha. »Und ich weiß, daß du dich bemühst.«

»Verdammt, ich liebe dich!«

»*Verdammt,* du liebst mich?«

Er hob hilflos die Hände.

»Ich liebe dich auch, Schatz«, sagte sie.

22

Gertrude Callis griff über den zusammengerollten Körper ihres Mannes – Thomas J. Callis – hinweg und nahm den Telefonhörer ab. Dabei dachte sie zum ungefähr fünfhundertsten Mal: Wenn er darauf besteht, das Telefon auf seiner Seite des Bettes zu haben, um mich nicht zu stören, wenn mitten in der Nacht jemand anruft, dann könnte der Hurensohn wenigstens aufwachen, wenn das verdammte Ding klingelt.

»Ja?«

»Gertrude? Dennis Coughlin. Verzeihen Sie bitte die Störung …«

»Ich werde versuchen, ihn wachzukriegen, Denny. Er schläft wie ein Bär.«

Der District Attorney von Philadelphia wurde aus seinem Schlummer gerissen und hatte das erschreckende Gefühl, zu ersticken. Er schlug nach dem, was ihm Mund und Nase zuhielt, und setzte sich um Atem ringend auf.

»Was, zum Teufel, ist los?«

»Denny Coughlin«, sagte Gertrude, reichte ihm den Telefonhörer und legte sich mit dem Rücken zu ihrem Mann hin.

»Ja, Denny?«

»Tut mir leid, daß ich Sie wecken mußte, Tony.«

»Kein Problem. Worum geht's?« Callis nahm die Uhr vom Nachttisch und blickte darauf. »Mein Gott, es ist zwanzig nach drei!«

»Es konnte nicht bis zum Morgen warten«, sagte Coughlin.

»Was konnte nicht bis zum Morgen warten?«

»Wir haben soeben einige sehr dreckige Cops gefunden«, sagte Coughlin.

»Das kann nicht bis zum Morgen warten? Nichts Persönliches, Denny, aber dies sind nicht die ersten dreckigen Cops, die Sie in diesem Jahr gefunden haben.«

Das stimmt nicht, dachte Callis. *Es hat dreckige Cops gegeben, aber nicht Denny Coughlin hat sie entlarvt. Das war Peter Wohl. Was läuft da?*

»Dies ist ziemlich kompliziert, Tony. Ich möchte, daß Sie ...«

»Wie kompliziert, Denny?«

»Das ist sozusagen ein ganzer Korb fauler Äpfel«, sagte Coughlin. »Und die Sache kann nicht warten. Ich möchte Ihnen das lieber persönlich erklären, wenn das möglich wäre. Das FBI ist beteiligt, und ...«

»Das FBI?«

»... Walter Davis sprach soeben mit dem U.S. Attorney. Er trifft sich gleich mit uns. Ich habe soeben einen Wagen für ihn losgeschickt, und ich möchte Sie ebenfalls mit einem abholen lassen.«

»Okay. Wenn Sie es für so wichtig halten, Sie wissen ja, im Zweifel für den Angeklagten ...«

»Danke, Tony.«

»Welche Cops, Denny? Können Sie mir das sagen?«

»Die Namen werden Sie nicht kennen. Die fünfte Abteilung des Rauschgiftdezernats.«

»Und was haben einige Drogenjungs getan, um das Interesse des FBI zu wecken?«

»Es geht um mehr als um einige Drogenjungs, Tony. Ich befürchte, es geht um die gesamte fünfte Abteilung.«

»Jetzt ist *mein* Interesse geweckt.«

»Ich erkläre Ihnen alles, wenn wir uns treffen«, sagte Coughlin. »Wenn Sie aus der Haustür gehen, wird ein Wagen der Highway Patrol dort sein.«

»Okay.«

»Danke, Tony«, sagte Coughlin und legte auf.

Callis schwang die Füße aus dem Bett. Gertrude wälzte sich auf den Rücken.

»Du gehst doch nicht etwa aus?«

»Schlaf weiter, Liebling.«

»Was ist los?«

»Ich weiß es nicht«, erwiderte Callis und dachte laut. »Aber Denny Couglin würde so etwas nicht tun …«

»Was?«

»Einen Wagen der Highway Patrol um halb vier am Morgen für mich schicken, wenn es nicht wichtig wäre.«

»Aber er hat nichts Näheres gesagt?«

»Nur, daß das FBI beteiligt ist und daß die gesamte fünfte Abteilung dreckig ist.«

»Welche fünfte Abteilung?«

»Das Rauschgiftdezernat hat eine Art Sondereinheit, die fünfte Abteilung, die an den schwereren Drogenfällen arbeitet.«

»Und da mußt du um halb vier am Morgen aus dem Haus?«

»Laut Coughlin gibt es ein Zeitproblem.«

Das hat er nicht gesagt, aber so muß es offenbar sein.

Callis ging ins Badezimmer und stöpselte seinen Elektrorasierer ein.

Er klatschte sich After-shave ins Gesicht, als er das Heulen einer Sirene in der Ferne hörte. Es näherte sich, und dann verstummte es.

Callis ging ins Schlafzimmer, zog sich an und neigte sich über das Bett, um Gertrude einen Kuß zu geben.

Sie drehte sich wieder auf den Rücken.

»Du wirst zu alt für so was, Tony«, sagte sie. »Es ist nicht gut für dich, um halb vier am Morgen aus dem Bett aufzustehen.«

»Ich glaube, mir bleiben noch ein paar gute Jahre«, sagte er

Er zog ein paar Lamellen der Jalousie herunter und spähte auf die Straße.

Ein Sergeant der Highway Patrol mit dem Sam-Browne-Koppel, das mit Patronen gespickt war, und mit Motorradfahrer-Stiefeln lehnte am Kotflügel eines mit Antennen bestückten Wagens und wartete auf ihn.

Das war die Sirene, die ich gehört habe. Sie stellen sie – und das rotierende Licht – ab, wenn sie nahe beim Ziel sind. Und sobald sie einen halben Block vom Haus entfernt sind, wird alles wieder eingeschaltet.

Ehrlich gesagt, ich mag das. Ich würde viel mehr Geld mit einer privaten Kanzlei verdienen, aber Scheidungsanwälte fahren nicht oft mitten in der Nacht in einem Wagen der Highway Patrol mit heulender Sirene durch die Stadt.

Und bei dem Wissen, daß die Cops mich brauchen, fühle ich mich wie ein richtiger Mann.

Oder wie ein Junge, der Räuber und Gendarm spielt? Hat Gertrude recht? Werde ich zu alt für so was?

Was mag das alles zu bedeuten haben?

Um zwanzig vor vier war nicht viel los im Gefängnis im Präsidium. Es war eine relativ ruhige Nacht gewesen (zur Zeit war kein Vollmond), und die für gewöhnlich arbeitsreiche Zeit von 22 Uhr 30 bis ein Uhr war vorüber.

Sergeant Keyes J. Michaels, der Wachhabende, las die *Daily News*, als er hörte, daß das Schloß der Tür zwischen dem Gang des Rundhauses und dem Zellentrakt mit einem Summton geöffnet wurde.

Ein Mann, der auf Michaels wirkte wie ein Anwalt, der versucht, Unfallopfer als Klienten zu gewinnen – ein kleiner, korpulenter Typ mit verknitterter Kleidung und

Brille, der eine Rasur brauchte –, kam durch die Tür und ging auf Michaels' Schreibtisch zu.

Michaels fragte sich, wie es möglich war, daß man ihn in den Zellentrakt hereingelassen hatte – die Anwälte dieser Art hatten normalerweise keinen Zutritt –, aber eigentlich war es ihm gleichgültig. Es war fast vier Uhr, und er war müde.

Der Typ, der wie ein windiger Anwalt wirkte, blieb vor Sergeant Michaels stehen und wartete geduldig, bis Michaels aufblickte.

»Kann ich etwas für Sie tun, Sir?«

»Wer ist der leitende Beamte vom Dienst? Ich möchte ihn bitte sprechen.«

Der leitende Beamte vom Dienst, Lieutenant Mitchell Roberts, hatte sich vergewissert, daß nichts mehr seine Aufmerksamkeit erforderte, und sich in einen kleinen Raum zurückgezogen, in dem zufällig eine Liege stand.

Michaels, der Roberts mochte, widerstrebte es, ihn wegen eines Winkeladvokaten zu wecken, der vermutlich eine Sonderbehandlung für irgendwelchen Abschaum wünschte.

»Kann ich Ihnen helfen, Sir? Der Leiter ist im Augenblick nicht hier.«

»Ich befürchte, nein, Sergeant. Ich muß mit dem leitenden Beamten vom Dienst sprechen.«

»Ich habe Ihnen gerade gesagt, daß er im Augenblick nicht hier ist.«

»Wo ist er?«

»Für wen, zum Teufel, halten Sie sich?«

»Mein Name ist Weisbach«, sagte der vermeintliche Winkeladvokat. »Staff Inspector Michael Weisbach. Ändert das etwas, Sergeant?«

»Verzeihung, Sir. Der Lieutenant ist gerade austreten. Ich werde ihm melden, daß Sie hier sind, Sir.«

»Wo ist er? In dem kleinen Raum mit der Liege?«

»Ich hole ihn, Sir.«

»Bleiben Sie nur sitzen, Sergeant«, sagte Weisbach. »Ich weiß, wo das ist. Ich selbst habe dort des öfteren gepennt.«

»Jawohl, Sir.«

Weisbach ging zu dem klosettgroßen Raum, öffnete die Tür und schaltete das Licht an. Er kannte den großen, muskulösen Mann, der auf dem Rücken lag und mit geöffnetem Mund leicht schnarchte, aber er war ihm nur flüchtig bekannt; sie hatten nie zusammengearbeitet. Er kramte in seiner Erinnerung, doch es fiel ihm weder Gutes noch Schlechtes über Lieutenant Mitchell Roberts ein außer dem, was jeder über ihn dachte: Roberts war ein guter Cop.

Kein außergewöhnlich guter. Er hatte viermal die Prüfung zur Beförderung zum Lieutenant versuchen müssen, bis er sie bestanden hatte.

Lieutenant Mitchell Roberts erwachte und stemmte sich auf der Liege auf. Er stützte sich auf die Ellenbogen und blinzelte gegen die plötzliche Helligkeit an.

»Wer sind Sie?« fragte er, halb empört und halb neugierig.

»Mike Weisbach, Mitch. Tut mir leid, Sie zu wecken.«

»O Gott, Inspector, ich habe Sie nicht sofort erkannt. Verzeihung.«

»Verzeihen Sie, daß ich Sie geweckt habe.«

»Was kann ich für Sie tun?«

»Ich muß mir einige Ihrer Akten ansehen«, sagte Weisbach.

»Klar«, sagte Roberts. Und dann stutzte er und fügte hinzu: »Mitten in der Nacht? Ich dachte, ihr Jungs arbeitet in der Tagesschicht.«

»Mitten in der Nacht«, sagte Weisbach, und dann traf er eine Entscheidung, die nur auf Intuition basierte: Lieutenant Mitchell Roberts konnte man vertrauen.

»Ich bin wirklich froh, Sie hier zu sehen, Mitch.«

»Schlafend?« fragte Roberts.

»Ich habe selbst mal hier drin das eine oder andere Nickerchen gemacht«, sagte Weisbach. »Ich meinte, ich weiß, daß ich Ihnen vertrauen kann und daß Sie den Mund halten.«

»Jawohl, Sir. Das können Sie bestimmt.«

»Können Sie Ihrem Sergeant sagen, er hat mich hier nicht gesehen? Und ihn zum Schweigen vergattern?«

»Jawohl, Sir«, erwiderte Roberts nach kurzem Überlegen. »Michaels ist ein guter Cop.«

»Normalerweise würde das reichen, aber manchmal wechseln gute Cops die Seiten, wenn es um dreckige Cops geht. Ich behaupte nicht, daß ich Verständnis dafür habe, aber so ist es nun mal. Sie denken ›Wir Cops sind Brüder und müssen gegen jeden sonst zusammenhalten‹, sogar wenn es – wie in diesem Fall – um wirklich dreckige Cops geht.«

»Tatsächlich?«

»Dreckig ist noch milde ausgedrückt«, sagte Weisbach. »Ich will diese Bastarde haben, und Ihr Sergeant darf das auf keinen Fall verhindern, indem er bei jemandem plaudert.«

»Okay«, sagte Roberts. »Das genügt mir von einem Mann wie Ihnen. Sie brauchen sich wegen Michaels keine Sorgen zu machen.«

»Ich werde mir aber welche machen«, sagte Weisbach. »Beweisen Sie mir, daß sie unbegründet sind.«

»Was brauchen Sie?«

»Ich möchte die Akten von jedem aus der fünften Abteilung des Rauschgiftdezernats haben, die in den vergangenen zehn Tagen hergebracht worden sind.«

»Eines von den Assen der fünften Abteilung ist dreckig? Aber Sie sprachen von Bastarden, Mehrzahl, nicht wahr?«

»Ich möchte nicht, daß Sie ›fünfte Abteilung‹ auch nur laut sagen, Mitch. Und ich will nicht, daß Ihr Sergeant oder sonst jemand erfährt, welche Protokolle und Akten Sie mir geben.«

»Was geschieht mit den Akten, wenn ich sie geholt habe?«

»Ich werde jetzt von hier verschwinden, bevor Sie mit dem Material auftauchen. Ich gehe nach oben in Chief Coughlins Büro. Dorthin bringen Sie die Akten. Wir lichten sie ab, und Sie bringen Sie wieder hierher zurück.«

»Chief Coughlins Büro? Ist er dort oben?«

»Nein, aber bis ich dort bin, wird Hollaran den Kopierer aufgewärmt haben«, sagte Weisbach.

Sergeant Francis Hollaran war Chief Inspector Coughlins Fahrer, eine etwas unzutreffende Stellenbeschreibung. In Wirklichkeit bestand seine Aufgabe darin, zu erledigen, was auch immer und wann auch immer nötig war, um dem Chief zu ersparen, seine Zeit zu vergeuden.

Aber es war mehr als das. Die meisten der Inspectors und Chief Inspectors der Polizei von Philadelphia hatten gelernt, was man von sehr ranghohen Vorgesetzten erwartete, indem sie früher in ihrer Laufbahn als ›Fahrer‹ eines Chief Inspectors fungiert hatten.

»Es wird nur ein paar Minuten dauern, Inspector«, sagte Roberts.

Captain David Pekach fuhr auf den Platz, der für den Leiter der Highway Patrol auf dem Parkplatz der Special Operations Division reserviert war, und stieg aus dem Wagen.

Ein gutaussehender junger Ire in der Uniform eines Sergeants der Highway Patrol trat aus dem Schatten des Gebäudes und hielt ihm einen Becher mit Kaffee hin.

»Ich dachte mir, Sie brauchen dies«, sagte er lächelnd.

Sergeant Jerry O'Dowd wurde in den Personalakten als Verwaltungsassistent des Leiters der Highway Patrol geführt. Er erfüllte im wesentlichen die gleichen Aufgaben für Captain Pekach wie Sergeant Hollaran für Chief Inspector Coughlin, und jeder betrachtete ihn als Pekachs Fahrer. Aber als Captain stand Pekach kein Fahrer zu. Er brauchte jedoch wirklich jemanden, der zeitraubende Störungen von ihm fernhielt. Wenn man Pekach einen Fahrer genehmigt hätte, dann hätte man viele Inspectors und Chief Inspectors verärgert, die der Ansicht waren, daß der Highway Patrol und den Weißhemden der Special Operations Division ohnehin bereits viel zu viele Privilegien eingeräumt wurden.

Es war Wohls Idee gewesen, O'Dowd nicht als Fahrer, sondern als Verwaltungsassistent zu bezeichnen.

Pekach nahm den Becher mit Kaffee entgegen.

»Ich frage mich, Jerry, woher Sie wußten, daß ich vermutlich eine Tasse Kaffee brauche, wenn ich …« er warf einen Blick auf seine Armbanduhr, »…um zehn Minuten vor vier hier eintreffe.«

»Jack Malone hat mich angerufen«, sagte O'Dowd. »Er sagte, er weiß nicht, was los ist, aber Inspector Wohl hat Sie herzitiert, und Inspector Weisbach rief an und sagte, er sei bis auf weiteres nicht zu erreichen. Ich dachte mir, Sie würden mich vielleicht brauchen.«

»Das wird vermutlich der Fall sein, und ich weiß Ihr Kommen zu schätzen, aber bis ich herausgefunden habe, worum es geht, sollten Sie besser in meinem Büro warten – außer Sicht. Malone meinte es gut, aber er hätte Sie wirklich nicht anrufen sollen.«

»Jawohl, Sir.«

»Sobald ich weiß, was los ist, informiere ich Sie«, sagte Pekach und ging mit dem Kaffeebecher in der Hand in das ehemalige Schulgebäude.

Der erste, der fünf Minuten später auftauchte, war Sergeant Jason Washington.

»Was, zum Teufel, ist los, Jason?« fragte Pekach statt einer Begrüßung. Als Washington nicht sofort antwortete, fügte Pekach hinzu: »Ich soll hier auf den Inspector warten.«

»Ich muß etwas Heikles zur Sprache bringen«, sagte Washington. »Unter den gegebenen Umständen – die ich erklären werde, wenn Peter Wohl nicht in den nächsten paar Minuten eintrifft, um sie selbst zu erklären – glaube ich, daß Wohl sicherlich gern Captain Sabara hier hätte, jedoch vielleicht vergessen hat, ihn herzubestellen …«

»Und Mike sauer wäre, wenn er nicht hier wäre, richtig?«

Washington nickte.

Pekach griff nach einem der Telefone auf dem Schreibtisch von Officer Paul T. O'Hara, Wohls Verwaltungsassistent.

Er hatte noch nicht zu Ende gewählt, als Wohl das Büro betrat. Pekach hielt im Wählen inne.

»Ist Weisbach schon hier?« fragte Wohl.

»Nein, Sir«, antworteten Washington und Pekach wie aus einem Munde.

»Wen rufen Sie an?« fragte Wohl

»Mike«, sagte Pekach.

»Wessen Idee war das?«

»Meine«, sagte Pekach, als Washington die Hand hob wie ein Kind, das sich schuldig bekennt.

Wohl schüttelte lächelnd den Kopf.

»Wer auch immer von euch beiden es war, ich danke ihm sehr«, sagte er. »Als ich über die Frankford Avenue fuhr, dachte ich an Mike und an Tony Harris, MacFadden, Martinez ...«

Er verstummte, als Washington von neuem die Hand hob.

»Ich kann Ihnen versichern, Sir, daß meine gesamte Truppe, abgesehen natürlich von dem abwesenden Detective Payne, in diesem Moment zum Donnern der Kanonen eilt.«

»Nochmals vielen Dank«, sagte Wohl.

»Und Jerry O'Dowd war noch vor mir hier«, sagte Pekach. »Was ist los?«

»Das sage ich Ihnen, wenn Sie Mike aus dem Bett geworfen haben«, versprach Wohl.

Eine sehr große Schwarze mit einem geblümten Hausmantel öffnete die Haustür und betrachtete den Besucher mit einer Mischung aus Ärger und Neugier.

»Ich hoffe, es handelt sich um etwas Wichtiges, Dennis«, sagte die Ehrenwerte Harriet M. ›Hanging Harriet‹ McCandless, Richterin des Superior Court. »Ich bin eine alte Frau und brauche meinen Schlaf.«

»Danke dafür, daß Sie mich empfangen, Euer Ehren«,

erwiderte Chief Inspector Dennis V. Coughlin. »Sie werden mir bestimmt zustimmen, das dies wichtig ist.«

»Das sollte es auch sein«, sagte Richterin McCandless. »Kommen Sie herein. Ich habe Kaffee gekocht.«

»Tony Callis sitzt in meinem Wagen, Euer Ehren«, sagte Coughlin.

»Soll das ein zarter Wink sein, daß Sie ihn gern dabeihätten?«

»Ja, Euer Ehren.«

Richterin McCandless dachte eine halbe Minute lang darüber nach. »Nun, wir können unseren werten District Attorney nicht draußen im Dunkeln sitzen lassen, nicht wahr?«, sagte sie schließlich. »Holen Sie ihn, Dennis.«

»Danke, Euer Ehren.«

»Nun, nur um sicherzugehen, daß ich alles richtig begriffen habe«, sagte Richterin McCandless und lehnte sich in ihrem Sessel zurück, als erwarte sie, daß der Rücken nachgab wie der ihres Richtersessels. »Sie, Tony, kommen zu mir, um Beschwerde einzulegen, daß der Polizeirichter diesen Leuten Kaution zugebilligt hat.«

»So ist es, Euer Ehren«, sagte District Attorney Callis.

»Dann, wenn ihre Freilassung auf Kaution aufgehoben ist, werden sie wieder in Haft genommen. Und wenn sie inhaftiert sind, wollen Sie die Anklagen, die zu ihrer Verhaftung geführt haben, fallenlassen und als Gegenleistung verlangen, daß sie gegen die fraglichen Polizeibeamten aussagen.«

»Wenn es soweit kommt, Euer Ehren. Wir stimmen einem Verzicht auf die Anklage nur zu, wenn es gar nicht anders geht.«

»Na na, Tony«, sagte Richterin McCandless. »Diese Leute sind nicht blöde. Sie werden einen Handel haben wollen, und Sie werden zustimmen. Ihre Priorität ist, die fünfte Abteilung anzuklagen.«

»Jason Washington, Euer Ehren«, sagte Coughlin, um Callis zu unterstützen, »kann oft Wunder bewirken.«

»Ich habe nicht die geringsten Zweifel an den Fähigkeiten des Schwarzen Buddhas als Verhörspezialist«, sagte Richterin McCandless. »Aber ich wiederhole: Diese Leute sind nicht blöde. Sie werden einen Handel haben wollen, und Tony wird darauf eingehen müssen.«

»Wenn es dazu kommt, werden wir versuchen, den bestmöglichen Handel abzuschließen, Euer Ehren«, sagte Tony Callis.

»Einige Dinge kommen mir in den Sinn«, erwiderte sie. »Zweitens, daß Sie sich auf einen Handel einlassen, den Sie abschließen müssen.«

»Und erstens?« fragte Tony Callis so schmeichlerisch, wie er konnte.

»Wenn Sie damit durchkommen«, sagte sie, »werde ich mich selbst disqualifizieren.«

Es folgte Schweigen.

»Und da keiner von Ihnen ein Spinner ist, haben Sie sich bestimmt Gedanken gemacht, bevor Sie sich entschieden haben, mich um vier Uhr morgens zu wecken.«

Abermals Schweigen.

»Woraus ich schließe, daß dies sehr wichtig für Sie ist«, fuhr sie fort. »So wichtig, daß Sie bereit sind, das Risiko einzugehen, daß ein Bruder oder eine Schwester von mir auf der Richterbank im Prozeß eine Gesetzeslücke nutzt, um dieses Pack davonkommen zu lassen.«

Coughlin und Callis fühlten sich sichtlich unbehaglich.

»Aber das ist rein akademisch«, fuhr Richterin McCandless fort. »Sie haben mich in der Tat disqualifiziert, einfach indem Sie hergekommen sind und mir gesagt haben, was ich tun soll. Wenn dieses Pack davonkommt, wird das auf Ihren Schultern lasten, nicht auf meinen.«

»Ich bezweifle, daß sie davonkommen werden, Euer Ehren«, sagte Callis.

Sie ignorierte ihn.

»Und schließlich, aus welchen Gründen bitten Sie mich, die Entscheidung des Polizeirichters bezüglich einer Kaution aufzuheben?«

»Diese Leute sind eine Bedrohung für die Gesellschaft«, sagte Callis. »Es ist durchaus möglich, daß sie ihre kriminellen Aktivitäten fortsetzen, wenn sie auf Kaution freikommen.«

»Wie können Sie diese Dinge wissen, Mr. District Attorney, wenn Sie mir nicht einmal die Namen der Leute nennen können, von denen wir reden?«

»Inzwischen sollte Mike Weisbach die Namen haben, Euer Ehren«, sagte Coughlin.

»Aber das *wissen* Sie nicht, Dennis«, sagte sie.

»Darf ich Ihr Telefon benutzen, Euer Ehren?«

Sie wies zum Telefon auf einem Beistelltisch.

Coughlin ging hin und wählte eine Nummer aus dem Gedächtnis.

»Malone, haben wir die Position von Inspector Weisbach?« fragte er.

Coughlin hörte sich die Antwort an.

Dann lächelte er und legte auf.

»Nun?« fragte Richterin McCandless.

»Euer Ehren, ich bin soeben informiert worden, daß Staff Inspector Weisbach seit zehn Minuten draußen parkt.«

Richterin McCandless nickte.

»Nun, Dennis, warum gehen Sie nicht hinaus und bitten ihn herein?« sagte sie. »Je mehr Partygäste, desto lustiger wird es, wie man so sagt.«

»Danke, Euer Ehren.«

Zwei Minuten später kam Weisbach mit einem großen Kuvert in das luxuriös eingerichtete Wohnzimmer.

»Guten Morgen, Euer Ehren«, sagte er.

»Wenn ich von Ihrem Kommen gewußt hätte, Inspector Weisbach, hätte ich einen Kuchen gebacken«, erwiderte Richterin McCandless. »Was haben Sie mitgebracht?«

»Die Namen aller Gefangenen, die nach ihrer Festnahme durch die fünfte Abteilung des Rauschgiftdezernats in den vergangenen zehn Tagen zum Untersuchungsgefängnis Mitte transportiert worden sind, Euer Ehren.«

Richterin McCandless streckte die Hand nach dem Kuvert aus. Weisbach gab es ihr.

Sie las jede Akte sorgfältig. Von Zeit zu Zeit hob sie die Augenbrauen, spitzte die Lippen oder schüttelte den Kopf in einer Geste, die Verachtung oder Resignation ausdrücken konnte.

Dann gab sie Weisbach den Stapel Papiere zurück.

»Sie haben hier über zwanzig Namen …«

»Genau zweiundzwanzig, Euer Ehren«, sagte Weisbach.

»Nach meiner Meinung irrte sich der Polizeirichter in zehn Fällen, indem er Kaution zuließ, und zwar aus verschiedenen Gründen, zum Beispiel weil die Person in der Vergangenheit gegen Kautionsbedingungen verstoßen hat und/oder nach meiner Einschätzung eine Bedrohung für die Gesellschaft darstellt; und/oder kriminelles Verhalten gezeigt hat, mit dem ich persönlich vertraut bin und das darauf schließen läßt, daß vermutlich weiterhin kriminelle Aktivitäten begangen werden.«

»Nur zehn davon, Euer Ehren?«

Sie ignorierte die Frage. »Wenn von kompetenter Seite – wie zum Beispiel vom District Attorney – Beschwerde eingelegt werden würde, um die Entscheidung des Polizeirichters aufzuheben, wäre ich geneigt, ihr stattzugeben.«

»Nur bei der Hälfte von ihnen, Euer Ehren?« setzte Coughlin nach.

»Wie clever von Ihnen, Dennis. Trotz gegenteiliger Behauptungen *können* Sie durch zwei teilen, nicht wahr? Fordern Sie Ihr Glück nicht heraus. Geben Sie sich mit Ihren zehn zufrieden.«

»Ich reiche die Beschwerden morgen früh bis zehn Uhr in Ihr Amtszimmer ein«, sagte Callis. »Ich nehme an, wir handeln jetzt auf Ihre mündliche Genehmigung hin?«

»Das tun Sie nicht«, erwiderte Richterin McCandless. »Sie reichen eine ordnungsgemäße Beschwerde ein, und ich werde ihr stattgeben. Bis dahin unternehmen Sie gar nichts.«

»Das wird Stunden dauern!« dachte Coughlin laut.

»Es sei denn, Sie tippen das selbst«, sagte die Richterin. »Ich habe eine Schreibmaschine. Kann jemand von Ihnen tippen?«

»Ich kann das, Euer Ehren«, sagte Weisbach.

»Und es würde mich überhaupt nicht überraschen, wenn Tony sich erinnert, wie man eine schriftliche Beschwerde abfaßt«, sagte Richterin McCandless, »Darf ich vorschlagen, daß Sie Ihre Personen auswählen und anfangen?«

Detective Kenneth J. Summers, ein stattlicher Vierzigjähriger, schaute sich in der Mordkommission um und stellte fest, daß niemand sofort den Anruf entgegennehmen konnte. Er murmelte einen Fluch und drückte auf den Knopf unter dem leuchtenden Lämpchen seines Telefons.

»Mordkommission, Detective Summers.«

»Hier ist Chief Coughlin«, sagte der Anrufer. »Wer ist der Lieutenant?«

»Lieutenant Natali, Sir.«

»Niemand meldet sich auf dieser Leitung.«

»Der Lieutenant ist für eine Minute ausgetreten, Sir.«

Was, zum Teufel, will Coughlin zu dieser frühen Morgenstunde?

»Wer ist der Sergeant?«

»Sergeant Hobbs, Sir.«

»Holen Sie ihn bitte an die Strippe?«

»Er ist vor einer Minute mit Lieutenant Natali aus dem Büro gegangen, Sir. Kann ich irgend etwas für Sie tun?«

»Ich möchte vermeiden, Summers, daß ich Captain Quaire wecken muß. Oder Chief Lowenstein.«

Captain Henry C. Quaire war der Leiter der Mordkommission. Chief Inspector Matt Lowenstein war der Leiter der Kripo, die die Mordkommission einschloß.

»Was brauchen Sie, Chief?«

»Ich brauche – genauer gesagt, Sergeant Washington braucht – die Benutzung Ihres Vernehmungsraums.«

»Das wird bestimmt kein Problem sein, Sir.«

»Ich möchte nicht, daß jemand Fragen stellt oder darüber redet.«

»Das ist ebenfalls kein Problem, Sir. Wann möchte Jason den Vernehmungsraum benutzen?«

»Gleich. Sobald er dorthin kommen kann.«

»Er steht ihm zur Verfügung, Sir.«

»Die Highway Police bringt den Mann dorthin, den er verhören will. Ich möchte, Summers, daß Sie den Mann mit Handschellen an den Stuhl fesseln und dort lassen, bis Washington auftaucht.«

»In Ordnung, Sir.«

»Wenn Lieutenant Natali zurückkehrt, sagen Sie ihm, ich erkläre ihm das später, und unterdessen soll er es für sich behalten. Das gleiche gilt bei Captain Quaire, wenn er dort auftaucht. Wenn sich Chief Lowenstein blicken läßt, bitten Sie ihn, mich anzurufen.«

»Jawohl, Sir.«

Detective Summers hörte ein Klicken, und dann war die Leitung tot.

Fünf Minuten später betraten ein Sergeant und ein Officer der Highway Patrol das Vorzimmer der Mordkommission, die sich im zweiten Stock des Präsidiums befindet. Bei ihnen war ein sehr großer, ärgerlich wirkender Schwarzer mit grauem Pullover, ausgebeulter Trainingshose, Pantoffeln, goldener Kette mit Goldmedaillon – und Handschellen.

»Was soll der Scheiß?« fragte Mr. Marcus C. (alias Baby) Brownlee aufgebracht.

»Da rein mit ihm«, sagte Detective Summers und wies zum Vernehmungsraum.

»Ich will verdammt noch mal mit meinem Anwalt sprechen«, sagte Brownlee.

Der Sergeant der Highway Patrol, ein schmächtiger, sehr konzentriert wirkender Schwarzer, führte Brownlee in den Vernehmungsraum, forderte ihn auf, auf dem Metallstuhl Platz zu nehmen, der mit Bolzen im Boden verankert war, und wandte sich an Detective Summers.

»Ein Handgelenk anketten oder beide?«

»Haben Sie gehört, was ich gesagt habe?« fragte Brownlee aufgebracht.

Der Sergeant der Highway Patrol hielt seinen Zeigefinger auf die Lippen und sagte: »Pst!«

Eine Handschelle schloß sich um Brownlees rechtes Handgelenk, und das andere Ende wurde durch ein Loch im Sitz des Eisenstuhls angekettet.

»Sie können mir wohl nicht sagen, was das alles zu bedeuten hat?« Detective Summers schaute den Sergeant fragend an.

»Das kann ich, wenn ich die letzte Schicht bei der Verkehrspolizei bekommen möchte«, erwiderte der Sergeant der Highway Police. »Der Schwarze Buddha ist auf dem Weg hierher. Vielleicht sagt er Ihnen was.«

»Sie hauen einfach ab?«

»Wir müssen drei weitere einsammeln«, erklärte der Sergeant der Highway Patrol. Er forderte seinen Partner – ein Officer polnischer Abstammung, der noch größer war als Brownlee – mit einem Wink auf, ihm zu folgen, und verließ die Mordkommission.

Detective Summers ging in den Raum, der an den Vernehmungsraum grenzte und schaute durch den Einwegspiegel auf Brownlee.

Brownlee versuchte vergebens die Handschellen zu sprengen, mit denen er an den Stuhl gekettet war. Detective Summers fragte sich, ob er dem Sergeant hätte vorschlagen sollen, Brownlees beide Handgelenke zu fesseln.

Fünf Minuten später betrat Sergeant Jason Washington die Mordkommission. Trotz der frühen Stunde war er elegant gekleidet wie ein Model für Herrenmode. Er trug einen zweireihigen, dunkelblauen Seidenanzug, ein weißes Hemd mit geblümter Krawatte, zu der das Einstecktuch in seiner Brusttasche paßte, und auf Hochglanz polierte schwarze Designerschuhe.

»Willkommen daheim, Jason«, sagte Summers.

»Sie wären schlecht beraten, Kenneth, zu dieser frühen Morgenstunde Salz in meine offenen Wunden zu reiben.«

Die offene Wunde, auf die sich Washington bezog, war seine unfreiwillige Versetzung von der Mordkommission zur Abteilung Special Operations.

Summers lachte. »Er ist da drin. Wollen Sie mir sagen, was läuft?«

Washington dachte eine halbe Minute lang darüber nach.

»Einzig und allein, weil ein Zeuge nützlich sein könnte, haben Sie meine Erlaubnis, zu beobachten, wie ich Brownlee verhöre. Unter der Bedingung, daß ich Ihnen nichts Interessantes liefere, mit dem Sie andere Leute belustigen oder erfreuen. Ist das klar?«

Summers erkannte, daß Washington es todernst meinte.

Er nickte bestätigend.

»Wenn sonst jemand reinkommt, informieren Sie ihn über Chief Coughlins Warnung, daß jeder, der diese Katze aus dem Sack läßt, demnächst viel seiner Zeit in der Mitternachtsschicht verbringen wird.«

»Kapiert, Jason.«

»Dann auf in den Kampf«, sagte Washington und schritt in den Vernehmungsraum.

Summers ging in den kleinen Raum nebenan, setzte sich auf einen Stuhl und schaute durch den Einwegspiegel zu.

»Wer, verdammt noch mal, sind Sie?« fragte Brownlee Sergeant Washington.

»Mein Name ist Washington, Mr. Brownlee. Ich bin Polizeibeamter.«

»Diesen Scheiß können Sie nicht mit mir machen! Ich kenne meine Rechte!«

»Welchen Scheiß meinen Sie, Mr. Brownlee?«

»Mich einfach mitten in der Nacht aus meiner Wohnung verschleppen!«

»Wenn Sie damit andeuten wollen, daß etwas Illegales passiert ist ...«

»Ich will mit meinem Anwalt sprechen!«

»… irren Sie sich. Möchten Sie, daß ich Ihnen Ihre Lage erkläre?«

»Ich habe meine Rechte, du Arschloch! Ich habe das Recht, mit meinem Anwalt zu sprechen.«

»Ihrem Anwalt steht es frei, Sie während der vorgeschriebenen Besuchszeit im Untersuchungsgefängnis zu besuchen«, sagte Washington.

»Was soll das Gelaber von Untersuchungsgefängnis? Ich habe Kaution gezahlt und bin frei!«

»Das *waren* Sie«, erwiderte Washington. »Ich bin überzeugt, die Beamten, von denen Sie wieder festgenommen worden sind, haben Sie zum Zeitpunkt der Festnahme informiert, daß die Entscheidung des Polizeirichters, Sie bis zu einem Prozeß auf freien Fuß zu setzen, aufgehoben worden ist.«

»Was, zur Hölle, heißt das?«

»Die Ehrenwerte Harriet M. McCandless, *Richterin* McCandless, hat Ihren Fall überprüft und ist zu dem Schluß gelangt, daß Sie möglicherweise nicht zu Ihrem Prozeß erscheinen werden. Und / oder daß aufgrund Ihrer Vorstrafen zu befürchten ist, daß Sie weitere Straftaten begehen, während Sie auf Kaution frei sind. Und / oder daß Sie eine wahre Gefahr für die Gesellschaft sind. Deshalb hat sie die Entscheidung des Polizeirichters aufgehoben und Ihre erneute Festnahme verfügt. Sie sind also wieder in Untersuchungshaft.«

»Und wie lange werde ich hier sein?«

»Wenn Sie meinen ›in Untersuchungshaft‹, dann hoffe ich sehnlich, für sehr lange Zeit.«

»Ich will Kaution stellen.«

»Anscheinend begreifen Sie nicht Ihre Lage, Mr. Brownlee. Ich will Sie Ihnen noch einmal erklären. Sie wurden festgenommen und beschuldigt, im Besitz verbotener Substanzen zu sein – die sich später als Kokain erwiesen. Zum Zeitpunkt Ihrer Festnahme wurden Sie einem Polizeirichter im Polizeipräsidium vorgeführt. Er entschied, Sie bei Zahlung einer Kaution von fünfundzwanzigtausend Dollar bis zu Ihrem Prozeß auf freien Fuß zu setzen. Die Kaution wurde gestellt, und Sie wurden aus der Untersuchungshaft entlassen. Der Staatsanwalt legte bei Richterin McCandless Beschwerde gegen die Entscheidung des Polizeirichters ein. Haben Sie schon von Richterin McCandless gehört, Mr. Brownlee? Es heißt, sie ist in Verbrecherkreisen als ›Hanging Harriet‹ bekannt.«

»Ich weiß, wer das Weib ist.«

»Ich glaube, der Spitzname beruht auf dem Ruf der ehrenwerten Dame, diejenigen, die sie für schuldig hält, zu den strengsten Strafen zu verurteilen, die das Gesetz vorsieht.«

»Ich habe schon gesagt, ich weiß, wer sie ist.«

»Nun, und ich habe schon gesagt, als der Staatsanwalt Beschwerde gegen die Entscheidung des Polizeirichters einlegte, gab Richterin McCandless dieser statt und verfügte Ihre erneute Festnahme.«

»Und was passiert jetzt?«

»Wenn wir unseren kleinen Plausch beendet haben, werden Sie zum Untersuchungsgefängnis gebracht und sitzen dort ein bis zu Ihrem Prozeß. Ich hörte, daß es bei der Belastung des Justizsystems im Strafrecht mindestens neunzig Tage dauert – und sehr gut möglich länger –, bis Ihr Prozeß stattfinden wird.«

»Das könnt ihr nicht tun!« sagte Brownlee empört, aber ohne große Überzeugung.

»Ich glaube, Sie wären erstaunt, wenn Sie wüßten, was ein Richter beziehungsweise eine Richterin tun kann, Mr. Brownlee.«

»Und was soll das hier?«

»Wir werden ein wenig miteinander plaudern«, sagte Washington.

»Worüber?«

»Wenn etwas noch verkommener ist als ein Drogenhändler, Mr. Brownlee, und jeder, der die Höchststrafe des Gesetzes verdient, dann ist das ein Polizeibeamter, der in Drogenhandel verwickelt ist. Das wirkt sich leider vielleicht zu Ihrem Vorteil aus.«

»Ich weiß nicht, wovon Sie reden.«

»Laut Protokoll Ihrer Festnahme, die am vergangenen Donnerstag abend im Howard Johnson Motel stattfand, waren Sie im Besitz eines Päckchens, das ungefähr ein Kilo oder auch etwas mehr wog.«

»Ich habe diesen Scheiß nie zuvor im Leben gesehen«, sagte Brownlee. »Das hat man mir angehängt.«

»Und Sie waren im Besitz eines geladenen Revolvers, Smith and Wesson, .38 Special, Seriennummer J-3844401.«

»Die Kanone habe ich ebenfalls nie zuvor gesehen.«

»Da Sie vorbestraft sind, verstößt der Besitz dieser Dinge nicht nur gegen die amtlichen Verordnungen Philadelphias, nach denen der Besitz einer Waffe ohne Waffenschein verboten ist, sondern auch gegen Bundesgesetz, durch das der Besitz von jedweder Feuerwaffe für einen Vorbestraften oder jemand unter Anklage eines Verbrechens verboten ist. Beides trifft auf Sie zu. Sie sind vorbestraft und in mehreren Fällen von Drogenhandel angeklagt, zusätzlich zu den Ereignissen vom vergangenen Donnerstag. Ich nehme an, Sie sollten sich auf Anklagen wegen unerlaubten Waffenbesitzes sowohl von der Stadt Philadelphia als auch von den Bundesbehörden gefaßt machen.«

»Das werden wir ja sehen. Ich weiß nichts von einer Waffe.«

»Schließlich zeigt das Protokoll der Festnahme, daß Sie eintausendvierhundertdreißig Dollar und zweiundfünfzig Cents bei sich hatten.«

»Na und? Ist das verboten?«

»Nun, Mr. Brownlee, wir finden interessant, daß Mr. Ronald R. Ketcham, dem Sie offenbar das Kokain verkaufen wollten …«

»Nie von dem Mann gehört«, unterbrach Baby Brownlee.

»Ich wollte sagen«, fuhr Washington fort, »Mr. Ketcham, dem Sie und Mr. Amos J. Williams das Kokain verkaufen wollten, hatte zwanzigtausend Dollar bei sich. Mit zwanzigtausend Dollar kann man für gewöhnlich zwei Kilo Kokain kaufen.«

»Na und?«

»Mr. Ketcham hat uns eine eidesstattliche Erklärung abgegeben, daß er mit zwanzigtausend Dollar in bar zum Howard Johnson Motel fuhr, um sich mit Mr. Williams zu treffen – der übrigens wieder in Haft ist –, um zwei Kilo Kokain dafür zu kaufen.«

»Wie ich schon sagte, ich habe nie von dem Mann gehört.«

»Sagen Sie mir, Mr. Brownlee, haben Sie sich jemals gefragt, warum Mr. Ketcham nicht festgenommen wurde wie Sie?«

Das weckte Baby Brownlees Aufmerksamkeit, wie Washington ihm ansah. Dennoch schwieg Brownlee.

»Ich will Ihnen sagen, was geschah, Mr. Brownlee. Sie gingen in Mr. Ketchams Motelzimmer. Er zeigte Ihnen, daß er tatsächlich die zwanzigtausend Dollar, den ausgemachten Preis, bei sich hatte. Dann verließen Sie das Zimmer …«

»Blödsinn!«

»… gingen zu Mr. Williams blauem Oldsmobile, öffneten den Kofferraum und entnahmen ihm eine Reisetasche. Zu diesem Zeitpunkt wurden Sie, Mr. Williams, und die anderen von den Rauschgiftcops verhaftet, von denen die gesamte Transaktion beobachtet wurde.«

Baby Brownlee zuckte mit den Schultern.

»Mr. Ketcham sagt in seiner eidesstattlichen Erklärung, daß zu diesem Zeitpunkt – sofort nach Ihrer Festnahme – ein Beamter vom Rauschgiftdezernat in sein Zimmer kam und ihn im Austausch für die zwanzigtausend Dollar nicht festnahm.«

Das interessierte Baby Brownlee, wie seine Augen verrieten.

»Wenn das so war, wie Sie sagen, wie kommt es dann, daß er Ihnen davon erzählt hat? Woher wissen Sie überhaupt, daß er dort war, wenn er sich bei den Cops freikaufen konnte?«

»Mr. Ketcham hat einige andere Probleme mit dem Gesetz – welcher Art, geht Sie nichts an –, und so versucht er, einen Handel mit uns zu machen.«

»Was für einen Handel?«

»Das bringt uns zurück auf das, was ich vorhin angedeutet habe«, sagte Washington. »Wenn etwas verkommener ist als ein Drogenhändler, dann ein Polizeibeamter, der in Drogenhandel verwickelt ist.«

»Sie sind also scharf auf den dreckigen Cop?«

Washington nickte. »Korrupte Polizeibeamte. Das könnte leider zu Ihrem Vorteil sein.«

»Reden Sie weiter.«

»Es ist eine Frage der Prioritäten. Für uns ist vorrangig, daß die korrupten Polizeibeamten aus dem Philadelphia Police Department entfernt und vor Gericht gebracht werden. Um das zu erreichen, hat der Staatsanwalt Mr. Ketcham angeboten, die Anklagen gegen ihn bezüglich des Drogenhandels fallenzulassen, wenn er mit uns zusammenarbeitet – mit anderen Worten, wenn er uns eine eidesstattliche Erklärung gibt und später im Gericht gegen die korrupten Cops aussagt.«

»Und das ist der Handel, den Sie mir anbieten wollen?«

Washington gab keine Antwort.

»Wenn Sie Ketcham haben, warum brauchen Sie dann mich?« dachte Brownlee laut.

»Weil wir sicherstellen wollen, daß die korrupten Cops verurteilt werden«, sagte Washington.

»Und vielleicht befürchten Sie, eine Jury könnte den Cops anstatt diesem Typen glauben, den sie ausgenommen haben?«

»Das sehen Sie ganz richtig.«

»Er ist ein verdammter Drogendealer, richtig, und vielleicht nur darauf aus, den Cops eins auszuwischen? Das würde die Jury denken, richtig?«

»Wir müssen diese Möglichkeit in Betracht ziehen.«

»So wären zwei Zeugen besser als einer, richtig?«

»Wie drei Zeugen besser wären als zwei.«

»Und ich komme frei. Das ist der Handel?«

»Das kommt darauf an, was Sie mir zu sagen haben.«

»Das ist überhaupt kein Problem, Bruder. Sie erzählen mir, was Sie wollen, und ich werde es sagen.«

»Ich bin nicht Ihr Bruder, Mr. Brownlee. Ebensowenig Ihr Freund. Ich bin Polizeibeamter, ein ehrbarer, und ich ermittle in Anschuldigungen von Korruption. Ich will von Ihnen die Wahrheit hören. Die reine Wahrheit.«

»Ich rede besser mit einem Anwalt«, sagte Brownlee. »Soll er den Handel für mich abmachen.«

»Mr. Brownlee, ich werde dies nur einmal sagen, also hören Sie gut zu. Für mich besteht kein Zweifel, daß Sie am vergangenen Donnerstag zum Howard Johnson Motel fuhren, um dort Kokain zu verkaufen. Die Vorstellung, Sie ungestraft davonkommen zu lassen, widert mich an.«

»Aber Sie sind auf mich angewiesen, richtig? Wenn Sie diese Cops festnageln wollen, brauchen Sie mich.«

»Nein. Ich brauche Sie nicht. Richterin McCandless hat verfügt, daß zehn Personen wie Sie festgenommen werden. Wir brauchen nur zwei davon, die mit uns zusammenarbeiten. Wir sind nicht darauf angewiesen, daß Sie einer der beiden sind. Ich habe mit Ihnen gesprochen, weil Sie der erste sind, der wieder festgenommen wurde.«

»Was heißt das?«

»Sie sind nicht in der Position, um zu handeln, Mr. Brownlee. Sie können entweder mit uns zusammenarbeiten oder nicht. Sie haben die Wahl. Wozu entscheiden Sie sich?«

Baby Brownlee dachte darüber nach.

»Ich will mit meinem Anwalt sprechen«, sagte er schließlich.

»Danke für Ihre Zeit, Mr. Brownlee.« Washington verließ den Vernehmungsraum und schloß die Tür hinter sich.

Vier Beamte der Highway Patrol waren im Büro, und an der Wand auf einer Reihe von Stühlen saßen vier gefesselte Gefangene, darunter Mr. Amos J. Williams.

Detective Summers kam aus dem Raum neben dem Vernehmungsraum.

»Hat nicht geklappt, Jason, wie?«

»Oh, Sie ungläubiger Thomas!« erwiderte Washington.

Er gab einem Sergeant der Highway Patrol einen Wink.

»Folgendes Drehbuch«, sagte er leise. »Jede Einzelheit ist wichtig, und versuchen Sie bitte, nicht zu übertreiben. Als erstes werden Sie, Sergeant, zu Mr. Williams gehen und fragen, ob er ›Williams, Amos‹ ist. Wenn er das bestätigt, werden Sie seine Handschellen vom Stuhl lösen, ihn auffordern, aufzustehen, ihm die Hände mit Handschellen *hinter* dem Rücken fesseln, ihn zu einem der Stühle an der gegenüberliegenden Wand führen und ihn dort mit Handschellen an den Stuhl fesseln.«

»Okay.«

»Dann werden Sie ...« er verstummte und schaute sich sorgfältig jeden der erneut Festgenommenen an, »...dem Typen rechts mit den Froschaugen Handschellen *vor* dem Körper anlegen und ihn nahe der Tür zum Vernehmungsraum postieren.«

»Okay.«

»Ich werde ankündigen, daß ich mal pinkeln muß, und die Bühne nach links verlassen – mit anderen Worten, in Richtung von Captain Quaires Büro«, fuhr Washington fort. »Dann werden Sie den Vernehmungsraum betreten, Mr. Brownlee von dem Stuhl befreien, ihm Handschellen anlegen, wiederum *hinter* dem Rücken, und ihn aus dem Vernehmungsraum führen, wobei Sie deutlich sichtbar seine gefesselten Handgelenke halten. Sie werden an einer Stelle stehenbleiben, an der Mr. Brownlee deutlich den Typen sehen kann, den Sie bei der Tür postiert haben. Zu diesem Zeitpunkt werden Sie sich an Detective Summers wenden und ihn fragen: ›Was hat der Boß gesagt, wohin soll ich diesen Kerl bringen?‹ oder Worte in dieser Art, woraufhin Detective Summers sagen wird: ›Er sagte, die zum Untersuchungsgefängnis dort rüber‹ oder Worte in dieser Art, wobei Sie auf Mr. Williams zeigen. Dann bringen Sie Mr. Brownlee zu dem Stuhl neben Mr. Williams und fesseln ihn mit Handschellen daran *und* an Mr. Williams. Danach führen Sie den zuvor in Position gestellten

Kerl mit den Froschaugen in den Vernehmungsraum und fesseln ihn mit Handschellen an den Stuhl.«

»Okay«, sagten der Sergeant und Detective Summers wie aus einem Mund und lächelten.

»Dann werde ich wieder auftauchen, den Vernehmungsraum betreten und nicht länger als drei Minuten mit Froschauge plaudern. Anschließend werde ich die Tür öffnen und befehlen, ihn zu einer Stenografin zu bringen – ich nehme an, die guten Ladys sind dem Ruf zum Dienst trotz dieser unchristlichen Stunde gefolgt?«

»Eine der Ladys ist ein Er«, sagte Summers. »Er heißt Forbes. Guter Mann.«

»Washington, meinen Sie wirklich, Sie können den Kerl mit den Froschaugen in drei Minuten zum Reden bringen?«

»Ich werde es nicht einmal versuchen«, sagte Washington. »Ihn nur *anschauen*. Er wäre ein schrecklicher Zeuge. Aber ich werde dafür sorgen, daß er enorm erleichtert oder erfreut oder vielleicht beides ist, wenn er aus dem Vernehmungsraum kommt.«

»Und so, Sergeant«, sagte Summers, »wird das seine Wirkung auf die beiden, die meinen, Sie müßten direkt in den Knast wandern, nicht verfehlen. Sie werden sich fragen, was ihnen entgangen ist.«

»Ich glaube, drei Minuten reichen Mr. Brownlee aus, um Williams über den Handel zu informieren, der ihm angeboten wurde und den er abgelehnt hat. Und Mr. Williams wird in den drei Minuten zu dem Schluß gelangen, daß Mr. Brownlee einen großen Fehler gemacht hat, indem er das Angebot nicht angenommen hat.«

»Meinen Sie wirklich, das klappt?« fragte der Sergeant grinsend.

»Wollen Sie wetten, Sergeant?« fragte Detective Summers. »Ich setze drei zu eins, daß es klappen wird. Ich habe den Schwarzen Buddha schon bei der Arbeit erlebt.«

23

»Danke, Jason«, sagte Peter Wohl. Seine Stimme klang sehr ernst und sogar enttäuscht. »Es war einen Versuch wert.«

Wohl legte den Telefonhörer auf und schaute Dennis Coughlin mit ernster Miene an.

Er schüttelte den Kopf, sagte jedoch nichts.

»Sie können mir die schlechte Nachricht ruhig sagen, Peter«, sagte Coughlin.

»Mr. Amos J. Williams und Mr. Marcus C. – auch bekannt als ›Baby‹ – Brownlee«, begann Wohl und lächelte breit, bevor er weitersprach, »haben entweder den Fehler ihres sündigen Treibens eingesehen oder in dem irrigen Glauben, die Anklagen gegen sie würden fallengelassen, bei Sergeant Washington ausgesagt, daß die Menge der im Motel sichergestellten Drogen ungefähr doppelt so groß war wie diejenige, die Officer Grider und der Rest der fünften Abteilung als Beweismittel abgeliefert haben.«

»Sie Bastard!« sagte Coughlin. »Sie haben mich mit Ihrer todernsten Miene geleimt.«

»Ich bin noch nicht fertig«, fuhr Wohl fort. »Zusätzlich hat Mr.Williams eidesstattlich erklärt, daß er zum Zeitpunkt seiner Festnahme ungefähr dreitausend Dollar bei sich hatte, was tausendfünfhundert mehr sind, als abgeliefert wurden. Und Baby Brownlee ist im Begriff, seine Erklärung zu unterzeichnen, in der er behauptet, zweitausend Dollar mehr bei sich gehabt zu haben, als die fünfte Abteilung abgeliefert hat. Darüber hinaus besaß er eine Rolex-Armbanduhr, die anscheinend in der Zeit zwischen seiner Festnahme bis zur Ankunft im Untersuchungsgefängnis abhanden kam. Er hat die Uhr tatsächlich *gekauft*, nicht geklaut, und er ist überzeugt, daß Bailey, Banks und Biddle das in den Büchern stehen hat, einschließlich der Seriennummer. Wenn wir Glück haben und feststellen ...«

»Vergessen Sie's, Peter. Es wird keine Verbindung von der Uhr mehr zu den Tätern nachzuweisen sein. Diese Typen sind nicht soweit gekommen, weil sie blöde sind.«

»Ich könnte mir denken ...«

Coughlin fiel ihm ins Wort. »Und Jason brauchte keinen Handel zu machen?«

»Er versicherte beiden, er persönlich werde zum Richter beziehungsweise der Richterin gehen und ihm oder ihr – schade, daß es nicht Hanging Harriet sein wird – erzählen, wie kooperativ sie gewesen sind.«

»Sie haben nichts ausgesagt, womit Prasko für das festgenagelt werden kann, was er Cynthia Longwood angetan hat?«

»Nein, leider nichts.«

»Wann sperren wir die Kerle ein, Peter?«

»Die eidesstattlichen Erklärungen werden genügen, um Haftbefehle zu bekommen, aber ich würde lieber abwarten, was in Harrisburg passiert, bevor wir sie einlochen«, sagte Wohl.

»Und wenn nichts in Harrisburg ist?«

»Wenn Matt sagt, er hat Calhoun in die Bank gehen sehen, dann glaube ich das.«

»Und wenn uns Savarese zwei Schritte voraus ist und bereits weiß, daß Prasko der Vergewaltiger des Mädchens ist?«

»Ich bezweifle, daß Savarese unbesonnen handelt, so wütend er auch ist«, sagte Wohl.

»Es handelt sich um seine Enkelin. Da könnte er rot sehen.«

Wohl zuckte mit den Schultern.

»Reden wir über Harrisburg«, sagte Coughlin.

»Okay. Woran denken Sie?«

»Ich suche immer nach einer schwarzen Wolke bei einem Silberstreifen am Horizont«, sagte Coughlin. »Mal angenommen, Matt hat sich geirrt, und der Mann, der zum Tresorraum ging, war in Wirklichkeit ein Schuhverkäufer aus Shamokin.«

»Chief, ich bezweifle, daß Matt einen solchen Fehler ...«

»Ertragen Sie mich«, unterbrach Coughlin.

Wohl nickte. »Verzeihung.«

»Aber wir haben genug in der Hand, um Officer Calhoun trotzdem festzunehmen.«

»Und wir wissen, daß er dort ist«, sagte Wohl. »Oder zumindest sein Wagen beim Haus seines Onkels parkt.«

»Ich frage mich, welchen Gefallen Chief Mueller Walter Davis schuldet«, murmelte Coughlin. »Wir brauchten nicht lange, um das herauszufinden, nicht wahr?«

»Ja. Vielleicht spielt das FBI doch eine Rolle bei der Verbrechensbekämpfung«, bemerkte Wohl sarkastisch.

»Lassen Sie sich nicht hinreißen und sagen Sie nichts, das Sie später bereuen könnten«, mahnte Coughlin.

»Vielleicht bin ich nur entzückt von Jason Washingtons Art psychologischen Verhörs – aber das war ich schon, bevor er soeben anrief.«

»Nehmen wir mal an, ich habe recht«, sagte Coughlin. »Wir können Calhoun im Zusammenhang mit dem Schließfach nichts beweisen – aus welchen Gründen auch immer –, und wir nehmen ihn trotzdem fest. *Matt* würde ihn trotzdem festnehmen, auf Grund dieses Haftbefehls hier. Dieser Typ ist nicht dumm. Er wird kein Wort sagen, bis er mit einem Anwalt geredet hat, und er wird herausfinden, daß wir etwas Belastendes in punkto Schließfach gegen ihn benutzt haben.«

»Ich weiß nicht, worauf Sie hinauswollen, Chief«, sagte Wohl.

»Und Matt hat keine Ahnung, was hier geschehen ist«, sagte Coughlin.

»Und?«

»McFadden und Martinez fahren jetzt mit dem Haftbefehl nach Harrisburg. Sie sind bei Matt, wenn Lieutenant Deitrich Matt sagt, ob er etwas, wenn überhaupt, herausgefunden hat. Wenn er nichts herausgefunden hat, läßt Deitrich Calhoun von der Polizei Harrisburg festnehmen. Nachdem Calhoun eine Stunde oder so in einer Zelle verbracht hat, kommen McFadden und Martinez ins Spiel – die selbst verdeckte Rauschgiftfahnder waren und die Calhoun kennt. Das sollte Calhoun ein wenig nervös machen. McFadden und Martinez bringen Calhoun her, und unterwegs überzeugen sie ihn, in welch großen Schwierigkeiten er steckt. Ich möchte Officer Calhoun in sehr verwirrter und besorgter Verfassung haben, wenn Washington mit ihm spricht.«

»Das ergibt Sinn«, sagte Wohl.

»Und so bleibt Matt in Harrisburg«, sagte Coughlin. »Ich nehme an, das schulden wir Davis.«

»Martinez und McFadden werden neugierig sein. wenn Matt nicht mit ihnen zurückkehrt«, gab Wohl zu bedenken.

»Ja. Lassen Sie mich überlegen.« Coughlin dachte nach und fuhr dann fort. »Mal angenommen, wir haben wieder Glück, und Deitrich kann Calhoun wegen des Schließfachs festnageln, *und* es ist Belastendes darin. Das gleiche Szenario: Calhoun wird wissen, daß wir ihn haben, und dann nach zwei Stunden in Handschellen, auf dem Rücksitz von McFaddens Wagen auf dem Weg nach Philadelphia, informieren die beiden ihn über die netten Dinge, die ihm bevorstehen, wenn er in den Knast wandert, und Calhoun wird Jason anbetteln, ihm eine Chance zu geben, alles zu erzählen, was er weiß.«

»Das ergibt Sinn, Chief«, sagte Wohl.

»Warum wird Matt in Harrisburg bleiben? Um noch ein paar Kleinigkeiten zu erledigen, die McFadden und Martinez nichts angehen?«

»Wenn alle Stricke reißen, sollte ihnen so wenig von der Wahrheit gesagt werden wie möglich«, meinte Wohl. »Matt arbeitet an einem anderen Fall. Keine genauen Angaben. Es geht sie nichts an.«

»Das widerstrebt mir ein wenig«, sagte Coughlin. »Sie haben sicher schon gehört ›ein bißchen Wissen ist eine gefährliche Sache‹?«

»Sie meinen, man sollte ihnen alles erzählen?«

Coughlin nickte.

»Ja. Ich glaube, das wäre auf längere Sicht sicherer. Und die beiden sollten Matt informieren, was hier geschehen ist.«

»Einschließlich der Vergewaltigung? Der Verbindung zu Savarese?«

»Ehrlich gesagt, es gefällt mir auch nicht. Aber ich bin an einem Punkt angelangt, an dem ich nicht weiß, wer über was Bescheid weiß. Das ist eine schlimme Situation, Peter. Ich bezweifle, daß es irgendwelche Probleme gibt, wenn diese drei Bescheid wissen, aber ich befürchte, daß etwas schiefgeht, wenn sie nicht eingeweiht sind. Sind Sie da meiner Meinung?«

»Jawohl, Sir.«

»Weil Sie mir zustimmen oder weil Sie davor zurückschrecken, mir *nicht* zuzustimmen?«

»Ein wenig von beidem«, bekannte Wohl.

»Okay. Die Entscheidung ist gefällt. Holen Sie McFadden und Martinez her, erzählen Sie ihnen alles und schicken Sie die beiden nach Harrisburg.«

Wohl nahm den Hörer eines der Telefone auf dem Schreibtisch ab, drückte auf einen Knopf, und als sich Officer Lewis, der ›Kleine‹, am Telefon der Ermittlungsabteilung meldete, wies er ihn an, die Detectives McFadden und Martinez in sein Büro zu schicken.

Um fünf vor sieben stoppte Detective Charles McFadden seinen neutralen Plymouth-Polizeiwagen vor dem Penn-Harris Hotel.

Er blickte zu Detective Jesus Martinez.

»Ich glaube, wir haben soeben den Geschwindigkeitsrekord für die Strecke Philadelphia-Harrisburg gebrochen«, sagte er.

»O Scheiße«, erwiderte Detective Martinez.

»Das war mein Ernst, Jesus«, sagte Charley. »Denk mal darüber nach. Wer sonst hat die Möglichkeit, den *ganzen Weg* wie wir von Philly hier in die Provinz zu brettern, ohne sich um Geschwindigkeitsbegrenzungen zu scheren?«

»Werde um Himmels willen erwachsen, Charley. Du hättest uns mit deiner irren Raserei fast umgebracht!«

Martinez stieg aus dem Wagen und ging zu der Drehtür.

Sie waren auf dem Weg nach Harrisburg zweimal wegen zu schnellen Fahrens gestoppt worden. Beim ersten Mal, auf der mautpflichtigen Schnellstraße von Philadelphia, hatte Detective McFadden am Steuer gesessen. Bei der ziemlich angenehmen Unterhaltung mit den Staatspolizisten hatte er erfahren, daß er fünfunddreißig Stundenmeilen zu schnell gefahren war, bevor man sich freundlich voneinander verabschiedet hatte.

Beim zweiten Mal, kurz nachdem sie von der Schnellstraße auf die Route 222 abgebogen waren und eine Pinkelpause in einem Rasthaus gemacht hatten, war Detective Martinez der Fahrer gewesen. Bei der ziemlich unangenehmen Unterhaltung mit dem örtlichen Cop hatte Detective Martinez erfahren, daß er neun Stundenmeilen zu schnell gefahren war, daß der Cop auf Kollegialität pfiff und ihn – wenn er keinen besseren Grund nennen konnte, weshalb er nach Harrisburg rasen mußte – zu einer saftigen Geldbuße verdonnern würde.

Charley hatte den Cop gefragt, ob er eine Minute mit ihm sprechen könnte. Er war mit ihm hinter den Wagen gegangen und hatte es geschafft, ihm auszureden, Jesus einen Strafzettel zu verpassen. Aber nur unter der Bedingung, daß er ihn am Steuer ablöste.

Danach war Detective Jesus Martinez in ziemlich schlechter Stimmung gewesen.

Ein Portier kam aus dem Hotel und erklärte Charley, daß er den Wagen dort nicht stehenlassen konnte. Er beschrieb ihm den Weg zu einem nahen Parkhaus.

Jesus wartete ungeduldig in einem Sessel in der Hotelhalle, bis Charley schließlich vielleicht fünf Minuten später eintraf.

Als er Charley sah, stand er auf und wies zu den Aufzügen.

»Wo, zum Teufel, bist du gewesen?« fragte er, als Charley ihm zu den Aufzügen folgte.

»Ich war bei Miss Harrisburg, um eine Nummer zu schieben«, erwiderte Charley. »Was dachtest du denn?«

»Er nimmt keine Anrufe entgegen. Kannst du das glauben?«

»Ich weiß nicht, wovon du redest.«

»Ich habe versucht, ihn anzurufen«, sagte Martinez, und dann zitierte er mit Falsettstimme die Telefonistin des Hotels. »Bedaure, Mister Payne nimmt bis sieben Uhr fünfundvierzig keine Anrufe entgegen. Darf ich Sie bitten, dann wieder anzurufen?«

Charley war belustigt – wegen Jesus' Empörung, seiner Imitation der Stimme der Telefonistin und weil Matt ›keine Anrufe entgegennahm‹.

Er grinste, was genau das Falsche war.

»Für wen hält sich das Arschloch?« fragte Jesus aufgebracht.

»Na und, Jesus? Er will einfach schlafen.«

»Ich pfeife auf seinen Schlaf.«

Sie fuhren zum sechsten Stock und verließen den Aufzug.

McFadden zog ein ziemlich zerfleddertes Notizbuch zu Rate und fand die Nummer, die Wohl ihm genannt hatte.

»Sechshundertzwölf«, sagte er. »Nach rechts.«

Vor Suite 612 auf dem Gang stand ein Servierwagen mit Resten vom Frühstück.

»Verdammt, was ist denn das?« fragte Jesus. »Er hält sich für zu fein, um im Speiseraum zu frühstücken, wie?«

»Wenn du über ihn herziehen willst, nur zu, Jesus«, sagte Charley. »Er kann sich das eben leisten, okay?«

»Wie ich deinen Busenfreund kenne, hat er vermutlich irgendeine Gaunermethode angewandt, damit ihm Spesen für diese Protzerei bewilligt werden.«

An der Tür befand sich ein Klopfer aus Messing. Jesus klopfte ein paarmal an, wesentlich stärker, als es Charley für nötig hielt, um jemand drinnen aufmerksam zu machen.

Als es keine sofortige Antwort gab, wollte Jesus von neuem anklopfen.

McFadden, der fast einen Kopf größer und siebzig Pfund schwerer war, schob ihn mit der Schulter zur Seite.

»Reg dich ab, Jesus, okay? Gib ihm wenigstens 'ne Sekunde!«

In diesem Moment wurde die Tür einen Spaltbreit geöffnet. Detective Payne schaute durch den Spalt, sah McFadden und Martinez, sagte ›O Scheiße!‹ und wollte die Tür schließen.

Detektiv McFadden schob in einem pawlowschen Reflex – er war es gewohnt, daß Leute ihm die Tür vor der Nase zuknallten – einen Fuß zwischen Tür und Pfosten und stieß mit der Schulter gegen die Tür.

Er bekam sie nicht auf, aber Detective Payne schaffte es ebensowenig, sie zu schließen.

Sie schauten sich durch den Spalt an.

»Kann ich reinkommen oder was?«

»Mach die verdammte Tür auf!« sagte Jesus.

Detective Payne zuckte mit den Schultern und öffnete die Tür.

»Überraschung, Überraschung!« sagte er.

McFadden und Martinez traten ein.

»Was sollte das?« fragte Charley und bezog sich auf Matts Versuch, die Tür vor seiner Nase zu schließen. Und dann blickte er durch das Wohnzimmer zum Schlafzimmer und sah ein verdammt gutaussehendes Mädchen, das im Begriff war, sich anzuziehen. Sie hakte soeben ihren BH zu; offenbar hatte sie noch keine Zeit gehabt, ihr Höschen anzuziehen.

»Du Hurensohn!« sagte Charley, und es klang bewundernd.

Matt ging zur Schlafzimmertür und zog sie zu.

»Das glaube ich nicht!« stieß Jesus hervor. »Bei Gott, das kann ich nicht glauben!«

»Entschuldige, Matt«, sagte Charley. »Sollen wir unten in der Halle warten?«

»Warum?« sagte Matt. »Die Katze ist sozusagen aus dem Sack heraus. Sag nur deinem Freund hier, wenn er irgend etwas Ungehöriges sagt, reiße ich ihm ein Bein ab und schiebe es ihm in den Arsch.«

»Versuch das, du Großmaul!« zürnte Martinez.

»Halt die Klappe, Jesus«, sagte Charley.

»Was ist los?« fragte Matt. »Was treibt ihr hier?«

»Wohl hat uns geschickt. Oder vielleicht Chief Coughlin. Wir haben einen Haftbefehl für Calhoun. Wie lange bleibt – deine Freundin noch hier?«

»Sie ist im Aufbruch«, sagte Matt.

»Dann sollten wir warten, bis sie weg ist«, schlug McFadden vor.

Matt nickte und ging ins Schlafzimmer.

Susan zog gerade den Reißverschluß ihres Rocks zu. Sie wirkte ängstlich und den Tränen nahe.

»Es sind zwei Kollegen …« begann Matt.

»Du hättest die Tür zumachen sollen!« Susan schluchzte fast.

»Schatz! Ich wußte nicht …«

»Was wollen sie?«

»Sie haben einen Haftbefehl für den dreckigen Cop, den ich beobachtet habe.«

»Ich dachte, sie sind meinetwegen hier!«

»Sie wissen nicht mal, wer du bist«, sagte Matt beruhigend.

»Nur irgendeine Nutte, mit der du die Nacht verbracht hast, wie?« sagte sie und versuchte einen Scherz daraus zu machen.

»Nun, ich könnte dich als meine Verlobte vorstellen«, sagte Matt, und dann kam ihm ein ernüchternder Gedanke. »Ich werde dich als jemand anders vorstellen. Wie wäre es mit ›Patricia Walsh‹? Wie findest du das?«

Sie schaute ihn ausdruckslos an.

»Nur ein Versuch, sie in die Irre zu führen«, sagte Matt.

Susan ging ins Badezimmer. Er folgte ihr und schaute zu, als sie sich kämmte und ihre Lippen schminkte.

»Ich rufe dich im Büro an, wenn ich weiß, was los ist«, sagte Matt.

»Mein Telefon im Büro wird abgehört«, erinnerte Susan.

»Verdammt«, sagte Matt und ärgerte sich, weil er das vergessen hatte. »Okay. Wenn nichts passiert, triff mich um zwölf Uhr unten. Wir essen dann zu Mittag.«

»Ich soll nicht in die Bank kommen?«

»Wir treffen uns unten in der Hotelhalle«, sagte Matt. »Schatz, ich habe keine Ahnung, weshalb die beiden hier auftauchen!«

Susan verließ das Badezimmer und zog neben dem Bett ihre Schuhe an.

Matt fand etwas reizend Anmutiges und Weibliches in der Art, wie sie das tat, wobei sie jedesmal auf einem Bein stand, bevor sie in einen Schuh schlüpfte. Und dann sah er den Aktenkoffer, der halbvoll mit Geld war, das Bryan Chenowith aus Banken geraubt und Susan zur Aufbewahrung gegeben hatte, zwischen Nachttisch und Bett, wo er ihn hingestellt hatte.

Verdammt!

Susan war in die Schuhe geschlüpft. Sie lächelte ihn nervös an, schritt zur Wohnzimmertür und wartete auf ihn.

Er ging zu ihr.

»Ich liebe dich«, sagte Matt.

»O Matt!« sagte Susan und streichelte kurz über seine Wange.

Matt öffnete die Tür und forderte sie mit einer Geste auf, vor ihm ins Wohnzimmer zu gehen.

»Pat«, sagte er. »Dies sind Detective McFadden und Detective Martinez.« Er wies auf Susan. »Patricia Walsh.«

»Freut mich, Sie kennenzulernen, Pat«, sagte McFadden und lächelte.

»Guten Tag«, erwiderte Susan.

Martinez sagte nichts.

Matt führte Susan zur Tür der Suite und öffnete sie.

Susan blickte zu ihm auf und küßte ihn ziemlich keusch auf die Lippen.

»Bis dann«, sagte Matt.

Susan nickte und trat auf den Gang hinaus. Matt schloß die Tür hinter ihr.

»Reizend«, sagte McFadden. »Tut mir leid, daß wir gestört ...«

»Scheiße«, sagte Martinez.

»Was ist mit dir los?« fuhr McFadden ihn an.

»Ich bin mir nicht sicher, ob du versuchst, deinen feinen Freund zu decken, oder ob du einfach blöde bist.«

»Wovon redest du?« fragte McFadden, ehrlich verwirrt.

»Patricia Walsh? Du Idiot! Das war Susan Reynolds!«

»Jesus, Maria und Josef!« stieß McFadden hervor,

»Was weißt du über Susan Reynolds?« fragte Matt Martinez.

»Wohl hat uns informiert, bevor er uns hier raufschickte«, antwortete McFadden. »Wir wissen alles über sie.«

»Du sollst sie überwachen, nicht ficken!« sagte Martinez. »Ich kann das nicht glauben. Nicht mal von dir Großkotz!«

Matt schaute Charley McFadden an.

»Charley, es ist anders. Es ist nicht einfach nur ... ficken!«

»Was habt ihr dann dort drinnen getrieben?« fragte Martinez. »Eine weitere Bombe gebastelt?«

Matt ballte die Rechte zur Faust und wollte auf Martinez losgehen.

McFadden trat mit überraschender Schnelligkeit zwischen die beiden und legte die Hände auf Matts Schultern.

»Reg dich ab, Matt!« mahnte er.

Er drückte mit den großen Händen auf Matts Schultern, bis er spürte, daß sich Matt entspannte. Dann ließ er ihn los und wandte sich zu Martinez um.

»Wohl hat uns gesagt, Jesus, daß es uns nichts angeht, was Matt für das FBI macht. Er sagte, er erzählt uns nur davon, von diesen Leuten, damit wir nichts sagen oder tun, das Matts Mission versauen könnte.«

»Er fickt mit einer der …«

»Was er tut, geht uns verdammt nichts an, okay?« fiel ihm McFadden ins Wort.

Martinez zuckte mit den Schultern.

»Wir sind hier, um das zu erledigen, was Wohl uns aufgetragen hat, und damit hat sich's. Hast du das gehört?«

»Ich bin ja nicht taub, Charley.«

McFadden schaute auf seine Armbanduhr.

»Zehn Minuten nach sieben. Wann triffst du diesen Lieutenant … wie heißt er?«

»Deitrich«, sagte Matt.

»Um acht, richtig? Wo?«

»Hier.«

»Da haben wir fünfzig Minuten Zeit«, sagte McFadden. »Das sollte uns reichen, um dir zu erzählen, was in Philly läuft. Und um zu frühstücken. Ich komme um vor Hunger.«

»Ich halte es für besser, wenn wir hier oben essen«, sagte Matt. »Was möchtest du frühstücken?«

»Ich war die ganze Nacht auf. Ich könnte verdammt ein Pferd fressen«, sagte Charley.

»Ich bezweifle, daß es hier Pferde zum Frühstück gibt«, sagte Matt. »Aber das Frühstücks-Steak kann ich empfehlen.«

»Klingt gut.«

»Jesus?« Matt blickte Martinez fragend an.

Martinez zuckte mit den Schultern.

Matt griff zum Telefon und bestellte beim Zimmerservice zweimal Frühstück mit Penn-Harris Steak und Eiern und eine besonders große Kanne Kaffee.

»Guten Morgen, Mr. Savarese. Hier spricht Chief Inspector Dennis V. Coughlin vom Philadelphia Police Department. Ich hoffe, ich rufe nicht zu früh an.«

»Worum geht es, Mr. Coughlin?«

»Ich halte es für wichtig, daß wir uns unterhalten, Mr. Savarese. Wann es Ihnen paßt.«

»Sie müssen es für *sehr* wichtig halten, weil Sie mich um 7 Uhr 45 zu Hause – unter meiner Geheimnummer – anrufen.«

»Glauben Sie mir, es ist wichtig.«

»Sie möchten mir nicht sagen, was so wichtig ist?«

»Ich würde es lieber erklären, wenn wir uns treffen.«

»Und wo und wann, Mr. Coughlin? Was schlagen Sie vor?«

»Wenn Sie einverstanden sind, dachte ich an das Restaurant im Hotel Warwick. Ich dachte, wir könnten dort beim Frühstück miteinander sprechen.«

»Sie meinen jetzt gleich?«

»Ich glaube, es wäre in beiderseitigem Interesse, Mr. Savarese, wenn wir uns so bald wie möglich treffen.«

»Aber Sie wollen mir den Grund nicht sagen?«

»Ich halte es für besser, dies nicht am Telefon zu besprechen.«

»Und Sie wären allein, Mr. Coughlin?«

»Ich werde Inspector Wohl dabeihaben, aber ich hoffe, daß wir das Gespräch nur zwischen uns beiden führen können. Es handelt sich um eine heikle Angelegenheit.«

»Inspector Wohl ist ein hervorragender Polizeibeamter, wie es sein Vater war. Es wäre möglich, Mr. Coughlin, daß ich in Begleitung meines Chauffeurs, Mr. Pietro Cassandro, zum Warwick komme. Er und Inspector Wohl könnten gemeinsam frühstücken und dafür sorgen, daß wir bei unserem Frühstück nicht gestört werden.«

»Das würde mich perfekt zufriedenstellen, Mr. Savarese.«

»Vielleicht könnte dies ein gutes Omen sein, Mr. Coughlin«, sagte Savarese. »Pietro kommt gerade zur Tür rein. Sagen wir in einer halben Stunde? Würde Ihnen das passen?«

»Einverstanden. In einer halben Stunde. Ich freue mich darauf, Sie zu sehen, Mr. Savarese.«

»Auf Wiedersehen, Mr. Coughlin.«

Coughlin legte auf und blickte in die Runde der Leute in seinem Büro. Außer Inspector Peter Wohl waren folgende Personen anwesend: Jerry Carlucci, der Bürgermeister von Philadelphia; Chief Inspector Matt Lowenstein; Lieutenant Jack Fellows, der Leibwächter des Bürgermeisters; und Frank R. Young, Assistant Special Agent in Charge des FBI-Büros Philadelphia.

Young hatte absolut nichts mit dieser Sache zu tun, aber als Walter Davis um halb sieben angekündigt hatte – zu jedermanns ursprünglicher Erleichterung –, daß er dringende Dinge im Büro erledigen mußte und nicht abkömmlich war, hatte er hinzugefügt, er werde Frank Young anrufen und zur Abteilung Special Operations schicken, damit er helfen konnte.

Coughlin war auf die schnelle kein glaubwürdiger Grund eingefallen, um zu sagen, daß Young nur im Weg sein würde. Es bestand für ihn kein Zweifel, daß Youngs Anwesenheit hauptsächlich dazu diente, das FBI über die Entwicklungen auf dem laufenden zu halten, die für es von Interesse waren.

»In einer halben Stunde«, verkündete Coughlin. »Peter wird mit Pietro frühstücken.«

»Ich kann es kaum erwarten«, sagte Wohl.

»Halten Sie das wirklich für nötig, Denny?« fragte der Bürgermeister.

»Ich möchte nicht, daß Prasko gekillt wird, bevor der

fünften Abteilung der Prozeß gemacht werden kann«, sagte Coughlin.

»Wir würden wirklich schlecht aussehen, Jerry«, kam ihm Lowenstein zu Hilfe, »wenn jemand Prasko in der Untersuchungshaft ein Messer zwischen die Rippen schiebt.«

Der Bürgermeister hob die Hände und gab zu, daß er diesem Argument nichts entgegenzusetzen hatte.

»Frank«, wandte sich Coughlin an den FBI-Beamten, »wir möchten Savarese nicht abschrecken. Könnten Sie ohne viel Aufsehen veranlassen, daß sich FBI-Agenten – und, was das anbetrifft, alle anderen Bundesbeamten – vom Warwick fernhalten, sagen wir mal bis halb zehn?«

»Bei FBI-Agenten ist das kein Problem. Ich kümmere mich sofort darum. Haben Sie eine Ahnung, welche anderen Bundesbeamten an Savarese interessiert sein können?«

Coughlin sah, daß Wohl die Augen verdrehte, bevor er an seiner Stelle antwortete.

»Frank, wenn Savarese jemand sieht, der wie ein Cop oder wie ein Agent des Bundes aussieht und irgendwas in der Nähe des Warwick erledigt, wird er annehmen, das Interesse gilt ihm. Ob das stimmt oder nicht. Am sichersten wäre es, jeden mit irgendeiner Art Abzeichen für mindestens eine Stunde von dem Hotel fernzuhalten.«

»Nun, das verstehe ich gewiß«, sagte Young ein wenig lahm. »Ich werde herumtelefonieren.«

»Ich werde Anweisung geben, daß sich niemand in der Nähe des Warwick aufhält«, sagte Matt Lowenstein. »Was vermutlich dazu führen wird, daß jeder Cop von Philadelphia dort auftauchen wird, um zu sehen, was los ist.«

»Worauf warten wir jetzt noch?« fragte Bürgermeister Carlucci.

»Auf eine Nachricht von Matt Payne aus Harrisburg«, antwortete Wohl. »Um zu erfahren, ob er etwas gegen Calhoun gefunden hat oder nicht.«

»Das habe ich mir gedacht«, sagte der Bürgermeister, obwohl er zuvor keine Ahnung gehabt hatte.

»Wir sollten in fünfzehn oder zwanzig Minuten etwas von ihm hören, Sir«, sagte Peter Wohl.

»In fünfzehn oder zwanzig Minuten kann allerhand passieren«, sagte Carlucci. »Warum rufen Sie nicht jetzt an, Peter?«

»Sir, wir haben uns eine Menge Gedanken gemacht und uns entschieden …«

»Sie sind ein guter Cop, Peter. Und ich mag Sie. Aber als ich mich das letzte Mal im Spiegel sah, war ich der Bürgermeister von Philadelphia. Nehmen Sie die Bastarde fest!«

»Jawohl, Sir«, sagte Wohl.

Detective Matt Payne schaute auf seine Armbanduhr, als es an der Tür klopfte. Es war eine Minute vor acht.

Er öffnete die Tür. Lieutenant Paul Deitrich stand davor.

»Guten Morgen, Sir«, sagte Matt. »Bitte kommen Sie herein.«

Deitrich nickte schweigend.

»Lieutenant, dies sind die Detectives McFadden und Martinez«, stellte Matt vor. »Charley, Jesus, dies ist Lieutenant Deitrich.«

Deitrich nickte kaum wahrnehmbar, und dann schaute er Matt fragend an und erwartete offenbar eine Erklärung für die Anwesenheit der beiden Detectives.

»Sie haben einen Haftbefehl für Calhoun gebracht«, sagte Matt.

»Wir hatten Glück«, sagte McFadden. »Jemand legte uns die Antwort förmlich in den Schoß.«

»Ich hatte hier auch Glück«, sagte Deitrich. »Ich erinnerte mich daran, daß man einen Streifencop fragen sollte, wenn man wirklich etwas herausfinden will.«

»Wir hatten Hilfe von einem Detective im Ruhestand, der roch, daß etwas faul war«, sagte McFadden.

Deitrich schaute Matt an.

»Ich kenne einen der Jungs, die in diesem Gebiet arbeiten, ziemlich gut«, berichtete Deitrich. »Ich suchte ihn auf. Er erzählte mir – ich brauchte ihm nicht zu sagen, warum ich frage –, daß Mrs. Worner in der Maple Avenue 218 wohnt. Ihr Hof grenzt hinten an das Haus Elm Street 223, wo ...«

»Vincent T. Holmes, Calhouns Onkel, wohnt«, ergänzte Matt.

Deitrich nickte.

»Sie sprechen über die Lady, die in der Bank arbeitet, richtig?« fragte Martinez.

Deitrich nickte von neuem.

»Holmes' Frau starb vor zwei Jahren an Krebs«, fuhr Deitrich fort. »Ungefähr zu der Zeit, als Mrs. Worner schließlich aufgab und ihren Mann einweisen ließ.«

»Verzeihen Sie, ich komme da nicht ganz mit«, bekannte Matt.

»Er wurde in Korea schwer verwundet«, erklärte Deitrich. »Verlor ein Bein oberhalb des Knies und den Fuß des anderen Beins. Sie heiratete ihn trotzdem. Er bekam hundert Prozent Invalidenrente. Es mangelte ihnen nicht an Geld. Aber er konnte nicht arbeiten und wurde zum Trinker. Ich nehme an, er hatte starke Schmerzen und betäubte sie dauernd mit Alkohol, bis seine Frau nicht mehr mit ihm zurechtkommen konnte. Als er nach einer Trunkenheitsfahrt festgenommen wurde, stellte ihn der Richter vor die Wahl, entweder in eine Trinkerheilanstalt oder für zwei Jahre ins Gefängnis zu gehen. Er ging in die Trinkerheilanstalt.«

»Und dann kam der freundliche Nachbar ins Spiel, richtig?« sagte McFadden.

Deitrich nickte wieder.

»Sie ist katholisch, und so ließ sie sich nicht von ihrem Mann scheiden. Vielleicht wollte sie Holmes ohnehin nicht heiraten. Er ist wirklich keine gute Partie. Er arbeitet für Pennsylvania Power and Light als Streckenwärter und sieht nicht gerade wie Paul Newman aus. Trotzdem schlich sie des Nachts rüber zu seinem Haus oder er zu ihrem. Sie täuschten natürlich keinen in der Nachbarschaft, aber jeder hatte Mitleid mit ihnen – hauptsächlich mit ihr –, und keiner sagte etwas über das Verhältnis.«

»Scheiße«, murmelte McFadden.

»Das ist also Ihre Verbindung, Payne«, fuhr Deitrich fort. »Was wollen Sie damit anfangen?«

»Die Frage ist, was hat sie getan?« überlegte Matt laut.

»Du weißt verdammt gut, was sie getan hat«, meinte Martinez. »Sie hat sich mit Calhoun zusammengetan, um zu verstecken, was diese Dreckskerle von der fünften Abteilung in einem Schließfach verschwinden lassen wollten. Das macht sie der Beihilfe schuldig.«

»Wir wissen nicht, ob etwas für die fünfte Abteilung Belastendes in diesem Schließfach ist«, wandte Matt ein.

»Das werden wir wissen, wenn wir es öffnen.«

»Welches Schließfach, Jesus?« sagte Matt geduldig. »Wenn wir zum Richter gehen und einen Durchsuchungsbefehl haben wollen, wird er wissen wollen, in welchem bestimmten Schließfach wir etwas vermuten. Er unterschreibt keinen Durchsuchungsbefehl für jedes Schließfach in der Bank.«

»Vielleicht hat Calhoun den Schlüssel bei sich, wenn wir ihn festnehmen, Matt«, sagte McFadden.

»Und vielleicht nicht«, entgegnete Matt. »Vielleicht bewahrt der Onkel den Schlüssel für ihn auf.«

»Und vielleicht«, schaltete sich Deitrich ein, »verläßt der Schlüssel nie die Bank.«

»Wie bitte?« fragte Matt.

»Sie gehen davon aus, daß es in der Bank ein Schließfach gibt, das unter falschem Namen gemietet ist«, sagte Deitrich. »Ich könnte mir vorstellen, daß Mrs. Worner, die für die gesamte Abteilung verantwortlich ist, Ihren Calhoun einfach ein Schließfach benutzen läßt, das *nicht* vermietet ist. Wer würde davon erfahren? Er geht in den Tresorraum, sie gibt ihm den Schlüssel und damit hat sich's. Natürlich gibt es keinerlei Vermerk in der Kartei.«

»Da ist was dran«, sagte Matt.

»Haben wir genug, um den Onkel festzunehmen?« fragte McFadden.

»Wenn wir an das Schließfach herankommen und etwas darin finden, haben wir vielleicht etwas. Im Augenblick haben wir noch nichts.«

»Es ist nach acht Uhr«, sagte Martinez. »Wohl wartet auf den Anruf, ob wir Calhoun mit etwas in dem Schließfach festnageln können oder nicht.«

»Ich habe eine Idee«, sagte Matt. »Jagen wir jedem Angst ein.«

»Was, zum Teufel, heißt das?« fragte Martinez.

»Wir machen weiter, gleich jetzt, wenn die Cops zu Onkel Vincents Haus fahren, um ihn zu verhaften. Wir ziehen das nicht leise durch. Wir sorgen dafür, daß Mrs. Worner die Polizeiwagen bei Onkel Vincents Haus sieht. Wir machen einen Polizeieinsatz mit allem Pipapo und schicken ein paar Uniformierte zu dem Haus, um sicherzustellen, daß Calhoun nicht durch die Hintertür türmt. Wenn Mrs. Worner aus ihrem Küchenfenster schaut, wird sie das sehen. Charley und ich werden ebenfalls an der Hintertür sein. Sie wird uns sehen. Calhoun wird abgeführt.«

»Und?« fragte Martinez.

»Nicht sonst passiert, abgesehen davon, daß ein Streifenwagen vor Onkel Vincents Haus bleibt. So hat Onkel Vincent, der bereits wegen Calhouns Festnahme besorgt ist, die Wahl. Er kann entweder so tun, als hätte er keine Ahnung, was los ist – das wird er wahrscheinlich wünschen –, oder er kann zur Arbeit fahren wie sonst. In diesem Fall folgt ihm der Streifenwagen. Ich bezweifle, daß er versuchen wird, mit Mrs. Worner Kontakt aufzunehmen, was er nicht persönlich kann, weil die Cops ihn beobachten. Und ich bezweifle, daß er versucht, bei ihr anzurufen, weil er befürchtet, die Leitung könnte angezapft sein. So fährt er also zur Arbeit. Und sieht, daß er von Cops verfolgt wird.«

»Was soll dieser Scheiß?« fragte Martinez.

»Dann hat Mrs. Worner die Wahl zwischen zwei Möglichkeiten. Vielleicht zwischen dreien. Sie könnte flüchten, aber ich halte das für unwahrscheinlich. Entweder fährt sie also wie sonst zur Arbeit, oder sie bleibt zu Hause. Wenn sie zu Hause bleibt, besuchen wir sie. Wenn sie zur Arbeit fährt, wird sie ins Büro ihres Chefs gerufen. Dort sind zwei Polizisten, dieselben, die sie bei Onkel Vincents Haus gesehen hat. Wir sagen ihr dann, wir wissen alles über das Schließfach, und wenn sie mit uns zusammenarbeitet, wird es leichter für sie werden – mildere Strafe und das übliche.«

»Das ist doch Schwachsinn!« regte sich Martinez auf. »Du hast zu viele Krimis in der Glotze gesehen!«

»Ich weiß nicht, Matt«, sagte McFadden. »Es könnte klappen, aber es gibt viele Wenn und Aber.«

»Ich werde folgendes tun«, kündigte Martinez ärgerlich an. »Ich werde hier zur Polizei gehen, mir ein paar Uniformierte nehmen und Calhoun festnehmen. Dann rufe ich Wohl an und melde, daß wir Calhoun haben und möglicherweise nichts in punkto Schließfach erreichen können.«

»Das tust du nicht«, sagte Matt. »Wir ziehen es auf meine Weise durch.«

»Für wen hältst du dich, du Großkotz?«

»Ich bin als erster mit dem Fall beauftragt worden«, sagte Matt. »Folglich ist es meiner.«

»Du kannst mich am Arsch lecken«, sagte Martinez und ging zum Telefon.

»Wen willst du anrufen?« fragte Matt.

»Wen wohl? Inspector Wohl. Wir werden diesen Scheiß jetzt gleich klären!«

»Laß die Pfoten vom Telefon«, sagte Charley und ergriff damit Matts Partei.

»Laß ihn in Ruhe, Charley«, sagte Matt.

»Laß die Pfoten vom Telefon, Jesus!« wiederholte McFadden und ging zu Martinez.

Zitternd vor Zorn schaute Detective Martinez zu Detective McFadden auf.

»Zum letzten Mal, Jesus, laß das!«

»Du kannst mich ebenfalls am Arsch lecken!« sagte Martinez und nahm die Hand vom Telefonhörer.

»Es tut mir leid, daß Ihnen dies nicht erspart geblieben ist, Lieutenant«, sagte Matt.

»Ich habe das Gefühl, daß Sie beide sich nicht besonders mögen«, bemerkte Deitrich.

»Sie *lieben* sich, Lieutenant«, sagte McFadden. »Sie haben nur eine merkwürdige Art, das zu zeigen.«

»Was haben Sie also entschieden?« fragte Deitrich.

»Solange mir keiner sagen kann, was an meiner Idee falsch ist ...« sagte Matt.

»Mach dich nur lächerlich, du Großmaul«, sagte Martinez.

»Wie lange wird es dauern, zwei – besser noch, drei – Streifenwagen zur Maple Avenue zu schicken?«

»Fünf Minuten, nachdem ich über Funk die Anweisung gegeben habe.«

»Wie wäre es, wenn sich eine Streifenwagenbesatzung mit uns in der Maple Avenue trifft?« fragte Matt. »Und wenn zwei Wagen zur Elm Street fahren und die Cops lautstark durch Mrs. Worners Hof stürmen, um sicherzustellen, daß niemand durch Onkel Vincents Hintertür türmt?«

»Kein Problem.«

»Volles Konzert und Lichtorgel wären fein«, sagte Matt.

»Kein Problem.«

»Jesus, fährst du mit McFadden, oder möchtest du lieber hierbleiben und schmollen?« fragte Matt.

»Du Hurensohn!« zischte Martinez.

»Mensch, Matt«, sagte McFadden. »Du kannst wohl nie aufhören, wie?«

»Dieser Gentleman ist mein Gast und ebenso diese beiden«, sagte Vincenzo Savarese leise zum Kellner.

Er wies zu einem Tisch nahe bei der Tür des geschmackvoll eingerichteten Speiseraums des Hotel Warwick, wo Pietro Cassandro und Peter Wohl Speisekarten studierten.

»Das ist sehr freundlich«, sagte Chief Inspector Dennis

V. Coughlin, »aber warum machen wir nicht getrennte Kasse?«

»Bitte erlauben Sie mir, die Zeche zu bezahlen«, sagte Savarese. »Es ist mir ein Vergnügen.«

»Danke«, gab Coughlin nach.

Er bestellte frisch gepreßten Orangensaft, Scrapple (aus zerkleinertem Schweinefleisch, Kräutern und Mehl), Rühreier, Brötchen und Kaffee. Savarese überraschte Coughlin mit einer viel größeren Bestellung, denn er war schmächtig, fast dünn. Als Frühstück wählte er frisch gepreßten Orangensaft, Eier Benedict, Corned beef, Biskuits, Brötchen und Kaffee. Er fragte, ob der Kaffee zuerst serviert werden konnte, und nur mit frischer Sahne – wenn nur Milch da war, dann bitte schwarz.

»Der Anblick von Inspector Wohl erinnert mich daran, wie schnell die Zeit vergeht«, sagte Savarese. »Ich habe ihn mit kurzer Hose beim Baseballspiel mit seinem Vater in Erinnerung.«

»Ich nehme an, er wird eines Tages Commissioner«, sagte Coughlin. »Er ist ein hervorragender Mann.«

»Und wann werden Sie Polizeichef?«

»Am Tag nachdem Miami eingeschneit sein wird«, erwiderte Coughlin.

»Ich finde, Sie sind viel zu bescheiden«, sagte Savarese. »Sie werden allgemein als einer der besten Polizisten von Philadelphia betrachtet.«

»Danke, aber Commissioner steht nicht auf meinem Programm.«

Der Kellner brachte den Kaffee und ein Kännchen mit frischer Sahne.

»Man weiß nie, was die Zukunft bringt«, sagte Savarese.

Coughlin wartete, bis sie sich mit Sahne und Zucker bedient hatten.

»Lassen Sie mich damit anfangen, Mr. Savarese, Ihnen zu sagen, wie sehr ich sowohl beruflich als auch persönlich bedaure, was mit Ihrer Enkelin geschehen ist.«

Savareses Miene veränderte sich überhaupt nicht. Nach

einer Weile sagte er: »Danke. Wir können nur für Ihre volle Genesung beten. Wir haben versucht, die beste ärztliche Behandlung für sie zu bekommen.«

»Ich meine, Sie haben die beste gefunden«, sagte Coughlin.

Savarese nickte.

»Wie schon gesagt, man weiß nie, was die Zukunft bringen wird.«

»Ich denke, es wird Sie interessieren, daß das Tier, das für die Probleme Ihrer Enkelin verantwortlich ist, heute morgen um sieben Uhr achtundfünfzig verhaftet und ihm seine Dienstmarke abgenommen worden ist. Die gesamte Polizei von Philadelphia ist zutiefst beschämt, weil der Verbrecher einst unsere Uniform trug. Er hat Schande über uns alle gebracht.«

Savarese schaute Coughlin an, sagte jedoch nichts.

Der Kellner servierte ihren Orangensaft, ein Körbchen mit einem Sortiment von Biskuits, Brötchen und Croissants, zwei Portionen Butter und eine Auswahl von Konfitüre.

Savarese nahm geistesabwesend ein Croissant, brach es auseinander und bestrich die Hälfte, die er in der Hand behielt, mit Butter.

»Sind Sie sicher, daß Sie den richtigen Mann verhaftet haben?« fragte er schließlich.

»Wir sind sicher.«

»Hat er dieses ungeheuerliche Verbrechen gestanden?«

»In diesem Moment wird er von dem Mann verhört, den ich für den besten unserer Vernehmungsbeamten halte.«

»Aber er hat kein Geständnis abgelegt?«

»Es gab einen Zeugen, Mr. Savarese. Er hat ihn zweifelsfrei identifiziert.«

»Aber er hat kein Geständnis abgelegt«, wiederholte Savarese.

»Das ist einer der Punkte, über die ich mit Ihnen sprechen möchte«, sagte Coughlin. »Unter den gegebenen Umständen ...«

»Welche Umstände meinen Sie?«

»Um diesen Verbrecher vor Gericht zu bringen, wird es nötig sein, daß das Opfer seiner Tat ihn vor Gericht und seinem Verteidiger identifiziert und …«

»Reden wir von Mann zu Mann?« unterbrach Savarese.

»Ja, das tun wir.«

»Sie werden sicher verstehen, daß ich meiner Enkelin weiteres Leid ersparen muß.«

»Das verstehe ich«, sagte Coughlin. »Noch wichtiger, Mr. Callis, der Staatsanwalt, versteht das.«

»Ich kann mir nur eine Situation vorstellen, die garantieren würde, daß nicht in der Öffentlichkeit bekannt wird, was meiner Enkelin widerfahren ist …« sagte Savarese.

»Deshalb wollte ich mit Ihnen sprechen, Mr. Savarese«, fiel ihm Coughlin ins Wort.

»… und zwar, wenn dieses Tier nicht vor Gericht erscheinen könnte«, sprach Savarese weiter.

»Das klingt für mich, Mr. Savarese, wie die Andeutung eines Mordes.«

»Ich habe gesagt, Mr. Coughlin, dies ist nach meiner Meinung die einzige Möglichkeit, um zu verhindern, daß der Name meiner Enkelin durch den Dreck gezogen wird – wie es bei einem Prozeß wäre –, wenn es keinen Prozeß geben würde. Und es kann keinen Prozeß geben, wenn es keinen Angeklagten gibt.«

»Der Mann, von dem wir sprechen, wurde nicht wegen Vergewaltigung verhaftet, Mr. Savarese, sondern wegen vieler anderer Straftaten, für die er zu einer sehr langen Haftstrafe verurteilt werden wird.«

»Was Sie gegen diesen Mann haben, Mr. Coughlin«, sagte Savarese geduldig, als erkläre er etwas einem geistig zurückgebliebenen Kind, »sind nur Anschuldigungen, daß er Drogenhändler bestohlen hat. Er wird nicht viel Zeit – wenn überhaupt welche – im Knast verbringen.«

Der Kellner servierte Eier Benedict für Savarese und Scrapple und Rühreier für Coughlin.

Coughlin hatte das Nahen des Kellners nicht gehört, und als er überrascht zu ihm aufblickte, sah er an seiner

Miene, daß er zumindest das Ende – ›... im Knast‹ von Savareses letztem Satz mitbekommen hatte.

Der Kellner stellte das Essen auf dem Tisch ab und eilte fluchtartig davon, offenbar mit dem Verdacht, daß er zwei Gangster bediente.

»Es überrascht mich, daß Sie wissen, was ihm vorgeworfen wird.«

»Und mich überrascht, daß Sie vor mir an dieses Tier herangekommen sind«, sagte Savarese. »Vielleicht haben wir uns gegenseitig unterschätzt.«

»Ich habe Sie nie unterschätzt, Mr. Savarese, aber ich nehme an, Sie haben mich unterschätzt. Oder zumindest die Polizei von Philadelphia.«

»Wie kommen Sie darauf?« fragte Savarese.

»Mr. Ronald R. Ketcham steht jetzt unter dem Schutz des U.S. Marshal's Büros ...«

»Ich bezweifle, diesen Namen zu kennen, Mr. Coughlin.«

»... als unentbehrlicher Zeuge einer Entführung auf Bundesbesitz.«

»Wie schon gesagt, der Name sagt mir nichts, Mr. Coughlin.«

»Oh, ich glaube, Sie kennen den Namen sehr gut, Mr. Savarese«, erwiderte Coughlin. »Und Sie wissen allerhand über Mr. Ketcham. Bestimmt hat Ihnen Joey Fiorello alles erzählt, was Phil Chason über ihn herausgefunden hat.«

»Ich befürchte, auch mit diesen Namen kann ich nichts anfangen.«

»Ich dachte, wir sprechen von Mann zu Mann«, sagte Coughlin.

Savarese aß einen Bissen von den Eiern Benedict und tupfte dann seinen Mund mit der Serviette ab.

»Ist Ihnen in den Sinn gekommen, Inspector«, sagte Savarese, »daß das Problem gelöst wäre, wenn Sie – und die Polizei – nicht so tüchtig gewesen wären, ehrlich gesagt, tüchtiger, als ich geglaubt habe?«

»Mr. Savarese, ich weiß, daß Sie stolz auf Ihren Ruf als ein Mann von Ehre sind«, sagte Coughlin.

Savarese hob fragend die Augenbrauen.

»Ich selbst betrachte mich gern als Ehrenmann«, sagte Coughlin.

»So schätze ich Sie ein.«

»Ich habe einen Eid geleistet – einen Schwur vor Gott –, das Gesetz aufrechtzuerhalten und zu verteidigen.«

»Jemand hat einst gesagt ›Das Gesetz ist ein Esel‹.«

»Ich finde, das stimmt oftmals«, sagte Coughlin. »Aber wenn es so ist, dann sollten wir das Gesetz ändern, es nicht ignorieren.«

»Von Mann zu Mann, sagten Sie«, erwiderte Savarese. »Unter Berücksichtigung dessen, was in der Bibel von ›Auge um Auge‹ und ›Zahn um Zahn‹ steht, was sollte Ihrer Meinung nach mit einem Tier geschehen, das meiner Enkelin das angetan hat? Das ihr die Unschuld, die Würde, die Gesundheit genommen hat.«

»Wenn ich über diese Frage nachdenke, muß ich mich daran erinnern, daß in der Bibel der Herr ebenfalls sagt ›Die Rache ist mein‹.«

»Sie weichen der Frage aus«, sagte Savarese.

»Ich sehe die Dinge anders als Sie«, erwiderte Coughlin.

»Halten Sie es für gerecht, ein solches Tier, das all die schrecklichen Dinge getan hat, straffrei davonkommen zu lassen, weil eine Bestrafung laut Gesetz zur Folge hätte, seinem Opfer sogar noch größeren Schmerz und Demütigungen zuzufügen?«

»Von Mann zu Mann, Mr. Savarese – nein«, sagte Coughlin.

Savarese hob beide Hände.

»Danke für Ihre Ehrlichkeit«, sagte er.

»Ich hatte gehofft, Mr. Savarese, Sie halten – vielleicht um Ihrer Enkelin weiteren Schmerz zu ersparen – mein Versprechen, daß dieses Tier für sehr lange Zeit hinter Gitter kommt, für genug Bestrafung.«

Er schaute in Savareses Augen und war überrascht über den kalten Haß, den er darin sah. Und noch mehr überraschte ihn, daß ihm dieser Haß Angst einjagte.

Und dann schien der Haß in Savareses Augen nachzulassen.

»Verzeihen Sie mir«, sagte Savarese.

»Was?«

»Einen Moment lang dachte ich, eine Drohung gehört zu haben«, sagte Savarese. »Und für einen Moment vergaß ich, daß Sie ein ehrenwerter Mann sind, der nicht einmal mit dem Gedanken spielt, meine Enkelin als Bauernopfer zu benutzen.«

»Für mich ist es das wichtigste, als Mensch und als Polizist, Ihrer Enkelin weiteren Schmerz zu ersparen«, sagte Coughlin.

»Ja, das glaube ich, und dafür bin ich Ihnen dankbar. Es liegt anscheinend am Unterschied zwischen Ihrem Glauben ›Die Rache ist mein, sagte der Staat Pennsylvania‹ und meinem Glauben, daß diese Rache, so begrenzt sie sein wird, wie wir beide wissen, nicht annähernd genug ist.«

Coughlin zuckte mit den Schultern.

»Ich werde tun, Mr. Coughlin, was ich für mein Recht und meine Pflicht halte, und ich bin überzeugt, daß Sie es ebenso halten werden.«

»Mr. Savar…«

Savarese hob die Hand, und Coughlin verstummte mitten in der Anrede.

»Ich bezweifle, daß wir uns noch etwas über dieses Thema zu sagen haben«, sagte Savarese. »Warum frühstücken wir nicht einfach zu Ende?«

24

Officer Timothy J. Calhoun saß mit seiner Frau auf der Couch im Wohnzimmer und schaute sich im Fernsehen ein Morgenmagazin an, als er die Sirene hörte.

Das Heulen von Polizeisirenen war ein Teil des Lebens in Philadelphia. Hier in der Provinz hörte man jedoch selten eine Sirene.

Und das war mehr als eine. Da heulten zwei Sirenen. Vielleicht sogar drei.

Er nahm seine Füße, an denen er nur Socken trug, vom Couchtisch, stellte seine Kaffeetasse ab und zog leichte Slipper an.

»Was ist das?« fragte Monica Calhoun.

»Vermutlich die Feuerwehr«, sagte Tim. »Irgendwo hier in der Nähe brennt wohl was. Das Gejaule kommt näher.«

Calhoun ging zur Haustür, öffnete sie und blickte die Straße auf und ab. Er sah weder einen Feuerwehrwagen noch ein Polizeifahrzeug und zog die Tür zu.

In diesem Augenblick verstummte eine Sirene abrupt. Calhoun wußte, daß derjenige, der die Sirene ausgeschaltet hatte, am Ziel war.

Immer noch heulten zwei Sirenen.

Monica gesellte sich zu ihm an die Tür.

»Hast du was gesehen?«

Er schüttelte den Kopf. »Nein.«

Das Heulen der Sirenen wurde sehr laut, und dann verstummte es plötzlich.

Monica öffnete die Haustür.

»Mein Gott, die sind ja hier!« sagte sie.

Ein schwarzweißer Streifenwagen der Polizei von Harrisburg stand auf dem Zufahrtsweg, und ein Wagen, der wie ein neutrales Polizeifahrzeug aussah und in dem zwei Personen saßen, hielt am Bordstein. Calhoun sah, daß zwei Uniformierte aus dem Wagen auf dem Zufahrtsweg sprangen, und in diesem Augenblick bog ein weiterer schwarzweißer Streifenwagen mit quietschenden Reifen um die Ecke und stoppte hinter dem Streifenwagen auf dem Zufahrtsweg.

»Was soll der Scheiß?« sagte Tim.

Der erste Uniformierte erreichte die Tür.

»Timothy Calhoun?«

»Was, zum Teufel, ist los?«

»Timothy Calhoun?«

»Ja. Ich bin Calhoun.«

»Timothy Calhoun, ich habe einen Haftbefehl für Sie wegen Vergehen im Dienst«, sagte der erste Cop. »Sie sind verhaftet!«

»Timmy!« jammerte Monica. »Was ist los?«

»Drehen Sie sich bitte um und halten Sie die Hände hinter den Rücken«, sagte der erste Uniformierte, und der zweite Cop mit Uniform legte ihm die Hände auf die Schultern und zog ihn herum.

»Timmy!« stieß Monica wieder klagend hervor.

»Sie haben das Recht ...« Der erste Cop leierte ihm schnell seine Rechte nach dem Miranda-Gesetz herunter.

»Es muß ein Irrtum sein, Baby«, sagte Tim.

»Haben Sie Ihre Rechte verstanden, wie ich sie aufgezählt habe?« fragte der erste Cop.

»Ja, ja, ja«, sagte Timmy. »Wissen Sie, ich bin selbst Cop, und ich habe keine Ahnung, was hier los ist.«

»Sie werden verhaftet, weil Sie ein dreckiger Cop sind, Calhoun«, sagte eine Stimme, die irgendwie vertraut klang.

Der Uniformierte, der ihn herumgedreht hatte, um ihm Handschellen anzulegen, drehte ihn wieder um.

Jesus Martinez, einst Beamter in Zivil des Rauschgiftdezernats, stand dort und schaute ihn verächtlich an.

»Was, zum Teufel, ist hier los, Jesus?«

»Du bist auf dem Weg in den Knast, Junge«, sagte Martinez. »Ich brauche deine Dienstmarke und deine Waffe.«

»Timmy, um Himmels willen«, sagte Monica klagend. »Warum tun sie dir dies an?«

Ein weiterer Uniformierter und zwei Männer in Zivil kamen um die Seite des Hauses. Tim erkannte den großen Mann zuerst. Charley McFadden, der ebenfalls Rauschgiftcop in Zivil gewesen war – die andere Hälfte von Pat und Patachon, wie jeder McFadden und Martinez genannt hatte.

Der andere Mann war nicht so vertraut, und Tim brauchte einen Moment, bis er ihn erkannte.

Das ist dieses As von der Abteilung Special Operations. Payne. Der Typ, der den Serienvergewaltiger erschossen hat. Zum letzten Mal habe ich ihn auf dem Parkplatz beim Präsidium gesehen.

»Dies tut mir wirklich leid, Timmy«, sagte McFadden. »Mein Gott, wie konntest du so blöde sein?«

»Er hat nichts getan!« jammerte Monica. »Charley, er ist ein guter Cop. Du weißt das!«

»Ich weiß, daß er *kein* guter Cop ist, Monica«, sagte Charley. »Er ist dreckig, und er wurde erwischt.«

»Charley, wovon redest du?« fragte Monica.

»Ruf den Polizeiclub in Philly an und sag den Jungs, daß ich soeben verhaftet wurde«, sagte Tim.

»Wohin bringen sie dich?«

»Er wird eine Weile in der Untersuchungszelle bei der Polizei von Harrisburg sein, Mrs. Calhoun«, sagte Matt Payne. »Sie können dort Kontakt mit ihm aufnehmen.«

»Wer sind Sie überhaupt?« fuhr Monica ihn an.

»Mein Name ist Payne. Ich bin Detective der Special Operations Division. Diese Sache tut mir leid, Mrs. Calhoun.«

»Ja, so sehen Sie auch aus!«

»Ich werde in der Bank sein«, sagte Matt zu Charley McFadden. »Sobald ich das Schließfach habe, werde ich mich mit dir im Präsidium treffen.«

»In Ordnung«, sagte McFadden.

»Habt ihr seine Waffe und Dienstmarke?« fragte Matt.

»Noch nicht«, sagte Martinez.

»Wenn Sie mir den Schlüssel zum Schließfach geben, Calhoun, ersparen Sie jedem eine Menge Zeit und Unannehmlichkeiten.«

»Ich weiß nichts von einem Schließfach.«

»Warum überrascht mich das nicht?« sagte Matt.

Er schaute zu den Uniformierten.

»Führen Sie ihn bitte ab«, sagte er.

Mrs. Calhoun preßte die zur Faust geballten Hände auf den Mund und schaute entsetzt und ungläubig zu, wie ihr Mann über den Zufahrtsweg geführt und in den schwarzweißen Streifenwagen verfrachtet wurde. Sie schaute dem Wagen nach, bis er außer Sicht war.

»Ich brauche die Waffe und die Dienstmarke, Mrs. Calhoun«, sagte Detective Martinez.

»Und wenn du weißt, wo der Schlüssel zum Schließfach ist, brauchen wir den, Monica«, fügte Charley McFadden hinzu.

»Und ich dachte, du wärst sein Freund, Charley!« sagte Monica. »Wie kannst du ihm das antun?«

»Das hat er sich selbst angetan, Monica«, erwiderte Charley. »Holen wir seine Waffe und Dienstmarke.«

»Du bleibst hier! Ich hole sie.«

»Das darf ich nicht zulassen, Monica«, sagte Charley. »Ich muß dich begleiten.«

Als Harrison J. Hormel, Esquire, Primus inter pares der stellvertretenden Staatsanwälte von Philadelphia, zur Arbeit eintraf, hörte er das Geräusch eines Elektrorasierers aus dem Büro des Ehrenwerten Thomas J. ›Tony‹ Callis, des Staatsanwalts von Philadelphia.

Er blickte auf seine Armbanduhr. 8 Uhr 35. Eine gute Stunde oder anderthalb Stunden vor Callis' üblichem Erscheinen im Büro.

Hormel machte kehrt und klopfte an die unbeschilderte Privattür zu Callis' Büro. Als er keine Antwort erhielt, drehte er den Griff und stellte fest, daß die Tür nicht abgeschlossen war. Er schob sie einen Spalt auf.

Callis stand in Unterhemd und mit herabhängenden Hosenträgern vor dem Waschbecken in seinem kleinen privaten Badezimmer.

Hormel ging zur Tür des Badezimmers. Callis sah ihn im Spiegel und nahm den Elektrorasierer vom Gesicht.

»Was ist los, Harry?« fragte er.

»Das wollte ich gerade ebenfalls fragen.«

»Es ist eine lange Geschichte«, sagte Callis. »Und ich will sie im Augenblick wirklich nicht erzählen.«

»Was ist das große Geheimnis?«

»Ich werde Ihnen einen Tip geben, aber Sie stellen keine Fragen, okay?«

»Sie sind der Boß.«

»Es geht um dreckige Cops. Um viele.«

»Und was haben sie getan?«

»Keine Fragen, habe ich gesagt. Die Festnahmen haben noch nicht alle stattgefunden. Es gibt unglaublich viele Wenns bei dieser Sache, Harry. Wenn das passiert, wird es so weitergehen. Wenn das nicht passiert, dann müssen wir so oder so entscheiden. Wenn … können Sie mir folgen?«

Hormel schüttelte den Kopf. »Nein.«

»Ich bin seit halb vier auf«, sagte Callis. »Coughlin ließ mich mit einem Wagen der Highway Patrol abholen. Ich muß mich jetzt zu Ende rasieren, ein sauberes Hemd anziehen, ein paar Tassen Kaffee trinken und eine halbe Stunde lang meine Gedanken ordnen.«

»Seit wann ermittelt Denny Coughlin gegen dreckige Cops?«

»Seit Carlucci – den sie übrigens um halb sieben aus dem Bett geworfen haben – ihm das befohlen hat.«

»Und er hat einige dreckige Cops gefunden?«

»Um halb zehn findet ein Treffen in Carluccis Büro statt. Und zuvor wird noch allerhand passieren.«

»Was wird passieren?«

»Mensch, Harry, ich habe doch gesagt, daß Sie keine Fragen stellen sollen.«

»Entschuldigung, ich wollte nur behilflich sein. Sie sagten, Coughlin hat Sie von der Highway Patrol abholen lassen?«

»Netter Versuch, mich auszuhorchen«, sagte Callis. »Ja, Coughlin hat mir einen Wagen der Highway Patrol geschickt. Basta. Mehr kann ich Ihnen nicht sagen. Nach dem Treffen werde ich Ihnen vermutlich mehr erzählen können.«

»Okay.«

»Und jetzt rasiere ich mich weiter und ziehe ein frisches Hemd an.«

»Ich kann also nichts für Sie tun?«

»Nichts«, sagte Callis.

Harry war fast an der Tür, als Callis auf einen Gedanken kam, der eine flüchtige Verbindung zu der fünften Abteilung hatte.

»Harry?« rief er.

»Ja, Sir?«

»Sagen Sie Phebus, ich will ihn irgendwann heute morgen sehen. Mich juckt nicht, was er sonst auf dem Hals hat, ich will ihn heute morgen hier haben, wo ich ihn binnen zehn Sekunden greifbar habe. *Capisce?*«

»Jawohl, Sir.«

»Wenn er fragt, warum, sagen Sie ihm, ich will wissen, was im Fall Leslie läuft.«

»Jawohl, Sir.«

Assistant District Attorney Hormel ging sofort ins Büro von Assistant District Attorney Anton C. Phebus. Der war noch nicht zur Arbeit erschienen.

Eine halbe Stunde später ging Hormel wieder zu Phebus' Büro und stellte fest, daß er eingetroffen war. Nach der Aktentasche zu schließen, die er gerade vom Schreibtisch nahm, war er im Begriff, das Büro wieder zu verlassen.

»Wohin wollen Sie?«

»Zu einer Konferenz mit der Gottverdammten Nonne.«

»Was will sie?«

»Keine blasse Ahnung. Bestimmt irgendeinen Handel. Sie ist entschlossen, dafür zu sorgen, daß Leslie mehr als einen Klaps auf die Finger bekommt.«

»Nun, Sie werden das verschieben müssen.«

»Warum?«

»Weil Tony gesagt hat, er will Sie den ganzen Morgen hier haben, damit Sie binnen zehn Sekunden greifbar sind.«

»Hat er gesagt, warum?«

»Er sagte, er will mit Ihnen über den Fall Leslie reden. Er fühlt sich wie Mr. Supermann, der Star aller Staatsanwälte. Wie ein glückliches Kind erzählte er, Coughlin hat ihn mitten in der Nacht von der Highway Patrol abholen lassen, und er ist auf dem Weg zu einem Treffen im Büro des Bürgermeisters.«

»Was hat das alles zu bedeuten?«

»Er sagte etwas von dreckigen Cops, aber ich glaube eher, er denkt, Carlucci könnte ihm Fragen für den Fall Leslie stellen.«

Anton C. Phebus, der nicht dumm war, spürte plötzlich ein unangenehmes Ziehen im Magen.

»Okay«, sagte er. »Ich habe es gehört und gehorche der Stimme meines Herrn und Meisters.«

Als Hormel sein Büro verlassen hatte, rief Phebus das Büro der Gottverdammten Nonne an und hinterließ eine Nachricht, daß sein Treffen mit ihr wegen einer Notsituation nicht wie geplant stattfinden konnte. Er würde sie später anrufen und einen für sie beide passenden neuen Termin besprechen.

Dann wählte er die Privatnummer von Officer Joe Grider. Mrs. Grider informierte ihn, daß Joe noch nicht nach Hause gekommen war.

Er wählte die Privatnummer von Officer Herbert Prasko, und bekam keine Verbindung. Es fiel ihm ein, daß Praskos Frau einen Job hatte, was erklärte, warum sich niemand meldete, besonders wenn Prasko wie Grider bis in die frühen Morgenstunden Dienst gehabt und danach ein paar Schnäpse getrunken hatte. Es hatte nicht viel Sinn, heimzufahren, wenn die Alte auf der Arbeit war – es sei denn, man wollte nur schlafen.

Es gab natürlich eine Möglichkeit, sich Gewißheit zu verschaffen. Er konnte beim Rauschgiftdezernat anrufen, mit jemand sprechen und herausfinden, was in der vergangenen Nacht geschehen war. Er wählte die Nummer des Rauschgiftdezernats, besann sich dann jedoch anders und legte den Hörer auf, bevor sich jemand meldete.

Er ließ seiner Phantasie freien Lauf. Er hatte diese ganze Sache sorgfältig durchdacht. Nichts war schiefgegangen, weil alles zu gut geplant war und einfach klappen mußte.

»Welch eine Freude am Morgen!« rief der stellvertretende Direktor James C. Chase von der First Harrisburg Bank & Trust Company heiter, als er Lieutenant Deitrich und Detective Matt Payne in sein Vorzimmer kommen sah. »Guten Morgen, Gentlemen. Sie wollen zu mir?«

»Wir wären dankbar, wenn Sie ein paar Minuten Zeit für uns hätten. Mr. Chase«, sagte Deitrich.

»Die habe ich für Sie jederzeit, Paul, das wissen Sie«, erwiderte Chase. »Kommen Sie herein.«

Sie gingen in das Büro.

»Eigentlich, Matt, hatte ich gehofft, Sie abzufangen, bevor Sie durch die Halle gehen. Unser Mr. Hausmann ist aus Boston zurückgekehrt, und wir müssen Ihnen irgendwo anders einen Schreibtisch suchen.«

»Ich werde keinen Schreibtisch mehr brauchen, Mr. Chase«, sagte Matt.

Irgend etwas an Matts Stimme oder vielleicht an seinem Auftreten fiel Chase auf.

»Das klingt, verzeihen Sie mir, ein wenig ominös, Matt. Ist etwas nicht in Ordnung?«

»Das befürchte ich, Sir«, sagte Matt. »Ich befürchte, daß ich recht hatte, als ich glaubte, gestern einen Mann wiedererkannt zu haben, der in den Tresorraum ging, Mr. Chase.«

»Aber Adelaide, Mrs. Worner, hatte nichts in der Kartei, und ...«

»Wir haben ihn soeben verhaftet, Mr. Chase«, sagte Matt. »Wegen Vergehen im Dienst als Beamter der Polizei von Philadelphia. Wir haben Grund zu der Annahme, daß Mrs. Worner ihm Zugang zu einem Schließfach verschafft hat, ohne Daten in der Kartei einzutragen.«

»Das ist kaum zu glauben«, sagte Chase, und seine Stimme klang plötzlich kühl. »Paul?« Er blickte den Lieutenant fragend an.

»Wir können uns natürlich auch irren, Mr. Chase«, sagte Deitrich. »Aber ich bezweifle das.«

»Warum hätte sie das tun sollen? Sie wollen doch nicht sagen, daß Adelaide irgendwie in einen Callgirlring in Philadelphia verwickelt ist?«

»Wir glauben, das Schließfach wird benutzt, um Geld – und vielleicht Drogen – zu deponieren, illegal angeeignet von Polizeibeamten aus Philadelphia.«

»Und vielleicht *Drogen?«* wiederholte Chase entsetzt. »Und Sie haben einen Durchsuchungsbefehl dabei, wollen Sie das sagen?«

»Nein, Sir«, antwortete Deitrich. »Wir haben keinen Durchsuchungsbefehl, Mr. Chase. Wir können einen besorgen, aber wir hoffen, daß es unnötig sein wird.«

»Nun, ich bin überzeugt, Sie werden das verstehen, Lieutenant, ich kann Ihnen ohne Durchsuchungsbefehl gewiß keinen Zugang zu einem Schließfach gewähren.«

»Wir hoffen, Mrs. Worner dazu bewegen zu können,

uns zu zeigen, um welches Schließfach es sich handelt, und uns den Schlüssel zu geben, ohne daß wir einen Durchsuchungsbefehl besorgen müssen«, sagte Matt.

»Wenn sie getan hat, was Sie behaupten, Matt, warum sollte sie dann dazu bereit sein? Ehrlich gesagt, ich finde diese ganze …«

»Ich bezweifle, daß Mrs. Worner wirklich wußte, was sie tat, Mr. Chase«, unterbrach Deitrich. »Ich weiß nicht, wie vertraut Sie mit ihrer persönlichen Situation sind …«

»Ich weiß, sie hatte eine schwere Zeit mit ihrem Mann, wenn Sie das meinen. Und daß er hochdekoriert und schwer verwundet war …«

»Wir nehmen an, sie wurde als Werkzeug benutzt, Mr. Chase«, sagte Matt. »Ich kann wirklich nicht glauben, daß viel Interesse daran besteht, sie ins Gefängnis zu schicken. Vorausgesetzt natürlich, sie begreift, in welchem Schlamassel sie steckt, und ist zur Zusammenarbeit bereit.«

»Benutzt von wem?« fragte Chase kalt.

»Von ihrem Nachbarn«, sagte Deitrich. »Dem Onkel des Polizeibeamten, der jetzt in Untersuchungshaft ist.«

»Wollen Sie damit sagen … die beiden sind darin verwickelt? Persönlich, meine ich?«

»So sieht es aus, Mr. Chase«, sagte Deitrich.

Chase dachte darüber nach.

»Die arme Frau«, sagte er, und dann schlüpfte er in seine Rolle als Bankier. »Was genau wollen Sie von mir? Wie ist die Bank davon betroffen?«

»Wir haben soeben erfahren – wir lassen Mrs. Worners Haus beobachten, und die Kollegen haben sich über Funk gemeldet –, daß sie in ihren Wagen gestiegen und offenbar auf dem Weg hierhin zur Arbeit ist«, sagte Deitrich.

»Sie meinen, sie ist jetzt nicht hier?«

»Ich nehme an, sie kommt heute später«, sagte Matt trocken.

Chase blickte ihn böse an. In dieser tragischen Situation fand er Späßchen unpassend.

»Wenn sie eintrifft, Mr. Chase, möchten wir mit ihr sprechen, hier in Ihrem Büro«, sagte Matt.

»Zu welchem Zweck?« fragte Chase kalt.

Deitrich bemerkte Chases Ärger über Matt und antwortete für ihn. »Detective Payne meint – und ich bin seiner Ansicht –, wenn sie uns hier sieht und erfährt, daß wir Bescheid wissen, wird sie uns geben, was wir haben wollen.«

»Ich kann einfach nicht glauben, daß Adelaide so etwas getan hat.«

»Ehrlich gesagt, sie tut mir leid«, sagte Deitrich. »Ich hoffe, sie sieht ein, daß ihre einzige Chance darin besteht, diese wirklich große Dummheit zu gestehen und zu helfen, sie wiedergutzumachen.«

»Und die Alternative?«

»Wir sind darauf vorbereitet, sie wegen des Verdachts auf Beihilfe zum Diebstahl festzunehmen«, sagte Matt. »Andere Anschuldigungen sind ebenfalls möglich.«

»Sie wollen sie verhaften, gleich hier in der Bank?«

»Wenn das nötig ist, ja, Sir«, sagte Matt.

»Und wenn sie verhaftet ist, was dann?«

»Dann werden wir sie verhören. Sie um ihre Mitarbeit bitten. Wenn sie dazu nicht bereit ist, besorgen wir einen Durchsuchungsbefehl für das Schließfach.«

»Kein Richter wird Ihnen einen Durchsuchungsbefehl für jedes Schließfach der Bank geben – das wäre unfair gegenüber unseren Kunden.«

»Richtig, Sir«, sagte Matt. »Aber ich bin überzeugt, ich kann von einem Richter eine Verfügung bekommen, nach der die Bank mir Zugang zu jedem *nicht* vermieteten Schließfach gewähren muß. Ich nehme an, daß Mrs. Worner Calhoun erlaubt hat, ein unvermietetes Schließfach zu benutzen. Oder vielleicht hat sie selbst ein Schließfach und stellt es ihm zur Verfügung. Aber ich vermute, wir finden das Gesuchte in einem unvermieteten Fach.«

Chase blickte ihn kalt an, musterte dann Deitrich und schaute wieder zu Matt.

»Und Sie hoffen, daß ich mit ihr rede, nicht wahr?«

»Das wäre das beste für alle Beteiligten, Mr. Chase«, sagte Deitrich.

»Ja, das glaube ich«, murmelte Chase nachdenklich und seufzte. »Wir werden sie natürlich entlassen müssen. Die Bank kann einfach nicht hinnehmen ...«

»Da ist sie«, unterbrach Deitrich leise und wies durch die Glaswand zur Schalterhalle.

Mrs. Adelaide Worner zog die Tür mit dem Schild ›Nur für Personal‹ zu und vergewisserte sich, daß sie gut geschlossen war. Dann ging sie über den Marmorboden der Schalterhalle auf den Tresorraum mit den Schließfächern zu.

Sie war unscheinbar, grauhaarig und pummelig. Aber es waren Reste von überdurchschnittlicher Schönheit in der Jugend zu sehen.

Sie sieht aus wie eine Sängerin im Kirchenchor, dachte Matt.

Chase ging zur Tür seines Büros und öffnete sie. Er neigte sich über den Schreibtisch zu seiner Sekretärin und flüsterte ihr etwas zu.

»Mir gefällt dieser Teil des Jobs nicht sehr«, bemerkte Lieutenant Deitrich leise.

Chases Sekretärin erhob sich am Schreibtisch und ging durch die Schalterhalle hinter Mrs. Worner her. Einen Augenblick später kehrten sie beide aus dem Tresorraum zurück und durchquerten die Schalterhalle.

Chase wartete an der Tür zwischen seinem Büro und dem Vorzimmer auf sie.

»Guten Morgen, Adelaide«, sagte er.

»Guten Morgen, Mr. Chase.«

»Würden Sie bitte in mein Büro kommen? Diese Gentlemen möchten mit Ihnen sprechen.«

»Mr. Chase«, sagte Mrs. Worner. »Ich kann Ihnen nicht sagen, wie leid es mir tut und wie ich mich schäme, weil ich die Bank mit hineingezogen habe.«

Chase legte einen Arm um ihre Schultern.

»Kommen Sie herein und setzen Sie sich, und wir werden sehen, wie wir die Dinge in Ordnung bringen können.«

Der Blick, mit dem er Matt bedachte, enthielt mehr als Abscheu, eher Haß.

»Erinnern Sie sich an mich, Adelaide?« fragte Deitrich.

»Ja, Sir«, sagte Mrs. Worner. »Bevor wir Al in die Anstalt schicken mußten, sahen wir Sie im Gericht. Sie haben ausgesagt, weil er betrunken gefahren war.«

»Das stimmt«, sagte Deitrich. »Adelaide, dies ist Detective Payne von der Polizei Philadelphia.«

Mrs. Worner schaute Matt entsetzt an.

»Guten Morgen, Mrs. Worner«, sagte Matt.

»Guten Morgen«, erwiderte sie.

»Ich möchte, daß Sie mir etwas über das Schließfach erzählen, das Sie von Timmy Calhoun benutzen ließen. Sind Sie bereit, mit mir darüber zu reden?«

»Mir bleibt wohl nichts anderes übrig, oder?« sagte Mrs. Worner.

»Sind wir alle bereit?« fragte Matt und schaute in die Runde der Versammelten im Tresorraum. Alle nickten,

»Okay«, sagte Matt. »Fangen wir an. Ich bin Detective Matthew M. Payne, Dienstnummer 701, vom Philadelphia Police Department.«

»Ein bißchen langsamer, bitte, wenn es geht, Detective«, sagte die Stenografin.

»Ich werde es versuchen«, versprach Matt.

»Dies ist eine Befragung von Mrs. Adelaide Worner, die im Gebäude der First Harrisburg Bank and Trust, Harrisburg, Pennsylvania, durchgeführt wird. Zusätzlich zu mir und Mrs. Worner sind anwesend: Lieutenant Paul Deitrich von der Polizei Harrisburg und Mr. James C. Chase, stellvertretender Direktor der First Harrisburg Bank and Trust. Die Befragung wird per Stenogramm aufgezeichnet und übertragen von Mrs ... Verzeihung, ich habe Ihren Namen vergessen.«

»Grace Placker, Mrs. Grace Placker«, sagte die Stenografin.

»... Mrs. Grace Placker vom Harrisburg Police Department«, fuhr Matt fort. Er schaute Adelaide Worner an.

»Mrs. Worner, Sie sind bereits über Ihre Rechte nach dem Miranda-Gesetz informiert worden ...«

»Ja, das bin ich.«

»Aber um sicherzugehen, daß wir peinlich genau waren, werde ich Ihnen Ihre Rechte noch einmal vorlesen. In Ordnung?«

»Ja, Sir.«

»Ich werde Ihnen Fragen stellen, die sich auf den Zugang von Officer Timothy Calhoun vom Philadelphia Police Department zu einem Schließfach im Tresorraum der Harrisburg Bank and Trust beziehen.«

»Ja, Sir.«

Matt nahm sein Lederetui mit dem Ausweis und der Dienstmarke aus der Jackettasche, zog ein Kärtchen daraus hervor und las davon ab:

»Ich habe die Pflicht, Ihnen zu erklären und Sie darauf hinzuweisen, daß Sie folgende juristische Rechte haben: Sie haben das Recht, sich nicht zur Sache zu äußern und gar nichts zu sagen. Alles, was Sie sagen, kann vor Gericht gegen Sie verwendet werden. Sie haben das Recht, mit einem Anwalt Ihrer Wahl zu sprechen, bevor ich Ihnen irgendwelche Fragen stelle, und Sie haben das Recht, daß ein Anwalt anwesend ist, während ich Fragen stelle. Wenn Sie sich keinen Anwalt leisten können und einen haben wollen, werde ich dafür sorgen, daß Ihnen kostenlos ein Anwalt bestellt wird, bevor ich Ihnen irgendwelche Fragen stelle. Wenn Sie zu einer Aussage bereit sind, haben Sie das Recht, jederzeit damit aufzuhören, wenn Sie das wünschen.«

Er ließ das Kärtchen sinken und schaute Mrs. Worner an.

»Haben Sie Ihre Rechte verstanden, Mrs. Worner?«

»Ja, Sir, das habe ich. Lieutenant Deitrich hat mir dies alles schon in Mr. Chases Büro gesagt.«

»Und, Adelaide, ich habe Ihnen gesagt, daß ich Ihnen einen Anwalt besorge, wenn Sie einen wünschen«, sagte Chase.

»Wenn ich die Wahrheit sagen werde, warum brauche

ich dann einen Anwalt? Ich habe Ihnen bereits genug Ärger gemacht.«

»Wir wollen einfach sicherstellen, daß Sie Ihre Rechte verstehen, Mrs. Worner«, sagte Matt.

»Das tue ich.«

»Dann sind Sie …« Matt blickte auf das Kärtchen mit dem Miranda-Gesetz und las »… bereit, Fragen freiwillig zu beantworten, ohne daß Ihnen irgendwelche Drohungen oder Versprechungen gemacht wurden?«

»Ja, Sir.«

»Mrs. Worner, kennen Sie Officer Timothy J. Calhoun vom Philadelphia Police Department?«

»Ja, ich kenne ihn.«

»Wie haben Sie Officer Calhoun kennengelernt?«

»Er ist der Neffe von meinem Nachbarn.«

»Heißt Ihr Nachbar Vincent T. Holmes?«

»Ja, so heißt er.«

»Haben Sie irgendwann Officer Calhoun ein Schließfach im Tresorraum der First Harrisburg Bank and Trust zur Verfügung gestellt?«

»Ja, das habe ich. Das habe ich Ihnen bereits gesagt.«

»Hat Officer Calhoun die üblichen Prozeduren erfüllt, um ein Schließfach zu bekommen? Ich meine, hat er sich ausgewiesen, einen Antrag ausgefüllt und eine Mietgebühr bezahlt?«

»Nein, das hat er nicht.«

»Mit anderen Worten, Sie haben ihn ein Schließfach kostenlos benutzen lassen, ohne irgendwelche Aufzeichnungen für die Bank zu machen?«

»Das stimmt.«

»Warum haben Sie das getan?«

»Weil er mich darum bat.«

»Hat er Ihnen gesagt, warum er sich nicht ausweisen, den Antrag ausfüllen und Miete bezahlen wollte?«

»Oh, ich hatte Ihre Frage nicht verstanden«, sagte Adelaide Worner. »Er sagte, oder vielleicht war es Vincent, der es sagte … jedenfalls einer von beiden war es, daß Monica einen Autounfall in Philadelphia hatte und sie verklagt werden und vielleicht verlieren würden, und in diesem Fall würde man ihnen allen Besitz abnehmen, denn sie hätten sich keine Versicherung leisten können. Deshalb wollten sie ein bißchen beiseite schaffen, wo es die Anwälte nicht finden konnten.«

»Geld, meinen Sie?«

»Geld und einigen Schmuck, den Monica von ihrer Großmutter geerbt hat.«

»Mal sehen, ob ich das richtig verstanden habe, Mrs. Worner. Man sagte Ihnen, daß Mrs. Calhoun wegen eines Autounfalls verklagt werden würde; daß die Calhouns nicht versichert waren; und daß die Anwälte ihnen allen Besitz abnehmen würden, wenn sie den Prozeß verlieren würden?«

»Das haben sie mir gesagt. Zuerst Vincent, und später Timmy und Monica.«

»So halfen Sie ihnen, Geld und Schmuck zu verstecken, indem Sie Officer Calhoun ein Schließfach zur Verfügung stellten?«

»Ja, Sir.«

»Nur Officer Calhoun? Hat Mrs. Monica Calhoun das Schließfach jemals benutzt?«

»Ja, das hat sie.«

»Und Mr. Holmes? Hat er jemals das Schließfach benutzt?«

»Ja, das hat er. Beide haben es benutzt.«

»Haben Sie jemals gesehen, was Officer Calhoun, Mrs. Calhoun oder Mr. Holmes in das Schließfach legten und/oder herausnahmen? Haben Sie jemals etwas von dem Geld oder dem Schmuck gesehen, den Mrs. Calhoun von ihrer Großmutter geerbt hat?«

»Nein, Sir.«

»Können Sie mir das bitte erklären? Warum haben Sie nichts von dem Geld oder Schmuck gesehen?«

»Weil ich sie wie alle anderen Kunden behandelt habe, abgesehen davon, daß ich keine Kartei über das Schließfach anlegte. Sie kamen zu meinem Schreibtisch, und ich ging mit ihnen zum Schließfach und schloß es mit meinem

Schlüssel – mit dem der Bank – auf. Sie schlossen ihr Schloß auf – Sie wissen, daß jedes dieser Schließfächer zwei Schlösser hat?«

»Ja, Ma'am.«

»Dann nahmen sie die Kassette aus dem Schließfach mit in eine der Kabinen, schlossen die Tür ab, um ungestört zu sein, und legten entweder etwas in die Kassette oder nahmen etwas heraus.«

»So haben Sie also keine persönliche Kenntnis, was in dem Schließfach deponiert wurde, von dem wir sprechen?«

»So ist es, ich habe keine Kenntnis.«

»Ist Ihnen in den Sinn gekommen, Mrs. Worner, daß ungesetzlich sein könnte, was Sie getan haben?«

»Ja, Sir, das ist mir in den Sinn gekommen. Mir wurde klar, daß ich die Bank betrog.«

»Um die Mietgebühr für das Schließfach, meinen Sie?«

»Ja, Sir, das meine ich. Das bedrückte mich.«

»Mrs. Worner, hatten Sie irgendeine Ahnung, daß Officer Calhoun vielleicht an einer illegalen Aktivität beteiligt war – außer dem Verstecken seines Vermögens?«

»Ich wußte, daß er Polizist war. Mir kam nicht mal der Gedanke an so was. Ich wußte, daß seine Frau Mist gebaut hatte.«

»Verzeihen Sie, das verstehe ich nicht.«

»Sie hatte vor dem Unfall ein paar getrunken. Deshalb würde sie vor Gericht verlieren – auch wenn sie eigentlich keine Schuld an dem Unfall hatte.«

»Aber abgesehen von Mrs. Calhouns Trunkenheitsfahrt und dem Wunsch der Calhouns, ihr Vermögen vor dem Gericht zu verstecken, hatten Sie keine Kenntnis und keinen Verdacht, daß Officer Calhoun irgendwelche anderen kriminellen Aktivitäten ausübte?«

»Ich habe erst heute morgen davon erfahren«, sagte Adelaide Worner.

»Was geschah heute morgen?«

»Nachdem die Polizei zu Vincents Haus fuhr und Timmy verhaftete, ging Vincent rüber …«

»Verzeihen Sie. Vincent – Mr. Holmes – ging rüber? Meinen Sie damit, er ging zu seinem Haus rüber?«

Mrs. Worner senkte den Kopf und errötete.

»Er .... Vincent hatte in meinem Haus übernachtet«, sagte sie leise.

»Okay. Nachdem die Polizei Officer Calhoun festnahm, ging er zu seinem Haus rüber, um zu sehen, was los war?«

»Ja. Und Monica erzählte ihm, was passiert war, und Vincent kam zurück und sagte mir, er wisse nicht, was es sei, aber Timmy habe irgendwelche Probleme mit der Polizei, und wenn ich nicht selbst in schlimme Schwierigkeiten geraten wolle, solle ich nie jemand von dem Schließfach erzählen.«

»Aber Sie reden jetzt bei mir davon.«

»Ich bin keine kriminelle Person, Mr. Detective. Als ich den Mut fand, wollte ich sofort Mr. Chase aufsuchen und ihm gestehen, was ich getan habe.«

»Mrs. Worner, lassen Sie uns über das Schließfach sprechen«, sagte Matt.

»Ja, Sir. Vier-zwei-eins. Es ist ein Fach Größe C«, sagte sie und wies hin.

»Größe C?«

»Es gibt sechs Größen bei unseren Schließfächern. A bis F. A ist das größte, F das kleinste.«

»Ich verstehe. Nun kommt ein Punkt, bei dem ich sehr vorsichtig sein will. Wissen Sie, wer die letzte Person war, die das Schließfach benutzt hat?«

»Ja, Sir. Timmy.«

»Mit Timmy meinen Sie Officer Timothy J. Calhoun?«

»Ja, Sir.«

»Besteht irgendeine Möglichkeit, daß sonst jemand Zugang zu diesem Schließfach hatte, seit es von Officer Calhoun benutzt wurde?«

»Absolut nein.«

»Wie können Sie da so sicher sein?«

»Weil ich die Verantwortung über die Schließfächer habe. Keiner kommt an eines heran, wenn er nicht zu meinem Schreibtisch kommt und sich einträgt.«

Matt wandte sich an Chase.

»Mr. Chase, als Angestellter dieser Bank haben Sie die Befugnis, Lieutenant Deitrich und mir Zugang zum Schließfach Nummer vier-zwei-eins zu gewähren?«

»Ja, die habe ich.«

»Ich bitte Sie nun, Mr. Chase, um die Erlaubnis, Schließfach vier-zwei-eins zu untersuchen, das von Mrs. Worner als dasjenige identifiziert wurde, zu dem sie … unerlaubt Zugang gewährte. Habe ich Ihre Erlaubnis?«

Chase nickte.

»Würden Sie die Antwort bitte aussprechen, Sir?«

»Sie haben meine Erlaubnis, das Schließfach zu öffnen«, sagte Chase.

»Sie werden Timmys Schlüssel brauchen«, sagte Mrs. Worner. »Man braucht zwei Schlüssel, um das Schließfach zu öffnen.«

»Die Bank hat keinen Hauptschlüssel?« fragte Matt überrascht.

Chase schüttelte den Kopf.

»Dann müssen wir einen Schlosser bestellen«, sagte Matt. »Oder das Schloß aufbrechen.«

»Moment mal«, wandte Chase ein. »Wer wird für die Beschädigung bezahlen?«

»Ich«, sagte Adelaide Worner. »Es ist meine Schuld.«

»Geben Sie mir bitte den Schlüssel der Bank, Adelaide«, sagte Lieutenant Deitrich.

»Er liegt in meinem Schreibtisch im Büro«, sagte sie. »Ich werde ihn holen müssen.«

»Bitte«, sagte Deitrich.

»Warum bestellen wir keinen Schlüsseldienst?« fragte Chase. »Ich übernehme die Kosten.«

»Vielleicht ist das nicht nötig, Mr. Chase«, sagte Deitrich. »Warten wir ab, was ich bei dem Schloß erreichen kann.«

Er nahm ein Lederetui, das ungefähr so groß war wie Matts Etui mit dem Ausweis und der Dienstmarke, aus der Jackettasche. Es enthielt ein Sortiment von kleinen stählernen Instrumenten.

Zwanzig Sekunden nachdem Mrs. Worner ihm den Schlüssel der Bank zu Schließfach 421 ausgehändigt und er das erste Schloß damit aufgeschlossen und dann das zweite mit seinen Dietrichen geknackt hatte, zog er die Stahltür auf.

»Das hätten wir«, sagte er zu Matt.

»Sehen wir uns an, was darin ist«, erwiderte Matt.

Die Kassette in dem Schließfach war fast voll mit Geldbündeln, die mit Gummiband ordentlich zusammengehalten wurden.

»Mein Gott, soviel Geld!« stieß Mrs. Worner hervor.

Da war noch etwas. Matt zog einen Kugelschreiber aus der Tasche und fischte eine große Armbanduhr mit Goldgehäuse und einem dazu passenden Armband aus der Kassette. Das Gehäuse der Uhr war mit Diamanten besetzt, und auf dem Zifferblatt blitzten winzige Diamanten, wo normalerweise die Stunden markiert waren.

»Glaubt jemand wirklich, daß Mrs. Calhoun dies von ihrer Oma geerbt hat?«

»Was ist das?« fragte Deitrich.

»Natürlich eine Rolex. Was sonst?«

Matt hielt die Armbanduhr Deitrich mit dem Kugelschreiber hin, damit er sie betrachten konnte, und legte sie dann wieder in die Kassette.

»Wir sollten dies fotografieren«, sagte Matt. »Und ich möchte Fingerabdrücke von der Uhr und von der Kassette haben. Vielleicht kann die Spurensicherung sogar etwas an den Banknoten finden. Wieviel Umstände würde Ihnen das machen, Lieutenant?«

»Ich brauche nur anzurufen«, sagte Deitrich. »Dann kann in fünf Minuten ein forensisches Team hier sein.«

»Auf meinem Schreibtisch steht ein Telefon«, sagte Adelaide Worner. »Wählen Sie die Neun, dann bekommen Sie eine Leitung nach draußen und brauchen nur noch die von Ihnen gewünschte Nummer zu wählen.«

»Danke, Adelaide«, sagte Deitrich.

»Wenn Sie zurückkehren, muß ich Philadelphia anrufen«, sagte Matt. »Wir wollen ja nicht, daß uns irgendein Winkeladvokat beschuldigt, wir hätten die Beweiskette durchbrochen; folglich muß einer von uns hierbleiben, bis wir Fotos und Fingerabdrücke haben.«

»Ich bin in einer halben Minute wieder da«, sagte Deitrich und verließ den Tresorraum.

»Was geschieht jetzt mit mir, Mr. Chase?« fragte Adelaide Worner.

»Darüber werden wir uns Gedanken machen müssen, Adelaide«, sagte Chase. »Wir werden versuchen, etwas auszuarbeiten.«

»Inspector Wohl«, meldete sich Wohl.

»Matt, Boß.«

»Was haben Sie für mich?«

»Ein Spurensicherungs-Team ist auf dem Weg hierher – das heißt zum Tresorraum der First Harrisburg Bank and Trust –, um zu sehen, ob wir Fingerabdrücke am Schließfach vier-zwei-eins finden und um es und den Inhalt auf jeden Fall zu fotografieren.«

»Mit anderen Worten, Sie haben den Durchsuchungsbefehl ausgeführt?«

»Das brauchten wir nicht; es war ein nicht vermietetes Schließfach, noch unter Kontrolle der Bank. Die Verteidigung kann nicht behaupten, daß der Angeklagte ein Recht auf das Bankgeheimnis hatte, denn das Schließfach war nicht an ihn vermietet. Die Lady ließ uns an das Fach heran. Und eine Stenografin der Polizei Harrisburg ist dabei, Mrs. Worners Aussage abzutippen, durch die Calhouns Anklage mit einer großen roten Schleife versehen wird.«

»Gute Arbeit!«

»Schwierige Probleme werden sofort gelöst, bei Wundern dauert es etwas länger.«

»Was enthält das Schließfach?«

»Schätzungsweise fünfunddreißig, vierzigtausend Dollar. Vielleicht mehr. Ich warte mit dem Zählen, bis die Fotos gemacht und vielleicht einige Fingerabdrücke gefunden werden. Aber es ist eine Menge Geld! Und eine protzige Armbanduhr, die aussieht, als wäre sie von einem Dealer oder Zuhälter getragen worden.«

»Vielleicht eine Rolex?«

»Wahrscheinlich.«

»Haben Sie die Seriennummer? Sie steht hinten auf dem Gehäuse.«

»Nein, aber ich kann sie in einer halben Minute erfahren.«

»Besorgen Sie sie«, sagte Wohl.

Eine Minute später nannte Matt am Telefon die Seriennummer.

»Mr. Marcus Brownlee«, sagte Wohl, »hat eine eidesstattliche Erklärung abgegeben, daß ihm bei seiner Festnahme seine Rolex abgenommen wurde, aber niemals vom Ort der Festnahme bis zum Untersuchungsgefängnis gelangte. Der Kleine erhielt soeben die Seriennummer besagter Uhr von Bailey, Banks und Biddle ...«

»Und sie stimmt mit meiner überein?«

»Ja, es ist dieselbe.«

»Wer ist Marcus Brownlee?« fragte Matt.

»Hat McFadden Sie nicht informiert?«

»Ich habe den Namen nicht gehört.«

»Einer der Dealer, die von der fünften Abteilung im Howard Johnson Motel festgenommen wurden«, erklärte Wohl.

»Dann haben wir sie.«

»Ganz so einfach ist es nicht«, sagte Wohl. »Ich werde Sie später ins Bild setzen. Jetzt möchte ich, daß Sie sofort nach der Arbeit mit dem Schließfach Calhoun und die Uhr – das Geld wäre ebenfalls fein, aber es kann auch warten – nach Philadelphia schicken.«

»Jawohl, Sir.«

»Seien Sie verdammt vorsichtig bei der Beweiskette in diesem Fall, Matt, wenn ich Ihnen das sagen muß. Und sorgen Sie dafür, daß Pat und Patachon das ebenfalls sind.«

»Jawohl, Sir.«

»Wo ist Calhoun jetzt?«

»McFadden und Martinez haben ihn ins Harrisburger Präsidium gebracht.«

»Sie sollen ihn nach Philly zur Kripo Süd bringen«, sagte Wohl. »Wir benutzen die Untersuchungszellen des ersten Distrikts als unser eigenes Untersuchungsgefängnis.«

»Das verstehe ich nicht«, bekannte Matt.

»Ich will Sie nicht abschmettern, Matt – im Augenblick sind Sie die Nummer eins auf meiner Liste der guten Jungs, weil Sie Calhoun festgenagelt haben –, aber im Augenblick brauchen Sie nichts zu verstehen. Tun Sie einfach, was ich Ihnen gesagt habe. Ich informiere Sie später.«

»Jawohl, Sir«, sagte Matt. »Nur noch eine Frage. Lassen wir Calhoun wissen, daß wir das Schließfach geöffnet und das Geld und die Uhr gefunden haben?«

Wohl dachte fünfzehn Sekunden lang darüber nach, was Matt viel länger vorkam.

»Ja, sagen Sie es ihm. Ich möchte, daß er sich auf der Fahrt besorgt fragt, was aus ihm wird – weil er weiß, daß wir Beweise haben –, anstatt sich einzureden, es kann ihm gar nichts passieren, weil wir keine haben.«

»Jawohl, Sir.«

»Sie bleiben dort und halten die Reynolds im Auge.«

Es klickte, und die Leitung war tot, bevor Matt aussprechen konnte:

»Jawohl, Sir.«

»Okay«, sagte der Ehrenwerte Jerome H. Carlucci und schaute am Konferenztisch in die Runde. »Wie ist der Stand der Dinge? Wer will anfangen?«

Anwesend waren Thomas J. Callis, Philadelphias Staatsanwalt; Taddeus Czernick, Polizeichef; Chief Inspector der Kripo Matthew Lowenstein; Chief Inspector Dennis V. Coughlin; Inspector Peter Wohl; Staff Inspector Michael Weisbach; und Lieutenant J. K. Fellows.

Sozusagen hinter den Kulissen, für den Fall, daß sie

gebraucht wurden, hielten sich Captain Michael Sabara und Detective Tony Harris bereit (im Vorzimmer des Bürgermeisters); Captain David Pekach und Lieutenant John J. Malone von der Highway Patrol (sie saßen in ihren Wagen im Hof des Rathauses); und Lieutenant Daniel Justice junior und Sergeant Jason Washington (in Reichweite eines Telefons im 1. Distrikt/Kripo Süd).

Inspector Wohl zeigte mit einer Geste an, daß er Staff Inspector Weisbach für den richtigen Mann hielt, um den Bürgermeister und jeden sonst über den neuesten Stand der Dinge zu informieren. Mike Weisbach schüttelte den Kopf, und dann nickte er leicht zum Kopfende des Tisches. Peter Wohl folgte seinem Blick und sah, daß der Bürgermeister ihn ungeduldig anschaute.

Er wollte aufstehen. Der Bürgermeister winkte ab. »Behalten Sie Platz und fangen Sie endlich an.«

»Jawohl, Sir«, sagte Wohl und blieb sitzen. »Die gesamte fünfte Abteilung ist festgenommen worden und sitzt gegenwärtig in den Untersuchungszellen des ersten Distrikts.«

»Was legen wir den Männern zur Last?«

»Im Augenblick Vergehen im Dienst, besonders Diebstahl von Beweismaterial«, sagte Wohl. »Mr. Callis wird natürlich später andere Anklagepunkte hinzufügen, wenn wir entschieden haben, welche Taten wir wem vorwerfen.«

»Meint er die Vergewaltigung, Tony?« fragte Carlucci.

»Denny und Matt und ich haben uns gedacht, Jerry ...« sagte Callis und wies vage auf Coughlin und Lowenstein, »... wenn Prasko begreift, daß wir sie wegen des Diebstahls von Beweismaterial dranhaben, können wir Prasko wissen lassen, daß wir über die Vergewaltigung Bescheid wissen. Dann ist ihm klar, daß er so oder so erledigt ist, und wir können ihn dazu bringen, gegen die anderen auszusagen. Als Gegenleistung bieten wir ihm an, daß er sich des Verstoßes gegen die Bürgerrechte von Williams und Brownlee – und vermutlich einem halben Dutzend anderen – schuldig bekennen darf.«

»Er macht einen Handel mit der Staatsanwaltschaft, entgeht einer Anklage des Bundes wegen Vergewaltigung und bekommt dafür – was?« sagte Carlucci.

»Ich habe mit dem U.S. Attorney gesprochen, bevor ich herkam, Jerry. Nichts ist zementiert, aber er meint, er kann einen Richter finden, der bereit ist, fünf Jahren für jeden Anklagepunkt zuzustimmen, Haftstrafen, die nacheinander abgesessen werden müssen. Das sind dann mindestens vier Anklagepunkte, also zwanzig Jahre.«

»Wieviel davon muß er wirklich absitzen?« fragte Carlucci kalt.

»Er wäre vermutlich in sechs, sieben Jahren wieder frei«, sagte Callis.

»Sie und Denny und Matt haben das gemeinsam entschieden?« fragte Carlucci. »Was ist mit ihm?« Er wies auf Polizeichef Czernick. »War er an der Diskussion beteiligt? Als letztes hörte ich, daß er der Police Commissioner ist. Warum haben Sie nicht daran gedacht, das mit ihm zu besprechen?«

Übersetzt hieß das, daß Jerry Carlucci mißfiel, was er gehört hatte, und es deshalb auch Commissioner Czernick mißfallen mußte.

Czernick verstand seine Rolle und sagte wie auf ein Stichwort hin: »Ich bin mir nicht sicher, ob ich damit einverstanden wäre, wenn …«

»Nun, Tony?« unterbrach Carlucci ihn.

»Würde es Sie langweilen, wenn ich Ihnen erzählte, warum wir denken, daß es so laufen sollte?« fragte Callis.

»Stellen Sie mich auf die Probe.«

»Das wichtigste ist, der fünften Abteilung das Handwerk zu legen. Stimmen wir wenigstens in diesem Punkt überein?«

Der Bürgermeister zuckte mit den Schultern.

»Wenn wir keinen der fünften Abteilung zum Kronzeugen machen können, haben wir nur die Aussagen von Drogenhändlern in einem Fall, über den wir wirklich Bescheid wissen: die Ereignisse am vergangenen Donnerstag im Howard Johnson Motel. Geschworene sind komisch, Jerry. Wenn die Verteidigung weinende Frauen und verschüchterte Kinder von Cops in den Gerichtssaal bringt, könnten sich viele der Geschworenen sagen ›Zum Teufel mit den Drogenhändlern, sie haben nur bekommen, was sie verdienen.‹«

Carlucci verzog das Gesicht, sagte jedoch nichts.

»Die Angeklagten werden auf die Geschworenen wie gute Cops wirken, Jerry«, sagte Lowenstein. »Ich habe gestern abend die Protokolle ihrer Festnahmen gelesen. Sie haben viele erfolgreiche Razzien durchgeführt und eine Menge Verurteilungen erreicht. Ein paar von ihnen wurden dabei verletzt. All dies Material wird die Verteidigung anfordern und nutzen, und die Geschworenen werden beeindruckt sein.«

»Der gottverdammte Polizeiklub!« explodierte der Bürgermeister. »Ich kann nicht glauben, daß auch nur ein Cop von fünfhundert will, daß seine Mitgliedsbeiträge für die Verteidigung von solchem Abschaum verwendet werden.«

»Sie handeln nach dem Prinzip ›unschuldig, bis das Gegenteil bewiesen ist‹, Jerry«, sagte Callis.

Carlucci blickte ihn finster an.

»In diesem Fall ist es müßig, darüber zu streiten«, sagte Weisbach. »Armando C. Giacomo wird die Verteidigung übernehmen. Der Mann macht es *pro bono;* es wird den Klub keinen Dime kosten.«

»Allmächtiger!« stieß der Bürgermeister hervor.

»Wann haben Sie das erfahren?« fragte Coughlin.

»Vor ungefähr einer halben Stunde«, sagte Weisbach. »Er rief Sabara an – ich nehme an, er hat erfahren, daß Sie sich bei der Special Operations versammelt haben –, und Mike gab ihn an mich weiter. Er will wissen, ob er um halb elf mit den verhafteten Cops sprechen kann.«

»Wie, zum Teufel, ist Giacomo so schnell ins Spiel gekommen?«

»Ich könnte mir denken, er ruft den Klub routinemäßig an und stellt sich zur Verfügung, wenn er etwas freie Zeit hat«, sagte Callis. »All das stärkt mein Argument, daß die

Aussagen von zwei Dealern wie Williams und Brownlee vermutlich nicht ausreichen werden, wenn wir nicht wenigstens einen von der fünften Abteilung umdrehen und als Kronzeugen gewinnen können.«

»Wenn Manny Giacomo um halb elf mit einigen von diesen Kerlen spricht, dann weiß eine Viertelstunde später Vincenzo Savarese ihre Namen«, sagte Lowenstein.

»Er würde sie schließlich ohnehin erfahren«, sagte Coughlin. »Aber ich finde, je später er sie hört, desto besser. Vielleicht kann ich mit ihm reden.«

»Das können Sie sich sparen, Denny«, sagte der Bürgermeister.

»Ich finde, es wäre einen Versuch wert. Als ich heute morgen mit Savarese sprach, machte er ziemlich klar, daß er vorhat, den Vergewaltiger seiner Enkelin ermorden zu lassen.«

»Es wäre schön, wenn wir ihn dabei erwischten, nicht wahr?« sagte Carlucci. »Der Dreckskerl Prasko bekäme, was er verdient, und wir hätten Savarese wegen vorsätzlichen Mordes dran.«

»Mal abgesehen von dieser Philosophie, Jerry«, sagte Lowenstein, »Savarese würde sich bei Prasko nicht selbst die Hände schmutzig machen. Und er wäre mit dem Erzbischof zusammen in der Kirche, wenn einer seiner Killer den Mord begeht.«

Wohl sah, daß Carlucci etwas Ärgerliches darauf entgegnen wollte, und schaltete sich ein.

»Es gab einige gute Nachrichten aus Harrisburg«, sagte Wohl. »Matt Payne kam an das Schließfach heran, das sie benutzten. Er hat eine Aussage, daß Calhoun, Timothy J., als einziger Zugang zu dem Schließfach hatte, in dem sich ungefähr vierzigtausend Dollar – vielleicht mehr – und eine goldene Rolex befanden, die Baby Brownlee am vergangenen Donnerstag gestohlen wurde, wie er behauptet.«

»Und?« fragte der Bürgermeister.

»Das reicht vielleicht, um Calhoun zu überzeugen, daß es das beste für ihn ist, die Seiten zu wechseln«, sagte

Wohl. »Ich habe Payne beauftragt, Calhoun so schnell wie möglich hierher zu schicken und direkt zu Jason Washington bringen zu lassen.«

»Wo ist er im Augenblick?« fragte Carlucci. »Washington, meine ich.«

»Kripo Süd«, antwortete Coughlin.

»Und was macht er da?«

»Er versucht, den richtigen Moment abzupassen, um Prasko wissen zu lassen, was er bei dem Mädchen angerichtet hat und was Savarese ihm antun wird, wenn er sich nicht in einem netten, sicheren Gefängnis des Bundes versteckt.«

»Ich dachte, wir haben mit dem Typen, der auf dem NIKE-Gelände eingesperrt gewesen war, einen Augenzeugen der Vergewaltigung. Was ist mit dem?«

»Ich habe Washington gebeten, zu warten, bis wir wissen, was in Harrisburg geschehen ist«, sagte Wohl. »Dann sagen wir Prasko, daß wir das Geld, vielleicht einen geständigen Calhoun *und* Ronald R. Ketcham haben, der ihn als Vergewaltiger identifizieren kann.«

»Sie haben diese Entscheidung getroffen? Allein, Inspector?«

»Ja, Sir«, sagte Wohl. »Allein.«

»Als ich Polizist war, hielt ich den Dienstweg ein«, sagte Carlucci. »Sie hätten dies mit Coughlin und Lowenstein besprechen sollen. Und dann hätten Sie es mit dem Commissioner diskutieren sollen.«

»Jawohl, Sir«, sagte Peter Wohl.

»Nur für die Akten, Sir«, sagte Coughlin, »wenn Inspector Wohl zu mir gekommen wäre – und das hätte ich nicht von ihm erwartet –, wäre ich mit seinem Vorgehen einverstanden gewesen.«

Carlucci überlegte sichtlich, ob er etwas darauf erwidern sollte oder nicht, und dann wechselte er das Thema.

»Wann trifft der dreckige Cop aus Harrisburg hier ein?«

»In ungefähr einer Stunde«, sagte Wohl. »Ich habe Matt beauftragt, ihn mit McFadden und Martinez zurückzuschicken und das Beweismaterial nachzuschicken.«

»Zu schicken oder zu bringen?«

»Payne arbeitet noch an der Terroristen-Sache für das FBI«, sagte Coughlin. »Ich weiß nicht, wann er nach Philadelphia zurückkehrt.«

»Aber wir hoffen, ein paar dieser dreckigen Cops umzudrehen, richtig?«

»Das ist unser Ziel«, sagte Callis, »Nach meiner Einschätzung ist das die beste Möglichkeit, um sie alle aus dem Verkehr zu ziehen.«

»Und Sie sind der Staatsanwalt, richtig?«

»Ja, das bin ich, Sir.«

»Und da all die Entscheidungen bereits getroffen worden sind, läuft es darauf hinaus, daß der Polizeichef und ich ungefähr so nützlich sind wie Zitzen bei einem Eber, richtig?«

»Lassen Sie mich darüber nachdenken«, sagte Lowenstein.

Carlucci blickte ihn finster an.

»›Zitzen bei einem Eber?‹ Habe ich das richtig gehört? Gott, hätte ich doch nur Ihr Talent für farbige Vergleiche, Sir!«

Carluccis finstere Miene hellte sich mit einem Lächeln auf.

»Sie können mich mal, Matt«, sagte er. »Hauen Sie ab. Verschwinden Sie alle.«

Alle erhoben sich.

»Gut, daß wir alle Freunde sind«, sagte der Bürgermeister. »Und daß Sie mich gut genug kennen, um zu wissen, daß ich nicht sauer auf Sie bin. Sie haben gute Arbeit geleistet, Sie alle, und ich bin dafür dankbar. Der Commissioner und ich sind Ihnen dankbar, nicht wahr, Tad?«

»Absolut, Sir«, sagte Polizeichef Czernick.

»Peter, sobald Sie etwas erfahren, lassen Sie es mich wissen, ja?«

»Jawohl, Sir. Selbstverständlich.«

»Und geben Sie mein ›gut gemacht‹ nach unten weiter, ja?«

»Jawohl, Sir.«

Sie verließen das Büro des Bürgermeisters.

»Ich versuche mit Manny Giacomo zu reden, bevor er mit der fünften Abteilung spricht«, sagte Coughlin.

»Und was wollen Sie ihm sagen?« fragte Lowenstein.

»Ich werde ihn bitten, Savarese nicht die Namen der Cops zu geben.«

»Viel Glück«, sagte Lowenstein.

»Oder die Namen wenigstens eine Weile zurückzuhalten«, sagte Coughlin. »Bis wir jemand umgedreht haben. Oder wissen, daß keiner gegen die anderen aussagt.«

»Sie wissen, daß ich Phebus in meinem Büro habe, der Sergeant beim Rauschgiftdezernat war«, sagte Tony Callis. »Meinen Sie, er könnte nützlich sein? Ich könnte mir denken, daß die Kerle auf einen ehemaligen Kollegen hören.«

»Ich glaube, das könnte nicht schaden«, sagte Wohl. »Könnten Sie ihn zur Kripo Süd schicken und ihm sagen, daß Washington die Leitung hat?«

»Klar«, sagt Callis. »Er ist im Büro. Ich habe die Nachricht hinterlassen, daß ich ihn wegen des Kerls, der Officer Kellog erschossen hat, sprechen will. Das kann warten. Phebus wird in einer halben Stunde in der Kripo Süd sein.«

25

»Mein Arm schläft ein«, sagte Officer Timothy J. Calhoun zu Detective Charles McFadden. Er bewegte seinen rechten Arm, der mit einer Handschelle an den Haltegriff am Rücken des Vordersitzes im Plymouth angekettet war.

McFadden saß neben ihm. Martinez fuhr. Sie waren fünf Meilen von Harrisburg entfernt auf der U.S. Route 222 und auf dem Weg nach Philadelphia.

»Was soll ich machen?« fragte McFadden. »Ich kann nicht das Risiko eingehen, daß du etwas Dummes anstellst, Timmy.«

»Er hat bereits 'ne Menge Dummes angestellt«, sagte Jesus vom Fahrersitz.

»Was zum Beispiel?« fragte Calhoun und versuchte, Martinez zu ignorieren.

McFadden ging auf ihn ein. Calhoun tat ihm ein bißchen leid, und Jesus konnte wirklich ein blöder Hund sein. Timmy hatte genug am Hals, ohne daß Jesus auch noch auf ihm herumhackte.

»Zum Beispiel könntest du aus dem Wagen springen«, sagte McFadden.

»Das würde ich nicht tun, Charley«, erwiderte Calhoun.

»Ich kann das Risiko nicht eingehen«, sagte McFadden.

»Fessel mir die Hände hinter dem Rücken«, schlug Calhoun vor.

»Bleib sitzen wie bisher und halt die Schnauze!« sagte Martinez.

»Reg dich nicht auf, Jesus«, sagte McFadden.

»Wenn du in den Knast kommst, Calhoun«, sagte Martinez, »und ein nach Schweiß stinkender Lebenslänglicher von zweieinhalb Zentnern dir seinen Riemen in den Arsch schiebt, dann wirst du dich nach den guten alten Tagen zurücksehnen, an denen dein verdammter Arm eingeschlafen ist.«

»Fahr nur, Jesus, ja?« sagte Charley.

»Ich könnte mich auch irren«, sagte Martinez. »Vielleicht gefällt es ihm, in den Arsch gefickt zu werden.«

»Halte die linke Hand hinter den Rücken, Timmy«, sagte Charley. »Jesus, gib mir deine Handschellen.«

»Warum?«

»Weil ich Calhoun die Arme hinter dem Rücken fesseln will.«

»Zum Teufel mit ihm, laß seinen Arm doch einschlafen. Er soll schwarz werden und abfallen.«

»Gib mir deine Handschellen, verdammt!«

Martinez stieß einen Grunzlaut aus und drehte sich auf dem Sitz, während er versuchte, seine Handschellen hinten vom Gürtel zu lösen. Schließlich schaffte er es und gab sie McFadden.

McFadden ließ eine der Handschellen um Calhouns linkes Handgelenk zuschnappen und befreite dann seinen rechten Arm von der Handschelle, mit der er an den Vordersitz gekettet war. Dann zog er Calhouns rechten Arm hinter den Rücken und legte ihm die Handschelle an.

Calhoun sank auf dem Sitz zurück.

»Danke, Charley.«

»Okay«, sagte McFadden.

Anderthalb Minuten später kündigte Calhoun an: »Charley, ich muß auf die Toilette.«

»Scheiß in die Hose, du Drecksack!« sagte Martinez.

»Was ist mit Ihnen los, Martinez?« fragte Calhoun. »Habe ich Ihnen jemals etwas angetan?«

»Du bist geboren worden, das hast du mir angetan«, sagte Martinez, und dann schien er sich für das Thema zu erwärmen. »Ich hasse dreckige Cops, das ist mit mir los. Und du weißt als Rauschgiftcop ganz genau, was dieser Scheiß bei den Leuten anrichtet, und hast ihn verkauft. Geklaut von den Dealern und dann verkauft! Du bist so verkommen, wie es schlimmer kaum geht, Calhoun!«

»Reg dich ab, Jesus«, mahnte Charley.

»Ich soll mich abregen? Ich würde diesem Dreckskerl am liebsten eine Kugel in beide Knie schießen, damit er in den Knast kriechen muß.«

»Ich habe gesagt, du sollst dich abregen, verdammt!«

»Und ich würde ihm am liebsten die Rolex in den Arsch schieben!« fuhr Martinez unbeeindruckt fort.

»Charley, wenn ich nicht auf die Toilette gehen kann, mache ich mir in die Hosen!« jammerte Calhoun.

»Interessiert mich nicht!«

Zwei Minuten später bog Martinez von der Route 222 in eine Raststätte ein. Dort gab es eine große Tankstelle mit zwei Reihen Zapfsäulen, einer Reparaturwerkstatt, einer Reifenhandlung, einem Autozubehör-Shop und einem Restaurant.

Martinez stoppte den neutralen Plymouth vor dem Restaurant und stieg auf der Fahrerseite aus. Er nahm sein Ausweisetui aus der Tasche und klappte es auf, damit die Dienstmarke sichtbar war. Dann zog er sein Jackett zur Seite, damit seine Dienstwaffe im Holster zu sehen war. Er hielt das Abzeichen in Schulterhöhe und schwenkte es in die Runde.

»Keine Sorge, Leute. Wir sind Polizeibeamte!«

Das erregte natürlich die Aufmerksamkeit von jedem in Hörweite, einschließlich einiger Gäste an Tischen im Restaurant, die das sahen.

»Laß ihn raus, McFadden«, sagte Martinez.

Charley griff an Calhoun vorbei und öffnete die Tür.

Calhoun mühte sich unbeholfen vom Rücksitz.

Charley rutschte über den Sitz und stieg nach Calhoun aus.

»Du erledigst die Dinge im Restaurant«, sagte Martinez im Befehlston zu McFadden.

»Ich lasse dich nicht allein mit ihm«, erwiderte McFadden.

»Du meinst doch nicht, daß ich ihn abknalle, oder?«

»Ich lasse dich nicht mit ihm allein«, wiederholte McFadden.

»Wie du willst«, sagte Martinez. Er ging ins Restaurant, wo er an der Tür wiederholte: »Kein Grund zur Sorge, Leute, wir sind Polizeibeamte.«

Als Charley den mit Handschellen gefesselten Officer Timothy J. Calhoun ins Restaurant führte, waren die Blicke aller Gäste auf ihn gerichtet, und Calhoun fühlte sich so gedemütigt, daß Charley dachte, er würde in Tränen ausbrechen.

Charley führte Calhoun an den faszinierten Gästen vorbei zur Toilette. Martinez ging voraus und verscheuchte einen erschreckt wirkenden Toilettenbenutzer, bevor er Charley erlaubte, Calhoun hineinzuführen.

Charley brachte Calhoun zu einer Kabine und drehte ihn um.

»Nimmst du mir nicht die Handschellen ab?« fragte Calhoun.

»Timmy, ich kann das Risiko einfach nicht eingehen«, sagte Charley, und es klang ehrlich bedauernd.

Er löste Calhouns Gürtel, knöpfte die Hose auf, zog den Reißverschluß auf und zog dann die Hose und Unterhose hinunter.

»Da rein«, befahl er.

Calhoun, dessen Hosen um die Knöchel hingen, trippelte rückwärts in die Kabine und schaffte es, sich auf die Toilette zu setzen.

»Und wie soll ich mir den Hintern abputzen?« fragte Calhoun.

»Wenn du fertig bist, schließe ich dazu die Handschellen auf«, sagte Charley.

Officer Calhoun erkannte, daß Detective McFadden nicht vorhatte, die Tür zu schließen. Statt dessen lehnte er sich an den Pfosten und wollte ihm offenbar zuschauen.

»Du machst nicht mal die Tür zu?«

»Timmy, ich kann das Risiko einfach nicht eingehen«, sagte Charley. »Ich an deiner Stelle würde mir 'ne Kanone in den Mund stecken und abdrücken.«

»Vielleicht hätte ich das tun sollen, als ich die Streifenwagen vor dem Haus sah.«

»Dazu ist es jetzt zu spät, Timmy. Du wanderst in den Knast.«

Calhoun fluchte.

Nach Detective McFaddens beruflicher Einschätzung war Officer Calhoun den Tränen nahe. Was bedeutete, daß er auf die Schau ›guter Cop – böser Cop‹, die er und Martinez abgezogen hatten, voll und ganz hereingefallen war. Charley hätte nicht gedacht, daß Calhoun so leichtgläubig sein würde, aber Calhoun war nie sehr klug gewesen, einfach nur ein guter Kumpel.

»Was wirst du tun, Timmy?« fragte Charley mitfühlend.

Calhoun schaute zu McFadden auf. In seinen Augen glänzten Tränen.

»Was kann ich denn tun?«

»Timmy, wie, zum Teufel, bist du in diese Scheiße reingeraten?« fragte Charley. »Hast du denn nie daran gedacht, was aus Monica wird, wenn du erwischt wirst?«

»Wir sollten nie erwischt werden!« brach es aus Calhoun hervor. »Dieser verdammte Phebus tönte, wir würden niemals erwischt werden. Niemals!«

Volltreffer! Der ehemalige Sergeant Anton C. Phebus! Das ist ein Ding!

»Du wirst Phebus ans Messer liefern müssen, Timmy. Bevor jemand sonst ihn verpfeift. Es ist ja nicht, als würdest du einen anderen Cop verraten. Er ist kein Cop mehr, er ist Anwalt, ein stellvertretender District Attorney! Und er hat dich da reingezogen!«

»Wir sollten niemals erwischt werden!« schluchzte Calhoun.

»Timmy, wir werden jetzt Sergeant Washington anrufen. Das ist mein Boß und ein guter Kerl, Du sagst ihm, daß du sofort nach der Ankunft in Philly gegen Phebus aussagst. Er weiß das mit Phebus natürlich schon, aber mit etwas Glück servierst du ihm den Drecksack auf dem Silbertablett, bevor jemand anderes von der fünften Abteilung das tut. Das sollte dir helfen.«

Calhoun nickte.

»Ich komme sofort zurück, Timmy«, sagte Charley.

»Wohin gehst du?«

Charley gab keine Antwort.

Detective Martinez lehnte an der Wand neben der Tür zur Toilette.

»Hat er was gesagt?«

»Erinnerst du dich an den guten alten Sergeant Anton C. Phebus?«

»Ja. Was ist mit dem?«

»Er ist der Kopf hinter der ganzen Sache.«

»Im Ernst?«

»Im Ernst«, sagte Charley. »Sieh zu, ob du ein Büro mit einem Telefon für uns bekommen kannst. Ich möchte Calhoun mit Jason Washington telefonieren lassen, bevor er sich anders besinnt.«

Obwohl Matt Payne ein paar Minuten nach zwölf bei seiner Rückkehr ins Penn-Harris in der Hotelhalle sorgfältig nach Susan Reynolds Ausschau hielt, konnte er sie nicht entdecken.

Im Aufzug entschloß er sich, sie im Sozialamt anzurufen. Selbst wenn die Leitung angezapft war, würde das FBI keinen Verdacht schöpfen, wenn er mit Susan telefonierte und sie fragte, ob sie Zeit hatte, mit ihm zu Mittag zu essen.

Als er den Schlüssel ins Schloß der Tür von Suite 612 schob, spürte er eine Bewegung und spähte über den Gang. Susan kam auf ihn zu. Sie war offensichtlich beunruhigt.

»Hallo«, sagte er. »Ich wollte dich gerade anrufen.«

»Wo bist du gewesen?« fragte sie.

»Beruhige dich.« Er öffnete die Tür und forderte sie mit einer Geste auf, vor ihm einzutreten.

Er schloß dann die Tür und nahm Susan in die Arme.

»Wo warst du?« fragte sie, und ihre Stimme klang gedämpft an seiner Brust.

»Ich habe einen dreckigen Cop festgenommen«, sagte er. »Mein Boß hat mir soeben gesagt, daß ich an der Spitze seiner Liste der guten Jungs stehe.«

Susan wich zurück und schaute in sein Gesicht auf.

»Sag mir, was du denkst«, bat sie.

»Ich denke nichts«, erwiderte er.

»Doch, ich sehe es dir an.«

»In den Worten meines Chefs steckt eine gewisse Ironie, findest du nicht?«

»Mit anderen Worten, du fühlst dich dreckig, weil du das für Jennie tust?«

»Was auch immer ich tun werde, Schatz, ich werde es nicht für deine Freundin Jennie tun.«

»Ich könnte mich allein mit ihr treffen, Matt, und versuchen, sie zur Vernunft zu bringen. Ich hasse den Gedanken, dich da hineinzuziehen.«

»Dein Vorschlag ist verlockend, aber die Sache würde aus mehreren Gründen nicht klappen«, sagte Matt. »Und ich bin erwachsen. Ich weiß, was ich tue.«

»Warum würde es nicht klappen?«

»Nun, ich halte es für möglich, daß das FBI jemanden auf dich angesetzt hat – außer der Frau in deinem Büro, meine ich. Wenn dieser Jemand sieht, daß du die Stadt verläßt, wird man dir folgen – es ist nicht schwer, einen Porsche im Auge zu behalten. Und in dem Augenblick, in dem du die arme Jennie triffst – Überraschung, Überraschung! Gehen Sie direkt ins Gefängnis, gehen Sie nicht über Los und kassieren Sie keine zweihundert Bucks. Ich will nicht, daß du ins Gefängnis gehst, Schatz.«

»Du *weißt* nicht, ob ich vom FBI beobachtet werde. So nah beschattet, meine ich.«

»Sie hören deine Telefone rund um die Uhr ab. Deine Freundin ruft ständig an, und sie wissen durch Stimmenvergleich, wer es ist, ganz gleich, welchen Namen sie nennt. Sie sind scharf darauf, Chenowith und Co. zu schnappen. Vielleicht haben sie nicht genug Personal, um dich sieben Tage pro Woche und vierundzwanzig Stunden pro Tag zu beschatten, aber wann immer sie genug Leute finden können, behalten sie dich im Auge, Susan, glaube mir.«

»Jennie hat angerufen«, sagte Susan. »Heute morgen.«

»Und?«

»Ich habe ihr gesagt, ich werde mich mit ihr treffen.«

»Sie hat dich im Büro angerufen?« fragte Matt.

Susan nickte.

»Und du bist zu einem Münztelefon gegangen und hast zurückgerufen? Oder hat sie dich an einem Münzfernsprecher angerufen, dessen Nummer du ihr gegeben hast?«

»Sie rief mich in einer Telefonzelle an.«

»Okay. So können wir damit rechnen, daß deine freundliche Kollegin jedes Wort mitgehört hat, das du und Jennie gesprochen habt. Ebenso können wir davon ausgehen, daß sie sofort die Antiterroristen-Einheit informiert hat. Wenn jemand verfügbar war, ist er dir vielleicht bis zur Telefonzelle gefolgt. Hölle, sie könnten dir sogar hierher gefolgt sein.«

»Und in der Lampenfassung ist ein Mikrofon versteckt?« sagte Susan und wies zur Decke. »Und sie hören alles, was wir jetzt sagen?«

»Das bezweifle ich. Sie denken, ich bin auf ihrer Seite. Aber ganz sicher sein können wir nicht. Ich hätte daran denken sollen. Aber ich bin es gewohnt, Wanzen zu deponieren, nicht selbst welche untergeschoben zu bekommen.«

»Es sollte ein Scherz sein«, sagte Susan. »Meinst du wirklich, sie könnten hier mithören?«

»In diesem Fall wandern wir beide in den Knast«, sagte Matt.

»Ich weiß nie, wann du ernst bist«, beschwerte sich Susan.

»Erzähl mir von der armen Jennie«, verlangte Matt. »Leise. Das FBI hört vielleicht mit.«

»Sie will mir tatsächlich geben, was ich für sie aufbewahren soll.«

»Das heißt übersetzt, Chenowith will die Beute aus dem Bankraub loswerden, um seinen Arsch zu schützen«, sagte Matt. »Und was hast du ihr gesagt?«

»Daß ich sie an der gleichen Stelle wie beim letzten Mal treffen werde.«

»Beim Restaurant in Doylestown?« fragte Matt.

Susan nickte.

»Wann?«

»Ich habe ihr erklärt, ich könnte mir nicht frei nehmen, ohne daß Fragen gestellt werden, und versprochen, nach der Arbeit loszufahren und zu versuchen, um neunzehn Uhr dort zu sein.«

»Da wir gerade von der Arbeit sprechen, du hast jetzt Mittagspause, richtig?«

Susan schüttelte den Kopf. »Nein. Nachdem ich mit Jennie telefoniert habe, bin ich nicht zur Arbeit zurückgegangen.«

»Warum nicht?«

»Ich hatte Angst«, sagte Susan.

»Ist etwas passiert? Wovor hattest du Angst?«

»Mir hat nicht gefallen, wie mich Veronica angesehen hat.«

»Und was hast du gemacht?«

»Ich fuhr hierher, suchte nach dir, und du warst nicht hier. So ging ich um den Block, schaute wieder hier nach, drehte wieder eine Runde um den Block und so weiter. Als ich zum letzten Mal herkam, sah ich dich gerade noch im Aufzug verschwinden.«

»Inzwischen fragt sich Veronica, wo du bleibst. Du hast nicht angerufen und dich krank gemeldet oder so?«

Susan schüttelte den Kopf. »Nein.«

»Tu es jetzt. Sag ihr, du fühlst dich benommen und hast Magenbeschwerden.«

»Ich arbeite nicht für Veronica. Ich müßte meinen Vorgesetzten anrufen.«

»Wen auch immer. Sag, du fühlst dich krank und benommen und gehst um fünfzehn Uhr dreißig zu deinem Arzt und meldest dich vielleicht danach im Büro zurück.«

»Ich soll wieder zur Arbeit gehen?«

»Nein. Aber das hält sie vielleicht ein bißchen hin. Vielleicht – nur vielleicht – entscheiden sie sich, bis sechzehn Uhr oder noch eine halbe Stunde länger zu warten, bevor sie etwas unternehmen.«

»Und was unternehmen wir bezüglich Jennie?«

»Was soll sie tun, nur auf dich im Restaurant warten?«

»Da ist ein Münztelefon – eigentlich sind es drei – außerhalb des Restaurants, und sie ruft ab neunzehn Uhr dort an. Wenn ich mich melde, weiß sie, daß ich dort bin.«

»Welches? Du hast von drei Münztelefonen gesprochen.«

»Das, was klingelt«, sagte Susan und lächelte. »Ich nehme an, sie hat die Nummern von allen dreien. Wenn eines besetzt ist, versucht sie es an einem anderen. Jennie ist sehr gut in solchen Dingen.«

»Ruf deinen Vorgesetzten an«, sagte Matt.

»Und dann?«

»Dann fahren wir.«

»Wohin?«

»Letzten Endes nach Doylestown. Aber zunächst einmal einfach fort von hier.«

»Ich werde erst ab neunzehn Uhr in Doylestown erwartet.«

»Dann werden wir in Hershey stoppen und auf die schnelle achtzehn Löcher spielen«, sagte Matt.

»Das wäre schön, wenn wir so etwas tun könnten, nicht wahr? Etwas Golf spielen? Bist du gut im Golfen?«

»Ich bin sehr gut, danke der Nachfrage«, sagte Matt. »Ruf jetzt deinen Vorgesetzten an, Susan.«

Armando C. Giacomo, Esquire, hatte große Schwierigkeiten, auf dem Parkplatz, den sich der 1. Distrikt und die Kripo Süd teilten, einen freien Platz für seinen Jaguar zu finden. Die drei für Besucher reservierten Plätze vor dem alten, heruntergekommenen Gebäude waren besetzt, was eigentlich nicht überraschend war. Aber die beiden für Inspectors reservierten Plätze waren ebenso besetzt wie die zwei, die für die Captains des 1. Distrikts und der Kripo Süd reserviert waren.

Schließlich parkte er im absoluten Halteverbot an der Hintertür des alten, schäbigen Gebäudes. Er mußte damit rechnen, daß sein Wagen abgeschleppt wurde, aber er nahm an, daß man sich vorher nach dem Besitzer erkundigen würde. Dann konnte er erklären, wie mühsam seine Suche nach einem Parkplatz gewesen war und wie sehr es ihm widerstrebt hatte, den glänzenden neuen Jaguar auf der Straße abzustellen, wo irgendein Jugendlicher seine Initialen mit einem Schlüssel in den grünen Lack schreiben konnte.

Die meisten Cops verübelten ihm nicht, daß er Personen verteidigte, denen man eine Verbindung zum Organisierten Verbrechen nachsagte. Die meisten Cops zogen einen Trennstrich zwischen ihrer Arbeit und dem Justizsystem, was für Manny Giacomo erklärte, warum die Cops nicht die Wände hinaufgingen und sich die Haare ausrissen, wenn ein wirklich böser Bube wegen einer formalen Spitzfindigkeit ungestraft davonkam.

Die Cops nahmen die Bösewichter fest. Das war ihr Job. Was danach die Anwälte, Staatsanwälte und Geschworenen daraus machten, ging sie nichts an.

Es gab sogar einige Cops, die tatsächlich glaubten – so wie Manny Giacomo –, daß selbst der schlimmste Abschaum das Recht auf die beste Verteidigung hatte, die er bekommen konnte.

Und fast jeder Cop wußte, daß Verbrecher, die besonders brutaler Vergewaltigung oder desgleichen angeklagt waren, ›Armando C. Giacomo für die Verteidigung, Euer Ehren‹ hören konnten, wenn sie vor dem Richter standen.

Als Manny Giacomo die Tür aufstieß und das Gebäude betrat, sah er ein neues Buick-Coupé mit einem Sortiment von Antennen. Der Wagen parkte, wo kein ziviles Fahrzeug jemals parken durfte, auf einem Platz, der für die Streifenwagen des Distrikts reserviert war.

Mr. Michael J. O'Hara vom Bulletin *ist offenbar beruflich hier*, dachte Giacomo und fragte sich, ob er irgendwie die Macht der Presse nutzen konnte, um die Polizeibeamten zu verteidigen, die er vor den unberechtigten Anschuldigungen des Establishments der Polizei schützen wollte.

Giacomo hatte die Tür noch nicht hinter sich geschlossen, als ihm Lieutenant Daniel Justice von der Kripo Süd, der vielleicht auf ihn gewartet hatte, die Hand entgegenstreckte.

»Guten Morgen, Sir.«

»Danny the Judge!« Giacomo schüttelte ihm die Hand.

Danny brauchte eine Rasur und sah aus, als wäre er die ganze Nacht aufgewesen. Giacomo erinnerte sich an ihre letzte Begegnung, bei der Danny ihm erzählt hatte, er arbeite in der letzten Schicht. Demzufolge hätte er jetzt daheim schlafen müssen.

»Ich dachte, Sie haben die letzte Schicht«, sagte Giacomo.

»Sie wissen doch, wie das ist: Wer viel kann, muß auch viel tun«, erwiderte Danny. »Chief Inspector Coughlin wäre Ihnen äußerst dankbar, wenn Sie ihm einen Moment Ihrer Zeit widmen könnten.«

»Bevor ich mit den zu Unrecht beschuldigten Polizeibeamten spreche, meinen Sie?«

»Jetzt, meine ich«, sagte Danny. »Ich werde mich nicht

dazu äußern, ob sie zu Unrecht beschuldigt sind oder nicht.«

Danny the Judge führte Giacomo zum Büro des Distriktleiters und öffnete die Tür.

Dennis Coughlin und Michael O'Hara hatten offenbar den Captain des Distrikts aus seinem Büro vertrieben. O'Hara hockte hinter dem Schreibtisch. Coughlin saß in einem der etwas ramponierten Sessel aus Chrom und Leder.

»Mr. Giacomo, Chief«, kündigte Danny an. »Soll ich seinen Wagen aus dem absoluten Halteverbot sofort abschleppen lassen oder noch eine Weile warten?«

»Erklären Sie den Wagen als herrenlos, lassen Sie ihn zur Polizeiakademie abschleppen und richten Sie von mir aus, er könnte für Schießübungen als Zielscheibe benutzt werden«, erwiderte Coughlin. »Guten Morgen, Mr. Anwalt.«

»Sie haben es gehört, Mickey«, sagte Giacomo. »Offene und schamlose Anstiftung zur Schändung eines Kunstwerkes.«

O'Hara stand hinter dem Schreibtisch auf und ging zur Tür.

»Irgendwie habe ich das Gefühl, Denny würde lieber unter vier Ohren mit Ihnen sprechen, Manny«, sagte er und klopfte Giacomo im Vorübergehen leicht auf die Schulter.

Danny the Judge schloß die Tür.

»Da ist Kaffee, Manny«, sagte Coughlin und wies auf die Kaffeemaschine.

Giacomo ging hin und bediente sich.

»Da ich ein mißtrauischer Typ bin, nehme ich an, daß an diesem Fall mehr dran ist, als es auf den ersten Blick scheint. Oder genauer gesagt, mehr als das, was mir der stellvertretende Präsident des Polizeiklubs gesagt hat.« Giacomo schaute angewidert auf eine Schale mit Tütchen Sahnepulver und entschied sich, seinen Kaffee nicht mit diesen schrecklichen Chemikalien zu verunreinigen.

»Was hat er Ihnen gesagt?« erkundigte sich Coughlin.

»Als letztes hörte ich, daß Chief Inspector Coughlin nicht für die Abteilung Innere Angelegenheiten arbeitet.« Giacomo nippte an seinem Kaffee – der Becher war mit dem Emblem des Verbandes von Polizeibeamten irischer Abstammung verziert – und stellte fest, daß er gar nicht so schlecht schmeckte, wie er befürchtet hatte.

»Was hat Ihnen der Polizeiklub gesagt?« wiederholte Coughlin seine Frage.

»Daß einiger Abschaum, der im Vertrieb unerlaubter Substanzen tätig ist, empörende Anschuldigungen gegen eine Reihe von Polizeibeamten erhoben hat, die so rein wie frisch gefallener Schnee sind.«

»Nun, wenigstens das mit dem ›Abschaum‹ stimmt«, sagte Coughlin.

»Ich bin bereit, mir die entgegengesetzte Ansicht anzuhören, wenn Sie geneigt sind, sie mir zu sagen.«

Giacomo setzte sich hinter den Schreibtisch des Distriktleiters und schaute Coughlin an.

»Inoffiziell, wenn Ihnen das lieber ist, Denny«, fügte er hinzu.

»Danke für das ›Inoffiziell‹, Manny«, sagte Coughlin. »Okay. Wir haben die gesamte fünfte Abteilung des Rauschgiftdezernats festgenommen. Die Anklage lautet im Augenblick noch ›Vergehen im Dienst‹.«

»Die gesamte fünfte Abteilung? Das ist interessant. Und ebenfalls ›Vergehen‹. Und was soll ich aus ›im Augenblick noch‹ schließen?«

»Eine der Anklagen, die möglicherweise gegen die Cops erhoben werden, lautet ›Vergewaltigung‹.«

»Möglicherweise erhoben werden? Gab es eine Vergewaltigung? Haben Sie Beweise?«

»Es gab eine. Eine Frau wurde zu Oralverkehr gezwungen. Wir haben einen Zeugen.«

»Nur ›möglicherweise‹ Anklage erhoben? Ich verstehe das nicht.«

»Ich hörte, Manny, daß Sie Vincenzo Savarese in Brewster Paynes Büro begleiteten, wo Savarese Brewster anflehte, seine Enkelin von Amy Payne behandeln zu lassen.«

»Wir sprechen hier von der fünften Abteilung des Rauschgiftdezernats, Denny«, sagte Giacomo. »Nicht von Vincenzo Savarese.«

»Kurz nachdem Dr. Payne Cynthia Longwood in ihre Obhut nahm, erhielt die Uniklinik einen Anruf ...« fuhr Coughlin fort.

»Ich bin wirklich enttäuscht von Dr. Payne. Und/oder Brewster Payne. Wenn stimmt, was Sie sagen, dann hat entweder Payne seinem Sohn davon erzählt – was das gleiche ist, wie es der Polizei zu sagen –, oder Dr. Payne hat die ärztliche Schweigepflicht gebrochen ...«

»Lassen Sie mich ausreden. Manny«, sagte Coughlin.

»Ich bin drauf und dran, Chief Coughlin, wieder offiziell mit Ihnen zu reden.«

»Geben Sie mir noch eine Minute, Manny, bitte.«

Giacomo dachte darüber nach.

»Also gut. Eine Minute reden wir noch inoffiziell. Dann werde ich mich entscheiden.«

»Danke«, sagte Coughlin.

Er griff in die Tasche, zog einen Zettel hervor und las langsam davon ab:

»Miss Cynthia Longwood mußte sich ausziehen und wurde von einem Polizisten – unter Umständen, die schon an sich traumatisch waren – gezwungen, ihn oral zu befriedigen.«

»Mein Gott!« stieß Manny Giacomo hervor und ärgerte sich sofort über sich selbst, weil er seine Überraschung gezeigt hatte.

»Dr. Payne glaubt, daß eine solch traumatische Erfahrung für Miss Longwoods Verfassung verantwortlich ist, die nach ihrer Meinung sehr nahe an Schizophrenie grenzt. Ich bin nicht so gut in ärztlichen Fachbegriffen, Manny, aber Amy meint, wenn das Mädchen die Linie zur Schizophrenie überschreitet, wird sie nicht so bald wieder normal oder überhaupt nicht.«

»Wollen Sie sagen, ein Cop von der fünften Abteilung hat ihr das angetan?«

»Ja. Und ob Savarese davon weiß? Ja, er weiß es. Er kennt nur noch nicht den Namen des Cops.«

»Mutmaßen Sie nicht nur, Denny? Woher wissen Sie, daß Savarese informiert ist?«

»Wir wissen, daß Joey Fiorello einen Privatdetektiv engagiert hat – einen Detective im Ruhestand –, um feststellen zu lassen, wer der Freund des Mädchens ist. Dessen Name ist Ronald R. Ketcham. Der Privatdetektiv berichtete Fiorello, daß Ketcham nicht ganz der ehrbare Börsenmakler ist, als der er sich ausgibt; daß er Drogen verkauft. Er erzählte Fiorello außerdem, es kann logischerweise angenommen werden, daß Ketchams Freundin selbst gelegentlich Drogen ›zur Entspannung‹ nahm.

Kurz danach wurde Ketcham aus der Tiefgarage des Hauses entführt, in dem er wohnt. Er wurde zu einem verlassenen Gebäude auf dem NIKE-Gelände in Süd-Philadelphia gebracht, man nahm ihm die Kleidung ab und hielt ihn über Nacht im Dunkeln gefangen. Am nächsten Tag kehrten die Entführer zurück und verhörten ihn. Er hatte keine Ahnung, daß seine Freundin Savareses Enkelin war. Er war überzeugt, seine Kidnapper stammen aus der Drogenszene.«

»Ich verstehe nicht, was Sie mir damit sagen wollen.«

»Am vergangenen Donnerstag fuhr Ketcham wegen eines Drogengeschäfts mit einem Typ namens Amos Williams zum Howard Johnson Motel. Er hatte Savareses Tochter bei sich. Die fünfte Abteilung war offenbar hinter Ketcham und Williams her. Sie nahmen Williams und seine Begleiter fest. Einer der Cops ging in Ketchams Zimmer, stahl ihm zwanzigtausend Dollar, fesselte ihn mit Handschellen an die Toilette und vergewaltigte Savareses Enkelin.«

»Ich nehme an, Sie können all dies beweisen?«

Coughlin ignorierte die Frage.

»Ketcham erzählte Savareses Gangstern, was geschehen war. Er nahm an, daß Williams dachte, er hätte ihn an die fünfte Abteilung verpfiffen, und Williams hätte seine Leute geschickt, um ihn zu entführen. Können Sie mir folgen?«

»Ich weiß nicht, erzählen Sie weiter.«

»So ließ Savarese Ketcham auf dem NIKE-Gelände …«

Das glaube ich nicht, dachte Giacomo. Wenn Savarese diesen Kerl dafür verantwortlich hielt, daß seine Enkelin vergewaltigt wurde – oder auch nur dafür, sie mit Drogen ›zur Entspannung‹ zu versorgen –, dann hätte er es einfach nicht dabei belassen.

Aber der Rest stimmt vermutlich. Savarese wollte durch mich einen Privatdetektiv anheuern lassen. Mein Gott, bin ich froh, daß ich ihm keinen besorgt habe!

»… und beauftragte Joey Fiorello, durch den Privatdetektiv herausfinden zu lassen, welche Cops im Howard Johnson Motel waren, als Amos Williams festgenommen wurde. Sie erzählten dem Detektiv eine komplizierte Lügengeschichte, warum sie das wissen wollten, und der Mann ging zu Mike Sabara und sagte ihm, daß da etwas faul ist.«

»Woher wissen Sie, daß der oder die unbekannten Entführer den Freund von Savareses Enkelin auf dem NIKE-Gelände zurückgelassen hatten?«

»Wir reden immer noch inoffiziell, Manny, richtig?«

»Ich werde Ihnen sagen, wann es wieder offiziell wird.«

»Amy Payne rief Peter Wohl an und erzählte ihm von der Nachricht, die ein anonymer Anrufer bei der Klinik hinterließ. Peter brachte mir die Notiz des Telefonats. Ich gab eine Fahndung mit der Anweisung ›nicht festzunehmen‹ nach Ketcham heraus. Danny the Judge las sie. Als ein Detective der Kripo Süd Justice meldete, daß er einen Kerl namens Ketcham, nur mit einem Mantel bekleidet und eingesperrt auf dem NIKE-Gelände, gefunden hatte, rief Danny mich an.«

»Deshalb spielt sich alles hier ab?«

Coughlin nickte.

»Sie haben keinerlei Befugnis auf diesem ehemaligen Militärgelände. Es ist Bundesbesitz.«

Coughlin ignorierte das.

»Ketcham identifizierte zweifelsfrei einen Cop der fünften Abteilung als den Kerl, der Savareses Enkelin vergewaltigte, und gab eine eidesstattliche Erklärung ab. Darüber hinaus erklärte er eidesstattlich, daß derselbe Mann ihm zwanzigtausend Dollar gestohlen hat.«

»Ich frage mich, wie überzeugend ein Zeuge wie Ketcham sein würde«, sagte Giacomo.

»Ich fuhr zu Hanging Harriet McCandless – Tony Callis veranlaßte das – und brachte sie dazu, die Entscheidung des Polizeirichters aufzuheben, Amos Williams und einen seiner Gangster, ein Typ namens Baby Brownlee, auf Kaution freizulassen. Jason Washington erhielt während des Verhörs die Aussagen, daß sie zum Zeitpunkt ihrer Festnahme mehr Kokain und Bargeld besaßen als die fünfte Abteilung als Beweismaterial ablieferte, und im Fall von Brownlee verschwand eine goldene Rolex.«

»Die gleiche Frage, Denny. Wie glaubwürdig würden Zeugen wie Mr. Williams und Mr. Brownlee gegenüber feinen Polizeibeamten sein? Ehrlich gesagt, ich wäre geneigt, sie mehrmals aussagen zu lassen, damit die Geschworenen ihre Antworten hören können, ob die Polizei oder die Staatsanwaltschaft ihnen etwas angeboten hat – zum Beispiel Straffreiheit –, damit sie diese schrecklichen Lügen über großartige Polizeibeamte sagen, die sich im Dienst für die Öffentlichkeit aufopfern.«

»Baby Brownlees goldene Rolex tauchte heute morgen in einem Schließfach in Harrisburg auf, dessen einziger Schlüssel im Besitz eines anderen Polizeibeamten der fünften Abteilung war, der ebenso rein wie frisch gefallener Schnee ist. Und im selben Schließfach wurden um die fünfzigtausend Dollar in bar gefunden.«

»Ich nehme an, Sie können beweisen, daß die besagte Uhr tatsächlich Mr. Brownlee gehört?«

»Er hat sie bei Bailey, Banks und Biddle gekauft. Die Firma registrierte die Seriennummer.«

»Sehr interessante Geschichte, Denny. Ist das alles?«

»Nicht ganz«, sagte Coughlin. »Ich habe heute morgen mit Savarese gefrühstückt.«

»Tatsächlich?«

»Ich habe ihm gesagt, wir wollen seine Enkelin nicht der Demütigung aussetzen, vor Gericht gegen ihren Vergewaltiger auszusagen, und wir haben genug Anklagepunkte wegen Verstoßes gegen die Bürgerrechte, um ihn zu einer langen Haftstrafe zu verurteilen ...«

»›Verstoß gegen die Bürgerrechte‹? Wessen Bürgerrechte?« unterbrach Giacomo.

»Die von Williams und Brownlee mit Sicherheit. Vielleicht auch die einiger anderer. Wir haben jeden festgenommen, den sie in den vergangenen zehn Tagen verhaftet haben und dessen Freilassung auf Kaution aufgehoben wurde, und verhört. Wir sind darauf vorbereitet, notfalls noch weiter zurückzugreifen und ältere Fälle aufzurollen.«

»Warum glauben Sie, ein Anwalt würde diesem Kerl ein solches Angebot machen? Mir scheint, in diesem Fall besteht nur eine äußerst geringe Möglichkeit, daß das Opfer gegen ihn aussagt.«

»Savarese formulierte es anders«, sagte Coughlin. »Er sagte, er bezweifelt, daß ein Prozeß stattfindet, weil es keinen Lebenden mehr gäbe, der verurteilt werden könnte.«

»Das ist ein Argument«, sagte Giacomo. »Sie meinen doch nicht, daß eine simple Bemerkung über die Zufälle des Lebens als Drohung gegen jemand ausgelegt werden könnte, oder?«

»Manny, er hat mir so gut wie gesagt, daß er den Täter umbringen lassen wird, sobald er seinen Namen kennt.«

»Das hat er nicht direkt gesagt, eher angedeutet?«

»Nicht direkt.«

»Wenn Mr. Savarese Ihrer Meinung nach darauf vorbereitet ist, auf gesetzlose Weise den Tod von anderen herbeizuführen, besonders den von jemand, der Mitgliedern seiner Familie Schaden zugefügt hat, warum hat er dann nichts Schreckliches diesem – Mr. Ketcham, sagten Sie? ...«

»Ronald R. Ketcham«, bestätigte Coughlin.

»... angetan, als er die Gelegenheit dazu hatte?«

»Peter Wohl meint, Savarese wollte ihn verhungern lassen«, sagte Coughlin.

Mein Gott, das war vermutlich genau Savareses Absicht.

»Was wollen Sie von mir, Denny?«

»Ich möchte, daß ein gewisser Mann – was soll's, Sie erfahren seinen Namen in ein paar Minuten ohnehin –, Officer Herbert Prasko, gegen die fünfte Abteilung aussagt. Als Gegenleistung wird ihm ein Handel angeboten, bei dem er vermutlich mit sieben Jahren Haft in einem Bundesgefängnis davonkommt.«

»Warum sollte ich ihn zu dem Handel ermuntern?«

»Weil Savarese ihn sonst ermorden lassen wird, wie Sie genau wissen.«

»Ich weiß nichts in dieser Art!«

Den kann ich nicht täuschen!

»Na, na!, Manny!«

»Haben Sie den Handel schriftlich festgelegt?«

»Der U.S. Attorney war sehr hilfreich.«

»Warum?«

»Weil – und das ist eine Vermutung – er meint, es wird schwierig, Savarese auf Grund einer Kidnapping-Anklage zu verurteilen. Und vielleicht, weil er meint, er sieht gut in Washington aus, wenn er einen Cop wegen Verstößen gegen die Bürgerrechte verdonnert. Und dem FBI wird als Verdienst angerechnet, daß es diesen Hohn auf die Gerechtigkeit aufgedeckt hat.«

»Sehr interessant«, bemerkte Giacomo.

»Das ist alles, Manny«, sagte Coughlin.

Die beiden Männer schauten sich an. Zuerst zuckte Coughlin mit den Schultern, dann Giacomo.

»Werden wir wieder offiziell, Mr. Anwalt«, sagte Coughlin.

Giacomo zuckte von neuem mit den Schultern.

»Ich nehme an, Mr. Giacomo, Sie sind hier, um einen oder mehrere der Polizeibeamten juristisch zu vertreten, die wir gestern nacht und heute morgen wegen

Vergehen im Dienst festgenommen haben«, sagte Coughlin.

»Das ist richtig, Chief Coughlin.«

»Ich informiere Sie hiermit, daß ich einen dieser Polizeibeamten, genauer gesagt Officer Herbert J. Prasko, Dienstmarke Nummer 5292, wegen zusätzlicher Anklagepunkte festnehmen werde.«

»Welche Anklagepunkte sind das?«

»Officer Prasko hat mit Waffengewalt Mr. Ronald R. Ketcham aus Philadelphia, der in Zimmer 138 des Howard-Johnson-Motels am Roosevelt Boulevard in dieser Stadt wohnte, zwanzigtausend Dollar geraubt.«

»Sonst noch etwas, Chief Coughlin?«

»Officer Prasko hat in Zimmer 138 des Howard-Johnson-Motels am Roosevelt Boulevard in dieser Stadt Miss Cynthia Longwood aus Bala Cynwyd, Pennsylvania, bedroht und gezwungen, sich zu entkleiden und danach seinen Penis in den Mund zu nehmen, in den er ejakulierte.«

Sie schauten sich an.

»Sehe ich das richtig, Mr. Giacomo, daß Sie Officer Prasko juristisch vertreten werden?«

»Ich bin bereit, Officer Prasko juristisch zu vertreten, wenn er das wünscht. Ich hatte noch keine Gelegenheit, mit ihm Rücksprache zu nehmen.«

»Ich werde Sie jetzt zu ihm bringen, Mr. Giacomo«, sagte Coughlin.

Er erhob sich aus dem Sessel, ging zur Tür und öffnete sie.

»Wo ist Prasko, Danny?« fragte er Lieutenant Daniel Justice.

»Unten im Vernehmungsraum«, sagte Danny.

Coughlin forderte Giacomo mit einem Wink auf, ihm zur Treppe zu folgen, die zur Kripo Süd führte.

Officer Prasko, der mit Handschellen an den Metallstuhl im Vernehmungsraum angekettet war, lächelte breit, als er Armando Giacomo eintreten sah.

»Mann, bin ich froh, Sie zu sehen, Mr. Giacomo«, sagte er.

»Officer Prasko, ich bin Chief Inspector Coughlin«, sagte Coughlin. »Ich nehme Sie wegen bewaffneten Raubüberfalls und Vergewaltigung fest.«

»Was?«

»Bevor wir weiterreden, Officer Prasko, dies ist Mr. Armando C. Giacomo, Anwalt, geschickt von der FOP, der Fraternal Order of Police, um Ihnen juristischen Beistand zu gewähren.«

»Ich kenne Mr. Giacomo«, sagte Officer Prasko.

»Chief, darf ich eine Minute allein mit Officer Prasko sprechen?« fragte Giacomo.

»Gewiß«, sagte Coughlin.

Er ging zur Tür.

»Chief Coughlin!« rief Giacomo.

Coughlin blieb stehen und wandte sich um.

Sehr diskret wies Manny Giacomo auf den Einwegspiegel in der Wand und schüttelte den Kopf.

»Wenn wir fertig sind, klopfe ich an die Tür«, sagte Giacomo.

Denny Coughlin signalisierte sehr diskret – indem er die Hand zur Faust ballte und mit emporgerecktem Daumen in Hüfthöhe hielt –, daß er Mr. Giacomos Wunsch, von keinem durch den Einwegspiegel beobachtet zu werden, verstand und respektierte.

Coughlin schloß die Tür zum Vernehmungsraum und ging in das angrenzende Zimmer. Captain David Pekach, Sergeant Jason Washington und Detective Tony Harris saßen auf Stühlen und schauten durch den Einwegspiegel.

»Hinaus mit Ihnen«, sagte Coughlin.

Captains, Sergeants und Detectives stellen keine Befehle von Chief Inspectors in Frage.

Sie verließen den Raum.

»Es enttäuscht mich ein bißchen, Giacomo zu sehen«, sagte Captain Pekach. »Ich dachte, selbst für ihn gibt es irgendwo eine Grenze.«

»Möchten Sie, daß ich Sie juristisch bei den Ihnen zur Last gelegten Anklagepunkten vertrete, Officer Prasko?« fragte Giacomo.

»Jawohl, Sir. Sehr gern. Danke.«

»Es ist Ihnen klar, daß jetzt das Verhältnis Anwalt-Mandant besteht? Daß keiner von mir erfährt, was Sie mir im Vertrauen sagen?«

»Jawohl, Sir.«

»Sehr gut. Nur schnelle Antworten. Einzelheiten können wir später besprechen. Was ist mit der ersten Beschuldigung, daß Sie Beweismaterial für Ihren persönlichen Gebrauch abgezweigt haben?«

»Das ist Blödsinn, Mr. Giacomo. Ein paar Nigger, die als Dealer erwischt wurden, versuchen mich und die ganze fünfte Abteilung schlechtzumachen.«

»Und die zweite Beschuldigung, daß Sie einem Mann mit Waffengewalt zwanzigtausend Dollar geraubt haben?«

»Davon weiß ich nichts.«

»Und die Vergewaltigung?«

»Mein Gott, ich bin ein verheirateter Mann, Mr. Giacomo.«

»Hören Sie mir jetzt genau zu, Officer Prasko«, sagte Giacomo. »Ich bin ein ziemlich guter Anwalt, und mit etwas Glück könnte ich vielleicht eine Jury überzeugen, daß Sie ein ehrbarer Cop mit einer guten Personalakte sind.«

»Danke.«

»Und daß die Beschuldigungen der Drogenhändler – wer glaubt schon Dealern, wenn sie gegen einen Cop wie Sie aussagen? – einfach ein Versuch sind, sich an Ihnen zu rächen, weil sie von Ihnen verhaftet wurden.«

»So ist es, Mr. Giacomo.«

»Selbst wenn die Polizei die goldene Rolex besitzt, die einer Ihrer krummen Freunde Baby Brownlee gestohlen hat.«

»Wie bitte?«

»Lassen Sie mich reden«, sagte Giacomo. »Stören Sie nicht meinen Gedankengang.«

»Jawohl, Sir. Verzeihung.«

»Ich könnte es vielleicht sogar schaffen, eine Jury zu überzeugen, besonders wenn wir all Ihre Leumundszeugen in den Zeugenstand aufmarschieren lassen – Ihr Gemeindepriester würde für Sie eintreten, nicht wahr, Officer Prasko?«

»Absolut. Ich bin überzeugt, der Pastor würde …«

Giacomo hob eine Hand und gebot ihm Schweigen.

»Ich könnte vielleicht eine Jury überzeugen, daß Mr. Ketcham das gleiche getan hat wie die Dealer. Ich meine, welcher Unterschied besteht schließlich zwischen ihnen außer der Hautfarbe, richtig?«

»Ketcham ist der Mann, von dem ich Geld gestohlen haben soll?«

»Ja, das ist er. Es heißt, Sie haben ihm zwanzigtausend Dollar gestohlen. Das behauptet er. Er sagt ebenfalls, Sie haben ihn mit Handschellen an die Toilette in seinem Motelzimmer gefesselt und dann seine Freundin vergewaltigt.«

»Das ist absoluter Blödsinn!«

»Nun, Sie brauchen sich deswegen keine Sorgen zu machen. Ich bin mir sicher, ich kann eine Jury überzeugen, daß ein hervorragender Polizeibeamter wie Sie gar nicht imstande ist, die Verbrechen zu begehen, die Ihnen von der Polizei zur Last gelegt werden.«

»Es nimmt mir eine Last von den Schultern, das von Ihnen zu hören, Mr. Giacomo.«

»Wir müssen uns nur Sorgen machen, Sie verachtenswertes Arschloch, was Vincenzo Savarese mit Ihnen machen wird.«

»Wie?«

»Das Mädchen, das Sie gezwungen haben, Ihnen den Pimmel zu lutschen, Sie perverser Dreckskerl, ist Vincenzo Savareses Enkelin. Sie sind nur noch am Leben, weil die Polizei Glück hatte und Sie festnahm, bevor Savarese Sie in die Finger bekam.«

»Ich weiß nicht, wovon Sie reden, Mr. Giacomo.«

»Du blödes Stück Scheiße!« rief Giacomo, und sein

Gesicht lief rot an vor Wut und Abscheu. »Du bist nicht mal helle genug, um zu wissen, wann du mit dem Lügen aufhören mußt!«

Armando C. Giacomo stürmte aus dem Vernehmungsraum und knallte die Tür hinter sich zu.

Er ging zum Cola-Automaten an der Wand und fütterte ihn mit Münzen.

Coughlin gesellte sich zu ihm.

»Das war schnell«, sagte Coughlin.

»Ich bin sehr gut, Denny. Das wissen Sie. Ich nehme an, Sie haben jemand zum Stenografieren in Bereitschaft?«

»Dort drüben«, sagte Coughlin und nickte zu einer Lateinamerikanerin in mittlerem Alter, die in einem Sessel saß und die *Daily News* las.

»Ich werde diesem Scheißer ein paar Minuten Zeit geben, zu überlegen, welche Alternativen er hat, und dann gehe ich rein und biete ihm Ihren Handel an. Es würde mich sehr überraschen, wenn er ablehnt.«

»Danke, Manny.«

»Zwischen Ihnen und mir und dem Cola-Automaten, Denny, es war ein Problem von persönlicher Moral für mich.«

»Wie das?«

»Meine persönliche Neigung war, ihn herauszupauken – und ich glaube wirklich, ich hätte das geschafft – und dann Vincenzo schwitzen zu lassen. Sechs oder sieben Jahre in einem Country Club des Bundes erscheinen mir jedoch als eine zu geringe Strafe für das, was Prasko diesem Mädchen angetan hat. Ich kenne Cynthia.«

»Tun Sie mir einen Gefallen, Manny. Reden Sie mit … dem Großvater. Bringen Sie ihn zur Vernunft. Überzeugen Sie ihn, daß es der richtige Weg ist, daß er es dabei belassen soll.«

»Ich werde es versuchen«, sagte Giacomo. »Aber versprechen kann ich nichts.«

Susan Reynolds und Matt Payne aßen sehr spät zu Mittag in Trainer's Restaurant außerhalb von Allentown.

Keiner von ihnen hatte Appetit im Penn-Harris gehabt, und sie hatten den Weg über die U.S. 222 nach Allentown fast schweigend zurückgelegt. Matt war in Gedanken alles durchgegangen, was bei dem Plan schiefgehen konnte. Er hatte über all die Dinge gegrübelt, die getan werden mußten, und sich sehr bemüht, das Gefühl zu ignorieren, daß das Verhängnis nahte. Er fragte sich flüchtig ein paarmal, woran Susan dachte, aber er fragte nicht.

Bei ihrer Ankunft in Allentown waren sie beide hungrig, und Susan zeigte Matt den Weg zu dem Restaurant, das auf der Strecke nach Doylestown lag.

»Und was tun wir jetzt?« fragte Susan, als sie nach dem Essen Kaffee getrunken hatten und auf die Rechnung warteten.

»Als erstes zeigst du mir, wo dein Freund Chenowith wohnt«, sagte Matt.

Er wußte, daß ihr das überhaupt nicht gefiel, und rechnete mit einer ärgerlichen Reaktion. Es gab jedoch keine.

»Er ist nicht mein Freund, Matt. Das habe ich dir immer wieder gesagt.«

»Ich will trotzdem wissen, wo er wohnt.«

»Warum?«

»Damit ich die Cops dorthin bringen kann, wenn es vorüber ist«, sagte Matt. »Du bist dann vielleicht im Gefängnis.«

Die Kellnerin kam mit der Rechnung zum Tisch und hörte den letzten Teil des Satzes.

Matt bedachte sie mit einem Lächeln und hoffte, daß es entwaffnend war.

»Oder du bist verheiratet oder in ein Kloster gegangen«, fügte er hinzu.

Die Kellnerin lächelte. Susan schüttelte den Kopf über Matt.

Als sie wieder im Wagen waren, fragte Matt: »Wie komme ich zu Chenowith' Haus?« Abermals rechnete er mit einer negativen Reaktion und wurde überrascht, als sie ausblieb.

»Du mußt ins Zentrum von Doylestown fahren und beim Restaurant an der Kreuzung nach rechts abbiegen«, sagte Susan.

»Dort triffst du dich mit ihr?«

»Dort habe ich mich beim letzten Mal mit ihr getroffen«, sagte Susan. »Vielleicht nennt sie diesmal einen anderen Treffpunkt.«

»Aber sie ruft dich dort an, richtig?«

»Ja.«

»Ich fahre weiter durch Quakertown und die Route 611 runter«, sagte Matt.

»Aus einem besonderen Grund?«

»Nein.«

»Ich habe ein bißchen Angst davor, dir das Haus zu zeigen«, sagte Susan nach einer Weile.

»Mach jetzt keinen Rückzieher«, sagte Matt. »Ich will dem FBI ehrlich sagen können, daß du mich zu dem Haus geführt hast.«

»Und was ist, wenn sie das Baby im Haus läßt, bevor sie sich mit mir trifft?« fragte Susan.

»Das FBI stürmt das Haus nicht mit Waffengewalt, wenn es weiß, daß ein Baby darin ist«, sagte Matt.

»Er ist verrückt, Matt, das weißt du. Was macht das FBI, wenn er mit seiner Maschinenpistole herumballert?«

»Sie werden das Haus umstellen. Dann meldet sich jemand über Megaphon – Mensch, du hast das doch in den Filmen gesehen – ›Hier spricht das FBI. Wir haben das Haus umstellt. Kommen Sie mit hinter dem Kopf verschränkten Händen heraus, und es wird Ihnen nichts geschehen!‹«

»Und wenn er mit seiner Maschinenpistole schießt? Wenn beide Parteien zu schießen anfangen?«

»Chenowith wird aus dem Fenster schauen und kein Ziel sehen, auf das er schießen könnte. Das FBI stellt sich nicht als Zielscheibe offen hin. Die Jungs sind ja nicht blöde.«

»Und wenn Bryan nicht mit den Händen hinter dem Kopf verschränkt rauskommt?«

»Dann passiert vermutlich nichts. Die FBI-Agenten schießen nur, wenn es sein muß. Ob sie wissen, daß ein Baby im Haus ist, oder nicht. Schließlich – nach langer, langer Zeit – schießen sie vielleicht etwas Tränengas ins Haus. Wenn das Haus erst mal umstellt ist, können sie warten; die Zeit arbeitet für sie.«

Susan schwieg.

»Und mit diesen Gedanken im Hinterkopf wäre es vermutlich das klügste, das wir jetzt tun könnten, Jack Matthews anzurufen und ihn zu bitten, sich mit uns zu treffen. Dann zeigst du ihm, wo Chenowith wohnt, und das FBI erledigt alles weitere.«

»Wenn ich dir zeige, wo das Haus ist, mußt du mir versprechen, daß du es dem FBI erst sagst, nachdem ich mich mit Jennie getroffen habe.«

»Allmächtiger!«

»Versprich es!«

»Okay, okay.«

Ein paar Minuten später, als sie über eine schmale, gewundene Straße fuhren, sagte Matt:

»Weißt du, was mir am meisten Sorgen macht? Daß deine Freundin Jennie bei ihrer Festnahme nicht auf dich hört, wenn du ihr sagst, daß sie kein Wort sagen soll, bis sie mit einem Anwalt gesprochen hat. Daß du für sie nicht die Freundin bist, die versucht, sie zu retten und zu verhindern, daß ihrem Baby etwas passiert, sondern die Verräterin, die sie an die Cops verpfiffen hat.«

»Und?«

»Sie könnte schreien, daß du bei dieser ganzen Sache von Anfang an mitgemacht hast. Wenn sie und Chenowith erledigt sind, halte ich es für völlig wahrscheinlich, daß die beiden dich aus Rache mit ins Verderben reißen wollen.«

»Ich habe mehr oder weniger von Anfang an mitgemacht«, sagte Susan. »Ich muß einfach dieses Risiko eingehen.«

»Eine andere Möglichkeit wäre natürlich, jetzt anzuhalten und dich zu schlagen, bis du mir sagst, wo der Bastard ist.«

»Hör auf!«

»Das ist die beste Idee, die ich den ganzen Tag hatte«, sagte Matt. »Ich weiß wirklich nicht, warum ich dieser blödsinnigen Idee zugestimmt habe, zu versuchen, deine Freundin zu retten, die nach meiner wachsenden Überzeugung genauso gefährlich ist wie ihr Freund.«

»Du könntest mich den ganzen Tag lang schlagen, und ich würde dir nie sagen, wo das Haus ist«, sagte Susan.

Sie glaubt das. Sie ist vermutlich noch nie in ihrem Leben verprügelt worden.

Könnte ich sie schlagen?

Ja, das könnte ich.

Aus ihr herausprügeln, wo das gottverdammte Haus ist?

Ja, das könnte ich.

Und das FBI stürmt das Haus, und das Arschloch ballert mit seiner selbstgebastelten Terroristen-MPi herum, und das FBI erschießt ihn, seine Freundin und das Baby bei dem Feuergefecht.

Und wessen Schuld wäre das dann?

Für den Rest ihres Lebens, den Rest unseres Lebens, wäre ich der Hurensohn, der verantwortlich dafür ist, daß die arme Jennie und/oder ihr kostbares Kind ums Leben gekommen ist.

Nicht Jennie selbst wäre schuld. Nicht einmal Chenowith. Er ist verrückt, also hat er keine Schuld, ganz gleich was der Dreckskerl auch tut.

Ich wäre der Hurensohn.

Er blickte zu Susan.

Rein akademische Gedanken. Nein, ich könnte niemals die Information aus ihr herausprügeln. Nicht, weil ein Gentleman keine Frau schlägt, sondern weil ich nicht ertragen könnte, wie sie mich ansehen würde, weil ich sie verraten habe.

Susan schien seine Gedanken zu erraten.

Sie schaute ihn an.

»Könntest du mich wirklich schlagen?«

»Absolut«, sagte er.

»Du bist schrecklich«, sagte sie, aber sie ergriff seine Hand.

Matt sah ein Schild »Doylestown, 8 Miles«.

Er zog seine Hand aus Susans Hand und drückte auf den Knopf zum Öffnen des Handschuhfachs. Dann nahm er ein Mikrofon heraus.

»Funk-Check, bitte«, sprach er ins Mikro.

Keine Antwort.

»Ich vergesse immer, daß dies ein Polizeiwagen ist«, sagte Susan.

»Nun, wenn wir in deinem roten Porsche gefahren wären, dann wären wir viel leichter zu entdecken, besonders wenn jemand – zum Beispiel das FBI – die Besitzerin eines roten Porsche beobachtet.«

Er wechselte die Frequenz und fragte abermals nach einem Funk-Check. Wieder gab es keine Antwort.

Er probierte es auf jeder Frequenz, die ihm zur Verfügung stand. Auf der letzten erhielt er eine Antwort.

»Wer will einen Funk-Check?« fragte eine Frauenstimme.

»Ich fahre in einem neutralen Polizeiwagen aus Philadelphia durch Doylestown. Ich wollte feststellen, ob ich mit jemandem sprechen kann.«

»Sie haben den Verwaltungskanal des Sheriffs von Buck County im Funk, Philadelphia.«

»Vielen Dank«, sagte Matt. »War nett, mit Ihnen zu reden.«

Er griff wieder an Susan vorbei, schaltete das Funkgerät aus, legte das Mikrofon ins Handschuhfach und schloß es.

»Zufrieden?« fragte Susan.

»Jetzt weiß ich, daß ich im Notfall die Cops rufen kann – oder wenigstens den Sheriff.«

»Was ist der Verwaltungskanal?«

»Weiß der Geier«, erwiderte Matt. »Aber was auch immer, diese Frau in der Zentrale kann mit anderen Leuten über Funk sprechen.«

Drei Minuten später näherte er sich der Kreuzung, an der er links ein Restaurant sah.

»Ist es das?«

»Das ist es.«

»Ich war schon mal drin«, sagte Matt. »Ich fuhr mal mit Penny in eine Spielhölle in den Poconos, und wir stoppten dort auf dem Rückweg.«

»Eine Spielhölle?«

»Ein von der Mafia betriebenes Lokal bei Stroudsburg.«

Er bog auf den Parkplatz des Restaurants ein und fuhr langsam durch den Komplex. Susan zeigte ihm die Telefone. Matt hielt an. Er ließ Susan im Wagen warten und ging ins Restaurant. Dort schaute er sich genau um und fand drei Stellen, von denen aus er die Telefone sehen konnte. Dann kehrte er zum Wagen zurück und startete.

»Okay, zeig mir das Haus«, sagte er.

Sie wies ihm die Richtung.

Zwanzig Minuten später waren sie fast am Ziel.

»Dort vorne ist der Zufahrtsweg«, sagte Susan und wies hin. »An dessen Ende steht das Haus. Wenn du über den Weg fährst, werden sie dich sehen.«

Matt fuhr am Zufahrtsweg vorbei bis um die nächste Biegung der Straße und stoppte.

»Ich möchte, daß du rüberrutschst und fährst«, sagte er. »Wenn du fünfzig Yards vom Zufahrtsweg entfernt bist, hältst du an. Ich steige aus. Dann fährst du die Straße runter, wendest, kehrst hierher zurück und wartest bis …« er schaute auf seine Armbanduhr, »… siebzehn Uhr fünfzehn. Ich steige dann hinten ein, und du fährst weiter.«

»Was wirst du tun?«

»Ich gehe zu Fuß durch den Wald und sehe mir das Haus an.«

»Wenn Bryan dich durch den Wald schleichen sieht, wird er dich erschießen.«

»Ich habe nicht vor, mich sehen zu lassen«, sagte Matt, stieg aus, ging um die Schnauze des Wagens herum und stieg auf der Beifahrerseite ein.

Susan rührte sich nicht.

»Setz dich hinters Steuer«, sagte Matt. »Ich muß das tun.«

»O Gott!« sagte sie, aber sie rutschte auf den Fahrersitz.

»Keine Sorge, schöne Maid, ich bin Absolvent – *summa cum laude* – des Lehrgangs des Marine Corps ›Wie man durch die Wälder zum Feind schleicht‹, der in Camp LeJeune durchgeführt wird.«

»Ich möchte nicht, daß dir was passiert«, sagte Susan.

»Ich auch nicht«, erwiderte Matt trocken. »Ich werde aufpassen. Fahr bitte, Susan!«

Sie fuhr an.

Er öffnete das Handschuhfach und schaltete das Funkgerät an.

»Wie auch immer«, sagte er, als sie sich der Stelle näherten, an der sie ihn absetzen sollte, »man sollte jede Möglichkeit bedenken. Wenn du Schüsse hörst oder ich bis siebzehn Uhr zwanzig nicht aus dem Wald komme, nimmst du das Mikrofon, drückst hier auf den Knopf und sagst – paß jetzt gut auf – ›Officer braucht Unterstützung. Auf der Bucks County neunzehn, vier-Komma-vier Meilen östlich der Kreuzung Bucks County vierundzwanzig‹. Falls du Schüsse hörst, meldest du das. Wenn man dich fragt, wer du bist, sagst du, du bist eine Zivilistin in Wagen William elf der Special Operations, Philadelphia.«

»Matt, ich kann mir das alles nicht merken«, klagte Susan. »Bitte verlang das nicht.«

»Tu dein Bestes«, sagte er. »Wenn es sein muß. Ich bezweifle, daß es nötig ist.«

»Geh nicht hin!«

»Verdammt, halte an!« sagte er.

Sie schaute ihn an und trat auf die Bremse.

»Hol mich um siebzehn Uhr fünfzehn hier ab«, sagte Matt und stieg aus.

Er lief über die Straße in den Wald.

Susan blieb reglos hinter dem Lenkrad sitzen. Matt wollte schon zurücklaufen, als sie endlich anfuhr. Er sah, daß Tränen über ihre Wangen rannen.

Ich weiß, was jetzt passieren wird. Dieses Arschloch Cheno-

with wird mich hier draußen entdecken, mich mit Kugeln löchern und dann türmen. Und ich werde die Liebe meines Lebens zum letzten Mal gesehen haben, ohne ihr einen Abschiedskuß gegeben zu haben!

Das traf nicht ein.

Abgesehen davon, daß er sich an einem vorstehenden Ast die Tasche seines Jacketts aufriß, schaffte er den Weg durch den Wald unbehelligt und konnte sich das Haus genau anschauen. Es war ein altes, heruntergekommenes Bauernhaus, auf dessen kleiner Veranda Windeln und Unterwäsche hingen. Ein alter Ford Kombi und ein verbeulter Volkswagen parkten beim Haus. Matt sah, daß das Haus sehr leicht zu umstellen war und der Wald dem FBI alle nötige Deckung bot. Matt kehrte zurück und war noch vor Susan, die zur verabredeten Zeit eintraf, auf der Straße.

Er sprang in den Wagen, und sie fuhr weiter.

»Ich glaube, ich hasse dich«, sagte Susan. »Mein Gott, war das dumm von dir!«

»Es ist nichts passiert. Ich habe gesehen, was ich sehen mußte, und alles ist in Ordnung.«

»Du bist so schlimm wie Bryan«, sagte Susan, am Rande der Hysterie. »Er spielt Revolutionär, und du spielst einen heldenhaften Cop.«

»Es gibt einen Unterschied, Susan«, erwiderte Matt und kämpfte gegen eine Woge von Zorn an, die in ihm aufstieg. »Ich bin Cop, kein heldenhafter, aber ein Cop. Ich weiß nicht, ob dein verdammter Freund ein Revolutionär ist oder nicht, aber er tötet Leute, und es ist mein Job, dem Verbrecher das Handwerk zu legen.«

»Ich will nicht, daß du stirbst!« sagte Susan.

»Halte Ausschau nach einem Telefon«, erwiderte Matt. »Es ist an der Zeit, Jack Matthews anzurufen.«

26

Um 18 Uhr 30 – eine Viertelstunde früher als verabredet – betrat Special Agent John J. Matthews vom FBI die getäfelte Bar der Doylestown Inn gegenüber vom Gericht des Bucks County und sah Detective Matthew Payne an der Bar sitzen und an einem Whisky Soda nippen. Neben ihm saß Miss Susan Reynolds, ein bekanntes Mitglied der Chenowith-Gruppe. Sie sah in natura noch besser aus als auf den Fotos, die Matthews gesehen hatte.

Er ging zu ihnen und tippte Detective Payne auf die Schulter.

»Hallo, Matt. Was ist los?«

Matt drehte sich auf dem Barhocker, lächelte und reichte ihm die Hand.

»Du bist früher hier als erwartet, mein Freund. Ich habe es erhofft. Bist du allein?«

»Du hast gesagt, ich soll allein herkommen, und daran habe ich mich gehalten.«

»Guter Junge. Susan, dies ist Jack. Jack, Susan.«

»Guten Tag«, sagte Susan, hin und her gerissen zwischen Neugier und dem Bestreben, den FBI-Agenten nicht anzuschauen.

»Guten Tag, Miss Reynolds«, sagte Matthews steif.

»Ich glaube, dein Ruf eilt dir voraus, Schatz«, sagte Matt. »Jack weiß, wer du bist.«

»Matt, was, zum Teufel, ist los?« fragte Matthews.

»Was möchtest du trinken, Jack?« erkundigte sich Matt.

»Nichts, danke. Ich will wissen, was läuft.«

»Trink etwas, Jack«, sagte Matt und winkte dem Barmann. »Bitte noch einen solchen für den Gentleman«, bestellte er.

»Gottverdammt, ich will nichts trinken!«

Der Barmann zuckte mit den Schultern und zog sich zurück.

»Okay«, sagte Matt. »Laß mich für die Getränke bezahlen, und dann gehen wir irgendwohin, wo wir uns unterhalten können.«

Er warf einen Blick auf den Kassenbon, der auf der Bar lag, und legte zwei Banknoten dazu. Dann nahm er sein Glas und trank es leer.

Matthews sah, daß Susan Reynolds' Glas noch gefüllt war; sie hatte es offenbar nicht angerührt.

»Wo ist dein Wagen, Jack?« fragte Matt.

»Draußen auf dem Parkplatz.«

»Gut. Meiner auch«, sagte Matt.

Er forderte Susan höflich mit einer Geste auf, vor ihm die Bar zu verlassen.

Auf dem Parkplatz wies Matthews auf seinen Wagen. Matt nickte.

Matt führte Matthews zu seinem neutralen Plymouth, schloß den Kofferraum auf, öffnete ihn, überreichte Susan die Schlüssel und entnahm dem Kofferraum einen Attachékoffer.

»Was ist das?« fragte Matthews.

»Ein Koffer voller Geld, Jack«, sagte Matt. »Setzen wir uns in deinen Wagen.«

Matthews hob fragend die Augenbrauen, sagte jedoch nichts.

Sie gingen zu seinem Wagen, einer neuen Chevrolet-Limousine mit Kennzeichen von Maryland.

»Wieso hast du eine Nummer von Maryland?« fragte Matt.

»Mein Wagen hat einen Motorschaden«, erklärte Matthews. »Dies ist ein Leihwagen.«

Er schloß den Chevrolet auf. Matt stieg vorne ein, Susan hinten.

»Okay, Matt, was, zum Teufel, ist los?«

»Um die Frage zu beantworten, die dich sicherlich beschäftigt, Jack: Ja, Miss Reynolds und ich haben eine enge Beziehung. Genauer gesagt, wir lieben uns.«

»O Gott!«

»Halte das in Erinnerung. Es erklärt vieles von alldem.«

»Matt, ich werde das melden müssen«, sagte Matthews. »O Gott! Ich kann das einfach nicht glauben, nicht mal von dir!«

»Du wirst eine Menge melden müssen«, sagte Matt und schob den Attachékoffer zu ihm. »Ich übergebe dir hiermit zum Sichern der Beweiskette einen Aktenkoffer.«

»Was ist darin?« fragte Matthews, ohne den Aktenkoffer anzurühren.

»Besagter Aktenkoffer wurde mir von Miss Susan Reynolds übergeben«, sagte Matt. »Er enthält eine Geldsumme, die eine Jennifer Ollwood Miss Reynolds zur Verwahrung gegeben hat.«

Matthews blickte zum Rücksitz und schaute Susan an.

»Bei mehreren Anlässen hat Miss Ollwood Miss Reynolds gesagt, sie bangt um ihr Leben und das ihres Kindes im Babyalter ...«

»Welches Kind im Babyalter?«

»Miss Ollwood hat Mr. Bryan Chenowith einen Sohn geboren«, sagte Matt. »Mr. Chenowith ist ein flüchtiger Verbrecher, der wegen Mordes gesucht wird, und so nimmt Miss Ollwood seine Drohungen, ihr und ihrem Kind etwas anzutun, sehr ernst.«

»Worauf willst du hinaus, Matt? Was ist los?«

»Miss Ollwood hat Miss Reynolds erzählt, daß das Geld, das sie ihr zur Aufbewahrung gegeben hat, durch Mr. Chenowith in ihre Hände gelangt ist. Natürlich hat Miss Reynolds aus Angst um ihr eigenes Leben nichts wegen des Geldes unternommen, bis sie von den Behörden – mir – danach befragt wurde, woraufhin sie mir sofort und ohne zu zögern das Beweismaterial übergab.«

»Dadurch kommt sie nicht davon, Matt, wenn du das meinst.« sagte Matthews. »Deine Freundin wird der Beihilfe beschuldigt. Die Tatsache, daß sie Geld entgegengenommen hat, das aus Verbrechen stammt, wie sie wußte …«

»Sie wußte es nicht«, sagte Matt. »Sie wußte nur, daß es von Bryan Chenowith stammt. Erst als ich ihr klarmachte, daß es vielleicht die Beute …«

»Vielleicht die Beute‹? Mensch, Matt!«

»… aus den Banküberfällen ist, die Chenowith begangen hat, dämmerte es ihr. Sie war natürlich – da sie eine ehrbare Bürgerin aus gutem Milieu ist – sehr enttäuscht und bekümmert, als ihr klar wurde, daß man sie benutzt und mißbraucht hat.«

»Matt, das wird nicht klappen. Menschenskind, es gibt Filmaufnahmen von ihr – du hat sie gesehen –, die sie bei ihrem Treffen mit Chenowith in den Poconos zeigen!«

»Wir werden es versuchen, Jack«, sagte Matt.

»Was ich jetzt sofort tun werde – Mensch, Matt, ist dir eigentlich klar, in welche Verlegenheit du mich bei Davis bringst?«

»Wir werden jetzt sofort Jennifer Ollwood verhaften«, unterbrach Matt.

»Was soll das heißen?«

»Das soll heißen, daß wir Jennifer Ollwood verhaften.«

»Du weißt, wo sie ist?«

»Ich weiß, wo sie sein wird«, sagte Matt. »Und wenn wir sie festgenommen haben, werde ich das FBI dorthin führen, wo wir nach Miss Reynolds Beschreibung Mr.

Chenowith und seinen Kumpan mit dem Aknegesicht finden können.«

»Wenn du meinst, ich gehe allein mit dir, um diese Frau festzunehmen, dann mußt du den Verstand verloren haben.«

»Okay, dann bleibst du hier und wartest, bis ich dir die Frau bringe.«

Matt zog die Wagenschlüssel aus dem Zündschloß.

»Sei nicht kindisch!« sagte Matthews, so sehr angewidert wie ärgerlich. »Gib mir die Schlüssel wieder!«

»Ich nehme an, du wirst fünf Minuten brauchen, um die Polizeistation zu finden, und weitere zehn, bis dir jemand die wilde Story glaubt, die du erzählst, und der genügend Befugnis hat, dementsprechend zu handeln. Weitere zehn Minuten – mindestens –, bis man einen neutralen Plymouth ausfindig macht. Und unterdessen werde ich die Ollwood auf dem Rücksitz meines Wagens haben.«

»Und was wird dann weiter mit dir geschehen?«

»Dann werde ich das FBI zu Chenowith führen.«

»Das meinte ich nicht. Und du weißt das. Du wirst in den Knast kommen, Matt.«

Susan auf dem Rücksitz schnappte nach Luft.

»Weshalb? Weil ich jemand festgenommen habe, der wegen Mordes gesucht wird? Weil ich dir deine Wagenschlüssel abgenommen habe?«

»Man nennt es Behinderung eines Bundesbeamten bei der Ausübung seines Dienstes und …«

»Andererseits könntest du mich begleiten«, sagte Matt. »Wir schnappen uns die Ollwood, bringen sie zur hiesigen Polizei, erzählen den Jungs, wer sie ist, und fragen, ob sie Chenowith festnehmen wollen.«

»Du meinst, wir rufen nicht mal die Anti-Terroristen-Gruppe an?«

»Sie würde mindestens eine Stunde brauchen, vielleicht viel länger, um herzukommen. Wer weiß, wo Chenowith bis dahin ist, besonders wenn die Ollwood nicht zurückkommt wie erwartet.«

»Das ist Wahnsinn.«

»Die Ollwood hat ein weiteres ›Päckchen‹, das Susan für sie aufbewahren soll«, sagte Matt.

»Weitere Beute aus einem Bankraub.«

»Was sonst? Und die könntest du ebenfalls sicherstellen. Was meinst du, was Walter Davis vorziehen würde? Daß Chenowith und dieses Aknegesicht Sowieso ...«

»Edgar L. Cole«, sagte Matthews.

»... Cole – vorausgesetzt, sie sind nicht längst verschwunden, bis die Anti-Terroristen-Clowns hier sind –, von ihnen in seinem Verantwortungsbereich geschnappt werden? Oder würde er es lieber sehen, wenn einer seiner eigenen Agenten die Gelegenheit beim Schopfe packt und sie festnimmt?«

»Mensch, Matt!«

»Ist das ein Ja oder Nein?«

»Gib mir verdammt noch mal die Schlüssel!« sagte Matthews und streckte die Hand aus.

»Erst wenn du mir gesagt hast, wofür du dich entscheidest.«

»Wir werden natürlich die Supercops spielen, was hast du denn gedacht?«

»In drei Minuten«, sagte Matt.

»Was?«

»Fahr los, Susan«, sagte Matt.

»›Fahr los, Susan‹?« äffte Matthews ihn nach.

»Ihr müßt es nicht tun, keiner von euch beiden«, sagte Susan. »Laß mich versuchen, sie zur Vernunft zu bringen.«

»Das haben wir doch alles durchgekaut«, sagte Matt ärgerlich. »Es ist kurz vor sieben. Fahr los!«

»O Gott«, sagte Susan, doch sie stieg aus dem Chevrolet und ging zu Matts Plymouth.

»Wie kommst du auf den Gedanken, daß sie tut, was du von ihr verlangst?« fragte Matthews.

»Sie wird es tun«, sagte Matt, während er beobachtete, wie Susan in den Plymouth stieg.

»Bist du wirklich *verliebt* in sie, Matt?«

»Ich liebe sie.«

»Du armer Kerl!«

Susan startete und fuhr vom Parkplatz.

Matt überreichte Matthews die Wagenschlüssel.

»Warte eine Minute und fahr dann auf die Route sechshundertelf«, sagte er. »Wenn die Ollwood bereits dort ist, möchte ich nicht, daß es aussieht, als würde Susan verfolgt.«

Matthews nickte.

»Wie weit ist es bis zu Chenowith?« fragte er.

»Ungefähr fünfzehn Meilen außerhalb der Stadt«, sagte Matt. »Ich habe das Terrain bereits sondiert. Du wirst keine Probleme haben, das Haus umstellen zu lassen. Und es sind keine anderen Häuser in der Nähe.«

Matthews stieß einen Grunzlaut aus und startete.

»Jack, Susan ist in die Sache reingeraten, weil sie Mitleid mit der Ollwood hatte. Sie ist keine Komplizin dieser Wahnsinnigen.«

»Oh, du armer Kerl! Du glaubst das wirklich, nicht wahr?«

»Ja, ich glaube es«, sagte Matt. »Okay. Folgendes läuft. Wir fahren zum Restaurant an der Kreuzung.«

»Ich kenne es.«

»An der Rückseite gibt es Münztelefone. Um neunzehn Uhr wird die Ollwood Susan über eines davon anrufen. Um festzustellen, ob sie da ist. Dann wird die Ollwood entweder zum Restaurant kommen oder ihr einen anderen Treffpunkt nennen. In letzterem Fall müssen wir improvisieren.«

Matthews legte den Rückwärtsgang ein, setzte zurück und fuhr langsam vom Parkplatz.

»Und was ist, wenn die Ollwood bereits im Restaurant sitzt, deiner Freundin das Päckchen gibt und abhaut?«

»Das ist möglich. Wenn wir dort sind, fahr langsam eine Runde über den Parkplatz. Wir halten Ausschau nach einem alten Ford-Kombi und/oder einem verbeulten VW.«

»Und wenn die Ollwood bereits verschwunden ist, wie geht es dann weiter, Matt?«

»Dies ist für mich die Grenze, Jack. Weiter gehe ich nicht. Dann bitten wir die hiesige Polizei um Hilfe.«

Susan telefonierte an einem der Münzfernsprecher, als Matthews zur Rückseite des Restaurants fuhr.

Ebenfalls telefonierte eine junge, ziemlich dicke Frau, die einen Overall trug und ein kleines Kind auf dem Arm hielt.

Susan ließ sich nicht anmerken, daß sie Matthews' Wagen sah, als sie vorbeifuhren.

Matthews bog um die Ecke des Gebäudes und stoppte.

»Ich habe keinen VW oder Kombi gesehen«, sagte Matthews. »Du?«

»Nein. Wahrscheinlich wird die Ollwood herkommen und ihr nur das Päckchen übergeben. Wir werden sie auf dem Parkplatz schnappen.«

»Okay. Du steigst aus, hörst dir an, was Susan zu sagen hat, und ich mache mich auf die Suche nach dem Wagen der Ollwood. Ich versuche ihn zu blockieren. Wenn nötig, ramme ich ihn.«

Matt sprang aus dem Chevrolet, und Matthews wendete.

Matt betrat das Restaurant durch den Vordereingang und schaute aus einem Fenster. Er sah, daß Susan, die nicht mehr telefonierte, noch immer bei den Münzfernsprechern stand.

Dann verließ er das Restaurant durch die Hintertür und bahnte sich einen Weg zwischen den parkenden Wagen, bis er auf der Fahrspur gegenüber von Susan war.

Er mußte zweimal ›Schatz‹ rufen, bis sie ihn geduckt zwischen den Kotflügeln eines Dodge und eines Ford entdeckte.

»Sie kommt gleich und holt mich ab«, sagte Susan.

Die dicke junge Frau, die Münzen zählte, blickte neugierig zu Susan und noch neugieriger, als sie Matt sah.

Matt wich zurück und bahnte sich einen Weg durch die Fahrzeugreihen zurück zum Restaurant.

Jacks Wagen war nirgendwo zu sehen, aber einige Mülltonnen waren auf der Fahrbahn aufgestellt und blockierten sie.

Matt sah neugierige Gesichter von weißgekleideten Köchen aus der Küche des Restaurants; Jack Matthews hatte ihnen anscheinend seine Dienstmarke gezeigt und erklärt, wofür er die Mülltonnen brauchte.

Offenbar blockierte er die Fahrbahn von der anderen Seite.

Matt ging schnell an der Front des Restaurants vorbei und hielt nach Matthews' Chevrolet Ausschau. Er entdeckte ihn und wollte darauf zugehen, als er sah, daß der verbeulte Volkswagen auf den Parkplatz bog.

Er ging so schnell wie möglich – ohne zu laufen; wie irgendein Gast, der zu seinem Wagen wollte – und zwang sich, nicht mehr zu dem VW zu blicken, bis er auf gleicher Höhe mit Susan war, die bei den Münztelefonen stand.

Er traf dort ein, als der Volkswagen anhielt.

Susan ging hin und öffnete die Tür.

Matt rannte zum Volkswagen und versuchte, die Tür an der Fahrerseite aufzuziehen. Er hielt es für die beste Möglichkeit, Jenny Ollwood festzunehmen, indem er sie aus dem Wagen riß und auf den Boden warf.

Er hatte das Problem fehlender Handschellen gelöst, indem er ›vergessen‹ hatte, diejenigen zurückzugeben, die er sich von Lieutenant Deitrich geliehen hatte, als sie Calhoun verhaftet hatten. Die geborgten Handschellen würde er Jennifer Ollwood anlegen.

Die Tür an der Fahrerseite des VW war verriegelt.

»Sie sind verhaftet!« rief Matt.

Jennifer Ollwood starrte ihn an, nicht ängstlich, sondern wütend.

»Dreckiges Schwein!« schrie sie.

Dann gab sie Gas und raste mit dem VW davon.

Matt kniete sich hin und riß seine Dienstwaffe aus dem Wadenholster.

Dann krachte ein Feuerstoß, eine Salve von acht, neun,

zehn Schüssen. Matt spähte durch die Gasse zwischen den Fahrzeugen.

Chenowith stand mitten auf der Fahrbahn und versuchte, eine Ladehemmung zu beseitigen.

»Waffe fallen lassen!« schrie Jack Matthews.

Chenowith wandte sich um und blickte zu ihm.

Matthews hielt seinen .357 Revolver vorschriftsmäßig im Anschlag und schoß zweimal ruhig und präzise.

Matt, jetzt mit seiner Waffe in der Hand, rannte hinter dem VW her.

Jennifer Ollwood hatte sich offenbar entschieden, die Barriere aus Mülltonnen zu durchbrechen, mit der Matthews die Fahrbahn blockiert hatte. Die Mülltonne, die sie gerammt hatte, verklemmte sich unter der Schnauze des Volkswagens. Der Wagen wurde unlenkbar und krachte gegen ein parkendes Auto. Jennifer Ollwood legte den Rückwärtsgang ein und versuchte zurückzusetzen. Die Reifen des VW drehten durch, und Qualm wolkte auf, aber der Wagen bewegte sich kaum von der Stelle.

Matt rannte zum VW, schlug das Fenster mit dem Griff des Revolvers ein und zielte auf Jennifer Ollwoods Gesicht.

Sie nahm die Hände vom Lenkrad, und das Motorengeräusch erstarb.

Matt entriegelte die Tür, zog sie auf, packte Jennifer am Pullover, riß sie aus dem Wagen und warf sie auf die Fahrbahn.

Sie trat um sich und leistete heftige Gegenwehr, und Matt schlug ihr den Revolvergriff an die Schläfe. Der Schlag raubte ihr nicht das Bewußtsein, machte sie jedoch benommen, und er konnte ihren linken Arm auf den Rücken drehen und festhalten. Er hielt sie mit dem Knie auf dem Rücken am Boden und begann ihr die Handschellen anzulegen.

Matt hörte eine Frauenstimme empört sagen: »So brutal braucht er nicht mit der armen Frau umzugehen!«

Und dann hörte er ein Baby weinen.

Er riß Jennifer auf die Füße, schaute in den VW und sah das Baby auf dem Rücksitz.

Susan kann sich um das Baby kümmern, dachte er

»Mein Baby!« schrie Jennifer. »Helft meinem Baby!«

Matt fuhr herum und schaute auf die wachsende Menge der Zuschauer.

»Keiner geht an den Wagen!« rief er. »Ich bin Polizeibeamter, und ich werde dafür sorgen, daß sich jemand um das Baby kümmert!«

»Verdammte Cops!« murmelte dieselbe empörte Frau.

Matt zerrte Jennifer um die Ecke des Gebäudes zu den Münztelefonen.

Jack Matthews sah ihn kommen und trat auf die Fahrbahn. Er streckte beide Arme aus, wie um Verkehr zu stoppen, und seine Miene war gequält.

Matt sah die dicke junge Frau am Boden hocken. Sie schrie, und dann bemerkte er, daß sie ihr blutiges rechtes Bein umklammerte.

»Matt, komm nicht her!« rief Jack beschwörend.

Matt hatte gerade noch genügend Zeit, sich zu fragen, was bei Matthews schiefgelaufen war, und dann verstand er.

Susan lag ebenfalls am Boden. Matt stellte Jennifer Ollwood ein Bein und stieß sie hart zu Boden. Sie stürzte auf den Asphalt und schrie Obszönitäten.

Matt rannte zu Susan. Jack versuchte ihn zu stoppen, aber er ließ sich nicht aufhalten.

Susan lag auf dem Rücken. Ihr Mund und ihre blicklosen Augen waren geöffnet. Matt sah ein kleines Loch unterhalb ihres linken Auges. Ihr blondes Haar war blutgetränkt.

»O Gott!« schrie Matt auf, fiel auf die Knie und nahm ihren reglosen Körper in die Arme.

»Sie wollen mich sprechen, Sir?« fragte Inspector Wohl an der offenen Tür zum Büro des Bürgermeisters im Rathaus.

»Sie haben verdammt lange gebraucht, Peter«, blaffte Jerry Carlucci.

»Ich wußte nicht, daß Sie mich mit Lichtorgel und Sirene herbestellt haben, Sir.«

»Werden Sie nicht klugscheißerisch, Peter!«

»Jawohl, Sir.«

»Haben Sie das gesehen?« sagte Carlucci und schob ein Exemplar des *Philadelphia Bulletin* über den massiven Schreibtisch zu Wohl hin.

Wohl warf einen Blick darauf.

»Ich hatte noch keine Gelegenheit, den Artikel zu lesen, Sir. Ich habe davon gehört.«

»Lesen Sie. Bilden Sie sich.«

»Jawohl, Sir.«

Wohl nahm die Zeitung und las den Artikel:

TERRORIST ERMORDET KALTBLÜTIG INFORMANTIN DES FBI SEKUNDEN BEVOR ER IN EINER BLUTIGEN SCHIESSEREI IN DOYLESTOWN VON FBI-KUGELN GETÖTET WIRD; ZUSCHAUERIN IM KUGELHAGEL VERWUNDET

von Michael O'Hara

Doylestown, Bucks County – Bryan C. Chenowith, beschrieben vom FBI als ›kaltblütiger Terrorist‹, wurde gestern abend kurz nach 19 Uhr von FBI-Agent John D. Matthews auf dem Parkplatz des Crossroads Diner erschossen, Sekunden nachdem Chenowith mit einer Maschinenpistole Susan Reynolds, 27, aus Camp Hill, Pennsylvania, erschossen hatte, die von Beamten des FBI als eine ›sozial gesinnte‹ Bürgerin beschrieben wurde, die den Behörden bei ihrer jahrelangen, landesweiten Suche nach Chenowith und ihren Komplizen geholfen hat.

Mrs. Deborah G. Dannmeir, 24, von Upper Black

Eddy, die an einem Münzfernsprecher am Restaurant telefonierte, wurde von einer der Kugeln getroffen, die Chenowith aus seinem vollautomatischen Militärkarabiner Kaliber .30 abfeuerte. Wie aus dem Bucks County Hospital verlautet, ist ihr Zustand ›zufriedenstellend‹.

Chenowith, seine Lebensgefährtin Jennifer Ollwood, die von Detective Matthew M. Payne aus Philadelphia am Ort der Schießerei festgenommen wurde, Edgar L. Cole und Eloise Anne Fitzgerald wurden nach dem Bombenattentat auf das Institut für biologische Forschung an der Universität Pittsburgh, bei dem elf Personen ums Leben kamen, wegen Mordes angeklagt. Die ›Chenowith-Gruppe‹ war seither das Ziel einer landesweiten FBI-Fahndung.

Cole und die Fitzgerald wurden ohne Zwischenfall gestern abend um 21 Uhr auf einem abgelegenen Farmhaus in Bucks County verhaftet, zu dem Miss Reynolds kurz vor ihrem Tod Detective Payne geführt hatte. Miss Reynolds hat die Frauen laut FBI auf dem Bennington College, Vermont, kennengelernt. Sie war Revisionsbeamtin des Sozialamtes Harrisburg.

Laut Walter Davis, Special Agent in Charge des FBI-Büros Philadelphia, war die Chenowith-Gruppe zu einer Bande von Bankräubern geworden, und es gibt zweifelsfreie Beweise, daß Chenowith, maskiert als Frau – in den vergangenen Wochen Banken in Riegelsville, Pennsylvania, Clinton, New Jersey, und sonstwo ausgeraubt hat.

»Die Chenowith-Gruppe war mit vollautomatischen Waffen ausgerüstet«, sagte Davis, »die von der Nationalgarde in Indiantown Gap geraubt wurden, und zweifellos darauf vorbereitet, sie einzusetzen. Sowohl Special Agent Matthews als auch Detective Payne wußten dies. Es ist ein klarer Beweis ihrer Tapferkeit und ihrer Hingabe für die Sicherheit der

Öffentlichkeit, daß sie trotz Lebensgefahr versuchten, einen Verbrecher wie Mr. Chenowith festzunehmen.

Davis erklärte, daß es unter den gegebenen Umständen weder für Matthews noch für Payne eine Möglichkeit gab, Unterstützung anzufordern.

»Ich kann natürlich keine Einzelheiten nennen, die zu diesem Zwischenfall geführt haben, weil die Ermittlungen noch nicht abgeschlossen sind«, sagte Davis, »doch ich kann darauf hinweisen, daß dies ein weiteres Beispiel für die enge Zusammenarbeit zwischen dem FBI und dem Philadelphia Police Department war.«

Inspector Peter Wohl, Leiter der Abteilung Special Operations des Philadelphia Police Department, bei der Detective Payne arbeitet, lehnte einen Kommentar zu der Schießerei oder der Leistung Detective Paynes ab und erklärte, daß der Fall noch überprüft wird.

»Ja, Sir?« fragte Peter und schaute zu dem Bürgermeister auf, als er zu Ende gelesen hatte.

»Was ist los mit Ihnen, Inspector, hat es Ihnen die Sprache verschlagen?«

»Sir?«

»Inspector Wohl lehnte einen Kommentar ab« zitierte Carlucci mit Falsettstimme.

»Was hätte ich sagen sollen?«

»Lassen Sie Ihre Phantasie spielen! Oder möchten Sie, daß das FBI alle Lorbeeren für eine Festnahme einheimst, die eindeutig unsere war?«

»Nein, Sir.«

»Payne hat diese Dame dazu gebracht, Chenowith zu verpfeifen, nicht der FBI-Agent hat das geschafft«, sagte Carlucci. »Das würden Sie nicht aus Mickeys Story herauslesen, wie?«

»So ist es, Sir«, sagte Peter Wohl, »das würde ich nicht herauslesen.«

»Wollen Sie nicht wissen, woher ich das weiß?«

»Sir, woher wissen Sie das?«

»Detective Payne hat es mir erzählt«, sagte Carlucci.

»Sie haben Payne gesehen?«

»Haben Sie den Bericht im Fernsehen gesehen – verdammt, die sollten so was nicht in der Glotze bringen –, ich meine, wie Payne dort steht, getränkt mit dem Blut des Mädchens, und mit Tränen in den Augen zuschaut, wie Susan Reynolds' Leiche fortgebracht wird?«

»Ja, Sir, das habe ich gesehen. Es war ziemlich hart.«

»So rief ich an und fragte, wie es ihm geht und wo er ist, und dann erzählte er mir, daß er vom Restaurant aus losfuhr, um den Rest von diesem Abschaum zu verhaften. Und als ich dann bei der Abteilung Special Operations anrief, um ihm ein Lob auszusprechen, sagte mir Mike Sabara, Sie hätten Payne nach Hause geschickt.«

»Eigentlich habe ich ihn in Urlaub geschickt«, sagte Wohl.

»Ja, das sagte Mike, während entschieden wird, ob Anklage gegen ihn erhoben wird oder nicht. Sie haben ihn praktisch suspendiert.«

»Jawohl, Sir.«

»Ich habe Mike Sabara gesagt, daß Sie einen Fehler machen. Ich habe ihm verklickert, daß es nur über meine Leiche eine Anklage gegen Detective Payne geben wird. Detective Payne feiert Überstunden ab. Er hat in letzter Zeit jede Menge Überstunden gemacht mit seiner Festnahme von Officer Calhoun und seiner Zusammenarbeit mit dem FBI. Sind wir uns darüber im klaren, Inspector? Daß Payne Überstunden abfeiert?«

»Jawohl, Sir. Aber, Sir, er hat gegen einen direkten Befehl verstoßen!«

Carlucci ignorierte den gefühlsmäßigen Ausbruch von Peter Wohl.

»So schaute ich bei seinem Apartment am Rittenhouse Square vorbei. Ich sagte mir, das ist das mindeste, was ich tun kann. Und er war nicht da. So fuhren Jack und ich nach Wallingford zu seinem Elternhaus. Ich war zum ersten Mal dort. Das Haus ist nicht so groß, wie ich gedacht hatte.

Payne tat mir wirklich leid. Er war völlig gebrochen, weil das Mädchen ums Leben kam. Ich meine, wirklich am Ende. Und dann macht er sich obendrein noch Sorgen wegen Ihnen und Coughlin ... weil er irgendeinen blödsinnigen Befehl ignoriert hat, den Sie ihm gegeben haben.«

»Ich hielt den Befehl nicht für blödsinnig, Sir.«

»Sprechen wir von der gleichen Sache? Payne sagte er, er sollte unter keinen Umständen versuchen, diesen Chenowith festzunehmen. Ist das der Befehl, von dem wir sprechen?«

»Jawohl, Sir.«

»Nur unter uns, Peter, wer gab Payne diesen schwachsinnigen Befehl? Sie oder Denny Coughlin?«

»Ich, Sir.«

»Das war genau Dennys Antwort, als ich ihn vor ein paar Minuten fragte. Er sagte, *er* hat den Befehl gegeben. Es ist nett, daß ihr beide loyal zueinander seid. Ihr beide wollt die Verantwortung für etwas Blödes übernehmen. Ich weiß das zu schätzen. Man nennt das Loyalität nach oben *und* nach unten.«

»Jawohl, Sir.«

»Verstehen wir uns, Inspector?«

»Ja, Sir. Ich habe die Botschaft verstanden.«

»Das ist alles, Inspector. Danke für Ihren Besuch.«

»Jawohl, Sir.«

Wohl war an der Tür, als Carlucci ihm nachrief:

»Peter!«

»Ja, Sir?«

»Zweierlei, Peter. Grüßen Sie herzlich Ihren Vater von mir.«

»Ja, Sir, das werde ich tun. Danke.«

»Und warum nehmen Sie sich nicht den Rest des Tages frei? Sie haben in letzter Zeit sehr hart gearbeitet. Sie verdienen ein wenig Freizeit. Machen Sie einen Ausflug. Vielleicht sollten Sie nach Wallingford fahren. Nehmen Sie Denny mit. Besuchen Sie Payne. Er meint, Sie beide können über Wasser wandeln.«

»Jawohl, Sir«, sagte Inspector Wohl.

Assistant District Attorney Anton C. Phebus, Esquire, verschwand, kurz nachdem er von District Attorney Thomas J. Callis erfuhr, daß alle Polizeibeamte der fünften Abteilung des Rauschgiftdezernats auf Grund einer Fülle von Anklagepunkten verhaftet worden waren und dank Wohl, Washington und Weisbach mindestens zwei von ihnen gesungen hatten wie der Chor des Vatikans.

Später am selben Tag stellte District Attorney Callis einen Haftbefehl für die Festnahme von Mr. Phebus aus, in dem er der Mittäterschaft bei den Straftaten beschuldigt wurde, die den Mitgliedern der fünften Abteilung zur Last gelegt wurden.

Phebus wurde sechs Wochen später in Fort Lauderdale, Florida, wegen der Flucht vor einer Anklage durch das FBI verhaftet. Er hatte dort als Sicherheitsmann in einem Supermarkt gearbeitet. Später wurde Phebus in Philadelphia angeklagt, und die Richterin bei diesem Prozeß war die Ehrenwerte Harriet M. McCandless. Er wurde schuldig gesprochen, und Richterin McCandless verurteilte ihn zu fünfzehn bis zwanzig Jahren Freiheitsstrafe.

Mr. Ronald R. Ketcham wurde zwei Wochen nach seiner Befreiung vom NIKE-Gelände tot in seinem Apartment gefunden. Die Todesursache: eine Überdosis Heroin.

Obwohl ihr Verteidiger Armando C. Giacomo war, wurden alle Mitglieder der fünften Abteilung des Rauschgiftdezernats für schuldig befunden, die Fülle der kriminellen Taten begangen zu haben, die ihnen laut Anklageschriften zur Last gelegt wurden. Die Freiheitsstrafen reichten von achtzehn Monaten bis zu fünf Jahren.

Man war allgemein der Ansicht, daß sogar ein Staranwalt wie Armando C. Giacomo angesichts der verheerenden Aussagen der Zeugen der Staatsanwaltschaft, der Ex-

Beamten Herbert J. Prasko und Timothy J. Calhoun, unmöglich Freisprüche hätte erreichen können.

In einem getrennten Verfahren bekannte sich der Ex-Officer Timothy J. Calhoun vor einem Bundesgericht schuldig, die Bürgerrechte von Mr. Amos Williams verletzt zu haben. Er wurde zu einem Jahr in einem Bundesgefängnis verurteilt. Nach sieben Monaten wurde er bedingt aus der Haft entlassen, und er ist jetzt Lastwagenfahrer in Philadelphia.

Ebenfalls in einem getrennten Verfahren bekannte sich Ex-Officer Herbert J. Prasko vor einem Bundesgericht schuldig, in sieben Fällen die Bürgerrechte von Mr. Amos G. Williams und Mr. Marcus C. Brownlee verletzt zu haben. Er wurde für jeden Anklagepunkt zu vier Jahren Freiheitsstrafe verurteilt, die nacheinander abgesessen werden müssen. Prasko wurde aus der Untersuchungshaft zum Bundesgefängnis auf dem Luftwaffenstützpunkt Eglin überführt, wo er zur Arbeit in der Küche des Offizierskasinos eingeteilt wurde. Zwei Monate nach seiner Ankunft wurde er beim Anwesenheitsappell vermißt und als entwichener Strafgefangener erklärt.

Drei Wochen später fand man seine Leiche. Sie war an einen Baumstamm gefesselt und lag in dem Sumpf, von dem der Luftwaffenstützpunkt umgeben ist. Wer ihn an den Stamm gefesselt hatte, war nicht bekannt, aber als Todesursache wurde vermutet, daß er bei lebendigem Leib von Wildschweinen aufgefressen wurde, die massenhaft durch die Eglin Reservation streifen.

ENDE

Band 13 937

W.E.B. Griffin

Die letzten Helden

Deutsche Erstveröffentlichung

Juni 1941. In Europa tobt der Krieg. Auch wenn die Vereinigten Staaten noch ihre Neutralität wahren, so bereiten sie sich doch auf den Fall eines Kriegseintritts vor. Präsident Franklin Roosevelt und ›Wild Bill‹ Donovan gehen gemeinsam daran, die schlagkräftigste Spionage-Organisation ins Leben zu rufen, die es je gegeben hat: das OSS (Office of Stratetic Services).

Junge wagemutige und handverlesene Spezialisten wurden unter der Tarnung des Diplomatischen Corps über die ganze Welt verteilt, um Operationen zu leiten, die vielleicht Einfluß auf den Ausgang des Krieges haben können.

Von allen Aufträgen ist der des Piloten-Asses Richard Canidy und seines deutschstämmigen Freundes Eric Fulmar der heikelste: sie sollen ein äußerst seltenes Metall beschaffen, das für eine neue, unvorstellbare Geheimwaffe benötigt wird – die Atombombe.

W.E.B. Griffin beweist auch mit diesem Roman, daß er in der Reihe großer Erzähler ganz oben steht.

BASTEI LÜBBE

Band 13 878

W. E. B. Griffin

Operation Outline Blue

Deutsche Erstveröffentlichung

April 1943. Marineflieger Cletus Frade, Sprengstoffexperte Anthony Pelosi und Fernmeldefachmann David Ettinger, das OSS-Team, stecken mitten in einem neuen, brandheißen Auftrag in Buenos Aires, als Cletus' Vater von Attentätern ermordet wird. Im Safe seines Vaters findet Cletus ›Outline Blue‹, den Operationsplan zum Sturz von Präsident Castillo – mit den Namen aller am Staatsstreich beteiligten Offiziere. Alle sind hinter ›Outline Blue‹ her: Deutsche, Amerikaner und Argentinier. Und das OSS-Team hat ihre Geheimdienste und Killer im Nacken …

BASTEI LÜBBE

Band 13 786

W.E.B. Griffin

Hinter den Linien

Deutsche Erstveröffentlichung

Auf der Insel Mindanao hat sich ein Mann, der sich als ›General‹ Fertig bezeichnet, zum Guerillaführer ernannt, der die Japaner auf eigene Faust bekämpft. Akten der Army weisen aus, daß der einzige Offizier namens Fertig auf den Philippinen ein Lieutenant der Reserve des Pionierkorps ist, der als im Kampf auf Luzon verschollen gemeldet ist. Doch die Berichte, die durchsickern, sind interessant, und Lieutenant Kenneth McCoy, den sie ›Killer‹ nennen, erhält den Auftrag vom Marine-Corps, sich hinter die Linien zu schmuggeln und herauszufinden, ob es diesen ›General‹ tatsächlich gibt.
›Killer‹ McCoy schleicht sich mit einer bunt zusammengewürfelten Gruppe ins Herz des feindlichen Gebiets, und dort, zwischen Feuergefechten und Dschungelcamps, stoßen sie auf mehr, als sie erwartet haben ...

BASTEI LÜBBE